신문관 번역 소설 전집

엮은이 박진영(朴珍英, Park Jin-Young)은 연세대학교 화학과를 졸업한 뒤 같은 학교 국어국문학과에서 박사 학위를 받았다. 번역과 번안 문학에 대한 연구를 통해 근대 한국의 시대정신을 적극적으로 재조명하면서 『한국의 번안 소설』(전 10권)과 『번안 소설어 사전』, 『불여귀』, 『진주탑』을 펴냈다. 최근에는 초창기에 한국어로 번역된 톨스토이의 작품을 발굴하여 복원한 『톨스토이와 한국』을 엮는 일에 힘을 기울이고 있으며, 최초의 추리 소설사가 될 『탐정과 밀정－한국 추리 소설의 역사』를 쓰는 일에도 뛰어들었다. 빼어난 대중 소설이면서도 문학사에서 제대로 평가 받지 못한 작품들을 찾아내 비평적 정본으로 펴내는 일을 계속할 생각이다. www.bookgram.pe.kr

신문관 번역 소설 전집

초판 인쇄 2010년 11월 5일 **초판 발행** 2010년 11월 10일
엮은이 박진영 **펴낸이** 박성모 **펴낸곳** 소명출판 **출판등록** 제13-522호
주소 서울시 서초구 서초동 1621-18 란빌딩 1층
전화 02-585-7840 **팩스** 02-585-7848 **전자우편** somyong@korea.com **홈페이지** www.somyong.co.kr

값 45,000원
ISBN 978-89-5626-482-0 03800

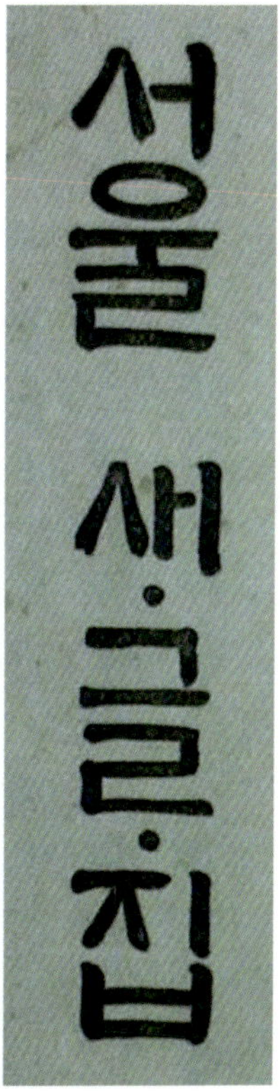

신문관의 사명(社名)

육당 최남선 캐리커처
(석영 안석주, 『조선일보』, 1927.11.5, 3면)

(十錢叢書)
(葛利寶遊覽記)
(小說類第一冊)
新文館 編輯局 編修
身長五寸의侏儒
腰大百圍의巨人
曠古絶今의怪事
駭耳驚心의奇聞
漢城 新文館 發行

『걸리버 유람기』(1909)

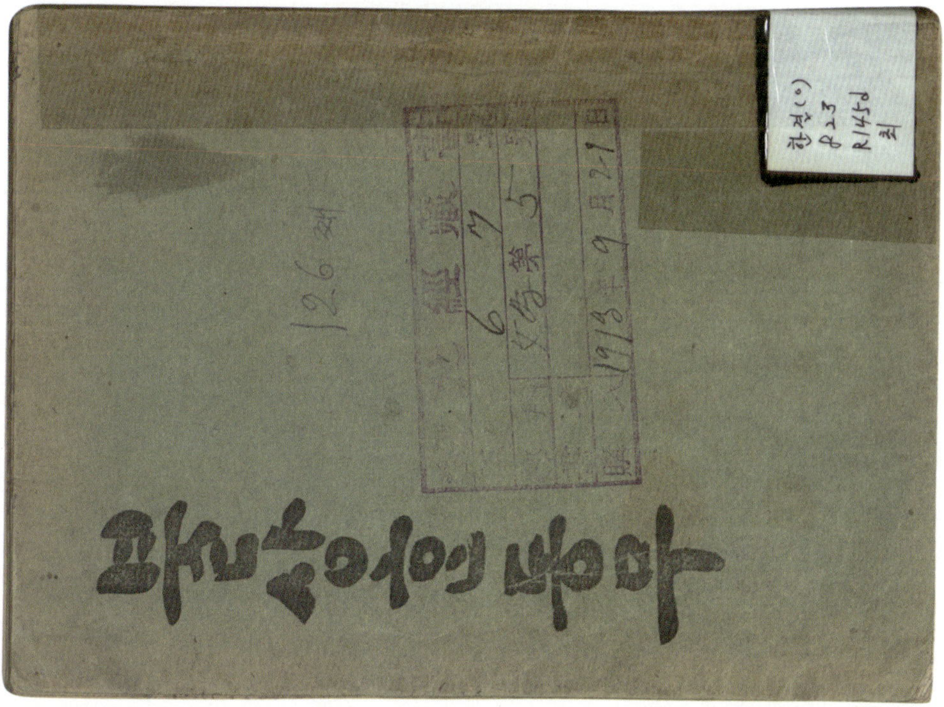

『불쌍한 동무』(최남선, 초판, 1912)

『불쌍한 동무』(최남선, 4판, 1922)

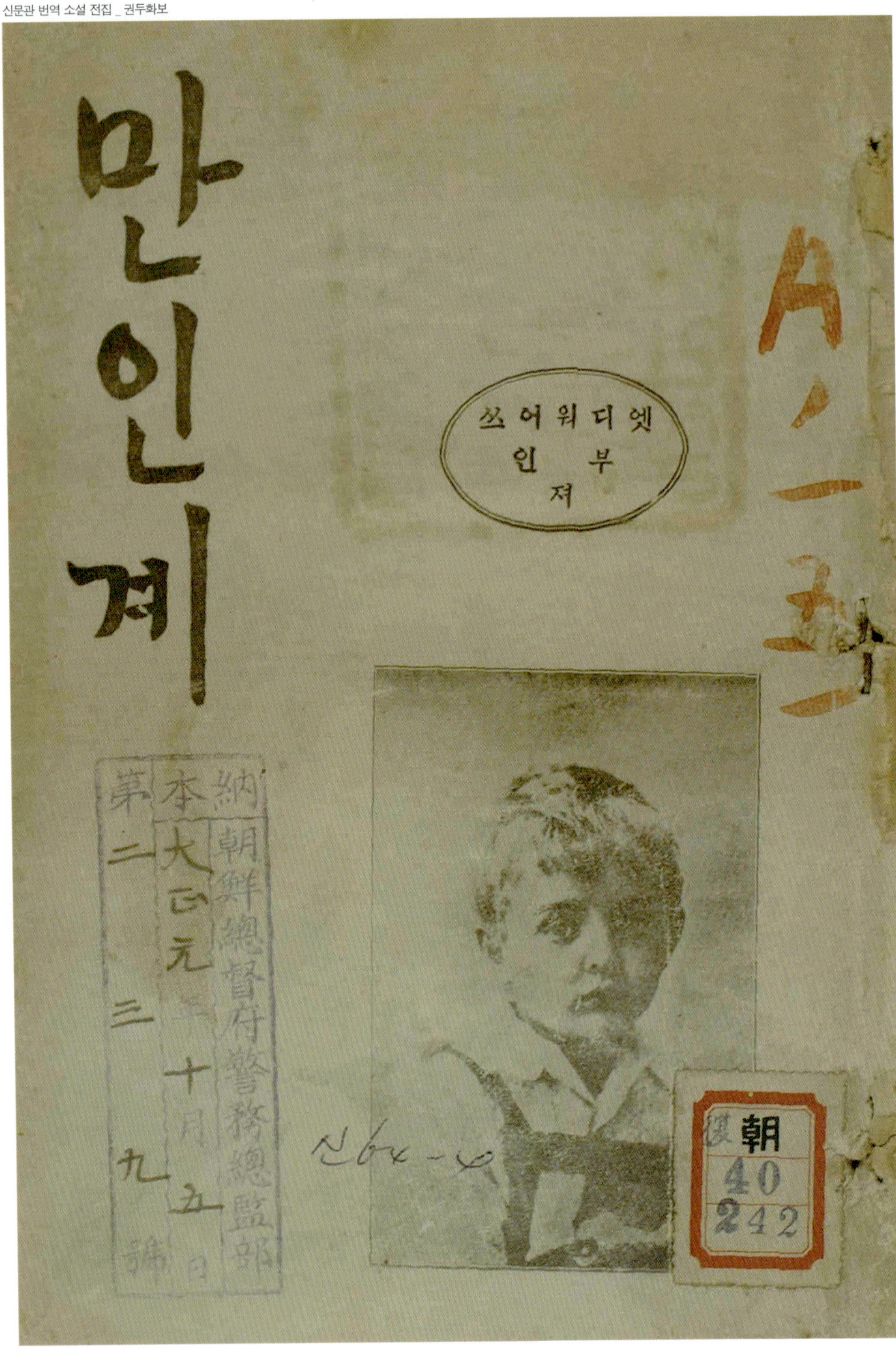

『만인계』(1912)

『자랑의 단추』(1912)

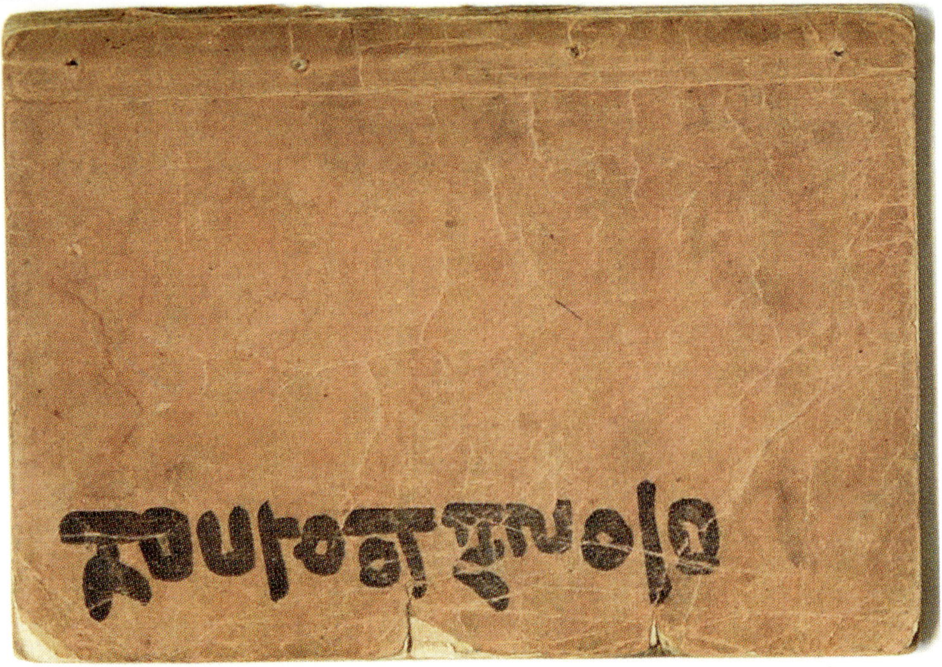

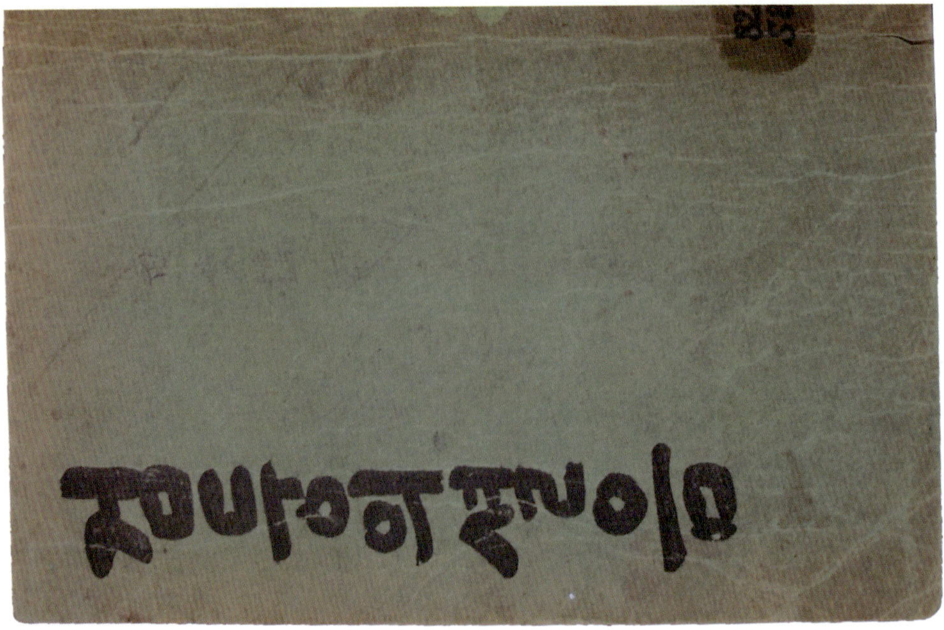

『검둥의 설움』(이광수, 1913)

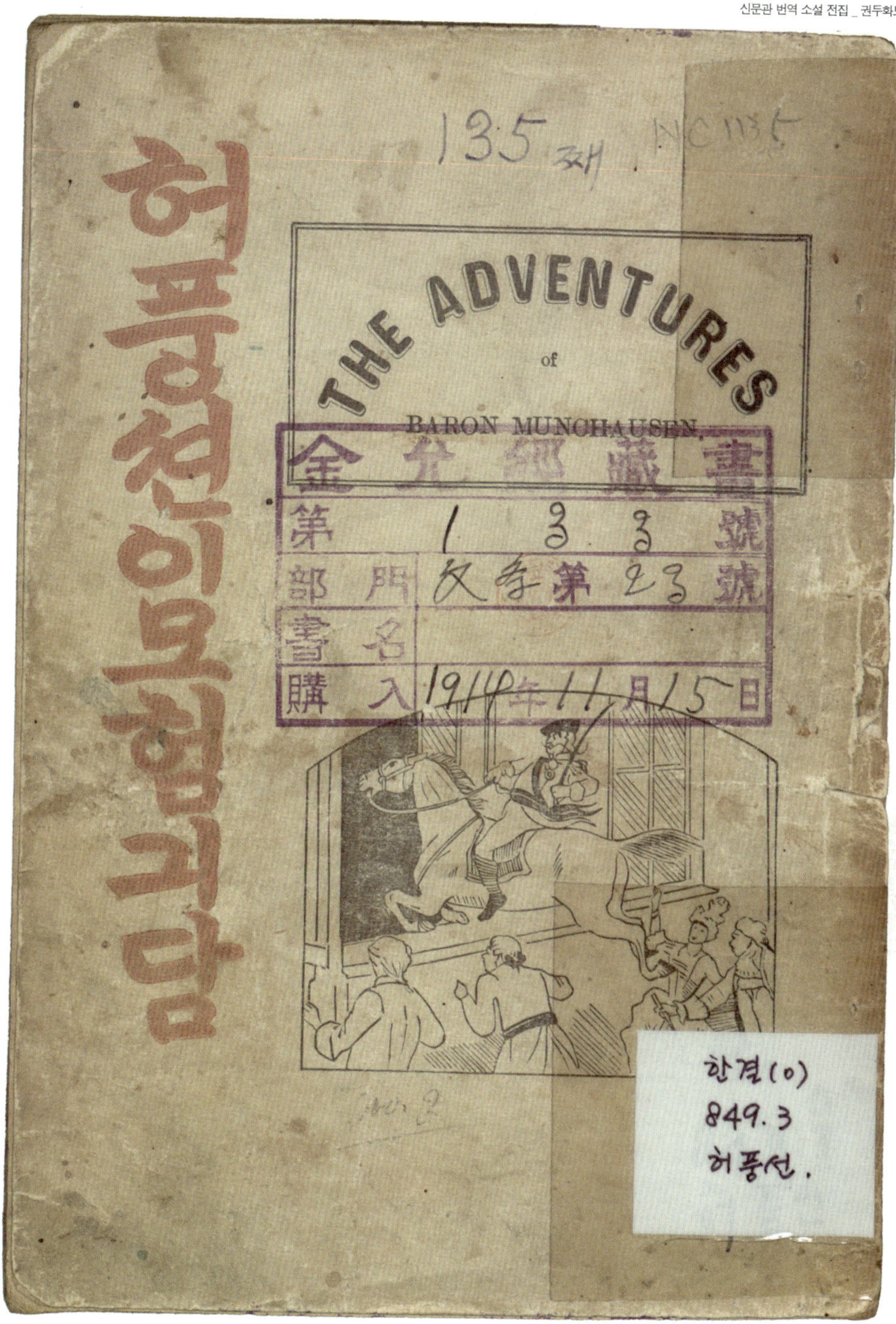

『허풍선이 모험 기담』(1913)

『해당화』(박현환, 1918)

『한양 노래』(최남선, 초판, 1908)

『경부 철도 노래』(최남선, 3판, 1908)

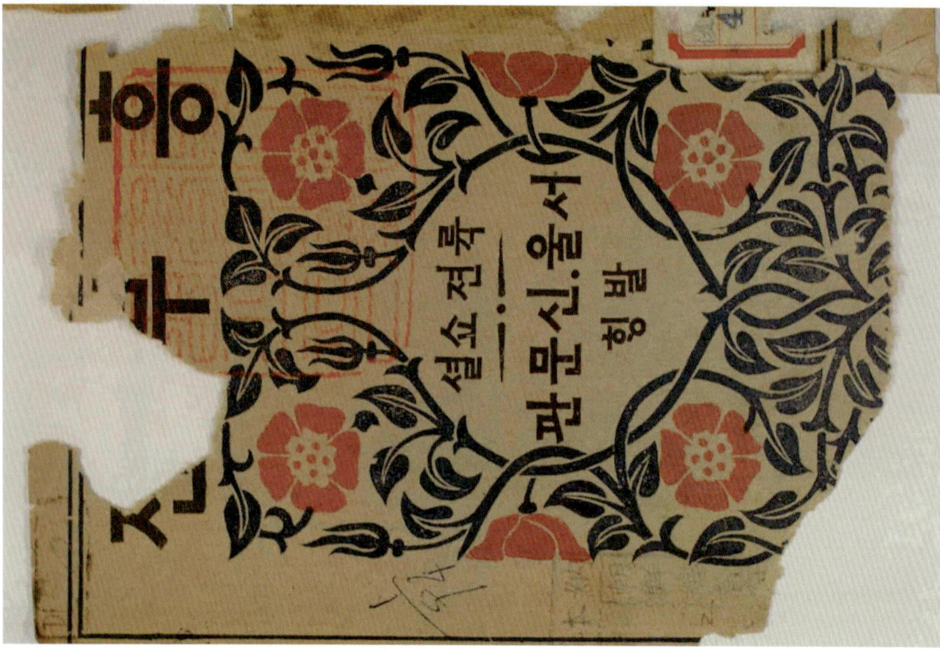

『흥부전』(육전 소설, 1913)

『사씨남정기』(육전 소설, 전 2권, 1914)

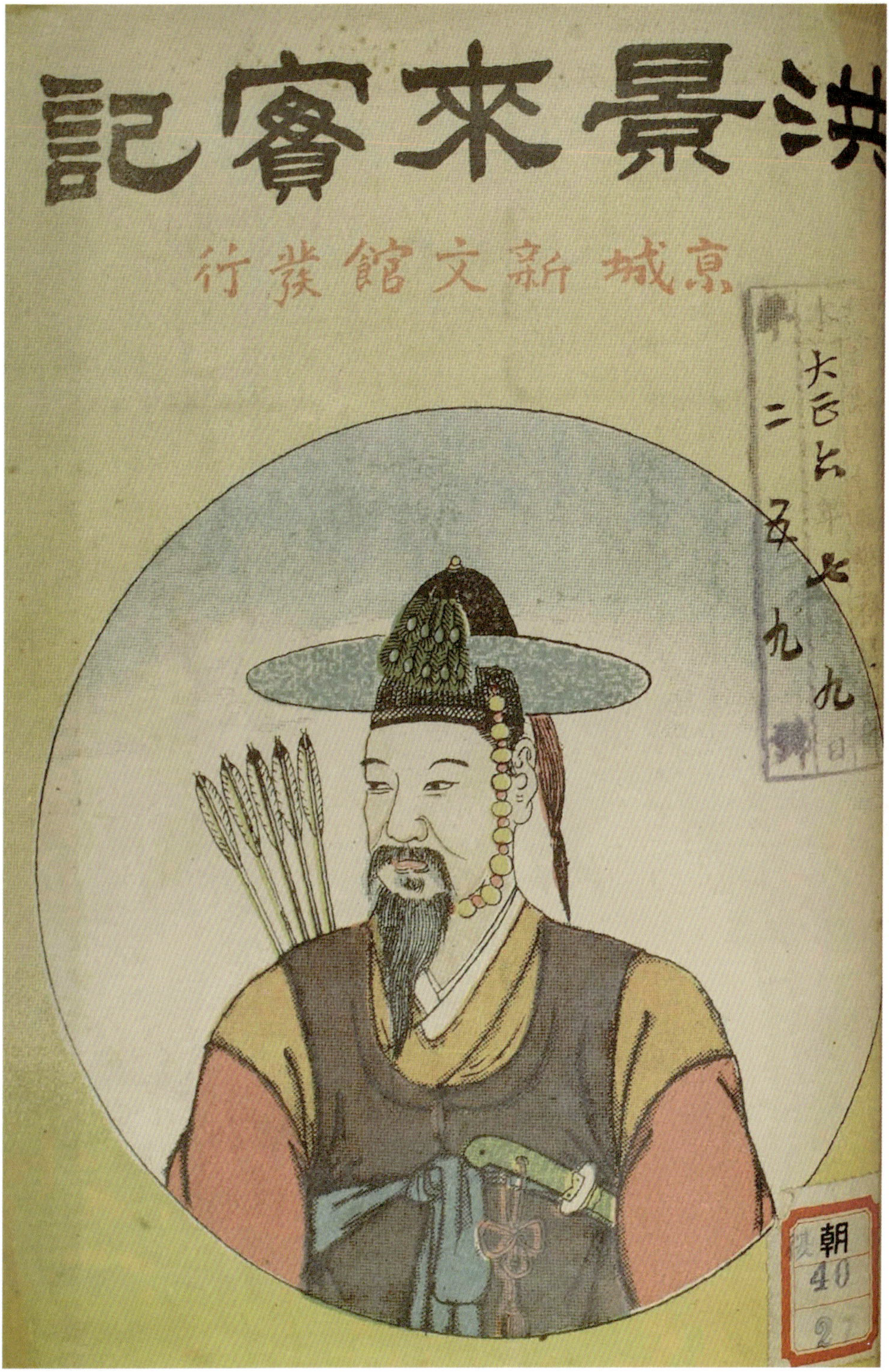

『홍경래 실기』(1917)

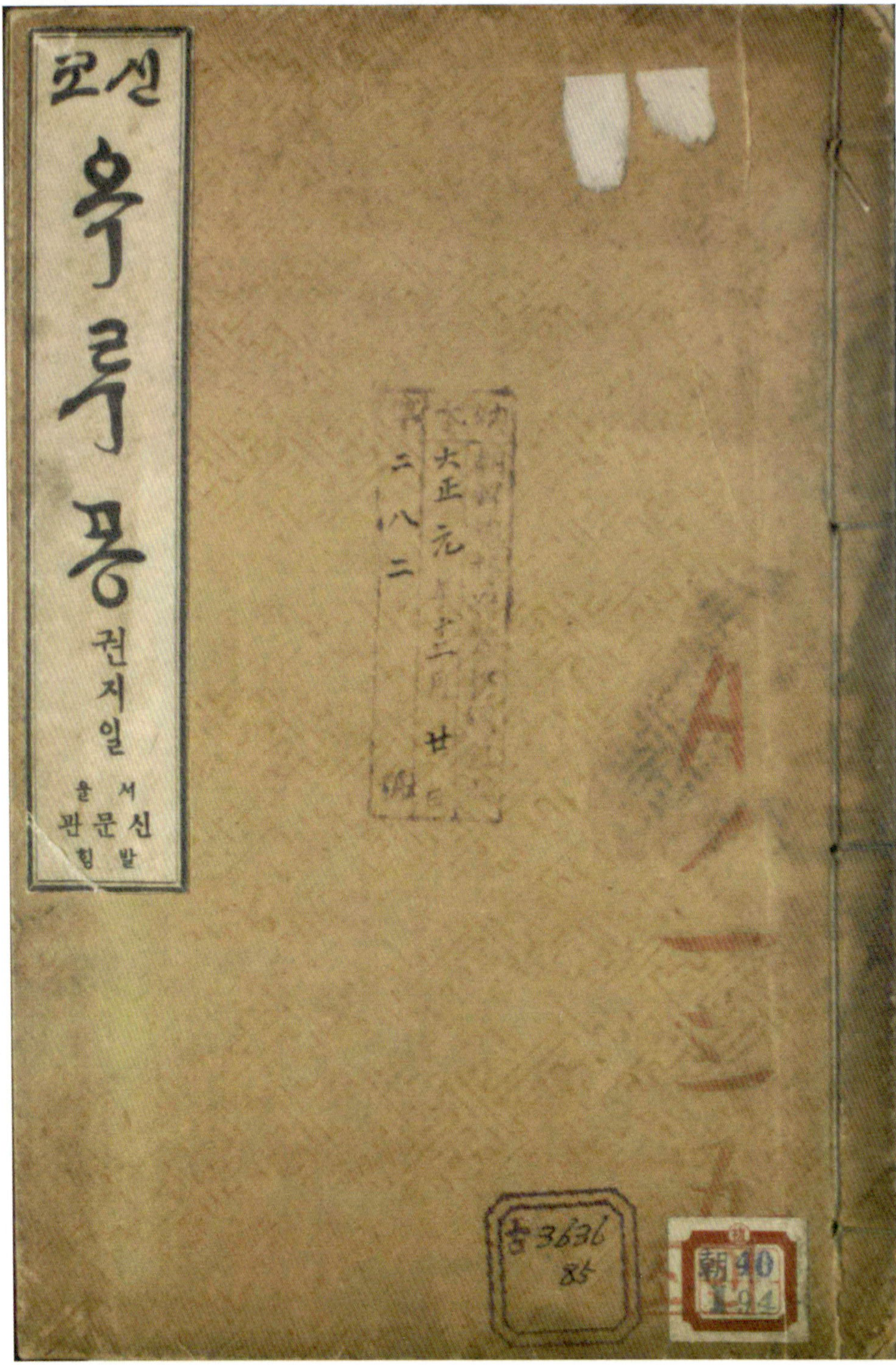

『신교 옥루몽』(전 4권, 1912)

『신자전』(조선 광문회 편, 4판, 1924)

『자조론』(상권, 최남선, 초판, 1918)

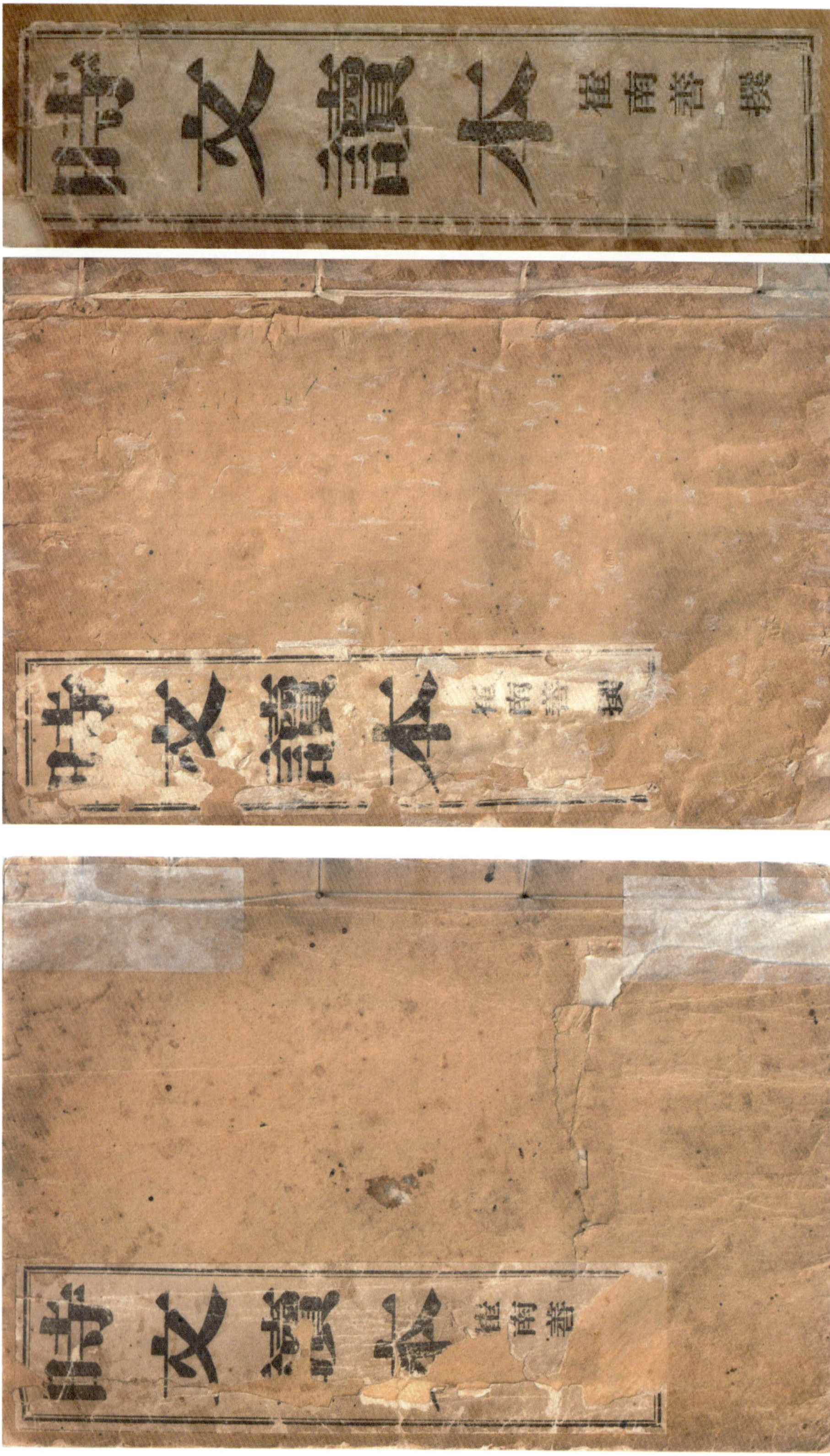

『시문 독본』(최남선 편, 정정 합편, 6판, 1918)

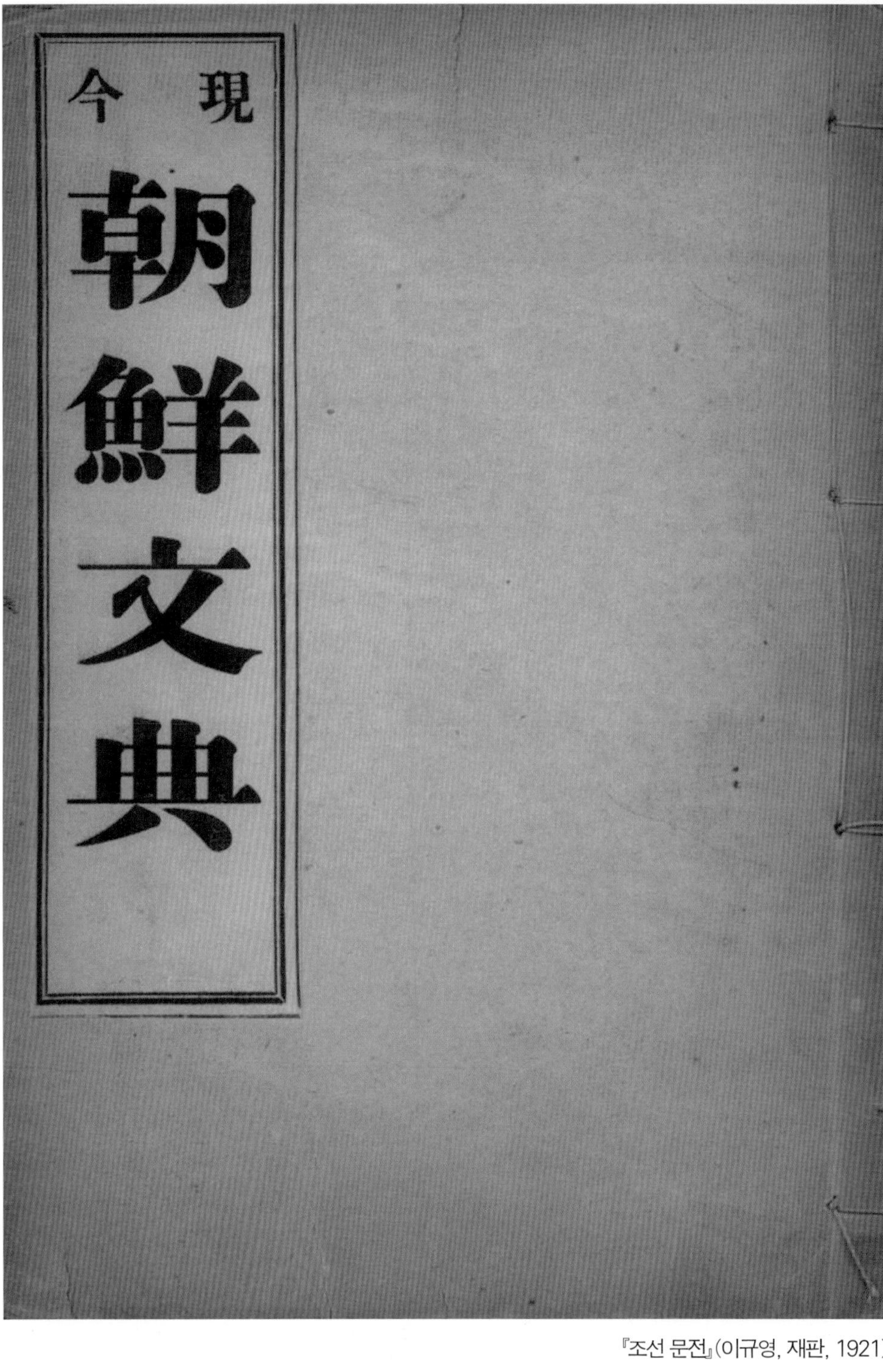

『조선 문전』(이규영, 재판, 1921)

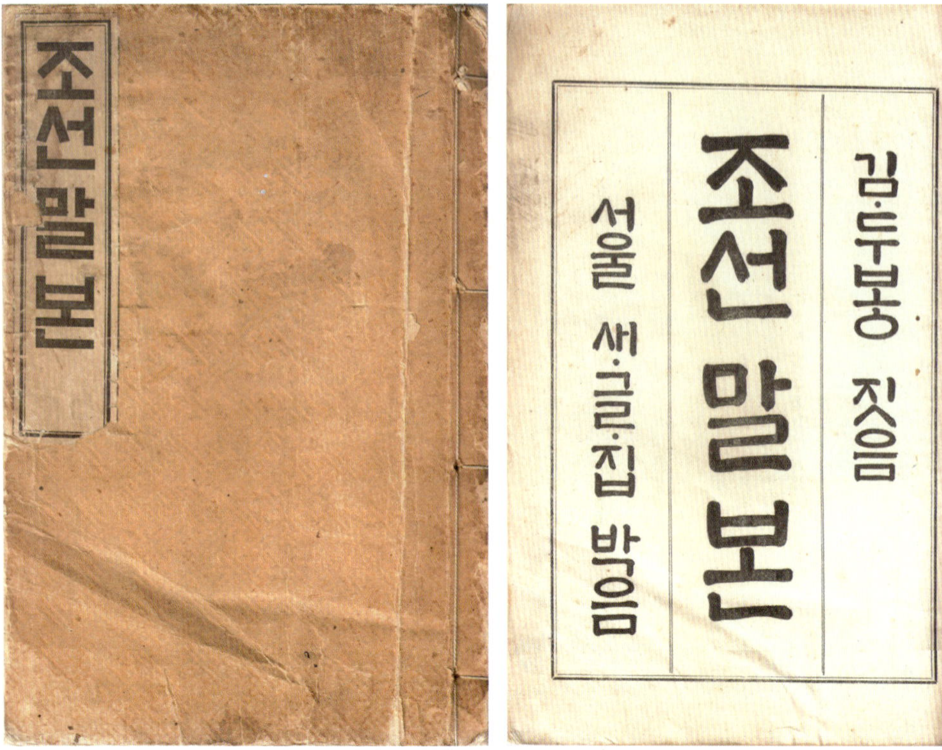

『조선 말본』(김두봉, 초판, 1916)

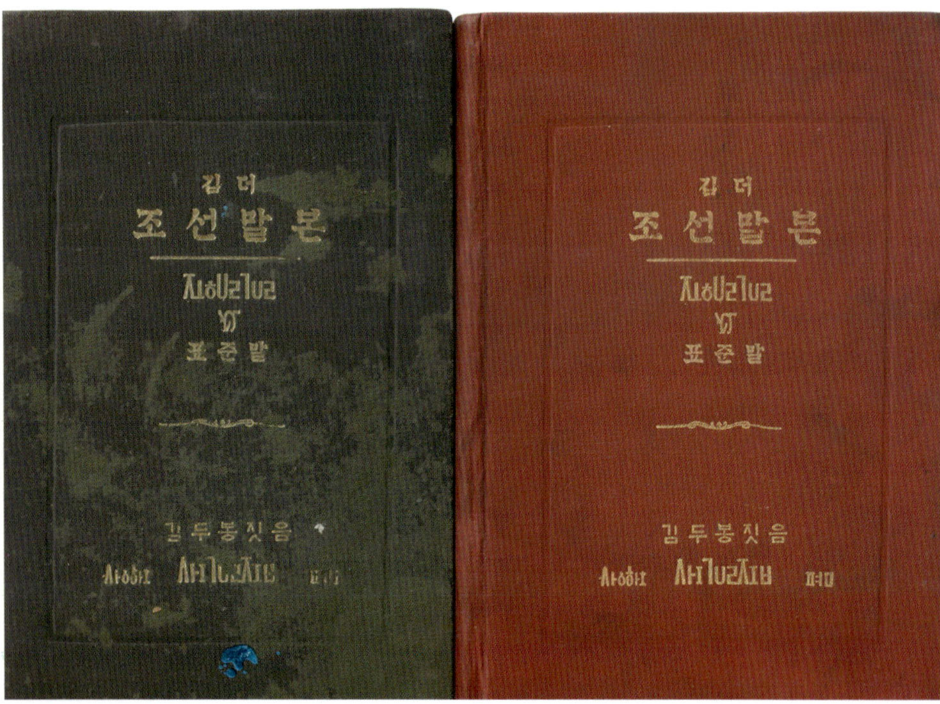

『깁더 조선 말본』(김두봉, 상하이; 새글집, 1922)

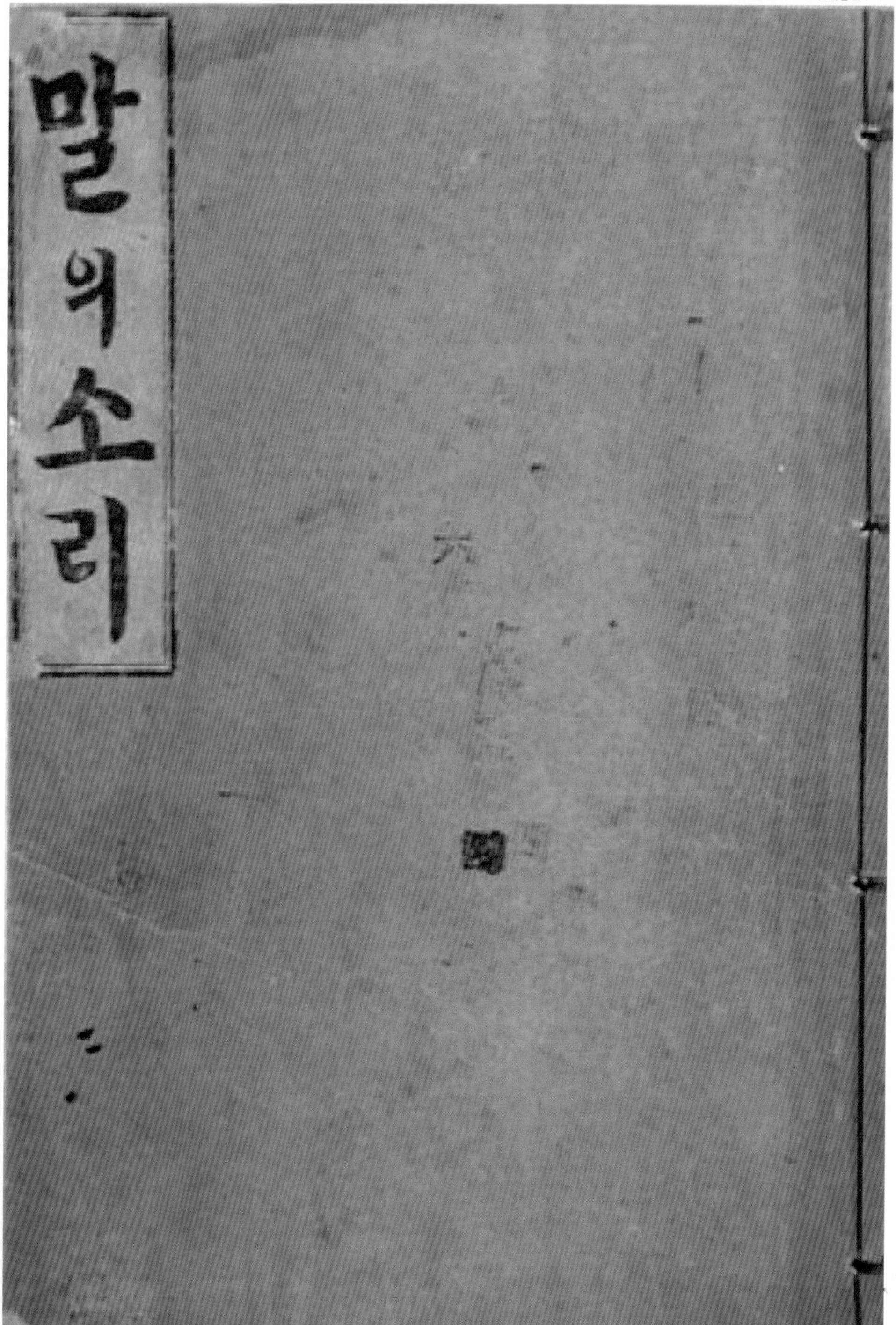

『말의 소리』(주시경, 1914)

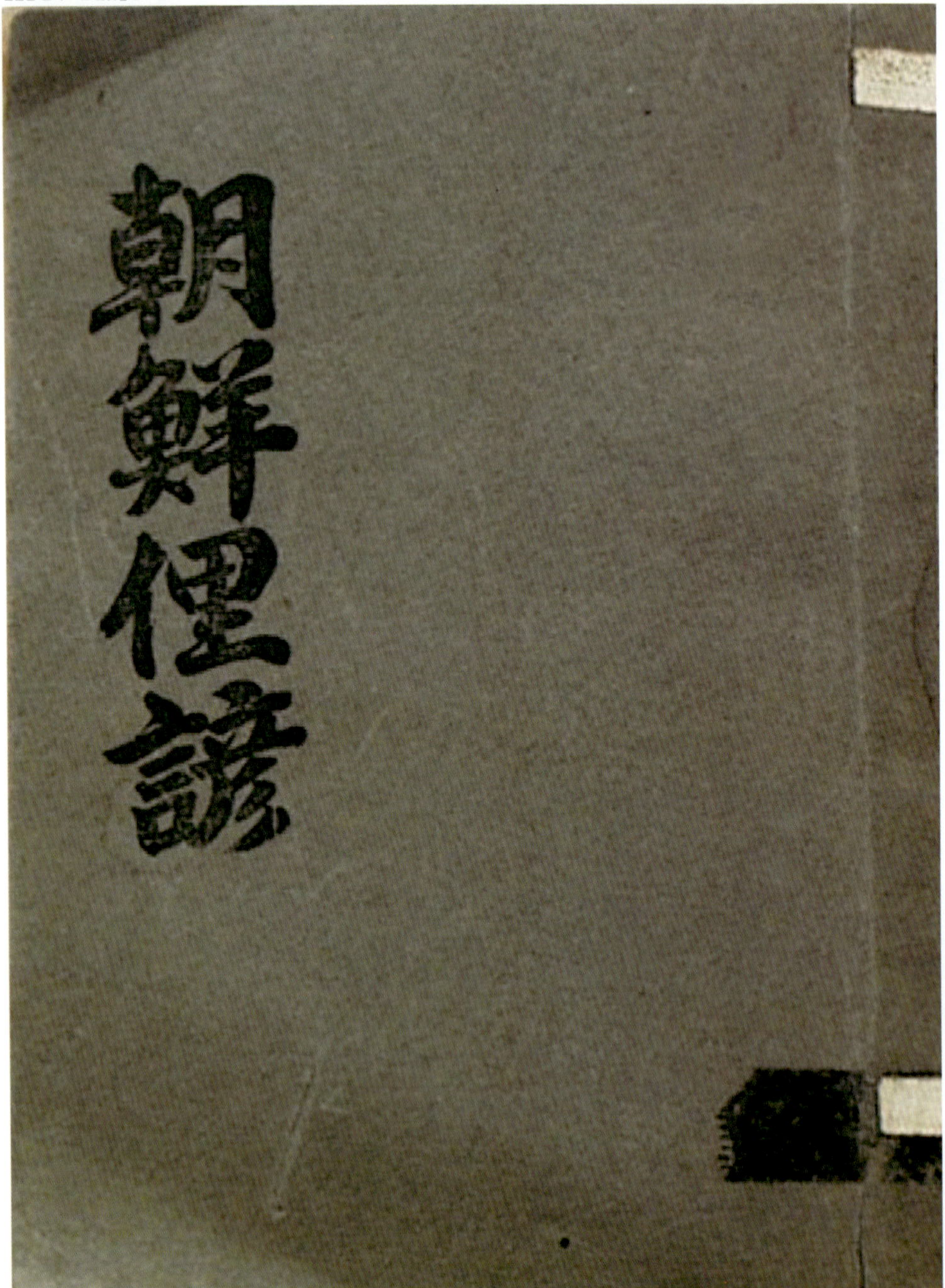

『조선 이언』(최원식, 초판, 1913)

『소천 소지』(초판, 1918)

『조선 요리 제법』(방신영, 재판, 1918)

『무정』(이광수, 초판 사본, 1918)

『무궁화』(전 2권, 이상협, 1918)

隆熙二年十一月一日發行

今에我帝國은우리少年의智力을資하야我國歷史에大光彩를添하고世界文化에大貢獻을爲코뎌하나니그任은重하고그責은大한디라

本誌는此責任을克當할만한活動的進取的發明的大國民을養成하기爲하야出來한明星이라新大韓의少年은須臾라도可離티못할디라

少年

第一年第一卷

本卷概目

寫眞版
皇太子殿下와 伊藤太師
나이아가라 瀑布
페터大帝
其他挿畫多數

海에게서 少年에게(詩)
少年時言
甲童伊와 乙男伊의 相從
海上大韓史
大人國漂流記
薩水戰
少年讀本
페터大帝傳
快少年世界週遊時報
鳳吉伊地理工夫
少年各敎室
星辰談
少年文學少年通文等

其他丘山갓흔記事는다精金美玉이라

『소년』 창간호(1908)

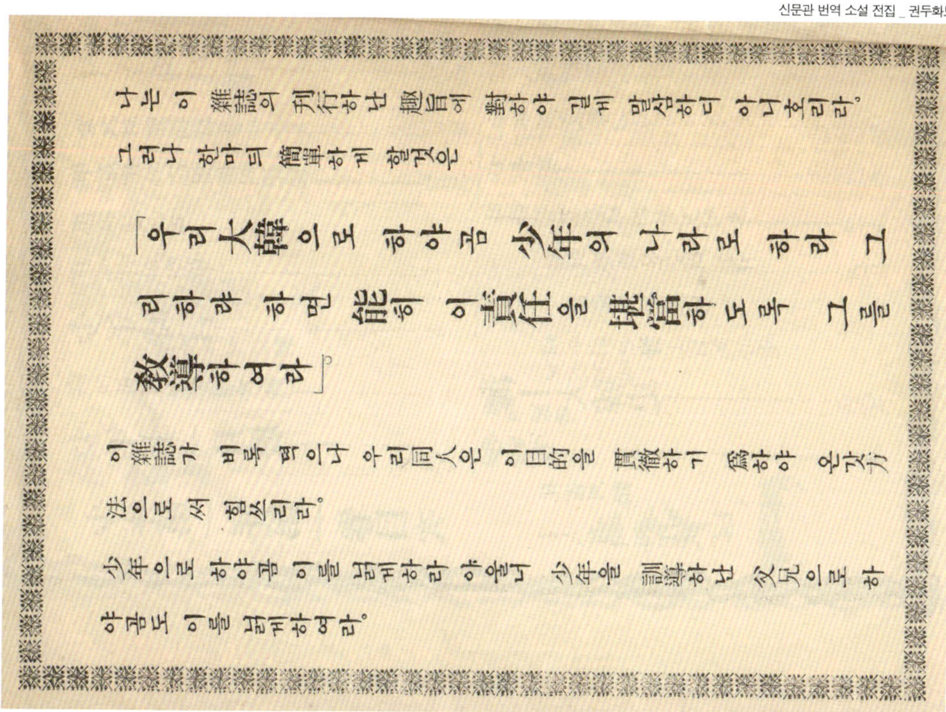

나는 이 雜誌의 刊行하난 趣旨에 對하야 길게 말삼하디 아니호리라.
그러나 한마듸 簡單하게 할것은
「우리 大韓으로 하야곰 少年의 나라로 하라 그리하랴 하면 能히 이 責任을 擔當하도록 그를 敎導하여라」
이 雜誌가 비록 뎍으나 우리同人은 이 目的을 貫徹하기 爲하야 온갓方法으로 써 힘쓰리라.
少年으로 하야곰 이를 닑게하라 아울너 少年을 訓導하난 父兄으로 하야곰도 이를 닑게하여라.

「소년」 창간호의 머리글(1908)

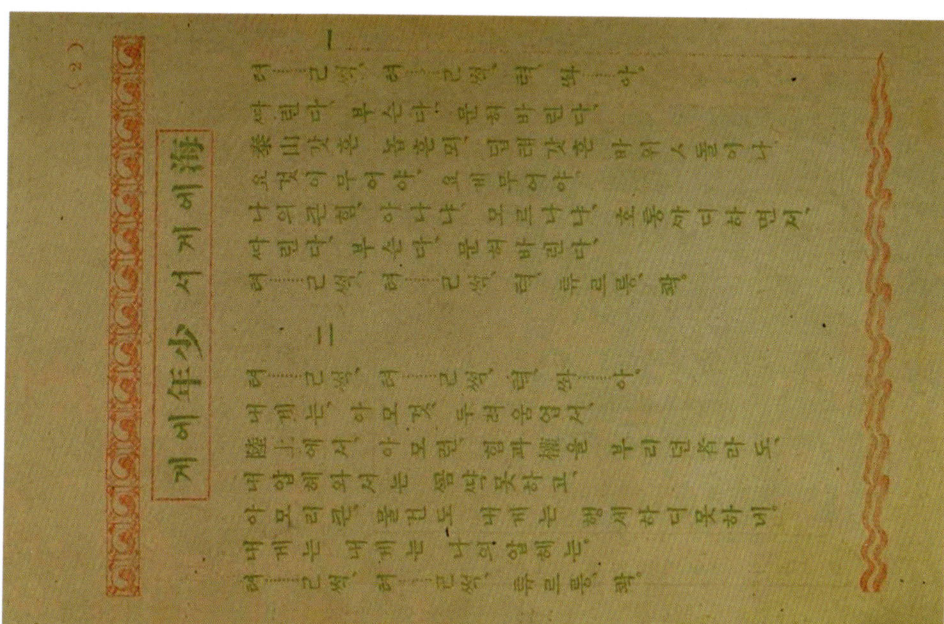

(2)

海에게서 少年에게

一

텨……ㄹ썩, 텨……ㄹ썩, 텩, 쏴……아.
따린다, 부슨다, 문허바린다.
泰山갓흔 놉흔뫼, 딥턔갓흔 바위ㅅ돌이나,
요것이 무어야, 요게 무어야.
나의 큰힘, 아나냐, 모르나냐, 호통까디 하면서,
따린다, 부슨다, 문허바린다.
텨……ㄹ썩, 텨……ㄹ썩, 텩, 튜르릉, 콱.

二

텨……ㄹ썩, 텨……ㄹ썩, 텩, 쏴……아.
내게는, 아모것, 두려움 업서,
陸上에서, 아모런, 힘과 權을 부리던 者라도,
내압헤 와서는 꼼딱 못하고,
아모리 큰, 물건도 내게는 행세하디 못하네.
내게는 내게는 나의 압헤는.
텨……ㄹ썩, 텨……ㄹ썩, 튜르릉, 콱.

「해에게서 소년에게」 중 일부(『소년』 창간호, 2면, 1908)

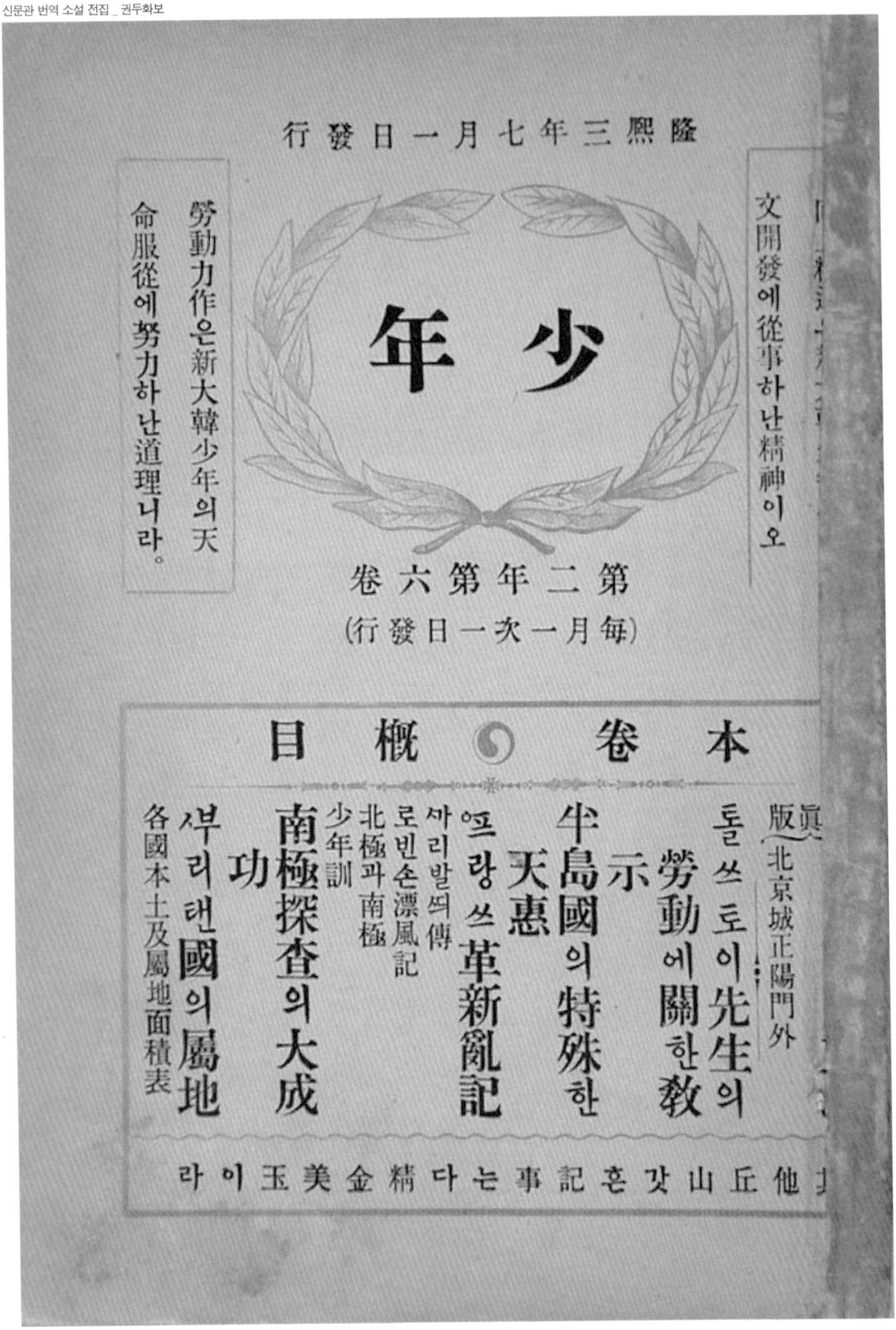
隆熙三年七月一日發行
文開發에從事하난精神이오
少年
勞動力作은新大韓少年의天
命服從에努力하난道理니라。
第二年第六卷
(每月一次一日發行)
本卷槪目
眞版) 北京城正陽門外
톨쓰토이先生의勞動에關한敎示
半島國의特殊한天惠
ᄯᅳ랑쓰革新亂記
ᄭᅡ리발띄傳
로빈손漂風記
北極과南極
少年訓
南極探査의大成功
ᄲᅮ리탠國의屬地
各國本土及屬地面積表
其他丘山갓흔記事는다精金美玉이라

『소년』 8호(1909)

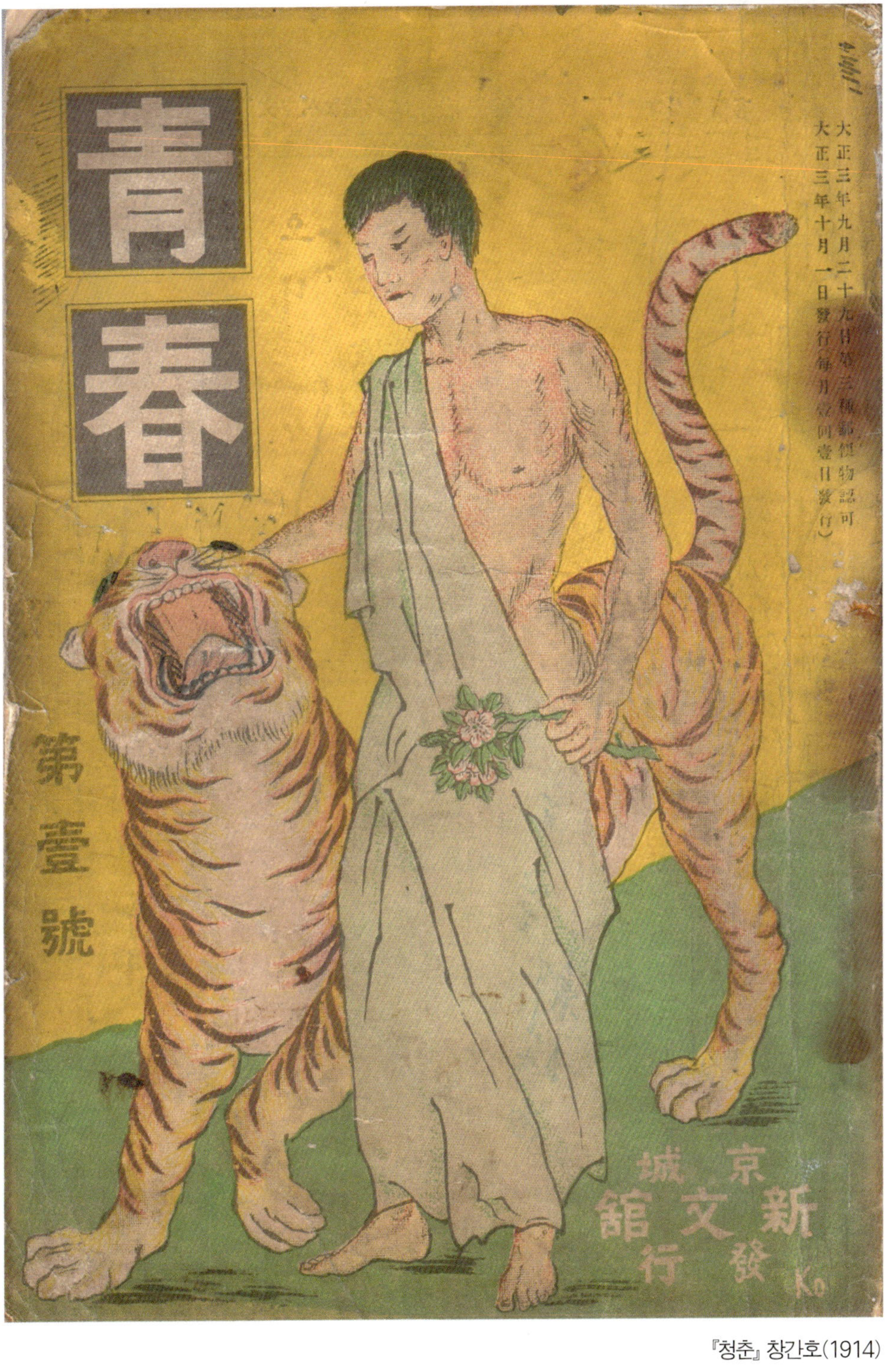

『청춘』 창간호(1914)

青春
第十五號
大正七年三月十六日第三種郵便物認可
大正七年九月十六日發行（每月一回十六日發行）
京城新文館發行

『청춘』 15호(1918)

京城 新文館 發行

每月貳回 一、十五日

第壹年 第壹號

붉은저고리

공부거리와놀이감의화수분

인ᄉᆞ엿줍는말숨

우리는 온 셰상 붉은 셔고리 입는이들의 귀염 밧는 동무가 될양으로 생겻습니다 ᄌᆞ미 잇는 이약이도 만히 잇습니다 보기 조흔 그림도 만히 가젓습니다 공부 거리와 놀이 감도 적지안히 만들엇습니다 여러분의 보고 듯고 배호고 놀기에 도음 될것은 이것 저것 다 마련ᄒᆞ얏습니다

한별 한별 나는대로 ᄎᆞ례ᄎᆞ례 보아가면 무엇이 엇더ᄒᆞ야 무슨 ᄌᆞ미가 얼만큼 잇는지 아시오리다 무슨 ᄭᆞ닭에 한ᄯᆡ라도 멀니 지내서는 아니될술도 아시오리다

아즉 한달에 두번식 갈터이니 그동안이 더듸다고 마시고 아모조록 ᄌᆞ세히 보시면 유익 어듬이 과히 낫부지 아니ᄒᆞᆯ줄 압니다

골고로 사랑ᄒᆞ시며 늘 귀여ᄒᆞ시오

은진미력

한샘

이 그림은 은진(恩津) 고을 반야산(般若山) 관촉절(灌燭寺)에 잇는 돌 미력이니 이제로부터 한 천년전 되는 고려(高麗)때에 혜명(慧明)이라ᄒᆞ는 즁이 빅 넘은 바치를 다리고 설흔 닐곱해만에 만들어 낸것이외다

얼는 보면 그리 큰줄 생각되지 아니ᄒᆞ나 가만히 그밋해서 잇는 사람들에 견주어 보시오 커단 어른이언만 그 머리가 겨오 정강이에도 닷지 못ᄒᆞ지 안습닛가 그키가 쉰다섯자니 그럴것이외다 몸집은 설흔자오 귀길이가 아홉자오 눈섭 사이가 여섯자오 입 넓이가 석자가옷이오 이우에 그 어마어마ᄒᆞᆫ 갓이 잇스니 그 크기가 엇더ᄒᆞ겟닛가

이 알에 적은 글은 그가 여러분게 들이는 말숨으로 지음이외다

* * * * . * * *

나좀보오내게는 쉰다섯자오

아모든지쳐다보면새마오리다

나치뜨는구름은 허리를감고

놉히나는새라도 눈압해뵈오

세상에생겨난지 이제천년에

텬연ᄒᆞ게가만히 안자잇스되

크단소문저절로 널니퍼져서

보러오는손님이 늘잇습니다

반구르면쌍이라도새질듯ᄒᆞ고

손만들면별이라도쌀것갓지오

내억개에오르면 저하늘우도

넘겨다보일는지 모르옵니다

사랑ᄒᆞ는동무야 어서자라서

소견이며몸집이 커다라커든

머시나갓가오나 차사[illegible]시오

억개동부ᄒᆞ리다 목말태[illegible]다

곡됴는普通敎育唱歌集第[illegible]

『붉은 저고리』 창간호(사본, 1913)

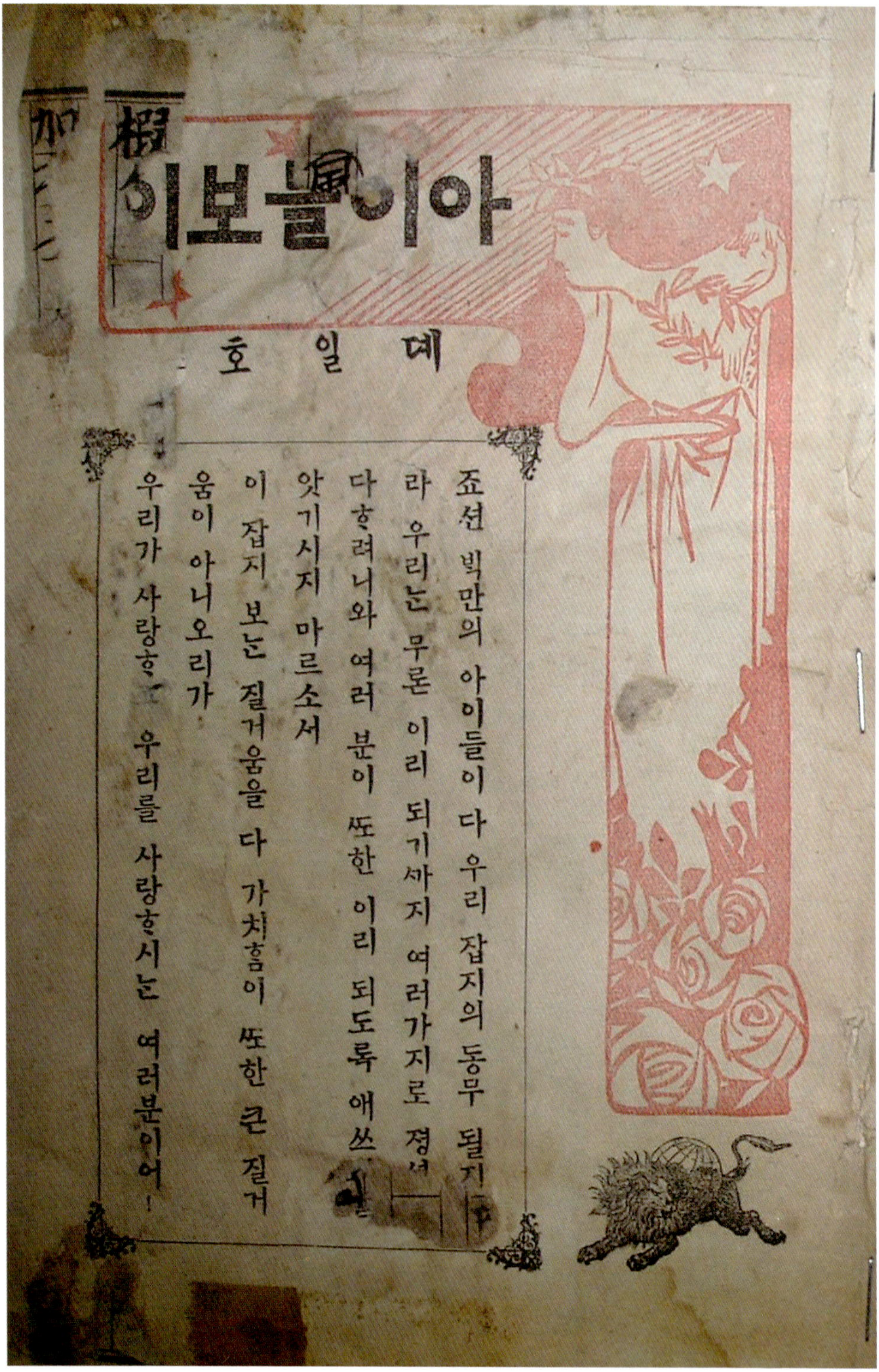

아이들보이

뎨일호

죠션 ᄇᆡᆨ만의 아이들이 다 우리 잡지의 동무 될지
라 우리는 무론 이리 되기ᄭᅡ지 여러가지로 졍셩
다ᄒᆞ려니와 여러 분이 ᄯᅩ한 이리 되도록 애쓰
앗기시지 마르소서
이 잡지 보ᄂᆞᆫ 질거움을 다 가치ᄒᆞᆷ이 ᄯᅩ한 큰 질거
움이 아니오리가
우리가 사랑ᄒᆞ[illegible] 우리를 사랑ᄒᆞ시ᄂᆞᆫ 여러분이어!

『아이들 보이』 창간호 머리말(1913)

『아이들 보이』 3호(1913)

『아이들 보이』 13호(1914)

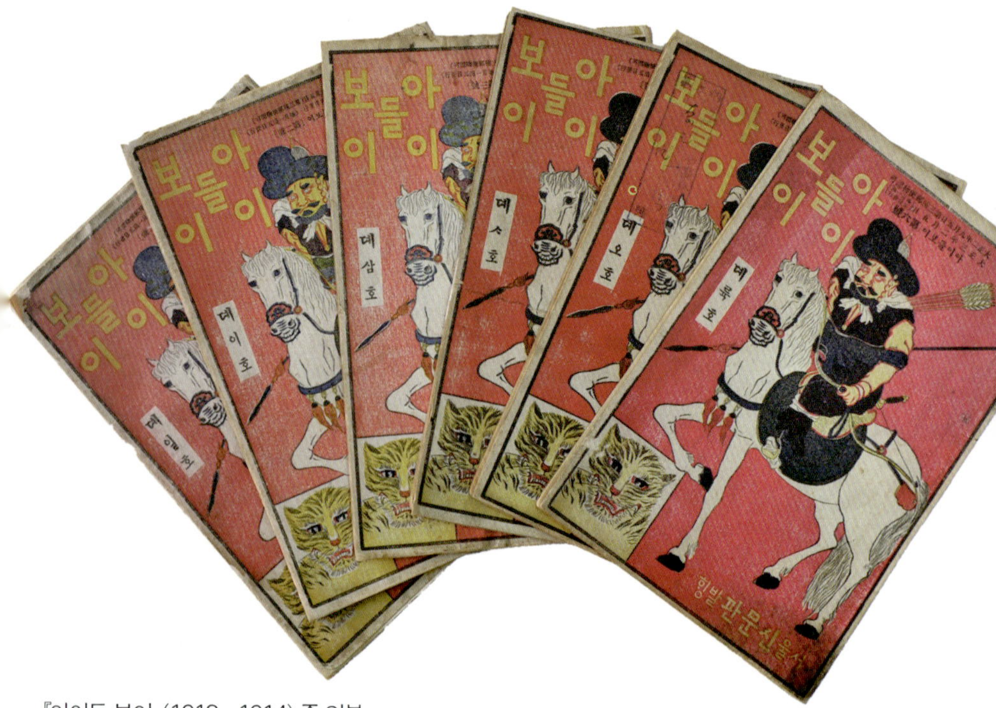

『아이들 보이』(1913~1914) 중 일부

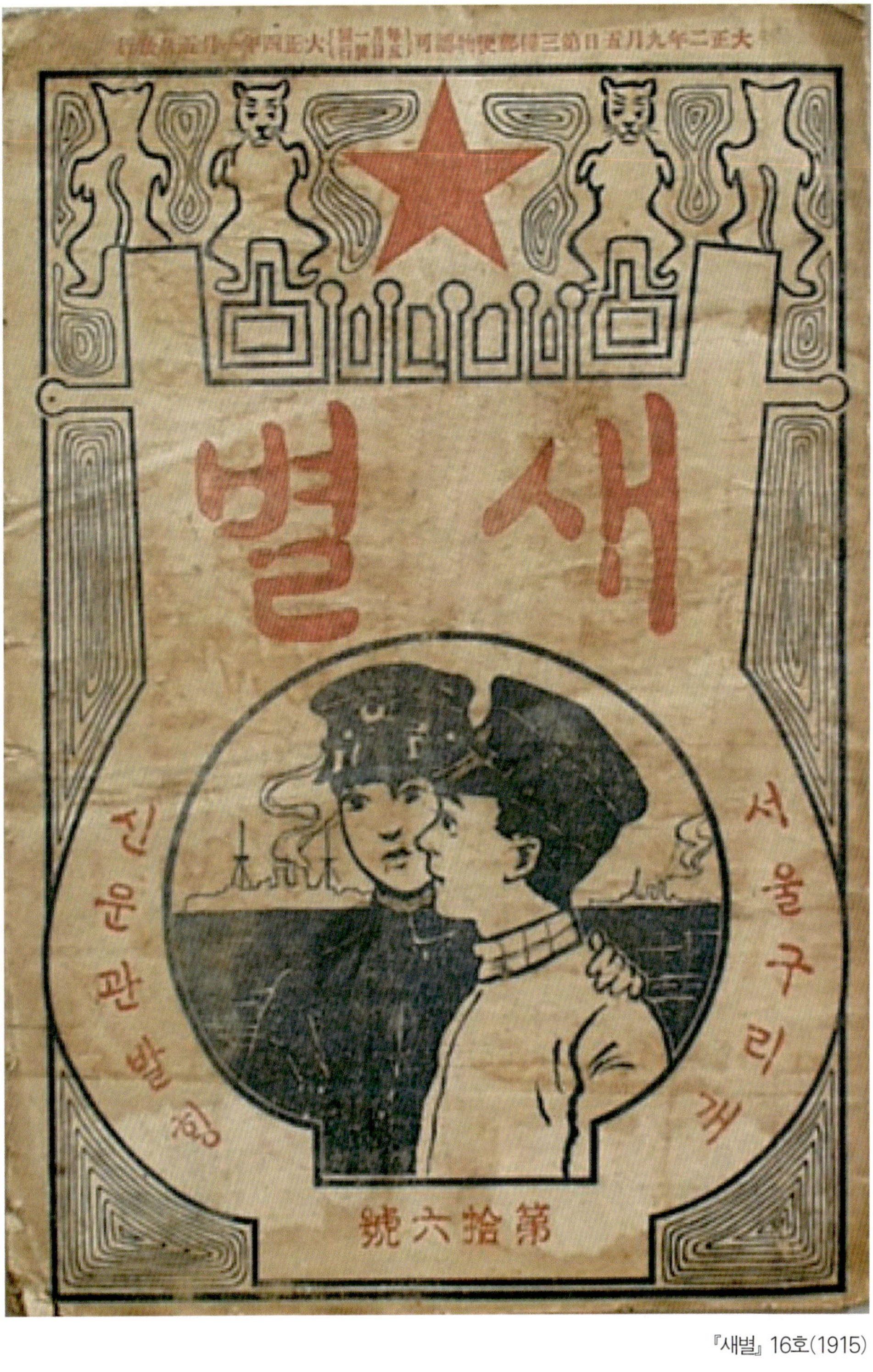

『새별』 16호(1915)

『괴기』 창간호(동명사, 1929)

『괴기』 2호(동명사, 1929)

신문관 번역 소설 전집

The Complete Collection of Translated Novels Published by Sin-mun-gwan

박진영 엮음

소명출판

신문관(新文館)

1908년에 육당(六堂) 최남선(崔南善)이 설립한 근대적인 출판사인 동시에 문예와 학술의 아카데미를 꿈꾸었던 최초의 종합 문화 기관이다. 당대 최고의 편집 역량과 인쇄 기술력을 갖춘 신문관에서 종합 교양 월간지 『소년』과 『청춘』을 비롯하여 어린이 잡지 『붉은 저고리』, 『아이들보이』, 『새별』이 잇달아 발행되었다. 그 밖에도 여러 기획 총서와 문고본, 한국학 명저와 학술·종교 도서 및 교양서, 독본과 학습서, 어학 총서, 한국어 사전, 한국과 중국의 고전 소설, 그리고 서양 번역 소설이 신문관에서 편찬되었으니 명실상부한 근대 한국학의 아카이브이자 1910년대 최대의 민간 문화 계몽 기구다. 신문관은 한일 병합 이후에도 순 한글로 된 '신문관'과 '새글집'의 이름을 이어 갔다. 그러나 최남선이 삼일 운동으로 옥고를 치르면서 경영난을 겪다가 동명사(東明社)로 이름을 고친 뒤에 시사 주간지 『동명』과 일간지 『시대일보』를 발행했다. 신문관은 그 뒤로도 한동안 인쇄소로서 명맥을 유지했으며, 동명사는 오늘날까지 한국에서 가장 오랜 역사를 지닌 출판사로 남아 있다.

펴내는 말

우리 시대의 번역을 위하여

모든 번역에는 역사가 있다. 소설의 번역도 그렇다. 소설이라는 것의 숨은 번역가이자 진짜 번역가는 시대정신이기 때문이다. 쉬 잊곤 하는 바다. 그래서 번역 소설의 역사란 그때, 거기로부터 지금, 여기까지 이어진 시대정신의 역사다.

그러고 보면 한국에서 근대적인 번역 문화의 역사를 처음 연 것이 신문관(新文館)이라는 사실은 조금도 이상한 일이 아니다. 독자적인 자본과 최고의 기술력으로 무장한 신문관은 당대의 내로라하는 문화 역량을 한데 모아 새로운 시대의 상상력과 출판문화의 창조를 겨냥하고 나섰기 때문이다. 신문관이라는 출판 종합 기구는 늘 격진의 마당 한복판에서 근대 한국과 근대 한국인, 그리고 근대 한국어가 지향해야 할 가치를 좇았다. 대한 제국의 저물녘부터 삼일 운동 전야까지 꼭 십 년에 걸친 번역 소설 출판도 그 가운데 하나다.

신문관의 이름을 이 책의 진정한 주체요 주어로 삼은 것도 그래서다. 『신문관 번역 소설 전집』에 갈무리된 일곱 권의 소설만큼 번역과 출판문화의 역사를, 시대정신의 역사를 생생하게 증언해 주는 목소리는 달리 찾기 어려울 터다. 지금 우리 시대가 물려받은 번역의 힘을 되돌아보기 위해서라면, 또한 다음 시대에 넘겨줄 문화적 가능성을 내다보기 위해서라면 신문관에서 펴낸 번역 소설을 모르는 체할 수 없는 노릇이다.

짐작건대 신문관이 남긴 종이와 활자 안에는 그루잠을 설친 앳된 소년들의 손때가, 끓는 피로 달뜬 청춘들의 눈물 자국이 묻어 있을 것이다. 백 년 전의 그 얼굴들이야말로 지금 우리 시대의 한국과 한국인, 그리고 한국어를 빚어낸 주역들이다. 그들에게 번역 소설이란 이십 세기 세계사 속의 한국과 한국인을 가늠하기 위해 열린 창이었으며, '순 한글의 한국어 문장'으로 뚫고 가야 할 세계 문학의 시대를 향한 대장정의 첫걸음이었다.

낡고 오래된 번역을 손질하여 다시 펴내는 뜻도 여기에 있다. 그때와 같고도 다른 시대에 살면서 낯선 풍경과 감각을 고스란히 맛볼 수 있다는 것은 분명 행복한 일이다. 하나하나 원작을 확인해 가면서 깐깐하게 바로잡고 정확한 뜻풀이를 덧붙인 것은 그래서다. 오래전의 어린이와 젊은이에게 두고두고 남았을 법한 흥분과 설렘이 오늘날의 새 독자들에게도 반드럽게 전해지기를 바란다.

『신문관 번역 소설 전집』은 한국의 아동 문학과 근대 소설의 역사를 재조명하는 데에도 한몫을 다하리라 기대한다. 여기에 수록된 작품들은 아예 알려져 있지 않거나 그렇지 않더라도 본모습을 확인할 수 없었다. 그동안 번역이라는 핑계로 눈감아 왔던 탓도 크거니와 신문관이 어린이 독자에게 기울인 유다른 관심이라든가 번역을 통해 근대 한국어 문장의 창안에 쏟은 역투에 소홀했기 때문이다. 이 책이 한국 문학사의 새로운 역사적 동력을 찾아가는 비계로서 쓸모를 다할 수 있다면 더 바랄 나위 없는 품값으로 삼겠다.

그런가 하면 지금까지 쉽사리 찾아볼 수 없었던 신문관의 여러 출판물과 새 기록들을 함께 실었다. 부록으로 편성된 갖가지 사진이나 관련 자료, 팸플릿과 광고는 신문관이 꿈꾸었던 출판문화 기획의 진면목을 아낌없이 드러내 줄 것이다. 출판사의 이름을 앞세운 전집으로서는 이 책이 첫길이니만큼 제값을 톡톡히 하리라 믿는다.

마침 올해는 신문관을 창립한 육당 최남선의 탄생 120주년이 되는 때다. 신문관의 창립 이념과 출판 정신을 되새겨 보기에 마침맞다. 그러기 위해서는 여기저기 흩어져 있는 관련 자료들을 애써 그러모으고 공들여 복원하는 일부터 손대야 한다. 신문관의 출판물 가운데에는 전혀 조사되지 않거나 미처 수습되지 못한 채 내팽개치다시피 둔 것들이 적지 않다. 더 미룰라치면 값진 문헌의 행방조차 영영 찾을 길이 없을 테니 후대에 물려줄 소중한 문화적 자산을 잃어버린 역사적 책임을 묻지 않을 수 없게 된다. 무엇보다 앞서 풀어야 할 우리 시대의 과제다.

『신문관 번역 소설 전집』을 내기 위해 많은 분들의 도움을 입었다. 귀한 자료의 가치를 알아보고 오랫동안 소중하게 간직해 온 여러 개인이나 기관의 도움이 아니었다면 엄격하고 정밀한 복원이 불가능했을 것이다. 더 이상 찾아보기 힘들게 된 사진과 삽화를 여럿 실을 수 있게 된 것도 전적으로 숨은 협력자들 덕분이다. 이분들께 따로 감사의 말을 전해 그동안 끼친 폐를 갈음하고자 한다.

2010년 10월

여시재(如是齋)에서

편자 박진영

감사의 말

귀중한 문헌을 열람하고 촬영할 수 있도록 도와주신 연세대학교 학술정보원 국학자료실의 김명주 주임님과 서강대학교 로욜라도서관 정보봉사팀 한연숙 차장님께 감사드립니다. 『걸리버 유람기』와 『불쌍한 동무』, 『허풍선이 모험 기담』은 연세대학교 학술정보원에 소장된 자료를, 『검둥의 설움』은 서강대학교 로욜라도서관에 소장된 자료를 이용했습니다.

보성고등학교 오영식 선생님께서는 개인적으로 소장한 『자랑의 단추』를 흔쾌히 내주셨습니다. 『자랑의 단추』는 이 책을 통해 처음 공개되는 귀중한 자료입니다. 가치 있는 문헌의 발굴과 수집, 연구를 위한 오영식 선생님의 오랜 열의와 적극적인 협조가 없었더라면 이 책이 '전집'의 이름값을 다하지 못했을 터입니다.

첫머리에 실린 신문관 편집실 겸 조선 광문회 편수소의 사진은 육당 최남선의 손자이자 동명사 대표 최국주 박사님께서 제공해 주셨습니다. 지금은 찾아볼 길이 없는 신문관과 조선 광문회의 옛 터전을 사진으로나마 다시 만날 수 있게 된 것은 무척 다행한 일입니다.

아단문고 학예연구실의 박천홍 실장님께서는 일찍부터 신문관의 출판 사업에 대해 큰 관심을 갖고 격려해 주셨습니다. 잦은 문의에 하나하나 응해 주시면서 건넨 갖가지 도움말이 아니었더라면 이 책을 내는 일이 한결 어려웠을 것입니다.

그 밖에도 굳이 이름을 밝히고자 하지 않은 몇 분의 개인 소장자들이 자료의 촬영 및 사진 수록을 기꺼이 허락해 주셨습니다. 애써 모으고 갈무리해 둔 희귀한 자료의 사진을 수록할 수 있었던 것은 이분들의 덕분입니다. 작은 지면을 빌려 거듭 사의를 표합니다.

◎ **수록 작품**

제목	번역자	출판 시기	원저자(생몰년) / 원작(출판 연도)
걸리버 유람기	신문관 편집국	1909.2	조너선 스위프트(1667~1745) / 걸리버 여행기(1726) Ⅰ·Ⅱ부
불쌍한 동무	육당 최남선	1912.6	위다(마리 루이 드 라 라메: 1839~1908) / 플랜더스의 개(1872)
만인계		1912.9	마리아 에지워스(1767~1849) / 제비뽑기(1799)
자랑의 단추		1912.10	에이미 르 페브르(?~1929) / 테디의 단추(1890)
검둥의 설움	춘원 이광수	1913.2	해리엇 엘리자베스 비처 스토(1811~1896) / 톰 아저씨의 오두막(1852)
허풍선이 모험 기담		1913.5	루돌프 에리히 라스페(1737~1794) / 허풍선이 남작의 모험(1786)
해당화	나정 박현환	1918.4	레프 니콜라예비치 톨스토이(1828~1910) / 부활(1899)

◎ **사진 출처**

이 책에 실린 사진은 자료를 소장하고 있는 개인 및 기관의 허락을 얻어 원본 도서의 일부를 촬영하거나 복제한 것입니다. 따라서 사진을 다시 사용하기 위해서는 반드시 편자와 출판사, 그리고 소장자 및 소장 기관의 동의를 구해야 합니다. 아래에 출처를 낱낱이 명기하지 못한 사진들은 모두 개인 소장 자료이며, 편자와 소장자가 이미지 저작권을 소유하고 있음을 밝혀 둡니다.

- 『걸리버 유람기』, 『불쌍한 동무』, 『허풍선이 모험 기담』: 연세대학교 학술정보원
- 『불쌍한 동무』 제사 판 표지 사진 및 본문 삽화: 아단문고
- 『검둥의 설움』: 서강대학교 로욜라도서관, 아단문고
- 『자랑의 단추』: 보성고등학교 오영식 교사
- 『만인계』, 『해당화』: 국립중앙도서관
- 『경부 철도 노래』, 『조선 요리 제법』, 『조선 문전』, 『조선 이언』: 독립기념관
- 『한양 노래』: 연세대학교 학술정보원
- 『홍루몽』, 『사씨남정기』, 『홍경래 실기』: 국립중앙도서관
- 『말의 소리』, 『조선 말본』, 『깁더 조선 말본』: 개인 소장자(사진 제공)
- 『소년』 창간호: 개인 소장자 김홍식(사진 제공)
- 『아이들 보이』 1~13호: 아단문고
- 『붉은 저고리』 창간호: 국사편찬위원회(사본)
- 『새별』 16호, 『괴기』 2호: 독립기념관
- 『괴기』 창간호: 개인 소장자(사진 제공)
- 『무궁화』: 성균관대학교 동아시아학술원 한기형 교수(사진 제공)
- 『신유행 창가』: 한국학중앙연구원 장서각(사본)
- 신문관 편집실 겸 조선 광문회 편수소 사진: 동명사(東明社) 최국주 대표
- 기타 잡지 및 단행본 사진 자료: 편자 소장

차례 신문관 번역 소설 전집

부록

일러두기

- 『신문관 번역 소설 전집』은 신문관(新文館)에서 출판된 일곱 권의 단행본 번역 소설을 모은 전집이다.
- 이 책은 각 단행본의 초판을 바탕으로 삼아 엄격한 교정과 교열을 거친 결정판이자 비평적 정본이다.
- 표기법과 띄어쓰기, 외국어와 외래어는 지금의 한글 맞춤법과 표준어 규정에 맞게 고쳤다. 특히 고유 명사는 원작을 확인하여 올바른 표기법으로 바로잡았다.
- 근대 문학 초창기의 어투와 어감을 살리기 위해 일부의 입말 투는 지금의 어문 규정에 어긋나더라도 그대로 두었다.
- 옛말이나 의성어, 의태어, 센말과 여린말은 될 수 있는 대로 원문을 따랐다. 특히 이북 지역의 사투리는 가능한 한 살리고자 했다.
- 병기된 한자는 원문 그대로 두는 것을 원칙으로 삼되 몇몇 분명한 잘못은 바로잡았다.
- 구두점과 문장 부호는 간행 당시의 관례를 존중하여 가능한 한 그대로 두었다. 다만 불필요하게 남발된 쉼표는 지금의 어법을 고려하여 조정했다.
- 뜻풀이가 필요한 고유 명사는 본문의 각주를 통해 밝혔다.
- 지금 우리 시대의 독자에게 낯설거나 뜻풀이가 필요한 옛말, 사투리, 또는 본문에 한자가 병기되지 않아 뜻이 모호한 낱말은 '낱말 풀이 ①'에서 밝혔다. 머리말이나 꼬리말, 부록에 쓰인 낱말의 뜻풀이는 '낱말 풀이 ②'에서 따로 갈무리했다.
- 말뜻의 풀이는 한자어일 경우에는 그 낱말의 어근만을 제시했으며, 순 우리말을 어근으로 삼는 경우에는 기본형을 제시했다. 순 우리말과 한자 또는 한자어가 결합된 경우에는 어원을 드러낼 필요가 있을 때에만 한자를 병기했으며, 그렇지 않은 경우에는 굳이 드러내지 않았다.
- 분명한 오류와 오식은 바로잡았으며, 그렇지 않은 경우에는 여러 종의 우리말 사전을 참고하여 정확한 본딧말을 확인하고 이를 '낱말 풀이'에서 밝혔다.

걸리버 유람기

葛利寶遊覽記

Gulliver's Travels

신문관 편집국 편수(編修)

(十錢叢書)

셜늬버유람긔

(葛利賓遊覽記)

──(小說類第一冊)──

新文館
編輯局
編修

身長五寸의侏儒
腰大百圍의巨人

曠古絕今의怪事
駭耳驚心의奇聞

漢城

新文館

發行

십전 총서(十錢叢書) 발행 취지

1. 가장 적은 돈과 힘으로 가장 요긴한 지식(智識)과 고상한 취미와 강건(剛健)한 교훈을 얻으려 하는 우리 소년 제자(諸子)의 욕망을 만족케 하려 하여

2. 문명의 이기(利器)를 자(藉)하여 백주(白晝)에 공연하게 기인편재(欺人騙財)하는 기다(幾多) 서적(書賊)을 초멸(勦滅)하려 하여

3. 백과(百科)의 학(學)과 사부(四部)의 서(書)에서 막긴막요(莫緊莫要)한 자(者)를 정선(精選)하여 평이 간명한 문자로 편술(編述)하여 써 일반 국민—더욱 소년 제자의 정신적 양식을 간단없이 공급하려 함.

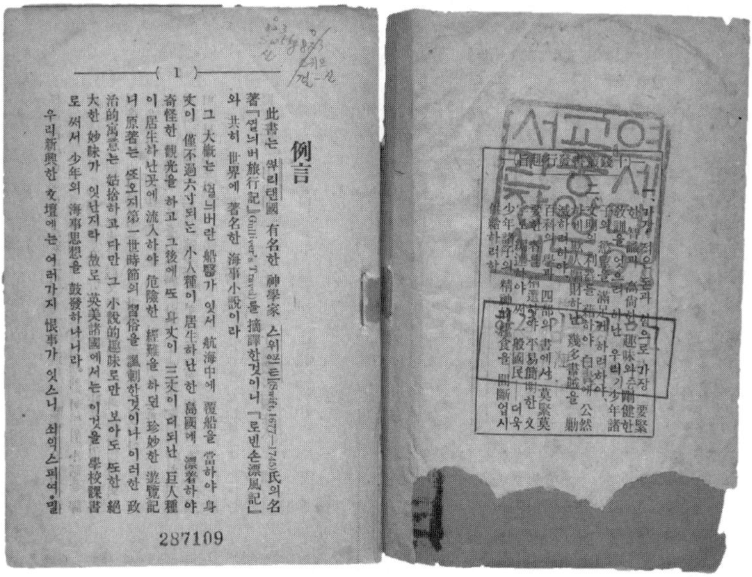
(1)

例言

此書는 쁘리텐國 有名한 神學家 스위프트(Swift, 1677—1745)氏의 名著『껄늬버旅行記』(Gulliver's Travel)를 摘譯한것이니 『로빈손漂風記』와 共히 世界에 著名한 海事小說이라

그 大槪는 껄늬버란 船醫가 잇서 航海中에 覆船을 當하야 身丈이 僅不過六寸되는 小人種이 居生하난 한 島國에 漂着하야 奇怪한 觀光을 하고 그後에 또 身丈이 三丈이 더되난 巨人種이 居生하난곳에 流入하야 危險한 經難을 하던 珍妙한 遊覽記니 原著는 쪼오지第一世時節의 習俗을 諷刺한것이나 이러한 政治的寓意는 姑捨하고 다만 그 小說的趣味로만 보아도 또한 絶大한 妙味가 잇난지라 故로 英美諸國에서는 이것을 學校課書로 써서 少年의 海事思想을 鼓發하나니라

우리新興한 文壇에는 여러가지 恨事가 잇스니 쇠익스피여·밀

예언(例言)

차서(此書)는 브리튼* 국 유명한 신학가(神學家) 스위프트(Jonathan Swift: 1667~1745) 씨의 명저 『걸리버 여행기(Gulliver's Travels)』를 적역(摘譯)한 것이니 『로빈슨 표풍기(漂風記)』와 공(共)히 세계에 저명한 해사 소설(海事小說)이라.

그 대개는 걸리버란 선의(船醫)가 있어 항해 중에 복선(覆船)을 당하여 신장이 근(僅) 불과 육 촌(寸) 되는 소인종(小人種)이 거생(居生)하는 한 도국(島國)에 표착(漂着)하여 기괴한 관광을 하고 그 후에 또 신장이 삼 장(丈)이 더 되는 거인종(巨人種)이 거생하는 곳에 유입(流入)하여 위험한 경난(經難)을 하던 진묘(珍妙)한 유람기니 원저(原著)는 조지 제일세 시절의 습속(習俗)을 풍자한 것이나 이러한 정치적 우의(寓意)는 고사하고 다만 그 소설적 취미로만 보아도 또한 절대한 묘미가 있는지라. 고로 영미 제국(諸國)에서는 이것을 학교 과서(課書)로 써서 소년의 해사 사상(海事思想)을 고발(鼓發)하나니라.

우리 신흥한 문단에는 여러 가지 한사(恨事)가 있으니 셰익스피어, 밀턴, 단테, 괴테, 에머슨,† 톨스토이 등 제가(諸家)의 술작(述作)을 이식(移植)함은 고사하고 아직 그 명자(名字)도 입문(入聞)됨을 보지 못한 이때에 이따위 소화(小話)를 역술(譯述)— 게다가 초역(抄譯)함은 우리가 무슨 문학적 의

* 브리튼(Britain): 잉글랜드(England), 웨일스(Wales), 스코틀랜드(Scotland)를 도틀어 이르는 말.

† 에머슨(Ralph Waldo Emerson: 1803~1882): 미국의 사상가이자 시인. 청교도주의 및 독일 이상주의를 고취하여 미국의 사상계에 큰 영향을 끼쳤다. 『자연론』, 『에세이집』, 『대표적 위인』, 『영국 국민성』 등의 저술이 있다.

미로 한 것은 아니요 다만 요탕(搖蕩)하고 부허(浮虛)한 희문자(戲文字)가 우리 소년의 기독물(嗜讀物)이 되는 것을 보고 얼마큼 이를 교구(矯救)할까 하는 미의(微意)로 한 것이라.

우리가 이제 소년 제자를 위하여 가장 적은 돈과 힘으로 가장 유익한 지식(智識)과 흥미를 사게 하려 하여 '십전 총서'를 발행하려 할새 이로 써 소설류의 제일 책을 함은 해광(海狂)인 편자가 스스로 기뻐하는 바이로라.

융희(隆熙) 3년(1909) 2월 5일

'십전 총서' 편수인(編修人) 식(識)

알사람 나라 구경

걸리버 유람기(遊覽記) 상권
소인국 표착(漂着) 관광록(觀光錄)

한 백 년 전에 브리튼 나라에 걸리버란 배 타고 다니기 좋아하는 사람이 있었소.

배 타고 다니는 것은 익기 전에는 고생이라면 고생이로되 익어만 지면 아무렇지도 아니할뿐더러 더욱 여기저기로 왕래하면서 경난(經難)도 하고 구경도 하며 넓으나 넓은 바다에 노는 고래와 잠긴 악어(鰐魚)로 더불어 벗을 하여 사나이(男兒)의 좁은 가슴을 넓히는 것이 또한 매우 재미가 있소.

이 걸리버란 사람은 원래 의술(醫術)을 공부하였는데 처음부터 벽해 둥둥 떠다니면서 큰 하늘 넓은 바다 사이에 호연(浩然)한 기운을 기르는 것에서 더 좋은 일이 없다 하여 당초에도 배 타고 다니는 데 요긴한 배질하는 법과 수학(數學) 같은 것을 힘써 하였고 또 나중에 의술을 공부하기도 필경 배 타고 다니는 데 좋을 줄 안 까닭이었소.

의술을 졸업한 뒤에는 어느 배에 배 의원(船醫)이 되어서 이리저리로 쥐양 돌아다니는데 그 어느 때에는 인도로 향하여 가는 길에 별안간 못된 바람을 만나서 바람에 끌려서 점점 서북 편으로 몰려 가다가 나중에는 큰 바위에 가 몹시 부딪쳐서 금시에 배가 다 깨어지고 탔던 사람들은 다 물에 빠져 죽었소.

그중에서 걸리버는 본래 헤엄을 잘하는 고로 다 같이 물결에 할퀴어 간 바가 되어 바다로 빠졌으나 짠물을 마시기 전에 얼른 투닥투닥 헤엄하여

수 좋게 혼자 뭍으로 다다랐소.

에그, 좋아라! 하고 급히 올라가기는 하였으나 공교로이 그때에는 해가 벌써 떨어지고 사(四)방이 다 컴컴하였던 고로 어떠한 곳인지 알 수가 없어서 지향할 바를 몰랐소.

그러나 벌써부터 죽기를 기 쓰고 헤엄을 하여 몹시 기운이 지쳤던지라 "죽으나 사나 잠이나 자고 보리라. 밤이 새고 사람이 지나면 구원하여 달라 하리라." 하고 그대로 풀 자리, 돌베개에 우레 같은 코를 불면서 인사 정신 모르고 잠이 들었소.

이러구러 한밤을 지내고 일고삼장(日高三丈)이나 한 후에 눈을 깨어서 일어나려 하니 이것이 어이한 일이냐, 팔다리로서 머리카락까지 그대로 모두 바싹 잡아당겨다가 무엇으로 단단하게 붙들어 매었고 그뿐 아니라 겨드랑 밑으로부터 종아리까지 온몸을 가는 줄로 수없이 휘휘친친 감은 듯한데 몸도 기동(起動)하는 수 없고 머리까지도 들어 볼 수 없으며 오직 볼 수 있는 것은 눈이 부신 해뿐이요 옆에서 사람의 목소리 같은 소리가 모기 우는 것처럼 앙알앙알하매 어이한 셈 모르고 하는 수 없이 그대로 자빠져 있었소.

얼마 아니하여 왼편 넓적다리에 무슨 생물(生物)이 움직이더니만 가만가만히 가슴까지 올라와서 나중에는 턱 밑까지 다다른지라 할 수 있는 대로 눈을 아래로 떠서 가까스로 본즉 그것은 키가 한 대여섯 치(五六寸) 되는 사람 비슷한 물건인데 손에는 활과 화살을 가졌고 등에는 살통을 지었는데 그 뒤에 또 사오십(四五十) 명 고따위 물건이 떼를 지어 올라오는 듯한지라. 걸리버가 크게 놀라서 소리를 버럭 질렀더니 여기 놀라서 다 달아났는데 뒤에 들은즉 그때에 혹 몸 위에서 뛰어내리다가 낙상(落傷)을 하여 몹시 다친 자도 있었다 하오.

다 달아난 줄만 알았더니 그 뒤에 한 사람은 걸리버의 얼굴이 분명 보일 만한 데까지 와서 눈이 둥그레서 두 손을 들고 딱 바라진 목소리로 "헤키나 떼깔."이라고 제 딴은 소리를 지르는 모양이나 무슨 의민지 조금도 알 수가 없소.

어찌하였든지 이 땅은 알사람 사는 곳이 분명하오.

이때 걸리버는 연방 결박한 것을 벗을 양으로 몸을 한번 뒤흔들었더니 다행히 끈이 끊어져서 왼편 손을 땅에 박았던 나무못(木釘)이 빠지는지라 이 손을 들어 보고 비로소 어떠하게 붙들어 매인 것을 알았고 아프기는 아팠으나 다시 왼편 머리털을 기운껏 잡아당겨서 조금 늦춰 가지고 겨우 두 치쯤 머리를 움직일 만큼 되었소.

그러나 고 사람들이 약삭빠르기는 한지라 이번에도 금시에 다 달아나 버려서 붙잡지를 못하였소. 그리하고서 잠깐 기다렸더니 별안간 떠드는 소리가 나더니만 그중 한 사람이 무엇이라고 소리를 지르더니 불시에 대여섯 치 되는 화살이 비 오듯 쏟아져 들어와서 바늘 끝같이 찌르고 그 외에도 또 공중으로서 마치 폭발약(爆發藥) 같은 것을 떨어트렸으나 별로 아픈 줄을 깨닫지 못하였고 얼굴에 떨어지는 것은 손으로 막았소. 이 화살비가 끝난 뒤에 걸리버가 성가스럽고 괴로워서 견딜 수 없어 다시 잡아맨 것을 벗으려 하다가 더 몹쓸 일제 사격(一齊射擊)을 당하였고 그중에 어떠한 자는 창을 가지고 옆을 찌르려 한 자도 있었으나 다행히 가죽 옷을 입고 있었던 고로 마침내 찔리지 아니하였소.

활로 쏘는 놈에 창으로 찌르는 놈에 이렇게 한참 애들을 쓰더니만 얼마 있다가 고요하게 끝이 난지라 어이하여 그리하는고 하고 가만히 본즉 어느 틈엔지 걸리버 얼굴에서 멀지 아니한 곳에 알사람 너덧이나 앉을 만한 비계(飛階)를 매었는데 알사람 중에서 귀인인 듯한 자 하나가 그 위에서 무엇이라 하는지 영문도 모를 소리를 모기 우는 소리 같은 목청으로 한참을 연설(演說)하더니 알사람 오륙(五六) 명이 와서 고개를 붙들어 매었던 것을 끌러 놓아서 연설하는 사람의 모양을 보게 하였소.

가만히 쳐다본즉 한 사람은 옷깃을 들고 두 사람은 좌우로 부축을 하고 있는데 그 귀인은 온갖 짓을 다 하면서 걸리버를 달래는 모양이라 걸리버도 또한 기뻐하여 손으로 형용을 하여 감사한 말을 하고 또 '나는 요물(妖物)이 아니라 어제 복선(覆船)을 당하여 이곳에 이르렀으니 내가 몸이 크다고 못된 일은 만만(萬萬) 아니 할 터인즉 그저 이 맨 것을 풀어 주시오. 그리하고 속도 대단히 시장하니 먹을 것도 좀 얼른 주시오!' 하는 시늉을 한즉 그 귀인이 그러할듯하게 알아들었던지 즉시 구종에게 분부를 내려 먹을 것은 많이 날라 왔소.

그리하더니만 걸리버의 몸에다가 사다리를 여러 개 놓고 알사람 백(百)여 인이 제가끔 소의 고기와 떡을 큰 그릇에 넣어 가지고서 입으로 날라 오는데 알사람 나라 것이라 소의 족(足)이란 것도 우리에게 참새 다리만도 못 하고 떡이란 것은 작은 환약(丸藥)만 한 고로 얼마를 먹어도 배가 부르지 아니하여 나중에는 네다섯씩 한입에 넣고 꾸역꾸역 먹으니 알사람들이 다 입을 딱딱 벌리고 혀를 홰홰 내둘렀소.

대저 이 나라는 이름을 릴리푸트라 하는데 넓기가 한 일백이삼십(一百二三十) 리 되고 그중에서 제일(一) 번화하다는 밀덴도란 곳에는 사람이 오십만이나 살고 그 저잣거리는 매우 넓은 곳이 다섯 자요 좁은 곳은 일여덟 치, 그저 한 자 남짓한데 거기 삼사(三四) 층 집, 오륙(五六) 층 집이 빗살 모양으로 쪽 들어섰으며 또 사람이란 것은 키가 커야 대여섯 치(五六寸)밖에 아니 되는 알사람들이 사는 고로 다른 짐승들도 그 분수대로 다 작은데 말이 한 자쯤 되고 개가 서너 치 되며 또 매우 크다는 나무가 우리 턱 밑에 드오.

이 나라 임금은 매우 올차게 된 사람이요 또 매우 인자한 고로 이 크나큰 걸리버의 말을 들으시고도 별로 놀라지도 아니하고 오히려 불쌍하게 여겨 서울로 데려다가 얼마 동안 살려 두기로 조칙(詔勅)을 내리사 정부회의(政府會議)에 가결(可決)이 되었소.

그러나 걸리버 같은 왕사람을 그대로 데리고 가다가는 무슨 변(變)이 생길는지도 모를 터인 고로 즉시 영선사(營繕司)에 명하여 이 나라 개벽 후(後)에 처음 있는 큰 수레를 목수 오백(五百) 명이 달려 주야 겸공으로 만들게 하니 이 수레는 나무로 만든 목판인데 사(四)방이 다 일곱 치는 되고 땅을 뜨기는 서너 치나 되고 바퀴는 이십이(二十二)나 붙여서 굴리게 되었소.

이 수레가 다 필역(畢役)한 뒤에 걸리버가 누워 있는 해변으로 옮겨다가 결박 진 채로 알사람 수백(百) 명이 세 시간이나 어기여차 저기여차 하면서 겨우 걸리버의 몸을 떠싣고 말 일천오백(一千五百) 필이 땀을 뻘뻘 흘리면서 이(二) 리쯤 되는 서울을 이틀 만에야 다다랐소.

서울 남대문 밖에 다다른즉 황제와 백관들이 다 구경차로 나와 섰소. 이 수레가 머무르는 곳에 큰 절 하나가 있는데 이 법당은 이 나라에서 가장 큰 집으로 수 년 전에 살인(殺人)이 나서 지금은 폐절(廢寺)이 된 고로 이 집을 걸리버의 사처로 정하여 그 속으로 들어다가 놓으니 아무리 크다 하여도 걸리버에게는 새장 같은지라 혼자 있건마는 빈틈없이 꼭 차서 마치 괴통 속에 틀어박힌 것 같고 그래도 야료할까 하여 게다가 차꼬를 삼십육

(三十六) 개나 채워 놓으니 꿈쩍은 고사하고 꼼짝도 하지 못하게 되었소.

그리한 뒤에 이번에는 바느질꾼(裁縫工)이 수백(百) 인 달려들어 이 귀 저 귀로 겨냥을 내어 가지고 이불, 자리, 베개를 법석을 하고 만들어 준 고로 조금 편하게 잠을 잘 수가 있이 되었소.

그러나 몸은 이때까지도 결박한 대로 있어 옴나위를 할 수가 없어 견딜 수 없는 고로 상직하는 관원에게 청을 하고 '나는 결단코 야단을 아니 할 터이요 꼭 부처님 모양으로 감중련(坎中連) 하고 있기만 할 것이니 그저 결박한 것만 풀어 주시오!'라고 손짓, 고갯짓으로 애걸을 한즉 임금께로 여쭈어 본 뒤에 "그러면 오랏줄은 끌러 줄 것이니 황제 폐하의 허락이 있기까지는 마음대로 다니지 못하리라!"고 다짐을 단단하게 받고 결박한 것은 끌러 주었으나 발에 채운 차꼬는 그대로 두었소.

그리하여 조금은 편하게 되었으나 걸어 다닐 수는 없는 고로 가만히 앉아 있은즉 구경하러 오는 사람이 바람에 물밀듯 날마다 사(四)면팔(八)방에서 모여 들어와서 넘어져 밟히는 어린아이며 지팡이 잃고 어찌할 줄 모르는 늙은이며 발등을 밟히고 시비하는 사나이며 장옷이 벗어져 내외가 깨어진 여편네며 웃는 빛에 우는 꼴에 장날보다도 더하니 열 스물 순사(巡查) 가지고는 금지(禁止)하는 수가 없고 또 그중에도 담대(膽大)하고 일 좋아하는 자(者)는 걸리버의 몸 위에 올라서서 무릎에서부터 배, 가슴으로 어깨, 얼굴 위까지 어험, 어험 하면서 돌아다니는 자(者)가 매일 만 명씩이나 되는 고로 어린아이 매도 많이 맞으면 아프단 셈으로 아무리 걸리버라도 견딜 수 없어 필경 몸살 병이 나기까지에 이르니 맡은 관원이 크게 걱정을 하여 그날부터는 걸리버의 둘레에 목책(木柵)을 하고 무론 누구든지 곁에 가깝게는 오지 못하게 하였소.

또 황제께서는 이 절 근처(近處)에 있는 다섯 층 탑 위에 때때 올라서 걸리버를 구경하시더니 그 몸은 엄청나게 커도 그 행실은 매우 순량한 듯하여 조금도 야료가 없으므로 나중에는 안심하여 시신(侍臣)들이 간하는 말을 들으시지 아니하고 차차 옆으로 가깝게 이르러 자세하게 보시고 가끔 당신 친히 이러니저러니 이야기까지 하시오.

이때 걸리버는 이 나라의 대제학(大提學) 되는 이가 황제의 명을 받들어 그동안에 말을 가르쳐 준 고로 조금 알사람의 말을 통하게 되었소.

또 황제께서 걸리버가 몸이 크다 하여 사람산(人山)이란 이름을 내리시고 가끔가끔 이야기차로 거동을 나시는 중에 이럭저럭 사이가 점점 가까워져서 내심(內心)에 자료(自料)하시기를 이런 사람산을 신하를 만들어 저의 나라에 두면 응당 나라가 강하여져서 아무 나라로 더불어 싸움을 하든지 지지 아니하리라 하시더니 "그래도 방심할 수 없삽고 저렇게 큰 사람인즉 또 무서운 흉기(凶器)를 가지고 있을는지도 알 수 없으니 그것을 빼앗은 뒤에 신하를 삼으소서." 하는 자가 있으므로 "그러면 자세자세 뒤져보아라."고 시종(侍從) 세 사람을 보내셨소.

시종관은 이 칙명(勅命)을 받들고 인하여 사람산에 와서 이 연유를 전하니 걸리버는 얼른 순하게 허락하고 알사람을 손바닥에 올려놓고 온몸을 보였소.

먼저 두루마기(外套)의 호주머니에 넣어 보이고 다음 저고리며 바지의 호주머니를 자세하게 보인즉 그중에서 그 눈에 띄어서 발기에 든 것은 허리에 띠었던 환도(軍刀)와 꽁무니에 찼던 육혈포(六穴砲)와 호주머니에 있던 은시표(銀時表)와 지갑(紙匣) 등속인데 이 알사람의 눈에는 다 엄청나게 큰 고로 무엇에 쓰는 것인지 몰라서 정신이 어리둥절하였소.

이 발기가 대궐로 들어가매 즉시 다 나라로 바치라신 칙명이 내려서 마차에 실어 들여다가 보시게 하였소. 그러나 아무리 황제라도 보도 듣도 못하던 것이매 걸리버를 불러들여 갖추갖추 그 소용을 물으시는 고로 걸리버는 입으로만 대답하는 것이 분명치 못하게 알아 실지(實地)로 쓰는 법을 보이려 하였소.

이때 조정에서 이로 써 위태한 일이라 하여 까딱하기만 하면 해낼 양으로 군사 삼천(三千) 명을 걸리버 모르게 뒤로 활 들려 세우고 실험을 하실 때 걸리버가 군도를 빼어 들고 이것은 이렇게 하여 사람을 베는 것이라 하면서 휘이휘이 둘러 보이니 바닷물에 젖어 녹이 조금 났어도 그대로 햇빛이 군도 날에 번쩍번쩍 비치어 마치 번갯불 같으매 알사람들이 다 눈이 부셔서 얼굴을 들지 못하는지라. 다시 황제께 놀라지 마옵시사 하고 한번 물에 젖지 아니한 화약(火藥)을 재어 육혈포를 한 방 투당퉁 놓으니 다 어디서 벼락불이나 떨어지는 줄 알고 귀를 가리고 땅에 엎드리는 빛에, 쥐구멍을 찾는 빛에, 넘어지는 꼴에, 정신 잃는 꼴에 얼마 북적하다가 겨우 정신들을 차렸소. 그 외에 시계의 똑딱똑딱 돌아다니는 것을 매우 신기하게 알아서 황제께서 특별히 여러 학자(學者)를 모아 가지고 걸리버에게 그 이치를 배우게 하였소.

이것을 다 빼앗은 뒤에야 겨우 마음을 놓으나 어찌하였든지 이러한 위태한 물건을 주는 것은 매우 위험한 일이라 하여 말끔 빼앗아다가 감추어 버렸소.

그리한 뒤에 걸리버가 공론대로 알사람 나라 황제의 신하가 되고 이러구러 이 나라 말도 잘하게 되어서 피차에 먹은 마음과 품은 정을 통하여 사이가 갈수록 가까워지고 나중에는 알사람의 어린아이들이 이 사람산

위로 놀러 와서 배 위에서 달음질 내기도 하고 손바닥에서 춤도 추고 머리카락 속에서 순노(順奴)잡기도 하여 마치 우리나라 서울의 훈련원(訓練院) 벌판같이 아오.

걸리버도 또한 이러한 알의 알사람을 데리고 재롱 보기를 재미 들여 싫다지 않고 잘 받아 주며 지내는데 하루는 부지깽이만 한 장목(長木) 칠팔(七八) 개를 얻어다가 네 귀에 번듯하게 박고 그 위에 저의 손수건을 펼쳐 매고 기병(騎兵) 수십(十) 명을 올려놓고 이리저리로 뛰며 달려 조련(調練)을 시켰더니 황제께서 크게 이것을 보시고 좋아하사 날마다 이것을 시켜 구경하셨소.

어느 날은 무슨 크나큰 일을 사뢸 양으로 대궐로 먼 데서 사신(使臣)이 왔는데 그 사뢰는 말씀은 다른 일이 아니라 어느 백성이 말을 타고 걸리버 잡히던 곳에 이르러 본즉 땅 위에 집채만 한 검은 물건 하나가 있는데 그 모양이 매우 이상하게 생겼고 마치 황제의 침방(寢殿) 모양으로 가는 늘어지고 그 키는 한 길이나 되는데 풀 위에 놓인 대로 조금도 움직이지 아니하는 것을 보건댄 생물(生物)은 아닌 듯하며 목말을 타고 그 위에 올라가 본즉 그 속은 탱탱 비었는데 만일 가져오라 하시면 말 다섯 필에 실어다가 상납하겠다 하는지라. 걸리버가 들으니 다른 것이 아니라 물에 빠졌을 때에 머리에 잡아매어 두었던 벙거지가 그 이튿날 어디로 간지 몰랐더니 아마도 물에는 떠 나가지 않고 거기 있은 것이 분명한 고로 그 소용처와 생김생김을 말하고 아무쪼록 얼른 수운하여 달라 하였더니 그 이튿날 마차(馬車)에 실어 왔는데 양옆에 구멍을 뚫고 거기다가 갈고리를 꿰어 동아줄을 늘여서 말안장에 매어 이(二) 리 동안을 끌어온 고로 가가 모두 스쳤으나 다행히 이 나라 길이 매우 빤빤하여서 그리는 상하지 아니하였소.

이리한 뒤 수일 만에 황제께서 걸리버에게 영을 내려 훈련원(訓練院) 벌판에 가서 가래를 쩍 벌리고 서 있으라 하시는 고로 무엇을 하시는고 하고 홍예(虹霓)를 틀고 섰더니 얼마 있다가 북소리, 나팔 소리가 천지(天地)를 움직이더니만 황제께서 친히 찬란한 대례복(大禮服)을 입은 기병(騎兵), 포병(砲兵), 공병(工兵), 보병(步兵) 여러 떼를 거느리시고 당신이 호령을 하시면서 관병식(觀兵式)을 설행(設行)하시는데 말 탄 병정, 걷는 병정, 기 든 병정, 수레 끄는 병정, 이 병정 저 병정이 모두 다 열(列)을 짓고 대(隊)를 지어 문 같게 틀고 선 걸리버의 가래 아래로 나아가는구려. 걸리버가 이것을 보매 우스워서 견딜 수 없으나 실수하여 웃어 발을 옴짝 옮겨 놓는 나달에는 그 당장에 한 대대(一大隊)가량 곧 오륙백 인(五六百人)이나 밟혀 죽을 형편인 고로 이가 물어도 긁지도 못하고 가만히 서 있어 무사하게 마치어 드렸소.

이렇게 걸리버가 알사람을 놀리기도 하고 알사람이 걸리버도 놀리기도 하면서 속 편하게 잘 지내어 가는데 그 어느 때는 이 나라에 큰 난리가 일어났소. 그것은 무엇인고 하니 그 근처에 있는 블레푸스쿠란 알사람 나라에서 군함(軍艦) 오십(五十) 척과 군사 삼만 인(三萬人)을 보내어 단포방씨름을 할 양으로 치러 온다는 일이오.

대체 이 싸움의 일어난 까닭이란 것이 우리 귀로 들으면 매우 우스우니 이 알사람 사는 곳에서는 닭의 알을 먹을 때에 반드시 펑퍼짐한 쪽으로 깨트려 먹는 것이 전례인데 릴리푸트 나라에서 어느 임금이 뒤집어서 뾰족한 쪽을 깨트려 먹었다고 한 나라 속에 새 법 무리와 옛 법 무리의 분열이 생겨서 신구 당(新舊黨)의 싸움이 그치지 않고 또 차라리 목숨은 버릴망정 뾰족한 쪽으로는 닭의 알을 깨트려 먹지 아니하리라 하여 제 좋아서 죽은 자도 수만 명이나 되었고 또 블레푸스쿠 나라에서는 특별히 사신(大使)을 보내어 이 일을 힐난하고 그래도 아니 들으매 싸움까지 하게 됨이오.

이때를 당하여 릴리푸트 황제도 크게 응전(應戰)할 차비도 차리고 또 이러한 때에 사람산을 내어 쓰면 큰 효험이 있으리라 하여 즉시 걸리버를 불러내어 대원수(大元帥)를 시켰소.

이에 걸리버가 먼저 저편의 형편과 군함 수효와 및 바닷물이 얼마나 깊은 것을 다 캐물은 뒤에 "그러면 그것 우습다. 다른 준비 할 것 없어. 여러분은 다 마음 놓고 계시오. 나 혼자 꿈쩍 못 하도록 해내고 오리다." 하고 혼잣몸으로 해변에 나아가서 저편 언덕을 바라본즉 과연 바다 가운데 블국 군함이 한 오십(五十) 척 늘어 있어 영만 한번 내리면 이리로 올 듯하오.

걸 원수가 이것을 보고 픽 웃으면서 '오늘에야 참으로 알사람들의 혼을 내리라.'고 속으로 작정한 뒤에 다른 것 아무것도 가지지 않고 긴 동아줄을 휘휘 감아 가지고 위아래 옷을 다 벗어 내어 버리고 저벅저벅 바다 속으로 뛰어 들어갔소.

바다란 것도 여기 바다는 가장 깊은 곳이 다섯 자, 그저 여섯 자밖에 아니 되는 고로 옅은 데는 걷기도 하고 깊은 데는 헤엄도 하면서 얼렁뚱땅 건너갔더니 저편에서는 금시에 알아보고 야단을 하오.

그러나 싸움으로 인하여 배가 통치 못하는 고로 걸리버란 왕사람이 이 나라에 와서 있는지는 모르는지라. 그러므로 사람으로는 보지 않고 물귀신이나 나온 줄 알고 이 배 저 배에서 활을 휘휘 쏘았소.

이 살에는 다치기도 많이 다쳤지마는 오직 눈만 성할 양으로 머리에 매어 가지고 왔던 안경(眼鏡)을 쓰고 그저 동아줄을 풀어서 이 끝에서부터 군함을 잡아매기 시작하여 오십(五十) 척을 하나 남겨 놓지 않고 비웃 엮

듯이 주욱 한데 엮어 가지고 끈을 하여 육지(陸地)로 끌었소.

그런즉 블 국 군사들이 크게 놀라서 "이따위 귀신에게 붙잡혀 가면 어디 가서 어떻게 될지 모른다. 다 가기 전에 도망질하자." 하고 장수(將帥), 군사 할 것 없이 다 배를 버리고 풍덩풍덩 바다로 떨어져서 헤엄하여 가오. 어찌하였든지 걸 원수는 어기여차서 넘어 소리를 하면서 주욱주욱 잡아당겨 하나 남기지 아니하고 사로잡아 왔소.

이렇게 하여 이런 어렵고 큰 싸움도 걸 원수의 손 하나로 활촉 한 개 없이하지 아니하고 크게 이겨 놓으니 이제부터는 황제께서 더욱 좋아하사 즉시 걸리버를 불러내어 크게 칭찬을 주시고 또 두터운 상을 내리시고 전보다도 더욱 사랑하셨소.

그런데 이 나라 탁지대신(度支大臣) 아무개는 심사가 매우 괴악하고 또 시기하는 마음이 대단한 고로 이렇게 걸리버가 황제의 마음에 들어 사이가 가깝게 지내는 것을 평일에도 시기하더니 큰 공을 세운 뒤로는 더욱 심하여 이따위 왕사람이 우리 틈에 있다가는 암만하여도 좋지 못하리라 하여 드디어 걸리버를 참소(讒訴)하였소.

무엇이라고 한고 하니 "저 걸리버란 놈은 폐하께서 보시는 바와 같이 우리보다 천(千) 갑절이나 더 크오니 그런 고로 먹새도 더하여 우리 천칠백이십팔 인(千七百二十八人)이 먹을 것을 저 혼자 먹은즉 이렇게 오래가오면 얼마 아니 가서 우리나라에 먹을 것이란 것은 다 없어지고 우리들은 굶어 죽게 될 터이라. 이제 폐하께오서 이런 생각 저런 생각 아니 하옵시고 먹을 것도 마음대로 먹이시면서 총애(寵愛)하옵시니 이는 오십(五十)만 백성을 주리게 하시는 셈이오니 원컨댄 그따위 소용없는 물건을 없이하시옵소서." 하였소.

황제께서 이 말씀을 들으시고 "그렇다 하니 사람산이 천칠백이십팔 인(千七百二十八人) 몫을 먹는단 말이냐. 그러면 과용이 분명하구나. 그러나 모처럼 나의 신하를 만들어서 싸움에 큰 공까지 세운 것을 새삼스럽게 어찌하는 수 없지 아니하냐." 하시니 괴악한 신하들이 "무어, 그런 것을 어찌 다 알은체하신단 말이오니까. 이미 신하가 되었은즉 그놈을 죽이든지 살리든지 다 폐하의 수중(手中)에 있지 아니하오니까." "그러면 죽여 버리란 말이냐." "지당(至當)하옵신 처분이외다. 먼저 사람산의 있는 광에 불을 놓아 얼른 태워 죽이는 것이 제일 편하외다."라고 한 놈이 사뢰매 또 한 놈은 "아니올시다, 그보다도 독한 살로 쏘아 죽이는 편이 좋으외다." 하며 또 한 놈은 "사람산의 옷에 가만히 독약을 발라 그 살을 썩히는 편이 묘하외다." 하여 이놈 저놈 바꾸어 차기로 이 방법 저 방법을 사뢰었소.

황제께서는 애당초부터 매우 사랑하시던 이 사람산 걸리버를 아무리 나라에 해가 된다 하기로 새삼스럽게 죽여 버리는 것은 진정 불쌍하게 아시는 고로 어떻게 하든지 그 목숨은 살려 주실 양으로 "그러면 양편 눈을 빼어 버리는 것이 좋지 아니하냐. 그 목숨을랑 살려 주어라!" 하셨더니 "다만 눈만 빼기만 하면 무슨 소용이 있사오리까. 그보다도 날마다 먹는 것을 조금씩 조금씩 감하여 가서 그따위 큰 사람을 굶어 죽이는 것이 제일(一) 상책(上策)일 듯하외다." 하고 모두 권하매 황제께서도 하는 수 없이 "그러면 아무려나 하려무나." 하사 대강 차비를 차렸소.

그런데 또 그중에도 걸리버로 더불어 처음부터 사이좋게 지내는 관인이 있더니 조정(朝廷)에서 이러한 일이 작정된 것을 듣고 이것 큰일 났다 하고 시각을 머무르지 아니하고 걸리버에게로 마차(馬車)를 들몰아서 통기차로 갔소.

원래가 왕사람과 알사람끼리 이야기하는 것이매 그저 우리네끼리 수작하는 것처럼 하여서는 하는 수 없소. 그러면 어찌하는고 하니 걸리버가 바삐 마차대로 반짝 들어서 책상 위로 올려놓고 그 곁에 귀를 들이대고서 "무슨 일로 이렇게 머나먼 곳에 수고로이 오셨단 말이오."를 채 소리를 입 밖에 내지도 못하고 가늘게 하였소.

그러나 알사람은 쇠북 소리같이 밝히 알아들은 고로 목청을 다하여 "사람산님, 사람산님, 큰일 났소. 큰일이 났어요." "무엇, 큰일이 났어? 무슨 일인지는 모르겠다마는 당신네의 큰일인즉 우리에게는 그저 알맞은 일이나 작은 일이리라." "아니요, 정말 큰일이 났소. 크나큰 일이!" "허허허허, 그러면 어지간한 일일세그려." "다름 아니라 당신의 목숨을 없이하려는 일이라오." "내 목숨을 없이하여? 그것참, 큰일이로구나. 그래, 도무지 무슨 까닭이란 말인가? 얼른 말 좀 하게." 생사(生死)가 관두 한 노릇이매 아무리 걸리버라도 혼비백산(魂飛魄散)하여 황망하게 그 까닭을 물었소.

급기 알고 본즉 이러저러하고 이리저리하여 자기(自己)를 죽인다 하는데 다른 일과 달라 활을 쏘러 온다든지 불을 놓으러 온다든지 또 눈을 빼러 온다든지 하면 다 우습게 막아 내겠지마는 먹을 것을 차차 줄여서 주려 죽게 만든다는 데는 하는 수 없구려.

그래서 열난 김에 크게 야단을 하여 온 도성(都城) 안을 한번 다 휘두들겨서 임금이거니 신하거니 병정이거니 백성이거니 함부로 다 밟아 없이할까 하다가 다시 돌려 생각하여 이때까지 일 년(一年)을 단단히 은혜를 지었은즉 아무리 제가 그리하기로 어찌 나야 차마 그리하리오, 곱게 달아나 버리면 피차에 말이 없으리라 하고 그로부터 그 사람에게도 좋은 말로 하직을 고하고 집을 떠나 나와 해변으로 나와서 거기 매어 있던 군함에 제 옷을 벗어 싣고 자기는 발갛게 벗고 바다 속으로 터벅터벅 걸어서 건너편 블레푸스쿠 국(國)으로 급히 건너갔소.

그리한즉 또 블레푸스쿠의 알사람은 요전에 릴리푸트로 더불어 싸울 때에 걸리버의 굳센 것을 안 고로 언감생심(焉敢生心)코 저항(抵抗)치 아니할 뿐 아니라 도리어 도망하여 오는 것을 멀리서 보고 매우 좋아하여 일부러 해변까지 맞으러 나왔소.

이렁저렁 걸리버가 블레푸스쿠의 육지에 온즉 벌써 이 나라 황제의 사신(使臣)이라는 자가 삼사 인(三四人)이 공손하게 절을 하면서 길을 인도하겠다고 앞을 서 가오. 그러나 이편은 왕사람이요 저편은 알사람인 고로 늘어서서 같이 가지는 못할지나 되잖게 같이 가다가는 공연히 아까운 목숨이 신 아래 귀신이 되고 말지라. 하는 수 없이 반짝 들어서 손바닥에 올려놓고 방향을 가리키게 하면서 인하여 서울 성안으로 들이 다다랐소.

서울서는 황제께서 고대 고대하시다가 "어어, 사람산님! 잘 오셨소. 어서 이리 오시오." 하시면서 연해연방 아첨을 잡수면서 릴리푸트 나라에 있을 때보다도 매우 대접을 두텁게 하는 고로 걸리버도 몸이 대단히 편하여 그대로 이 나라의 외경(外卿)이 되었소.

그러나 아무리 편하다 하여도 요따위 알사람 틈에 있어 일평생(一平生) 지내기는 싫은지라. 처음에 릴리푸트에 표박(漂迫)하여 블레푸스쿠까지 오며 가며 하는 동안에 벌써 한 해나 넘었던 고로 처음에는 재미롭게도 알고 앙증하게도 보았던 알사람 나라도 이제는 시들하여 밤낮 생각이 어쩌나 하면 고국산천(故國山川)을 다시 구경할꼬 하여 한 시각도 잊지를 아니하였소.

그리하고 있더니 어느 날 해변에 나가 본즉 저 한가운데에 배의 깨어진 조각이 둥실둥실 떠 있는 듯한지라 얼른 천리경(望遠鏡)을 대어서 바라본즉 과연 엎어진 배인데 알사람의 배가 아니라 우리네 타는 것이라. 걸리버가 크게 기꺼워하여 "그러면 이 근처에서 파선(破船)한 사람이 있는 게로군. 그러나 어찌하였든지 이러한 곳에 배만 떠오는 것이 마치 나를 마중하러 오는 것 같다. 에에기, 얼른 붙잡자." 하고 즉시(卽時) 옷을 벗어 던지고 터벅터벅 바다로 들어가서 금시에 그 배를 잡아타고 육지로 돌아왔소.

그러나 그대로는 멀리 가는 수가 없으매 다시 황제께 청(奏請)을 하여 알사람의 일꾼을 많이 모아 가지고 배를 고치기 시작하였소. 밤낮으로 몰아쳐 일을 한 고로 얼마 아니 되어 배가 다 낙성(落成)이 된지라 이에 황제께 하직을 고하는데 황제께서 대단히 섭섭하게 아사 일부러 해변까지 거동을 나사 작별을 하시고 또 먹을 것과 새짐승을 많이 선사하시는 고로 그것을 고맙게 받아 가지고 인하여 알사람 나라를 떠나서 제 나라로 돌아가게 되었소.

원래 걸리버가 이때에 구경거리로 알사람 여남은을 데리고 가려 하였더니 황제께서 허락지 아니하시는 고로 사람은 그만두고 그 대신에 소(牛)와 양(羊)을 각 여덟 필씩 가지고 갔소.

걸리버가 블레푸스쿠의 알사람 나라를 떠나서 한 백 리(百里)를 온즉 거기 마침 한 섬이 있는데 사람은 살지 아니하나 풀이 주욱 나서 참 경치가 좋은 고로 그날은 이 섬에 올라서 하룻밤을 새우고 이튿날 다시 떠나가더니 마침 풍범선(風帆船)이 지나는지라 급히 브리튼의 기를 내두르면서 살려 달라고 군호를 한즉 그 배도 또한 같은 나라 배로서 장사차로 외국에 갔다가 돌아오는 길이라 곧 걸리버를 붙들어 실어 가지고 브리튼으로 데려다 주었소.

돌아온 뒤에 걸리버가 알사람 나라에서 데리고 온 소와 양을 세어 본즉 그중에 한 마리는 아깝게 배 가운데서 쥐에게 물려 보내고 그 나머지는 탈 없이 살았던 고로 그것을 구경거리로 구경터를 벌였더니 이 소문이 금시에 온 나라에 퍼져서 여기저기서 구경꾼이 날마다 물밀듯 산 같게 들이 덤벼서 금시에 돈을 많이 벌었소.

그러나 이 걸리버란 사람은 배 타고 다니기로 지독하게 즐겨 하는 고로 궁둥이를 딱 붙이고 있지 못하고 이 돈으로 밑천을 삼아 장사 겸 구경차로 여기저기 돌아다니다가 또 풍랑을 만나서 왕사람 사는 곳에 들어가 고생을 무한 하였는데 그 기기괴괴(奇奇怪怪)한 이야기는 이 아래 권에 보시오.

— 그만이오.

왕사람 나라 구경

걸리버 여행기(旅行記) 하권
거인국 표류(漂流) 관광록(觀光錄)

걸리버가 알사람 나라에서 비상한 재미를 보다가 돌아온 뒤에는 얼마 동안을 곱게 쉬었소.

그러나 이 사람은 나그네질로 생긴 사람이라 틈만 있으면 아무 데라도 갈 것이요 또 알사람 나라에 있을 때에 온갖 기기묘묘한 구경을 다 한지라 이에 한 번 더 이상스러운 곳에 가서 이상스러운 물색(物色)을 보리라 하고 또 배를 타고 동(東)인도 섬(島)을 향하여 볼 것을 찾으러 갔소.

이번에 또 해중에서 일기가 돌변하여 배가 가자는 데로 가지 않고 다만 동편 한쪽으로만 이십(二十) 여 일(日)쯤 표류(漂流)한 끝에 겨우 어느 육지(陸地)에 다다랐소. "에구, 좋아라. 네가 육지더냐." 하면서 올라가 쉴 차로 종선(從船)을 풀어 가지고 십이 인(十二人)쯤이 타고 앉아 상륙하였소. 그때에 걸리버는 성미가 이상한 것 보기를 좋아하매 무엇 이상한 것이나 없나 하고 사(四)면팔(八)방으로 돌아다녔소. 그러나 있다는 것은 다만 크나큰 바위와 크나큰 조산(造山)뿐이요 별로 신통한 것은 없는지라 에라, 볼 것 없다, 배로 돌아가리라 하고 다시 해변에 와서 본즉 야단이 났네. 무슨 야단. 지금까지 해변에 있던 동료(同僚)들이 다 배를 타고 뒤도 돌아보지 않고 저어 가는지라. 어이한 일인지 몰라 가만히 본즉 달아남도 괴이치 않다. 마치 예닐곱 층 탑 같은 왕사람이 바다 위를 철썩철썩 걸으면서 그 뒤를 따라잡으러 가는구려.

이것을 보고는 걸리버도 담이 덜컥 내려앉아 "어이쿠, 저따위 왕사람도 세상에 있나. 저런 놈에게 붙들리면 손톱으로 튀기기만 하여도 죽겠구나. 이것 참, 큰일 났구나." 하고 저도 들몰아 달아나나 벌써 배가 멀리 가서 아무리 헤엄하여도 따르는 수 없으므로 하릴없이 산간(山間)으로 피해 숨었소.

허덕지덕하면서 겨우 산을 넘어 본즉 훨씬 개야(開野)가 되고 보리밭이 늘어 있는데 그 보리는 다 굵은 대와 같은 것뿐인 고로 보리밭이 바로 수천 리(數千里) 연(連)한 대 수풀 모양이오. 이 일에도 또 깜짝 놀라우나 그 대신 자기가 은닉(隱匿)하는 데는 이러한 곳이 제일이라고 급히 그 속에 뛰어들어 이만하면 그만이지 하고 잠시 쉬고 있었소.

그러한즉 무엇인지 머리 위에서 왈각, 왈각, 왈각하는 것이 마치 우레(雷霆) 같은 큰 소리가 나는 고로 에구머니, 날이 또 궂나 보다 하고 엉금엉금 보리 줄기에 올라서 휘휘 둘러본즉 우레(雷霆) 소리로 알았던 것은 역시 사람의 소리인데 해변에서 보던 사람 같은 왕사람이 또한 왕사람들에게 무슨 일을 시키는 모양이라. 속종(內心)에 요량(自料)하되 '그러면 이곳은 왕사람 나라인가. 그러나 하길래 보리까지도 저리 크지. 이것을 참 탈났구나. 아무리 이상한 곳이 좋다 하여도 저런 왕사람에게 붙잡혀 비벼 죽이는 때에는 어렵구나. 어떻게 하면 달아날꼬.' 하고 새삼스럽게 무서워서 견딜 수 없는 고로 다만 들키지만 아니하려고 옴츠리고 있은즉 조금 이따가 공중으로서 번쩍번쩍 번개가 나고 또 쏴아쏴아 하는 무서운 소리가 들리나 비는 한 방울도 떨어지지 않는 고로 무엇인고 하고 있은즉 그 소리가 나는 대로 보리 수풀 속이 심히 울려 몸까지 떨어질 듯한 고로 가만가만히 엿본즉 아까 보던 왕사람 같은 자가 육칠 인(六七人) 주욱 늘어앉아서 제가끔 낫(鎌)을 두르면서 이 보리를 베는 것인데 번개같이 번쩍거리던 것은 낫을 들 때요 쏴아쏴아 비 오는 소리같이 나던 것은 낫으로 베어 넘어뜨리는 소리인 줄 비로소 깨달았소. 이렇게 알고 본즉 에구머니, 날 살려 주오, 저런 낫(鎌)에 걸리기만 하면 이 몸은 가루가 되고 말겠다 하고 죽기를 기 쓰고 깊숙하게 달아나려 하나 원래 굵은 보리 뿌리가 그득하게 들어서서 암만 애를 써도 마음대로 갈 수가 없어 향방을 몰라 할 뿐이요 그리할 틈에 하늘이 캄캄해지고 웬일인지 숨(呼吸)이 턱턱 막히며 몸이 이상스럽게 괴롭더니 다시 천지(天地)가 명랑해지고 조금 편하여지는지라. 얼른 일어서서 사(四)면을 본즉 이것은 참 큰일이로구나. 걸리버가 어느 틈에 벌써 왕사람의 손바닥(掌中)에 올려 놓였소.

'어허, 필경에 붙들렸구나.' 하고 비로소 정신을 차렸으나 그러나 어찌할 수 없이 되지못하게 도망하려 하다가는 곧 비벼 죽일 형편이라. 일이 이미 이리 되었은즉 딱 마음에 작정하고 '이 왕사람에게 항복을 하리라. 그리하면 아무리 왕사람이라도 역시 사람의 탈을 썼은즉 설마 죄 없는 놈을 죽이리오.' 하고 먼저 모자를 벗고 허리를 구푸려 공손하게 예(禮)를 하고 '자기는 결단코 벌레 같은 것이 아니라 이렇게 보여도 또한 사람이니 그저 제발 덕분에 못된 일은 하지 마오. 그리하면 나도 결단코 상없는 일은 아니 하오리다.' 하는 뜻으로 손짓을 하면서 간청하였소. 그리한즉 이 사람은 이 근처 답주(地主)로 다른 농군들의 어른인 고로 즉시 담판이 결말나서 저희도 또한 '결단코 못된 짓은 아니 할 것이요 또 잘 보아줄 것이니 마음 놓고 있으라.'는 뜻을 손짓으로 이르고 그대로 걸리버를 바로 메뚜기나 잡은 듯이 수건에다 곱게 싸서 자기 집으로 돌아왔소. 그리한즉 그 집 마누라나 아이들은 이 조그만 걸리버를 보고 처음에는 개구리나 거미같이 징그럽게 여기더니 자세히 본즉 역시 사람의 형상인데 두 손 두

발이 다 제 수효가 있고 입도 잘 놀리는 듯한 고로 “이것은 참 재미있는 산 각시로다. 묘한 놀잇감이 생겼다.” 하고 다들 좋아서 그로부터는 잠시도 몸에 떼지 않고 밥 먹을 때에라도 저희 밥상 위에 얹어 놓고야 먹는 고로 그 덕분에 조금도 불편한 일은 없으나 똑 한 가지 어려운 것은 그 아이들이 열 살 안팎(十歲內外) 된 한참 장난꾼인 고로 때때 가다 고개를 들어 거꾸로 세우기도 하고 손을 붙잡아 늘어뜨리기도 하여 못 견디게 구는 것이오.

또 한 가지 무서운 것은 이 집에 있는 괴와 개니, 괴는 큰 황소만 하고 개는 코끼리 같은 고로 방심하고 그 곁에 가면 한입에 집어삼킬 듯하오. 어느 날 걸리버가 뜰에 나와 있더니 공작(孔雀) 같은 크나큰 나비가 펴얼펴얼 날아오는 고로 그 어여쁜 모양을 홀려 보고 있는데 개가 달려들어 별안간에 걸리버를 물었소. 그러나 당초부터 잡아먹으려는 것이 아니라 다만 장난으로 하여 그대로 주인 앞에 가져다가 곱게 내려놓은 고로 목숨은 보전하였으나 의외 일에 놀라서 그 당장에는 잠시 기절(氣絶)하였소. 또 어느 때에는 한 살쯤 된 어린아이의 놀림감이 되었더니 조금 있다가 손가락 대신에 입에 넣고 빨려 드는지라 크게 놀라 낙담(落膽)하여 끼익끽 하면서 나오는 대로 소리를 지르니 어린아이도 놀란 듯하여 역시 애애 우는데 그 소리의 큰 법이 마치 큰 쇠북을 한 백(百) 개 늘어놓고 한때(一時)에 울리는 듯하더라오.

또 어느 날 저녁엔 잠을 자더니 불의(不意)에 개만큼씩 한 쥐, 게다가 두 마리나 와서 잡아먹으려 들었소. 이때에 걸리버는 어찌할 줄을 몰랐더니 다행히 환도(軍刀)를 가졌는데 이때에도 베개 위에 두었었던 고로 급히 군도를 빼어 한 마리를 죽였더니 한 마리는 제물에 놀라 달아났소. 이렇게 때때 위태(危殆)한 일이 있어 그럴 때마다 걸리버가 끼익끼익 요란(擾亂)히 구는 고로 주인도 미안하게 알더니 뒤에는 아홉 살 된 자기 딸을 시켜 걸리버를 보아 주게 하였소.

그런데 이 계집아이는 진실로 얌전하고 정다운 사람이요 그 위에 또 몸까지 남보다 작으며 걸리버를 거느리는 데도 극히 익숙한 고로 걸리버가 크게 기꺼하여 '엄마, 엄마.' 하면서 따르고 이 아이는 걸리버를 '아가, 아가.' 하면서 귀히 여겨 주오.

이러구러 이 일이 차차 세상에 전파되어 "저 윗말 이 동지(李同知)는 요사이 저의 보리밭에서 이상스러운 벌레를 주웠다더라. 무엇이 모양이 사람과 흡사하고 입도 꽤 깠다니 그것 희한한 것 아닌가." 하여 이런 소문이 나매 여기저기서 구경하러 오는 자가 날마다 날마다 많아지는 고로 아무리 하였든지 구경감으로 내돌리면 꼭 돈을 모으리라 하고 즉시 저자로 나아가 덩그런 패를 내어 달았소. "자, 들어오시오. 들어오시오. 이것은 왕사람 나라 왕보리촌에서 사니로 잡은 다시는 없는 알사람이오. 요 알사람은 이르는 대로 그네도 뛰고 줄도 타고 줄 뜀도 뛰고 춤도 추고 그 외에도 여러 가지 재주를 부리오. 들어오시오. 들어오시오. 살아생전에 이런 구경을 못 하면 저승에 가도 원귀가 되리다." 하면서 문직(門直)이란 놈이 큰 소리로 떠드니 모두 여기 반하여 사(四)면팔(八)방으로서 구경꾼이 조수 밀듯 들어오오.

불쌍하다, 걸리버는 제가 알사람 나라에서 가져온 짐승을 브리튼서 구경거리를 삼은 죄로 이번에는 이 왕사람 나라에서 제가 구경거리가 되었구려.

그러나 이렇게 되고 본즉 들어앉았어도 하는 수 없는지라 '아무리 하였든 작정하고 재주를 부려 브리튼 사람의 재주 많은 것을 왕사람에게 보이리라.' 하고 이로부터는 날마다 마당 한가운데서 뛰며 구르며 온갖 재주를 다 부려 보인즉 소료(所料)대로 왕사람들이 손뼉을 치면서 재미롭게 알아 "정말 이런 우스운 것은 우리나라 개벽 후 처음 있는 구경이로다. 이런 것 못 보고 죽은 옛 늙은이(老人)들이 불쌍하다."들 하여 나중에는 온 나라 안에 방방곡곡 집집 사람사람이 모이면 이 이야기를 하도록 되었소.

그리한즉 이 나라 황후가 또한 이 소문을 듣고 "그것은 어찌하였든 한번 보아야 하겠다." 하고 즉시 구경터에 거동을 하여 하루를 보신즉 과연 듣던 바와 틀림없이 참 참 이상하고 신통하고 우습고도 재미로운지라 포옥 마음에 들어 마침내 돈을 많이 내리고 이 알사람 걸리버를 보아 주는 계집아이까지 껴서 사들여 대궐 속으로 끌어들였소. 황후가 이 알사람을 사들인 뒤에 즉시 데리고 황제(皇帝) 앞에 나아가 이 앙증한 재주를 보시게 하였소.

이때에는 걸리버가 이미 이 나라 말을 반이나 짐작한 고로 목구멍이 터지라고 기껏 소리를 질러 "왕사람 나라 황제 폐하 만세, 만세, 만만세."를 부르면서 섬돌 아래서 국궁 진퇴(鞠躬進退)한 데 황제께서도 깜짝 놀라서 "참 공교롭게 만들어 낸 기계(機械)로다." 하여 처음에는 또한 장난감으로 아시더니 더 자세히 보신즉 체수는 비록 작아도 사지 백해(四肢百骸)가 다 온전하고 이목구비(耳目口鼻)의 박힌 법이 하나도 사람과 틀림이 없는지라 더욱더욱 이상스럽게 아사 "이런 희한한 벌레랑은 하루바삐 알코올에 채워서 박물관(博物館)에 벌여 두는 것이 좋다."고 관원들에게 영을 내리사 거의거의 그리될 뻔하였소.

그러나 황후는 "목숨이 지중한 것인데 알코올 채움을 하기는 진정 불쌍하외다." 하면서 옆에서 여러 가지로 만류하여 겨우 목숨을 보전하여 그대로 대궐 안에 두어 기르기로 되었소.

그리한 후 황후께서는 먼저 일등 목수(一等木手)를 불러 걸리버에게 알맞도록 새장 모양으로 조그마한 집을 지어 그 속에다 담아 전각(殿閣) 한 귀에 두시니 걸리버는 일생 이 속에 들어 있고 보아 주는 계집아이는 항상 그 곁에 붙어 있어 이 알사람의 먹을 것이며 입을 것의 심부름을 하여 주란 직분을 맡았소.

그런데 황후는 이 알사람이 깊이깊이 마음에 드셨던지 언제든지 밥 때에는 으레 소반 위에다 올려놓고 겸상(兼床) 셈으로 먹소. 그러므로 걸리버에게는 은 접시 위에 따로 조그마한 소반을 올려놓고 모시고 먹는데 이 때에 가만히 본즉 참 왕사람 나라의 황후라고 다른 것이 그저 주섬주섬 먹는데 이것이 브리튼 사람이면 농군 열둘이 한 공일 동안에도 다 못 먹을 큰 고깃덩이가 한입에 꿀떡꿀떡 넘어가고 그저 떡에 발라 먹는 비둘기의 고기 구운 것이란 것이 우리의 거위보다 십(十) 배나 더 크더라 합디다. 이런 일에는 걸리버가 번번이 입을 딱딱 벌릴 뿐인데 어느 때에는 떡 부스러기에 걸려 접시 위에 넘어져서 몹시 발을 다친 일이 있소.

이렇게 걸리버가 심히 황후 눈에 들어 참 유복하고 참 안락한 몸이 되어 지내 가는 데는 조금도 부족(不足)한 것이 없으나 오직 불행(不幸)한 것은 이 대궐 안에 알사람이 또 하나 있어 걸리버를 시기함이오. 아무리 알사람이라 하여도 이 나라 것인즉 걸리버의 눈으로 보면 역시 은진 미륵(恩津彌勒)*같이 보이는데 그래도 이 대궐 안에서는 제일 작은 고로 가장 총

---

* 은진 미륵(恩津彌勒): 관촉사 석조 미륵보살 입상(灌燭寺石造彌勒菩薩立像). 동양 최대의 석불로 충청남도 논산시 은진면 관촉사에 있다. 고려 광종 때 혜명 대사가 건립하였다.

애를 받고 있었소.

그런데 이번에 자기보다 백(百)분 일(一)도 못 되는 이 걸리버가 와서 대단히 황후의 귀애함을 받음으로 하여 총(寵)이 그만 끊어진 고로 여기서 시기 마음이 나서 여러 가지로 원수 갚을 계교를 생각하였소.

어느 날 걸리버가 혼자 소반 위에 있는데 그 알사람이 거기 들어와서 근처에 아무도 없음을 보고 좋다구나 하고 별안간에 달려들어 걸리버를 붙잡아 그 곁에 있는 젖 통(乳桶)에 던져 넣고 달아났습니다.

그런즉 걸리버는 우물에 빠진 생쥐 모양으로 푸우푸 물을 뿜으면서 헤엄하나 이럭저럭 우유(牛乳)를 많이 마시어 거의거의 젖 속에 장사 지내게 되었더니 하늘이 돌보아 주시느라고 마침 보아 주는 계집아이가 와서 겨우 살아남을 얻었소.

그 뒤에 그 알사람은 황후에게 몹시 꾸지람을 당하고 또 혁편(革鞭)으로 등줄기를 맞았으나 그래도 징계(懲戒)를 아니 하고 더욱 걸리버를 미워하여 한번은 과자를 먹고 있는데 벌 떼를 몰아다가 쏘게 하였소. 벌이라 하여도 이 나라 벌은 그 크기가 큰 솔개만은 하고 그 소리가 북을 치는 것 같고 눈이 마치 화경(火鏡)과 같은데 창(槍)끝 같은 바늘을 뻗치고서 사(四)면에서 달려들매 걸리버가 그만 불불 떨면서 이리저리로 피해 달아난즉 그놈은 창(窓)밖에 서서 손뼉을 치면서 바로 고소한 듯이 구경을 하고 섰구려.

걸리버가 분(忿)하여 견딜 수 없는 고로 나중에는 그만 죽을 기운을 다 내어 자기도 칼을 빼어 들고 겨우 오륙(五六) 마리를 당장에 죽여 버리니 이 서슬에 해내지 못할 줄을 짐작하였던지 다른 벌들은 다 제물에 달아났소.

그러고 또 어느 날은 걸리버가 혼자 뜰에 나서서 임금(林檎)이 보기 좋게 열린 것을 보고 있은즉 어느 틈엔지 그 알사람이 뒤로 살살 와서 별안간에 그 임금 나무를 힘껏 흔들었소. 그리한즉 가지가 버석버석 흔들려서 수박 같은 큰 임금이 마치 대포(大砲)알같이 걸리버의 머리 위로 떨어지니 놀라고 안 놀라고 '대탈 났구나.' 하고 머리를 사타구니에 끼고 이마가 맞닿도록 달아나더니 별안간 한 개가 잔등이에 가 떨어져 에구구구 하면서 넘어지고는 다시는 꼼짝 못하고 잠시 기색(氣塞) 되었소.

이렇게 이 알사람에게는 밤낮 못살게 굶을 받아 참 견딜 수가 없으매 차라리 황후를 뫼시고 시골 구경을 가는 것이 편하리라 하여 이 일을 사뢰었더니 즉시 들어주시어 곧 따로 걸리버의 집을 작게 지어 그대로 황후의 타는 마차(馬車)에 넣고 여러 군데로 돌아다녔소.

원래가 마차인즉 어떻게 흔들리던지 마치 큰 지동(地震)이 쉬지 않는 것 같소. 그래도 걸리버는 일생 배를 타고 다녀 흔들리는 것에는 익은 고로 여기는 딴 분수보다는 덜 놀랐소.

그리하여 황후의 마차를 타고 한데 이리저리로 돌아다니는데 그저는 마음대로 구경할 수 없으므로 조금 경치 좋은 곳에 이르면 보아 주는 계집아이가 집어 들어 저의 손바닥에 올려놓고 이편저편을 보여 주게 하였소.

그런데 이 나라는 어떻게 크던지 그저 시골 길이건마는 넓이가 활 한 바탕이나 되매 양편(兩便)이 잘 보이지 않고 나무란 것은 다 구름에 닿을 듯하며 돌이란 것은 다 바로 산더미 같소. 이 속으로 크나큰 마차를 타고 날마다 오륙천(五六千) 리씩 한 이십(二十) 일 다녔으나 그래도 아직 다 보지를 못하였는데 이러구러 피곤한 고로 위선 환궁(還宮)을 하였소.

돌아와 본즉 벌써 그 못된 알사람은 대궐로서 쫓아낸 고로 인제는 못살게 구는 놈이 없어 매우 편하여졌으나 그래도 또한 가끔가끔 위태한 일이 있소. 어느 때는 걸리버가 그 계집아이와 같이 앞뜰 잔디밭에서 놀고 있더니 별안간에 바람이 몹시 불어 무섭기도 한량없는데 그때 마침 계집아이가 다른 하인들로 더불어 이야기를 하노라고 걸리버를 내버려 둔 고로 할 수 없이 혼자 어느 기슭에 들어가 피하려 한즉 미처 가기 전에 공중으로서 버럭버럭 수박 덩이 같은 싸락눈이 와서 걸리버의 머리를 때리고 때려 금시에 콩멍석은 고사하고 혹 천지가 되었소. 또 어느 때에는 뜰로 거닐다가 달팽이 집에 걸려 크게 다쳐서 한 달 동안이나 걷지를 못한 일이 있소. 그중에 우스운 일은 선유(船遊)하던 일이니 어느 날 황후께서 걸리버에게 향하여 "네가 브리튼 사람이라니 응당 배질은 용하겠지." 하시는 고로 걸리버가 한번 뽐내면서 "여부가 있습니까." 하니 황후께서 곧 신하(侍臣)에게 명하여 조그만 배를 한 척 만들어 이것을 띄울 만한 큰 물통을 만들었습니다.

배니깐 으레 돛도 있고 돛대도 있고 닻줄도 있어 만일 브리튼 사람이면 팔(八) 인은 넉넉히 탈 만하게 되었소. 황후께서 이것을 내놓으시면서 "자, 타 보아라." 하는 고로 걸리버가 소견(消遣) 삼아 그 배에 혼자 올라 길이가 사천(四千) 자나 되고 폭이 천(千) 자나 되고 깊기가 삼백(三百) 자나 되는 큰 물통 속에서 돛대를 달고 달리기도 하고 노를 저어 가기도 하여 이편저편으로 돌아다닌즉 황후와 다른 황자(其他皇子)들이 바로 재미가 신통한 것처럼 가에서 구경을 하고 혹 후우후우 입으로 불어 돛을 날리기도 하고 물결을 일으키기도 하여 때때 배가 기울어지나 그래도 공교하게 벗어나 결단코 복선(覆船)을 아니 하니 모두 신기하게 알아 크게 칭찬을 하였소.

이 놀이가 재미있는 고로 그로부터 날마다 선유를 시켜 항상 칭찬을 받더니 어느 틈에 들어갔는지 개구리 한 마리가 그 속에 들어갔소. 처음에는 한구석 물밑에 쪼크리고 있더니 걸리버가 또 배를 타고 나아온 것을 보고 무슨 생각이 나던지 밑에서 가만가만히 헤어 나와 배 있는 데로 다다랐소. 이것을 보고 깜짝 놀라 '저따위 입 큰 놈에게 붙잡히는 날에는 한입에 삼켜 버리겠구나. 아무리 하였든 얼른 달아나자.' 하고 급히 돛을 달았더니 공교히 이때에는 아무도 불어 주지 아니하는 고로 배가 마음대로 닫지를 못하오.

그리할 틈에 개구리는 벌써 배 가에 다다라 엉금엉금 기어 올라오니 그 무게에 배가 기울어져 금시에 복선이 될 것 같소. 그러나 이 개구리가 다만 어림없는 얼굴로 눈을 꿈적꿈적할 뿐이요 잡아먹으려고는 아니 하는 고로 걸리버도 마음을 놓고 곧 노를 다시 잡아 그 개구리의 코빼기를 힘껏 때린즉 여기 놀랐던지 깩 소리를 지르고서 걸리버의 머리를 뛰어넘어 풍덩실 물속으로 달아 들어갔소. 이 서슬에 물이 튀어 온몸이 다 젖고 혼이 다 나가 얼마 동안 배 바닥에 혼도하였었소.

그 후 또 어느 날은 걸리버가 제집에 있는데 그때 마침 보아 주는 계집아이는 볼일이 있어 어디 갔더니 공교히 창문(窓門)을 잊어버리고 닫치지 아니한 고로 잔나비가 한 마리 뛰어 들어왔소. 원래 이 잔나비는 예전부터 대궐 안에 길러 두는 것으로 사람에게 길든 것인 고로 무엇 못된 행실을 내려고 한 것은 아니오. 그러나 작은 사람이 있는 고로 별안간에 그 집 곁에 와서 이상한 얼굴로 들여다보면서 그 집을 뒤흔들었소. 걸리버가 놀라서 황망히 집 밖에 나온즉 잔나비가 곧 손을 내밀어 머리로부터 꽉 쥐었소.

그러나 원래가 잡아먹으려는 것이 아닌 고로 다치지 않도록 가만히 가지고 마치 어린아이가 장난거리를 가지고 놀듯 그저 요리조리로 돌리매 이것이 걸리버한테는 몹시 괴로워 견딜 수 없어 꺼어이꺼어이 울고 있은즉 그 소리를 듣고 내인(內人)들이 급히 달려들어 이 모양을 보고 깜짝 놀라 얼른 빼앗을 양으로 생각하였으나 잔나비가 놓으려고 들지 않고 이리로 도망, 저리로 도망하는 중 필경 창으로서 지붕에 뛰어올라서 걸리버를 쥔 대로 제일(一) 높은 용마름으로 기어 올라갔습니다.

이로 인하여 대궐이 북적하여 "애, 얼른 구원해 주어라." "잔나비에게 잡아먹히면 야단이다." 하면서 사(四)면팔(八)방으로서 병정이며 순검들이 잔나비 있는 지붕을 에워싸고 이…… 놈…… 이…… 놈 하고 소리를 지르면서 사다리를 갖다 놓고 올라가니 잔나비도 저당(抵當)치 못할 줄 알았던지 마침내 걸리버를 내버리고 어디로 달아났소. 가련하게 걸리버는 지붕 위에 떨어져 그대로 기절하였더니 인하여 관원이 와서 호주머니에 집어넣고 전각으로 돌아와 물이며 약을 먹여서 겨우 살아는 났으나 이번 통에는 매우 몸을 다친 고로 그로부터 두 공일 동안은 일어나지를 못하였소.

이러구러 병이 차차 나았으나 "아무래도 몸이 대단히 지쳤으니 얼마간 해변에 가서 깨끗한 공기를 마시는 것이 좋다."는 의원의 말을 따라 걸리버가 황후께 청하고 한 달쯤 수유(受由)를 받아 가지고 보아 주는 계집아이와 함께 해변으로 보양(保養)하러 가게 되었소. 그리하여 따로 작은 정자(亭子)를 지어 해변 경개 좋은 곳에 두어 달래서 매일 편안하게 놀고 있었소.

그런데 어느 날은 어디로서 내려왔는지 크나큰 솔개가 한 마리 와서 해변으로 돌아다니더니 무엇으로 알았던지 이 걸리버의 정자(亭子)를 보고는 금시에 내려와서 그만 용마름을 후려 차고서 높다랗게 공중으로 올라갔소. 이때 걸리버는 사랑(舍廊)에서 맑은 정신으로 잠을 자더니 별안간 집이 움직이매 깜짝 놀라 잠을 깨어서 창을 열고 고개를 내밀어 본즉 이것이 어이한 일이냐, 몸이 바로 풍선(風船)이나 탄 것처럼 공중으로 날아가는지라. 이것 참 이상하다 하여 다시 아래를 내려다본즉 지금까지 여러 가지로 고맙게 군 보아 주던 계집아이가 손을 들고 자꾸 부르는 모양인 고로 이편에서도 또한 수건을 내두르면서 여보아라, 여보아라 소리를 지르나 들릴 리가 만무하오.

그중에 무섭게 큰 솔개가 또 오륙(五六) 마리 날아와서 이 걸리버의 집을 서로 빼앗으려 드오. 처음에 찬 솔개는 여기까지 와서 빼앗겨서야 말이 되느냐 하고 이리저리로 피하여 다니나 이럭저럭 힘이 다하여 모처럼 가졌던 집을 걸리버가 든 대로 바다 위에 떨어트렸소.

걸리버가 바다에 떨어져서 얼마 동안 기절을 하여 아무것도 모르고 있더니 다행히 그 집이 나무로 만들었으므로 잘 바다 위에 떠서 있었소.

이때에 마침 브리튼의 배가 한 척 지나가더니 그중에 한 사람이 본즉 바다 위에 이상한 집이 떠 있는 고로 그러면 어느 곳에 큰물이 나서 이렇게 집이 떠 나왔나 하고 급히 그 곁에 가서 본즉 그 속에 사람 하나가 죽어 있는 것 같은지라 얼른 그 집으로서 걸리버의 몸을 집어내어 자꾸 다스렸더니 얼마 아니 되어 숨이 도는 고로 쾌히 정신을 차린 뒤에 이 이야기 저 이야기 하면서 브리튼으로 데려다 두었소.

대저 걸리버는 이상한 일로 이 왕사람 나라에 표류하여 오래도록 그 식구(食口)가 되어서 기묘하고 괴이하게 세월을 보내는 중 이상한 일로 또 그곳을 벗어나서 이상하게 제 나라로 무사히 돌아옴을 얻었소.

그러나 지금까지 왕사람 나라에 있어 크나큰 사람과 크나큰 짐승만 밤낮으로 본 고로 새삼스럽게 항용 사람들이 작아 보여서 마치 알사람 사는 데 나온 듯이 이상스럽게 생각하게 되었소.

— 그만이오.

불쌍한 동무

A Dog of Flanders
by Louis de la Ramée

라메 원저 | 최남선 번역

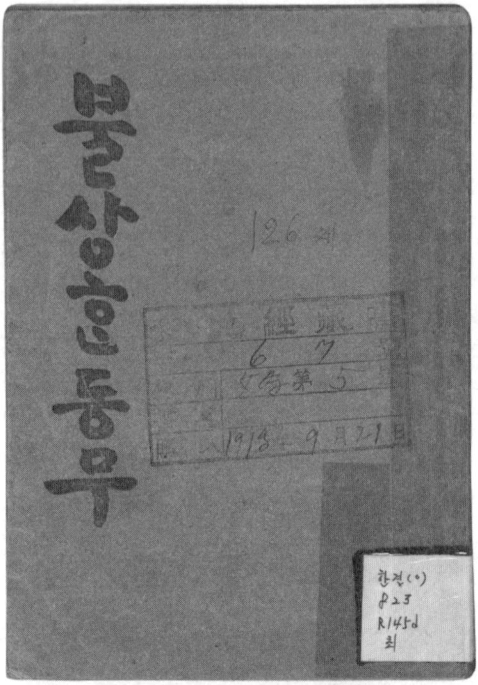
불상ᄒᆞᆫ동무
126

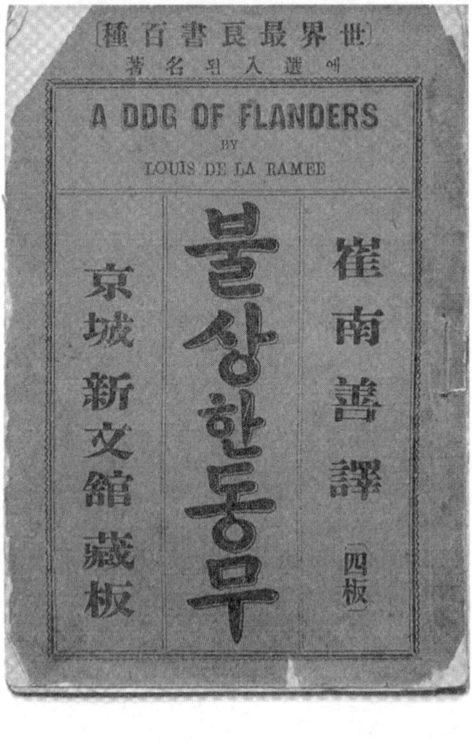
世界最良書百種
에選入된名著
A DOG OF FLANDERS
BY
LOUIS DE LA RAMEE
崔南善譯
(四板)
불상ᄒᆞᆫ동무
京城新文舘藏板

이 그림은 호월이와 바둑이 두 불쌍한 동무가 새벽 서리 찬 바람과 소삽한 길 늦은 날에 말로는 통하지 못하는 많은 설움을 서로 마음으로는 깊이 짐작하면서 싣거니 실리거니, 끌거니 끌리거니 맞붙들고 다니던 길이라. 아래 질펀한 것은 기나긴 강물이요 위에 우뚝한 것은 이름난 바람방아이니 두 가지가 다 우리 불쌍한 동무의 가장 가까이 지내던 벗으로 이르고 가르치고 위로하고 격려하여 봄 바다 같은 바람의 빛이 오래도록 그들의 가슴속에 비치게 한 것이로다.

기운이 시진하면 그들을 안아 쉬어 주고 마음이 갈앉으면 그들을 소리 질러 생기 나게 하고 바쁜 때에는 그들의 길동무가 되고 한가한 때에는 그들의 놀이터가 된 저 강물— 푸른 강물은 지금도 출렁출렁 네덜란드로 흐르렷다. 밤이나 낮이나 쉼 없이 다섯 걸음, 열 걸음만큼씩 있는 바람 방아를 돌리면서— 그러나 호월이, 바둑이는 이미 그 그림자나 보일까 보냐.

아아, 하늘은 느루 사람을 사랑하며 더욱 뜻있는, 재주 있는, 그러나 때 못 만나고 힘 못 가진 사람을 그 때와 그 힘까지 이르는 동안에 다사하게 품에 안고 두둑하게 젖을 먹이건마는 같은 사람과 및 그 사람이 만든 세상은 걸핏하면 그 독한 어금니를 윽물고 노리고 있다가 답삭 물어다가 아짝 깨물어 먹고 마는구나.

호월아! 호월아! 호월아! 의지가지없는, 드러난 네 주검에 흙을 덮은 라메 부인만이 네 신세를 조상하지 아니하였다. 몇 만 리 밖 몇 수십 해 뒤에 너를 참말 있는 사람으로만 알려고 하는 조선 최남선이 제 딴은 가장 뜨거운 눈물로써 옷깃을 적시고 공경으로 세 번 네 혼을 부른 줄을 알런가 하노라.

안트웹大敎堂

우유싣는개수레

1

호월이와 바둑이는 둘이 다 의지가지없는 고적한 신세러라.

하나는 사람이요 하나는 개로되 그 사이의 친밀함은 같은 사람에도 정다운 친형제와 같으니 호월이는 프랑스 국과 벨기에 국 접경으로 흐르는 뫼즈 강변*에 있는 아르덴† 이란 벽항 태생이요 바둑이는 벨기에 국 하향 플랜더스‡ 고을의 소산인데 연령으로 말하면 둘이 자치동갑이나 그러나 호월이는 아직 젖내 나는 어린아이요 바둑이는 이미 제법 한 어른이러라. 세상을 구경한 지 얼마 되지 아니하여 둘이 서로 만나서 한솥엣밥을 먹고 한 지붕 아래 몸을 의탁하게 되니 대개 둘이 다 혈혈한 외로운 몸으로 한사람의 수양한 바가 되었는데 동병상련이라 서로 고적한 설움을 깊이 알아주는 고로 정의가 자연 친밀하여 날이 갈수록에 더욱 가까워지고 해가 갈수록에 더욱 굳어져서 떼는 수 없는 둘의 사이가 허구한 세월에 깊어만 가더라.

둘이 몸을 의탁하여 있는 집은 플랜더스에 딸린 앤트워프§란 곳에서 한 십 리 상거 되는 고적한 촌의 외따로 떨어져 있는 오막살이 초가이니 이 촌의 사면은 수수밭과 목장이 보기 좋게 늘어 있는 질펀한 벌판이요

---

* 뫼즈(Meuse) 강: 프랑스에서 발원하여 벨기에와 네덜란드를 지나 북해(North Sea)로 흘러드는 강. 네덜란드 어로는 마스(Maas) 강이라 한다.

† 아르덴(Ardennes): 서부 유럽의 삼림으로 우거진 고원 지대. 벨기에의 뤽상부르(Luxembourg) 주, 룩셈부르크(Luxembourg), 프랑스의 아르덴 데파르트망(Department)에 걸쳐 있다.

‡ 플랜더스(Flanders): '플랑드르(Flandre)'의 영어 이름. 벨기에 어로는 '블렌데렌(Vleanderen)'이라 한다. 벨기에의 동(東) 플랑드르와 서(西) 플랑드르 두 주(州)를 중심으로 하는 북해(North Sea) 연안의 저지대다.

§ 앤트워프(Antwerp): '안트베르펜(Antwerpen)'의 영어 이름. 벨기에 북서부에 있는 상공업 중심지로 수도 브뤼셀(Brussel)의 북쪽, 스헬데(Schelde) 강 하구 우안(右岸)에 위치해 있다. 벨기에에서 브뤼셀 다음가는 대도시이며, 유럽의 4대 무역항 가운데 하나다.

이 가운데로 큰 냇물이 흐르고 냇가에는 초록장 드리운 듯한 수없는 능수버들이 가지가지 바람을 받아 우줄우줄 춤을 추는데 초록색 천청색으로 칠한 창과 짙은 꽃같이 새빨간 담과 검은 지붕과 백설로 쌓은 듯한 햇빛 받은 흰 벽이 여기저기 드러나 보이며 촌의 한가운데 언덕이 있고 그 위에 바람으로 돌리는 물레방아를 걸어 놓은 매방앗간이 있어서 이 근처 여러 동리의 표적이 되며 그 건너편에 있는 오래된 교당에서는 아침, 낮, 저녁으로 시간 기별하는 종을 치더라.

그 구슬픈 종이 아침저녁 울리는 중에 호월이와 바둑이가 난 지 얼마 아니하여 이 외따로운 집에 와 길러지게 되었더라. 이 집에서 동북방으로 풀 언덕과 수수밭이 끝없이 연한 저편에 멀리 앤트워프 읍내 큰 교당의 뾰족집이 은은하게 보이더라.* 이 게딱지 같은 집 주인은 남들이 조 선달이라 부르는 나는 늙고 형세는 어려운 불쌍한 노인이러라.

선달은 벌써 여러 십 년 전에 미쳐 닫는 소가 밭이랑을 뭉그지르는 모양으로 이 근처를 소란히 굴던 나폴레옹의 전쟁에 들었던 병정이니 목숨을 내놓고 싸움한 소득은 손에 상처가 나고 한 다리가 잘라졌을 뿐이요 훈장 하나 주는 이 없고 상급 한 푼 타 먹지 못한 가련한 사람이더라.

선달이 갓 여든이 되었을 때에 아르덴 읍내에 살던 딸이 사태 나는 통에 집이 무너져 눌려 죽으매 남겨 놓은 천량은 세 살 된 사내아이라. 혼잣몸으로도 변변히 지내 갈 수 없는 터이건마는 입맛 한번 다시지 아니하고 이 귀찮은 것을 맡아 오더니 뒤에는 이보다 더 좋은 보배가 없을 듯이 생

* 앤트워프 노트르담 대성당: 벨기에의 안트베르펜(Antwerpen)에 있는 성모 마리아 대성당(Onze-Lieve-Vrouwekathedraal). '노트르담(Notre Dame)'은 '우리들의 귀부인' 즉 '성모 마리아'를 뜻하는 말이다.

각하여 이 아이가 자라 가는 대로 서로 몸을 의지하고 이 애루한 집에서 재미있게 지내더라.

집이란 것은 땅을 파고 일으켜 세운 몹시 엉성한 움 같은 것이나 앞에 잡곡 밭과 채마가 놓이고 또 터전이 아름다운 고로 보기에 깨끗도 하고 얌전도 하며 살림살이의 간곤함은 더할 수 없을 듯하니 아무것도 못 얻어 먹는 날이 흔히 있으며 아무것이고 배부르게 먹으면 둘이 천당에나 오른 듯 여기더라. 그러나 선달은 이 애를 매우 간절하고 온화하게 거느려 가고 이 애도 바탕이 참 조촐할 뿐 아니라 성품이 또한 온순하고 정직하고 진솔하여서 둘이 비록 우거지 반찬에 찬밥을 먹기는 할망정 집안이 더할 수 없이 화락하여 다시 바랄 것이 없으며 게다가 바둑이마저 있어서 두 주인 곁을 떠나지 않고 지내니 만일 바둑이란 놈이 없었던들 이 두 사람이 어떻게 되었을는지 모를레라.

바둑이는 두 사람이 돈궤, 쌀뒤주, 은금 구덩이, 화수분같이 믿는 벌이꾼이요 겸 하인이니 만일 하룻날 이것이 없어지든지 죽든지 하면 이 두 사람도 또한 없어지든지 죽든지 할밖에 없는 터이라. 바둑이는 과연 두 사람의 노수요 수족이요 또 목숨이러라. 선달은 나 많은 절름발이요 호월이는 잔약한 어린아이요 집안 중 튼튼한 것은 이 바둑이 개 한 마리뿐이러라.

플랜더스의 개는 어떠한 것인고 하니 털은 누르고 머리와 몸은 크고 귀는 승냥이 모양으로 우뚝하게 일어서고 조상 적부터 몇몇 대를 몹시 사람에게 부리므로 대대 꿋꿋하여진 힘줄과 뼈대는 보기에도 세찬 것이니 바둑이도 또한 플랜더스에서 몇 대 동안을 심술궂게 부려 먹는 남의 집 하인의 손과 그저 사람의 놀림과 채찍과 목 테에 온갖 아픔을 맛보고 갖은 슬픔을 겪으면서 죽기까지 모진 조약돌 깔린 길 위로 무거운 수레를 끌고 가다가 필경 심장이 미어져서 죽는 씨알머리러라.

바둑이의 양친은 플랜더스 고을에서 브라반트* 고을로 들어가는 수음한 포기 없고 진땀이 부쩍부쩍 나는 머나먼 길을 끌려 다녀 이 근처 조약돌 깔린 험한 길을 이리 몰려가고 저리 몰려가면서 그 무서운 노역을 하는 중에 일생을 마쳤더라. 바둑이가 양친에게서 물려 가진 천량은 아픈 것과 일하는 것뿐인데 나무라는 소리와 살점 떼는 채찍 가운데 길러져서 아직 낫살 먹기도 전부터 수레 멍에 통이며 목 테에 등이 다 앗기 시작하여 난 지 일 년도 못 되어서 얼마 되지 아니하는 돈에 북편 산 밑으로서 남쪽 바닷가까지 이리저리 돌아다니는 쇠붙이 장수에게 팔렸더라.

그 장사치로 말하면 주태요 인정 없는 자이라. 쇠 주전자며 냄비며 서양 철통을 산같이 실은 수레를 숨이 턱에 닿아서 가는 바둑이에게 혼자 끌리고 저는 혼자 검은 담뱃대에 담배를 피워 물고 길녘에 있는 술집이란 술집은 적간하다시피 하나 빼지 아니하고 들러서 어슬렁어슬렁 따라가더라.

다행이라 할지 불행이라 할지 바둑이는 원래 튼튼하게 생기고 강철같이 단단한 조상의 혈육을 받은 고로 아무러한 어려움이고 못 견디는 일없이 죽도록 복역하는데 이리하는 탓으로 주인의 주는 상급은 그대로 무거운 짐을 실리고 채찍 끝으로 획획 갈리기나 하며 밥 한 끼니 물 한 모금 변변히 주는 일 없고 소리나 지르고 걸음이나 재촉할 뿐인 고로 지치고 지치는 중에 겨우 목숨이 붙어 가더라.

---

* 브라반트(Brabant): 벨기에 중북부에서 네덜란드 남부에 이르는 지역. 1815년 나폴레옹(Napoléon) 일세가 패전한 워털루(Waterloo)가 있는 곳이기도 하다.

이렇게 몹쓸 대접을 받으면서 이태 동안 이럭저럭 죽기보다 더한 고생을 하더니 하루는 바둑이가 앤트워프 읍내로 가는 똑바로 뚫린 먼지가 켜켜이 이는 고약한 길을 평일같이 지나는데 한참 염천에 화산 같은 해는 불을 퍼다 붓는 듯하고 쇠붙이 실은 수레는 한량없이 무겁건마는 주인은 조금도 사정을 알아주지 아니하고 바둑이의 불불 떠는 허리 위아래를 채찍으로 후려갈기면서 저는 길녘 술집마다 한 잔씩 먹으면서 바둑이가 잠시 서서 냇물이나 켜려 하는 것까지 못 하게 한다. 길에는 볕이 바로 내리쪼여서 모래 알알이 이글이글 타는 듯하고 스물네 시간 떡 부스러기 한 조각 얻어먹지 못한 배는 바로 쥐어짜 놓은 듯하고 열두 시간 물 한 모금 얻어먹지 못한 목은 찰깍 말라붙었으며 먼지는 그뜩 눈을 가리고 아프나 아픈 채찍의 후림은 살에 쏙쏙 들어와 박히며 수레의 무거움은 얀정 없이 허리를 끊으려 들매 눈이 가물가물 어두워져서 바둑이도 견디다 못하여 필경 거품을 짓고 길에 가 씰그러진다.

하늘을 쳐다보며 바둑이가 뽀얀 먼지 속에 넘어지니 죽을지 살지 모르는 중병에 붙들림이라. 임자가 주머니에 넣었던 예사 약을 꺼내서 먹여 보고 이렇게 되도록 부려 먹은 값으로 바둑이를 발로 차도 보고 소리도 질러 보고 나중에는 참나무 몽둥이로 꾹꾹 찔러 본다. 그러나 바둑이는 이미 아무리 못살게 굴어도 아무리 나무라도 조금도 알지 못하고 지지리 탄 듯한 먼지 속에 죽은 듯하게 씰그러졌다.

임자가 두드리고 나무라도 아무 효험이 없음을 보고 멍에 통을 잡아매었던 가죽 끈을 끄르면서 작별하는 표적이던지 더러운 욕을 한참 퍼붓더니만 길녘 풀밭 가운데 바둑이를 차 내던지고 개미가 쏘든지 까마귀가 쪼든지 아무것이 어떻게 하든지 나는 모른다 하는 듯이 내버리고 게두덜게두덜하면서 느릿느릿 수레를 끌고 가니 대개 이날은 마침 브라반트 고을 루뱅* 장날이 내일인 고로 장돌림들은 남보다 일찍 가서 좋은 자리를 잡을 양으로 마음이 더욱 바쁜데 그 튼튼한 벌이꾼 바둑이를 없이하고 가깝지 아니한 길에 무거운 수레를 제가 끌고 가게 된 고로 연방 화를 냄이라. 그렇게 요긴한 바둑이가 씰그러진 것을 털끝만큼도 다스려 보려고는 아니 하고 죽으려 하는 바둑이는 소용이 없으니 어디서든지 임자 보이지 아니하는 곳에 노는 튼튼한 개 한 마리를 만나 보거든 바둑이 대신 훔쳐 쓰려고만 한다. 여름 겨울, 진날 마른날 할 것 없이 아침부터 저녁까지 이태 동안 쉴 틈 없이 세우 부려 먹은 바둑이도 지금은 이 장수의 보매 반 푼짜리도 되지 못함이러라.

바둑이 같은 세찬 일꾼을 얻은 덕분에 이 장수가 미상불 이도 많이 남겼더라. 사람이라 바둑이보다 약은지라 바둑이가 개천 속 풀 위에서 새가 쪼았던지 눈은 빨개지고 넘어가는 숨이 걸떡걸떡 하여 무한 애쓰는 동안에 저는 루뱅 장에 가서 먹고 빨고 노래하고 춤추며 미쳐서 뛰놀더라. 수레 끌리던 개는 내버리고 모았던 돈은 다 없이하고서 남의 웃음거리 되는 일이 왜 그 장사치는 하고 싶은지 우리는 그 심사를 짐작할 수 없더라.

바둑이는 풀이 우거지게 난 개천 속에 차 내던진 채 씰그러져 있다. 루뱅 장으로 향해 가는 이 길거리야 분답하기도 하다. 걸어가는 빛, 나귀 타고 가는 빛, 수레 타고 가는 빛, 마차 타고 가는 빛, 형형색색 분분운운한 객이 연락부절하여 바삐들 지나간다. 그 많은 사람 중에 간혹 바둑이가 눈 띈 사람도 없지 아니하나 대개는 곁눈으로도 보아 주지 아니하니 죽어

---

* 루뱅(Leuven): 벨기에 중부의 브라반트(Brabant) 주에 있는 도시. 브뤼셀(Brussel) 동쪽에 자리 잡고 있으며, 딜르(Dijle) 강이 지난다. 벨기에 제일의 학문, 교육 도시다.

가는 개는 브라반트 고을 사람에게 아무 소용이 없음이라. 아마 세계상 어디를 가든지 이러하겠도다.

한참 있다가 다리를 절름절름하는 늙은이 하나가 지나가는데 이 늙은이는 장에서 아무도 기다리는 이가 있을 까닭이 없을 터이요 옷은 누덕누덕하여 몹시 헐었더라. 희희낙락하여 가는 사람 틈으로 비틀비틀 오다가 바둑이를 보고 딱 서더니 이 어이한 일인고 하는 듯 가까이 가서 개천 바닥에 덮인 풀에 무릎을 대고 사랑이 가득히 고인 눈으로 가만히 바둑이를 내려다본다. 그 뒤에는 머리가 다박다박하고 눈이 또렷한 서너 살쯤 된 어린애가 가슴까지 파묻히는 풀밭에 내려와 서서 가련하게 꼼짝도 못하는 개를 근심스럽게 들여다본다.

이것이 작은 호월이와 큰 바둑이가 처음 대면함이러라.

2

조 선달이 여러 가지로 수고를 하여 한참 만에야 씰그러져 있는 데서 과히 멀지 아니한 자기 집으로 바둑이를 데려다가 정성으로 병구원을 하니 대개 몹시 주린 데다 독하게 더위를 먹어 원기가 쇠진하여 급작스런 노병이 들린지라. 집 한구석에 마른 짚으로써 병석을 만들어 그 위에 바둑이를 누이고 돌려 가며 구원을 하는데 오밤중에도 가만히 그 코에 손을 대어 숨기가 있고 없음을 살피며 몇 십 일을 가만히 누워서 기신이 하나도 없이 앓는 소리만 하여도 나무라는 일도 없고 털끝만치도 마구 다루는 일도 없으며 부드러운 소리로 위로하고 더운 손으로 쓰다듬을 뿐이러라.

바둑이가 처음으로 컹 하고 크게 짖으매 두 사람은 기껍기 그지없어 하면서 인제 얼마 가지 아니하면 반드시 쾌히 나으리라 하여 너무도 좋아서 눈물을 다 내더라.

특별히 시원한 데 바둑이를 누였는데 날이 갈수록에 병은 떨어지고 몸은 소복하여 미구에 그 튼튼한 네 다리로 지척지척하면서 일어서게 되니 호월이는 어떻게 기쁘던지 국화를 꺾어다가 꽃 테를 만들어서 바둑이 목에 걸어 주면서 그 아름다운 입술로 바둑이 이마에 입을 맞추더라.

바둑이의 병으로 말랐던 것이 오래 아니 가서 굳세고 큰 힘 있던 몸이 완전히 소복하고 그 영리하고 순량한 눈에 나무라는 것도 듣지 못하고 때리는 일도 없음을 이상스럽게 여기는 빛이 역력히 드러나더라. 이때로부터 일평생 동안 조금도 요동치 아니한 충성을 다하리란 은혜 갚을 마음이 굳세게 솟아났더라.

바둑이는 개라 은혜를 깊이 느껴 조심하는 듯하고 온순하고 생각 많은 눈으로 한참 은인의 얼굴을 쳐다본다.

조 선달은 절름절름하면서 조그마한 수레를 끌고 우유(牛乳)를 실어 나르는 것이 직업이라. 목장(牧場)을 둔 촌중 사람들이 선달을 고용하여 앤트워프 읍내로 갖다 파는 우유를 나르게도 하고 밭도 보살피게 하는데 처지가 불쌍하기도 하거니와 또 위인이 매우 정직하여 집에들 가만히 앉아서 우유를 나르고 밭을 보살피고 소와 닭을 거느리게 하여도 마음이 놓이는 고로 남들이 다 요긴하게 알더라. 그러나 여기서 읍내까지가 십 리가 더 되는데 선달의 나는 여든셋이라 차차 우유도 싣고 다닐 수 없어 가더라.

바둑이가 어느 날 목엔 국화 목 테를 걸고 볕 든 땅에 누워서 선달이 우유 통 집어 얹는 것을 보고 있다.

다음날 아침에는 선달이 수레에 손을 댄즉 바둑이가 달려들어서 멍에 통에 가 들어서면서 벙어리 수작하듯 은혜 갚음으로 인제부터는 일을 하겠노라 하는 듯 연방 몸을 흔들면서 선달에게 간구하는 모양이라. 선달은 개를 이런 일 시키는 것이 이치에 어그러지는 부끄러운 일로 생각하므로 아무리 하여도 바둑이의 청하는 것을 듣지 아니한즉 바둑이도 이 일에는 한참 억지를 세우다가 무가내하 함을 짐작하고는 다시 얼른 수레 뒤로 돌아가서 뒷전을 단단히 물고 밀기를 시작한다.

다시 살려 준 은혜를 갚으려 드는 고로 바둑이는 죽을힘을 다하니 선달도 그 정성에 감동하여 마음대로 몸이 놀려질 만큼 느즈러지게 끈을 매어서 수레를 매어 주더라. 이로부터는 날마다 바둑이가 이 거행을 하게 되었더라.

겨울이 된 뒤부터 선달이 갈수록 죽어 가는 개를 살려 낸 것이 과연 큰 다행이라고 생각하니 나는 늙어 가고 몸은 점점 지쳐 가는데 우유 수레를 끌고 눈속임하는 진땅을 가자면 여간한 고생이 아니라. 만일 바둑이가 없었더라면 금년부터는 어떻게 부지하였을꼬 하고 생각하여 보아도 힘센 바둑이를 데려온 것이 하늘의 도우심이라고 감사하게 생각한다. 바둑이도 또한 한 걸음만큼씩 얻어맞던 옛일을 생각하면 지금 얌전한 수레에 얼른얼른하는 놋 통을 싣고 끌고 가는 것이 도리어 재미있을 뿐 아니라 더욱 곁에는 마음씨 고운 선달이 친절하게 보아 주고 다정하게 위로하면서 따라오는데 일이라 하는 것은 하루 두서너 번씩 이렇게 갔다 왔다 하고 그리한 다음에는 발을 길길이 뻗고 볕 든 땅에 자빠졌든지 산, 들 밖으로 뛰어다니든지 호월이와 달음질 내기를 하거니 동네 개와 가댁질을 하거니 하고 싶은 대로 할 수 있는 고로 이런 상팔자는 없는 줄 여긴다.

바둑이에게 더욱 다행한 일은 요전 임자가 앤트워프 읍내서 칠팔십 리 되는 메헬렌* 장에서 술이 대취하여 남과 싸움을 하다가 바른 데를 맞아서 죽음이라. 다시 저를 찾을 놈까지 없어진 고로 진정으로 그리워하는 깊이 사랑하여 주는 이번 주인의 집에서 붙들려 갈 염려까지 없어졌더라.

일 년 이태 지내는 중에 원래부터 절름거리는 선달이 풍병으로 한쪽 몸을 쓰지 못하여 수레를 끌 수 없이 되었더라. 이때 호월이는 이미 여덟 살이라. 장 할아버지를 따라 읍내를 다녀 버릇한 고로 길은 횅하게 알더니 선달이 반신불수가 된 뒤부터는 수레를 거느리고 읍내로 우유를 실어다 주고는 값을 받아 가지고 와서 부탁 받은 집에 돈을 전하기로 하니 그 어여쁜 모양과 정직하고 순실한 얼굴을 보면 누구든지 사랑하는 마음이 저절로 솟아 나오더라.

호월이는 과연 잘생겼더라. 눈은 까맣고 사나이답고 부드러운 얼굴은 반만 발그레하며 머리는 다박다박하게 목을 내리덮은 아이가 목 테에 방울을 단 커다란 얼룩 개에게 놋 통 실은 파란 수레를 끌리고 뒤따라가는 모양은 완연히 천하 일수 환쟁이가 일심 정력을 다하여 그린 그림과 같은 고로 환쟁이들이 다투어 이 천진이 난만하고 양기가 활발한 호월이의 옥으로 깎아 낸 듯한 발에 나막신 신은 모양을 모사하더라.

이렇게 호월이와 바둑이가 선달을 대신하여 있는 힘을 다하여 즐겁게 벌이를 하여 들이니 여름이 되어 선달의 병이 쾌차하였으나 이제는 전같

---

* 메헬렌(Mechelen): 벨기에 플랑드르(Flanders) 지방의 안트베르펜(Antwerpen) 주에 있는 소도시. 벨기에 최대의 두 도시인 브뤼셀(Brussel)과 안트베르펜의 중간, 딜르 강(Dijle) 주변의 비옥한 땅에 자리 잡고 있는 유서 깊은 도시다.

이 힘 드는 일을 하지 아니하여도 가한지라. 바람이나 서늘한 데 앉아서 사립짝문으로 나가는 둘을 바라보면서 기도나 올리고 잠시 눈을 붙였다가 서너 점쯤 되면 잠을 깨어 돌아오기를 기다린다. 미구에 둘이 돌아와서 바둑이가 목 테를 끄르고 좋아서 짖는 곁에서 호월이가 그날 삯을 자랑 삼아 셈하고 둘이 함께 면보와 우유나 고기 국물을 먹으면 해가 서산으로 넘어가고 넓은 들이 컴컴해져서 건너편 큰 교당의 뾰족집이 보이지 않아지는지라. 인하여 둘이 선달에게 기도를 드려 달라 하고 사이좋게 편안히 자리 속으로 들어가더라.

3

덧없는 세월은 일 년 이태씩 미끄럽게 지나가는데 호월이와 바둑이는 일향 쾌활하고 몸 성하고 즐겁게 지내더라.

봄여름 두 때는 특별히 둘의 즐거운 철이러라. 플랜더스는 그리 살기 좋은 땅이 아니니 아마 이 근처 여러 곳 중에 제일 재미없는 곳일지라. 수수며 배추 밭과 목장이 끝이 아니 보이게 질펀하게 퍼져 놓인 무미한 벌판이요 겨우 청승스러운 땡땡이 소리가 울리는 다 무너져 가는 회색 교당과 띄엄띄엄 농군들이 쌓아 놓은 노적 담불과 나무꾼들이 길 맞춰 쌓은 나무 덤치가 얼마큼 운치가 될 뿐이라. 어디를 바라보든지 광경이 한결같아 고운 것도 없고 시원한 것도 없고 싫증이 더럭더럭 나는 경이라. 이러한 곳에 살진댄 여간 사람은 진이 나서 옥 속에나 들어앉은 듯하겠더라.

그러나 이 벌판은 땅이 기름져서 일망무제한 벌에 푸른 잎새가 끊임없이 뒤덮인 중에도 또한 특별히 볼 만한 곳이 없지도 아니하니 작은 내 양편에는 여러 가지 꽃이 여러 빛으로 난만히 피고 해를 짊어진 큰 돛단배가 날개를 벌린 듯이 물 밖에 가는 형상과 무 배추 밭 사이에 뾰족집을 지어 놓은 듯한 정자나무 모양의 기이함은 다 경치라 하면 경치라. 이럭저럭 호월이와 바둑이는 부족하여 하는 것도 없고 불평하여 하는 것도 없을 만한 경치는 있는지라 직분을 다 마치면 둘이 강변 풀밭 속에 파묻혀서 여름 한철에 피는 들꽃이 진지러지게 핀 가운데 짠바람을 쏘이면서 개흙땅에 떠와 닿는 나뭇조각을 바라보더라.

겨울은 제일 고생하는 철이라. 아침에는 어둑하니 일어나서 뺨을 떼어 가는 찬 바람도 쏘여야 하며 봄으로부터 여름까지 얼음은 얼지 아니하여도 새파란 잎사귀가 우거지게 번성하여 온 집을 덮는 포도 덩굴도 겨울에는 아주 발가벗어서 시커먼 추하디추한 줄기가 엉클어질 뿐이며 바람은 바람벽의 작은 구멍을 찾아 가지고 얌치없이 들이밀어 들어오는데 더욱 정밤중 외풍은 집 안인지 한데인지 알 수가 없고 넓으나 넓은 들에 들몰아 짓쳐 오는 바람을 방차할 나무 그늘 하나 없어 간혹 침상에 물이 떨어져 꽁꽁 어는 일도 있으니 이 고생이 어떠할까. 호월이의 하얀 종아리가 눈바람에 터지고 그렇게 튼튼한 바둑이의 다리도 얼음 끝에 째져서 피가 엉기어진다. 그러나 둘이 이를 어찌하나 하고 한탄하는 소리를 피차 들은 일이 없으며 호월이의 나막신과 바둑이의 네 발은 바둑이 목에 단 방울 소리와 응하여 사나이답게 용맹을 다투면서 서릿발 얼음살을 우습게 알고 다닌다. 가다가는 앤트워프 거리 중에 고기 국물 보시기에 면보를 얹어서 먹여 주는 친절한 마누라도 있으며 실어다 전하고 빈 수레 위에 나뭇단을 얹어 주는 전도 있으며 또 촌중 부인 중에 둘이 실어 가는 젖 중에서 둘이 먹을 만큼은 떠내라고 다정히 위로하여 주는 이도 있다. 밤도 아직 다 새지 아니하여서부터 백옥경같이 하얀 벌판을 기쁨으로 왔다 갔다 하면서 호월이의 오막살이에 웃음소리 끊이는 적이 없다.

이 모양으로 가다가 고생 되는 일이 있으나 고생 중에도 낙이 있어 대체는 좋은 일만 계속하니 바둑이는 노상에서와 저잣거리에서 만나는 개들이 아침에는 된새벽부터 저녁에 해 떨어지기까지 죽도록 일은 하고 몸이 노곤하고 배가 고픈 채로 얼음판 위에 자빠져 자는 데 비하여 보면 저처럼 귀염 받고 팔자 좋은 신세가 다시는 없으려니 하여 진심으로 유복함을 감사한다. 그래도 가끔 정밤중에 배는 고프고 바람은 살점을 떼어 내서 견딜 수 없는 때도 있고 또 한여름 뜨거운 볕에 이글이글 타는 길바닥을 가기와 서리 찬 새벽에 떨면서 복역하지 아니치 못하는 때도 있으며 모진 조약돌 틈에 발을 베어서 아파 견디지 못한 때도 있으며 또 저에게는 가당치도 아니한 골이 쏙 빠지는 일도 있으나 바둑이는 은혜를 생각하고 날마다 각근하게 직분을 다하여 따르는 사람들 눈에 사랑이 가득한 웃음이 고이는 것을 바라보고는 흡족하여 지내더라.

바둑이에게 다만 한 가지 걱정되는 일이 있으니 그 까닭은 이러하더라.

앤트워프 읍내 물 옆 무수한 집 틈에 둥그런 넓은 뜰이 있고 그 가운데 온 세상에서 모르는 이 없는 큰 교당이 있으니 자고 일뜨면 재물과 욕심에 눈이 컴컴해 지내는 더러운 속인의 집 틈에 대문은 굳이 닫히고 엄숙한 종이 우는 높은 뾰족집이 솔개가 소라진 치고 바람이 슬슬 부는 반공중에 솟아 있는데 그 밑에는 만고 명화 루벤스* 선생이 누우셨나니 루벤

---

* 루벤스(Peter Paul Rubens: 1577~1640): 독일 베스트팔렌(Westfalen) 지겐(Siegen) 태생의 화가로 바로크 시대 플랑드르(Flandre) 최고의 화가. 바로크 미술의 대표적 작가 가운데 한 사람으로서 플

스 선생이 아니면 앤트워프란 이름이나 누가 알 리 있으리오. 이욕에 눈이 벌건 장사치들은 모르거니와 이 먼지가 창천하는 어지러운 저자를 누가 돌아다보기나 하리오. 루벤스 선생이나 계시기에 미술계(美術界)의 성인(聖人)이 긴 잠 드신 곳이라 하여 온 세상 사람이 존숭함이로다.

바둑이의 걱정되는 일이란 것은 무엇인고 하니 이 큰 교당 앞에를 오면 호월이가 가만히 들어가서 침침한 홍예문 속에 가서는 형상이 없어짐이라. 바둑이는 혼자 문간에 떨어져서 잠시도 떠나 보지 아니한 우리 주인을 이렇게까지 끌어들이는 좋은 것이 무엇인가 하여 우두커니 뾰족집 지붕만 쳐다본다. 두서너 번 저도 좀 보려 하여 덜그렁덜그렁 우유 통 실은 수레를 끄는 채 문 안으로 들어간즉 검은 옷을 입고 은사실을 가진 키 큰 문지기가 내쫓으니 하는 수 없이 우리 주인이 탈이나 없이 나오셨으면 하고 주인의 형상이 다시 드러나기까지 문밖에서 기다릴밖에 없더라. 바둑이는 저 사는 동리 사람들이 주일마다 매방앗간 건너 교당에 다니는 것을 알므로 호월이가 교당에 들어가는 것은 염려하지 아니하되 다만 교당으로서 나아오는 호월이의 얼굴이 새빨갛지 아니하면 해쓱하여 근심에 못 이겨 하며 집에 돌아와서도 또 망연히 얼이 빠져서 장난할 생각도 없는 듯하고 다만 물 건너 저녁 하늘의 채색 노을을 물끄러미 건너다보면서 수심이 얼굴에 가득하므로 이를 여간 염려함이 아니러라.

'무슨 까닭인고.' 하고 바둑이가 생각한다. 이런 애련한 꼴은 어린아이에게 불길도 하려니와 그렇게 상심할 까닭도 없는데 하여 염려하면서 햇

랑드르 총독 알브레흐트(Albrecht) 대공의 궁정 화가이기도 했다. 파리 뤽상부르(Luxembourg) 궁전의 연작 벽화 〈마리 드 메디시스의 생애〉를 비롯하여 〈야경꾼〉, 〈베누스의 화장〉, 〈비너스와 아도니스〉 등 많은 역사화와 종교화를 남겼다.

빛이 편만한 들 밖에서나 사람이 잡답한 저잣거리에서나 잠시 그 곁에서 떠나지 아니하고 앞뒤로 따르면서 몸을 흔들고 꼬리를 치면서 호월이를 위로한다. 호월이가 일향 교당에를 들어가니 바둑이도 여전히 문밖에 떨어져서 다리를 쭉 뻗고 하외욤을 하며 도리질을 하며 가끔 짖어도 보나 줄곧 아무 효험이 없다 얼마 후에야 호월이가 활개를 벌리고 나오면서 바둑이의 고개를 껴안고 이마에 입을 맞추면서 단단한 목소리로

"잠시라도 그것을 보았으면 원이 없겠다, 바둑아. 한 번만 보아도 좋겠는데."

하고 중얼거린다.

'그것이란 무엇인고.' 하여 바둑이가 짐작은 못하나마 딱해 하는 눈으로 호월이의 얼굴을 쳐다보고 걱정으로 생각한다.

어느 날은 문이 반쯤 열려 있고 근처에 문지기는 그림자도 없는지라 바둑이가 옳다구나 하고 호월이 뒤를 따라 열쌔게 교당 안으로 뛰어 들어간다.

호월이가 방장 〈성모 마리아 승천도(聖母昇天圖)〉* 그림 폭 앞에 앉아서 얼이 빠진 것처럼 골독하여 그것을 들여다보다가 바둑이를 보고 일어나서 가만히 목 테에 손을 얹고 문 곁으로 나아가면서 찬미가 대(讚美歌隊) 자리 위를 덮은 장을 올려다보고 서는데 눈에는 눈물이 가득하다. 인하여 바둑이에게 향하여

"얘, 바둑이야, 구차하여 돈을 내지 못하여 그것을 보여 주지 아니하니 섧지 아니하냐. 그 어른이 그것을 그리실 때에 구차한 사람에게는 보이지

---

* 〈성모 마리아 승천도(聖母昇天圖)〉: 성모 마리아 대성당의 제단화(祭壇畵)인 〈성모 마리아의 승천(Assumption of the Virgin Mary)〉(1626).

아니하시려 하셨을 리가 있겠느냐. 만만 그럴 리가 없지 아니하냐. 분명 누구든지 날마다 임의로 보도록 그리셨을 것이건마는 그것을 이렇게 휘장으로 가려 두는구나. 오죽 좋으랴. 이 그림을 햇빛도 보이지 아니하고 사람도 보지 못하게 이렇게 감추어 두는구나…… 부자들이 돈을 내고 보기만 하는구나. 똑 한 번만이라도 그것을 보면 나는 죽어도 한이 없겠다마는."

하고 중얼거린다.

그러나 호월이는 필경 그것을 보지 못하였으며 바둑이도 그 끔찍한 주인을 위하여서 이 일 하나는 어찌하지 못하였으니 대저 이 교당 벽 위에 만고 명화 루벤스가 평생 정력을 다하여 그린 〈십자가 위의 구세주〉와 〈그리스도의 승천〉* 두 그림이 걸렸는데 이것을 보자면 많은 예단을 내어야 하는지라. 그러나 이 애의 형세로는 천부당만부당하니 화로에 피울 나무 한 묶음과 국 끓여 먹을 고기 한 점도 얻기가 간신한 그 애가 무엇이 넉넉하여 이 예단을 능히 판비하리오. 이 생각을 할수록 호월이는 루벤스 선생의 이 그림이 자나 깨나 잊히지를 아니한다.

호월이는 미술(美術)에 상사병이 들다시피 하여 주야 초심한다. 어리친 개 새끼 하나 없고 먼동이 틀락 말락 할 때부터 개 수레를 거느리고 다니는 구차한 농군의 어린것으로 집집이 우유는 도를 법해도 마음은 루벤스 선생을 사모하여 정신없이 거리로 왕래한다. 발에는 버선도 없이 나막신을 신고 추위에 얼고 주림에 지치며 헐벗은 몸에 독한 바람을 쏘이면서

---

* 〈십자가 위의 구세주〉와 〈그리스도의 승천〉: 성모 마리아 성당의 세 폭짜리 제단화(祭壇畵)인 〈십자가에 매달리는 그리스도(The Raising of the cross)〉(1611~1612)와 〈십자가에서 내려지는 그리스도(The Descent from the Cross)〉(1611~1614).

마음은 성모 마리아의 깨끗한 형상, 어깨에 늘어진 아름다운 그 머리털, 영원한 빛이 비치는 그 이마를 가슴 안에 그리면서 다른 것은 다 잊어버리고 지낸다. 박복한 집안에 태어나서 가난에 골몰하여 지식 얻을 길도 없고 가르쳐 주는 사람도 없건마는 호월이는 천품으로 미술에 뛰어난 재주가 있더라.

아무도 이런 줄 아는 이가 없거니와 호월이 역시 제 재주를 깨닫지 못하고 지내며 오직 호월의 곁을 잠시 떠나지 아니하고 따라다니는 바둑이 혼자는 석필로 돌에 그림을 그리기며 자리 속에서도 연방 루벤스 선생의 이름을 외우기며 동틀 임시의 벌건 하늘과 해 질 머리에 환한 구름을 쳐다보면서 부지불각에 즐거운지 섧은지 알지 못하는 뜨거운 눈물이 호월이의 눈으로서 저의 머리에 떨어지는 것을 안다.

"얘, 호월아, 네가 얼른 어른이 되어서 집칸이나 의지하고 돈푼이나 모아 하다못해 전장 마지기나 장만하여서 근처 사람들에게 생원님 소리를 듣게 될 듯만 하면 내가 죽어도 눈을 감으련마는."

하고 앓아 드러누워서 선달이 여러 번 이 말을 한다.

이 근처 농군에게는 땅마지기나 가지고 동리 사람에게 생원님 소리나 듣는 것이 끔찍한 사업이라. 젊어서부터 이리저리 돌아다니다가 아무것 한 가지 물려주는 것 없이 어린 손자를 두고 가는 때에 선달의 정성으로 축원하는 바가 이뿐이러라. 그러나 호월이는 아무 대답도 아니 하더라.

호월이는 땅마지기나 가지고 여간 나만 못한 사람에게 생원님 소리 듣는 농군이 되는 것보다 훨씬 다른 일에 마음을 둔다.

넓은 들 저편에 저녁노을이 찬란한 때와 먼동이 터 오노라고 으스름한 기운이 천지에 가득한 새벽 머리에 멀리 반공중에 솟아난 큰 교당의 뾰족집이 연방 호월이에게 무슨 소리를 소곤거린다. 안개 막힌 틈을 헤치고 적적한 길로 오고 갈 적이나 강변 풀숲에 드러누워 쉬는 틈에나 호월이는 그 어린 속에 품은 큰 소망을 바둑이에게나 토파할 뿐이요 아무더러도 말하지 아니하고 마음속에 감추어 둔다.

이런 꿈속 같은 이야기를 하여 남의 동정을 얻음은 여간 어려운 일이 아니요 설혹 이야기를 한다 하여도 병들고 쇠한 불쌍한 한아비에게 이우나 할 뿐이지 무슨 소용이 있으리오. 할아버지의 눈에는 앤트워프 술집 벽상에 붙인 울긋불긋하게 채색한 그 동네 친구들이 〈성모 마리아〉라 하는 그림이나 온 세계상 군데군데 구석구석에서 천리만리를 멀다 하지 아니하고 플랜더스로 보러 오는 사람이 끊일 틈 없는 큰 교당에 걸린 루벤스 선생의 그림이나 마치 한가지로만 보여지는도다.

4

호월이가 마음에 감춘 끔찍한 소망을 숨기지 아니하고 이야기하는 자리가 바둑이 밖에 한 사람이 있으니 곧 애경이라 하는 아이라. 애경이는 촌중 제일가는 부자 매방앗간 집 딸이니 아직 젖내 나는 어린애인데 어여쁜 눈이 또렷또렷하고 아래위 굶은 데 없이 곱게 생겨 그림에서 튀어나온 듯한 아이러라.

애경이는 호월이와 바둑이로 더불어 항상 동무하여 노는데 앞서거니 뒤서거니 눈 속으로 뛰어다니기도 하고 들 밖에 나아가서 길가에 핀 꽃을 꺾기도 하며 교당에도 작반하여 가고 방앗간 방아 옆에 화톳불도 같이 쪼여 두 아이와 바둑이의 사이가 극히 친밀하더라.

애경이는 매방앗집의 무남독녀로 장중보옥같이 길러지는 아이니 그 초록 모사 옷에는 해진 구멍 하나 없고 명일이면 두 손에 쥘 수가 없도록 과실과 과자를 받으며 교당으로 처음 세례를 받으러 갈 때 입은 큰옷은 어떻게 혼란하던지 근처 사람의 눈이 다 휘황하였는데 그 모친, 그 조모가 다 이 큰옷을 썼다 하더라. 이때 겨우 열세 살밖에 아니 되었건마는 벌써 동리 사람들은 내가 꼭 며느리를 삼는단 자도 있고 우리 놈을 데릴사위로 주겠단 자도 있어 의논이 분분한데 애경이는 이 등사에는 아주 무심하게 지내며 재산 같은 것은 조금도 생각에 두지 아니하고 천진이 난만하게 조 선달의 손자와 및 그 개하고만 추축하여 놀더라.

애경이의 부친은 '오 생원님'이라고 부르는 사람이니 그리 악한 사람은 아니건마는 성내기 잘하는 야릇한 사람이러라. 하루는 곳간 뒤에 베어다 쌓은 풀을 보살피러 간즉 애경이는 행주치마에 바둑이 큰 머리를 안은 채 풀 위에 앉고 그 가에는 들꽃으로 꾸며 놓고 호월이가 숯 조각을 붓 대신 들고 송판(松板) 위에 애경이의 화상을 모사하는 중이러라.

매방앗간 주인이 잠시 발을 멈추고 화상을 들여다본즉 신통하게도 흡사한 고로 자연히 감탄하였으나

"얘, 요년아, 너의 어머니가 찾던데 무슨 장난을 하고 있느니."

소리 지르면서 별안간 혼이 나서 울며 무서워하는 귀한 딸을 대문 안으로 쫓아 들여보낸다.

"용렬한 짓 하고 다니지 마라."

하고 다시 호월이 손에 가진 널빤지를 빼앗는다. 소리는 떨린다.

"나는 본 것이면 무엇이고 그립니다."

하고 호월이가 얼굴을 붉히고 가만한 목소리로 대답한다.

주인이 한참 잠잠하고 있더니 인하여 은전을 집어내어 가지고

"용렬한 짓이로군. 쓸데없이 시간을 허비하여 가면서…… 그러나 흡사하게는 그렸다. 그 애 어머니한테 보이겠다. 은전을 대신 주는 것이니 이것은 두고 가거라." 한다.

호월이는 얼굴빛이 달라지면서

"누가 돈 달라고 하였습니까. 그 그림이나 주십시오. 생원님께서 장 저를 귀애하시면서도."

하고 주인의 얼굴을 흘금 쳐다보더니 쓸데없을 줄 짐작하였던지 바둑이를 불러 가지고 얼없이 들 밖으로 나아간다.

"이 돈이 있으면 그것을 볼 수 있을지 모르거니와…… 암만 그 어른께라도 그 그림을 팔자 한 것은 아니건마는, 응."

하면서 바둑이에게 향하여 후회를 하더라.

오 생원은 걱정 있는 듯한 얼굴로 집으로 들어가더니 그날 밤에 마누라에게 이 부탁을 한다.

"그 애와 애경이와 한데 놀리지 마오. 공연히 큰일이 나오리다. 그 애는 열다섯이요 그년은 열세 살이구려. 그런 데다 생기기를 범연치 아니하니."

한즉 마누라는 벽에 건 널조각 그림을 쳐다보면서 하는 말이

"그뿐인가요. 사나이답고 매우 잘생긴 아이랍니다."

생원은 차를 한 모금 마시고 대답한다.

"누구는 그렇지 않다고 합디까."

"그럼 이편이 염려하시는 것같이 되기로 계관치 않지 않사오리까."

하고 마누라가 주인의 얼굴빛을 살피면서

"아무렇거니 내버려 두지요. 애경이도 좋아하는 터이요 하니…… 안 그렇사오리까. 순편하게 되는 것같이 좋은 일이 또 어디 있사오리까." 하고 달랜다.

"저래서 여편네란 용렬하다 하는 것이야."

하고 생원이 상 바닥을 탁 치면서

"무엇이 어째요. 그 가난뱅이 거렁뱅이를 어찌하고 어찌하여. 되지못한 그림이나 장난하고 거렁뱅이 중에도 몹쓸 놈을. 다시 그까짓 아이하고 놀렸다가는 용서치 아니할 터이오. 이르는 대로 듣지 아니하면 그년을 천주당에 보내서 수녀를 만들 터이니 그리 아오." 하고 역정을 낸다.

마누라가 황공하여 생원의 하라는 대로 하기는 하나 마누라의 힘으로는 그 귀애하는 딸이 진심으로 사모하는 동무를 떼치는 수 없으며 또 아무리 생원이라도 가난한 것밖에는 아무것도 흠절이 없는 호월이를 공연히 몹시굴 까닭이 없으나 이때로부터 자연히 애경이가 호월이하고 노는데 방해가 많이 생겼으며 사나이답고 조용한 호월이는 이번 일에 매우 속이 상하여 틈만 있으면 바둑이를 데리고 놀러 가던 매방앗집에 다시는 발을 들여놓지 아니하더라.

호월이는 무슨 까닭으로 이러한 방해가 생겼는지 요량하지 못하며 아마 들에서 애경이 화상을 낸 것이 생원의 비위에 틀렸는가 하더라. 가다가 애경이가 호월이를 보고 달음질해 와서 손을 꼭 붙들면서 매우 언짢아할 때마다 호월이는 빙긋 웃으면서

"아니, 너의 어르신네를 박절히 생각하지 마라. 내가 너를 게으름쟁이를 만드는 줄 아시고 나하고 놀지 못하게 하심이라. 너의 어르신네는 과

연 좋은 어른이시니라. 진심으로 너를 사랑하시나니 조금이라도 박절히 생각하지 마라, 응, 애경아."

하고 정답게 타이르더라.

그러나 이렇게 애경이를 달래는 중에도 호월이도 속으로 슬픈 마음이 없지 아니하다. 천 줄 만 줄 척척 늘어진 능수버들 축동 아래 똑바로 뚫린 길에 바둑이를 데리고 새벽 머리에 지나는 경치도 전같이 흥치 있어 보이지 아니하며 목표(目標) 삼고 다니던 바람 물레가 오고가는 역로에 눈에 띌 적마다 그 밑에 난 창으로서 어여쁜 손으로 떡 부스러기와 뼈다귀를 바둑이에게 내주는 사람을 불러내어서 즐겁게 놀던 이전 일이 생각난다. 그 앞에를 오면 바둑이가 무엇을 바라는 눈치로 닫힌 문짝을 쳐다보는데 호월이는 속에 깊은 쓰림을 품고 잠잠하고 지나가며 그 안에서는 화로 옆 작은 의자에 걸어앉아서 무릎 위에 놓고 겯던 털 주머니에 눈물을 뚝뚝 떨어트린다. 그 부친은 밀가루 부대 틈에서 일을 하면서 생각한다.

'옳지, 옳지, 그래야지. 이런 꼬라구니 해 가지고. 깍쟁이로구나. 되지 못하게 그림 장난이나 하고. 네 두고 보아라. 평생에 시원치 못할 것이니.'

하고 혼자 성이 나서 한다.

오 생원의 방금이 과연 엄밀하다. 오래 두고서 꼬리를 치고 동정을 표하는 바둑이밖에 아무도 듣지 못하는 데서 호월이와 바둑이가 기껍고 재미있는 배포를 이야기하면서 진솔하고 아이답게 흠잡을 구석 없는 놀이로 날을 보내며 서로 사랑하고 따르는 동무 간에 지금은 얼굴도 상대하지 못하게 그 부친이 호월이가 지날 만하면 문을 단단히 닫아 둔다.

그러나 널빤지에 그린 애경의 화상은 그 집 안 벽 위에 위해 걸었으니 바깥에서 그것을 볼 때마다 호월이가 제가 그린 그림은 귀염을 받으면서 그린 당자는 왜 이렇게 푸대접을 당하노 하여 속이 자못 불평하더라.

그러나 호월이가 겉으로는 아무 말도 아니 하니 무슨 일에든지 잠자코 있는 것이 이 애의 본성이러라. 조 선달이 항상 가르치기를

'우리는 가난하다. 그러나 어찌하겠느냐. 사람은 하나님이 주시는 것을 아무것이든지 받아야 하느니라. 병이라도 받아야 하며 가난이라도 어쩔 수 없느니라.'

하는데 호월이는 장 잠자코 듣고 있으니 선달의 말은 거슬리지는 아니하여도 속에는 큰 뜻을 두어 예로부터 천재라 하여 후세에서 추앙하는 사람들이 어렸을 때에 가지던 큰 소망을 품고 있어

'가난하여도 어쩔 수 없으면 크게 되어도 어쩔 수 없을 것이지. 그렇게 안 되려고 하여도 되면 어쩔 수 없지.'

하고 제 의사에 그럴듯한 생각을 한다.

하루는 애경이가 물가 밭 가운데서 호월이를 만나서 얼른 달려들더니 훌쩍훌쩍 울면서 해마다 저의 생일에는 호월이와 다른 동네 아이들을 불러서 음식을 먹이는데 금년에는 호월일랑 부르지 말라고 부친이 금제하셨다 한다.

"애경아, 꼭 너의 어르신네가 생각이 달라지실 날이 있느니라. 거번에 너의 어르신네께서 빼앗아 가신 널빤지 귀퉁이에 큰 값이 날 때가 있느니라. 그리되면 어르신네께서도 문을 닫치시지도 아니하느니라. 나를 잊어버리지 마라, 응, 애경아. 언제까지든지 잊어버리지 말아라. 꼭 크게 되는 것을 보이리라."

하며 깊이 결단한 빛이 얼굴에 드러난다.

"당부를 아니 하기로 내가 설마 너를 잊어버리랴."
하며 애경이는 눈물이 그렁그렁하여 처창해 한다.

호월이는 눈을 애경의 몸에서 옮겨서 떨어져 가는 해에 선명하게 비친 큰 교당의 뾰족집을 쳐다본다. 얼굴에는 자득하여 하는 모양이 있다. 그러나 애경이를 기탄하면서 눈에 슬픔이 가득하여

"그래도 크게 되느니라. 크게 되지 못하면 죽는 편이 낫지."
하고 혼잣말같이 하며

"그럼 너는 조금도 내 생각은 아니 하는구나."
하고 애경이는 계집아이 아양스러운 태도를 지으면서 호월이 곁을 떠나니 호월이는 고개를 흔들면서 빙긋 웃는데 가슴속에는 찬란한 꿈을 한판 차린다.

자기가 미구에 고향에를 돌아와서 애경이 집에를 가도 다시는 축출당할 까닭도 없고 극진한 대접을 받을 제 동네 사람들은 구구 상전으로

'좀 보시오. 저 양반이오. 온 세계에 이름이 덮였다 합디다. 임금님보다도 영특하다오. 전에는 가난해 빠져서 거렁뱅이나 다름없이 개 덕에 살아가던 호월이라는 아이러니.'
하고 수군수군 이야기를 하것다.

그때에 좋을 생각을 하면서 몸이 파묻히는 수수밭으로 들어가 버리더라.

호월이가 밭 속으로 가면서 잇대어 생각한다.

그리되면 성 책은 교당의 그림에 있는 노인이 입고 있는 것 같은 혼란한 털두루마기를 할아버지께 만들어 드릴 것이요 바둑일랑은 순금으로 목 테를 만들어 걸어 주고 그 머리를 쓰다듬으면서 '이것이 옛 동무 바둑

이오.' 하고 여러 사람에게 이야기하렷다.

또 하얀 옥돌 집을 짓고 교당 뾰족집이 잘 보이는 곳에 공원을 만들고 큰 경륜이 있어도 가난하여 남들이 상종하여 주지 아니하는 사람들을 있게 할 것이요 그리하므로 남이 나를 칭찬하거든 이렇게 대답하렷다. '천만의 말씀이오. 내 칭찬을랑 마시오. 치사를 하시려거든 루벤스 선생께 하시오. 그 어른이 나를 이렇게 만들어 주셨으니.'

호월이가 정히 이렇게 제 생각에 나오는 대로 철없는 꿈을 꾸어 가면서 걸어가는데 영특한 사람을 사모하는 마음이 충만하여 조금도 불평한 줄을 깨닫지 못하며 애경이 생일에 저만 빼놓은 것도 또한 개의하지 아니한다.

호월이가 이러한 꿈을 꾸면서 컴컴한 흙방 안에서 검정 면보와 많지 못한 반찬을 먹는 동안에 매방앗집에서는 아래위 동네 아이들이 모여서 맛난 음식도 먹으며 노래도 하며 웃기도 하며 화롯불을 둘러싸고 풍악에 맞추어서 춤들도 한참 춘다. 호월이는 문간에서 바둑이의 목을 껴안으면서

"내버려 두어라, 얘, 바둑아."

할 뿐이라. 한밤 풍편에 매방앗집으로서는 좋아 노는 소리가 왁자히 들린다.

'내버려 두어라. 미구불원에 모든 일이 뒤집힐 것이니 두고 보아라.'

하고 호월이는 앞일을 생각하고 스스로 깊이 믿을 뿐이요 조금도 남을 원망치 아니하나 바둑이는 이해를 교계하고 경위를 밝히 찾는지라 오늘 밤에 우유와 꿀을 얻어먹지 못한 것이 몹시 수에 틀렸던지 이때로부터는 오생원이 지날 때마다 짖고 나서더라.

"오늘이 애경이 생일이 아니더냐. 얘, 아마 그렇지, 호월아."

하고 풀잎 같은 이불에 둘둘 말려서 방 한구석에 드러누웠던 조 선달이 묻는다. 호월이는 할아버지가 잊었더라면 좋을 것을 하면서 그렇다 한다.

"왜 너는 가지 아니하느냐. 한 해라도 빠진 일이 없지 아니하냐."

하고 선달은 권하는데

"그래도 할아버지 혼자 계시게 하고 가는 것이 옳지 아니하겠기로 아니 갔습니다."

하고 어여쁜 고개를 한아비 누운 데로 내밀면서 싱거운 핑계를 한다.

"별소리도 다 한다. 말만 하면 순이 집 할머니가 언제든지 와서 보아주는데 왜 그리하느냐, 응, 호월아. 너, 아니, 애경이하고 싸움하였느냐."

하고 선달이 여간 넘겨 버리지 아니한다.

"아…… 니요, 할아버지이, 싸움이 다 무엇이에요…… 저어어, 생원님이 오라시지 아니한다오. 무슨 일에고 나를 재미없이 아시는 것이지요."

하고 얼굴을 붉히면서 호월이가 재빨리 대답한다.

"무슨 상없는 장난이나 하지 아니하였더냐."

하고 선달이 재우쳐 물은즉

"무어, 그럴듯한 일도 없건마는 그저 애경이 화상을 널빤지에 그린 일은 있지요. 이밖에는 그리하실 것이 없는데요."

진솔의 대답을 한다. 선달은 호월이의 꾸미지 아니하는 대답을 듣더니

"으으으."

하고 다시 묻는 말이 없으니 대개 이미 눈치를 챔이라. 장 흙방 구석에 이불이나 쓰고 누워 있어도 팔십여 년 지내 온 세상 물정은 잊어버리지 아니하였더라.

선달이 호월이의 머리를 바로 귀여운 듯이 가슴에 껴안고

"으흐, 얘야, 가난이 싫구나. 하 여지도 없구나. 너야말로 불쌍도 하다. 오죽 고생이 되랴."
하는데 소리가 벌벌 떨린다.

"왜요. 나는 그렇게 가난한 줄을 모르는걸요, 할아버지."
하고 호월이는 제법 위로를 하니 대개 만승천자라도 당할 수 없는 거룩한 힘을 품었은즉 나는 가난하지 아니하거니 생각하므로 요만 일은 그리 관심하지 아니함이러라.

호월이가 인하여 일어나서 문간으로 나가니 금 쌀알을 뿌린 듯한 가을 밤 별은 바람에 채는 긴 버들이 이편저편으로 흔들리는 사이로 반짝반짝 보인다. 매방앗집 놀이는 한참 야단인데 피리 소리는 바로 곁에서 부는 듯이 바람에 불려 온다. 하염없는 눈물이 저절로 호월이 두 뺨을 적신다. 어린애건마는 마음의 불평은 견디기 어려운지라 '네 보아라, 내가.' 하고 연방 뒤 경륜을 한다. 야단이 그치기까지 자지를 못하고 우두커니 문밖에 섰다가 밤이 들고 화톳불이 꺼진 뒤에야 바둑이를 데리고 자리 속으로 들어가더라.

5

호월이에게 바둑이밖에는 아무도 모르는 새 숨은 일이 있더라.

좁은 집에나마 한구석에 호월이 방으로 정한 딴 칸이 있으니 침침은 하여도 북창으로서 밝은 빛이 흡족하게 들어오더라.

호월이가 이 방 안에 널조각으로 짠 모양 없는 상 하나를 놓고 생각나는 대로 이런 것 저런 것을 종이에 그리는데 아무 가르치는 이도 없거니와 물감도 길 맞추어 있지 아니하며 지금 옆에 놓인 먹과 백먹과 종이를 사기에도 몇 끼 밥을 먹지 아니하여 이것 살 돈을 모았더라. 방장 그리는 것은 쓰러진 나무에 노인이 걸어앉은 큰 그림이니 평일에 보던 윗말 이 선달이 하루 일에 지쳐서 걸어앉아 쉬는 경을 모사하는 것이라. 겉 줄 긋는 경위와 음영(陰影) 놓는 법을 아무도 가르쳐 주는 이가 없건마는 노인의 슬픈 빛을 띤 지친 형상이 현연하게 그림에 나타났으며 덜미에는 저물어 가는 때 쓸쓸한 경을 더하여 한 폭 의취가 곡진한 시(詩)를 이루었더라.

무론 맵시도 없고 시비를 하려면 잘못한 곳도 무수하나 그 붓끝 놀림은 천연한 경치에 잘 어울려 족히 미술의 진수를 얻었다 할 만하니 아무라도 탄복지 아니치 못할러라.

바둑이는 가만히 드러누워서 그림이 끝나기를 기다리더라. 호월이의 뜻하고 있는 소망은 믿을 수 없는 어린애 생각에 지나지 못하는 것이로되 속에 이 희망이 충만하여 일심 정력으로 의사를 내더라.

그 소망은 이러하더라.

매년 앤트워프 읍내서 전람회(展覽會)를 열고 학생이나 농군이나 십팔 세 이하의 아이면 누구든지 출품(出品)하게 마련한 것이 있는데 그림은 남의 힘을 빌리지 아니하고 어린애 당자가 연필이나 백먹으로 그려야 하는 법이요 꼬느는 시관은 루벤스 선생 나신 곳의 일등 명화 삼 인이요 일등 장원에게는 포상금 이백 원을 주는 작정이러라.

호월이는 이 전람회에 출품하려 함이라. 만일 다행하여 포상금을 타게 되면 큰 소망의 한 귀가 성취되는 셈인 고로 봄, 여름, 가을 세 철을 두고 일심 정력을 다 들여 이 방에서 공부를 하였더라.

호월이는 이런 말을 아무에게도 아니 한다. 할아버지에게는 말하여도 소용없으며 애경이하고는 왕래가 끊겼으므로 오직 바둑이에게만 가만히

"루벤스 선생이 꼭 일등 장원을 하게 도와주시느니라. 나는 그렇게 믿는다."

하고 귓속말을 하더라.

십이월 초일일에 그림이 끝난 고로 한옆으론 좋아서 뛰고 또 한옆으론 염려도 없지 못하면서 호월이가 그 그림을 우유 수레에 싣고 바둑이의 힘을 빌려 앤트워프 읍내로 가져다가 전람회 집에 갖다 두다

"아마 여의치 못하지. 아따, 모르겠다." 하여 염려를 한다. 제가 생각하여도 저는 가난한 농군의 자식으로 붓 놀리는 법 하나 배운 일 없이 담대하게 공연한 마음을 먹어 이름이 한세상을 덮으시는 대선생님들께 꼬나달라 함이 당초부터 가당치 못한 일이로다 하여 기가 갈앉는다. 그러나 큰 교당 앞으로 지나노라니까 루벤스 선생의 형용이 문득 안개 속으로서 나와서 다정한 웃음이 입술에 가득하여서 '착실히 하여라. 내가 이곳에서 나서 이름이 천하를 흔들 때에 지금 너같이 뜻이 얇고 행실이 약하지 아니하였더니라.' 하여 격동하여 주는 듯하게 생각이 된다.

호월이는 이렇게 정신상으로 위로를 받으면서 한밤중 찬 바람을 쏘이고 집으로 돌아와서 교당에서 배운 대로 하나님께 은혜를 구하고 자더라.

이해 겨울은 참 견딜 수 없도록 추위가 대단한지라. 집으로 돌아온 뒤에 즉시 시작한 눈이 온밤 새도록 일양 퍼붓더라.

그 뒤부터는 일부일에 눈만 와서 바깥은 바로 은가루를 펴 놓은 듯하며 작은 내들은 얼음이 꽁꽁 얼고 살에 닿는 바람은 살점을 베어 가는 듯하며 길은 캄캄한데 이런 중으로 우유를 도르러 다니노라니 그 고생이 여간

이 아니며 더욱 바둑이의 어려움은 호월이보다도 몇 배나 되니 이 몇 해 동안에 호월이는 차차 잔뼈가 굵고 약한 몸이 실해 가되 바둑이는 갈수록 노쇠하여 앞뒤 발목은 힘이 빠지고 뼈대는 점점 굽어 감이라. 그러나 조금도 제가 맡은 직분을 내놓지 아니하고 호월이가 혼자 수레를 끌려 하여도 죽어라 하고 듣지 아니하며 무수히 승강하다가 겨우 수레바퀴가 진흙땅에 빠져서 움직이지 아니하는 때에나 호월이 손을 대게 할 뿐이라. 이렇게 바둑이는 복역하는 것으로 자랑을 삼는 고로 눈서리가 뼈를 찌르고 돌각다리 길이 가죽을 벗겨 다리엔 풍병이 들고 목은 굽고 숨은 차건마는 그래도 지긋지긋 참고 수레를 끌고 다니더라.

"얘, 바둑아, 널랑은 집에 누워 있거라. 인제는 네가 힘 드는 일 아니 하여도 관계치 않다. 나 혼자 넉넉히 수레를 끄니."

하며 호월이가 아침마다 만류하여도 바둑이는 싸움에 늙은 군사가 탄환소리를 들으면 궁둥이가 들먹들먹하여 차리고 나서는 모양으로 주인의 애쓰는 것을 모르는 체하고 편히 집 안에 누워 있을 수 없어 매일 아침이면 일찌거니 일어나서 저 할 일을 극진히 하더라.

'누구든지 죽기까지는 노역하여야 하는 것이라.'고 바둑이는 생각한다. 때때 미구불원하여 깨지 못하는 잠이 들겠다고 저도 생각한다. 눈은 매우 흐렸으며 아침에는 고개를 들기 어려운 때도 있으나 그래도 교당에서 치는 다섯 점 종소리만 나면 즉시 짚자리에서 튀어 일어나 날이 샐 만하면 벌써 나와 직분을 보더라.

"바둑아, 너나 나나 갈 날이 멀지 아니하였구나."

하고 선달이 여러 해 동안 바둑이를 어루만져 긴 주름살 대단한 손을 바둑이 머리에 얹고 탄식한다.

선달하고 바둑이는 같은 생각으로 빠져 간다.

이 둘이 없어진 뒤에는 누가 이 둘의 끔찍하게 아는 호월이를 보아 줄까.

6

호월이와 바둑이가 앤트워프 읍내로서 설중에 돌아오는데 들에는 눈이 덮여 흡사히 맑고 흰 옥돌을 펴 놓은 듯하더라. 가는 노상에서 임자 잃은 어여쁜 각시와 북의 떨어진 것을 얻으니 눈 위에 떨어진 채로 상한 데도 없고 더러운 데도 없이 매우 정묘한 장난감이라. 사면을 둘러보아도 사람의 그림자는 없는데 임자는 모르나 호월이는 애경이 거나 아닌가 한다.

매방앗집 앞에를 온즉 해가 꼭 졌더라. 호월이는 애경이의 방을 아는 고로 예전 놀던 동무의 것을 갖다 주는 것이야 탓 있으랴 생각하고 헛간 뒤로 돌아가 베어다 쌓은 풀 위에 기어 올라가서 문짝을 또닥또닥 두드리며 문 열어 달라 한즉 안으로서 등불이 빤히 비치면서 인하여 주저주저 애경이가 문을 연다.

호월이가 그 고운 손에 그것을 놓아 주고

"길에 떨어졌더라, 애경아."

하며 즉시 애경이가 치사할 틈도 없이 짚 담불에서 뛰어내려서 껌껌한 속으로 사라진다.

그날 밤에 매방앗간에 작은 화재가 나니 아래윗말이 큰 야단이요 앤트워프 읍내서는 화통 무자위가 달려와서 한참 소란하기 이를 것 없더니 그

안에 쌓았던 곡식과 헛간은 타 버렸으나 다행히 본집까지는 붙이지 아니하고 껐더라.

생원은 열이 꼭뒤까지 나서 야단을 한다. 그렇게 불조심을 극진히 하여 오는 터인즉 필경 누구든지 불 놓은 놈이 있는 것이라 한다.

호월이가 야단 통에 잠이 깨어서 동네 사람들 속에 섞여서 가서 본즉 방앗간 주인이 호월이를 떼밀면서

"얘, 이놈, 네가 여기서 어정버정하는 것을 보았다. 내가 모를 줄 아느냐. 불난 까닭은 네가 알리라."

하고 무정지책을 한다.

호월이는 아무든지 참말로 이런 소리를 할 사람은 없은즉 이러한 농담을 받으면 무엇이라고 대답하여야 옳은지 몰라서 두리번거리면서 잠자코 있다.

오 생원이 미리 보험(保險)을 하여 두었던 고로 해는 나지 아니하였으나 그때부터 날마다 만나는 사람마다 호월이의 흠담을 하니 원래 촌사람들이라 순직은 하여도 지혜가 없는 데다 돈까지 없는지라. 한 사람도 호월이가 그런 장난을 할 아이가 아닌 줄 믿지 아니하는 이 없고 필경 무슨 일이든지 있어 그 뒤로 지나간 것이라고 생각들은 하건마는 지혜와 돈이 없는 까닭에 오 생원의 말을 거슬러 호월이를 두둔해 줄 이는 별로 있지 아니하며 더욱 그의 뜻을 맞추어서 자기 아들로 사위나 들여보내려 하는 축들은 한마디라도 보태어 가면서 호월이를 지독하게 흠담하고 심사 바른 사람들도 생원의 집에서 어찌 알까 보아서 심부름시키기를 주저하며 전일에는 선웃음 쳐 가며 귀애하던 것을 인제는 보기까지 푸대접으로 하더라. 한 사람 생원의 말을 그렇지 않다 하여 주는 이도 없고 애매한 것을

사실하여 주는 이도 없으니 호월이 혼자 힘으로 이렇게 소문나 가는 것을 어찌 없이하리오. 어언간 청천백일 아래 실상 없이 죄인이 되고 말더라.

"너무 그러시지 마오. 그 애가 무엇을 어떻게 하였단 말씀이에요. 꿈엔들 그런 짓 할 아이로 아십니까. 참 순직하고 악심 없는 아이를 공연히 이러니저러니 하여서 오죽 원통하게 생각하오리까."

하며 그 마누라나 남편에게 변명한다.

그러나 오 생원은 몹시 트레바리의 짓 하는 사람이라 호월이의 애매한 것은 정녕 알건마는 열나는 김에 시작한 소리를 언제까지든지 그리할 생각이러라.

호월이는 어린애로되 사나이답게 꾹 집어삼키고 잠자코 있으나 바둑이 혼자 있을 때는 그래도 데리고 하는 소리가 있으며 그리한 다음에는 반드시

'내가 포상금만 타면…… 모두들 꼭 후회하리라.'

하여 어린 마음에 믿는다.

인제 겨우 십육 세가 될락 말락 한 아이로 물정도 모르고 세태도 짐작하지 못하는데 어렸을 때부터 촌중 사람들에게 귀염 받으며 길러진 몸이 별안간 이렇게 구박을 당하니 어찌 섧지 아니하리오. 더욱이 바람은 땅을 떠 갈듯이 불고 눈은 땅이 꺼지란 듯이 퍼붓는데 나뭇가지 하나 보는 수 없는 겨울날에 위로하는 재미란 것은 동리 사람끼리 모여서 이야기도 하고 웃기도 하는 것이라. 다른 사람들은 다 서로 청하기도 하고 청 받기도 하여 왕래 담소하는 중에 오직 호월이와 바둑이는 찾을 이도 없고 찾는 이도 없이 병들어 누운 한아비밖에는 아무 아랑곳해 주는 이 없고 화로에 피우는 숯불도 흔히 떨어지며 먹을 것 없는 날도 드물지 아니하며 겨우

남은 단골은 삼사 처밖에 없고 한 번 우유를 앤트워프 버터 만드는 집에 갖다 두고 오면 할 일도 없어 바둑이 끄는 수레가 가벼워 가는 대로 호월이의 벌이는 그대로 줄어 가니 이다음 살아갈 일이 망연하구나.

바둑이는 다니던 집 문간을 지날 적마다 간구하는 빛을 눈에 띠고 문짝을 쳐다본다. 그러나 동리 사람들은 열었던 문도 와락 닫으면서 눈 떠 보지도 아니한다. 바둑이는 고개를 숙이고 어슬렁어슬렁 돌아온다.

오 생원의 뜻을 맞추려면 호월이와 바둑이를 이렇게 대접할밖에 없더라.

7

예수 탄일이 차차 가까워 온다(예수 탄일은 서양의 제일 큰 명절이라).

바람은 대독이 터지게 불고 눈은 여섯 자나 쌓이고 얼음은 꽁꽁 얼어 내거니 강이거니 물이란 물 위로 사람이고 마소고 마음대로 다니게 된 뒤에 촌에서들 즐거운 때를 맞이한다. 아무리 구차한 집에라도 다 음식을 준비하고 주 예수를 환영하는 소리가 사방에서 일어나며 아무 데를 가도 말의 목에서는 방울 소리가 달랑달랑하며 맛있는 곰국 내가 나는 부엌에서는 연기가 굴뚝이 메어서 쏟아져 나오며 교당으로 왔다가 갔다가 하노라고 오늘 하루는 웃지도 아니하는 계집아이들이 연락부절 길로 지난다. 오직 조 선달의 집 안에서는 아무 기척도 나지 않고 껌껌하고 쓸쓸만 하다.

호월이와 바둑이는 새삼스럽게 의지가지없는 고적한 신세가 되었더라.

조 선달이 성탄절 앞 주일에 저승사자에게 붙들려서 저녁에 잠든 채로 다시 오지 못하는 길을 떠났더라. 가난과 고생밖에는 아무 천량 없는 이승을 내버리고 그 늙은이가 영원히 편안한 곳으로 돌아갔더라. 새벽 머리에 둘이 돌아간 것을 알매 그 설워 하고 기막혀 하는 정상이야 어찌 한 붓으로 그리리오. 온 세상이 캄캄하여진 것만 같아서 더운 눈물을 흘리면서 운다. 오랫동안 반이나 죽은 모양으로 별로 거두어 주지는 못하나마 진정으로 둘을 귀애하여 따뜻한 말과 다정한 손짓으로 위로도 하고 어루만져도 주더니 이제 다시없는 그가 영결종천하였으니 그 설움이 어찌 한이 있으리오.

교당 뒤에 있는 고총 틈에 선달의 시신을 묻고 돌아오니 다시는 위로하여 주는 이도 없고 마중하여 주는 이도 없다. 이 세상에 있을 동안에 친구도 없고 천량도 없던 선달을 울면서 회장한 자도 오직 어린아이와 늙은 개뿐이러라.

'아무렇게 생각하시던 터라도 이번에야 설마 불쌍하게 생각하시겠지. 꼭 그 애를 불러오리라.'
하고 매방앗집 마누라가 화로 옆에서 담배를 피우는 남편의 얼굴을 모로 앉아 보면서 생각한다.

마누라의 심내사를 번연히 알고서도 생원은 속으로 '그 부정한 장사를 지낸 뒤에 잘도 그 거렁뱅이를 부칠라.' 한다.

마누라는 입 밖에 내어서는 아무 말도 아니 하나 장사를 마치고 사람이 돌아간 뒤에 애경이를 시켜서 해당화 꽃 테를 눈 틈에 새로 봉한 무덤 위에 공경하게 올리게 하더라.

호월이와 바둑이는 장사 지내고 돌아와서는 구곡간장이 마디마디 끊어지는 듯하다. 아무리 가난하여 오막살이에 익숙히 들어 있어도 쓸쓸한 것은 견딜 수 없도록 느껴진다. 집세를 낼 때가 되었건만 장사를 치른 뒤에는 쇠천 한 닢 남은 것이 없다.

이 집 주인은 영악스러운 갖바치라. 호월이가 마침 오 생원 집에 가서 술 먹는 그를 찾아가 보고 간곡하게 사정의 말을 하는데 인정도 모르고 눈물도 없고 돈밖에 아는 것 없는 그 위인은 왼편 눈썹 하나도 꿈적거리지 아니한다.

호월이 뒤를 따라와서 대거니 돌이거니 냄비고 항아리고 집 안에 있던 기명은 하나 빼지 아니하고 집세 대신으로 빼앗은 뒤에 내일 아침으로 이 집을 내놓으라 한다.

집 안은 한껏 어질렀으나 둘에게는 다년 정든 경력 많은 집이라 나무 한 주도 오히려 마음에 계련하다. 왕사를 생각건댄 집은 비록 오막살이로되 둘에게는 어떻게 즐겁던 터인가. 여름에는 포도 잎새가 우거지고 콩덩굴에 꽃이 피어 그 초록빛과 흰빛이 새새틈틈 섞여 있어 벌판 가운데서 별 아래 반짝거리면 아름답기 그지없었도다. 둘이 날마다 세찬 일과 독한 가난에 쫓기면서도 선달의 웃는 낯을 보면 저절로 마음이 쾌락하여 한때 불평한 적이 없었도다.

컴컴한 한밤을 불 기척 없는 집에서 지낼 적에 춥기도 하고 섧기도 하여 호월이가 단단히 바둑이를 껴안으면서 얼음같이 언 몸을 서로 핥아 주더라.

성탄절 전날 해가 오르노라고 먼동이 차차 터 오는데 호월이는 추위에 못 이겨 부득부득 떨면서 넓은 천지에 다시없는 동무를 껴안고 더운 눈물을 뚝뚝 그 머리에 떨어트린다.

"바둑아, 가자. 우리 끔찍끔찍한 바둑아, 여기 있다가 걷어채면서 쫓겨 나갈 것 무엇 있느냐. 자, 가자."

바둑이가 얼른 호월이를 따라서 일어난다. 둘이 서로 의지하면서 어치렁어치렁 변변치 아니한 살림에라도 낱낱이 깊이 감창한 세간을 내놓고 대문을 나서니 집세 대신에 빼앗긴 우유 수레에서 놋으로 만든 바둑이 목테가 눈 위에 축 처져 있구나. 바둑이가 그 옆으로 지나더니 설움에 눌려서 고개가 숙는다. 사랑하는 주인의 갈 방향을 생각하는 마음이 속에 가득하지 아니하였더라면 바둑이가 이 수레 밑에서 가슴이 메어져서라도 죽었을레라.

둘이 가는 데는 장 다니던 앤트워프 가는 길이라. 밤이 겨우 새고 길가의 집들은 대개 창도 열지 아니하였으며 간간이 일어난 사람들도 초초하게 지나가는 호월이와 바둑이를 쳐다도 보지 아니한다. 얼마 가다가 조선달이 가끔 품팔이 가서 직심으로 일하여 주던 집 문 앞에 와서 호월이가 주저주저하면서

"바둑이를 아무 거라도 좀 먹여 주십시오. 저렇게 늙은것이 어저께 낮부터 아무것도 얻어먹지 못하였습니다."

하여 부끄럼을 억지로 참고 말하여 보았더니 문간에 선 마누라가 "일기가 이렇기만 하면 보리는 대풍일세." 하면서 못 들은 체하고 문을 탁 닫치고 들어간다. 둘이 피곤한 다리를 다시 질질 끌면서 호월이가 다시는 이러한 부끄러운 소리를 하지 아니하기로 작정하더라.

자축자축 간신히 걸어서 열 점이 지난 뒤에야 겨우 앤트워프 읍내에 다다랐더라.

'아무것이고 팔 것만 있으면 바둑이를 무엇을 사 먹이련마는.'

하고 호월이가 생각하나 몸에 붙인 것은 해어진 옷과 나막신뿐이라.

바둑이는 호월이 마음을 깊이 짐작하고 격려하는 모양으로 저를 위해서는 노심치 말라는 듯이 손바닥에 제 코를 문지른다.

전람회의 꼬느는 것이 오늘 끝나서 포상금 탈 사람의 방목이 오정에 걸릴 터이라.

호월이가 회당에를 들어가 보니 동무도 있고 양친도 있고 일가도 있는 거의거의 동갑네 아이들이 층계 위에며 큰 대청 앞에 잔뜩 들어서 있다. 바둑이를 끌고서 호월이는 염려도 스럽고 부끄럽기도 하여 눈이 어뜩한 모양으로 그 틈으로 들어가더라.

이뉘 오정을 뗑뗑 치매 대청 정문이 열리니 일만 눈이 일시에 한군데를 쳐다본다.

장원에 뽑혀서 포상금 탈 그림은 높은 상에 얹어서 맨 꼭대기에 거는 것이 전례라.

호월이는 눈이 컴컴해지고 머리가 어찔어찔하며 다리는 벌벌벌 떨린다. 가만히 속을 진정하고 높이 내다 건 그림을 쳐다본다.

아아, 호월이 그림은 아니로구나!

앤트워프 읍내 운송부 하는 집 아들 김사랑이가 일등 장원이란 소리가 사방에 훤자하다.

호월이가 겨우 정신을 차린즉 몸이 층계 위에 자빠졌고 바둑이는 주인의 회생하기를 축원하면서 그 곁으로 창황히 돌아다니는데 앤트워프 읍내 아이들은 큰 공명을 이룬 동무를 앞세우고 연방 만세를 부르면서 항구옆 운송부로 데리고 가는 중이러라.

"인제는 마지막이다. 바둑아, 인제는 마지막이다."

하고 탄식한다.

호월이도 인제는 제 스스로 기운을 차리고 용맹을 떨칠 힘이 말랐는지라 전지도지하여 간신히 제 동네로 돌아오는데 바둑이는 늙은것이 속이 헛헛하고 설움이 북받쳐서 고개를 숙이고서 다리를 질질 끌고 곁에 따르더라.

8

눈은 펑펑 퍼붓고 바람은 뺨을 떼어 가는 듯하여 훤한 벌판을 지나가는 고생이 죽기보다 어려운지라. 익은 길이건만도 여간 기막히지 아니한 길을 호월이와 바둑이가 네 시 칠 때나 하여 겨우 촌으로 다다랐더라.

바둑이가 별안간 서서 코를 실룩실룩하면서 연방 냄새를 맡더니 눈 틈을 앞발로 헤치고 검붉은 빛 가죽 지갑 하나를 물어 내는지라. 하는 수 없어 하는 모양으로 호월이가 그 근처에 켠 장명등 불빛에 비추어 본다. 지갑을 뒤집어 본즉 오 생원의 표 한 것이 있고 그 속에 이천 원 어음이 들어 있다.

추위에 못 견뎌서 정신이 혼미하였던 호월이가 깜짝 놀라 정신을 차리고 지갑을 단단히 속적삼에 간수하고 달음질을 한다. 바둑이도 따라 달음질한다.

호월이는 앞만 보고서 매방앗집 문간으로 달아들어서 문을 땅땅 두드린즉 실컷 울어 눈이 부은 마누라가 나와서 문을 여는데 애경이는 그 허리에 가 달렸다.

"애고, 불쌍하여라. 호월이더냐. 어쩌면 저 모양이 되었느냐. 생원님이 보시면 큰 야단이 날 터이니 얼른 가거라. 우리 집이 오늘 밤에 좀 불길한 일이 생겼단다. 생원님께서 큰돈을 떨어트리시고 지금 찾으러 나가셨다마는 이 설상에 어디 가 찾겠느냐. 하나님께서 버력을 내리신 것이니라. 호월아, 네 애매한 소리를 한 버력을 입은 것이니라. 우리 집도 인제는 그만일다."

하며 슬픈 중에도 다정한 말로 마누라가 위로하여 준다.

호월이는 지갑을 꺼내서 마누라 손에 주고 바둑이를 문 안으로 불러들인다.

"바둑이가 그 돈을 찾아내었습니다. 생원님께도 이 말씀을 하여 주십시오. 생원님이 들으시면 바둑이를 잘 대접하여 주실 듯하외다. 그저 이 바둑이를 위하여 주십시오. 늙은것이올시다그려. 좀 위하여 주십시오."

하여 호월이가 마누라에게 신신당부한다. 두 사람이 의외의 경사에 어안이 벙벙하여 있는 중에 바둑이 머리에 작별하는 표로 입을 맞추고 모르는 결에 문짝을 닫치고 나서더니 그 형상이 어느 틈 눈 쏟아지는 컴컴한 속으로 없어졌더라.

마누라와 애경이는 너무도 좋아서 말 한마디 못 하고 잠자코 섰으며 바둑이는 철창살 한 무거운 문짝에 가 매달려서 나가려고만 애를 쓴다. 마누라와 애경이는 문을 열어 주지 아니하고 애경이와 한가지로 온갖 방법을 다하여 바둑이를 달랜다. 맛있는 과자며 삶아 낸 고기를 갖다 주어 보기도 하고 뜨뜻한 화로 곁으로 데리고 가서 보기도 하며 어루만지고 달래어 보아도 아무 효험이 없으며 바둑이는 그저 문을 물어뜯으면서 날뛸 뿐이라.

여섯 시쯤 되어서 뒷문으로 생원이 맥이 풀려서 돌아오더니 마누라 앞에 서서 기운이 하나도 없이 갈라진 목소리로 하는 말이

"인제는 마지막일다. 인제 와서 이러니저러니 하여 무엇 하랴. 불을 켜 가지고 암만 찾아보니 어디 있어야지. 그만…… 애경이 줄 것까지…… 으으, 말끔 뿌리째 뽑혔구나."

한다. 마누라가 어음을 남편에게 주고서 도로 들어온 내력을 말한즉 그렇게 트레바리 생원짜도 떨면서 철썩 의자에 걸어앉는다. 부끄럽기도 하고 하늘 뜻이 난측도 하여 손으로 얼굴을 가리고서

"잘못하였다. 잘못하였다. 과연 잘못하였다. 그 애에게 내가 어떻게 굴었길래 차마 이러한 신세를 받는단 말인가."

하고 제 스스로 부끄러움을 못 이겨 한다.

애경이는 새 힘을 얻어서 가만히 아버지 곁으로 가까이 가서 무릎에 얼굴을 파묻으면서

"호월이를 데려오세요, 예에, 아버지. 내일부터는 호월이가 집에 와 있어도 관계치 않지요."

하고 보챈다. 애경이는 무론이거니와 바둑이밖에는 아무도 오늘 아침에 호월이가 오막살이에서 쫓겨난 일을 아는 이가 없더라.

생원이 그 딸을 팔뚝에 치켜 안으면서 해쓱한 얼굴로 "기어코, 기어코 데려오마. 성탄절에는 기어코 부르마. 아니, 언제든지 부르마. 하나님께서 또 나를 도와주셨구나. 아아, 내가 잘못하였다. 회개하마. 회개하마."

하는데 소리가 떨린다.

애경이는 기쁘기도 하고 고맙기도 하여 아버지에게 입을 맞추고 그 무릎으로 빠져나가서 문짝만 쳐다보고 선 바둑이 곁에 달음질해 가서

"오늘 밤에는 맛있는 음식을 먹여 주마, 응, 바둑아."

어린 마음에 너무도 기쁜지라 내일이 바빠서 홍이 나 뛰논다.

생원은 점잖이 고개를 숙이고

"아무렴, 그리하고말고. 바둑이를 위해 주어라."

하고 그 줄띠 뻣뻣한 트레바리가 지금은 속마음으로 깊이깊이 느꼈더라.

이때는 성탄절 전날이라 쌓아 놓은 나무는 부엌 옆에 산같이 있고 크림이며 꿀이며 쇠고기며 새고기며 그 외에 여러 가지 좋은 음식을 풍족히 준비하였으며 방방이 다 혼란하게 장식을 하였더라.

애경이는 각시 초롱이며 기묘한 장난감 등속이며 찬란한 색종이에 싼 과자며 기타 형형색색의 것을 받아 가지고 더운 방 안에 바둑이를 상빈(上賓)으로 맞아 앉히고 혼자 좋아서 한다.

바둑이는 화롯가에 가까이 오지도 아니하고 음식은 냄새도 맡아 보지 아니하며 배가 고파지는 대로 몸이 떨리건마는 그래도 문만 쳐다본다. 호월이 없는 데서는 바둑이가 아무것도 마음에 싸지 아니하고 먹을 생각도 내지 아니한다. 생원은

"그 애를 생각하는구나. 참 기특한 개로다. 기특한 개로다. 밤만 새거든 그 애를 불러 주리라."

한다. 내일까지 호월이가 어디로 돌아다니면서 하룻밤을 지낼는지.

굵은 장작을 지핀 기운이 부엌 안에 가득하여 덥기 짝이 없는데 근처 사람들은 내일 준비를 하노라고 거위도 튀해 내고 고기도 삶을 양으로 연방 풍로들을 빌리러 온다. 애경이는 밤만 지내면 호월이를 만날 생각 하고 기꺼움을 스스로 이기지 못하여 노래를 부르고 춤을 추는데 생원은 그 거동을 귀엽게 보면서 호월이 불러올 경륜을 한다. 마누라는 매우 흡족하

여 하는 화평한 얼굴에 웃음이 서려서 앉았다.

오는 사람마다 바둑이를 칭찬하지 아니하는 자가 없으나 호월이 있지 아니한 곳에서는 아무 소리를 들어도 좋아하지 아니하더라.

미구에 음식이 다 익어서 탁자 위에서 김이 무럭무럭 오른다. 웃고 이야기하는 소리는 방이 다 떠나갈 듯하며 애경이 앞에는 여기저기서 온 선물이 무척 많이 쌓였더라.

바둑이는 다리가 떨어지도록 저려도 그대로 문짝만 바라보고 서 있더니 눈치 모르는 손이 부엌문을 열어 놓은 틈을 타서 다짜고짜로 컴컴한 데를 향하여 튀어 나가니 일편단심이 호월이를 그리워함이러라. 사람의 친구들은 좋은 음식과 호강 앞에 정의를 잊어버리는 일이 허다하나 주인에 충성스러운 바둑이는 그렇게 야박한 개가 아니라 항상 지나간 일을 생각하고 길옆 풀밭 속에서 거의거의 죽어 가는 목숨이 선달과 호월이 손에 구제된 것을 뼈에 새기고 잊지 아니하더라.

밤이 깊어 가는 대로 눈은 점점 재우친다. 때는 거의 열 시나 되었을 듯한데 호월이의 발자국은 눈에 파묻혀서 찾는 수 없다. 연방 냄새를 맡아서 수탐할새 겨우 하나나 찾아내면 용기를 분발하여 찾는데 그 또한 인홀불견이라. 또다시 얻었다가 즉시 잃어버리기를 몇 백 번이나 하여도 그런대로 호월이 간 곳을 찾아간다.

바람은 한껏 세우 치고 길옆에 켠 장명등도 벌써 꺼져서 캄캄하기 한 치를 볼 수 없으며 길에는 얼음이 깔렸는데 양편에 즐비한 집들은 문을 꽉꽉 닫쳤고 거리에는 사람은 고사하고 어리친 개 새끼 한 마리 없으며 마소들도 다 외양간에서 잠들고 사람들은 따뜻한 화로를 끼고 앉아서 맛난 음식을 한참 먹을 때라. 몹쓸 추위는 바둑이 살점을 베려 들고 늙은 몸은 주림에 졸려서 사지가 다 부서질 듯한데 다만 외곬으로 그리운 주인을 생각하는 마음에 끌려서 간신히 헐떡거리면서 보보 전진한다.

눈 속에 뭉크러진 호월이의 발자국이 뜨문뜨문하여도 앤트워프 읍내로 향한 것을 겨우 알고서 바둑이가 요리조리 꼬불탕꼬불탕한 쓸쓸한 행랑 뒤를 지나는데 밤은 깊고 간혹 창으로서 등불 빛이 빤히 비치는 중에 한 손에 초롱을 들고 얼근하게 취하여 콧노래 부르고 가는 사람을 만날 뿐이라. 큰길에는 얼음이 하얀데 높은 울과 돌담이 그 사이에 거머우뚝 섰을 뿐이요 쓸쓸하게 선 장명등이며 광고판을 때리는 바람은 소리가 끔찍끔찍하다.

냄새도 맡고 발자국도 보면서 이리저리로 찾아갈새 눈 위에 넘어지기도 하고 길을 잃어버리기도 하면서 야멸치게 몸을 쏘는 추위는 살 속까지 어는 듯하고 발은 얼음장에 베어져서 피가 철철 흐르건마는 일편단심이 그리운 주인을 향하여 한 걸음 한 걸음 큰 교당 층계까지 왔더라. 바둑이가

'으응, 여기로구나. 그거 곁에 계시구나.'

생각한다. 바둑이는 무론 호월이의 그림 사모하는 마음을 짐작하지는 못하나 그 무슨 일엔지 애를 쓰는 어린 주인의 신세를 생각하고 슬프고 불쌍하게 느끼더라.

성탄절을 맞을 양으로 큰 교당의 문짝은 밤중에도 열어 놓았더라. 회를 맞고 돌아갈 때 어떤 뒷손 없는 사람이 열어 놓고 간 문간으로부터 층계 위까지 짓밟힌 눈 속에 뒤섞인 그리운 발자국을 찾아서 문 안으로 들어가니 가늣한 길이 홍예 튼 돌문으로 빠져 쓸쓸한 곳을 지나서 강가로 나가는 뒷문으로 났더라. 발자국이 그 좁은 길로만 바둑이를 끌어간다.

뒤 문간 커단 돌바닥에 호월이가 씰그러졌다. 바둑이가 달려들어서 제 코끝으로 그 얼굴을 문지르니

'도련님은 나를 그런 배은망덕(背恩忘德)할 놈으로 아십니까.'

하는 몸짓이러라.

호월이가 앓는 소리도 간신히 하면서 겨우 몸을 일으켜 바둑이를 끌어당기고

"으응, 바둑아, 죽으면 같이 죽자. 사람에게는 구할 것이 없다. 너밖에 누구를 의지하랴."

한다.

바둑이는 더욱더욱 가까이 들어가서 제 얼굴을 호월이 가슴에 데미는데 그 큰 눈에서 눈물이 뚝뚝 떨어진다. 다만 정든 주인의 신세만 불쌍하게 봄이러라.

둘이 볼따구니를 떼어 가는 찬 바람 부는 속으로 씰그러진다. 북해로서 일어 나오는 바람은 얼음 물결이 떠다니는 모양으로 역로에 있는 것을 얼음에 뭉쳐 가지고 지나간다. 돌은 그대로 차가워 발이 꽁꽁 어니 땅바닥에 누운 것보다 춥기가 몇 갑절이러라.

박쥐 한 마리가 펄펄 날더니 동상(銅像)의 얼굴이 잠시 환하게 보인다. 둘이 루벤스 선생 동상 아래 가만히 드러누웠는데 얼어 빠진 몸이 부지중 풀리는 듯하다. 한여름 풀밭으로 둘이 뛰어다니며 놀던 재미와 바닷가 잔디밭에 가만히 누워서 외양으로 지나는 대동선 바라보던 즐거움이 한 가지 한 가지 생각난다.

별안간 하늘 한편이 환하더니 검은 구름이 조각조각 헤어져 가고 밝은 달이 얼굴을 내놓는다. 쏟아지던 눈이 쾌히 개었더라. 구름 틈으로 흘러

나오는 달빛이 해 떠 오는 것처럼 환하게 큰 교당 창을 스쳐서 홍예 튼 전 좌우를 비추었는데 호월이 넘어진 뒷문에서 휘장을 격하여 멀리 〈그리스도의 승천(基督昇天)〉과 〈십자가 위의 그리스도(十字架上의 基督)〉가 번듯하게 비친다.

호월이가 문득 일어나는데 해쓱한 두 편 뺨에 뜨거운 뜻을 머금은 눈물이 방울방울 눈 위로 떨어진다.

"기어이 보았구나. 아아, 하나님, 감사하압나이다."
하고 정신없이 부르짖는다.

호월이가 비쓸비쓸하면서 땅에 가 부복하는데 눈은 여전히 그림을 바라본다.

방금 하나님 보좌(寶座)로서 흘러 내려오는 듯한 빛에 그 외아드님 형상이 이삼 분 동안 내다보인다.

번뜻하더니 검은 구름이 달을 가려서 예수의 거룩한 얼굴이 다시 캄캄한 중 숨는다.

호월이가 바둑이를 끌어안고
"내…… 꼭 그 양반을 지금 뵈올란다. 바둑아, 너도 아마 부르시리라."
하는데 소리 또한 죽은 듯하더라.

· · · · ·

이튿날 낮이 되자 신수 점잖은 신사가 여인 모양으로 울면서 큰 교당으로 찾아오더니
"아아, 잘못하였다. 회개하였다. 천량 절반은 너를 주마. 수양자를 할

터이다, 수양자를."

하면서 운다.

의사도 많고 필법도 좋은 유명한 명화가 숨이 차 하면서 오더니

"포상금을 줄 그림이 또 한 폭 있었는데 암만 찾아보아도 그 애를 만날 수 없구나. 넘어가는 해에 늙은이가 쉬고 있는 것을 그린 그림은 제멋대로 그렸으되 큰 재주가 나타났더라. 뒤에 꼭 명화가 되겠더라. 만나는 대로 제자를 삼으려는데."

한다.

머리 풀어 산발한 계집아이는 차탄하는 부친의 팔뚝에 안겨서 울면서

"호월아, 우리에게로 오너라. 너를 데리러 왔노라. 선물 받은 것도 있고 피리도 있다, 응, 호월아. 어머니 말씀을 들으니 인제는 네가 늘 우리 집에 있어도 관계치 않다 하시며 바둑이도 잘 위하신다더라. 응, 호월아, 제발 눈을 떠라."

하고 사정한다.

젊으나 젊은 마전한 듯한 얼굴이 루벤스 선생의 그림 편을 향하여 입술에 웃음을 머금은 채 눈을 감았더라.

'이미 뒤늦었다.'

하는 듯하더라.

오늘 아침 밤샌 뒤에야 앤트워프 사람들이 큰 교당 뒤뜰에 둘이 씰그러진 것을 보았는데 숨이 끊어진 지 오래되었으며 밤중 호된 바람이 늙고 어린 두 낱 노주를 돌과 한데 얼렸더라. 루벤스 선생의 정신이 들어 있는 그림을 가린 휘장 위에는 해가 잔뜩 들어 가시관 쓴 예수를 똑바로 쪼이더라. 그러나 노주 두 낱은 숨진 지가 이구러라.

이런 까닭으로 한참 야단이 났더라.

· · · · · ·

청승스럽게 울리는 종소리는 축동을 넘어서 사방으로 들리며 햇빛은 눈 덮인 들을 영롱하게 쪼이며 가로 양편에 늘어선 나무들의 번성한 모양은 바로 좋아서 못 견디는 모양이로되 호월이와 바둑이는 인제는 은혜를 바라며 다니지 아니한다. 앤트워프 읍내가 둘이 간절히 구하는 모든 것을 골고루 빼앗았도다.

오래 이 무정한 세상에 있어서 고생하는 것보다 진작 죽은 것이 도리어 그네들의 다행일지도 모르리로다. 늙은 하인은 진정으로 나오는 사랑을 한평생 변함없이 받았으며 어린 주인은 정성을 다하고 힘을 다하여도 갚아 줄 줄 모르는 이 세상에서 흠절 없고 의심 없는 믿음(信仰)을 품은 채로 바라던 곳으로 돌아갔더라.

한평생 둘이 같이 지내었으며 죽음의 지경까지도 동행하여 넘었더라. 호월이는 꼭 바둑이를 껴안았더라. 동네 사람들이 뉘우치고 차탄하는 중에 부끄러운 생각까지 나서 저승에 가서나 유복하기를 축원하더라. 무덤 하나가 새로 이루었는데 정성을 다한 노주가 그 아래 영원한 잠이 들었더라.

나는 이 책을 이 세상 젊은 친구, 우리와 같은 이에게 드리노이다.

이것이 한 짧은 이야기에 지나지 못하오나 느낌으로는 반편인 우리 따위에게는 또한 적지 아니한 찌름이 될 듯하오니 이는 여러분께 한번 보십소사 하는 까닭이오.

외로움과 괴로움은 몇 해부터 내 살림의 온통이라. 울기도 하고 웃기도 하는 중 그래도 마음 붙이는 곳은 책이라. 점잖은 옛글도 많이 보고 빛진한 새 생각도 적잖이 만나 보아 다 얼마큼씩 맛을 아는 가운데서도 그리 길지도 아니하고 어수선하지도 아니한 이것에서 그렇도록 깊은 느낌과 굳센 박힘을 얻었음은 아무 때 생각하여도 이상스러운 일이오. 더욱 갑갑한 때마다 대여섯 번이나 쓸쓸함으로서 나를 끌어내어 줌은 잊을 수 없는 신세라. 이 책을 보아 줄 이는 있고 없고 나 되어서는 이 책 하나를 우리말로 옮겨 놓지 아니치 못할지라. 이는 내가 이 책을 이런대로나마 뭉뚱그려 내는 까닭이외다.

지금까지 지내본 가운데 가장 깊은 못을 겨우 벗어나서

번역한 사람

이 책 지은 사람은 루이 드 라 라메(Louis de la Ramée)이니 위다(Ouida)란 별호로써 그 이름이 세계에 훤전한 아낙네 문학가라.* 천팔백사십년에 브리튼† 국 세인트 에드먼즈‡ 땅에서 나니 프랑스 사람의 피를 받은 이라 깊이 이탈리아 문학에 통하며 그 소설은 매우 라틴 옛글의 맛이 있더라. 생각 많고 기운 굳세기가 그 부인 같을 이가 드물다 할지니 그 지은 것이 소설도 있고 논문도 있고 이야기도 있고 짧은 글도 있어 그 전집이 사십여 권이나 되며 이 외에도 몇 가지 작은 책자가 있는데 생각 내기를 기이하게 하고 글쓰기를 여러 가지로 함이 다 넉넉히 그 편의 희한한 것이라 할 만하니라.

그 많은 저술 중에도 특별히 잘 지었다 하는 것이 이 책(A Dog of Flanders)이니 세상에 약한 자와 구차한 자와 업신여김 받는 자에게 대하여 뜨거운 눈물로써 동정을 표하노라고 이 편을 만듦이라. 많지 못한 책으로서 능히 '세계상 가장 좋은 책 백 권'을 뽑는 가운데 듦이 어찌 우연함이리오.

일천구백팔년에 부인이 이탈리아에서 객사하였는데 브리튼 국 정부에서 그에게 주는 연금(年金)은 대개 사랑하는 개와 괴의 먹이 장만하기에 썼다 하며 그 죽을 때에 병들어 누운 자리 옆에 영결한 자가 충성스러운 하인 하나와 개와 괴 몇 마리러라.

---

* 위다(Ouida): 마리 루이 드 라 라메(Marie Louis de la Ramée: 1839~1908)의 필명.

† 브리튼(Britain): 잉글랜드(England), 웨일스(Wales), 스코틀랜드(Scotland)를 도틀어 이르는 말.

‡ 세인트 에드먼즈: 영국의 서퍽(Suffolk) 주 베리 세인트 에드먼즈(Bury St. Edmunds).

만인계

에지워스 부인 저

만인계

엣디워어쓰 부인 져

이 책은 영국 에지워스 부인의 지은 것을 번역한 것이니[*] 그 부인의 지은바 허다한 이야기책은 오로지 아일랜드 지방 사람의 기질과 성벽을 그려 내기에 힘쓴 것들이라. 유명한 대문학가 스콧 씨가 이를 본떠서 『웨이벌리』란 소설을 지어 스코틀랜드 사람을 그렸다 하나니라.[†]

계란 것은 조선에서 만들어 낸바 특별한 풍속 가운데 가장 아름다운 것이요 또 우리 조상이 우리에게 물려준 규모 가운데 가장 좋은 것이건마는 불초하다, 요즈음에 와서는 이를 못되게 쓰기로만 애를 써서 필경 오늘날처럼 심하게 허욕과 뜬마음만 가지는 조선 사람을 만들어 내는 데 가장 큰 조력꾼이 되었으니 차마 애달픈 일이 아닌가.

총망히 번역하노라고 글은 몹시 무미하나 그러나 뜻있게 대할진댄 이 많지 아니한 이야기 한 편도 우리를 깨우쳐 줌이 큰 것이 있는지라. 원하노니 이 세상 많은 사람이 저 로빈슨의 손에 든 거울에 자기 그림자를 보고 엘렌이 후리는 채찍에 어린 꿈을 깰진댄 이 책이 또한 영화로다.

---

* 원저자 에지워스(Maria Edgeworth: 1767~1849)는 영국 옥스퍼드셔(Oxfordshire) 태생의 영국계 아일랜드 소설가다. 에지워스의 첫 소설이자 대표작 『랙렌트 성(Castle Rackrent)』은 월터 스콧의 『웨이벌리(Waverley)』에 큰 영향을 끼쳤으며, 그 밖에도 『벨린다(Belinda)』, 『해링턴(Harrington)』, 『비비안(Vivian)』 등의 작품이 있다. 『만인계』의 원작은 『제비뽑기(The Lottery)』(1799)다.

† 스콧(Sir Walter Scott: 1771~1832)은 스코틀랜드 에든버러(Edinburgh) 태생의 영국 계관 시인(桂冠詩人)이자 소설가다. 스코틀랜드의 민요와 전설을 취재하여 역사 소설을 쓴 것으로 유명하다. 『호수의 여인(The Lady of the Lake)』을 비롯한 서사시와 『웨이벌리(Waverley)』, 『아이반호(Ivanhoe)』 등의 역사 소설이 있다. 월터 스콧의 대표작인 『웨이벌리』는 1814년에 익명으로 출판되었다.

목록

1. '무심'은 흔히 사람으로 하여금 '꼬임'에 들게 함

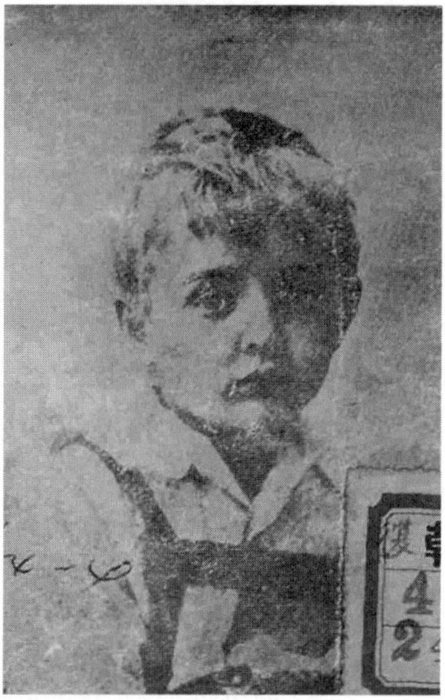

더비* 읍내서 왼편으로 달리 솔밭†을 향하여 가자면 판벽 두른 집 하나가 있으니 전에는 로빈슨이란 사람이 살던 집이라는데 지금까지 화계에 덮인 양귀비꽃은 그 아내 엘렌이 손수 심은 것이라. 이 엘렌은 나는 비록 젊으나 지각은 유여한 부인이니 항상 동리 사람을 도와주고 진일 마른일 할 것 없이 남의 일을 잘 보아 주매 동리 사람들이 그를 좋아하지 않을 이 없으며 또 성품이 온화하고 정숙하며 몸과 마음을 항상 깨끗하게 가지는 고로 그 남편 되는 이도 매우 깊이 그를 사랑하더라. 집안이 이렇게 화평하고 즐거우므로 그 남편은 하루 동안 일을 마치기 무섭게 얼른 집으로 돌아와 아내의 얼굴 대하기를 바빠 하니 남편 되는 이는 실 뽑는 공장에 가 고용하는 사람인데 평일 행세가 조촐하고 일에 근실하기로 동배간에 이름난 사람이러라.

범백사가 모두 순풍에 돛 단 배같이 화순하고 미끄럽게 잘되어 가더라. 시사촌 누이 돌리 마누라가 와서 동거하기까지는.

---

* 더비(Derby): 영국 잉글랜드 중부, 버밍엄(Birmingham)의 북동쪽에 있는 공업 도시. 더비셔(Derbyshire) 주의 주도(州都).

† 달리 솔밭(Darley-grove): 영국 잉글랜드의 더비셔(Derbyshire) 주에 있는 구릉지.

돌리 마누라는 오래 서울 어느 대가에 가서 빨래 하인 노릇을 하던 위인인데 거기 있는 동안엔 남의 말질하기와 차 따라 먹기를 재주만 여겨 하고 시큰둥한 목도리와 브랜디(서양의 유명한 술 이름)의 재미를 깊이 짐작하게 되었더라. 이번에 자기가 와서 젊은 주인 내외와 동거하는 것이 주인에게는 매우 잘된 일로만 아니 왜 그러냐 하면 장 하는 소리가 "아무개 내외는 나이 아직 차지 못하고 경력이 적은데 나로 말하면 여러 가지로 물정을 아는 터이니 무슨 일이든지 돌보아 줄 수 있고 또 돌보아 주기를 즐겨 하며 더군다나 나는 전부터 있어 오는 천량이 수천 원이나 되고 그뿐 아니라 서울 가 있을 동안에 모은 돈이 얼마 있으니 아무개 내외도 내게 후하고 공손하게 굴고 또 내가 이르는 말을 잘 청종하여 내 만년이 편안토록 해 줄 만한 값은 넉넉하다." 하더라.

엘렌 부인도 미상불 공손하게 그를 뫼시고 혼후하게 그를 대접하여 정성까지는 편안하도록 하여 주노라 하며 첫밥으로 차 먹을 때마다 브랜디 한 숟가락씩 타서 먹자는 것도 그리하여 주었건만 마누라는 온 집안사람이 다 자기 마음대로 하지를 아니한다 하여 항상 마음이 흡족하여 하지 아니하더라. 그러나 그리하는 일로 말하면 대개 우스운 일이니 처음에 엘렌더러 속을 갈앉히기 위하여 차에는 꼭 브랜디를 타 달라고 시킨 말이 그대로 되지 아니한 고로 마음이 찌뿌드드하기 시작하여 그다음에는 자기의 목도리를 추지 아니함은 욕함이나 다름없다고 트집하며 더군다나 조카 아이 길동이 귀해하는 것을 훼방 놓음은 더할 수 없이 자기를 욕보임이라고 게두덜거리는 등사러라.

길동이는 이때 대여섯 살쯤 된 아이니 그 모친이 착하게 기르기 위하여 참 남모르는 애도 많이 쓰는데 더욱 힘들여 가르치는 일은 첫째 진실할 일, 거짓말 아니 할 일, 부모의 말 잘 들을 일, 게으른 버릇을 절증지할 일, 몇 가지거늘 돌리 마누라는 이 반대로 그 애를 쓰다듬고 어르고 응석 어리광을 받을 대로 받고 그 애가 온순하거니 않거니 진실하거니 않거니는 조금도 관계하지 아니하며 항상 들린다는 말이 "너 같은 아이는 세상에 둘도 없느니라. 내 아무 때고 너를 위하여 썩 좋은 일을 해 주마." 하더라.

소위 썩 좋은 일이란 것이 무엇인지 길동이는 조금도 알지 못하고 듣지도 아니하며 다만 돌리 아주머니가 왜떡을 주어 가면서 달랠 때 외에는 잠시도 돌리 마누라 곁에를 붙어 있지 아니하며 도리어 그 부친의 친구 윌리엄과 있기를 좋아하는데 윌 씨는 다정하고 독실한 사람이라 한옆으로 일을 보아 가면서 그 애 데리고 놀기를 즐겨 하더라.

윌리엄이 길동이에게 석판과 석필을 주고 또 셈 놓는 글씨와 가하는 법을 가르치고 또 그 애를 위하여 조그마하게 휠 배로우(장난감 이름)를 만들어 주니 이 장난감은 길동이가 매우 좋아하는 것이라. 그러므로 이 애가 좋아 놀 때에 항상 윌리엄 대감이란 이름으로 그를 부르더라. 대저 이런 등사가 다 돌리 마누라로 하여금 윌리엄을 미워하게 한 까닭이니 그의 생각에 윌리엄은 곧 자기와 세도를 다투는 자로 앎이러라.

하루는 길동이의 생일이러니 돌리 마누라가 자기와 친히 지내는 사람들을 청하여 다과를 대접하는데 먹어 가는 동안에 자기가 세상에서 경력한 온갖 이야기를 끄집어내어 만좌의 흥을 돋우는데 여러 가지 이야기를 하는 가운데 평일에 제일 자랑 삼아 하는 청지기 이야기도 나오니 대개 그가 하인 노릇 하던 집에 청지기 하나가 있어 일작 술김에 만인계 표 한 장을 샀더니 의외에 그것이 일등에 빠져 십만 원을 타서 금시에 어변성룡하여 당당한 신사로 마차까지 사 둔 일이 있었더라.

주인 로빈슨이 그날 일을 마치고 윌리엄과 작반하여 돌아와서 이 이야기의 끝판을 들은지라. 돌리 마누라가 이야기를 다 하고 로빈슨을 돌아다보면서 "자네도 만인계에나 들어 복을 시험하여 보게나. 자네라고 남보다 박복하란 법 있나. 사람의 일은 모르는 것이니." 하여 정성으로 권하고 잇대어 "가령 여기 한 사람이 있네그려. 넝마전 옷이나 얻어 입고 귀한 자식에게도 마른 밥덩이나 먹일 양으로 온 평생 손톱 발톱이 잦혀지도록 마소일을 하네그려. 그런다고 다 되나. 그 역 어찌 못하고 마는 일이 흔하지 아니한가. 그러나 그가 만일 그 돈을 할 만한 일에 들이는 담력만 있으면 천 냥이고 못 되면 삼사백 냥만 가지면 이것으로 가만히 누워서 거부 장자가 되는 방법이 있는 것일세. 사람이란 꼭 운수는 시험해 볼 것이니 설혹 자기를 위해 하지는 아니한다 하여도 귀한 자식을 위해서라도." 하고 한 손으로 길동이를 끌어다가 꼭 껴안으면서 "운수 터지는 것은 참 모르는 것이야. 애, 너의 아버지더러 만인계 표 사 달라고 하여라. 에그, 그놈, 어여쁘기도 하지. 잘도 생겼지. 내 담당하는 것이니, 너의 어른이 꼭 복조가 좋은 것은. 아버지더러 내가 적어도 십만 원 탈 것은 담당한다 하더라고 하여라. 그런데 밑천은 겨우 그까짓 돈 오백 냥, 내 막 잘라 말하마. 구두쇠 고림장이가 아닌 다음에야 적이 이만 돈을 낼 만한 사람이야 누가 이 밑천 들이기를 아낀단 말이냐."

돌리 마누라가 말을 마치고 윌리엄의 얼굴을 흘금 보니 대개 윌 씨의 얼굴빛이 처음부터 그의 마음에 불쾌하게 보임이러라. 주인 로빈슨은 휘파람을 획획 불고 있고 엘렌은 할 수 있는 대로 부지런히 손을 놀려 털실 주머니를 겯으며 어린 길동이는 혼자 윌리엄 대감의 웃옷 단추를 치세고 내리 센다. 돌리 마누라가 오로지 윌리엄에게 향하여 "좀 물어봅시다, 윌

서방. 그래, 당신은 어느 편으로 조력하고 찬성하시겠소. 가만히 보니까 이 집안에선 으레 당신의 허락이 나고 명령이 떨어지지 아니하면 아무 일도 못 합디다그려. 당신처럼 지내신 일도 많고 아는 일도 많으신 이가 밝히 좀 가르쳐 주시구려. 이마를 뚫어도 진물도 한 점 나지 아니할 쇠귀신이 아닌 다음에 누가 이런 데 돈 쓰기를 아낀단 말이오. 그저 얼마 되지 아니하는 돈을 들여서 별 애도 쓰지 아니하고 앉아서 만 원, 오만 원, 십만 원, 혹 이십만 원 큰돈을 횡재하는 일에."

그가 오만 원, 십만 원, 이십만 원 하고 목에 침이 없이 주워섬길 때에는 오직 엘렌과 윌리엄을 빼고는 한 좌석이 다 눈이 멀게서 그 말에 욕기가 뜨는 모양이더라.

윌리엄이 냉연히 대답하기를 "나는 쇠귀신도 아니오마는 밑천을 들이려면 그보다 더 좋은 일이 또 있을 줄 아오. 만인계란 것은 그 들인 밑천에 대하여 남기는 수보다도 잃는 수가 더 많은 것이로구려. 만일 사람이 정당한 삯돈을 모을 작정으로 부지런히 벌이하면 이것은 꼭 소득이 있고야 말며 마음씨나 잘 쓰고 부전부전히나 하고 헤피나 쓰지 아니하면 나중에 돈을 모으지 못할 까닭이 왜 있겠소. 그런데 이 재물로 말하면 제 손으로 애면글면 모은 것이니 털끝만치도 남의 신세는 없는 것이라 스스로 돌아본들 오죽 기쁘겠소. 나도 그런 일을 많이 보았소마는 사람이 한번 마음을 만인계 통 흔드는 데나 쓰기 시작하면 그런 사람은 십상팔구 귀한 세월에 다른 일은 정신 쓰지 아니하고 그만 난봉이 되어 필경 술타령만 하고 맙디다그려." 하고 윌리엄이 잇대어 "그리하다가 세말을 딱 당하여 만일 그 표가 끝끝내 틀리면 그가 집세는 어찌 내오. 처자 권속은 어찌 살리오. 처자 권속은 그의 몸밖에, 그의 벌이밖에 다시는 의뢰하는 것이 없는데.”

로빈슨은 한숨을 휘 쉬고 엘렌도 따라 한숨을 쉰다. 윌리엄이 이에 자기가 전부터 아는 마음씨 바른 남의 집 하인과 장사치들이 노름과 계 때문에 평생을 그르친 여러 가지 실담을 들어서 간측하게 들려준다.

로빈슨이 이제야 입을 삐개고 “여보게, 그래도 계 드는 것은 골패 투전 같은 노름과는 다른 것일세. 나는 계 드는 것은 노름하는 것과는 다른 줄 아네.”

윌리엄 “그렇다 해도 나는 똑같은 노름으로 아네. 몇이고 모여서 돈이나 혹 다른 물건을 태워 놓고 얻고 잃기를 다투는 것이 노름이 아니면 무엇이란 말인가. 계알이 빠지고 안 빠지는 운수가 작정 없는 것이나 같지 아니한가.”

로빈슨 “그는 그러하지마는 그래도 반드시 누구든지 빠지는 사람이야 있지.”

윌리엄 “골패나 투전도 역시 누구든지 따는 사람이야 있지. 그러나 따는 사람보다도 잃어버리는 사람이 더 많의그려. 나는 이렇게 믿네. 계, 만인계는 꼭 다른 노름보다 더 많은 사람이 반드시 그 돈을 잃어버리는 것이 아닌가. 만일 그렇지 아니하면 저 만인계 도가 하는 사람들이 무엇을 가지고 능히 그렇게 호화로이 의식을 하고 지내겠나. 한 가지 증거를 말함세. 가령 우리 둘이 지금 이 상 위에 돈을 태워 놓고 주사위를 친다 하면 자네나 나나 둘 중에 반드시 얻겠네그려. 그러나 만인계는 아주 그렇지 아니하여 얻는 사람은 적고 잃는 사람은 많의그려.”

원래 못생기지 아니한 로빈슨이라 이 비유가 자못 그 마음을 감동시킨 듯하나 그러나 로빈슨으로 하여금 만인계 표를 사도록 하려는 돌리 마누라의 소원은 이치를 가지고 이길 수 없는 것이라 누를수록에 더욱 일어나더라. 그날 밤에는 아무 말 없이 다만 속으로만 찌뿌드드하고 말더니 그 이튿날에는 아침 밥상을 받고도 그저 속이 뭉크릇하여 그 좋아하는 차에 타 먹는 브랜디도 그 영기가 빠져 아무 효험이 나지 못하더라.

로빈슨은 돌리 누이에게 잘 보여서 두었다가 그가 죽거든 그 천량을 자기나 혹 자기 식구에게 물려주도록 하려는 뜻이 자연 없지 못한 중에 일작 그 누이가 자기의 부친이 궁곤하게 지낼 때에 얼마큼 붙들어 준 것을 깊이 마음에 새겨 날랑은 어떻게 하든지 그 뜻을 거스르지 말아 그가 내 집에 있는 동안에는 그 몸과 마음이 화락하도록 하리라고 작정한 터이라. 이때 로빈슨이 만인계 표 일이 마누라의 마음에 엉클어진 것을 살피고 한마디 만인계 이야기를 끄집어내니 문득 기꺼운 빛이 면상에 돌면서 로빈슨더러 하는 말이 "요즈음에 내가 꿈 하나를 꾸었네. 나는 꿈을 매우 믿네. 내가 세 번이나 똑같은 꿈을 꾸었는데 자네가 삼백삼십구 호 계 표를 사더니만 십만 원 등에 가 빠졌데." 한다.

로빈슨 "웅, 여보, 엘렌, 나는 수 터지고 안 터진 것이나 한번 시험하여 보자 하네. 그리하기로 큰일 날 것 있나. 금년에 농우 한 마리 사자던 것만 그만두면 그만이지."

돌리 "아닐세, 그럴 것도 없네. 자네는 내가 아는 일도 모르는 일이 있네그려. 엘렌에게 다인 사람*같이 돈이 있느니. 엘렌이 저 벽장 속에 가만한 벙어리를 두고 날마다 돈을 집어넣는 것을 내가 보았는데 이때까지 한 푼도 꺼내는 것은 못 보았네."

엘렌이 즉시 일어나서 벽장문을 열고 조그마한 궤짝을 내니 그 속에는

* 다인 사람: 유대 인(Jew).

얼마 되는 돈을 넣었는데 그가 화순한 얼굴에 웃음마저 띠고서 이것을 남편의 손에 놓으면서 "여보, 이것이 내 일 년 동안 모은 것이오. 다만 나는 좀 더 많이 모았다가 이편에게 드리자고 생각하였을 뿐이오. 쓰시고 싶은 데 쓰시구려."

로빈슨이 그 아내의 그렇듯 정성스러움에 감격하여 그 당장에는 만인계에 들 생각을 아주 내버릴 양으로 작정하니 대개 이 일이 아내의 옳게 여기지 아니하는 바임을 앎이라. 그러나 그도 이만큼은 마음씨 좋고 순실하나 천성이 결단성이 부족하여 선한 일을 보고도 얼른 단행하는 용기가 없더라. 엘렌이 그에게 돈궤를 내어 맡긴 지 수일 만에 그가 하루 일을 마치고 집으로 돌아오는 길에 읍내 한 거리를 지나노라니까 한 크나큰 가게에 넙적넙적한 유리창은 번적번적 영이돌고 그 한가운데 광고 한 장이 붙었으니

복주 대길 회사 만인계 표 파는 곳

요전 월요일에 이십만 원을 탄 복스러운 표는 곧 이 회사에서 판 것이라. 빠지면 즉시 직전으로 내주오.

십오만 원.

십만 원.

오만 원.

아직도 흔드는 중이오. 오직 결단성 있는 자가 능히 큰 등을 탑니다.

하고 이 밖에도 다른 비슷한 광고의 여러 가지 빛으로 써 박은, 눈이 부신 채색 글씨 장을 이 창 저 창에 늘어 붙였다. 로빈슨이 서서 한참 이것들을

보더니 별안간 다시 운수 시험하려는 숨었던 소망이 떠 나와 인하여 바로 가게로 들어가 계 표를 사려고 하였더니 공교로이 주머니를 만져 본즉 돈 지갑을 넣지 아니한 고로 하는 수 없어 그대로 가다가 무심중 한 사람을 다닥트리니 곧 윌리엄이라. 윌리엄이 정히 책사 앞에 서서 헌책 한 권을 정신 들여 보고 있는 중이러라.

윌리엄 "나는 이 몇 권 책을 살 만한 돈을 가졌으면 좋겠네. 그러나 살 수가 없네그려. 이중에는 이러한 귀한 판도 있어서 값이 엔간하여야지."

로빈슨이 "내가 자네에게 취해 줌세. 아니, 아니, 자네에게 취해 주지 못하겠네." 한다. 지갑을 가지지 아니한 고로 자기도 만인계 표를 사려다가 못 사던 일을 생각하고 금시에 말을 고침이러라.

로빈슨이 두 가지 일 틈에 이리 왔다 저리 갔다 하면서 아무 말 없이 윌리엄으로 더불어 걸어가더니 한참 있다가 또 말을 내되 "여보게, 자네는 내가 만인계에 드는 것을 어떻게 아나."

윌리엄이 빙긋 웃으면서 "아니, 내가 지금 그것을 이러니저러니 말하지 못하겠네. 왜 그러냐 하면 나나 자네나 방장 그 돈을 가지고 만인계 표를 살지 내게 취해 주어서 책을 사게 할는지를 교계하는 줄 아네. 지금 나는 자네가 향일에 내가 한 말을 갖다 내게 긴한 일이나 있어 그리한 줄이나 알지 말기만 바라네. 왜 그런고 하니 내 단언함세, 그때 내가 무론 미리 이런 책을 만날 줄 뜻한 것도 아니겠고 또 증왕에 자네가 무슨 돈을 모아 두었으려니 짐작한 일도 없으니까."

로빈슨 "다실랑 그 말 말게. 나는 평일에부터 자네가 극히 착한 사람인 줄도 알고 만일 내가 돈 쓸 일이 있으면 자네가 얼른 내게 취해 줄 것까지도 아네. 이 길로 우리 집으로 가서 자네가 내 돈을 가져가게. 다만 돌리 누님이 다시 만인계 말을 끄집어내거든 자네가 어디까지고 나를 위하여 변론하여는 주어야겠네."

2. 어림없는 소원과 바드러운 성취라

돌리 마누라가 과연 새로 공박을 시작한다. 그가 그 궤가 윌리엄의 손으로 들어감을 보매 노엽기도 하고 놀랍기도 하여

"책을 사. 옳지, 책을 사겠다. 성가시기도 하지. 그따위가 책은 보아서 무엇에 쓰노." 하고 하는 말이 "내가 이때까지 지내본 일이 많기도 하건마는 아직도 책 좋아하는 놈이 잘되는 것을 본 일이 없네. 나는 우리 귀한 길동이가 책 좋아하는 풍도를 배우려 하고 그 어미가 또한 이렇게 인도하는 것을 보면 서운하기 이를 길 없으며 내가 내 천금 같은 목도리를 태우고 담보하는 것이니 윌리엄은 아무 때고 반드시 가진 것이란 것은 온통 책과 장난감 장만하기에 탕진하오리." 하고 다시 고성하여 "만일에 길동이가 내 자식이면 버얼써 저 책에 인사정신을 잃고 되지못한 기계 만들기에나 몸을 비비 트는 윌리엄의 뒤를 따라다니는 못된 버릇을 고쳐 주었을 터이야. 오만 날 그자하고 놀아 보지, 아무 수가 있을까. 양반 장자나 만들어 줄 줄 알고. 저 만인계 표가 십상팔구 그리되게 하듯."

뭇 입이 일제히 윌리엄을 두둔하기로 열린다. 로빈슨이 하는 말 "공연히 남의 애매한 말씀 마시오. 벌이로 말하면 이 촌중에서 그보다 더 잘하

는 사람이 누가 있으며 또 책이 그를 어찌하였답디까. 책 보기로 하여 남들 모양으로 못된 친구나 추축하면서 술이나 먹고 노름이나 하는 악습에 물들지 아니하였으니 그것만 해도 얼마만한 이익이리까. 또 장난감과 기계로 말하면 노는 날이나 쉬는 틈에 남들은 술 먹고 객담하고 쓸데없이 허비하는 때에 부전부전히 손을 놀려 얻은 것이요 이때까지 한 푼도 돈을 여기 쓴 일이 없소. 공장 주인도 이 모든 일을 다 아는 고로 요전에도 매방앗간에서 여러 다른 일꾼들 앞에서 윌리엄의 만드는 기계는 슬기롭고 공교하니 이다음 필연 큰 이를 보리라고 칭찬하였소."

로빈슨이 또 말을 잇대어 가로되 "저 아크라이트*를 보시지 못하오. 우리 근처에 있는 모든 면화 일 하는 사업을 창설한 사람이지만 처음에는 또한 지금 윌리엄 따위러니 지금은 그런 부자가 되었소. 그것 저것은 다 어찌 되었든지 윌리엄은 남을 해치는 일 없고 자기 스스로 해 내는 일 없고 남녀노소 할 것 없이 남에게 이우하는 일 없이 제대로 똑바른 길을 걸어가는 사람이며 더군다나 어린아이에게 향하여는 우리 놈으로 말하면 더욱 그가 귀애하고 사랑하나니." 하고 길동이를 가리키면서 "저기 남달리 그를 좋아하는 사람이 있소. 나는 저 애가 그와 좋아 지냄을 기쁘게 아오. 왜 그러냐 하면 만일 나의 혈육을 받은 놈이 저에게 친절하고 자애히 구는 사람을 홀대하고 은혜를 은혜로 알지 아니하는 행실을 하면 나는 큰 부끄러운 일로 알겠소. 이에서 더한 수치는 없을 줄 알겠소."

돌리 마누라가 바로 노기가 충천하여 비웃는 목소리로 "남을 홀대하고 은혜를 은혜로 알지 아니하여. 나는 참말이지 남들이 서슴지 않고 그런

* 아크라이트(Richard Arkwright: 1732~1792): 수력을 이용한 방적 기계를 발명하여 산업 혁명의 선구자가 된 영국의 발명가이자 실업가.

말을 내 앞에서 하는 것을 들으면 귓구멍이 막히더라. 암, 세상 사람들이 다 남의 신세를 잊지 아니하지. 옳아, 옳아, 나는 늙은 망령쟁이니 잠시 남의 눈에 띄지 아니할 데로 감세. 그때는 남들도 나를 좀 더 잘 대접하지 아니한 것이 뉘우쳐지리. 그때는 참 좋은 벗을 얻는 것이 벗을 버리는 것만큼 쉽지 못함을 깨달으리, 그때에는."

하고 그의 말이 훌쩍거리는 울음소리에 막혀서 다시 나오지 못한다. 로빈슨은 천성이 온량하고 남의 신세를 잘 생각하는지라 이 불호한 모양을 보고 미안한 김에 만일 내 한 일이 무엇이고 그의 뜻에 거슬렸으면 백 번 천 번 사죄도 할 것이요 만일 마누라가 하고자 하는 바를 말하면 아무 거라도 그대로 행하여 마음이 만족하도록 하여 주는 것이 내 진정이로라 한다.

마누라가 얼마 더 훌쩍거려 한참 대답이 없다가 마침내 울며불며 "내가 조, 좋, 좋도록 권하는 말은 조금도 들어주지 않고."

로빈슨이 선언하기를 "내 즉시 좋도록 하신 말씀을 그대로 하오리다. 만일 그리만 하면 마음이 기뻐질진댄." 하고 또 가로되 "내, 누님 마음을 다 알았습니다. 누님께서 이때까지 만인계 일을 생각에 두고 계시지요. 그리하오리다. 내가 요전 장에서 사 온 암소를 팔아다가 즉시 요다음 계의 계 표를 사오리다. 그리하면 누님도 다시 우실 것 없으시지요. 예에, 누님."

마누라가 눈을 이리저리 씻으면서 "참말, 여보게, 내가 이런 말 저런 말 하는 것도 다 자네 위해 하는 것일세그려. 자네가 모를 리 있나. 어렸을 때부터 내가 어떻게 자네를 사랑했나. 내가 장 자네를 무릎에 올려 앉히고 놀리면서 이 애는 이다음 반드시 무등 장자가 되리라고 예언하였었네.

그럼 자네가 내가 꿈꾸던 호수를 사려나."

로빈슨이 담보하기를 그 호수 표가 좋을진댄 꼭 그것을 사오리다 하고 다음 장에 소를 팔아서 계 표를 샀는데 그러나 돌리 마누라의 꿈꾼 호수와는 틀리니 이미 그 표는 남에게 팔려 간 고로 팔십 호를 샀더라. 이 표를 사 온 뒤에 돌리 마누라는 연해연방 그 호수가 자기 꿈꾸던 것과 틀리다고 바가지를 긁는 말이 "실컷 지체할 것 다 하다가 내 말을 듣겠거든 차라리 애당초에 듣지 않는 것이 옳지."

로빈슨은 마음이 온화하여 아무 사달이고 있는 것은 대기하는 터인데 이즈음에는 집안에를 돌아오면 문득 이러니저러니 졸리는 고로 차차 일을 마친 뒤에 집 안에 돌아오기를 싫어하기 시작하여 때때 술집에 들어서는 일도 있으며 흔히는 계도가 유리창 앞에서 버정거리면서 해를 보내더라. 며칠 지나 계 흔들기를 시작하매 그 마음이 온통으로 계 표 위로 쏠려 그 근실하던 공장 일도 간다, 보아라 하고 혼잣말한다는 소리가 "며칠 공전이 좀 더 이해 난들 무슨 계관이 있을까. 내 표가 빠지기만 하면 하루아침에 덩 기덕 덩더꿍 부자가 될 터인데."

계를 다 흔드니 그의 표가 오만 원 등에 빠진지라 기쁘기 측량없어 거의 정신을 차리지 못한다. 즉시 첩보를 들릴 양으로 한숨에 달음질을 하여 대문간부터 왼다. "빠졌소, 빠졌소. 여보, 누님, 돌리 누님."

돌리 "그것 보게. 내 말 들어 해로웠네."

"오만 원 등에 빠졌네, 여보게, 엘렌." 하면서 발광하는 통에 물레를 넘어뜨린다.

"여보, 나는 그저 그 돈을 탄 뒤에도 타지 못하던 때처럼 일향 우리 집안이 무사태평하고 복성이 늘 비치기만 바라오." 하면서 엘렌은 가만히 그 넘어진 물레를 일으킨다.

로빈슨이 홍바람에 소리 지른다. "지금에야 물레는 하여 무엇 하며 지금에야 애쓰고 일할 것은 무엇 있나. 우리들이 인제는 편안히 누워서 얻어 놓은 복이나 쓰면 그만 아닌가. 여보게, 인젤랑 물레 자루도 좀 내놓게." 하고 돌리 마누라도 고개를 홰홰 두르면서 "자네도 지금부터는 장자 집 마누라니 장자 집 마누라님답게 하여야 하지 아니하겠나. 저 모양으로 정신없이 물레에 매달려 있을 터가 아닐세."

"나는 어떻게 하여야 장자 집 마누라 행세인지 알 수가 없어요." 하고 엘렌이 한숨을 지으면서

"아무렇든 나는 아기 아버지가 내게 굴기나 전같이 하여 주었으면 그만이지요." 돌리 마누라는 이 뒤 며칠 동안은 다만 그 돈 쓸데를 생각하고 지낼새 전부터 말해 오던 모양으로 '어떻게 하든지 남 본치 있게 지낼 준비'를 하여 가는 낙에 마음이 취하여 지내면서 하는 말이 "패딩턴* 읍내에는 우리 아는 이도 많거니와 거기 우리 식구가 극히 호화로이 지낼 만한 썩 잘된 집이 있어." 하더라.

그의 말을 들은즉 나는 두 가지 까닭이 있어서 그리로 떠나기를 조인다 하니 그 하나는 우리 여러 아는 사람에게 호사하는 양을 보일 것이요 또 하나는 로빈슨과 길동이를 윌리엄에게서 뗄 일이라. 지금 와선 윌리엄은 전보다 몇 갑절 그의 미움과 멸시를 받게 되니 대개 윌리엄이 로빈슨에게 권하기를 설혹 오만 원을 탔을지라도 공연히 놀고먹으려는 생각은 내지 말라고 한 일이 있음이라. 윌리엄이 또 로빈슨에게 권하되 그 돈을 착실한 곳에 맡기고 변리를 따다가 쓰든지 그렇지 아니하면 그중 얼마를 떼어

---

* 패딩턴(Paddington): 영국 런던(London) 시 서부의 주택 지역.

전토를 장만하거나 가게 하나를 내라 하고 그 아내 엘렌은 원래 본가가 농군인 고로 쇠젖은 일쑤 잘 짜며 또 처녀 때에 그 백부의 황아전에 있어 본 경력이 있으므로 자청하기를 자기는 두 가지 중에 아무것이고 남편이 하자는 대로 하겠다 하더라.

로빈슨이 원래 과단성이 부족한 데다 모든 사람에게 다 잘 보이려 하므로 나중에 한다는 소리가 "우리들이 지금은 그만한 노자는 걱정할 터수가 아니니 어찌하였든 위선 패딩턴 읍내로 가서 정형을 한번 보아서 만일 우리들이 살 만하면이거니와 그렇지 못하거든 잠시 서울을 올라가서 한두 달 동안 잘 노는 것도 좋지 아니한가. 또 이 길에 윌리엄도 작반하였으면 좋겠네. 암, 그더러 노자 한 푼 쓰랄 거 아니니." 하더라.

길동이는 제 스스로 믿기를 이렇게 말하면 응당 들으리라고 생각하는 말을 다 하여 윌리엄 대감을 일행 중 작반할 양으로 애를 쓰며 발정할 임시에는 억지로라도 끌어다가 마차에 태워 가려고 할 모양이라. 그러나 윌리엄은 결단코 그 공장과 일을 버리고 가기를 즐겨 하지 아니하는지라 나중에는 길동이가 사지로써 윌리엄에게 가 매달려서 놓지를 아니하므로 필경 여러 사람이 억지로 길동이를 잡아떼어다가 마차에 싣게 되었더라.

"패딩턴으로 가면 네가 좋은 동무를 많이 얻는다. 그 애들은 반드시 여러 가지 좋은 장난감을 갖다 주리라. 얘, 눈물을 씻고 돌아다보아라. 네가 지금 마차에 탔다." 하고 돌리 마누라가 달랜다.

길동이가 커다라니 운 것을 부끄러워하여 얼른 눈물을 씻고 그래도 하는 말이 "나는 그 좋다는 것도 다 싫어요. 아무 데를 가도 다시 우리 윌리엄 대감 같은 좋은 어른을 얻을 수 없을 테야." 하고는 그대로 그 어머니 무릎에 가 기대서 손에 든 조그만 화륜기를 만작거리니 이 화륜기는 곧 윌리엄이 만들어 준 것인데 그 애가 다시없는 보배로만 알아서 가지고 노는 것이러라.

엘렌은 자기 아들이 그렇게 남의 은혜를 고마워하는 생각이 깊고 또 마음먹는 것이 그렇게 다정한 것을 보고 내심에 그윽이 기뻐하여 그 아자를 생각하는 밖에 아무 다른 뜻이 없는데 돌리 마누라는 다만 패딩턴에 있는 자기 아는 사람의 일과 및 자기가 다시 마차 타는 사람이 된 자랑을 지껄거린다. 그러나 그의 이 자랑이 오래는 가지 못하니 곧 머리가 휑하여 십오 분마다 술병과 씨름을 하게 되고 또 그리하지 아니하면 아니 될 것 같은 생각이 남이러라. 얼마 후에 그가 기운이 다시 나서 쉴 틈 없이 지껄이는데 로빈슨과 엘렌에게 향하여 연방 이로부터 소일할 거리며 또 어떻게 하여야 된다는 경륜을 이른다.

그 말 "첫째, 내가 기쁜 것은 내가 자네네를 그 사람은 못 살 판벽 한 집에서 벗어나게 하고 또 그 무지한 두멧놈 틈에서 떼어 낸 일일세. 그네들과 섞여 사는 것은 모양도 창피한 일이거니와 필경 그 꼴대로 되고 말았지 별수 있나. 자네, 잘 생각해 두게. 우리가 패딩턴에 들어가서 첫째 할 일은 먼저 화려한 마차를 한 채 사야 하네."

로빈슨과 엘렌이 몹시 놀라서 일시에 "마차 한 채를 사요." 돌리 "암, 마차 한 채 사야지, 마차." 로빈슨 "마차를 사면 돈이 다 없어져서 남의 웃음바탕만 사고 말걸요."

돌리 "별소리도 다 하지. 자네네가 아직 돈이 어떠한 것인지 모르네그려. 자네가 지금 오만 원을 가지지 아니하였나. 여보게, 자네가 아직 돈을 오만 원이나 가지면 어떠한 일을 하는지 모르네그려."

"누님, 아마 누님도 모르시지요. 그 증거를 말씀하면 누님이 이때까지 누님 타실 마차를 장만하신단 말을 하신 적이 없어요."

"무엇이야, 내가 이때 모른다고. 나는 마차 값을 짐작하네. 또 다행히 좀 오래된 마차를 천 원 안팎에 살 만한 길이 없지 아니함을 짐작하네. 그거라도 아무한테고 오래된 것이라고 말만 아니 하면 쓰지. 오만 원에서 천 원쯤이 무어란 말인가."

엘렌 "그래도 만일 마차를 사면 또 몇 필이고 말을 사야지요. 그렇지 아니하오니까. 말을 사자면 또 천 원은 들겠습니다."

돌리 "세마를 얻어다 두면 좋지. 세를 내면 그렇게 돈 들지 아니하느니."

로빈슨 "그럼 일 년에 일천오백 원은 들어야지요. 내가 전에 우리 공장 주인집 마부의 말을 들으니까 서울 세마차 집 주인이 일 년 일천오백 원을 받고 말을 세주면 아무 떨어지는 것이 없다고 한탄하더랍디다."

돌리 "우리는 마차는 내 것이 있으니까 그렇게 세전이 많지도 아니하리."

엘렌 "그러나 마차도 장 성할 리가 없으니까 가끔 고치지 아니할 수 없으니 그러면 또 돈이 들지요."

돌리 마누라는 능히 자세한 예산을 세워 본 것이 아니라 그저 오만 원만 가지면 아무 일이고 못 할 것이 없을 줄 생각한지라. "마차를 수리하는 것은 또 그때 일이지. 내 이때까지 숨겼던 일을 말함세. 내 이미 편지를 썼네. 자세히 말하자면 누구를 시켜서 편지를 쓰였는데 그 사연인즉 패딩턴 읍내서 위선 일 년 동안 계약으로 집 하나를 세내는 것일세. 어떠한 집인고 하니 내가 전부터 자세히 알거니와 똑 우리 살기에 알맞고 또 세전도 일 년에 오백 원밖에 아니 되니 여보게, 생각해 보게. 만 원만 가지면

이다음 이십 년 동안 넉넉히 세전을 물지 않겠나."

엘렌 "그러나 그리할진댄 여보, 그 만 원을 가지고 또 다른 여러 가지 물건을 장만하여야겠구려. 위선 이편이 아까 말하던 마차도 있고 이편 말대로 하면 시중꾼도 두어야겠고 친구 접대도 하여야겠고 옷가지도 착실히 장만하여야겠으며 게다가 장사도 아니 하고 전장도 아니 사고 돈 생길 일은 아무것도 할 수 없은즉 다만 지금 있는 천량만 가지고 지낼밖에 없으니 그럼 생기는 것과 쓰는 것을 요량하여 살림할 도리를 생각해 보아야 아니 하겠소. 여보, 이편은 생각하시겠구려. 월 서방이 이왕 우리더러 그 오만 원을 맡길 셈 잡고 받아들일 변리가 얼마라고 이야기하던 것을."

"암, 일 년에 이천 원이랬지."

"옳소, 일 년에 집 세전으로 오백 원을 내고 천 원은 우리 세 식구와 어린것 살아가는 데 쓰면 남는 것이 일 년에 겨우 오백 원 뿐이구려."

돌리 마누라가 찌뿌드드하건마는 마차 논란을 그만두고 엘렌은 새로 오천 원을 가지고 황아전을 내고 나머지는 꼭 뭉쳐다가 맡겨 두고 그 변리나 따다 쓰잔 의론을 내며 하는 말이 "이편과 날랑은 전에다 마음을 씁시다. 우리들은 전으로서 나는 것을 가지고 넉넉히 살아가오리다."

돌리 마누라는 전 내잔 의론을 마땅치 못하게 알아 만일 전을 낼진댄 양반 노릇을 할 수 없거니와 하고 하는 말이 "내 확실히 아는 바거니와 내가 세낸 집 주인이 정녕 그 집을 뜯어서 전방 만들라고 하지는 아니하리."

3. 욕심과 조심의 맞부딪고 싸움

돌리 마누라의 말이 과연이러라. 일행이 패딩턴에 다다라 본즉 집 됨됨이가 전 내기에 심히 적당치 못한데 이미 일 년 동안 약조를 하여 파약을 하자면 불소한 손해를 당하게 되는 고로 엘렌이 내심에 그동안에 들고 나는 것 맞서게 할 방법을 생각하기로 결심하고 전은 명년까지 기다리기로 발론 결정하더라.

집 뒤에 동산 하나가 있거늘 길동이로 하여금 맡아 두고 거두게 하니 이름은 거둔다 해도 그 애의 힘이 겨우 잡풀 낱이나 뽑아 버리기밖에 못 함이나 구태 이리 시킴은 미리미리 괴악한 짓을 하고 게으른 버릇이 생기지 못하게 함이며 또 그 애를 학교에 보내어 글을 읽히고 글씨를 쓰이고 산술을 공부시키는데 저녁때 학교로서 돌아오면 모친의 길쌈하는 곁에 와서 습자한 종이와 작문한 글월을 보이고 독본 같은 것 외우기를 전례로 하는데 학교의 선생은 공부에 정성이 대단한 고로 가르치기에 힘들지 아니하다 하니 이때 엘렌은 자식을 학교에 보낼 만한 형세가 있이 됨을 기뻐할 뿐이러라. 이 중에 돌리 마누라는 오로지 패딩턴 근방에 있는 아는 사람을 찾아다니면서 객담하기에 골몰하니 그 친구들은 다 그가 전에 빨래 하인으로 일하던 어느 대가에서 안살림을 맡아보던 늙은 마누라에게서 지면한 자이라 그가 이 친구들에게 향하여 자기가 전에 하늘같이 쳐다보던 그 마나님보다 더욱 나은 사람이 된 것을 자랑하자 함이러라. 이러하여 한 공일에 두세 번은 반드시 다과회나 또 얼마만큼씩 저녁 먹는 잔치를 배설하고 손을 청하여 대접하며 따로 몸하인을 두고 부리면서 엘렌의 몸가짐이 천함을 비웃으며 또 로빈슨이 무슨 일을 시작하여 하려면 말끔 저희하고 만류하면서 하는 소리가 "그, 왜 그러나. 자네가 지금 가진 천량을 다 쓸 동안에 넉넉히 할 만한 일을 고를 틈이 있을 터인데."

하루 몇 시간씩은 상일하던 로빈슨이 처음에는 돌리 마누라의 말대로 신사다운 모양을 차리고 아무것 아니 하고 지내면 매우 안락하려니 하였더니 이편이 당해 본 뒤에야 하는 일 없이 소견함이 오히려 전에 더비의 실 뽑는 공장에서 지내던 때보다 더 무미함을 깨닫더라. 그리하여 날마다 놀다 못하여 그저 하외욤만 하면서 새로 사 가진 시계를 하루도 몇 십 차씩 꺼내 보고는 다시 귀에다 대고 태엽이 풀리지나 아니하였는가를 시험하니 그 생각에는 해도 길고 밤도 긴 듯함이며 혹 저잣거리를 어슬렁어슬렁 돌아다니다가 그 역 무미하면 다시 돌아와서 자기 집 문 앞에 무춤 서서 뭇 개가 가리뼈 하나를 가지고 대가리가 깨지도록 다투는 것도 구경하며 혹 음식간에나 들어가서 오늘 점심에 무엇 무엇 발기 내어 놓은 것을 데밀다 보고 찬비가 지짐질하고 밥데기가 솥 가시는 것도 구경하며 또 그 아내 엘렌이 부전부전하게 길쌈하는 방에 들어가 봄도 그의 한 소견거리러라. 그러나 다만 이것만이더라면 아마 일 년도 지내지 못하였을지니, 만일 그가 삼백 원을 주고 산 아리따운 가라말의 조력을 입지 아니하였더라면.

한 달쯤은 애꿎이 이 말만 타고 에지웨어*로 가는 큰길로 오락가락 달려서 매우 상쾌히 지내는 모양이러니 미구에 말이 절름발이가 되니 대개 사기 전부터 다리에 독종이 있었고 또 천촉증이 있는 것을 속음이라. 처음에 자기에게 팔던 중도위를 찾으나 이미 간 곳조차 모를지라. 그런 거

* 에지웨어(Edgeware): 영국 런던(London) 시의 거리 이름.

야 어찌하겠느냐고 이것을 오십 원에 팔고 다시 사백 원을 들여서 곱다란 적토마 한 필을 사고 이번에는 값이 그처럼 비싼즉 필연 좋은 말일 줄 믿었더니 웬걸, 저즘께 가라말이나 다름이 없더라. 로빈슨이 부리기를 어떻게 하였는지는 알기 어려운 일이나 어찌하였든가 실 뽑는 재주만큼은 잘 부리지 못한 것은 분명하니 그해 선달에 가선 그 집 마구에 말이란 그림자도 없고 셈을 놓아 보면 이 때문에 해 본 것이 합 삼백오십 원이 된 것을 보아 알겠더라. 미구에 또 천 원 해를 보니 무슨 까닭에 없이한 것은 자기밖에는 집안사람 아무도 아는 이 없는 것이라. 그러나 이로부터는 한 푼이라도 객용은 쓰지 아니하기로 작정하더라.

새해는 패딩턴에서 전부터 경륜하여 오던 황아전을 내어 길한 빛이 문에 가득하니 밑천은 오천 원이 들었는데 물건도 웬만큼 풍비할 뿐 아니라 엘렌의 손 대접이 능란한 고로 홍정이 늘고 붇는데 파는 물건은 다 넉넉히 냥에 두 돈은 남은 고로 반년 동안에 이미 삼천 원 밑천을 두 고팽이를 둘러 순이익 칠백이십 원을 남겼더라. 그러나 로빈슨은 지난 일 년 노는 동안에 얻은 게으름의 버릇이 가끔 일어나서 전방에만 궁둥이를 붙이고 있지 못하고 툭하면 나가서 늦은 밤에나 돌아오는 일도 드물지 아니한데 엘렌이 가끔 남편이 늦게 돌아와서는 거동이 수상하고 수색이 만면한 것을 보매 무슨 걱정이나 생겼는지, 무슨 병이나 났는가 하여 물으면 으레 이런 대답을 하고 몸을 일으켜 피하더라. "아무 일 없네, 아무 일도. 걱정되는 것 없네. 어디가 어떠하기에 이편은 가끔 내가 걱정이나 있는 줄로 짐작하나."

홍, 이것이 짐작만이 아니라 엘렌이 분명 무슨 불호한 일이 있는 것을 뚫어지게 살폈더라. 그러나 남편은 어디까지 입을 꿰맨 듯이 말이 없으므로 생각은 간절하나 도와주고 위로해 줄 도리가 없더라.

돌리 마누라는 이 동안에 불풍나게 가진 천량을 요릿집 다니면서 턱하기에 녹이며 또 지금은 차 먹을 때에 브랜디 타는 것으로만 족하게 알지 아니하여 하는 말이 "나는 아침마다 밥은 그만두고 친하게 지내는 앞 골 약계 안주인이 권하는 대보원기제를 먹지 아니하면 속이 공연히 좋지 아니하여." 하니 대저 그 대보원기제란 것은 항용 하는 말로 하면 독한 소주란 말이라. 엘렌이 할 수 있는 대로 온유한 얼굴과 다정한 말씀으로 돌리 마누라에게 풍간하기를 그렇게 주량을 늘려 감은 스스로 몸을 해침이요 내가 내 몸을 버리는 것이라 하여도 돌리 마누라는 그럴 때마다 불끈 성을 내며 대답하기를 "누구든지 제 몸에 좋고 언짢은 것은 제가 제일 잘 짐작하는 법이니 나는 내 생각대로 할 터이야. 내가 먹는 약은 다 약계 가서 내 돈 주고 사 오는 것이니 남이 왜 이래라 저래라 말을 하여."

돌리 마누라가 약계로서 가져오는 거 외에 또 매일 점심과 저녁에 반주로 포터 주 한 병씩을 마시는 것이 몸에 매우 유조함을 깨달았다 하며 또 그가 감기가 자주 들리는데 그때마다 백소주를 실컷 먹으며 하는 말이 "이래야 감기가 나가."

그리하더니 미구에 구미가 점점 젖히며 또 점심마다 브랜디 한 보시기를 마시지 아니하면 아무것도 먹히지 않게 되었으며 또 작은 병에 넣은 맥주가 몸에 이롭지 못함을 깨달아 온 끼니때엔 항상 브랜디에 물 탄 것을 먹되 반드시 손수 섞으며 그 물 타는 분량은 날마다 감하여 가고 브랜디는 나날이 더해 가니 대개 그의 말을 들은즉 사람을 따라서 물보다도 브랜디가 더 영한 효험이 있으며 브랜디와 박하를 섞은 것은 속 답답한 데와 기타 온갖 병에 신통한 약이 된다 하더라.

4. 정다운 아내와 어진 어머니는 하늘이 주신 가장 큰 복의 하나

다만 이뿐만 아니라 돌리 마누라가 또 한 공일에 두서너 번은 반드시 건너 거리에 있는 요릿집에 가서 저녁을 시켜 먹지 아니하면 속이 편하지 못해 하니 그 까닭인즉 그 집은 다른 데보다 자리도 정결하고 음식도 선수로 함이라 하더라. 또 그뿐 아니라 그곳에는 알 굴리는 방도 있으니 좋아하는 친구가 모이는 곳이라. 돌리 마누라가 가끔 길동이를 데리고 가서 그 친구에게 섞이게 하려 하며 또 이르기를 "아무 즐거운 놀이를 시키는 일 없이 이 귀한 놈을 장 집 안에만 가두어 두니 그놈도 불쌍하거니와 부모도 무지하지. 이 어여쁜 길동아. 얘, 나하고 두 바퀴 마차를 타고 같이 가 보지 아니하려느냐. 얘, 너, 과자든지 차든지 무엇이고 먹고 싶은 것을 마음대로 먹으러 가지 아니하려느냐."

길동이는 천성대로 꾸미지 아니하는 순직한 말로 대답한다. "나도 두 바퀴 마차 타기도 좋아하여요. 과자나 차 먹기도 좋아하여요. 그러나 아주머니와 함께 가기는 싫어요. 우리 어머니가 좋아하시지 아니하시니까." 엘렌은 돌리 마누라가 꿀을 바를 때마다 가끔 술 담배 같은 것을 먹이려 함을 보고 혼자 속으로 걱정하기를 길동이가 차차 술 등속을 즐기게 되지나 아니할까, 만일 연골부터 술버릇이 앉으면 자란 뒤에는 주태가 되고 말 터이니 이를 어찌할까 하더라. 이때 길동이는 나이 아홉 살이나 되는지라 능히 그 모친이 술 먹는 것을 대기하는 까닭을 짐작하니 일찍 그 모친이 길을 내다보다가 한 주정쟁이가 거리 위에서 비틀거리면서 닿은 데 없는 소리를 지르고 가는 것을 가리켜 그 애에게 보이더니 그 취한 사람은 이미 정신을 잃어 그때 마침 큰 마차가 등 뒤로서 달려오는데 그 소리를 듣지 못하여 진시 피하지 못하고 마부도 미처 수레를 멈출 틈 없어 부지불각에 그 큰 바퀴에 치여서 두 다리가 참혹하게 부러진지라. 길동이가 그 주정쟁이가 통성을 대작하면서 제집으로 떠메어 가려 하는 것을 보니 엘렌이 이르기를 "술 취한 뒤끝을 보아라."

엘렌은 그 다친 사람 메어 가는 사람들이 자기 집 문 앞으로 지날 때에 나가서 멈추게 하고 또 집 안으로 들여다가 의원을 청하여 오더라. 길동이가 끝까지 벙벙하고 다친 사람의 자리 옆에 섰더니 그 모친의 말씀 '술 취한 사람의 뒤끝을 보아라.' 한 말이 쟁쟁하게 아직도 귀밑에 울린다.

또 일작 어느 점잖은 사람 하나가 두 다리가 퉁퉁히 붓고 얼굴이 시뻘건 데다 온 면상에 점이 다닥다닥 박혔는데 고운 옷 입은 두 상노에게 껴붙들려서 혼란한 마차 안에서 나오는 것을 가리켜 길동에게 보이는데 그 사람이 마차로서 껴붙들려 내려와서 한 손으로 황금 투구 해 씌운 지팡이를 짚고 온몸을 거기 실리고서 또 한편 손으로 자기에게 문후하는 한 부인에게 대하여 모자를 벗으려고 애쓰나 수전증이 몹시 나서 어떻게 벗기는 벗어 가지고 다시 바로 쓰지를 못하여 필경 상노가 곁에서 올리 씌워주니 거리에 있는 아이들이 다 깔깔 웃는다. 엘렌이 이르는 말 "불쌍한 사람이다. 그이는 곧 아무 어른이니 너도 전에 약계 주인의 말을 들었으려니와 그이가 둘도 못 보았단 주량 큰 사람이러니 지금은 잘 먹는 술로 하여 저 모양이 되었구나. 아무리 좋다는 약도 능히 저이는 고치지 못한다. 암, 아무 짓을 하여도 고치지 못하지. 불쌍치 아니하냐. 저 혼란한 마차와 영리한 상노도 그를 편하게 하고 그를 즐겁게 하지 못하는구나." 길동이의 대답 "나는 어쩌면 저렇게 술꾼이 되고 마는 용렬한 사람이 있는지 놀라워합니다. 제가 지금에 아주머니께서 나더러 술을 권하시면서 '얘, 이거 들이켜라. 몸에 유익하니라.' 할 때에 언제든지 어머님께서 질색하신 까닭을 비로소 깨달았습니다."

이런 등사가 깊이 그 애를 감동하여 이후에는 다시 뒤를 따라다니며 감독하지 아니하여도 관계치 않게 되니 돌리 마누라가 비록 그 애를 위하여 잔에 부을지라도 그 애는 항상 굳이 물리치더라.

어느 날 모친이 길동이에게 이르기를 "길동아, 인제부터는 네 스스로 착념하여 지내라. 나는 다시 네 일을 감독하지 아니하겠다. 돌리 아주머니께서 오늘 밤에 알 굴리는 데 잔치에 가신다는데 너를 데리고 가시겠다 하기로 그리하십시사고 하였다."

말과 같이 길동이가 돌리 마누라를 따라서 알 굴리는 데로 가서 다 같이 뜰에 있는 육모정에서 차를 먹고 그리한 뒤에 돌리 마누라가 길동이더러 알 굴리는 데를 가 보라 하기로 그 애가 여러 사람들의 알 다툼하는 것을 보고 몹시 마음이 좋았으나 인하여 밤이 깊고 사람들도 헤지매 길동이도 나와서 돌리 마누라를 찾으러 아까 차 먹던 육모정 중에도 가 보고 또 알 굴리는 터 사방 난간 위에까지 가 보아도 돌리 마누라의 그림자도 아니 보이는지라. 차차 전진하여 객실에 들어갔더니 마누라가 주인마누라와 함께 치부 상 곁에 섰는데 얼굴은 발갛고 손에는 브랜디의 큰 잔을 들었으며 주인마누라가 정히 골싹한 잔을 채워 붓고 돌리 마누라는 입에 침이 없이 매우 속에 효험 있음을 창언한다.

돌리 마누라가 그 애 여기 온 것을 보더니 깜짝 놀라서 반이나 브랜디를 엎지르고 "얘, 우리 귀한 놈아, 나는 네가 이때까지 알 굴리는 데 있는 줄 알았더니."

길동 "나는 다른 사람들도 다 각산하여 가기로 아주머니를 찾아서 집으로 갈 때가 된 줄 알았어요."

주인마누라가 "얘, 우리 귀한 아기야, 집에도 가려니와 내 과자도 좀 먹어야지." 하면서 조그마한 달떡을 집어서 길동이에게 주고 또 "그러고 아기야, 나를 위하여 천년만년 명술 한 잔만 먹게. 겁내지 마라, 이 귀동아기야. 이것은 조금도 독기 없는 것이니. 또 맛도 달고 향기롭고."

길동 "이거 술이지. 그렇지 아니하면 술 같은 것이지. 나는 냄새만 맡아도 알아요. 나는 정말 먹을 수 없어요. 고맙습니다마는."

돌리 "이 아이는 똑똑하고 병신이오. 그러나 그건 다 그 애 모친이 글러 그렇소. 평일에 물보다 진한 것은 일절 먹지를 못하게 하니 그럴밖에요. 그러나 여기는 너의 어머니가 있지 않다." 하면서 주인마누라에게 눈짓을 하고 "그렇지 않으냐. 여기 어디 너의 어머니가 있느냐."

주인마누라도 말귀를 알아 "그렇지, 그래. 너더러 아무 말 할 사람이 없다. 너 하고 싶은 대로 하여라. 그거 마셔라, 우리 귀동아기야."

길동이는 돌리 마누라가 자기 입술에 붙여 주는 유리잔을 물리치면서 소리 지른다. "싫어요, 싫어요, 싫어요. 왜 싫다는데 그래요. 나는 우리 어머니가 계시면 못 할 일을 아니 계시다고 할 줄 아십니까."

"옳다, 옳다. 쉬, 쉬. 그, 그렇지. 그리 소리 지르지 마라." 돌리 마누라가 길동이는 보지 못하나 저편 방 지게 옆에 기대선 신사 한 분이 여기서 문답하는 말을 한마디 빼지 않고 듣는 것을 보았더라.

길동이가 더 큰 소리로 말을 뒤댄다. "우리 어머니께서 나더러 스스로 착념하여 가라 하시기로 내가 스스로 착념하였을 뿐이오. 나는 결코 병신이 아니요 우리 어머니도 또한 결코 그른 이가 아니오. 어머니께서 내게

술 먹는 것이 옳지 아니한 까닭을 일러 주시므로 확실히 그 해를 알았어요."

돌리 마누라가 길동이로 하여금 아주 그 말을 마칠 틈 없이 억지로 문 밖으로 내밀고 마차 준비가 다 되었는지 아니 되었는지를 보고 오라 하니 대개 이미 집으로 돌아갈 때가 됨이러라.

길동이가 혼자 뜰 한가운데 서서 말 한 필로 끄는 두 바퀴 마차의 제작을 보고 또 그 말을 멍에 하는 법을 가만히 보더니 홀연히 등 뒤로서 누가 와서 가볍게 어깨를 때리는 고로 고개를 들어 본즉 매우 다정하게 생긴 신사 한 분이 웃는 낯으로 금방 저기 치부 상 앞에서 소리 질러 말하던 아이가 너냐 하는지라.

길동 "그렇습니다."

"어허, 잘생긴 아이로다. 나는 네가 하던 말을 듣고 매우 가상히 생각하였다. 네가 어머님이 계시면 못 할 일을 아니 계시다고 하는 수 없다 하지 아니하였느냐."

"예, 그런 말 한 일이 있습니다."

신사가 다시 "너의 모친 함자는 무엇이시며 어디 사시느니." 하거늘 길동이가 이름도 이르고 집도 가르치니 신사가 하는 말이 "내가 집으로 돌아갈 때에 너의 모친을 찾아가 뵈옵고 내가 지금 들은 대로 네가 아까 말하던 대로 너의 모친께 들려 드리리라. 또 나는 너의 모친께 말씀하여 우리 집에 와 있도록 청해 보리라. 우리 집에는 너와 연상약한 아이가 있으니 나는 그 애를 이다음부터는 네가 오늘 밤에 하던 일을 닮도록 하려 한다."

길동이에게 유의하는 이 신사는 이름이 벨튼이니 매우 부유한 담요 장수인데 이 근처에 정자를 두었더라. 이러구러 이 신사와 사귀어 다님이 길동이에게는 큰 복의 샘이 되었더라. 벨튼 씨가 그 애에게 여러 가지 재미있는 책도 주고 또 서울로 데리고 가서 여러 가지 이상스러운 구경을 시켜 주더라. 이즈음 몇 달 동안 엘렌의 낙이란 것은 오로지 그 아들의 몸에 있으므로 벨튼 씨의 입에서 자기 아들 칭찬하는 말을 듣고 몹시 기뻐하더라. 요사이 그 애 부친은 별로 집에 붙어 있지 아니할 뿐 아니라 그 면상에 가득한 걱정의 빛을 볼 때마다 놀랍고 두려움을 금치 못할지라. 돌리 마누라로 말하면 원래부터 엘렌의 친구가 되지 못하는데 더군다나 술 먹는 버릇은 갈수록 자라서 지금은 술밖에는 아무것에도 생각이 없도록 되어 인사정신 모르고 취해 뭉그러지지 아니하였으면 생기가 조금도 없고 답답한 기운이 얼굴에 가득하여 목도리에 파묻혀서 엘렌의 침상 곁에나 팔 기대는 교의 위에 앉아서 한숨도 쉬고 울기도 하면서 혼자 몸을 들락 굽힐락 하여 대수롭지 못한 일에 트집만 잡고 역정만 내어 더군다나 보아 갈수록에 불쾌한 생각만 나므로 이 일 저 일로 자연히 심사 붙일 곳은 아들의 몸밖에 없음이러라. 또 마누라로 말하면 이뿐만 아니라 가끔 로빈슨에게 향하여 엘렌이 자기를 홀대하여 죽는지 사는지 아주 돌보지 아니한다 하기도 하고 또 혹 길동이란 놈이 괴 핑계 개 핑계 하기만 하고 자기 방에 들어와서 자기와 놀기를 피한다고 호소도 하며 이 외에 동리 사람들에게도 인심을 적실하여 틈 없이 지내는 이가 없으므로 다 그의 취중에 망발한 것을 자세히 생각하여 두었다가 깬 뒤에 역력히 읽어 바치는데 돌리 마누라는 엘렌이 이런 외로운 때에는 당연히 자기 역성을 들려니 하건마는 엘렌은 경위를 따를 뿐이요 항용 처음에 기약한 바와 같지 아니하므로 야속하다고만 하니 이런 등사는 다 나오던 정도 들어가게 하는 것이러라.

하룻밤은 엘렌이 늦도록 남편이 돌아오기를 기다리면서 홀로 앉아서 혼잣말을 한다.

"으흥, 사람을 즐겁게 하는 것이 오만 원 천량에 있지 아니하구나. 전일에 로빈슨이 하루 일을 마치고는 기꺼운 얼굴로 그 좁은 판벽 한 집으로 돌아올 때에는 우리 길동이가 그의 귀둥이 노릇하던 일이 오늘날 그 애가 내 귀둥이 노릇함이나 같던 일을 생각하면 그때 내 마음이야 어떻게 편안하였던가. 그런데 오늘은 아주 그때와 다르도다. 그러나 기왕 그리된 일을 걱정하면 무엇 하리. 쓸데없이 근심하기로 소용이 무엇일까." 하고 몸을 일으켜 남편의 속적삼을 고치더라.

5. 요행수는 믿을 수 없는 벗님네

엘렌은 바느질을 하면서도 항상 귀를 기울이고 로빈슨이 돌아오는 발자취를 엿듣는데 다른 사람들은 다 이미 잠이 깊이 든 고로 가만히 혼자 가서 들창을 여니 거리가 적적하여 어리친 개 새끼도 보이지 않더니 한참 후에야 비로소 타박타박하는 발소리가 들리나 밤이 이미 깊어 바깥이 캄캄한 고로 엘렌이 누군지를 알아보지 못하니 대개 그림자가 바로 엘렌의 창 밑에서 혼자 이리저리 버정거림이라.

엘렌이 "아이 아바니, 거기 서 계시오. 거기 서신 이가 아이 아바니 아니시오." 하니 발소리가 그친다. 엘렌이 다시 "아이 아바니 아니시오. 아이 아바니 아니시오."

로빈슨 "그래, 날세. 이때까지 무얼 하기에 자지 아니했나."

엘렌 "아이 아바니 들어오기만 기다렸지요."

로빈슨 "나 들어가기를 기다릴 것 없네. 내 호주머니에 열쇠가 있으니까 아무 때고 들어가고 싶으면 열고 들어갈 터일세."

엘렌 "그럼 아직 들어오지 않으시려오."

"아직 안 들어갈 터이니 문은 닫게."

엘렌이 곧 창을 닫고 아이 누인 자리 옆으로 와 앉으니 길동이는 정히 잠이 깊이 들었다. 엘렌이 혼자 잘 수 없으매 다시 일 시작을 하여 남편 들어오기까지 기다리더니 얼마 후에 고동 트는 소리가 나더니 인하여 남편의 발소리가 차차 엘렌의 방으로 가까워 온다. 남편은 엘렌이 이미 잠든 줄 알고 놀라 깨지 않게 하려 하는 듯 가만히 방문을 밀더니 뜻밖에 엘렌이 앉아 있는 것을 보고 깜짝 놀라 모자를 우그려 쓰고 그대로 아무 말 없이 교의에 몸을 실린다. 엘렌이 내심에 필경 남편에게 큰일이 났구나 하여 손이 떨려서 억지로 놀리는 바늘이 떨어질 듯 떨어질 듯하다.

로빈슨이 별안간 모자를 들고서 "지금 자네 하는 것이 무엇인가."

엘렌은 어눌한 말로 "예, 이편 속옷을 뜯어고칩니다, 입으실 것을." 하니 로빈슨이 우뚝 일어나서 방 안으로 이리 닫고 저리 달으면서 제 손으로 제 뺨을 철썩철썩 때리고 "이런 망나니 같은 놈, 이런 경칠 놈."

엘렌 "아, 무슨 일이 났길래 그러시오. 나는 아무런 큰일이 났다는 말씀을 듣는 것보다 이편이 저리하시는 것 뵙기가 더 아프고 쓰리외다. 얼굴 좀 보이시오. 이 세상에 또 누가 나만큼 이편 걱정을 하는 사람이 있으리까."

로빈슨이 엘렌이 자기 손목 잡는 것은 잡게 두고서 그래도 외면을 하고 "으흥, 엘렌인가. 자네가 만일 내가 저질러 놓은 일을 들으면 나를 오죽 원망하며 책망하겠나."

엘렌 "그건 다 무슨 소리요. 아무 일이 있기로 털끝만치나 원망할 길이 있단 말이오니까."

로빈슨이 몹시 숨이 차서 하면서 "우리가 인제부터는 쇠천 한 푼 지니지 못한 자가 되었네. 우리들이 내일 아침 일찍 이 집을 내놓아야 하네. 세간이란 것은 다 내다 팔아야 하네. 그래도 나는 경무청에 안 갈 수 없네. 자네도 인제부터는 일평생 고생 고생 하여야겠고 저기 자는 철모르는 저놈도 평생 시원한 꼴 보기는 상했네. 저의 아범이 글러서 깍정이 만든 것은 요만치도 모르지. 저의 어머니는 둘도 없는 착한 사람이건마는 저의 아비란 것은 노름판 부라퀴와 추축하여 그 어머니를 비렁뱅이를 만든 것은 요만치도 모르고. 여보게, 나는 집 무엇 할 것 없이 가장집물을 말끔 태워서 다 잃어버렸네."

엘렌 "아니, 그까짓 일만입니까. 그게 무론 언짢은 일이지요마는 그중에도 이편이 다른 못된 짓 아니 한 것만 다행으로 아오. 암, 다 같이 어려운 것이야 견디지요. 우리 집안이 전같이 화락하게 지낼 수도 있지요. 그러나 우리 사랑하는 임, 다만 차후에는 다시 노름을 아니 한다고."

로빈슨이 금시에 절을 나부시 하면서 다시야 노름을 하오리까, 계나 내기 같은 것엔 평생 손도 대지 아니하오리다 하고 하늘을 가리켜 맹세한다. 엘렌은 좋은 말을 다 하여 위로하고 격려하고서 얼굴이 훌쭉하여 매우 곤한 듯한즉 편안히 쉬어 병나지 않게 하라 하매 로빈슨의 말이 내가 노름 붙들기 시작함으로부터 몇 달 동안에 하룻밤도 편히 자 본 일이 없고 열병 붙들린 사람 모양으로 지내었노라 하면서 하는 말 "제일 아니 된 것은 여보게, 내가 한참 노름에 빼앗길 때에는 차마 자네와 아이놈 얼굴을 볼 수가 없데. 그래, 잃은 돈을 찾을 양으로 점점 깊이 빠졌네. 혹 가다가 꽤 많이 따는 수도 없지 아니하였으나 그럴 때면 그놈들이 아첨하기를 손속이 들어 가니 이 좋은 수를 저버리고 그만둠은 곧 하늘이 주시는 것을 마다함이나 다름없다 하기로 땄을 때에도 또 하였고 그뿐 아니라 더 많이 태우기를 하였더니 웬걸, 그리한 다음부터는 지금 짐작건댄 그놈들이 배가 맞아 가지고 나만 올려 앉히데그려. 그래, 빼앗기고 빼앗겨 판판이 잃기만 하니 이제는 분하고 원통한 생각조차 나서 반미치광이가 되어 그저 들이대는데 천량이란 천량을 다 한판에 태웠더니만 이번마저 잃네그려. 이때 내가 자기가 지닌 것을 다 없앤 것을 살피고 또 집에 돌아와 자네와 아이놈을 볼 생각을 하니 목매달고 싶은 마음밖에 나는 것이 없데. 으흥, 여보게, 자네가 만일 자세하게 그 당장 내 마음을 알면 으흐, 설혹 다시 황금을 집채만큼 얻는 수가 있을지라도 나는 다시 지난 이태 동안같이 지내기를 바라지 아니하네."

아아, 가련하다, 노름꾼의 마음과 생애가 이러한 것이러라.

로빈슨이 한두 시 동안 잠이 들다 그러나 겉잠이라. 겉잠이 들어 가지고 이따금 우뚝 일어나 서기도 하며 혹 별안간에 골패 투전을 외기도 하며 또 가다가는 이를 북북 갈고 주먹도 불끈불끈 쥐더니 나중에는 제 스스로 제 침상 전을 땅땅 때리는 소리에 놀라 잠이 깨더라.

로빈슨이 눈을 뜨고 엘렌이 한자리 위에서 자기를 간호하고 있는 것을 보더니 "여보, 이편, 괴악한 꿈도 꾸었소." 하면서도 생각이 상막하여 어떠한 꿈이던지 생각하지 못하더니 엘렌이 잠잠하고 근심이 가득한 얼굴로 자기 곁에 뫼셔 앉았음을 보고야 차차 지난 일을 생각하여 스스로 고개를 이불 속으로 파묻으면서 한바탕 이야기한 뒤에 만일 그런 무서운 꿈을 꾸지 아니하고 잘 수가 있으면 좀 잤으면 좋겠다 하더라.

그래, 여러 가지로 잠이 들려고 무한 신고하여도 효험이 없으매 다시 노름 친구에게 진 여러 빚 가운데서 가장 덜미를 치는 이백 원을 누구한테 취하기로 결심하고 일어난다. 맨 먼저 가서 상의한 곳은 돌리 마누라러니 이 마누라는 그의 노름에 거판한 말을 듣더니만 금시에 상기하여 그 자리에 혼도하였다가 브랜디 두 모금을 마시고야 겨우 입을 벌린다. “자네가 그런 상의를 하려면 나는 이 세상 사람 가운데 제일 가당치 못한 사람일세. 왜 그런고 하니 방장 오비가 삼 척으로 뒤통수를 내리누르는 큰 일이 있는데 자네만 믿고 있는 중일세.”

로빈슨이 어안이 벙벙하여 한참 섰다가 “그 무슨 말씀이오. 누님, 누님은 넉넉하신 어른으로만 믿었더니 이게 무슨 말씀이오. 설마 잊으시지 아니하였사오리다. 처음 우리 집에 오실 때에 나더러 무어라고 하셨길래.”

돌리 “그때 자네더러 무엇이라고 하였든지 상관할 겨를 없네. 아무리 했든 사람이란 공기만 마시고 사는 것이 아닐세그려. 어제 알 굴리는 요릿집 주파가, 나는 장 그를 친한 친구로 상종하여 왔건만 이면 없이 내 팔뚝만이나 한 발기를 보냈네그려. 또 그 괴악한 약계서도 발기가 오고 게다가 하늘은 아실는지, 세마차 전에서는 내가 언제 세내었던지 모르는 두 바퀴 마차와 말의 세전을 성화같이 독촉하네그려. 그나 그뿐인가, 찬 가게에서는 차와 사탕 값을 내라는데 그 차와 사탕으로 말하면 내게 고맙단 말 한마디 아니 하는 백판 어림없는 남에게 그저 먹인 것일세. 또 선전에서도 발기가 왔는데 돈머리는 아직 모르나 벌써 한 가지 안 것은 맨 나중에 산 목도리에는 셋 다 턱없이 비싼 값을 매겼데그려. 또 벌써 언제 일인 가마는 차반 제구는 값도 입때 주지 아니하였건만 종자는 반나마 깨졌네. 또 은시저 값도 있네. 이 밖에도 빚 갚을 것이 얼마인지 나 역 낱낱이 생각할 수 없네."

알아듣기 쉽게 말하면 돌리 마누라는 이때까지 자기가 쓴 돈을 셈 놓아 본 일 없고 각처에서 발기가 오기까지는 지고 있는 빚이 얼마나 되는지도 모르더니 뒤에 낱낱이 발기를 받아 가지고 지난 삼 년 여덟 달 동안에 술 먹기와 기타 사용 쓴 것을 놓아 본즉 사천오백 원이 착실한 고로 비로소 별안간에 놀라워함이라. 그는 원래부터 일천 원 변리밖에는 믿고 지낼 만한 천량이 없다 한즉 로빈슨을 도와줄 것보다 도리어 로빈슨의 도움을 힘입어야 할 처지더라.

이에 로빈슨이 노름판에서 항상 자기와 한편 노릇을 하고 또 만일 돈을 쓰신다면 얼마든지 취해 드리오리다 하던 친구에게나 가서 상의해 볼까 하여 마음에 작정하더라.

6. 옳은 사람은 미쁜 벗

로빈슨이 나간 뒤에 엘렌이 길동이를 데리고 그동안에 집안 안세간 발기를 내어 내다 팔 준비를 하며 돌리 마누라는 혼자 팔 기대는 교의에 앉아서 울고불고한다.

그 하는 소리 "어이구, 어머니, 맙소사. 어이구, 하나님 맙소사. 언제까지나 살면서 이런 꼴 저런 꼴을 다 볼 터인고. 어이구, 어이구, 어이구, 내가 팔자가 어찌나 될 양으로 이러는고. 어이구, 섧어라. 어이구, 섧다." 하면서 한참 야단하는 중에 누가 와서 문을 두드리는 통에 울음을 뚝 그치고서 "여봐, 누가 와 찾는다. 문 두드리는 소리가 나니 누구인지 나가 보아라. 어이구, 어이구, 누가 들어와서 이 사설을 들으면 또 오려고 할 사람이 어디 있을꼬. 다시는 문 두드리는 소리를 들으려 들을 수 없겠지. 어이구, 하나님 맙소사. 길동아, 누구인지 가 보아라."

밖에 온 손님은 곧 벨튼 씨인데 길동이에게 자기와 및 자기의 조카아이로 더불어 새로 난 동물원 구경을 가자고 옴이러라. 그가 항상 화기가 뜨는 길동이와 및 엘렌이 다 걱정이 얼굴에 가득함을 보고 무슨 일이 있는가 물으니 돌리 마누라가 나라야 제일 잘 전후 사정을 이야기하리라 하고 제 스스로 내달아 여러 가지로 처량한 소리를 섞어 가면서 자초지종을 일장 설화하나 이 마누라의 수다한 잔소리보다도 엘렌의 잠잠하고 있는 것이 도리어 깊이 벨튼 씨의 마음을 움직인다. 벨튼 씨 하는 말이 "길동아, 얘, 어머님께서 내라신 그 목록을 적을 것 없다."

벨튼 씨가 다시 세세하게 로빈슨의 빗진 돈 머릿수와 그 노름판에서 돈 빼앗은 놈의 이름 등을 물어보는 중에 가련한 로빈슨이 돌아와서 들어오는 길로 한탄한다. "아무 가망이 없네그려. 여보게, 친한 친구만 여겼던 노름꾼들의 한 놈도 이 어려운 것을 피어 준다는 놈이 없데. 인제는 아무 가망이 없네."
하다가 방 안에 생소한 손님이 있는 것을 보고 별안간 말을 뚝 그치니 원래 로빈슨에게는 벨튼 씨가 생면부지러라. 엘렌이 가로되 "우리 사랑에서 바로 속여 먹던 뭇놈의 성명을 들으시오." 하니 벨튼 씨가 로빈슨의 말하는 대로 그놈들의 성명을 적고 또 그의 설파하는 말로 그가 삼 년 간에 이 잡놈들에게 삼만 팔천 원을 넘어 빼앗긴 것을 알았으며 어젯밤에는 전에 벌여 놓은 모든 물건 삼천오백 원어치를 태워 놓고 빼앗기고 그다음 세간 온통 일천육백 원어치를 태웠다가 빼앗겨서 그만 천량이라고는 한 푼 없는 건달이 된 것을 알았더라.

벨튼 씨가 하는 말 "여보, 로빈슨 씨, 지금 당해서 이러니저러니 말하여 가뜩이나 불평하신 중에 더욱 불평하시게 할 까닭은 없는 일이오마는 도파니 말하면 노형이 지각이 없으셔서 생긴 일이로구려. 나로 말하면 그리 노형의 일을 마음으로라도 딱하다고 생각할 수 없소. 왜 그런고 하니 나는 장 노름꾼은 사람으로 알지 아니하며 그런 고로 저 잘못하여 받는 고생은 남의 징계 삼아 실컷 당하는 것이 당연한 줄로 생각하는 터이오."

이때에 엘렌이 비로소 눈물을 뚝뚝 흘리면서 하는 말이 "여봅시오, 나리, 그리 과힐랑 책망하시지 마십시오."

벨튼 씨가 목소리와 얼굴빛이 일시에 훨씬 풀리면서 "내가 마님께는 과한 말씀을 아니 하오. 마님 같은 착하신 부인에게는 매우 감탄하는 뜻이 없을 수 없소. 나는 마님과 마님이 그렇게 애를 쓰셔 아름답게 길러 놓으신 아드님은 아무 죄 없이 큰 고생 하시지 아니하도록 주선하오리다. 사랑으로서 타짜(속여 빼앗는 노름꾼)에게 빼앗긴 살돈은 아마 찾을 수 없사오리다마는 마님 가게에 벌여 놓은 물건과 또 집 안세간은 까딱없이 되도록 주선하오리다. 내— 지금 곧 검사국에 가서 내가 들은 모든 일에 적확 여부를 탐지시켜서 그놈들이 노름판을 벌이고 범법한 것을 고발하겠소. 길동아, 널랑 그 내어 가는 발기를 다 내거든 나를 다오. 여보시오, 마님,

내가 그것을 가지고 중도위를 주어 값을 보여서 받으란 값만 한 돈을 마님께 취하여 드릴 것이니 마님께설랑 이것을 가지시고 전같이 지내시오. 내가 취해 드린 것은 그저 좋으실 대로 이익 나는 중에서 얼마씩 갚아 가시되 도시 마님의 부지런과 착실한 데 달린 줄로 아오."

로빈슨이 기꺼움을 스스로 이기지 못하여 손목을 단단히 잡고서 "아이고, 고맙습니다. 실정으로 깊이 감사하옵니다. 그저 저의 처만 살려 주십시오. 그저 저의 자식만 살려 주십시오. 절랑은 제 잘못이니 제 죄를 제가 받겠습니다."

벨튼 씨는 노름꾼을 절증지하는 터이로되 로빈슨이 회오하는 모양을 보고 측은한 생각이 나나 오히려 엄숙한 태도와 씩씩한 소리로 대답한다. "그저 고생만 하면 무엇 할꼬. 만일 이번 일에 징계하여 개과천선하지를 아니하면."

7. 옳은 수고, 복된 뒤끝 (상)

벨튼 씨의 점잖은 기색과 언사에 스스로 축기하여 오래 입을 봉하였던 돌리 마누라가 벨튼 씨 간 뒤에야 비로소 말문이 열려서 "참 점잖은 신사로군. 내 사정까지도 유념하여 주었더라면 더 좋았으련만. 부럽기도 하다, 길동아. 너는 어찌하면 그런 좋은 어른을 사귀었더냐. 복력도 장하다."

엘렌 "얘, 길동아, 그보다도 평일에 좋은 어른에게 사랑을 받도록 행실이 얌전한 자의 복력은 얼마나 부럽고."

돌리 마누라가 더욱 목청을 높여서 "나는 믿네, 이번 일의 첫째 근원이 내게서 난 것을. 설마 자네네들이 잊었겠나. 내가 그 애를 알 굴리는 집 잔치에 데리고 갔을 때에 거기서 그 애가 벨튼 씨와 사귀었네."

엘렌 "만일 그 사달이 있지 아니하였던들 벨튼 씨가 무슨 까닭에 길동이 같은 어린애를 일부러 유의하여 보았겠소. 돌리 누님, 그 사달이라고만 하여도 아마 짐작하시오리다. 필경 말씀하면 다만 그 애의 착한 행실이 그 좋은 어른과 상종케 된 근원이란 말씀이에요."

길동이가 곁에 있다가 "아니지요, 어머님. 나에게 착한 행실이라 하시는 것도 실상은 어머님께서 그 근원이시지요."

돌리 마누라는 아무리 하여도 말머리 돌아가는 것이 자기에게 이롭지 못함을 보고 마음이 서운하여 다른 말을 끄집어낸다. "그건 무슨 까닭으로 알게 되었든지 그만두고 우리, 이 좋은 친구를 크게 써 보세. 또 오늘 점심에는 우리 가세에 적당하게 그를 위하여 축수하는 술이나 먹세. 또 당장 형편 같아서는 모든 일을 전같이 하여 갈 셈 될지라도 관계치 아니하겠네. 무엇인고 하니 패딩턴 근처에 있는 우리 아는 이들에게 조금치도 기왕 소조를 알리지 아니할 수가 있겠네."

패딩턴 근처에 있는 돌리 마누라 아는 친구에 대하여 체면이 어떻게 됨을 조금도 개의치 아니하는 엘렌은 반대할밖에 없다. "무슨 수로 전 같을 수 있습니까. 종금 이후로는 우리들이 이길 수 없는 짐을 잔뜩 지고 살아가야 하니 용도 바싹 줄여야 할 것이요 대청과 사랑채는 세도 들여야지요."

돌리 마누라가 소리를 지른다. "그럼 종금 이후로는 우리가 가련한 가난뱅이같이 살아가야 한단 말인가."

엘렌의 대답 "방금 우리 처지보다도 훨씬 나은 살림이지요. 구차하기는 구차하여도 부지런히 벌이하여 먹는 백성이니 일하기를 게을리 할진댄 우리가 무엇이 어떠하여 남 보기에 가련한 짓을 한단 말이오."

로빈슨은 가로되 "옳의. 여보게, 자네 말이 이치에 당치 아니한 말은 없데. 그 다 이르다 뿐이겠나. 방금 내 소원은 다만 기왕 저지른 죄를 벗는 일일세. 무슨 생업이든지 붙잡아 한 몸을 맡김일세. 처음 나를 노름판으로 꾀어 간 놈이 곧 게으름이 아닌가."

돌리 마누라는 이 잘한 생각을 반대하고 로빈슨에게 권하기를 길동이를 벨튼 씨에게 보내서 다시 돈 얼마를 취하라 하면서 "그 양반은 천성이 인자한데 다 우리를 매우 불쌍히 아나니 우리가 왜 그 돌보아 주려는 마음을 끌어 쓰지 아니한단 말인가. 쇠뿔도 단결에 떼랬다네."

그러나 돌리 마누라의 이 말은 필경 채용되지 아니하니 엘렌은 가로되 "나는 아무러한 일이 있더라도 이런 좋은 어른의 고맙게 구시는 것만 꿰뜨린 듯싶어서 그따위 비루한 짓을 할 수 없소." 하고 로빈슨도 또한 항거하기를 "어른이 말하든지 아이가 말하든지 설혹 석가여래가 장광설을 가지고 와서 권하더라도 나를 항복 받아 또 일 년 동안 게으름의 종노릇 하는 수는 없어." 한다.

로빈슨이 이튿날 아침에 편지 한 장을 써서 길동이로 하여금 벨튼 씨에게로 보내니 그 편지 사연은 그에게 자기를 위하여 즉 직업 한자리를 얻어 주소서 하고 자기가 감당할 만한 줄로 믿는 일을 늘여 쓴 것인데 그 늘여 쓴 가운데 회계를 한숙히 한다 한 구절이 있으며 그 글씨가 얌전한 것은 그 편지를 보아도 분명하더라. 이때 벨튼 씨가 마침 그 담요 만드는 공장에 쓸 간사인 하나를 얻으려 하는 차인 고로 벨튼 씨가 지재지삼 결단코 다시는 노름판에 가까이 가지 아니하겠다고 맹세함을 듣고 얼마 시험한 뒤에 일 년에 오백 원 월급을 주기로 하고 고용하기로 하더라.

인하여 두어 달을 지내었는데 이때는 온갖 일이 다 순당하게 되어 간다. 로빈슨은 그 아내의 간절함에 감복하여 일심으로 그 보는 일을 힘쓰고 자기가 기왕 잘못한 것의 몇 분지 일이라도 벗어서 그 아내의 좋아하는 것을 보기만 바라 마음이 탄평한 사람이 되니 날마다 회계 방에 있어서 그 사무를 마친 뒤에 화색이 얼굴에 가득하여 집으로 돌아오는데 엘렌의 낙은 여기서 지나는 것이 없더라. 이때 그들은 당장 살림살이에 너무 과람한 기명은 모두 대청과 사랑에 세든 사람에게 빌려 주고 다만 전의 이 남는 것만 가지고서 살림하여 가기로 정하였는데 전은 매우 정신을 들이는 고로 항상 홍정이 붐비더라.

어느 날 밤에 길동이가 혼자 앉아서 매우 재미있게 배운 『금방울전』* 을 보다가 열 시나 된 때에 홀연히 요란하게 대문을 두드리는 소리가 나는 고로 얼른 나가 문을 열었더니 놀랍도다, 문밖에는 돌리 마누라가 왔는데 그 다리는 부러지고 그 머리는 깨어졌다. 엘렌이 즉시 그를 붙들어 들여서 침상에 누이고 곧 의원을 부른다. 로빈슨이 무슨 까닭으로 저리 몹시 다쳤는가 물어 그 대답을 들은즉 그가 알 굴리는 방 있는 요릿집으로서 몹시 취하여 말을 타고 집으로 돌아오려 하다가 다시 브랜디에 박하 섞은 것을 먹어 비위를 돋워야 한다 하는 고로 여러 사람이 이미 대취한

* 『금방울전』: 조선 시대 후기의 전기 소설(傳奇小說) 가운데 하나. 『금령전(金鈴傳)』이라고도 일컫는다. 중국을 배경으로 하였으며, 창작 연대나 작가가 밝혀지지 않았다.

것을 보고 무수히 만류하였으나 기어코 고집을 세우면서 가로되 내 몸에 좋고 언짢은 것은 내가 남보다 잘 안다 하고 마침내 말을 내려서 또 브랜디와 박하를 먹었더니 다시 말을 타려고 할새 마음이 홍숭생숭한지라 남들이 무수히 권하는 대로 얼마 떨어져 있는 언덕 위에 가서 탔으면 좋을 것을 억지로 길옆에 세운 문을 기대어 기어올라 타려 하다가 문이 그리 튼튼치 못하던 고로 말이 앙버티는 통에 문이 흔들려서 부지불각에 땅으로 떨어져서 다리를 분지르고 머리를 깨뜨림이러라.

처음 그를 집으로 떠메어 들어왔을 때에는 그 모양이 매우 참혹하고 애도 매우 쓰더니 얼마 후에는 다만 정신이 가물가물하여 말도 하지 못한다.

의원이 오더니만 먼저 그 다리를 고치는데 약하는 동안에 얼마큼 정신이 나나 다만 아픈 줄을 알 뿐이며 다음 동침을 가지고 두골을 뚫어 고쳤는데 그러나 여러 가지로 치료한 것도 효험이 있지 아니하여 그날 밤에 필경 절명하니 그가 생전에 친한 친구라 하고 때때 불러 대접하던 사람들은 이 부음을 듣고 다 이렇게 말할 뿐이라. "어어, 불쌍한 마누라. 술을 그렇게 잘 먹더니 필경 술 때문에 죽었구나. 불쌍하군."

그에게 외상을 주고 받지 못한 물건 장수들은 다 분분하게 원망하며 알굴리는 집 주파 같은 소위 막역 친구라 하는 이도 조금도 용서치 아니하고 "그따위 주태 계집을 예수교인의 장례로 지내 준단 말인가."(이 말은 매우 큰 욕이라)까지 흠담하더라. 돌리 마누라가 남겨 놓은 의복은 그 빚진 자국에 나누어 주니라. 마누라가 패딩턴에 온 달로부터 로빈슨에게 돈 백 원을 졌더니 운명할 임시 정신이 조금 들었을 때에 로빈슨을 불러 모기 소리만 한 소리로 나의 좌편 호주머니를 찾아보면 내가 기왕에 진 백 원을 갚을 만한 줄로 믿는 물건이 있다 하더니 및 그 주머니를 뒤지매 겨우 동전 백동전 합 삼십 전 외에 한 푼 다른 돈이 없고 또 아무 값나갈 물건도 없으며 여러 사람이 주머니를 홀딱 뒤집어 톡톡 털어 가지고 그 속으로서 떨어지는 종이쪽을 낱낱이 펴 보아도 다 오래된 발기뿐이라. 이에 엘렌이 그 속에 꿰지른 목도리를 살펴보니 그 한 귀가 찢어진 것을 바늘로 붙인지라 그 바늘을 뽑으니 그 속에서 담배 물이 들고 술 때가 묻은 작은 종이 한 조각이 나온다.

엘렌이 그것을 펴면서 "이 브랜디 냄새 좀 맡아 보오. 여보, 이편, 이것이 무엇이오."

로빈슨이 "이게 무언가, 은행 지폐도 아니고. 으흥, 꼭 만인계 표일세. 옳다, 과연 계 표일세. 우리에게도 숨기고 몰래 계를 들었었네그려. 암, 그 말마따나 이것 한 장이면 내 백 원 돈 갚기는 넉넉하지. 또 갚고도 남을는지는 누가 아나. 우리가 전에 산 계 표에 복수가 그렇게 좋았으니 이 표도 그렇게 수가 좋든지 또 전보다 몇 갑절 되는 복수가 터지지 말란 법은 어디 있나. 그렇지 아니한가, 여보게. 우리가 이거 한 장으로 전번 오만 원보다도 다시 십만 원이나 이십만 원이 빠지지 말란 법은 있나. 그렇지 아니한가, 여보게." 하여도 엘렌은 무슨 생각이 있는 듯 잠잠하고 있을 뿐이요 조금도 만인계 표를 기뻐하는 뜻이 없는 것을 보고 로빈슨이 별안간에 목소리를 변하면서 "그리한다고 여보게, 내가 또 이 만인계 표 때문에 정신이 빠져서 불고 타사 할 줄로는 걱정하지 말게. 나는 결단코 이 때문에 변심할 리 없네. 내가 이 표 없을 때나 다름없이 근신하여 착실하게 내 직무를 행하기로 아주 맹세를 함세. 만일 빠지면 다행이요 못 빠지더라도 어찌하겠나, 그만이지. 그러니 여보게, 이것을 잘 두게. 나는 다시 생각에 두지 아니함세. 다만 자네가 감추어 두기 전에 먼저 그 호수를 보여 주게. 왜 자네는 웃나."

엘렌 "나는 이편이 내가 아는 것보다 더 잘 이편을 아실 줄 알고 저절로 웃어짐이오. 그러나 이게 아마 웃고 말 일이 아니지요." 하고 말을 마치고 길이 한숨을 짓는다.

로빈슨이 마음이 불쾌하여서 "이 사람, 왜 한숨은 짓나. 차마 자네 한숨은 듣지 못하겠네. 내 자네에게 단언함세. 나는 자네 아는 것보다 몇 갑절 깊이 내 몸을 아네. 또 알 권리가 있나니 왜 한숨은 짓는단 말인가, 여보게."

엘렌은 그 남편이 자존하는 마음이 이렇게 움직이는 것을 보고 은근히 기뻐하면서 옹용하게 자기 남편이 이토록 아내 되는 자기의 한숨에 걱정하여 주는 깊은 사랑을 감사하더라.

로빈슨 "이상하이. 자네는 다른 아낙네 모양으로 평거에 그 남편을 능멸하는 따위가 아닌데 특히 오늘에는 이렇게 다른 때와 달리 말과 일을 하니 무슨 까닭인가."

로빈슨이 한참 만인계 표를 들여다보면서 침음하더니 인하여 그 표를 집고서 "이 계 표가 어쩌면 나를 다시 노름판으로 꾀어 가기도 하리로다. 윌리엄이 전에 나더러 하기를 계에 드는 것은 곧 노름하는 것인데 더욱 노름 중 제일 괴악한 노름이라 한 말이 옳은 말이야. 여보게, 내— 자네에게 내가 한참은 용렬한 자 노릇을 하였으나 다시는 용렬한 자 노릇을 아니 하는 증거로써 자네 정성이 헛되지 아니한 사실을 보임세. 내가 곧 만인계 도가에 가서 값은 고헐간에 이 표를 팔겠네. 여보게, 내가 팔아 가지고 오면 나는 자네가 새 정이 솟아나서 나를 맞을 줄로 믿네."

8. 옳은 수고, 복된 뒤끝 (하)

로빈슨이 스스로 자기의 결심한 것을 기뻐하면서 그 표를 팔고자 하여 한달음에 도가로 갔더니 그때 마침 도가에는 다 각기 자기 표의 맞고 아니 맞은 것을 알 양으로 모여든 사람이 인산인해 하여 어찌할 수 없이 얼마 동안 서서 기다린다.

여기 모인 몰지각한 남녀들은 흔히 다 그 자유와 기호와 성명 등을 말끔 계 통 속에 태워 놓고 십 원 이십 원씩 데밀어 종신토록 빚에 얽매여 지내다가 마는 자이라. 아아, 로빈슨이 형형색색의 근심 걱정을 띤 얼굴을 퍽도 많이 보았으며 남녀 할 것 없이 도가 문밖에 나와서는 계에 들었던 것과 타지 못한 것을 원통히 여겨 스스로 제 몸을 제가 욕하는 것을 퍽도 많이 듣는다.

로빈슨이 그 표를 팔고자 하여 사람들을 뻐개고 들어가 드디어 그 위태위태한 꾐에 빠지지 아니하고 걱정이나 다름없는 닿은 데 없는 소망 대신에 일백칠십 원 살돈을 손에 쥐었을 때에 그 기뻐하는 마음이야 한 붓으로 어찌 기록하리오. 이때 그 마음에 느낀 것이 어떻게 다른 사람들과 판이한가. 로빈슨이 한참 우두커니 서서 여러 사람의 거동을 살펴보니 그중에 한 거렁뱅이 같은 헐벗은 계집 하인 하나가 마루턱에 말라빠진 손을 얹고 목을 길게 빼고 처량한 목소리로 서기를 불러 내 표 사십오 호가 이미 빠졌는지 아닌지를 묻는다.

서기는 더할 수 없는 냉랭한 태도로 "사십오 호야." 하고서 치부책을 이리저리 넘기다가 "예, 사십오 호는 어저께 지나갔는데 참예하지 못하였소." 하니 불쌍한 그 아낙네가 스스로 주먹을 불끈 쥐면서 "오냐, 그럼 나도 이 세상에서는 볼일 다 보았다." 하고 울음이 북받친다.

아무도 그를 위로하여 줄 겨를이 없는 모양인 듯한데 구종 복색 한 한 사내 하인 하나가 그를 떼밀면서 "여보, 당신은 물을 것 다 물었으니 그만 길 막아서지 말고 저리로 가시오. 여보시오, 내가 그렇게 돈 많이 내고 든 삼백삼십육 호는 오늘 나왔소."

"예, 참예하지 못하였소." 이 말 한마디에 소망을 대실한 그 구종이 줄에 줄 대어 맹세를 띄우고 욕을 하면서 "네기랄 것, 오늘부터는 감옥서가 우리 집이로구나." 하니 도가 집주인이 대답하는 말이 "어, 그거 아니 되었구려. 그, 참 말 못 되었소마는 내가 알 배 있소. 누가 들라는 계를 들었소, 사라는 표를 샀소. 다 당신네들이 좋아서 한 것이지 우릴랑은 욕하지 마시오."

이리할 즈음에 구종의 뒤에 서 있던 사람 하나가 아까 구종이 그 불쌍한 여인에게 하던 말을 그대로 입내 내어 "여보, 당신은 물을 것 다 물었으니 그만 길 막아섰지 말고 저리로 가시오."

로빈슨은 그중에도 한 사람의 격앙한 모양을 보고 매우 놀란다. 그 사람은 처음에 빠지기 조이는 생각에 일심전력을 들여 아무 정신이 없는 듯하더니 뒤에서 미는 통에 서기 있는 앞에 와서는 서기가 두 번이나 "노형은 무슨 말씀이오." 한 뒤에 겨우 입을 벌리고 다만 한마디 "칠 호." 할 뿐이라. "아직 흔드는 중이오. 요전 한 시간 흔들어 빠진 통기가 아직 오지 아니하였은즉 세 시쯤 와서 물으시면 아시리다." 하니 그가 이 말을 듣고 흡사히 연기한단 선고를 받은 듯이 바야흐로 앞으로 나아가려 할 즈음에 홀연히 종잇장 하나를 가진 사람이 전으로 들어오니 이는 흔드는 데로서 온 자이라. 그 가졌던 종잇장을 서기에게 주니 서기가 소리를 버럭버럭 질러 내리읽는다. "칠 호. 당신, 칠 호를 물어보시지 아니하였소."

얼굴이 해쓱하고 불불 떨면서 "예."

"칠 호가 지나가기는 하였소. 그러나 참예하지 못하였소."

참예하지 못하였단 흉한 소리를 듣더니 그만 혼도하여 기절하니 곁에 있던 사람들이 바람을 쐬게 한다 하여 받들어서 거리로 내간다.

로빈슨이 바야흐로 혼도한 사람이 불쌍하기 이를 길 없어 떠메어 나가는 사람들을 따라 거리로 나가려는데 서기가 로빈슨을 불러서 "여보, 이 양반, 당신이 아까부터 기다리는 잔돈이 생겼는데 그만두고 가시려오." 한다. 인하여 로빈슨이 거리에 나와서 보니 그 불쌍한 사람이 길가 상마석 위에 앉았고 한 삯마차꾼이 지나다가 초 냄새를 맡게 하면서 "마차 타고 가시지 아니하려오." 한다. 그가 겨우 눈을 뜨고 "마차요. 으으, 어떻게요. 나는 돈 한 푼 없는 사람이오."

삯마차꾼은 그, 아니 되었소 하고 다시 네거리로 가서 돈 있는 사람에게 품을 팔려 한다. 마차꾼이 로빈슨의 느슨히 쥔 주먹 틈으로서 은전이 반짝반짝함을 보고 "나리, 마차 타시지 아니하렵니까. 큰비가 쏟아지려는데."

로빈슨이 "그래, 마차, 이리 오게." 하고 마차꾼더러 그 혼도한 사람이 앉아 있는 상마석 옆으로 마차를 끌고 오라 하니 로빈슨이 천성이 온량한 데다 그 사람이 당한 처지가 특별히 가긍하고 또 그 심사를 더욱 짐작하는 것은 전에 자기가 노름판에서 친히 당하던 궁한 때가 생각남이러라.

로빈슨이 "여보, 당신이 어떻게 걸어가실 수가 있소. 여기 마차가 있으니 나하고 같이 타고 가다가 당신 댁 앞에 가서 내려 드리리다."

그 불쌍한 사람이 이 말을 따라 같이 타고 가는 길에서도 무수히 탄식하더니 한번은 노기가 등등하여 소리 지르는 말이 "으응, 그 만인계가 으응, 그 만인계가." 하는지라. 로빈슨이 이에 더욱 깊이 자기가 능히 노름으로 쏠리는 마음을 억제하고 그 표를 팔아 버린 것을 기뻐하더라.

타고 가다가 옥동 거리* 어느 재봉소 앞에 이르러는 그 사람이 로빈슨에게 치사하면서 여기 내려놓아 달라 하고 "이게 우리 집이외다. 우리 집이 들었던 집이라 할 것이외다." 하고 그 전을 가리켜 보인다. "나는 참 지극히 가련한 징계거리외다. 그러나 노형께 이해 상관없는 일을 구태 말씀할 것 있습니까. 과연 감사합니다." 하면서 그렁그렁하는 눈물을 감추고자 하여 슬쩍 돌아서면서 "안녕히 가십시오."

그가 마차로서 나가려 하여 차부가 붙들어 내릴 즈음에 마침 그 전방 안으로서 한 신사가 나오더니 그를 보고 "풀럼 씨, 마침 잘 오시오. 내가 반 시간이나 노형 들어오시기를 기다리다가 막 가려고 하는 길이오." 하는데 로빈슨이 마차로서 내려가는 조끼 장수의 웃옷 자락을 밀고 말하는 신사를 엿보니 로빈슨이 처음부터 그 목소리가 몹시 윌리엄과 같음에 놀람이라. "옳다, 윌리엄이로군." 하면서 마차로서 뛰어내려서 얼른 그 오랜 친구의 손을 붙잡는다.

윌리엄은 지금 사회상 지위가 로빈슨보다 몇 등 높건마는 참 속마음으로 로빈슨과 다시 만나서 옛정을 이야기하도록 됨을 기뻐함이라. 그가 조끼 장수를 돌아다보면서 "풀럼 씨, 자, 오늘은 물립시다. 내일 다시 와서 셈을 맞춥시다."

패딩턴으로 돌아오는 길에 로빈슨이 옛 친구에게 자초지종으로 지난

---

* 옥동 거리: 영국 런던(London) 시의 옥스퍼드 거리(Oxford Street)를 옮긴 이름.

일을 빼지 않고 일장 설화하니 어떻게 지난번 만인계 탄 것이 자기를 허랑하게 하여 다시 요행수를 노름판에 붙잡으려 하던 일, 어떻게 자기가 타짜에게 속아서 거의 거지가 될 뻔하던 일, 어떻게 엘렌이 그 고생 중에 자기에게 친절하던 일, 어떻게 자기를 벨튼 씨가 붙들어 주고 벨튼 씨는 전혀 엘렌과 길동이란 놈을 위하여 자기를 도와준 일, 어떻게 돌리 마누라가 술로 하여 몸이 결딴난 일, 설혹 그가 취중에 그 해골을 깨트려 촉수를 하지 아니하였을지라도 얼마 더 오래 살지 못하였을 일, 또 돌리 마누라가 만인계 표를 자기 준 일, 그래, 그가 그 만인계 표가 다시 몰지각한 짓을 하게 하는 근본이 될까 하여 방장 간신히 그것을 팔아 버린 일. 로빈슨이 가로되 "그래, 보게, 나는 결코 자네 말을 잊어버리지 아니하였네. 좋은 권고는 더디 들어도 아주 듣지 아니하는 것보다 낫다 하지 않나. 그러나 인제는 자네 지난 일을 이야기 좀 하세."

윌리엄 "아니, 내 소경력은 우리들이 한데 점심상을 받거든 이야기함세. 우리 사모하는 엘렌 부인이며 자네며 나며 우리 친구 길동이가 다 한데. 그러나 길동이가 내 얼굴을 상금 잊어버리지 아니하였을까." 그리한지 얼마 되지 아니하여 그가 길동이가 과연 자기를 잊어버리지 아니한 증거를 보더라. 곧 그 애가 다시 만나는 마당에서 좋아하는 모양으로.

점심때 윌리엄이 과연 이야기를 하는데 자기가 솜 기계를 개조하려 하여 몹시 공력을 들인 뒤에 드디어 성취하여 그 때문에 별안간 부자가 되었노라 하고 가로되 "부자가 되었다 하는 말도 그저 내가 평일에 기약하던 것보다 부자란 말일세. 나는 지금 포목 공장 고본 한 이만 원어치를 가졌네."

로빈슨 "그렇지, 자네는 그래서 노름에도 눈을 뜨지 아니하고 만인계에도 손을 대지 아니하고 다만 자기의 성력과 근로만을 믿었었네그려."

윌리엄 "나는 참 진정으로 자네가 다시 노름이나 만인계 같은 것을 붙잡지 아니하는 것을 기뻐하네. 그것은 어찌 되었든가 자네는 내가 자네에게 빚진 죄인인 줄을 아주 잊은 것 같의. 내가 한참 건달로 지낼 때에 자네가 내게 돈 오십 원 취해 준 일이 있지 아니한가. 그 돈으로 산 책에 매우 내 지식이 늘었네. 만일 이 조력을 입지 못하였던들 아마 오늘날 사업을 할 수가 없었으리. 또 내가 길동이를 위하여 생각한 일이 한 가지 있는데 아마 자네도 좋다 하리. 자네 말이 그 애가 총명하고 심사 바르고 부지런한 아이요 치부도 할 줄 알고 글씨도 꽤 쓴다 하니 나는 그 애가 깊이 자네의 가르친 은혜를 고마워할 줄로 믿네."

로빈슨 "그 배운 은혜는 다 저의 모친을 고맙게 알아야 당연한 일이지."

윌리엄이 인하여 말을 잇대어 "설혹 그만한 공부가 없을지라도 나는 진심갈력하여 보아 줄 터인데 그러나 만일 공부가 없고 보면 암만 보아준대도 효험이 적거나 아주 없으리. 자네에게 말하자는 것이 이 일일세. 여보게, 로빈슨, 아까 자네가 삯마차로 데려다 준 그 불쌍한 사람은 원래 재봉소를 크게 하여 의복이며 포목 등속까지 파는데 홍정도 꽤 있더니 중간에 노름하기를 시작하여 지금은 형편이 말 못 되었네. 우리 회사에 솜값 진 것이 불소한데 내가 내일 가서 판셈을 할 터일세. 그리한 다음에는 전을 통 내게 내놓을 터이지. 그 형님에게서 이번에 전부터 그 사람과 하여 오던 거래를 끊고 뒷마감을 하여 달란 부탁을 받았네. 아무리 형제간에 우애가 대단하다 할지라도 노름에 반한 놈과 셈을 같이하여 따라 거판이야 어찌하나. 그런데 이 형 되는 이는 매우 착실한 사람인데 방장 적당한 아이 하나를 얻어 두려 한즉 내 만일 자네가 허락하면 나는 길동이를 그에게 천거하려 하네. 봉급 같은 것은 내 아무쪼록 힘써 자네 대신으로 작정함세. 옳의, 나는 자네 댁 식구가 다 각기 적당한 소임 맡은 것을 보니 고맙기 측량없네. 어, 이러니저러니 치사하지 말게. 이것은 내 예전 빚 갚는 것일세."

윌리엄이 결코 치사하지 말라고 청하니 우리는 구태 그가 모양과 말씀으로써 얻은바 여러 가지를 기록하지 아니하노라. 다만 보시는 이에게 여쭐 말씀은 길동이는 재봉소에 들어가서 남다른 교육 받은 표를 내었으며 로빈슨은 줄곧 벨튼 씨의 일을 보아 갈수록 신용을 얻고 또 집안을 더욱 그리워하고 엘렌을 사랑하여 가며 엘렌은 자기가 그 남편과 아들의 복을 이루는데 자기 애쓴 효력이 드러난 것을 생각하고 마음이 스스로 흔연하여 하더라.

만일 이러한 남달리 잘난 아내나 어머니에게는 항상 이러한 행복이 따라다닌다 하면, 만일 로빈슨과 같이 길을 잘못 들어 노름판을 쫓아다니는 자가 만인계에서는 얻을 수 없는 마음의 편안함과 집안의 구순함이 오만 원이나 십만 원 타는 것보다도 귀하고 중한 것을 가만히 생각하면 돌리마누라가 떼를 지어 와서라도 마음대로 그 반대코자 하는 바를 반대케 할 지로다.

자랑의 단추

자랑의단추

Teddy's
Button
~1890~

形見のボタン

테디*가 한참 단추 자랑을 한다.

* 테디(Teddy): 주인공 에드워드(Edward)의 애칭. '테드(Ted)' 또는 '에디(Eddie)'나 '에드(Ed)'라는 애칭도 흔히 쓰인다.

서문

사람은 세 가지 직분이 있으니

첫째, 좋은 혼자 사람 되는 것
둘째, 좋은 세상 사람 되는 것
셋째, 좋은 하늘 백성 되는 것

이라. 이는 누구든지 좋은 사람으로 세상에 서고자 하면 완전하게 다하지 아니치 못할 것이외다.

이 책은 곧 가장 잘 그 직분을 다하는 방법으로 온전히 몸과 마음을 하나님께 올려서 그의 이끄시고 부리시는 대로 마음을 쓰고 몸을 가질 것을 가르침이니 많지 아니한 일이 우리를 열어 줌은 큰가 보외다.

우리는 생각하건댄 이 책에서 유익을 얻을 이가 어린이만도 아니요 그리스도인만도 아니라. 이것으로 거울 하여 자기의 그림자를 돌아보고 이것으로 채찍 하여 자기의 느린 것을 깨우치면 아무든지 온갖 가르침 가운데 가장 큰 것과 온갖 유익 가운데 가장 많은 것을 얻을 줄 믿노이다.

그러므로 우리는 구태 이 책을 번역하여 이 세상 깨끗한 집 안에 골고루 드리려 하거니와 특별히 주일 학교의 공부 책이나 믿는 어린 학생의 교과서 아닌 보일 책으로 쓰면 매우 이익이 클 줄 믿습니다.

근본 지은 사람도 모르되* 한 번 두 번 우연히 보다가 테디의 행사가

---

* 원저자는 빅토리아 시대의 여성 작가 에이미 르 페브르(Amy Le Feuvre: ?~1929)이며, 원작은 『테

매우 굳세게 마음에 느끼기로 이틀 저녁과 한나절 시간을 베어 우리글로 옮겼습니다.

글은 너무 민틋하지 못하니 다만 뜻만 취하시기 바라옵니다.

테디에게서 큰 선물을 받은
어느 한 사람

디의 단추(Teddy's Button)』(1890)다.

1

여러 아이들이 둘러싼 가운데 한 아이가 섰는데 금실 같은 머리 위로 더운 볕이 내리쪼이건마는 여간 뜨거운 것을 관계할 내가 아니라 하는 듯이 무슨 이야긴지 지껄이기에만 골몰이다.

한참 그 애는 눈을 치떴다 내리떴다 하고 배스듬하게 서서 손짓 발짓을 하면서 지껄이는데 다른 아이들은 그 이야기 듣기에 정신이 팔려서 따라서 눈을 뜨락감으락 입을 벌리락다물락하고 있다.

그 애는 지껄이기에 골몰하는 중에도 한 손으로 조끼에 단 주석 단추를 주무른다. 아마 그 단추가 그 애 이야기의 제목이 되었나 보다.

"우리 아버지께서 앞으로! 앞으로! 군기(軍旗)를 찾아라! 하고 앞장서서 달음질한즉 허다한 동관들이 다 으아쌍을 치고 뒤를 따라 달음질하는구나. 탄알은 우박 쏟아지듯 하고 칼끝은 번듯번듯하지…… 아무렴 적군에 선들 그저 지려고야 할 리가 있느냐. 역시 지사위한 대적하지…… 그러나 우리 아버지께서 가지셨던 칼을 번쩍 드시니까 혼비백산들 하여 감히 덤비는 자가 없더라더라. 아버지께서는 오냐, 그러냐 하시고 모가지도 베시고 앙가슴도 찌르시고 필경 군기 훔쳐 간 놈을 붙들어서 단 한 번에 죽여 넘어뜨리시고 찾아오셨단다. 인제 찾을 것을 찾았으니 회진하리라 하시고 뒤로 돌아서신즉 당신 편은 하나도 남지 아니하고 당신 혼자시더래. 그러나 우리 아버지가 범연하시겠니. 고만한 일에 놀라시든 아니한다. 칼로 적군 중을 헤치시면서 소리를 버럭버럭 질러 정신을 쉬려하여 정령 계신 곳에 돌아와서 '중대장님은 전몰하시고 군기는 여기 제가 가지고 왔……' 하자마자 정령의 발아래 가 푹 거꾸러져서 더운 피가 앙가슴으로서 꽐꽐 쏟아져서 의복과 이 단추 위로 흘렀단다."

하더니만 목소리가 별안간 처량하다가 다시 정신을 가다듬어 기운 있게

"우리 아버지 몸에는 탄알 맞은 데가 서른 군데요 칼자국이 일곱 군데더란다. 참 영특하지 아니하시냐."

한즉 그중 한 아이가

"얘, 테디야, 요전번에는 네가 스무 군데라 하였다. 늘리는 김에 쉰 군데라고 하여 버리렴."

하고 조롱한다. 그러나 테디는 그런 소리는 들은 둥 만 둥

"지금 한 것이 내 여기 단 단추 이야기다."

"그럼 너의 아버지 저고리에는 단추가 그것 하나밖에 달리지 아니하였더란 말이냐."

고 누군지 말끝을 단다. 그러나 그 소리가 전에 듣지 못하던 서투른 소린고로 모든 아이가 일제히 소리 나는 편으로 고개를 두른다— 본즉 이 동네 아이 모양하고는 판이한 한 계집아이가 섰는데 검푸른 눈으로 테디를 조롱하는 것처럼 쳐다본다. 뜻하지 아니한 그 계집애 타박을 만나 테디가 얼마 무춤하였다가

"무어, 단추가 하나뿐이더냐고." 하고 말소리를 강하게 하여 "우리 어머니께로 가져왔을 때엔 단추가 하나뿐이었다."

하고 테디가 조금 우락부락하게 그 계집애를 향하여

"네가 이런 싸움을 하여 사람을 많이 죽이면 그때는 단추란 것은 말끔 부스러져서 가루도 남지 아니하리니 우리 아버지만큼 하나라도 남을 듯하냐."

이 말을 듣더니 모든 아이들이 테디의 말을 찬성하여 손뼉들을 친다.

그러나 그 계집애는 까딱도 아니 하고

"그래, 그 말이 정말이냐."

하고 모로 썼던 수군 모자(水軍帽子)를 누른다. 그런즉 모든 아이들이 일제히

"암, 정말이지. 정말이지. 여간 정말만이야."

한다. 그러나 그 계집아이는 한마디

"거짓말 마라."

하고 저리로 가 버린다.

이 꼴을 보고 모두 성들이 나서

"그년이 도무지 뉘 집 딸이냐."

한즉 제일 나 많이 먹은 아이가

"그 애, 그 애는 어저께 저의 어머니하고 수레 타고 솔 생원네에게 온 년이다. 그때 보니까 무엇인지 커단 보퉁이 둘과 상자 하나와 이 밖에 앵무 한 마리를 가졌더라…… 그 애 어머니가 솔 생원더러 아버지, 아버지 하는 것을 보면 아마 솔 생원의 외손인가 보더라."

"그럼 미국서 왔구나."

테디가

"그년이 내 말을 거짓말이라고 했것다."

고 한즉

"계집애란 하는 수 없는 것이다, 테디야. 그년이 사나이 같으면 우리가 짜고 귀찮게도 굴련마는……."

"그 무슨 소리냐. 될 말이냐. 나는 사나이라도 싸움은 아니 한다. 나는 우리 어머니께 약조한 일이 있다. 어머니께서 허락하시지 아니하면 단당

코 싸움하지 아니하기로 맹세한 일이 있다. 요전에 저, 그 애, 네 사람하고 싸우고 어머니께 어떻게 대단히 걱정을 들었는지 모른다…… 그러기는 하였다마는 우리는 까닭을 모르겠더라. 군인들은 전쟁을 하는데 아이는 싸움을 못 한다 하는 말은 암만해도 알 수가 없더라, 아…….”

“그러나 너하고 싸움하는 아이는 톰 하나뿐이더니…… 그 애도 지금은 멀리 떠났으니까 너하고 싸워 가면서 그 단추를 빼앗으려고 할 놈이 다시는 없다.”

2

한참 이렇게 이야기를 하고 있는데 건너편 교당에서 다섯 점 땡땡이를 치는 고로 테디가 다른 아이들과 작별하고 달음질로 제집으로 돌아가더라.

집에서는 방장 네모진 식상에 흰 보를 펴고 한가운데 해당화와 인동 꽃분을 놓고 그 가에는 여러 가지 음식이 늘어놓였더라…… 상좌에는 환갑이나 된 듯한 노파가 얼굴에 주름을 잡고 앉아 있고 그 맞은편에는 그 아들이 앉았으니 이 집 대주요 이편에는 테디의 모친이 앉았는데 젊고 온량한 부인이러라. 두 해 전에 이 부인이 테디를 데리고 이 집으로 왔을 때에는 쓸데없는 군식구로 푸대접을 받았더니 지금은 손재주가 동네 중 제일인 고로 주인마누라도 매우 요긴하게 여기더라.

노파가 테디 들어오는 것을 보더니

“너는 이렇게 늦도록 어디를 가서 장난만 하니.”

하고 나무란다. 그러나 테디는 그 말 대답은 아니 하고 군인 모양으로 손을 들어 경례를 한 뒤에 제 의자에 걸어앉는다. 그 꼴을 보고 모친이 빙그레 웃으면서

"이때까지 너, 무슨 장난을 하였니."

"나, 나요. 아버지 이야기 했지요."

하고 의기가 등등하다. 이 말을 듣고는 그 모친의 얼굴에 금시에 수색이 돈다.

할머니는 역정을 낸 듯이

"너의 아범은 너 모양으로 끼니때 더디 들어오거나 그러지 아니하였단다."

"할머니, 나는 아직 어린애가 아니오니까…… 나도 군인만 되면 한때라도 어기지 아니한답니다."

"지금부터 그리하지 아니하면 안 되어…… 못된 버릇은 얼른 고쳐지지 아니하느니라."

테디는 그 할머니 말씀은 아무 대답도 아니 한다. 밥상이 끝나고 그 모친이 상을 치러 나간 뒤에 테디는 곁에서 담배를 피우는 삼촌한테 가서 그 무릎 위로 기어 올라가면서

"내 큰아버지, 나는 왜 대적이 없습니까. 성경을 보건댄 좋은 사람은 다 대적이 있다 하였는데 내게는 하나 없습니다. 내게도 한 놈 모진 대적이 있었으면."

"왜, 머리나 맞부딪고 싸움이나 하게."

"예, 그놈이 나를 함정에 쓸어 넣으려 하거든 나도 계책을 내지요…… 옛적 다윗과 사울* 양으로…… 재미있단 말이야. 재미있단 말이야……

그래, 그놈이 매우 괴악한 일을 하거든 나는 어머니께 여쭙고 흠씬 싸움을 한단 말이에요."

"너는 싸우는 것이 제일 영특한 줄로 아는가 보구나…… 싸움보다 화목한 것이 좋은 것이니라."

"어머니께서도 그리하십디다. 나는 어머니께 오늘 아침에 '화목을 구하는 자는 복이로다.' 하는 말씀을 배웠습니다마는 화목하려면 부득불 대적이 있어야지요. 내게 대적 놈 하나만 있었으면."

그만 이야기가 끊어진다. 백부 되는 이는 담배를 빽빽 빨면서 테디의 언론을 감당하지 못해 한다.

테디는 다시 스러져 가는 태도로

"나는요, 큰아버지, 오늘 대적 삼을 만한 놈 하나를 만났건마는 계집아이니 하는 수 있어야지요."

"무어, 계집애 대적. 어찌하였단 말이냐."

테디는 두 뺨이 빨개진다.

"그년이 우리 아버지 이야기를 모두 거짓말이라 하여요."

"그건 맹랑하구나. 도무지 그 애가 누구란 말이냐."

"들으니까 솔 생원네에게 와 있는 아이래요, 샘이."

"그럼 그레이스의 딸이로구나. 남편은 뱃사람이니라."

하고 곁에 있던 할머니가 가르쳐준다.

그 참에 그 모친이 무슨 일거리를 가지고 들어온다.

---

* 다윗(David)과 사울(Saul): 고대 이스라엘 왕국의 제2대 왕과 제1대 왕. 사울은 기원전 11세기경 이스라엘 민족의 독립과 함께 첫 번째 왕으로 추대되었으며, 사울의 부하 장수였던 다윗은 왕위를 계승한 뒤 예루살렘에 도읍을 정하고 주변의 여러 민족을 정복하였다.

"그 남편은 무어를 하여요."
하고 물은즉 할머니가
"수군이란다. 그레이스면 딸하고 한데 포츠머스* 항구에 살았느니라."

3

급히 흘러 내려가는 작은 내에 건너지른 좁다란 외나무다리에서 성이 발끈 난 사내아이와 계집아이가 마주 섰는데 다리 통이 좁아서 두 아이가 모로라도 한데 건너는 수가 없다. 그러나 둘이 다 한 걸음이라도 뒷걸음은 치지 아니하려 하고 내가 먼저 건너가겠다, 아니, 내가 먼저 가겠다 하여 다투고 있다. 이 사나이는 테디요 계집아이는 저즘께 그 애러라. 둘이 지금 토요일에 이 냇가에서 놀다가 여기서 만나서 다투기 시작이러라. 한참 만에 계집애가
"암만해도 나는 계집애니 먼저 건너가는 것이 당연하지 아니하냐."
"무어야, 사나이 명색으로 뒷걸음을 친단 말이냐. 나는 군인의 아들이다. 군인의 아들이 어찌 등덜미를 대적에게 보일 수 있느냐. 만일 등을 보이면 어떻게 되겠니. 이 단추의 낯을 씻기는 일이 아니랴."
"아이고, 별 되지못한 소리도 다 하네. 그까짓 단추가 무엇이란 말이냐."

---

* 포츠머스(Portsmouth): 영국 잉글랜드(England) 남부 햄프셔(Hampshire) 주에 있는 항구 도시. 오래전부터 해군 기지와 왕립 조선소가 있었던 군사적인 전략 요충지다.

하고 그 계집아이가 조롱한다. 그 말을 듣고 테디가 성이 불끈 나기는 하였는데 아무 말도 아니 한다.

"암만해도 내가 먼저 오지 아니하였니."

"무어야, 내가 먼저 왔지 누가 먼저 왔단 말이냐. 도무지 네가 뉘 집 처녀냐…… 내가 벌써 몇 해 전부터 이 다리를 건너다니는 친한 친군 줄 알고 그리하느냐."

"그러기에 더욱 나를 먼저 건네주어야 하지 아니하겠느냐…… 내 이름은 낸시 라이트다, 얘."

하는 소리도 몹시 능멸하는 모양인데 다시

"자, 내가 먼저 건너갈 터이니 비켜서래도 그러는구나."

"비켜서! 어느 누가 비키마더냐."

"그럼 물속으로 쓸어 넣을 터이니 어찌할 터이냐."

"무어야, 물속으로 떨어트린단 말이야. 할 수 있거든 해 보려무나."

한참 동안 양편이 다 말이 없다. 둘이 똑바로 쳐다만 보고 있더라— 이리하는 동안에 두 아이 얼굴이 점점 빨개진다.

"사나이가 계집애를 먼저 건네는 법이야."

"너, 어디서 그런 법을 알았니. 계집애가 의법이 사나이 복색에 사나이 모자를 쓰고서."

"나는 수군의 딸인 고로 사나이 복색을 하고 다닌다. 그럼 어떠냐— 너는 툭하면 군인의 아들이라고 바로 큰 체는 대단하더라마는 군인의 복색도 얻어 하지 못하였구나."

이 소리를 듣고 본즉 테디가 미상불 대답할 말이 없더니 한참 만에 단추를 잡아당기면서 의기가 등등하여

"나는 지악한 싸움을 치르고 난 물건을 가졌다마는 너, 이런 것 있겠느냐…… 수군 따위가 제법 전쟁이 어떠한 것인지 안단 말이냐."

"무어야, 수군도 군인이란다. 그따위 녹슨 단추— 똥 개천에 들었던 것을 꺼내 가지고서."

"옳다, 잘한다! 계집애가 아니면 곧 주먹으로 때리겠다마는."

"내, 좀 때려 주랴…… 내 팔뚝 반만큼도 못 되는 것이."

"얼씨구, 네까짓 기름 덩어리는 조금도 부럽지 않다."

이 소리를 듣더니 낸시가 다시는 참지를 못하고 우는소리를 하면서 테디에게로 달려든다. 한참 부스럭대더니 필경 낸시의 깍 하는 소리가 나자 둘이 함께 물속으로 풍덩실 떨어진다. 다행히 물이 그리 깊지 아니하였던 고로 즉시 비 맞은 족제비가 되어 나와서 테디는 얼마큼 무안하여 빙긋 웃는데 낸시는 울듯 한 얼굴로

"나는 물속으로 쓸어 넣었다고 우리 어머니한테 여쭐 터이야."

"수군의 딸이면 물은 무섭지 않겠지…… 이런, 울음이 눈에 그득하여서…… 계집애니까 어쩔 수 없지만 수군의 딸은 군인의 아들보다 약하구나……."

낸시는 그 소리 듣는 것이 원통하여서 흘러나오는 눈물을 얼른 삼키면서

"얼싸, 수군이 군인보다 높단다…… 수군은 군함이 바다로 빠질 때에는

만세를 부르면서 팔뚝을 뽐내고 군함과 한데 바다 밑에 영장한단 말이야."

하고 호기에 겨워서 제 옷 젖은 것도 잊어버렸다.

테디는 그것을 괴상하게 보고 있더니

"그건 혹 가다가 영특한 일도 있으리라. 그래도 수군하고 육군하고 싸움하는 보법이 다르단 말이야…… 내가 엊그저께 수군 하나가 걸어가는 것을 보니까 마치 거위 모양이더라."

"요런, 가증한 소리를 뉘에게 하니."

하고 낸시는 그만 훌쩍 돌이켜서 가니 테디는 그 애 가는 모양을 바라보며 무어라고 조롱하다가 저도 또한 집으로 바삐 돌아간다. 집에 들어가서 테디가 즉시 제 방으로 가서 젖은 옷을 갈아입고 싸웠다는 소리는 조금도 아니 하고 다만 핑계같이 냇물에 가 떨어졌다 하더니 그래도 저녁밥 때 별안간 생각이 나던지 백부를 붙들고

"큰아버지는 수군을 좋아하오, 육군을 좋아하오!"

"양편이 다 좋아할 만한 이치가 있으니까 무엇이라고 갈라 붙여 말할 수 없다."

"어머니는 어떻게 생각하십니까. 육군 군인을 영특하게 아시지요."

"응, 그래도 수군에도 썩 잘난 이가 있느니라."

이 말을 듣고 테디는 맥이 풀려서

"나는 수군이란 것은 그저 군함이나 지키고 가끔 대포나 놓는 것으로 알았더니."

"누가 너더러 수군 이야기를 하던."

하고 그 조모가 말참례를 한다.

"네, 접때 그 계집애가…… 낸시라나 무어라 하는 그 애가……."

"그 애하고 어디서 만났니."

"나무다리 위에서요…… 그래서 한꺼번에 건너려다가 둘이 다 물속으로 떨어졌었습니다."

"에이, 이놈, 계집애를 먼저 건네주지 아니하였으니 네가 잘못하였다." 하고 그 모친이 나무란다.

"그래야 옳은 것은 나도 알아요…… 그러나 뒷걸음을 치면 대적에게 등덜미를 보임이나 같기로 그랬지요…… 그런데 그 애도 수월치 않습디다…… 또 수군 말을 매우 자랑해 합디다."

한즉 조모가 곁에서

"네가 군인 자랑하는 셈이지."

테디는 그 조모 말씀은 들은 둥 만 둥

"어머니, 수군하고 그저 군인하고 사이가 좋을까요."

모친은 빙긋 웃으면서

"내가 한데 모여 있는 것을 보지 못하였다마는 둘이 다 한 나라를 위하여 싸움하는 사람인즉 사이가 좋을 터이지."

"그래, 그 수군의 딸은 밉기가 한량이 없어요. 어찌 그런지 대적같이 생각되어요."

"이런 아이 보았을까. 네 만일 대적을 만들었다가는 큰일이 있을 것이니 조심해."

이때에 그 백부 제이크도 새삼스럽게 생각이 난 듯

"옳아, 옳아, 요전에 내게도 그런 소리를 하더군. 하나 싸움 동무를 얻어야 하겠다고."

테디는 열심으로

"똑 한 사람만 있었으면 좋으련마는. 좋은 사람은 대개 대적이 있다는데."

"좋은 사람이 어디서 너 모양으로 대적을 얻을 양으로 애쓴단 말이냐."

"그럴까…… 그 애는 이 동네 사람이 아니어서 그래 미운 생각이 나는 것이에요."

"너도 이 동네 처음 들어왔을 때에는 타동네 사람이 아니더냐…… 타동 사람이니 더욱 친친히 굴어야 옳을 터인데."

그때 조모는

"내 지금 그 애 어머니를 뵈러 갈 터인데 너, 같이 가지 아니하려느냐."

"나, 나는 정말 싫습니다."

4

테디가 밥을 뚝딱 먹더니 즉시 밖으로 나간다.

암만하여도 그 사건이 마음에 꺼림칙하여 견딜 수 없으므로 동무를 만나서 아무렇거나 오늘 지낸 일을 이야기하려 함이러라.

나가는 길로 두 아이를 만나서 오늘 한 일을 일일이 말한즉 모두 손뼉들을 치면서 상쾌히 하였다 한다. 그러나 테디의 속마음에는 암만하여도 잘못한 것 같아

"어머니께서는 사나이는 계집애를 먼저 건네는 법이라 하시더라마는 얘야, 나만 해도 뒤로 물러남은 이 단추에 대하여 그런 부끄러운 일이 없겠기로."

하니 그중 한 아이가

"상쾌히 잘하였다…… 우리 셋이 작반하여 그년의 집에 가 보자."

한다. 인하여 세 아이가 그 집으로 향하여 문 앞까지 간즉 그 계집애가 문 앞뜰에 맨 그네에 달려서 흔들흔들하더니 이 애들이 오는 것을 보고

"얘, 이놈, 단추 거짓말쟁이야! 너 혼자 오기는 무서우니까 동무를 차고 왔구나."

한다. 테디의 동무가

"예끼, 남을 깔보길래 우리 셋이 담판하어 온 길이다."

냔시는 그네를 붙잡고

"너희는 할 일이 없어서 동네 아이 싸움 보축으로 왔니."

하고 조롱한다. 테디는

"우리는 계집애하고는 싸우지 아니한다."

"그럼 왜 나를 냇물에 쓸어 넣었나."

"누가 쓸어 넣어."

"내가 우리 어머니께 여쭈었더니 그놈, 괴악한 놈이라 하시더라."

"그만 닥쳐라. 타동에서 들어온 것이 말이 무슨 말이냐."

하고 한 아이가 기운을 꺾으려 든다. 낸시는 다시 그네를 흔들면서 천연히 노래를 부른다.

그 거만한 꼴에 세 아이가 뱃살이 꼬여져서

"자, 해내자."

하고 그네 맨 문틀을 흔들어 내니 이때 마침 솔 생원이 안으로서 나와서

"이게 무슨 짓이냐, 이 괴악한 놈들아."

하고 꾸짖으나 세 아이는 솔 생원이 동네 중 제일 온후한 사람인 줄 아는 터인 고로 달아나지도 아니한다.

이때 낸시는 그네에서 내려와서 외조부더러

"이게 다 저놈이 그랬답니다. 나하고 싸울 양으로 왔답니다."

테디가 이 소리를 듣고

"우리들은 계집애하고 싸울 사람이 아니다. 아까도 싸울 줄 아느냐고 이르지 아니했니."

"그럼 무엇하러 동무를 끌고 왔어."

"네가 다시 주제넘은 소리를 하면 되게 속일 터이기로 조심해 지내란 말을 하자고 왔어."

생원은 세 아이에게 향하여

"이 애가 너희더러 무어라 하디."

"할아버지, 그만 안으로 들어갑시다…… 저 단추 가진 아이가 제일 괴

악하여요. 한 푼짜리도 못 되는 단추를 옷에다 달아 가지고."

이 소리를 듣고 세 아이가 분이 불끈 솟는다.

한 아이가 "조런, 또 단추 험담을 하지 않나."

"그 애가 그 단추 내력을 모르는 고로 그리 말하는 것이다. 족가하지 말아라."

솔 생원이 세 아이를 달래기에 매우 힘이 들었더라. 그날 밤에 테디가 자리에 누워서 저의 모친께 전후 이야기를 다 한다.

"나는 지금까지도 괘씸하여 못 견디겠소."

"무에 그리 괘씸하단 말이냐."

"아버지 단추를 그렇게 험담합니다그려."

하면서 인하여 잠이 들더라. 잠든 뒤에 그 모친은 테디가 저의 부친의 단추를 끔찍하게 위하는 만큼 그리스도를 위하여 용맹스럽게 싸우는 군사가 되게 하여 줍소사고 지성으로 기도를 올리더라.

5

주일 아침에 테디는 그 모친을 뫼시고 교당으로 가는데 가는 길에서 테디가

"오늘은 내가 엄전하게 있으오리다. 군인에게 총알 맞는 때로 알고요."

하므로 그 모친도 마음을 놓고 교당으로 들어간다. 이때까지 주일마다 테디가 교당에서 야단을 하여 어떻게 곁에 있는 사람들을 괴롭게 굴었는지 그 모친이 목사와 주일 학교 선생에게 가끔 잘 단속하란 부탁을 받더라.

테디가 오늘은 내 엄전을 부리리라 하고 어머니 곁에 걸어앉아서 조용히 있더니 공교로이 낸시가 그 모친과 외조를 뫼시고 똑 맞은쪽 교의에 가 앉았다.

두 아이가 한참 만에 서로 눈을 흘기기 시작하더니 낸시가 빨간 혀를 날름 내민다. 이것을 보고 테디가 저절로

"요 미운 년."

하고 욕이 나간다. 이 소리에 허다한 사람들이 테디를 쳐다보니 테디가 비로소 깨닫고 귓불까지 빨개진다. 인하여 기도 책으로 얼굴을 가려 대적을 아니 본다.

예배를 마치고 그 모친이 아는 사람과 무슨 이야기를 하는 동안에 머리가 허옇게 센 목사가 앞으로 와서

"오늘은 왜 그렇게 소리를 질렀더냐."

고 물으니 모친은 황공하여

"무어라고 여쭐 말씀이 없습니다…… 오늘은 천연히 있으려니 하였더니."

"오늘 오후 다과 시간에 그 애를 내게로 좀 보내십시오. 좀 이를 말도 있고 하니."

테디는 이 말을 듣고 깜짝 놀란다. 목사 업튼 씨는 누구든지 나무라자면 다과 시간에 청하는 전례를 전부터 알더라.

"예, 그리하오리다."

테디가 집으로 가는 길에는 한마디도 입을 벌리지 아니하더라.

네 시 반쯤 테디가 목사 댁으로 가니 문 들어서면서 맞은편에 유리창 건너로 아름다운 꽃밭이 보이더라. 목사는 그 마나님이 별세한 뒤에 이

집에서 진실한 몸하인 하나만 데리고 살더라.

업튼 씨가 테디를 책 보는 방으로 끌고 들어가서

"아직 다과 시간이 삼십 분이 남았으니 이야기를 좀 하자…… 오늘은 주일 학교에서 무엇을 공부하였노."

"선생님께서는 애급*에 있을 때 이스라엘 사람의 지내던 모양을 가르쳐 주셨으나 저는 여기 생각만 하노라고 잘 영략하지는 못하였습니다."

업튼 씨가 빙긋 웃으면서 그 소리를 들더니 테디가 안심하는 것을 보고 커단 성경을 내놓고

"얘, 테디야, 너, 요한의 첫째 편지 삼 장 십오 절을 읽어 들려주렴. 십오 절."

"예."

대답하고 테디가 거기를 떠들고

"대저 형제를 미워하는 자는 변동 사람을 죽이는 것이니라."

한즉 업튼 씨가

"옳지, 옳지." 하고 "오, 가만히 한 오 분간만 생각하여 보아라. 그리해서 네가 생각나는 일이 있거든 내게 들려 다오."

테디는 이 말을 듣고 부끄러워서 고개를 푹 숙인다.

6

오 분쯤 지난 뒤에 테디가 목사더러

---

* 애급(埃及): '이집트(Egypt)'를 음역(音譯)한 이름.

"나는 형제를 미워한 일이 없습니다. 형도 아우도 없는 독신이올시다. 누이동생도 없어요."

"그는 그래도…… 세계상 사람은 사나이고 계집이고 어린애고 어른이고 다 형제니라."

"그럼 내가 사람을 죽였습니다."

한다. 목사는 웃지도 아니하고 창밖을 내다보고 있더니 조용히

"사람을 죽이는 원인은 성내는 것이니라…… 처음에는 역정을 내서 과격한 말을 하다가 차차는 즉 남을 치기도 하고 죽이게도 되느니라."

한참 말씀을 그쳤다가 테디를 쳐다보고 다정한 말소리로

"무슨 까닭으로 교당에서 그런 소리를 했니. 누구더러 그리하였느냐."

하고 묻는다. 테디는 기다리고 있던 말인 고로 즉시 자초지종을 고한다.

"내게 제일 존중한 것은 우리 아버지가 끼치신 이 단추외다. 그런데 그 애가 내 말을 거짓말이라 하고…… 또 혀를 길게 빼물기로."

"옳거니, 그럼 그 단추 내력을 한번 이야기하여 다오. 전에 한번 들은 일이 있건마는 그동안 많이 잊어버렸다."

한즉 테디가 별안간에 생기가 나서 목사 앞에 꼿꼿이 서서 무르녹은 그 이야기를 한바탕 연설한다.

이때 차가 다 되었다고 하인이 들어온 고로 목사와 함께 식당으로 들어가니 갓 익혀 낸 카스텔라*며 잼이며 말린 포도가 풍비하게 있다.

테디는 이것을 집어 먹으면서 '나 같은 장난꾼은 누구든지 이렇게 불

---

* 원문에는 '기단 가위'라고 되어 있으나 원작과 일본어 번역에서는 모두 '카스텔라'로 되어 있다. 카스텔라(castella)는 에스파냐의 카스티야(castilla) 지역 이름을 포르투갈 어로 읽은 말인데, 한국에서는 '설고(雪餻, 雪糕)'나 '설고빵' 또는 '설기과자', '설기빵'으로도 불렸다.

러다 먹이는가. 무섭기도 하거니와 먹는 것은 묘하기도 한걸.' 하고 생각한다.

다과를 마친 뒤에

"또 한참 이야기하자…… 너의 부친께서는 용맹하신 군인으로 군기를 찾아오셨으니 너도 자라거든 그런 사람이 되어 보지 아니하려느냐."

"예, 밤낮 놓지 못하는 소원이 그것이외다."

"성경에 하나님의 군기 이야기가 있느니라.

'우리 위에 날리는 하나님의 깃발은 사랑이니라.'

너, 좀 옮겨 보아라."

테디가 "우리 위에 날리는 하나님의 깃발은 사랑이니라."

하고 몇 번 옮긴즉 목사가

"참 이상스러운 기니라. 사면팔방이 모두 적병인 가운데라도 이 사랑의 기를 앞세우고 싸워야 하느니라. 사람은 어렸을 때부터 자기를 만드신 하나님을 배반하고 싸움을 하건마는 하나님께서는 여일히 사람을 사랑하시는구나…… 온 세계의 구주 하나님의 아들 되시는 총대장의 피로 빨갛게 물들인 사랑의 기를 앞에 세우고 적병과 싸우는 군인은 누구야."

테디가 정성으로 듣고 있더니 숨을 쉬면서

"좀 더 일러 주십시오…… 하나님께서 저에게도 그 기를 들게 하십니까."

"하나님의 군인만 되면 곧 들게 되는데…… 너는 하나님의 군인이 되었느냐."

"나는 모르는걸요."

"하나님의 군인이 되려 하는 자는 다 각기 자기를 하나님께 바쳐야 하느니라. 하나님께서는 그리들 하기를 기다리시느니라. 너는 자기를 갖다 바쳤느냐…… 너를 구원하실 양으로 그리스도께서 십자가에 못 박혀 돌아가신 줄을 믿느냐……."

테디는 얼굴이 화끈화끈하여서

"예, 믿습니다. 어머니께 자세히 배웠습니다."

"그럼 왜 그리스도의 군인에 들지 아니하느냐."

테디는 정성으로

"예, 저는 곧 들겠습니다…… 하나님의 병정이 되다 뿐입니까."

"어떻게 병정이 되어?"

"그것은 모릅니다마는…… 일러 주십시오."

업튼 씨는 테디의 간측한 정성을 보고 지금 이 아이를 인도하기만 하면 확실히 하나님 앞으로 나아가게 할 수 있으리라 생각하여 속으로 기도를 올리면서

"그것은 하나님께 기도하여야 되느니라. 어디든지 조용한 곳에 엎디어서 먼저 성령이 인도합시기를 원하고 다음, 예수 그리스도의 이름으로 써 자기 죄를 구속하여 줍시기를 원하고 그리한 다음에 언제까지든지 자기를 병정으로 부려 줍시기를 축원하여라."

"그럼 지금 병정이 되면 백 살이 되어도 이가 빠져도 일평생 병정으로 갑니까."

"너는 중간에 그만두고 마귀의 부하가 되고 싶으냐."

"아니요."

"그렇기에 잘 생각하여서 어떻게 하겠는지 나더러 말하여라."

테디는 무슨 생각을 하였던지 근심하는 빛을 띠고

"나는 하나님의 병정이 되겠습니다마는…… 그러면 누구하고 싸움을 합니까. 살아 있는 대적이 있습니까."

"그건 네가 하나님의 병정이 되면 곧 일러 주리라. 제일 괴악한 놈을 하나 일러 주마."

"예, 살았습니까."

"살고말고."

테디가 웃음이 난다.

"만일 하나님의 병정이 되거든 맨 먼저 그 기를 누구한테 보일꼬 하니, 미운 애라 하던 그 계집아이한테 보일 것이다. 자, 함께 기도하자."

창으로서 들어오는 석양에 목사의 머리털이 더욱 희게 보인다. 테디는 눈을 감고 목사의 기도를 듣는다.

"감사하신 하늘에 계신 아바님이시여, 지금 또 새끼 양 한 마리를 드리나이다. 바라옵나니 그 애를 인도하옵시고 그 결심을 확실케 하옵소서. 아바님의 양 떼에 넣어 주옵소서. 그 애가 아바님의 양 떼에 들어간 뒤에는 언제까지든지 그 애를 부리시고 그 애를 괴옵소서. 그 애가 거룩한 싸움을 하여 나중 영광의 면류관을 쓰게 하여 주시옵소서. 예수 그리스도의 이름으로 비옵나이다, 아아멘."

한 시간 뒤에는 테디가 그 모친을 뫼시고 저의 집 툇마루에 있는데 조모와 백부는 다 예배를 참례하러 갔더라. 어느 틈 목사하고 하던 말을 둘이 이야기하게 되었더라.

뜰에는 해당화가 피었더라. 테디는 맑은 하늘을 쳐다보면서

"어머님, 하나님께서 나를 기다리실까요."

그 모친은 아무 대답이 없다.

"어머님께서는 언제 하나님의 군대에 드셨습니까."

"으응, 아바니께 시집오기 전에다."

"그럼 아버지는."

"아바니께서는 어른 되신 뒤에지. 그러므로 장 좀 더 일찍 마음을 하나님께 바쳤더라면 좋았을걸 하여 후회하고 지내셨느니라."

"하나님께서는 조그만 아이도 병정으로 들려 주실까요. 내가 들어가면 제일 작을걸."

"아니다, 아니다, 너보다도 작은 병정이 무수히 있느니라."

"그럴까요."

"네가 그 생각이 나게 되었으니 나는 어찌 좋은지 모르겠다. 그렇기만 내가 하나님께 기도하여 오던 중이니까."

"그럼 나 혼자 내일 군대 속으로 들어가겠다."

하고 입 속으로 옮긴다.

7

이튿날 오후 학교가 파한 뒤에 여러 아이들이 강당 안 그 더운 속에서 머리도 아니 아프던지 들 밖으로 나와서는 사내아이들은 크리켓 놀이를 한다.

"테디는 어디를 갔니." "얘, 테디야아." "도시 테디란 놈은 어디를 갔니." "테디 찾으러 가자."

하고 야단들을 하는데 늦도록 테디는 그림자도 보이지 아니하더라.

"또 학교에서 붙들어 두었나 보다."

"아마 그런 게다. 오늘은 얼이 빠졌더라."

"옳지, 그렇다. 아까 내가 맛 좋은 능금 반쪽을 주어도 오, 고맙다, 그러나 오늘은 먹고 싶지 아니하다 하고 눈도 떠 보지 아니하고 다른 데로 가더라."

"선생님께 오늘 된통으로 꾸지람을 들었느니라…… 산술을 잘못하고서요. 한 필이 병정 사십 명이라던가 무엇이라고 답을 써 낸 고로 선생님께서 너의 뇌로는 병정 생각밖에 못 하느냐 하시고 꾸지람을 하셨느니라. 그러니까 얼굴이 빨개서 오늘은 군인이 머릿속에 가뜩 들어앉았습니다 한단 말이야. 선생님께서 그럼 맨 끝자리로 가라고 하셔서 테디가 내 옆으로 와 앉기로 단추나 잃어버렸느냐고 물어본즉 아니, 단추는 가졌건만도 어떻게 하여서든지 군인이 될 양으로 생각하는 중이라 하더라."

한즉 다른 아이가

"자란 뒤에는 테디하고 나하고는 군대 속 북재비가 된다."

또 한 아이는

"하자, 하자."

발론을 하여 여러 아이들이 덤비어서 곧 크리켓을 시작하여 테디 생각은 금시에 잊어들 버리더라.

테디는 오늘 붙들린 것이 아니라 학교가 끝난 뒤에 즉시 항상 가 노는 작은 냇가 울밀한 수음 속으로 갔더라. 가는 길에 테디가 전 버릇으로 혼잣말을 한다.

"그 수음이 좋아…… 조용하여 교당만 같다. 내가 군인이 되지 못하면 어떠한 일이 있든지 다시 나오지 아니하리라."

하면서 그 나무 수평이로 들어간다. 적당한 앉을자리를 얻지 못하여 반시 동안이나 이리저리 버정거리다가 겨우 큰 나무 기슭을 얻어 엎드려서 모자를 벗어 땅바닥에 놓는다.

"하나님이시여, 제가 여기 왔습니다. 하나님께서 저를 매우 기다리셨지요. 저는 하나님의 군대에 참예하기를 지원하노이다. 하나님이시여, 저는 업튼 선생께 들은 말씀을 잊었습니다마는 그저 저의 죄를 용서하옵시고 하늘에 있는 하나님의 책 가운데 제 생명을 기록하여 주시옵소서. 저의 성명은 에드워드 제임스 플랫이올시다. 오늘로부터 언제까지든지 하나님의 병정이 되려 하옵니다. 저는 결단코 하나님의 병정을 그만두고 돌아갈 수 없습니다. 거룩한 전쟁을 하여 하나님의 기를 단단히 붙들 수 있게 도와주시옵소서. 그리하시고 우리 아버지께 제가 오늘로부터 하나님의 병정이 된 말씀을 전하여 주시옵소서. 업튼 선생께서 나라도 병정이 될 수 있다고 하십디다. 하나님께서 그리스도를 보내사 저를 위하여 죽게 하신 것을 고맙게 아옵니다. 이때까지 예수님 병정이 안 되었던 것을 애달프게 생각하옵니다. 지금까지는 예수님께서 저를 병정 만드시려고 하시는 것을 몰랐었습니다. 비옵나니 그리스도의 이름으로 써 저를 착한 사람이 되게 도와주시옵소서, 아멘."

테디는 하나님께서 이 말을 들어주실 줄로 생각하더라— 그 기도를 마친 뒤에야 테디가 운동 터로 나와서 다른 아이들과 한데 놀더라.

저녁때 테디가 한참 바쁘게 일하는 모친더러

"내가 목사님 댁에를 가도 관계치 않습니까."

고 물은즉

"무엇 하러."

"아니, 오라고 하시기에 말이올시다. 너무 늦어서 아니 되었을까요."

그 모친이 테디의 얼굴을 뚫어지게 본다.

"그럼 달음질하여 갔다 오너라. 오래 앉았지 말고."

인하여 테디가 바삐 목사 집으로 가서 목사를 뵈옵고 즉시

"선생님, 하여 버렸습니다."

하고 숨이 차 한즉 목사가 놀라서

"무엇을."

하고 묻더니 테디가 낙심하는 듯한 빛이 얼굴에 드러나는 고로

"오오, 테디더냐. 인제 되었느냐. 하나님의 병정이 되었느냐."

"오늘 오후에 겨우 되었습니다."

"온 평생으로 작정하였느냐. 잠시 동안이면 아니 되는걸."

업튼 씨는 전에 군대에 딸린 목사로 있은 일이 있어 군대 속 일이 횅한 고로 이 때문에 테디가 더욱 재미있어 한다.

"예, 온 평생으로 작정하였습니다."

"살든지 죽든지 관계치 아니하냐."

테디는 지성으로

"선생님, 요전에 말씀하신 내 대적 될 놈을 일러 주십쇼."

"대적이 많이 있는데 무엇이었던가."

"살아 있는 놈이올시다."

"옳지, 그랬지."

하고 목사가 테디를 객실 큰 체경 앞에 데려다 세우고

"이것이 네 대적이다."

한다. 그 말을 듣고 테디가 조금 낙심하여

"그것이 난데요."

"그래, 이것이 너다. 이 테디란 놈이 아주 괴악한 놈이다. 차차 나이 먹어 가면 이것이 제일 흉악한 대적인 줄을 알아 가느니라."

"그래도 나는 모르겠는데요……."

"인제부터 예수 그리스도를 섬기려 하면 테디가 둘이 있다. 하나는 착한 테디요 하나는 못된 테디인데 못된 테디란 놈이 너의 대적이다…… 그래, 네가 그 계집애를 어떻게 생각하느냐…… 지금도 속으로 언짢게 생각하느냐."

"아니요, 벌써 잊어버렸습니다. 그러나 어여쁜 생각은 없습니다."

"오냐, 못된 테디는 그 애를 싫어하리라. 그러나 착한 테디는 좋아하리라. 그러므로 못된 테디하고 싸워서 이기지 아니하면 아니 되느니라. 그리스도께서 너희를 도와주시느니라. 그리스도께서 도와주시지 아니하면 암만 애를 써도 너의 힘만으론 싸움에 이길 수 없느니라."

"알겠습니다. 일전에 공원으로 능금을 따러 가자고 저를 꾀는 놈이 있었는데 그때 매우 그것이 욕심이 났었습니다. 이놈이 못된 저올시다. 그러나 그것은 훔치는 것이니 옳지 않다고 생각하여 가지 아니하였습니다. 이것은 착한 저올시다그려."

"옳지, 네 말이 꼭 옳다. 그만하면 알았지."

이리하고 테디가 집으로 돌아갔더라.

8

다음날 테디는 집안사람들과 함께 점심을 먹고 있더니 별안간에

"아이 이름을 짓는데 어떤 것이 제일 흉한 것일까요."

한즉 그 조모는

"그런 이름을 누구를 지어 주려 하느냐."

하며 그 모친은 곁에 있다가

"아무런 이름이든지 흉한 것이 있을 리가 없느니라. 만일 그 사람을 좋아할 것 같으면 자연히 그 이름도 좋게 생각할 터이니까."

"그래도 무서운 이름 하나만 알았으면."

"얘, 누구한테 별명을 지으면 못써."

하여 이 말은 그만 그쳤더라.

오후에 학교 시간이 없는 고로 테디는 또 그 수음 속으로 가더라.

"무슨 이름이 제일 흉악할까…… 어머니께서는 하나 생각하여 주시지 아니하시니 업튼 선생께나 여쭈어 볼까. 그래서 그 이름 가지는 놈하고 싸움을 할 것이다…… 지금 가서 낸시를 찾으리로다. 선생님께서는 낸시와 사이좋게 지내고 사랑의 깃발을 날리면서 다니라 하셨거니와 낸시도 그러기를 좋아할까…… 낸시렷다, 왜 그리 미운 생각이 들어가나…… 애고, 어느 틈에 대적이 왔구나. 이놈, 네가 낸시를 밉다 하느냐. 괘씸스러운 놈이로군…… 낸시는 어여쁜 아이니라. 곧 어여쁜 아이가 되느니라. 밉다 하는 놈은 나의 대적이니까 싸울밖에 없다…… 에, 저기 낸시가 나무 위에 올라앉았다."

이렇게 혼잣말을 하면서 휘파람을 분즉 낸시도 알아듣고 이편을 바라

본다.

"얘, 이놈, 단추 거짓말쟁이야." 첫째 조롱을 한 번 하고

"나 잡겠지."

테디가 이 말을 듣고 즉시 웃옷을 벗고 나무로 올라간다. 낸시도 그대로 높은 가지로 올라가면서

"네 나를 잡겠지. 나무에 하나 변변히 오르지 못하는구나."

그러나 테디는 잠자코 서슴서슴 올라가서 상상 가지에서 양인이 상대하였더라.

테디는 속으로 어떻게 해서든지 화친하기를 생각하고

"여기는 하늘이 가까운데…… 천사가 아마 당신 근처에서 싸움하는 것을 싫어하시겠다."

"무어, 싸움!"

하고 낸시는 또 싸움 시초하려는 성난 얼굴로 테디를 본다. 그러나 테디는 잠자코 앙가슴 속에서 흰 헝겊을 꺼내서 작은 나뭇가지를 꺾어 기 모양으로 잡아맨다.

그래서 낸시더러

"얘, 여기 쓴 글을 좀 읽어 보아라."

하고 기를 펼쳐 보인다. 낸시는 이상스럽게 그것을 보더니

"사랑…… 이란 무엇이냐."

고 묻는다.

"이것은 우리 대장님 기호인데…… 그 뜻은 너 같은 아이라도 내가 귀여워하여야 한단 말이다."

"그만두어, 그만두어. 네 귀염을 아니 받아도 견디겠다."

"그래도 나는 너를 귀여워하지 않을 수 없다."

"어떻게 귀여워하니."

"나도 잘은 모른다마는 위선 성을 내지 아니할 작정이다. 그리하자면 견딜 수 없는 일도 있지만 어쩌겠니. 일전 다리에서 너를 먼저 건네주지 아니한 것은 내가 잘못하였다. 교당에서 미운 년이라고 한 것도 내가 잘못하였다."

낸시는 어찌한 영문인지 몰라서

"네가 정말로 사과하느냐."

"암, 정말이지."

"그럼 다시는 성내지 아니할 터이냐."

"암, 다시는 성내지 아니하지."

그때 테디는 앙가슴 속으로서 발간 능금을 꺼내서 반쪽을 낸시에게 주니 낸시는 잠자코 그것을 받아 가지고

"그럼 나도 너를 귀여워하여야 하겠구나."

"그러기만 하면 좋겠다마는."

"그런데 또 하나 달라고 싶은 것이 있다."

"무엇이?"

"그 녹슨 단추."

테디가 깜짝 놀라서

"이 아버지 단추! 이것을 너를 주겠니. 총알을 놓고 물에를 쓸어 넣고 목을 배트는 이가 있을지라도 이것 하나는 내놓지 아니한다."

"그럼 나는 너를 귀여워하지 못하겠다."

"조금만은 사이좋게 지내겠니."

"조금일랑 그리하지."

양인의 얼굴이 얼마 풀렸더라.

"아까 네가 우리 대장님이라고 하던 이가 누구냐."

고 낸시가 묻는다.

"우리 대장님 말이냐. 우리 대장님은 예수 그리스도시다. 그 기호는 사랑이란 것이다. 나는 내 마음에 드는 사람이고 아니고 일체로 귀여워하여야 하는 사람이다."

"그건 왜."

"왜라니, 대장님이 그리하라신 명령이 계시단다. 나는 예수 그리스도의 군인이 되었다."

"그리스도께서는 수군도 두셨니."

테디는 얼마 의기가 나서

"응, 수군은 없어. 그저 군인일 뿐이야."

"그럼 나는 그리스도를 뫼실 수 없다. 그러나 그럴 리가 없으리라. 수군도 있고 그저 군인도 있으리라."

"정말이다. 성경을 보면 수군이라고 쓰인 데가 없느니라. 그러나 나는 자세히 모르니 어머니께 가 여쭈어 보마…… 그만 집에 가야겠다."

"그러냐."

고 낸시가 대꾸는 하였으나 왜 그런지 서운한 생각이 있어서

"아무래도 그 단추를 주지 아니하면 정말로는 사랑하지 아니하겠다."

하더라.

9

"좀 여쭐 말씀이 있는데요."

찬미가 공부를 마치고 목사 업튼 씨가 교당에서 나오려 할 때에 테디가 이 말을 한다.

"그럼 집에 가는 길에서 듣자."

양인이 나란히 축동 아래로 가는데 늙은 목사는 몸을 좀 기울이고 뒷짐을 졌으며 아이는 쾌활한 태도로

"선생님, 내 대적 놈을 무엇이라고든지 이름을 지어 주십시오."

"너는 벌써 대적과 싸움 시작을 하였느냐."

"예, 그저께 한 번 어우러져 싸웠습니다. 할아버지 수건 중 제일 상등 가는 것으로 사랑의 군기를 만들었는데 할머니께 꾸중을 들었습니다. 그래 거기다 커닿게 사랑이란 글씨를 썼습니다. 낸시에게 보일 양으로 만들었습니다…… 할머니께서는 나같이 선한 놈은 없다고 어디든지 보내서 시중이나 들려야겠다고 다락에다 몰아넣고 밖으로 고리를 거셨습니다. 그 속에서 한참 섧게 울다가 우연히 본즉 들창이 열렸어요. 그리로 도망하려 하다가 다시 창으로 뛰어내림은 옳지 못한 일로 생각이 났습니다."

"옳지, 그때 전쟁이 시작되었구나."

한즉 테디가 고개를 끄떡이면서

"그때 나는 하나님께 내 대적 놈을 물리쳐 줍시사고 기도를 올렸습니다."

"어, 장하다."

"그랬더니 한참 만에 조모께서 오셔서 내놓아 주셨습니다. 나도 조모

께 사죄한 뒤에 다시는 그런 전쟁이 일어나지 아니하도록 창을 닫쳐 두어 주십시고 여쭈었습니다."

"이후에 여러 번 전쟁이 있으니 곤란하다고 도망하면 못써."

"선생님, 얼른 이름 하나를 지어 주세요."

"네 대적은 테디가 아니냐."

"그것은 내 이름이지요. 대적의 이름을 지어 줍시산 말이에요."

"그러면 '제 몸'이라든지 '자아(自我)'라든지 하는 것이 좋겠다."

"유별한 이름이외다그려…… '자아'라고 해 두지요."

"그래라. 그래서 굳은 마음으로 대장님을 따라 그 '자아'를 이겨 가야 하느니라."

양인이 이 담화를 교환한 지 며칠 뒤 어느 토요일 밤에 테디가 학교 동무들과 축동 안에서 전쟁놀음을 하고 노는데 그중에 낸시와 다른 장난 좋아하는 계집아이들도 몇이 끼었더라. 낸시는 테디로 더불어 화친하기를 언약한 뒤로 서로 상종은 하건마는 아직도 제 고집이 대단하더라. 그날도 테디가 탐정을 나간다 한즉 낸시도 함께 간다고 떼를 써서 둘이 냇물 있는 데로 갔더라.

"자, 지금부터는 아무에게든지 들키지 않아야 한다. 들키면 총을 맞을 터이니."

"아무렇기로 정말 죽이겠니."

"죽이는 것으로 알아야 하지요."

냇가 방축까지 온즉 농군 한 사람이 놀이차로 낚싯대를 가지고 와서 낚시질은 잊어버리고 퍼더버리고 코를 드르렁드르렁 불면서 잠을 자더라.

"얘, 들키면 야단이다…… 가만히 발끝으로 걸어가자."

하고 양인이 가만가만 앞으로 지나려 하다가 테디가 별안간 그 자는 사람을 괴롭게 굴 생각이 나서

"얘, 저놈을 우리 사로잡으면 묘하지 아니하냐."

하고 테디가 농군 곁으로 가서 그 낚싯줄로 농군의 허리를 나무 밑동에 찬찬 동여맨다. 이것을 보고 낸시가

"잠이 깨면 오죽 놀라랴."

"얘, 얼른 가자. 저 양반은 성미가 패려하시니라."

하고 둘이 달아나다가 별안간 테디가 발을 멈추고 길 가운데 가 딱 선다. 낸시는 괴이하여서

"왜 그러니."

"아니, 나는 지금 '자아'란 놈과 싸움을 시작하였다."

"'자아'란 무엇이냐."

"응, 그런 짓 하는 것이 옳지 아니한 것인데 '자아'란 놈은 그대로 두고 가라는구나…… 내가 이런 장난을 하면 우리 어머니께서 매우 꾸중을 하시리라. 또 우리 대장님께서도 매우 마땅치 못하게 생각하시리라…… 즉시 가서 풀어 주자."

10

낸시는

"섣불리 끌러 놓으려다가 잠이나 깨면 어찌하랴."

하고 테디를 만류하더라. 그러나 테디는 좇지 아니하고 즉시 그리로 도로

가서 잡아맨 그 줄을 끄르는데 옭맨 것이라 얼른 끌러지지 아니하건마는 테디가 어떻게 하여서든지 끄를 양으로 무한 힘을 들인다. 이 통에 그 양반이 잠이 깨어서 꼭뒤까지 성이 난다. 테디가

"좀 가만히 계십시오. 내 끌러 드릴 것이니."

한즉 더욱 성을 내면서

"이놈, 어린것이 이게 무슨 발칙한 행실이냐. 이놈, 내가 너를 가만둘 줄 아느냐."

테디는 얼굴이 빨개지면서 죽기를 기 쓰고 실을 풀려 하며 노인은 그대로 역정을 낸다. 낸시는 참다못하여 웃는다.

간신히 잡아맸던 것을 끌러 놓은즉 그 양반이 테디를 붙들어서 개가 쥐 잡아 가지고 흔들듯이 휘휘 둘러 가지고 품 안에서 빨랫줄 같은 것을 집어내어서 테디를 그 나무에 잡아맨다. 옆에 있던 낸시더러

"너도 통속이로구나. 이리 좀 오너라."

하면서 테디 모양으로 다른 나무에다 잡아맨다.

"그 꼴 볼 만하다. 괴악한 놈!"

하고 종다리를 들어 메고 집으로 가더라.

한참 만에

"테디야, 아프냐."

고 낸시가 묻는다.

"그렇게 잡아 두르니 아니 아프겠니…… 그러나 내가 잘못하였기로 나는 지금 대장님께 사죄하고 있는 중이다."

"밤이 되면 어찌하나."

"인제 누구든지 오면 끌러 주리라. 너는 아무 죄도 없는데……."

"그래도 나도 옆에서 웃고 흉보았지…… 그는 어찌 갔든지 요전에 말하던 그리스도의 수군 이야기는 어찌 되었니. 나도 그 대장님을 따르려고 한다마는 병정은 아니 되어."

"내가 어머니께 여쭈어 보니까 수군도 역시 군인이라시더라. 바다 위에 있는 군인이라시더라. 그러니 너도 병정이 되어라."

"수군도 전쟁을 한단다. 나도 안다. 일전에 할아버지께 넬슨* 이야기를 들었다."

이런 이야기를 하고 있는 때 귀부인 두 분과 신사 한 분이 이리 지나가는데 아마 낚시질 갔다 회환하는 모양이러라. 세 사람이 두 아이의 나무에 붙들려 맨 것을 보고 깜짝들 놀란다. 테디가 가만히 본즉 익히 아는 그레이엄 정령과 그 부인과 다른 손님이라. 그만

"저희들을 좀 끌러 주시고 가십시오."

하고 청한다.

"응, 그으예, 당했구나…… 헬렌 부인, 이 애가 동네 중 제일 앞길이 있고 또 장난꾼의 두목이외다."

"잘도 생겼지. 또 저기 저 계집애는 누구오니까. 역시 수월치 아니한 장난꾼인걸요."

정령이 즉시 두 아이를 끌러 주더라.

"어찌하다가 이 지경을 당했느냐."

테디가 자초지종을 이야기한다. 그런즉 낸시가 옆에 있다가

---

* 넬슨(Horatio Nelson: 1758~1805): 영국의 해군 제독(提督). 미국의 독립 전쟁 때 영국 함대의 작전에 참가했으며, 1798년에 나폴레옹(Napoléon)의 이집트 원정 함대를 전멸시킨 영웅이다. 1805년에 프랑스와 에스파냐의 연합 함대를 트라팔가르(Trafalgar) 앞바다에서 격파하고 전사하였다.

“도로 와서 끄르지 아니하였더라면 이 욕을 아니 당하는 것을.”

그레이엄 부인은

“왜 도로 가서 끌렀느냐.”

이 묻는 말을 듣고 테디가 얼굴이 빨개서

“내가 한 짓이 옳지 아니함을 깨닫고 다시 갔었습니다.”

정령은 이상스럽게 생각하여

“네 천성이 그렇지 아니하냐. 요전에도 어둔 밤에 우리 집 하인을 놀래 놓지 아니하였느냐.”

“예.”

하고 테디가 무안스러워 하면서 대답한다.

“너, 왜 그가 잠이 깰 때에 도망하지 아니하였느냐.”

고 헬렌 부인이 물은즉

“나는 군인의 자식이올시다. 남이 무서워서 도망을 하여요.”

“어, 제법이다.”

인하여 테디가 지성으로 부친의 이야기를 하고 그 단추까지 보이더라.

그날 밤에 테디는 집으로 돌아가서 모친께 전후 말씀을 고하고

“썩 어려운걸요. 나는 아직도 상등 병정이 못 되는 걸요.”

“응.”

“내가 잘못하였지요. 인제는 아무러한 일이 있든지 남을 붙들어 매는 장난은 아니 하겠습니다.”

11

"어머니, 할머니, 군대가 온대요."

하고 어느 날은 테디가 바깥에서 돌아오더니 학교에서 들은 이 소문을 집안사람들에게 전한다.

모친은 점심을 차리고 식상 위에 흰 보를 펴며 조모는 감자를 접시에 담더니 이 이야기를 듣고 조모가

"누가 그리하던."

"할머니, 내가 길에서 정교라는 이 한 사람을 만났습니다. 빨간 옷을 입었어요. 그 곁으로 가서 이야기 하였습니다."

"얘, 아무한테고 마구 이야기를 한단 말이냐. 예절도 없이."

"그래도 납신납신 주제넘은 체는 아니 하여요."

하고 모친이 옆에서 변명한다.

"샘이며 다른 아이들도 많이 있었습니다. 무슨, 웨일스*로 가는 연대의 숙소(宿所)를 마련하러 왔대요. 인제 이삼일 뒤에 그 연대가 온대요…… 할머니, 그이를 오늘 다과 시간에 청하지 아니하시렵니까."

조모는 웃으면서

"빨간 군복만 입었으면 어떠한 패려궂은 사람이라도 데려올 생각이지."

"예, 군인에 패려궂은 사람이 있단 말씀이오니까."

"그럼 영국 군인을 네가 모두 다 아느냐."

그때 모친이

---

* 웨일스: 영국 남서부에 있는 지방. 주도(州都)는 카디프(Cardiff)다.

“얘, 테디야, 그 군인만 하여도 백판 모르는 집에서 청한다고 오실 리가 있느냐.”

“아니요, 꼭 오지요. 자기는 술 아니 먹는 회의 회원인 고로 술집은 대기로라 하였으니까.”

이 말을 듣더니 조모가

“그, 희한한 군인이다. 그럼 청해 보아라.”

이 허락을 얻으매 테디는 기쁘기 측량없어 밥도 변변히 먹지 아니하고 즉시 밖으로 나가더라.

학교는 가기는 하였으나 마음이 들썽거려서 학과가 잘 영략되지 아니한다. 시간이 끝난 뒤에 테디가 즉시 그 정교를 찾으러 다니더니 마침 교당 밖 큰 나무 기슭에서 무슨 글인지 보고 있는 것을 찾았더라.

“여봅시오, 우리 집 다과 시간에 와서 참예하지 아니하시렵니까. 할머니께서 청하셔요.”

정교는 보고 있던 낡아 빠진 성경을 호주머니에 넣고

“고마워. 가지. 술집은 대기니.”

테디는 어느 틈 정교의 가진 성경을 보고

“어른께서 성경을 좋아하십니까.”

“암, 이것이 내 군령 기록한 책이다.”

“군령 기록한 책이란 무엇입니까.”

“우리 대장님의 명령을 기록한 책이란 말이다.”

“그 대장님이라시는 이는 그리스도시지요. 나도 그리스도의 군대에 들었으니까…… 어른의 대장님이나 내 대장님이나 한 분이십니다.”

“그럼 친구로구나. 자, 손을 한번 붙들자.”

하고 양인이 작반하여 가더라.

테디는 새삼스럽게

"군인들이 다 그리스도를 믿습니까."

"웬걸, 웬걸, 우리 대(隊))는 칠백 명이나 되건마는 하나님을 믿는 자가 겨우 여섯뿐이다. 나도 일 년 전까지는 술도 먹던 죄인이러니……."

"그럼 어른께서는 업튼 선생이 말씀하신 것 같은 전쟁을 하십니다그려. 대장님만 되시고 있으면 질 리는 없습니다."

"옳은 말이다."

얼마 걷지 아니하여 테디의 집에 다다랐더라. 그리하여 여러 가지 음식 대접을 받았더라. 작별할 때에 정교가 진심으로 두터운 뜻을 치사하더라.

테디는 정교더러

"어른 함자를 일러 주십시오."

하니

"내 이름, 내 이름은 월터 색스비다."

12

그날 밤에 조모가 모친더러

"그 애는 장차 무엇이 되려는 모양인지…… 군인보다도 아마 목사가 될 모양이더라."

한즉 그 애 백부가

"아무것도 다 좋지요."

"참말 군인이 될까요. 범사에 느끼기를 잘하니."

그 조모가 앞에 두고는 꾸지람만 하여도 실상은 몹시 손자를 귀해하는 고로

"그 애가 매우 기상이 활발한 위인이다. 그런 염려를 다 하니."

이튿날 아침에 테디가 일찍 일어나서 새로 얻은 동무 작별을 갔다가 바로 학교로 갔더라. 그러나 군대 일이 마음에 가득하여 연거푸 학과를 잘못하더라. 오정에 학과가 끝나니 즉시 테디가 목사의 집으로 달음질해 간다.

업튼 목사가 얼른 나와서

"무슨 어려운 일이나 생겼느냐."

고 묻는다.

"아니요, 선생님, 이 동네로 군대가 온다는 말씀을 여쭙자고 왔습니다."

"그 소문은 나도 잠깐 들었다마는…… 너야말로 오죽 기쁘겠니."

"선생님, 그 군인들에게 다과 대접이라도 아니 하시렵니까. 제가 어저께 만나 본 정교 다니시는 이의 말씀을 들은즉 어느 목사께서 지난해에 한 백 명 군인들을 청해 대접한 뒤에 좋은 말씀을 하였더니 술 먹는 사람이 매우 줄었다 하던걸요."

"그거 잘 생각하였다. 그레이엄 정령과 상의하여 보마."

"에구, 좋아라. 또 그 정교가 저더러 그리스도의 군대를 많이 만들라 하는데 제가 하는 말을 얼른들 듣지 아니합니다그려. 그래도 제가 꼭 낸시를 인도해 들게 하겠습니다. 그런데 낸시는 그리스도의 수군은 되어도 그저 군인은 되지 아니한다 하여요. 선생님, 그리스도의 수군이 되려면 됩

니까."

업튼 목사가 웃으면서

"암, 못 될 까닭은 없지. 수군이나 병정이나 같은 것이니까."

"예에, 그래요."

하고 테디가 매우 기뻐하더라.

이삼일 뒤에 군대가 많이 왔더라. 아이들은 떼떼이 몰려다니면서 군대 구경을 하더라. 저녁때 테디가 혼자 술집 앞으로 간즉 병정 오륙 인이 나무로 만든 장교의에 가 걸터앉아서 몸을 쉬고들 있는데 그중의 몇 사람은 술병을 들었더라.

테디가 전일에 정교에게서 들은 스토크스를 찾으니 한 병정이 나도 꽤 많이 먹고 털이 희끗희끗한 병정을 끌어다가 지시하더라.

테디가 크게 기뻐서

"어른께서 스토크스 씨시오니까."

"오, 그렇다."

"우리 집 다과 참예를 오셨으면 좋겠습니다."

"그, 고마운 말이다마는 멀지는 아니하냐. 오늘은 곤하여 다리가 뻣뻣하다."

"아니요, 멀지 아니하여요."

양인이 작반하여 간다.

"여봅시오, 오늘 학교에서 군인 여러 어른을 초대한다는 말씀을 들으셨습니까."

"들었지, 들었지. 아까 목사가 와서 표를 나눴는데…… 워낙 노곤들 하니까 가는 이가 많지 못하리라."

"요전에 오셨던 정교 어른도 우리 집에서 다과 대접을 하였습니다. 그 어른하고 친구시오니까."

"응, 매우 가까이 지내는 친구다."

한참 있다가 테디가 그리스도 이야기를 집어넣은즉 그 군인이

"그 말씀은 색스비 씨한테서 여러 번 들었다. 그러나 나는 그런 교를 믿을 생각이 나지 아니한다. 술도 끊기로 약조는 하였으나 아마 행군해 가는 동안도 계속하지 못할라."

"그러기에 우리 대장님께 축원하여 보십시오."

"그런데 기도할 정성이 나야 아니 하느냐."

"그럼 업튼 선생께 말씀해 보십시오. 저는 그 선생님 덕분에 일전에 들었습니다. 그랬더니 마음이 시원하고 깨끗하여 좋기 측량없습디다."

"옳지…… 네게 그 말을 들으니 생각이 이상하여진다. 십 년 전에 죽은 작은 아우가 죽을 임시에 '형님, 천당에서 다시 뵈옵겠습니다.' 하던 말이 생각난다…… 응, 응, 그 애가 죽은 뒤에 내가 이 모양이 되었다."
하고 눈에 눈물이 그렁그렁하다.

테디가 지성으로

"그런 고로 우리들을 위하여 돌아가신 예수 씨께 기도하여야 합니다."

"그런가. 암만하여도 나는 모르겠어."

"나도 하나님의 병정이 되기 전에는 몰랐더니 병정에 들어 본즉 알겠습니다."

"그러나 나는 전후 못된 짓은 다 하였으니까 아무리 하여도 소용없다."

"아니요, 기도하면 하나님께서 용서하여 주십니다."

"색스비도 그렇게는 말하더라. 그러나 군대에서는 여간해서 믿는 사람

이 되기 어려워."

"여봅시오, 그런 핑계만 마십시오. 하나님의 군인이 되고 싶지 아니한가 보외다."

테디가 낙심하여 이리 말한즉 스토크스도 또한 한숨을 쉬면서

"응, 지금은 그대로 가겠다. 그러나 밤엘랑 가마."

테디는 눈물이 눈에 그득하여서

"그래도 가셔요. 오신다고 약속하였으니 가셔요. 할머님, 어머님 다 기다리십니다."

그래도 스토크스는 굳이 사양하고 가더라. 테디의 어린 마음으로 지성으로 권고하는 말씀에 예전 행사가 일일이 생각나서 차마 견디지 못해 한다.

"날지라도 무슨 착한 사람이 되기를 싫어하랴. 만일 색스비 같은 사람이 되기만 곧 하면 이 오른손을 찍어 버려도 아깝지 아니하겠다. 그러나 그렇게 하는 수가 없구나."

하고 혼잣말한다.

테디 역시 크게 소망을 잃고 집으로 돌아가 그 모친에게 전후사연을 고하더라.

13

업튼 목사가 매우 힘써 주선한 까닭으로 저녁에 모인 사람이 사십 인이나 되더라. 테디의 모친과 다른 부인 두 사람이 접대하는 차비를 맡고 테

디와 낸시와 또 다른 아이 둘이 심부름을 하더라.

군인들은 화려하게 꾸민 식상 가에서 음식을 먹고 과자와 과실 등속을 먹더라. 음식이 끝난 뒤에 부인 오륙 명이 노래를 불러 들리더라.

한참 있다가 그레이엄 정령이 일어나서

"지금 업튼 목사께서 연설하시기 전에 내가 인사 말씀 한두 마디를 여쭙겠소. 오늘 다시 여러분, 붉은 웃옷 입으신 여러분과 만나 뵈오니 매우 마음에 기쁘오. 지금부터 십 년 전에 지브롤터*에서 여러분과 한 연대에 매어 있던 일이 있소. 그러므로 나는 옛 친구 여러분을 다시 만나므로 써 매우 기껍게 생각하오— 오늘 모임은 아마 여러분을 얼마큼 위로하였을 만한 줄 짐작하오. 그러면 업튼 목사와 노래를 불러 주신 여러 부인께 감사하는 말씀을 여쭈어야 하겠소. 그러나 특별히 우리들이 깊이 감사치 아니할 수 없는 이는 이 모임을 발기한 한 어린 친구요……."

하고 그레이엄 정령이 놀라워하는 테디를 끌어서 연단(演壇)으로 붙들어 올린다. 그리한즉 사방으로서 손뼉 치는 소리가 집이 무너지게 일어난다. 연단에 선 테디는 조금 수줍어서 얼굴은 붉을망정 허리를 펴고 가슴을 내밀고 섰다.

정령이 말을 계속한다.

"나는 말솜씨가 없으니 자세한 말은 이 애가 말씀하오리다. 나는 노병(老兵)으로 전쟁할 때가 이미 지나갔으나 이 애는 이 뒤부터요 여러분처럼 군인 되기를 지원하는 아이요. 나는 이 아이가 저의 부친 모양으로 국가

---

* 지브롤터(Gibraltar): 이베리아(Iberia) 반도 서남쪽, 지브롤터 해협의 북쪽 해안에 있는 반도. 에스파냐 왕위 계승 전쟁(España Succession War, 1701~1714)에 개입한 영국이 1704년에 점령하여 직할 식민지로 삼았다.

에 큰 공로 있는 사람 되기를 간절히 축수하오. 얘, 테디야, 무슨 이야기든지 하여라."

그 모친은 진땀을 흘리면서 염려하건마는 당자는 태연하다.

"오늘 모이기를 처음 생각하기는 내가 아니올시다. 색스비 정교시외다. (손뼉.) 나는 별로 말씀할 것이 없습니다마는 우리 아버지 이야기면 언제든지 사양치 아니하고 말씀합니다."

한측 곁에 있던 정령이 "옳지, 그 말씀을 하여라." 한지라 테디가 더욱 생기가 나서 그 단추를 어루만지면서 저의 부친 공 세우던 사적을 연설한다. 모두들 그 이야기를 듣고 감탄하여 연방 손뼉을 치며 갈채한다. 그 모친은 남모르게 눈물을 씻는다.

그 연설이 마친 뒤에 업튼 목사가 연단에 서서 평일에 침묵한 것과는 딴판으로 지성으로 써 힘을 주어 가면서 군인들에게 죄악으로 더불어 용맹스럽게 싸우기를 권고하고 그리하자면 자기 힘만 믿어서는 성공할 수 없으니 다만 그리스도의 군대에 입참하여 그리스도의 도우심과 이끄심을 힘입어 마지막 승첩을 얻어야 하느니라고 결론하더라.

그 뒤에 국가를 노래하고 정교 하나가 감사하는 말씀을 베풀고 전체가 손뼉 쳐 갈채한 뒤에 각기 헤어지더라. 그때 테디가 스토크스를 찾아보고

"또 만나 뵈올까요."

"못 되지. 내일 여덟 시에는 떠나니까 만나기가 어려우리라."

"그럼 내, 작별 나가오리다."

스토크스는 무엇을 한참 생각하더니 별안간에 손을 들어 테디의 머리에 얹고

"감사하다, 테디야. 나도 들겠다."

한다. 테디는 놀라서 눈이 둥그레서

"예, 들어오시렵니까."

"오…… 지금은 가슴이 답답하여 이루 말할 수 없다마는 여기 오기 전에 저기 있는 수림 가운데서 날래게 입참하였다. 나를 위하여 기도나 올려 다오, 응."

이 말을 하고 스토크스가 자기 동무 뒤를 따라서 가더라.

그날 밤에 테디가 자리에 누워서

"어머니, 나는 꼭 군인이 되겠습니다. 그러나 지금도 하나님의 군인은 군인이지. 나는 하나님의 군인을 뽑는 정교가 될 터이에요."

"그러련. 그것 좋지. 그만 자거라."

"나는 스토크스 씨가 군대로 들어온 것이 제일 상쾌하여요."

이튿날 아침에 병대들이 술집 앞에서 항오를 정제히 하여 본대(本隊)가 읍내서 나오기를 기다려서 함께 떠나는데 테디와 낸시며 아이들은 으레 거니와 촌중 어른까지 많이 나가서 전송하더라. 그중 어젯밤에 감사하단 인사를 하던 정교가 낸시를 잠깐 불러서 어제 모임을 발기한 아이 이름이 무엇이냐고 묻는다.

낸시는 실없는 말로

"나는 단추동이라고 별명을 지었습니다."

하였더니 정교가 소리를 높여

"단추동이 만세!"

한즉 병정들도 일시에 "단추동이 만세!! 단추동이 만세!!!" 부른다.

이때 학교 시간이 된 고로 테디며 다른 아이들이 군대 뒤따라가지 못함을 매우 섭섭히 알더라. 그러나 만일 시간 만도를 엄절히 신칙하자면 생도 중에 벌 당할 아이가 여간 많지 않았으나 이날은 선생님들도 매우 많이 용서하시더라.

이때로부터 테디가 장난이 무섭게 늘어서 그 모친도 어찌할 줄을 모르더라.

어느 날은 테디가 수건에 조그마한 개구리를 많이 싸 가지고 학교로 가지고 가서 교사의 책상 서랍에 넣기도 하고 앞에 앉은 생도의 등으로도 기어 올려 보낸다. 시간이 되어서 교사가 들어와서 그 개구리를 보고

"누구냐, 여기 개구리를 갖다 넣은 놈이."

하고 사실한다. 이 소리를 듣더니 테디가 즉시 일어나서

"선생님, 제가 그랬습니다."

"그럼 이리 나와."

테디가 교사의 앞으로 나선다.

"너는 요사이 장난이 매우 늘었더라. 오늘은 좀 어려운 벌을 당해 보아라."

하고 회초리로 손등을 몇 번 때리고서

"그만 집으로 가거라. 오늘은 공부도 그만두어."

하는지라. 테디가 교장에서 쫓겨 나와서는 차차 제가 잘못한 것을 깨닫고 즉시 들로 나가서 목을 놓아 운다.

마침 그 백부가 지나다가 테디의 꼴을 보고 놀라서

"왜 그러니. 배가 아프냐."

암만 물어도 테디는 아무 대답이 없다.

"만일 하나님의 군인으로 싸움도 하지 아니하고 대적에게 항복하면 하나님께서 어떻게 하시나요."

묻는다.

"글쎄, 걱정하시겠지."

"큰아버지, 나는 대적에게 졌습니다. '자아'한테 항복하였습니다."

하고 오늘 지낸 일을 일일이 고한다.

"나는 대장님께나 기호에나 이 단추에나 모두 낯 씻길 일을 하였습니다."

하고 또 운다.

"그러나 네가 기도하면 하나님께서 용서하여 주실 것을 그리하느냐."

"옳아, 그렇지요."

하고 테디가 비로소 마음이 풀려 가더라.

14

"할머니, 테디 있습니까."

하고 낸시가 와서 묻는다. 그 조모는

"왜, 뒷동산에 있지. 지금 주일 학교 책을 보니 훼방 놓지 마라."

낸시가 달음박질하여 동산으로 가서 본즉 테디가 고운 꽃이 핀 속에 누워서 책을 보더라.

테디가 낸시의 오는 것을 보고

"너, 왜 왔니."

"이야기하자고 왔다. 주일 학교 책이 무엇이냐."

"『천로역정(天路歷程)』*이다. 내가 제일 좋아하는 책이다…… 그러나 나는 지금 재미있는 일을 생각하였다."

테디가 붉은빛이 덮인 언덕과 뭉글뭉글 움직이는 구름을 보고 있더니

"나는 언제든지 그렇게 생각하거니와…… 가만히 혼자 생각하여 보면 그것이 정말 같더라."

"음, 테디야, 이야기 좀 하여라. 너, 무슨 생각을 하니."

"어떻게 하면 천당으로 갈까…… 이 생각 한다."

낸시는 눈이 둥그레진다.

테디는 곁에 놓았던 『신약 성서』를 들고 지성으로 힘을 주어 읽는다.

"그거, 성경이로구나."

"음, 들어 보아라. 이렇게 가만히 들에 앉았으면 무엇인지 부석부석하는 소리가 들리는구나. 그럼 눈을 들고 볼라치면 내 앞에 아름다운 천사께서 와서 계시다."

"천사는 그 모양이 어떠하시냐."

"하얀 옷을 입으시고 어여쁘게 웃으시는데 그 눈이 우리 어머니 같더라. 그래, 잠자코 보고 있으면 천사께서 '테디야, 내, 너를 천당으로 데리고 가리라.' 하신다. 나는 응, 깜짝 놀라서 그대로만 보고 있으면 천사께서 '너는 아직 상등 병정은 못 되나 대장님께서 불러오라 하시기로 부르러 왔노라.' 하시고 나를 데리시고 저 산꼭대기로 올라가시더라."

"그래, 나도 좀 갔더라면."

---

* 『천로역정(天路歷程)』: 영국의 작가 존 버니언(John Bunyan)이 지은 우의 소설로 원제는 『The Pilgrim's Progress』. 기독교인이 갖은 고난과 역경을 헤치고 천국에 이르는 과정을 그린 종교 소설이다. 1678년에 제1부가, 1684년에 제2부가 발표되었다. 한국어로는 1895년에 제1부가 목판본으로 처음 간행되었는데, 서양 소설을 한국어로 번역한 효시다. 캐나다 선교사 제임스 스카시 게일(James Scarth Gale)이 '순 한글의 한국어 문장'으로 번역하고 기산(箕山) 김준근(金俊根)이 한국 풍속에 걸맞은 삽화를 맡아 그렸다.

한즉 테디가 손으로 말라 하면서

"그래서 나는 천사를 따라 무수한 천사가 나발 불고 있는 데를 지니더니 그 앞에는 커단 문이 있는데 그 맨 위층에 서서 계신 이가 대장님이시더라."

한참 생각하다가 테디가 다시

"그 대장은 정답고 간절합시게 보이는데 손을 내 머리 위에 얹으시고 테디야, 너, 잘 왔다 하신다. 나는 어찌 좋은지 울음이 으아 나오더라." 하는데 테디 눈에 또 눈물이 핑 돈다.

즉시 테디가 목소리를 고쳐서

"너는 아직 하나님의 군대에 들지 아니하였지."

"나, 병정은 싫다."

"그럼 아니 된다. 지금부터 대장님을 위하여 싸움하지 아니하면 천당에 갈 수가 없는데 관계치 않겠니…… 사나이고 계집애고 싸움할 수 있다……."

"응, 내가 너한테야 질 줄 아니."

"그럼 왜 너의 대적하고 싸움하지 아니하느냐."

"어떠한 대적하고."

"내 대적은 '자아'란 흉악한 놈이다. 너한테도 대적이 있다, 낸시야. 못된 짓을 하면 안 되겠다고 생각하여도 못된 장난을 치게 하는 그놈 말이다. 그 대적하고 싸움하여야 한다. 나는 오늘 두 번 '자아'하고 싸웠다."

"왜."

"오늘 교회에서 내 앞에 노마누라 한 분이 앉았는데 그 마나님의 모자끈 끄른 것이 내 교의 앞으로 늘어졌더구나. 이럭저럭 강론이 시작한즉 마나님이 졸리던지 어느 틈 꾸벅꾸벅 조는구나. 그러는 대로 머리가 흔들려서 떨어질 듯한 고로 그것이 재미있기에 자세히 본즉 어느 틈엔지 '자아'가 고개를 살그머니 들고 나더러 저 끈을 잡아당겨라, 잡아당겨라 하고 권하더구나."

냄시는 이 말까지 듣더니 손뼉을 탁 치면서

"재미있다, 재미있다. 잡아당기면 좋았지."

한다. 테디가 또

"나는 거의거의 '자아'한테 질 뻔하더니 애를 무한 쓰고 싸워서 기어이 이겼다. 그때 내가 대장님께 도와주십사고 기도하고 두 손을 단단히 허리춤에 찔렀었다. 이리하는 동안에 마나님이 잠을 깨어서 끈을 맨 고로 내가 겨우 마음을 놓았다."

냄시는 실없는 얼굴로

"나 같으면 잡아당길 것을."

한다.

테디가 또

"또 한 번은…… 큰아버지께서 새 꿀벌 통을 가져오셨는데 나더러 무슨 일이 있든지 손대지 말라고 하시더구나. 그러나 냄시야, 내 '자아'가 다시 고개를 들고 야살스러운 얼굴을 하여 가지고 관계찮다, 한번 손대 보아라 하더구나. 이번에도 거의거의 질 뻔하였더니 다시 져서는 아니 되겠다 하여 즉시 밖으로 뛰어나갔다."

한참 있다가 테디가 목소리를 고쳐서

"냄시야, 너도 하나님의 병정이 되어야지."

한다. 한즉 냄시는 고개를 홰홰 내두르면서

"나는 이렇게 하고 싶은 장난을 하는 것이 재미있더라."

"아니, 그렇지 않다. 좀 생각하여 보아라."

이때 낸시가 별안간 생각이 났던지

"얘, 테디야, 며칠 아니 하면 우리 아버지께서 돌아오신다. 수군 복색을 하시고. 너, 보아라. 수군이 어떻게 나은지 아느냐. 우리 아버지가 너의 아버지보다 영특하시니라."

테디도 이 소리를 듣고는 지지 아니한다.

"우리 아버지는 사관이시다."

한즉 낸시도

"우리 아버지도 그러시단다."

하고 피차 주거니 받거니 아버지 자랑을 하여 거의거의 싸움이 되게 되었더라.

이리하다가 테디가 정신을 차리고

"음, 내 '자아'란 놈이 튀어나왔군."

하고 입을 꽉 다문다. 그래서 양인이 싸움을 하지 아니하고 말았더라.

한참 있다가 양인이 작별하는데 낸시가 스스러이

"내가 약조는 할 수 없다마는 어쩌면 너하고 함께 그 대장님 휘하 군사가 될는지도 모르겠다."

하더라.

15

그 뒤에 작은 병정 테디 신상에 무수한 승강과 무수한 번복이 있었으나 한 번 한 번 착한 편으로 나아가서 사려도 깊어지고 행실도 온순하여지니 그러므로 그 모친도 매우 기뻐하더라. 그러나 쾌활한 기상과 활발한 행동은 전이나 조금도 다름이 없어 놀음놀이는 의구히 동네 중 대장이더라.

낸시하고는 때때 다투기도 하나 전보다는 아주 변해서 사이좋은 동무가 되었더라. 이럭저럭 낸시의 부친이 돌아온 뒤에 테디를 다과 시간에 청대하여 바다 위로 다니는 재미를 이야기하여 들렸더니 그 뒤에 낸시더러 매우 재미있더라고 한 고로 낸시도 또한 흡족하여 하더라. 그 뒤에 낸시 부친은 다시 소임으로 가고 일기가 차차 더워 갈 때 테디, 낸시가 작반하여 고기 잡으러 간 일이 있더라. 양인이 냇가에 가서는 나지막한 돌다리 위에 걸어앉아서 낚싯줄을 던져 넣고 이 이야기 저 이야기 하기에 골몰이러라.

이리하다가 낸시가 테디의 단추를 보고

"에구, 그 단추가 떨어지게 되었구나. 그대로 두면 잃어버릴는지도 모르겠다."

"음, 어저께 어머니께 여쭈었더니 즉시 고쳐 주마 하시더라…… 음, 아주 떨어지게 되었네. 잃어버리면 큰일 나게. 주머니 속에 넣어 두겠다." 하고 테디가 실을 잡아 끊고 단추를 주머니에 넣으려 하다가 손이 미끄러워서 땅에 떨어트린다. 그러지 않아도 낸시가 전부터 그 단추를 가지려 하던 길이라 목전에 떨어트린 것을 보매 자연 못된 마음이 나서 얼른 집어 가진다.

테디가 심히 당황하여 몇 번 두고 내놓으라 하여도 무가내하로 응치 아니한다.

"응, 필경 내 것이 되었다. 집에 가서 웃옷에 달아 입겠다."

"그런 소리 말고 얼른 이리 내어라. 남의 것을 빼앗으면 도적이란다."

"무슨 되지못한 소리냐. 공연히 냇물에 들어가고 싶으냐."

테디가 견디다 못하여 그것을 빼앗으려 드니 낸시는 아니 줄 양으로 앙버틴다. 이리하는 통에 단추가 손에서 떨어져 냇물로 빠진지라 테디가 즉시 물속으로 뛰어 들어간다. 테디는 헤엄이 일수건마는 무슨 까닭인지 얼마 있다가

"살려 주우."

하더니 그만 가라앉아 버린다. 낸시는 이 모양을 보고 크게 놀라서 어찌할 줄 모르더니 다행히 마침 지나가던 사람이 얼른 들어가서 탈 없이 건져 내었더라. 그러나 그날 밤부터 테디가 몸이 부다듯 덥기 시작하여 며칠 동안을 죽을지 살지 모르게 대단히 앓는다. 물로 뛰어 들어갈 때에 돌엔지 무엇에 머리를 부딪친 것이 빌민 듯하더라.

학교 선생님과 생도들이 다 염려하는 중에도 더욱 낸시는 어찌하여야 좋을지 어린 마음에 매우 걱정을 한다.

어느 날 그 모친이 의원에게

"보시건댄 그놈이 낫겠습니까. 만일 바사기가 되어서 나을 것 같으면 차라리 죽어 버리는 편이 나을 터인데요."

하고 물은즉 의원은 다만

"아니요, 꼭 낫습니다. 그리 걱정하실 일 없습니다."

하고 위로하더라. 그러나 실상은 의원도 어찌 될는지 분명히 알지는 못하

더라.

어느 날 저녁에 넘어가는 해 슬어 가는 빛이 창에 가득 쪼였을 때에 테디가 별안간 고개를 들고

"어머니."

하고 부른다. 그 모친이 깜짝 놀라서

"응, 무엇이냐."

"어머니, 매우 지쳤습니다."

한마디를 하고는 또 잠이 든다.

한참 있다가 병인이 또

"어머니, 여기가 어디오니까."

"네 누운 자리지."

"내 단추는?"

곁에 있던 의원이 매우 다행하여 하는 듯이

"오, 인제는 걱정 없다. 아무쪼록 조심하여서."

하고 병인을 위로한다.

또 어느 날은 테디가

"어머니, 낸시는 어떠하오니까. 낸시가 보고 싶은데."

"낸시 말이냐. 날마다 학교로 가는 길이면 꼭 와서 위문하고 간다. 그 애도 매우 염려를 하여 밥도 변변히 아니 먹는다더라. 그런 미안한."

그 뒤 이틀 만에 낸시가 찾아와서 테디의 해쓱한 얼굴을 보고

"내가 잘못하였으니 용서해 다오."

하고 사과한다.

"아니, 피차 다투었으니까 나도 잘못하였다."

"내가 날마다 내에 가서 단추를 찾건마는 아직도 보이지 아니한다."

"나도 하나님께 기도한다. 너도 기도하여 다오. 그리하면 하나님께서 얼른 내주실는지도 모른다."

"응, 나도 기도한다. 또 너도 얼른 낫게 하여 줍소사고…… 테디야, 나도 인제 너와 같이 병정 되기를 약조하마."

"응, 정말 들었느냐."

하고 테디가 몹시 기뻐한다.

"아직 자세히는 모르나 꼭 된다."

그때 얼룩이 괴가 곁으로 온지라 낸시가 얼룩이를 붙들어서 저의 모자와 웃옷을 입힌다.

이것을 보고 테디가

"응, 절도한 수군 하나가 왔다."

하고 웃는다. 조모며 모친이 이웃 방에서 이 웃음소리를 듣고 인제야말로 염려 없다고 기뻐한다.

업튼 목사도 가끔 위문하러 오더라.

"작은 병정, 요사이는 어떠한고."

"예, 인제는 곧 나을 것 같습니다."

"지금도 대장님 되시고 싸우나."

"병중에는 그리 '자아'도 나오지 아니하여요."

"그러나 미구에 다시 전쟁이 시작되리라."

미상불 병이 쾌차하여 가는 대로 테디는 갑갑한 김에 여러 가지 떼를 써서 그 모친도 이루 만수받이할 수가 없더라. 착한 테디가 지고 모진 테디가 호기를 부리는 때도 가끔 있더라.

그러나 뒤에 잘못한 줄을 깨닫고

"나는 대적에게 졌구나. 또 '자아'란 놈한테 졌담."

하고 사과하더라.

16

세월이 덧없어서 가을도 지나고 겨울이 되어 갈 때에야 테디가 아주 쾌복하여 학교에도 다니게 되었더라. 이 동안에도 그 단추 일은 잠시도 잊어버리지 아니하고 늘 하나님께 기도를 올리더라.

가끔 테디가 모친더러

"어머니, 나는 그 단추가 성탄절 아침에 버선 안에 들었으면 좋겠습니다마는."

모친은 그리할 때마다 굳이 참고 기도만 하라고 격려한다.

섣달 어느 추운 날 테디가 평일과 같이 학교로서 돌아와서 난로에서 능금이 익는 것을 재미있어 보고 있더니 그때 그레이엄 정령의 마부가 테디를 부르러 온지라. 테디의 모친이 자기 아들이 또 무슨 못된 장난이나 하지 아니하였는가 하여 걱정하였더니 가만히 마부더러 물어본즉 그런 것은 아니더라.

가면서 테디가 마부더러

"나는 암만하여도 마부가 되지는 못하겠어. 장 병대가 '기착(氣着)'한 모양으로 두 발을 뻣뻣이 가지고 있어야 하니 하는 수가 있어야지…… 네 발은 조금도 곱꺾이지 못하느냐."

"곱꺾이려면 마음대로 곱꺾이지."

"너, 병정은 되고 싶지 아니하냐."

"에이, 병정을 누가 다닌단 말이냐."

한 고로 양인이 이 말 저 말 한참 논란이 분분하였더라.

이렁저렁 그레이엄 정령 집에 이르니 객실에 신사와 부인 사오 인이 앉았더라.

테디가 여러분께 골고루 인사를 하니 정령이

"이 애가 단추동이란 별명을 얻은 이다음 군인이외다."

하고 소개한 뒤에 테디더러

"얘, 테디야, 인제 단추는 아주 잊어버렸느냐. 응, 테디야."

한즉 테디가 즉시

"아니요, 선생님, 내가 그 단추를 잊어버려요. 내게는 그것이 온 세상 만물 중 가장 귀중한 것인데요."

"암만 그래도 냇물에 빠진 것이야 어찌하겠니."

"예, 그건 그렇습니다마는 하나님께서는 그 있는 곳을 아시니까 나는 언제든지 하나님께 기도만 합니다. 성탄절에는 내주실 줄 믿습니다."

여러 어른이 다 면면이 상고한다.

이때 정령이 주머니에서 상자 하나를 꺼내 가지고 테디에게 내주니 테디는 무엇인고 하여 두께를 열어 본즉 맺히고 맺힌 단추라. 좋아서 춤을 추면서

"이것이 내 단추외다. 내 단추외다."

하여 무수히 이 소리를 하면서 너무도 기뻐서 눈물을 뚝뚝 흘린다.

이에 그레이엄 정령이 그 단추가 우리 집에서 산 잉어 배 속에 들었더

란 신통한 이야기를 한다. 즉시 정령이 곁에 앉은 트레이시 참령에게

"이 아이는 군인이 되려 하니 자네 군대로 데려다가 고수를 삼는 것이 어떠할까."

한즉 참령이 한참 생각한다. 이때 테디가

"나는 지금 북재비 노릇은 하고자 아니 합니다. 이다음 자라거든 정말 군인이 될 터이외다."

정령이 웃으면서

"그것 참 좋은 생각이다…… 과연 그 아바니 아들이라고 하겠다. 그러면 군대에 들어서 참 전쟁에 나가기까지는 동네 아이들이나 하고 군대 싸움이나 하려느냐."

"아니요, 나는 인제부터는 아이들하고 싸움하지 아니합니다. '자아'하고만 싸우기에도 여간 바쁘지 아니합니다……."

하고 정대히 대답한다.

그레이엄 정령이 괴상히 여겨

"'자아'란 무엇이냐."

고 묻는다.

"그것을 업튼 선생님께 배웠습니다. 내 대적의 이름이올시다. 나는 하나님의 병정이외다. 하나님의 병정은 어린아이라도 되는 고로 나도 벌써부터 들었습니다. '자아'란 것은 내 마음속에 있는 못된 테디올시다."

그날 밤에 테디가 집에 돌아가서는 지성으로 감사하는 기도를 올리더라. 그 이튿날 아침에는 테디가 낸시 집으로 달음질해 가서 보배 찾은 사연을 이야기한다.

"그만 다행이 없다."

하고 양인이 매우 기뻐하더라.

"인제는 내가 다시 네 그 단추를 빼앗지 아니하마. 그러나 네가 먼저 죽거들랑 그것을 꼭 나를 다오. 내 천만 진중하게 간수하마."

"내가 죽으면 내 시신하고 한데 묻어 달라겠다. 그러나 네가 정 원이면 너를 주마."

그런 지 오륙일 후에 자리에 누워 자려고 하다가 테디가

"어머니, 내가 언젠지 대적 하나를 얻었으면 좋겠다 하였지요. 그랬더니 '자아'란 대적이 생겼지요…… 그러나 나는 인제 '자아'한테는 퇴를 내었습니다."

한즉 그 모친은

"군인이 전쟁에 퇴내는 일도 있더냐."

"천당에 가면 '자아'하고 싸울 까닭이 없지요."

"암, 천당에서는 죄악과 싸울 리가 없느니라."

"예, 어머니, 내가 죽을 때까지 싸우면 하나님께서 아버지같이 영특하다고 칭찬하시겠지요."

"나는 네가 그저 군인으로 영특한 것보다도 하나님의 군인으로 영특하기를 조인다."

"예, 내, 양편으로 다 영특하오리다. 자, 잠들기 전에 우리 아버지 단추에 입이나 한번 맞추자."

하고 테디가 그 부친의 단추에 입술을 대더라.

검둥의 설움

Uncle Tom's Cabin
by Harriet Beecher Stowe

비처 스토 원저 | 이광수 초역

이 책은 세계에 이름난 『엉클 톰스 캐빈』의 대강을 번역한 것이라.

그리 크지도 못한 한 이야기책으로서 능히 인류 사회의 큰 의심, 노예 문제를 해결하고 인류 역사의 큰 사실인 남북 전쟁을 일으켜 몇 천만 노예로 하여금 자유의 사람이 되게 하여 이 지구 위에서 길이 노예의 자취를 끊어 버리게 하였다면 누가 곧들으리오. 하물며 글이라 하면 음풍영월인 줄만 알고 책이라 하면 세 닢짜리 신소설이라는 것으로만 여기는 우리 조선 사람들이리오.

그러나 이는 사실이라. 아니 믿으려도 어찌할 수 없는 사실이라.

마음 같아서는 이 큰 글을 옹글게 우리 글로 옮기고 싶으나 힘과 세가 허락지 아니하여 겨우 대강의 대강을 번역하여 여러 젊은이에게 드리노니 이 굉장한 책이 어떤 것인 줄이나 알고 글의 힘이 얼마나 큰 줄이나 알면 내 소원은 이룸이로라.

옮긴이

서문

지을 수 있는 글 있고 지을 수 없는 글 있으며 하여서 될 말 있고 하여서 못 될 말 있나니 이러므로 우리의 붓은 가다가 메라도 문지를 힘으로 나가야 쓰겠건마는 모래 한 알도 굴려 보지 못하고 마는 일이 있도다.

내 이 책의 서문을 짓게 되어 붓을 들고 종이를 임하매 이 느낌과 이 한이 더욱 깊고 간절하도다. 그러나 나는 그를 끝까지 슬퍼하지 아니하는 자로니 대개 이 책의 주는 바는 서문 하나 있고 없음으로 하여 두텁고 엷어질 리 없으며 또 읽으시는 이에게는 더군다나 털끝만치라도 덜림이 없으실지니 여러분의 총명이 응당 아무것으로고 우리의 설명을 기다리실 것이 없으실 것임이라. 섭섭하나 어찌하며 섭섭하기로 어떠하리오.

다만 바라노니 여러분의 총명이 아무것 아니 한 가운데 더으사 못한 글이 한 글보다 큼과 많음과 굳음을 낳게 하시옵소서.

· · · · ·

억만 사람의 잠자는 마음을 깨우치고 억만 의론의 돌아갈 외길을 만들어 마침내 사백만의 쇠사슬을 한꺼번에 끊음이 어떠한 큰 힘이라야 능히 할 일이라 하겠는가. 이 말할 것 없이 지극히 어려운 일이거늘 놀랍다, 이 작은 책이 하고 이룬 바라 하는구나. 거짓말 같은 정말이로다.

처음 이 책을 본 지 지금 육칠 년이라. 그러나 이때까지 '엉클 톰' 소리만 들으면 그 가운데 몇 구절은 반드시 번개같이 마음 위에 떠 나와 이상한 느낌이 이상히 가슴 안에 가득하는지라. 때와 세상이 다른 우리도 이러함을 보아 그때 그 세상 사람의 어떠하였을 것을 짐작하건댄 이 책이 그만한 공적을 세우고 그만한 기림을 받을 것이 또한 당연한 줄 깨달을지로다.

서문 대신 몇 구절 뽑기를 이같이.

· · · · ·

검둥이 장수가 가로되

"흥, 충직해요. 그놈들도 충직한 것 있나요."

"톰에게 덤으로 새끼 한 마리만 얹어 주시구려."

"그럼, 그것을 다 끌어다가 무엇에다 쓸라고. 계집 생각이 나면 새것 하나 얻었으면 그만이지. 어디를 가면 계집 없는 데 있을라고."

· · · · ·

조지가 가로되

"자, 봅시오. 나도 사람 모양으로 걸어앉을 줄도 알지요. 내 얼굴이 남만 못하오니까, 손이 남만 못하오니까, 지식이 남만 못할까요. 이래도 사람이 아닐까요."

· · · · ·

톱시가 가로되

"오필리안지 보필리안지 하는 것이 나를 때렸단다. 암만 맞으면 누가 무서워하나. 쥐불이 어떤고. 난 피나도록 매 맞는 것은 식은 죽 먹기다."

. . . . . .

그제야 다 해어진 버선에 싼 뭉텅이를 내보이는지라. 헤쳐 본즉 에바가 임종에 준 머리털과 종이에 싼 조그마한 책이라.

. . . . . .

톰이 가로되

"아니올시다, 그렇지 않습니다. 영혼까지는 못 사십니다. 세상없는 짓을 하셔도 이 영혼은 하나님의 것이야요."

스토 부인 세상에 오신 지 백 년 되는 해 열째 달, 오래 두고 번역하기를 꾀하다가 끝내 외배의 손을 빌려 한 부분이나마 우리 글로 옮기기를 마친 날에

최남선 씀

스토 부인 사적

님 마 우 토 스 、처 씨
(이윤지「음설의 동검」)

믿음의 힘! 정성의 힘!

사회의 진보가 이로부터 나오고 인류의 역사가 이로써 꾸며지도다.

천 만 억 긴긴 세월, 천 만 억 많은 사람은 모두 몇몇 사람의 맑고 뜨거운 가슴에서 흘러나오는 이 힘 속에서 살고 움직이나니 이 힘이야말로 하늘이 사람을 다스리는 대주권이며 이 힘이야말로 하늘이 사람을 기르는 대능력이로다.

옳은 일을 믿으니 그의 마음이 하늘이요 믿는 바를 정성으로 행하니 그의 힘이 신이로다.

그 힘이 한번 움직이는 날에 문명이 나오고, 그 힘이 한번 뿜는 날에 일만 악이 스러지고, 그 힘이 한번 솟는 날에 옳은 것이 나도다.

후추알이 커서 매움이 아니니 비록 그 작은 몸에라도 매울 만한 속살이 찼음이라. 이 힘을 오랫동안 쌓았다고 반드시 보람이 클 것이 아니요 이 힘을 여러 곳에 쓴다고 반드시 영향이 넓은 것이 아니니 한 번 반작하는 번갯불이 오히려 늘 있는 반딧불보다 더 널리 더 굳세게 세상을 비추리로다.

힘쓸 동안이 길지 못하기를 왜 한탄하리오. 오직 쓸 만한 큰 힘을 빚지 못하기를 걱정하라. 인생이 오십 년이라 하면 사십구 년 동안 후추알같이 매운 힘을 길러 나머지 일 년 동안에 그 힘을 펴도 그만이니라.

우리 스토 부인의 사적은 그가 세상에 끼친 보람의 굉장함과 천하에 울린 이름의 위대함에 비겨 너무 한 일이 쓸쓸하고 슴슴하도다.

다만 무지러진 붓 한 자루로 『엉클 톰스 캐빈』이라는 그리 크지 못한 이야기책 하나를 남겼을 뿐이라. 그러나 이 크지 못한 이야기책 하나가 인류의 발전에 바친바 보람은 대 나폴레옹이 일생 동안에 세운 대제국보다도 컸도다.

부인이 임종에 곁에 있는 사람을 시켜

"하나님을 믿고 옳은 일을 하여라."

이 한마디를 쓰게 하였다 하니 옳도다, 부인의 일생의 역사는 이로써 다하였다 하리로다.

해리엇 비처 스토 부인은 예수 기원 일천팔백십일년 어느 여름날, 미국 리치필드라는 거리 질소한 어떤 집안에 첫울음 소리를 내었더라. 아버지는 라이먼 비처라는 유명한 신학자니 리치필드 근처에서 하나님 나라를 펴기로 힘쓰는 이요 어머니 록사나 부인은 감정이 고상한 이라 잘 그 지아비의 사업을 돕더라.

부인의 동생은 도합 열셋이니 부인은 그 일곱째 딸이라. 본래 학자의 집안이라 가세가 넉넉지 못한 중 부인이 날 때에 그 맏동생이 겨우 열한 살이라. 하릴없이 조그만 학교 하나를 세우고 양주가 프랑스 말과 그림 그리기며 바느질, 수놓기를 가르쳐 거기서 들어오는 돈으로 겨우 이럭저럭 살아가더라.

게다가 부인이 아직 어린 적에 그 어머니가 돌아가시니 남과 같이 받으리 만한 교육도 받지 못하였으나 글짓기는 아마 그의 천재런지 열두 살

적에 벌써 '영혼의 썩지 아니함을 자연의 빛으로 증명할 수 있을까' 하는, 어른도 하기 어려운 글을 지어 세상 사람을 놀라게 하고, 그 후 중학교를 졸업한 뒤에는 그 형 캐서린이 하여 가는 하트포드 학교에 다니다가 업을 마친 후에 제풀에 그 학교의 교사가 되고, 그다음 그 아버지가 레인이라는 신학교의 교장이 되매 캐서린과 함께 오하이오 도에 가서 학교를 세우고 교육 일을 보더니, 그로부터 사 년 뒤 스물다섯 살에 레인 신학교 교수 캘빈 이 스토* 씨와 아름다운 인연을 맺으니라.

이는 마침 노예 해방 문제가 아메리카 새 천지를 휩쓸던 때라. 켄터키 도와 접경한 오하이오 도, 그중에도 신시내티 시에는 더욱 노예 제도 폐지론이 물 끓듯 하여 다른 도에 있던 종들도 보호를 받으려고 도망하여 오는 이가 많더라.

이러므로 부인의 아버지가 하여 가는 신학교도 이 물결에 휩쓸려 교사, 학생 할 것 없이 모두 극렬한 노예 폐지론자가 되니라.

그때 보스턴에 있던 부인의 형 되는 에드워드 부인의 편지에 노예 제도의 차마 볼 수 없는 참상을 말한 끝에

"내가 만일 너만 한 글재주가 있고만 보면 한사코 노예 제도의 옳지 못한 줄을 전국 사람에게 알려 주련마는……."

하는 구절을 보고 부인이

"쓰오리다, 쓰오리다, 내 목숨이 끊기지만 아니하면 내가 이를 쓰오리다."

일천팔백오십일년, 부인의 나이 마흔 살 적에 하루는 회당에서 성찬례에 참여하였다가 문득 이 소설거리가 생각이 나서 곧 일어나 집으로 돌아

---

* 캘빈 이 스토(Calvin E. Stowe): 캘빈 엘리스 스토(Calvin Ellis Stow).

와 그 자리에서 지은 것이 엉클 톰의 죽는 데라. 즉시 열 살 된 아들과 열두 살 된 아들을 불러 놓고 그 글을 읽어 들렸더니 두 아이가 몹시 감동되어 "에그, 어머니, 세상에 노예 제도보다 더 악한 것이 다시는 없지요." 하고 슬피 울더라.

그해 유월 초닷샛날부터 석 달에 끝낼 작정으로 『내셔널 이어러』*라는 신문에 내었더니 과연 온 세상이 뒤끓을 뿐 아니라 쓰면 쓸수록 가슴에 불이 일어나고 생각이 끓어 솟아 열 달 만에야 겨우 끝이 나니 이것이야말로 노예주의의 극악함을 세상에 울리고 노예 해방의 공명정대한 것을 인류에게 가르친 세계 문학상에 썩지 아니할 것의 하나인 이 『엉클 톰스 캐빈』이라.

그 뒤에 이것을 한 책으로 만들어 출판하였더니 열흘이 못 하여 만여 벌을 다 팔고 불과 일 년에 일백이십 판이 났으며 미국뿐 아니라 영국 런던에서도 반년 동안에 삼십여 판을 박았고 런던 여섯 극장에서 한꺼번에 연극으로 하여도 모두 구경꾼이 들이밀리더라.

그 후 일 년이 못 하여 삼십여 만 벌이 팔리고 이십여 나라 말로 번역이 되니라.

얼마 있다가 남편과 함께 영국에 노닐새 이르는 곳마다 대환영을 받아 부인의 영광이 더할 수 없게 되었으나 그러나 일생 처음 가장 기뻐하기는 부인이 다년 품었던 희망이 이루어져 사백만 노예가 자유를 얻게 되는 날이러라.

남편이 죽은 뒤에는 하트포드에 숨어 있어 남은 세월을 보내더니 일천팔백구십육년 칠월 초하룻날에 세상을 버리니 시년이 여든다섯이요 남편

* 『내셔널 이어러(National Era)』

죽은 후 십 년이라. 앤도버*에 장사하니 여기는 사랑하는 지아비와 아들 헨리의 몸이 묻힌 데라.

"하나님을 믿고 옳은 일을 하여라."

"쓰오리다, 쓰오리다, 내 목숨이 끊기지만 아니하면 내가 이를 쓰오리다."

이 믿음과 이 정성이 연연한 아녀자의 이름으로 천추에 썩지 아니할 보물이 되게 하였도다.

믿음의 힘! 정성의 힘!

---

* 앤도버(Andover): 미국 매사추세츠(Massachusetts) 주 북동부의 메리맥(Merrimark) 강 연안에 있는 도시.

1

미국 켄터키 도 어떤 고을에 한 사람이 있으니 이름은 셸비라. 학식도 매우 있고 사람도 단정하며 가세도 유여하여 좋은 집에 살고 종도 많이 부리더니 무슨 일에 낭패하여 빚을 많이 진 고로 하릴없이 집에서 부리던 종을 팔아 그 빚을 갚으려 하더라. 때는 이월이라 이 산 저 산에 아직 녹다 남은 눈이 있고 추운 바람이 옷 속으로 솔솔 불어 들어오는 날에 셸비가 헤일리라는 사람을 데리고 썩 화려하게 꾸며 놓은 식당에 마주 앉아서 단 포도주를 마시며 무슨 이야기를 하더라. 헤일리라는 사람은 보매 어디서 주워 먹던 것이 갑자기 풋돈푼이나 모은 듯하여 잘생기지도 못한 주제에 사치한 옷을 입고 보기도 싫은 손에 금반지를 끼고 하는 말, 하는 행동이 아무리 보아도 천한 사람이라 점잖고 미끈한 셸비와는 비길 수도 없더라.

"어떻게 돈천이나 더 주시게 하시구려." 하는 셸비의 말에 헤일리가 술잔을 들고 상스럽게 웃으면서

"그거야 말이 됩니까. 그렇게 비싸서야 되겠습니까."

"아니야요, 그렇지 않습니다. 톰이란 놈은 다른 놈과는 달라서 몹시 충직하고 영리하고 아무 일이나 제 일 하듯 하는걸요. 그만한 값은 확실히 갑니다."

"흥, 충직해요. 그놈들도 충직한 것 있나요."

"아니요, 다른 놈은 모르겠소마는 톰 이놈은 참 착합니다. 또 예수를 잘 믿지요. 하니까 거짓말이라든지 남을 속이는 법은 털끝만큼도 없습니다."

"여보, 말 마시오. 그놈들에게 종교가 다 무엇이오. 종교 믿는 놈이 더

흉측하다오.”

“아니야요, 나는 그놈을 깊이 믿습니다. 이전에도 신시내티에 가서 돈을 한 천 원 찾아오라고 했지요. ‘네가 예수를 믿으니까 나는 너를 믿는다.’ 하였더니 한 푼 축내지 않고 가지고 왔지요. 그때에도 어떤 안된 놈이 ‘얘, 이 미친놈아, 그 돈을 가지고 가나다*로 달아나기나 하지 무엇 하러 기어들어 온단 말이냐.’ 하더라지요. 그러나 톰은 ‘그게 무슨 말이냐. 우리 주인이 나를 깊이 믿으시는데 내가 어떻게 그를 배반하겠느냐.’ 하더랍니다. 그런 것을 내가 팔려는 것은 나부터 안된 놈이오마는 영감, 어떻게 내 빚이나 다 갚게 하여 주셔야 하지 않소.”

“그처럼 말씀하시는데 나니 어떻게 아주 못 한다고야 하겠소. 하니까 톰에게다 덤으로 새끼 한 마리만 얹어 주시구려. 자, 그렇게 합시다.”

이때 네다섯 살 됨 직한 영리하게 생긴 튀기 아이가 들어오거늘 셸비가 과자를 집어 주며 “해리야, 손님께 춤 좀 추어 보여 드려라.” 한대 그 아이가 재미있게 춤추는 것을 보고 헤일리가 웃으면서

“고놈 꽤 쓰겠습니다. 고놈을 껴 줍시오.”

이때에 해리의 어미 엘리자가 들어와서 해리를 데리고 가는데 헤일리가 보고

“그게 꽤 쓸 만하오. 저것을 파시오. 예, 영감.”

“저것은 팔 수 없소. 돈을 저것만큼 쌓아 준대도 집사람이 말을 아니 들을걸요.”

“그런 거야 어찌합니까. 그러면 고 새끼나 어떻게.”

“새끼도 팔기는 어렵습니다. 차마 제 어미에게서 뗄 수가 없어요.”

---

* 가나다(加那陀): ‘캐나다(Canada)’를 음역(音譯)한 이름.

"그렇기도 하겠소. 그따위 것을 억지로 데려갔다가 엉엉 울기만 하여 도리어 어미까지 못쓰게 되면 어떻게 하오. 옳지, 좋은 수가 있소. 그 어미를 어디로 보내지요. 그리하고 없을 때에 팔아 버리면 그만 아니겠소. 그러고 어미가 설워 울거든 입던 옷이나 한 가지 주면 됩니다. 그것들은 우리 사람과는 다르니까."

밤 안으로 확실한 회답을 하기로 하고 헤일리가 돌아간 뒤에 셸비는 혼잣말로

"내 저런 무정한 놈은 당초에 처음 보았다. 골 틀리는 생각 하여서는 당장에 때려 쫓고 싶지마는…… 마누라가 들으면 얼마나 놀랄런고. 톰과 엘리자도 이런 줄을 알면 얼마나 슬퍼할까. 차마 못 할 일이건마는 돈이 없으니 어찌하나."

하고 길게 한숨을 쉬더라.

엘리자가 문밖에 서서 이 말을 듣고 해리를 안고 셸비의 부인 에밀리의 방에 들어가 눈물을 흘리면서

"마님, 마님, 해리를 파신답니다."

"무어, 해리를 팔아. 그게 말이 되느냐. 그런 일 하실 영감이 아니실 줄은 넌들 모르겠느냐. 어서 그런 걱정 말고 이 옷이나 개어라. 이다음부터는 남의 말을 엿듣거나 그래서는 못쓴다."

하고 에밀리는 조금도 걱정 없는 듯이 말을 하나 엘리자는 그래도 마음이 놓이지 못하여

"마님, 마님께서는 그러면 허락하시지 아니하시지요."

"그거야 말할 게 있느냐. 그럴 것 같으면 내 아들을 팔지."

이 말을 듣고야 엘리자도 겨우 안심을 하는 모양이러라.

2

엘리자가 아이 적부터 에밀리의 손에서 극진한 사랑을 받고 자라나므로 얼굴이 아름다우나 남에게 팔리지도 아니하고 활발하고 재주 있는 조지라는 튀기로 더불어 아름다운 인연을 맺었더라.

조지는 해리스라는 사람의 종으로 가방 제조소에서 일을 하더니 매우 눈치 있는 사람이라 대단히 좋은 직공이 되어 여러 가지 기계도 발명하고 또 사람도 좋아서 여러 동무의 사랑도 받으나 몸이 종이 되고 본즉 법률상으로는 사람이 아니요 물건이러라.

해리스는 마음이 좁고 속이 흉악하더니 조지가 기계 발명하였단 말을 듣고 공장에 가 본즉 조지가 저보다 용한 양한지라 시기하는 마음을 못 이기어 주인의 말도 아니 듣고 억지로 조지를 붙들어다가 가장 어려운 농사일을 맡기고 입에 담지 못할 욕을 담아 붓더라. 조지는 들은 체도 아니하고 하라는 대로는 하였으나 그러나 그의 눈에 역력히 드러나는 불평을 보아도 그는 '물건'은 아니러라.

그 후에 가방 제조소 주인이 와서

"자, 조지를 한 번 더 빌려 줍시오. 그게 불쌍하지 아니합니까."

하나

"내 물건 가지고 내 마음대로 하는데 댁이 걱정이 무슨 걱정이오." 하고 듣지 아니하더라.

헤일리가 돌아간 뒤에 에밀리 부인이 어떤 친구를 찾아가거늘 엘리자가 문에 의지하여 부인 탄 마차가 달아 가는 것을 보고 섰더니 누군지 뒤에 와서 어깨에 손을 짚는 자가 있거늘 선뜩 돌아서 보니 사랑하는 지아

비 조지라. 기뻐 웃으면서

"에그, 난 누구라고. 그렇게 사람을 놀래게 해요. 자, 들어갑시다. 마님도 어디 가시고 지금은 한가하니."

하면서 바로 곁에 있는 작은방으로 들어가더라.

"왜 그렇게 편치 아니하신 모양입니까. 이 새끼도 컸지요."

해리는 어미의 옷을 잡아당기면서 부끄리는 듯 그 아비의 얼굴을 쳐다보고 웃거늘 엘리자가

"요것이 어여쁘지 않아요."

하고 그 이마에 늘어진 머리털을 끌어 올리고 입을 맞추며 즐기나 조지는 조금도 즐겨 하는 빛을 아니 보이고

"애나 나나 아니 났던 편이 좋았지."

하는 말을 듣고 엘리자가 놀라 그 지아비의 가슴에 머리를 대고 소리를 내며 운다.

"얘, 울지 마라. 내가 잘못하였다. 내가 너를 애초에 만나기가 잘못이로다. 안 만났더라면 이런 설운 일이야 아니 생겼을 터이지."

"여보, 왜 오늘 새삼스럽게 그런 속상한 말씀을 하시오."

"언제는 아니 그랬더냐. 속이야 늘 상하였지."

하고 해리를 무릎 위에 올려놓고 머리를 쓸면서 해리의 반작반작하는 눈을 보다가

"애가 참 무던히도 너를 닮았구나. 꼭 너와 같다. 나도 꽤 많이 보았지마는 너같이 아름다운 사람은 처음이로다. 그러나 다 쓸데 있느냐. 당초에 서로 몰랐더라면 좋았지."

"글쎄, 왜 오늘 새삼스럽게 그런 말씀을 하셔요."

"얘, 너도 생각하여 보아라. 내가 공부는 무엇 하러 하며 일을 해서 다 무엇 하느냐. 살아 있는 것보다 하루바삐 죽는 것이 낫지. 세상에 나온 것이 잘못이요 오늘까지 살아 온 것이 잘못이지."

"그런 생각 먹지 마시오. 이편이 고생스럽고 속상한 줄이야 난들 모르겠소마는 어떻게 합니까. 이 괴로운 세상에 괴로운 사람으로 생겨났으니 그저 참는 것이 제일이지요."

"참아! 오늘날까지 참기나 얼마나 참았겠니. 남 지지 않게 일도 하고 돈도 받는 대로 다 바쳤건만 그래도 무엇이 부족해서 잡아 오더구나. 그런 것까지도 나는 찍소릴 아니 하고 참았다. 이만치 참았으면 꽤 참았지."

"그야 너무 악착하지요마는 아무려나 그가 우리 상전이니까……."

"내 상전이야! 허허, 누가 그 사람으로 내 상전이 되게 하였으며 나로 그 사람의 종이 되게 하였다더냐. 또 그 사람이 내게 무슨 권리가 있어? 나도 그 사람과 같이 생긴 사람이야. 도리어 그 사람보다 잘난 사람이다. 내가 장사를 하면 그 사람만 못하겠느냐, 글을 읽으면 그 사람만 못하며, 지으면 그 사람만 못하단 말이냐. 그 사람이 내게다 글자 하나 가르친 것 아니고 다 내 손으로 나 혼자 배운 것이야. 나는 그 사람에게 신세 하나 진 것 없다. 그 사람이 무슨 권리가 있관대 내가 좋아하고 잘하는 일을 못하게 하고 말이나 소나 할 일을 시킨단 말이냐. 나는 지금 가장 더럽고 하등 되고 괴로운 일만 하고 있다."

"에그, 그런 말씀 마셔요. 왜 이전에는 아니 그러시더니 그런 말씀을 하셔요. 만일 또 분김에 무슨 일을 하실는지 참 걱정이외다. 하기야 그렇지마는 나와 해리를 보아서라도 경솔한 짓은 맙시오, 예."

"나도 견딜 수 있는 대로 견디어 보기도 하였고 참을 대로 참기도 하였다마는 이제는 하리만치는 다 하였다. 더 견딜 수는 없어."

"그러면 어떻게 하신단 말이에요."

"어저께도 죽을 뻔하였다. 마차에다 돌을 싣노라니까 작은아기가 와서 채찍을 두르더구나. 말이 놀라서 뛰려기에 '제발 잠깐 참아 줍시오. 짐을 못 싣겠습니다.' 하였더니 그 채찍으로 나를 후리더구나. 그래, 내가 손목을 좀 잡았더니 발로 차고 소리를 지르고 야단을 하겠지. 제 아비한테 뛰어가서 내가 저를 때린다고 아니 했겠니. 아비가 열이 나서 오더니만 '이놈, 내가 누군지 알고.' 하면서 나를 낢에다 동여매고 나뭇가지 하나를 꺾어서 아기를 주면서 '팔이 아프도록 이놈을 때려라.' 하여 나는 그놈한테 죽도록 죽도록 얻어맞았다."

하는 조지의 눈은 불붙는 듯 번적이더라.

"그러나 나는 어떠한 일이 있더라도 주인 양주의 말을 듣겠습니다. 그렇지 아니하면 무엇으로 예수를 믿는다 하겠습니까."

"너야 그럴 터이지. 어려서부터 사랑 받고 길러져 나고 교육도 잘 받고 하였으니깐 너야 안 그렇겠느냐마는 나로 말하면 밤낮 얻어맞고 발길로 채였을 뿐이라 사랑커녕 나를 내다 버리는 것이 제일 내게는 복이로다. 나는 내가 주인한테서 얻어먹은 돈을 백 곱이나 하여 바쳤다. 이제는 하늘이 땅이 되어도 더 참을 수 없는 것이다."

"그렇기도 하시겠지요마는 그저 마음을 바로 가지고 하나님만 믿읍시다. 하나님께서 구원하여 주시기만 꽉 믿읍시다."

"나는 암만해도 하나님을 믿을 수가 없다. 내 가슴에는 괴로움과 슬픔이 꽉 차서 하나님 들어앉을 자리가 없다."

"그것이 잘못이야요. 그런 마음을 잡수시기에 괴로움이 생기는 것입니다."

셸비의 집안에서는 다 예수를 믿어 마음이 착하므로 해리스는 조지가 그네의 착한 마음을 본받을 염려가 있다 하고 조지가 셸비의 집에 감을 금하고자 하여 조지와 엘리자의 새를 떼고 더럽고 미욱한 미나라는 계집과 결혼을 시키려 하더라. 조지가 분한 목소리로

"너와 가까이하면 내가 좋은 사람이 될까 보아 자꾸 미나와 혼인을 하라고 하는구나. 제 말을 아니 들으면 남방 목화 농사하는 데 나를 팔아먹는다고 으르면서."

"그게 말이 되나요. 우리 둘은 벌써 목사님 앞에서 혼인 예식을 하지 아녔소."

"아— 마소에게도 혼인 예식 있느냐. 주인의 마음대로 아무 데나 붙여서 새끼만 많이 쳤으면 그만이지. 주인이 우리를 붙여 두기를 싫어하니까 우리 둘은 떨어질 수밖에 있니. 그러기에 애초에 너하고 나하고 만나지 아녔던 편이 낫단 말이다. 이제는 다시 어쩔 수가 없으니까 나는 멀리로 달아나련다. 이게 마지막 보는 것이로다."

"에그, 멀리가 어디야요?"

"가나다지. 가나다밖에야 우리 짐승 놈의 자유 할 곳이 있느냐."

하고 벌떡 일어나면서

"아무렇게 해서라도 내 너 하나는 살릴 터이다. 그것밖엔 바라는 것이라고는 없다."

"이게 무슨 말씀이오. 그러다가 붙들리면 어떻게 하려고."

"아니, 붙들릴 걱정은 없어. 설혹 붙들린다면 어떠냐. 자유를 못 얻으면 죽는 게지."

"그러나 자수 같은 것은 하지 마시오, 예."

"자수할 까닭이 있니. 붙들리는 날이면 내가 자수하기 전에 잘 죽여 줄 터이니까."

"에그, 어쩐단 말인가. 아무려나 잘 생각하셔서 하나님 뜻에 어그러지는 일을랑 마시오. 암만해도 가셔야 하겠으면 나도 말리지는 않겠습니다마는 앞뒷일을 잘 생각하셔서 하십시오. 하나님께 기도나 잘 하고."

"엘리자, 나 위해 잘 기도해 다오. 나는 가!"

하면서 엘리자의 손을 잡고 잠잠히 서서 서로 뜨거운 눈물을 흘리다가 마침내 이 내외가 손을 나누더라.

3

그날 밤에 셸비가 침실에서 그날 온 편지와 신문을 볼새 에밀리 부인이 머리를 빗으면서

"아까 왔던 손님이 누구야요."

이 말을 듣고 셸비는 얼굴이 후끈후끈하여 어두운 데로 고개를 돌리면서

"응, 그 사람 말이야, 저…… 어, 헤일리라는 사람이야."

부끄럽기도 하고 속도 괴로워 어떻게 말할 줄을 모르다가

"내게 좀 일이 있어서 왔습디다그려."

"예, 그래요? 그게 저, 종 장수 아닌가요?"

셸비는 이 말을 듣고 무딘 칼로 가슴을 우비는 듯하여 한참은 어찌 못하다가

"이제야 기일 수 있소." 하고 좀 쉬어서 "응, 그래, 좀 장수야. 암만 생각하여야 어찌할 수가 없어 제일 좋은 놈을 팔기로 하였지요…… 저, 톰을."

"그게 무슨 말씀이야요. 톰을 판다는 게. 어쩌면 그런 짓을 하시게 되셨소. 어려서부터 충직하게 일하던 톰을 판다는 게 웬일이오니까. 또 당신께서 장차 양민이 되게 하여 주신다던 약속은 어떻게 하시고 그런 무정한 짓을 하셨습니까. 아무리 돈에 열이 났기로 하고많은 사람에 톰을 팔 것이야 무엇입니까. 톰도 톰이거니와 해리도 안 그렇습니까."

"그러나 톰이라야 값이 많이 가겠으니까 어찌하나."

"나는 톰에게 여러 가지 이야기를 하여 왔습니다. 부모에게는 어떻게 하며 처자에게는 어떻게 한다든가 남을 사랑한다든가…… 이제 무슨 낯으로 저것들을 보겠소. 돈보다도 무엇보다도 사람의 영혼이 중하다고 한 내 남편이 얼마 안 되는 돈에 귀한 영혼을 팔았구려. 내 힘으로 될 수만 있으면 아무런 일을 하여서라도 저것들을 건져 주겠지만."

"이편이 슬퍼하실 줄도 알았고 저것들이 불쌍도 하지마는 그렇게 아니하면 우리는 몸만 남고 재산이란 재산은 다 없어지겠으니 어찌하오. 그래서 어찌할 수 없이 빚값에 그 둘을 주었구려."

"그렇걸랑 내 몸에 있는 것을 모두 다 내드릴 것이니 그 둘은 팔지 않게 하시오. 둘 다 못 하면 해리 하나만이라도. 해리가 없어지면 엘리자가 어떻게 살겠소."

"이제는 그런 말 해야 쓸데없소. 벌써 약속을 다 해 놓고 내일 아침 일찍이 헤일리가 데리러 온다고 하였으니까. 나는 차마 그것들이 끌려가는 꼴을 못 보겠으니까 아침 일찍 말이나 타고 어디 갈까 보오. 부인도 엘리자나 데리고 어디 나가 있구려."

"나는 못 해요. 나는 그런 짓은 못 해요. 이제 톰도 가 보고 사죄라도 하렵니다. 또 나는 내일 아침 저것들이 끌려갈 적에 집에 있어서 위로의 말 한마디라도 하여 주렵니다."

엘리자는 아까 부인의 말을 듣고 얼마큼 마음이 놓였으나 그래도 가슴에 걱정의 구름이 아니 걷히고 암만 자려 하여도 잠이 아니 들다가 셸비의 침실 밖에 와서 가만히 귀를 기울이고 양주의 말을 들으매 가슴이 미어지는 듯하여 문을 열고 들어가려다가 그리하면 도리어 사랑하여 주는 주인 양주의 슬픔을 더할까 두려워하여 두 손을 들어 속으로 에밀리 부인께 감사하고 제 방에 들어오니 어스름한 등불 빛에 그 사랑하는 해리가 입을 조금 벌리고 아주 평화롭게 손을 내놓고 부드러운 숨소리로 잠이 들었는지라. 엘리자가 입술을 꽉 물고 그 곁에 앉아 해리의 자는 얼굴을 보면서

"아아, 해리야, 네가 불쌍하구나. 너는 팔린 줄 모르지. 그러나 내가 너를 건져 내겠다."

하고 슬픔에 겨워서 눈물도 아니 나오더라.

엘리자는 에밀리 부인에게 오늘날까지 사랑을 받아 감사하다는 말과 지금 주인의 뜻을 거스르고 도망하는 죄를 용서하라는 뜻으로 간단하게 유서를 써 놓고 해리의 옷과 평거에 해리가 사랑하던 장난거리를 싸서 허리에 둘러매고 해리를 흔들어 일으켜 옷을 입히고 저도 옷을 갈아입을 새 해리가 토실토실한 주먹으로 졸린 눈을 비비며

"엄마, 어디 가요."

"애, 떠들지 말아라. 내일 아침에는 무서운 사람이 와서 너를 잡아간단다. 그래서 내가 너를 데리고 지금 도망하는 것이란다."

하고 해리를 업고 문밖에 나오더라.

아직 이월이라 살을 베는 찬 바람이 쌀쌀히 불어오고 새파랗게 맑은 하늘에는 별들이 반짝반짝 속살거리는 듯하다. 이 불쌍한 두 생명은 장차 어느 편으로 가려는고.

셸비의 집에 담을 연하여 톰의 집이 있으니 나무도 다듬지 아니하고 지어 놓은 조그마한 오막살이나 앞에는 뜰이 있어 여름이 되면 여러 가지 채소와 꽃들을 심고 아침마다 톰의 아내 되는 클로이가 일찍이 일어나서 싱글싱글 웃는 얼굴로 한번 돌아봄을 더할 수 없는 재미로 알더라.

클로이는 음식을 잘 만드는 고로 셸비 집 부엌차지라는 직분으로 날마다 충실하게 보살피는 터이라. 오늘도 큰집 일을 다 하고 제집에 나와서 저희 먹을 음식을 만들며 곁에서는 형 되는 두 아이가 말째 어린것이 지축지축 걸음을 배우다가 넘어지는 것을 보고 손뼉을 치며 웃고 저편 난로 곁에는 절름발이 테이블에 여러 가지 그릇이 놓였으며 그 앞에 체격 튼튼하고 얼굴빛은 껌으나 다정할 듯한 영감이 앉았으니 이는 곧 셸비 집 복덩어리 톰이라. 지금 그 울퉁불퉁한 손에 석필을 잡고 셸비의 맏아들 조지가 써 준 체를 보고 글씨를 익히며 열세 살 된 조지는 선생인 체하고 이 글씨가 굵으니 저 점이 처졌느니 하고 톰의 곁에서 가르치고 앉았더라.

이때는 바로 셸비가 종 장수 헤일리로 더불어 톰과 해리 파는 계약을 하고 문서에 도장을 찍을 때라.

저녁을 먹고 클로이가 만든 과자를 씹으면서 여러 가지 이야기를 할새 이웃 사람들이 모여 앉아 찬미도 부르며 조지가 성경도 보아 들리고 재미있는 이야기도 하여 밤이 깊은 줄을 모르다가 열두 시가 지나서야 모두 제집으로 돌아가고 톰과 클로이도 세 아기를 곁에 두고 자려 하더니 이때에 엘리자가 해리를 업고 문밖에 와 부르는지라. 클로이가 나가 맞아들이고 톰도 자리에서 나오더라. 엘리자는 얼른얼른 톰과 해리가 팔린 이야기를 하고

"나는 이것을 데리고 달아납니다. 당신께서도 같이 가시지요."

클로이가 이 말을 듣고 깜짝 놀라면서

"여보, 영감, 어서 달아나시오. 여기 있지 말고 어서 달아나요."

톰은 머리를 흔들고

"엘리자는 가는 게 좋지. 나도 말리지는 아니하지마는 나는 갈 수 없어. 내가 달아나면 상전댁 세간은 한 푼 안 남고 다 빼앗기실 터인데. 내 몸 하나 팔렸으면 그만 아닌가. 마누라, 자네도 영감마님을 털끝만치도 원망을랑 말게."

하고 북두갈고리 같은 손으로 얼굴을 가리고 훌쩍훌쩍 울더라. 엘리자도 하릴없이 혼자 가기로 하고 클로이더러

"아주머니, 조지를 보시거든 내가 가나다에 갔다고 자세히 일러 줍시오."

하면서 클로이를 안고 한참이나 울다가 가만가만히 대문으로 나가더라.

4

셸비 양주는 어젯밤 오래도록 이야기도 하고 자리에 누워도 졸음 오지 아니하여 늦게 잠이 들었다가 오늘 아침에는 일곱 시나 되어서야 일어났더라. 세 번이나 초인종을 눌러도 엘리자의 대답이 없으므로 앤디라는 사

나이 종을 불러

“얘, 엘리자 좀 불러라. 세 번이나 불러도 대답이 없구나.”

하였더니 앤디가 엘리자의 방에 갔다가 눈이 둥글하여

“엘리자의 방에는 문도 열어 놓고 아무도 없어요. 방바닥에는 옷가지를 벌여 놓고요. 아마 달아났나 보올시다.”

양주도 그럴 줄은 알고 있던 것이라.

“년, 어떻게 알고서 달아났구나.”

“에그, 하나님께서 도와주셨구나. 잘 달아났다.”

“그게 말이라고 하나, 사설이라고 하나. 만일 내가 도망이나 시킨 줄 알면 그놈이 오죽 트집을 하겠소.”

십오 분 동안이나 안팎으로 야단을 하고 찾는 동안에 클로이는 알은체도 아니 하고 아침 준비를 하더라.

이러저러하는 사이에 헤일리가 말을 타고 달려오더니 인사도 아니 하고 객실에 뛰어서 들어오며 소리를 높여서

“셸비 씨, 이 일을 어쩐단 말이오?”

“여보, 아낙에서도 있는데 너무하시구려.” 하는 셸비의 말에 헤일리는 허리를 굽실굽실하면서

“잘못되었습니다. 용서합시오. 그런데 그게 정말이야요. 정말 달아났어요.”

“참 안되었습니다. 그년이 아마 문밖에서 엿듣고 섰었던 모양이야요.”

“그럴 줄도 알았지요.”

“어째서요?”

“아니올시다, 그거, 적지 아니한 것을 잃어버렸단 말이야요.”

"글쎄, 참 대단히 미안하올시다마는 만일 나를 의심하시든가 하시고 보면 나도 가만히 있을 수는 없으니까 어디까지든지 도와는 드리겠습니다. 나도 그럴 의무가 있으니까 말도 빌려 드리고 사람도 드릴 것이니 위선 조반이나 잡수시고 봅시다."

하고 앤디라는 종과 샘이라는 종을 불러 말에 안장을 지워 헤일리를 모시고 엘리자를 따라가라고 명령하더라. 그러나 두 종은 불행히 엘리자가 잡힐까 염려하여 일부러 모든 준비를 느리게 할새 에밀리 부인이 두 종더러

"너희들, 조심해서 헤일리 씨를 모셔라. 그 말이 발이 좀 상하여서 빨리 걷지는 못하느니라."

"예이, 알아차렸습니다. 걱정 맙시오."

헤일리는 시각이 바빠서 덤비건마는 종들은 엘리자가 잡히기를 두려워하여 말을 놀래어 달아나게도 하고 헤일리를 말에서 떨어지게도 하며 말을 잡으러 가서는 일부러 잡을 것도 못 잡는 듯, 또 저희도 이리 넘어지고 저리 쓰러져 옷도 버리고 말을 잡아 가지고 와서도 말에게 흙이 묻었느니 배가 고프니 별의별 핑계를 다 하여 시간을 늦게 하며 에밀리 부인도 클로이를 데리고 부엌에서 점심을 차리면서 버터 그릇도 엎지르고 다 익은 고기를 고양이에게 먹이고는 새로 고기를 지지며 겉으로는 속이 다는 듯 분주히 돌아다니나 속으로는 될 수 있는 대로 헤일리를 붙들어 엘리자로 하여금 한 걸음이라도 더 멀리 가게 하려 하더라. 이리하여 오후가 훨씬 지나서야 일행이 떠나갈새 종들은 짐짓 길을 잘못 들었다가 돌아 나오기도 하며 길 가운데서 말을 세우고 북두를 조르기도 하여 여러 시간을 허비한 뒤에 저녁때야 비로소 엘리자를 만났더라.

5

엘리자는 톰의 집에서 떠나서 홀로 찬 바람을 쏘이면서 서리 찬 먼 길을 한 걸음 두 걸음 달아날새 어렸을 때 조지와 함께 손목을 마주 잡고 노닐던 나무 그늘이며 양의 떼를 몰던 풀밭을 바라보고 그때 세상의 괴로움을 모르고 즐겁게 자라나던 생각을 하고 오늘날 짐승과 같이 종으로 팔리려는 어린 아들을 데리고 지향 없이 달아나는 일을 생각하매 가슴이 터져 나며 눈물이 비 오듯 하더라.

나고 자란 정든 고향을 영원히 이별하거니 하면 풀 한 포기 나무 한 가지라도 안고 입을 맞추고 싶으나 이렇게 급한 자리에 그런 생각 할 겨를도 없으므로 입을 꽉 다물고 언 손으로 눈물을 씻으면서 앞만 바라보고 달아나더라. 언 길 위 제 발자취 소리에도 사람이 따라오는 것이나 아닌가, 새벽바람에 나뭇잎 갈리는 소리에도 몸을 떨면서 빠르던 걸음을 더 빠르게 하니 이런 때에는 아이가 무거운 줄도 모르고 어떤 다른 힘이 몸을 받쳐 주는 듯하여 몸의 무게가 없는 듯. 속으로 '하나님이시여, 불쌍한 저희를 건지어 주옵소서.' 기도를 올리더라.

해리는 하도 이상하여 잘 할 줄도 모르는 말을 가지고 몇 마디 하다가 그 어머니의 꾸지람을 듣고 토실토실한 손으로 어머니의 목을 안고 한참이나 가다가 그만 잠이 들어 세상을 모르더라. 그러나 목에 닿은 따뜻한 손가락 끝으로 형용할 수 없는 힘이 흘러 엘리자의 핏줄로 돌아가는 듯하여 동틀 머리에 사오십 리 길이나 왔더라.

오하이오 강가에 에밀리 부인의 친척이 있어 여러 번 부인을 모시고 와 본 일이 있는 고로 그 길로 가서 오하이오 강을 건너 가나다로 건너설 작정이라.

차차차차 구루마 소리도 나고 말 소리와 사람의 말도 들리는지라. 엘리자는 남의 눈에 이상히 보일까 여겨 아이는 걸리고 저도 될 수 있는 대로 마음을 놓는 듯이 걸으려 하나 어린것이 마음대로 걷지를 못하니 어찌하리오. 보퉁이에서 능금을 내어 길에 던지면 해리는 그것을 집노라고 뛰어간다. 이 모양으로 어린것을 이끌면서 적지 아니한 길을 걸어 어떤 수풀 속에 다다르니 철없는 해리는 뒤에 저를 죽이려는 사람이 따르는 줄도 모르고 배가 고프다고 발악을 한다. 하릴없어 길에서 아니 보일 만한 수풀 속 개천가에 들어가 과자도 내어 먹이고 물도 떠 마실새 해리는 그 어머니가 아무것도 아니 먹는 것을 걱정하여 과자를 집어다가 어머니의 입에 틀어넣고 그래도 아니 먹으면 목에 매달려 울려고 하더라. 엘리자는 해리를 꽉 쓸어안고 눈물을 흘리면서

"나는 아무것도 못 먹는다. 네가 아주 살아나기 전에는 아무것도 못 먹어! 어서 바삐 이 강을 건너가야 우리 둘이 살아난단다."

여기서 떠나 삼십 리쯤 걸어 어떤 촌중에 다다르니 이제는 아는 사람도 없겠고 설혹 아는 사람을 만난다 하여도 셸비 집에서 달아난 줄로는 생각지 아니할지며 또 해리의 얼굴은 백인종같이 생겼으므로 아무도 이상히 여기지는 아니하리라 하여 어떤 촌가에 들어 저녁을 시켜 먹은 후에 다시 떠나 해 지게 티 촌에 다다르니 다리는 아프고 발이 부르터 한 걸음도 옮겨 놓기가 어려우나 마음은 더욱 바쁘더라. 빨리 강가에 이르러 본즉 마귀 같은 푸른 물에 위로 흘러오는 얼음장들이 강가로 스쳐 흘러 찌그덕찌그덕 서로 마주치면서 물결을 좇아 흘러 내려가며 타고 건널 배조차 없으니 이를 어찌하잔 말인고. 엘리자는 기가 막혀 한참이나 정신을 잃고 섰

다가 곁에 있는 주막에 들어가 그 집 노파더러

"나룻배가 안 떠납니까."

"강이 막혀서 못 떠납니다. 에그, 거참, 아니 되었네. 무슨 급한 일이 있나요."

"아기가 병이 났다기에 가는 길이야요. 어제 저녁까지는 당초에 몰랐다가 오늘 아침에야 알고 종일 달려왔더니……."

"에그, 어찌하면 좋은가." 하고 곁에 섰던 사나이더러

"누가 좀 건너 드릴 사람 없겠소."

"어디 봅시다. 아마 있겠지."

"아무려나 좀 이리로 들어오시오. 아기가 얼마나 춥겠나."

하고 침상 있는 방으로 맞아들이거늘 엘리자는 해리를 침상에 누이고 저도 곁에서 몸을 녹이면서 나룻배 건너 주기만 기다리더니 문득 창밖에 샘의 얼굴이 보이는지라 깜짝 놀라 어찌할 줄을 모를 제 샘이 일부러 모자를 날리면서 소리치는 것을 듣고 엘리자는 얼른 방 안에 숨고 헤일리의 일행은 그 주막 마당에서 말을 세우더라.

엘리자는 해리를 안고 혼이 빠져 달아나 강으로 나간다. 헤일리가 어찌하다가 그것을 보고

"샘아, 앤디야, 저년 저기 있다."

하고 사냥개가 짐승을 본 듯 따라오거늘 엘리자가 강가에 다다라 뒤에 따라오는 무리를 보고 생각하되 해리를 종으로 주는 것보다는 내 품에 안겨 같이 고기밥이 되는 편이 나으리라 하여 터드럭터드럭 무서운 소리를 내며 흘러 내려오는 얼음장에 성큼 올라서니 이는 미친 사람이나 죽으려는 사람 아니고는 하지 못할 일이라. 실로 이 불쌍한 두 목숨은 바람맞이에

놓은 등불과 같도다. 헤일리의 일행은 이것을 보고 다만 "저것, 저것." 할 따름이요 어찌할 줄을 모르더라.

엘리자가 한참이나 흘러가는 얼음장을 타고 섰더니 그 얼음장이 한편으로 기울며 버걱버걱 소리가 나매 "사람 살리오." 소리를 치며 또 다른 얼음장에 옮겨 타더라. 이렇게 한 얼음장이 기울면 다음 얼음장으로, 그것이 또 기울면 또 그다음 얼음장으로 미끄러지며 엎드러지며 한 발이 물에 빠졌다가는 한 손이 얼음에 짚이는 양은 곁에 선 사람도 몸이 떨리더라. 어느 새에 구두는 벗어져서 발에서 솟아 흐르는 붉은 피는 무정한 얼음장을 물들이더라. 그러나 하늘은 이 두 목숨을 아니 버리사 마침내 그 강 저편에 다다르게 하시고 눈물 있고 피 있는 사람으로 하여금 정신 잃은 두 몸을 건지게 하시니 건진 이는 곧 엘리자와 같은 인형을 써도 사람 아닌 시메스러라. 엘리자가 간신히 정신을 차려

"나는 해리의 자유를 위하여 달아나는 길이니 살려 주시오."

하고 전후 이야기를 다 하여 들린대 시메스도 눈물을 흘리면서 아주 친절한 목소리로

"나니 어찌하오. 내가 무슨 힘으로 살려 드리겠소. 내, 한 군데 지시하여 드릴 것이니 그리로 가시오. 거기만 가시면 기어코 살아나리다."

6

메어리라는 인자한 부인의 지아비 버드는 오하이오 도 원로원 의원이라. 마침 이때 원로원에서 도망하는 종 보호하는 자에게 죄를 주자는 법

률을 의논하더니 메어리 부인이 이 말을 듣고 남편 돌아오기를 기다려

"그런 법률이 어디 있단 말이오. 그것은 하나님의 뜻에 어그러지는 법률이 아니오니까."

하고 극렬하게 원로원을 공격하다가

"그 약하고 불쌍한 것들을 못살게 하는 패려하고 괴악한 법률이 생기거든 내가 맨 먼저 그 법률을 깨뜨리겠소이다."

"여보, 그렇게 감정으로만 생각하여서야 무슨 일이 되오. 큰 공공한 이해를 생각하여야지."

"공공한 이익? 사람을 못살게 하는 공공한 이익이 어디 있어요. 남을 잡아먹고라도 제 배를 불리려는 그러한 법이 어디 있겠습니까."

하고 눈물을 뿌리며 하는 말에 버드도 다시 대답할 말이 없어 하는 즈음에 쿠조이라는 사나이 종이 들어와서

"마님, 부엌에 좀 와 보셔요."

하는지라. 버드는 그제야 마음이 놓여 그날 신문을 보더니 한참이나 있다가 부인이 돌아와서

"영감, 이리 좀 오십시오."

하기로 부인을 따라가 본즉 어떤 꾀꾀 마른 아낙네가 물 묻고 얼음 언 옷에 어린아이를 안고 기절하였는데 발에서는 피가 뚝뚝 떨어지거늘 메어리 부인과 종 디나는 부인을 구완하며 쿠조이는 아이를 무릎 위에 올려놓고 젖은 버선을 벗기고 언 발을 비벼 주더라.

얼마 있다가 엘리자가 그 크고 검은 눈을 반쯤 뜨고 메어리를 보거늘

"에그, 이런 변이 있나."

하는 메어리의 말은 듣지도 못한 듯 그 얼굴에는 근심하는 빛이 나더니

"해리야, 해리야, 해리가 어딜 갔나."

하고 벌떡 일어나매 해리도 쿠조이의 무릎에서 뛰어 내려와 그 어미의 목에 매달리더라. 엘리자가 해리를 쓸어안고

"오냐, 네가 여기 있구나. 잡혀가지 아니하고 여기 있구나."

하고 메어리 부인을 쳐다보면서

"마님, 살려 줍시오. 이것을 빼앗기지 않게 하여 줍시오."

"오냐, 걱정 마라. 걱정 말고 여기 있거라."

하니 엘리자는 기쁘기 그지없어 하면서

"황송합니다."

하고 땅에 엎드려져 눈물을 흘리더니 여러 가지로 위로하여 주는 말에 마음이 놓여 난로 곁에 있는 침상에 눕더니 곧 잠이 들면서도 제 아이는 놓지 아니하더라.

이 광경을 보고 버드 양주가 자기 방에 돌아와 여러 가지로 의논을 할새 계집종 디나가 오더니

"그 사람이 일어나서 마님께 여쭐 말씀이 있다 하옵니다."

하거늘 양주가 가 본즉 엘리자는 아까같이 황망하던 모양은 조금도 없고 아무 생각도 없는 듯이 난롯불만 보고 앉았더라.

"내게 무슨 할 말이 있느냐. 좀 낫긴 하지."

그러나 엘리자는 다만 슬프게 메어리의 얼굴을 쳐다보고 한숨만 쉬거늘 메어리 부인도 구슬픈 마음이 생겨 눈물이 고이며

"걱정할 것 없다. 여기 있는 사람들은 다 네 편 아니냐. 대관절 너는 어디 살며 가기는 어디를 간단 말이냐."

"저는 켄터키에서 도망하여 왔습니다. 나를 잡으려고 하는 사람들이

쫓아와서 정신없이 오하이오 강을 건너왔습니다."

"그러면 너도 종인 게로구나. 네 상전이 몹쓸 이더냐."

"아니올시다, 제 상전은 두 분 다 참 좋은 어른이시지요."

"그런데 왜 죽는 것도 안 헤아리고 도망을 하느냐."

엘리자가 대답은 아니 하고 물끄러미 메어리 부인을 보면서

"마님, 아기 없으십니까."

이 말에 버드 양주는 몸이 떨린다. 메어리 부인의 가슴에는 새로운 슬픔이 솟아나서 떨리는 목소리로

"에그, 두어 달 전에 죽었단다."

버드는 슬픈 모양을 아니 보일 양으로 문께로 가고 메어리 부인은 눈물을 씻으면서

"왜 그런 소리를 하느냐, 아아."

"마님께서도 아기 생각을 하시고 그리 슬퍼하시니 저도 불쌍히 보아주십시오. 저도 둘은 죽여 버리고 이제는 이것 하나뿐인데요, 이것까지 없으면 무슨 재미에 살겠습니까. 그저 이것 하나를 재미로 살아가는데 그것을 빼앗아 가렵니다그려. 이런 어린것을 사다가 무엇에나 쓰겠습니까마는 기왕 팔렸으니 어찌합니까. 그래서 밤에 이것을 데리고 도망하여 나왔더니 이것을 산 사람과 주인집에서 따라오지 아니합니까. 너무도 무서워서 죽기를 기쓰고 오하이오 강 얼음장을 탔습니다. 그러고는 어떻게 되었는지 정신없다가 어떤 종이 살려 주어서 이렇게 살아 있습니다."

말하는 사람은 눈물조차 다 말라서 남의 말같이 하건마는 듣는 이는 누구든지 다 얼굴을 가리더라. 버드도 바깥을 내다보며 눈물에 흐린 안경을 닦더니

"주인이 그렇게 무던한 인데 왜 그 애를 팔았단 말인가."

"착하신 이지마는 빚을 많이 지셔서 어찌할 수 없이 파셨어요. 마님께서는 이것을 살려 주시려고 애를 쓰십디다마는 영감께서 어찌할 수 없다 하시는 말씀을 듣고는 그만 이것을 데리고 달아났습니다. 이것을 놓고야 어떻게 살겠습니까."

"서방은 없었니."

"예, 있긴 있습니다마는 주인이 딴 주인이고 또 그 주인이 몹쓸어서 서로 만나지도 못하게 하고 새새틈틈 만나는 것이 미워서 남방에다 판다니까 일생에 다시 만날 날이 있을까 싶지 아니합니다."

"그런데 가면 어디를 간단 말이냐."

"글쎄요, 가나다에나 갈까 하옵니다마는 가나다가 꽤 멀지요."

"무어, 가나다엘 가, 그렇게 멀리?"

"이것이 종만 아니 된다면 아무 데나 가겠습니다."

"가만있거라, 어찌했으나 오늘은 여기서 자고 어디 잘되도록 생각하여 보자꾸나. 얘, 디나야, 네 방에 자리 펴 주어라."

7

오늘은 헤일리가 톰을 데리러 올 날이다.

클로이 할미는 톰이 좋아하는 음식을 만들며 가져갈 옷을 차리노라고 새벽부터 돌아가다 조반을 먹고 나서 좀 쉬려 할 즈음에 에밀리 부인이 얼굴에 슬픈 빛을 띠고 들어오거늘 클로이가 얼른 일어나 의자를 드린대

부인이 덜퍽 의자에 걸터앉으면서 방 안을 한번 둘러보고

"에그, 톰아, 어찌하면 좋으냐."

하고 손수건으로 눈을 가리며 흑흑 느끼거늘 클로이 할미도 팔에다 얼굴을 대고

"왜 우십니까. 울지 마시오."

이것을 보고 방 안에 앉았던 사람들은 다 눈물을 흘리더라. 에밀리 부인이 고개를 들면서

"암만 너를 건져 주려도 할 수가 없구나. 또 아무것도 줄 것이 없다. 돈을 주면 좋겠다마는 돈이 있으면 네가 쓰겠니. 빼앗기기나 하지. 이제 가면 얼마나 고생을 하겠느냐마는 그저 참아 다오. 내 아무런 짓을 하여서라도 너 있는 데를 알아 두었다가 도로 너를 찾아올 것이니. 응, 잊지 말고."

이리할 제 짐승 같은 헤일리가 말채찍을 들고 들어오면서

"얘, 이놈아, 아직도 차비를 아니 하였단 말이냐. 썩썩 나서라."

하다가 곁에 에밀리 부인이 앉은 것을 보더니 갑자기 점잖아지면서 인사를 한다.

클로이는 무거운 보퉁이를 들어다가 톰에게 주면서 원망스러이 헤일리를 흘겨보더라.

톰이 보퉁이를 둘러메고 헤일리의 뒤를 따라 나갈 제 클로이는 세 아이를 데리고 울며 나가고 이웃 사람들도 모두 모여 와서 마차를 둘러서더라. 톰은 속이 착하여 여러 젊은 종들을 사랑하여 부릴 뿐더러 예수를 잘 믿어 여러 종에게 전도를 하여 교회의 선생이 되었으므로 항상 톰을 사랑하고 공경하던 그들이라 톰이 팔려 가는 것을 슬퍼하는 마음은 정히 간절

하던 중에

"어서 올라타라."

하며 짐 구루마 같은 마차에다가 톰을 몰아 싣고 자리 아래서 쩔렁쩔렁하는 고랑을 내어 톰의 다리를 채우는 것을 보고 둘러섰던 사람들은 주먹을 부르쥐고 이를 갈더라.

"여보시오, 그렇게 아니 하셔도 걱정 없습니다. 톰은 결단코 달아나거나 그런 일은 할 사람이 아니외다."

하는 에밀리의 말에 헤일리는 빙긋 웃으면서

"그렇기도 하겠지요. 그러나 나도 그런 말씀 듣다가 사오백 원 돈이나 밑졌는데 또야 속겠습니까."

셸비는 헤일리의 성화를 받기도 싫고 또 순실하게 제 말을 좇는 부처 같은 톰의 얼굴을 대하기가 부끄럽기도 하여 여간한 일을 핑계로 새벽에 어디로 나가서 아니 들어오고 그 아들 조지도 마침 놀러 나가고 아니 보이더라. 톰은 조지를 만나 보지 못하고 떠나는 것이 하도 섭섭하여 마차 위에서 손을 두르면서

"도련님을 못 뵙고 가는 것이 섭섭하여 못 견디겠소이다. 돌아오시거든 그 말씀이나 하여 줍시오."

주먹으로 눈물을 씻을 제 벌써 말은 발굽을 울리며 빨리 달아 보내는 사람의 얼굴들이 차차 희미하여지더라.

한참이나 오다가 어떤 대장간 앞에 다다라 말을 세우고 마차에서 녹슨 수갑 하나를 내들고 들어가더니 한 손으로 톰을 가리키면서

"저놈에게 채울 건데 좀 작아서 못쓰겠네. 얼른 고쳐 주게."

대장장이가 헤일리의 가리키는 데를 보더니 깜짝 놀라며

"저게 누구요. 셸비 댁에 있던 톰 씨 아니오니까."

"왜 아니야."

"아, 영감께서 사 가시는 길입니까."

"응, 샀네. 꽤 비싸게 샀네. 밑지지나 아니할지."

"영감, 톰이 같으면 수갑은 해서 무엇 해요. 톰이같이 충직한 사람은 없는데."

"여보게, 말 말게. 저런 것이 충직이 다 무엇이란 말인가. 자, 어서 수갑이나 하여 주어야지."

대장은 수갑을 들고 이리 뒤적 저리 뒤적 하면서

"아니야요, 톰은 예수도 진실히 믿고 참……."

"흥, 종이란 것은 틈만 있으면 도망하려는 놈이나 되어야 그래도 제구실을 하지 도망할 줄도 모르는 놈이야 무엇에나 쓰겠나."

"계집과 새끼들은 다 두어 두고 오나요."

"그럼, 그것을 다 끌어다가 무엇에다 쓸라고. 계집 생각이 나거든 새것을 하나 얻으면 그만이지. 아무 데를 간들 계집 없는 데 있을라고."

톰은 헤일리와 대장의 문답하는 말을 듣고 홀로 슬퍼할 제 문득 뒤에 달려오는 말발굽 소리가 나더니 조지가 마차 곁에 와서 말에게서 내려 톰을 쓸어안고 울거늘 톰은 고맙기도 하고 슬프기도 하여

"아이고, 도련님 오셨구려. 아이고, 반가워라. 이렇게 한 번 다시 도련님을 만나 보았구려."

하고 발을 들었다 놓을 제 조지가 그 고랑 찬 것을 보더니 왈칵 성을 내어

"이게 무슨 짓이야. 이 개자식, 쥐어박아 줄까 보다."

하고 주먹을 딱 부르쥐고 뛰어 내려가려 하거늘 톰이 울며 손을 잡고

"도련님, 이게 무슨 말씀이오. 저 사람을 성내면 톰은 어떡합니까."

"네 말이 옳다. 참으마. 얘, 우리 집에서도 너무하시는구나. 내게는 아무 말도 없이 이게 무슨 짓이란 말이냐. 내 이제 집에 가면 실컷 야단을 칠 터이다."

"왜 그런 말씀을 하셔요. 부모님 걱정시키는 것이 효도가 아니라고 제 새끼한테 늘 말씀하시던 도련님의 입으로."

조지는 얼른 대장간을 들여다보고 호주머니에서 금돈을 내들면서 가만히

"톰아, 내 너 주려고 돈을 좀 가져왔다, 자."

"아니요, 내가 돈은 해서 무엇 하나요."

하고 돈은 받지 아니하나 마음으론 몹시 기뻐하는 모양이라. 그러나 이것은 금을 보고 그러함이 아니요 조지의 따뜻한 정이 이 불쌍하고 눈물 찬 톰을 기쁘게 함이러라.

"자, 어서 받아 두어라. 내가 클로이께 이 말을 하였더니 돈에다 구멍을 뚫고 실을 꿰어 목에 달랐기에 그렇게 하여 왔으니 자, 어서 받아라. 저 헤일리 놈 볼라."

"아니요, 그것 가지면 내가 씁니까. 마음만 해도 죽도록 못 잊겠습니다."

"그런 소리 말고 어서 받아. 이것을 볼 때마다 내가 데리러 오겠거니만 생각하고 있거라. 정말 내가 데리러 갈 터이야. 만일 아버지께서 말을 아니 들으시거든 내가 죽기로써 간구하려 한다. 어서 받아."

하고 돈을 톰의 옷 속에 넣어 주거늘 톰은 다시 사양을 아니 하고는

"도련님, 아버지를 섭섭히 아시지 말고 공부를 잘하시어 이름난 사람이

됩시오, 예. 아버지 모양으로 좋은 양반이 되시고 어머님과 같이 예수를 잘 믿으셔야 합니다, 예. 제 말을 잊지 마셔요."

"오냐, 기어코 내 유명한 사람이 되마, 응."

이리하는 즈음에 헤일리가 새로 고친 수갑을 들고 오거늘

"톰, 나는 간다. 부디 잘 가거라."

하고 헤일리한테 가서 인사를 하고

"나는 당신이 어떻게 톰을 대접하시나 보고 부모님께 여쭈려고 왔습니다."

"거참, 잘 왔구나."

"당신은 사람을 짐승 모양으로 묶어다가 돈을 받고 팔아먹고도 부끄러운 줄도 모르시오."

"그러면 어찌하여. 남들이 다 하는 일이니까. 남들이 이 장사를 그만두면 나도 말지마는……."

하고 껄껄 웃더니 채찍을 들어 말을 몬다. 조지는 말에 올라 말 머리를 돌리면서

"톰아, 부디 잘 가 있거라. 아까 말 잊지 말고, 응."

"예에, 안녕히 겝시오. 하나님이시여, 조지에게 복을 내려 주옵소서."

톰은 고개를 돌려 조지의 탄 말이 먼지를 일으키면서 달리는 양을 보다가 산모롱이로 돌아서 아니 보일 적에 낡은 성경을 내어

'땅 위에 모든 것이 다 없어지리로되 오직 사랑은 영원하리라.'

는 구절을 보고 즐거운 듯이 웃을새 헤일리는 신문을 끄집어내어 톰을 비싸게 팔 양으로 종의 시세와 종 사자는 광고를 찾더라.

8

켄터키 도 어떤 촌 주막에 이러한 광고가 붙었더라.

내 집에 있던 튀기 종 조지가 지나간 아무 날부터 간 곳을 알 수 없으니 그놈을 잡아 오거나 죽은 줄을 확실히 알게 하여 주시는 이에게는 돈 사백 원을 드리오리다. 그놈의 키는 여섯 자나 되고 얼굴빛 희고 회색 머리털이 곱실곱실하고 말이 점잖고 글도 보고 지을 줄을 아오니 백인으로 행세할 듯하외다.

벌써부터 어떤 늙은 신사가 그 광고를 자세히 보더니 어떤 마차가 문밖에 와 서며 그리로서 키는 크고 눈은 검고 샛별 같으며 콧마루 높고 입 꽉 다문 훌륭한 젊은 신사가 내려와 종에게 가방을 들리고 뚜벅뚜벅 점잖게 방으로 들어와서 턱으로 하인에게 짐 놓을 데를 가리키고 객도기에는 '오클랜드에 사는 헨리'로라고 단 뒤에 한 팔로 뒷짐을 지고 그 광고를 보더니

"애, 우리가 이렇게 생긴 사람을 버난에서 보지 않았니."

데리고 온 종에게 이렇게 말하고 주인을 향하여

"내가 지금 곧 무엇을 좀 써야 할 터이니 얼른 방을 하나 내주게."

하는데 아까 광고를 보고 섰던 신사는 암만해도 그 신사가 낯이 익은 듯하나 썩 생각이 아니 나서 한참이나 의심을 하는 차에 새로 들어온 신사가 가까이 오면서

"이게 누구요. 윌슨 형 아니오. 너무 뵌 지가 오래서 얼른 몰랐습니다

그려. 모르시겠습니까. 나는 헨리요."

"예, 그러십니까."

윌슨은 웬셈인지도 모르고 하는 대답이라. 이때에 하인이 와서 방을 다 치웠다고 고하거늘 새 신사가 데리고 온 종을 시켜 짐을 들여가게 하고 늙은 신사의 손을 잡으면서

"좀 여쭐 말씀이 있으니 제 방으로 와 주실 수 없겠습니까."

늙은 신사가 새 신사를 따라 어떤 방에 들어간대 새 신사는 문을 잠그고 열쇠를 제 양복 주머니에 넣은 뒤에 늙은 신사에게 의자를 권하고 저도 마주 걸어앉아 아무 말도 없이 팔짱을 끼고 늙은 신사의 얼굴만 쳐다보거늘 윌슨이 그제야 소리를 나직이 하여

"아, 이게 조지 아니냐. 난 당초에 몰라보았구나."

"어찌해요. 꽤 사람 같습니까."

하고 껄껄 웃는다.

"왜 그런 짓을 한단 말인가. 난 네 속을 모르겠구나."

"왜요. 꽤 사람같이 보이지요."

윌슨이라 함은 조지가 전에 일하던 가방 제조소 주인이라. 매우 마음이 착하여 불쌍한 조지를 구원하여 주고 싶은 마음은 불같이 나건마는 또 한편으로 생각하여 본즉 나라 법률도 어길 수 없으므로 어찌할 줄을 모르다가

"얘, 너, 도망하였구나. 응, 그렇기도 하겠지마는 왜 그런 짓을 한단 말이냐."

"왜, 제가 무엇을 잘못한 게 있어요?"

"잘못이라니 위선 네가 제 나라 법률을 범하지 않았느냐."

"내 나라? 내 나라가 어딘지 아십니까. 땅속이랍니다. 땅속에를 들어가야 내 나라가 있어요!"

"글쎄, 그렇기도 할 터이지. 그야 고생인들 안 되며 분하긴들 않겠느냐마는 우리는 하나님의 뜻대로 좇아가야 하지 않겠니. 너도 그렇게는 생각할 터이지."

"말씀이라고 하십니까, 무어라고 하십니까. 만일 영감께서 검둥이한테 잡혀가서 종이 되면 그것이 하나님의 뜻이라고 할 터이오니까. 그때에 만일 타고 도망할 말 하나가 있으면 그야말로 하나님의 은혜라고 하실 터이지요."

윌슨이 그만 말이 막혀 고개를 숙이고 양산 자루만 만지더니

"너도 알다시피 나야 이때껏 너를 위하여 생각하지 아니하였으나마는 이번 일은 정말 위태하다. 잡혔다만 보아라, 그만 죽도록 얻어맞고 남방으로 팔려 갈 터이니."

"전들 그럴 줄이야 모릅니까. 그러니까 이것을."

하면서 외투 단추를 끄르고 육혈포 두 자루와 큰 칼 하나를 내보이면서

"이것이 있으니까 천하에 없어도 남방에는 아니 가지요. 불행히 가게만 되는 날이면 그만 이리하여 켄터키의 한 줌 흙이 되어 버리면 그만 아니오니까."

"그게 무슨 철없는 소리냐. 제 나라 법률도 모르고."

"그래도 제 나라 법률이라 하십니다그려. 영감께서는 나라도 있고 법률도 있지요마는 나같이 종년의 배 속으로 나온 놈에게 나라가 다 무엇이며 법률이 다 무엇입니까. 우리는 법률 만드는 데 참여하는 힘도 없고 아무 권리라는 것도 없고 법률이라는 것은 다만 우리를 못 잡아먹어 하는

당신네가 마음대로 우리를 잡아먹기에 좋도록 만든 것 아닙니까. 당신네 위하여 만든 법률이 저희에게도 유익할 듯하오니까. 영감께서도 언젠지 미국 독립 기념 날에 이런 말씀을 하셨지요. '우리 조상은 이러한 악한 법률을 반항하여서 칼을 잡고 일어섰다.'고 아니 하셨습니까."

윌슨의 마음은 더욱 어지러워지고 조지에게 대한 동정도 더욱 깊어지나 조지로 하여금 나라 법률을 지키게 하는 것이 가장 좋은 일이요 또한 제 의무로 아는 고로

"법률이 그르기야 하지마는 그러나 국법을 지키는 것은 우리 사람의 의무니까."

조지가 이 말에는 대답도 아니 하고 벌떡 일어서서 윌슨의 곁에 있는 의자에 걸어앉으면서

"자, 봅시오. 나도 사람 모양으로 걸어앉을 줄도 알지요. 내 얼굴이 남만 못합니까, 손이 남만 못합니까, 지식이 남만 못합니까. 이래도 사람이 아닐까요."

하고 몸을 한번 흔들고 나서

"내 아버지는 켄터키에 살던 신사였습니다. 죽을 때에 아무 말도 없어 어머니하고 우리 육 남매는 경매로 팔려서 모두 다 여기저기 흩어졌습니다. 강아지나 나누듯이. 우리 어머니는 너무 섧어서 그 주인더러 저 하나이나 껴 사서 함께 있게 하여 달라다가 주인의 구둣발에 가슴을 채여 죽었답니다. 바로 이 눈으로 내 어머니 죽는 것을 보았어요."

"응, 그랬던가."

"제 상전은 무슨 생각인지 제 누이 하나를 삽디다그려. 제 누이는 예수도 잘 믿고 마음도 착하고 교육도 잘 받은 사람입니다. 저는 누이와 같이

있게 되어서 한참이나 즐거이 지냈지요마는 몇 날이 아녀서 더 슬픈 지경을 당하였습니다. 내 누이가 옳은 생각과 바른 행실을 하여 주인의 말대로 되지 아니한 죄로 죽도록 얻어맞고 발길로 채이고 쇠사슬에 얽어매어서 남방으로 팔려 가고 나만 혼자 남아서 이렇게 자랐지만 누이님은 그 후 어디 가 살았는지 죽었는지 알 수 없지요. 그 후에야 누가 나를 돌아보겠소. 배가 고파도 먹을 것이 없어서 개가 물고 가는 뼈다귀도 핥아 보았고 어머니와 동생들이 하도 그리워서 밤새도록 울고 지낸 적도 있었습니다. 사랑이라든가 편안이란 맛은 꿈에도 본 적이 없소. 영감께서 저를 불쌍히 여기시어 글도 가르쳐 주시고 행실도 가르쳐 주신 은혜는 과연 죽어도 못 잊겠습니다."

하고 한숨을 휘 쉰 뒤에 다시 말을 이어

"그러고 그 착하고 얌전한 엘리자와 함께 살게 된 뒤에야 비로소 세상에 재미란 것이 있는 줄도 알고 사랑이란 맛도 보았습니다. 그런데 지금 우리 둘은 다시 만나지도 못하게 되었으니 이것이 내 나라 법률이야요! 나는 이런 나라는 없는 것이 좋아요. 우리를 보호하여 주는 가나다로 달아나서 그 나라 법률이나 지키겠소이다. 나는 자유를 위하여서는 죽기도 무서워 아니합니다. 내 목숨이 있는 날까지는 내 자유를 위하여 싸울 터이올시다. 자유를 얻으려는 싸움이 당신네 조상에게 거룩한 싸움이던 모양으로 이 싸움도 내게는 가장 거룩한 싸움이올시다."

하는 조지의 눈에는 불꽃이 날더라. 윌슨이 견디다 못하여 수건으로 눈물을 씻으면서

"가거라. 어서 가거라. 잘 조심하여서. 함부로 사람을 해하지 말고, 응. 어서 가거라. 가서 자유를 얻어라."

하고 돈 얼마를 내준대

"아니올시다, 돈은 제게도 넉넉합니다."

"어서, 그러지 말고 받아 두어라. 이것도 정표니."

"그러면 받겠습니다마는 이것은 가지는 것이 아니요 꾸는 것이올시다. 다시야 남의 것을 얻어먹겠습니까."

"그러면 부디 조심해 가거라."

하고 층층대에 내려설 제 조지가 다시 부르더니 아까 모양으로 문을 잠그고 조그마한 비녀 하나를 내주면서

"영감께 아니면 이런 말씀을 하겠습니까. 될 수 있거든 엘리자를 보시고 이것을 주시고 가나다로 도망하여 오라고 일러 주십시오. 암만 상전 마님이 보고 싶더라도 다시 집으로 들어가들랑 말라고 하여 줍시오. 종이란 아무리 좋은 데서라도 죽는 날까지 따라지목숨이니 즐거우려거든 어서 종의 굴레를 벗어나라고…… 이 말씀을 전하여 주십시오."

9

헤일리가 사방에서 사 온 종들을 싣고 미시시피 강으로 내려갈새 다른 종들은 모두 슬퍼하고 괴로워하는 모양이 보이나 톰은 조금도 그런 빛이 없고 언제든지 늘 즐겨 하더라. 헤일리도 차차 톰을 신용하여 이제는 고랑도 아니 채우고 자유로 놓아주어 배 위에서는 아무 데나 마음대로 가게 하는 고로 분주한 때에는 사공도 도와주며 아무 일도 없을 적에는 한편 구석에 앉아서 정성스럽게 성경을 보더라. 글 배운 것도 얼마 아니 되고

도솔홀셍 고일 도글 고밋 잘 도수에 온놈저」
「오지싸 먼이랑천이 만일 참 오지알
「러구눈돗 음치 온밥 텐닌팔 에돈 기수에」

또 늦게 시작을 하였으므로 줄줄 내리 볼 줄은 모르고 한 자 한 자 북두갈고리 같은 손가락으로 짚어 가더라. 그 성경에는 내리그은 줄도 있고 점도 있고 동그라미도 있으니 이것은 다 톰이 혼자 발명한 표니 제가 보다가 재미있게 생각하던 데와 조지가 읽어 줄 적에 몹시 감동하던 곳을 표한 것이라. 이것을 볼 때마다 지나간 날 즐겁던 것을 생각하고는 홀로 웃더라.

이 배에 뉴올리언스로 가는 젊은 신사가 있으니 이름은 클레어라. 여섯 살쯤 되는 딸 하나와 시집간 누이 오필리아 부인과 함께 탔더라. 그 딸은 매우 얌전하고 영리한 계집아이니 성질이 온순하고도 활발하여 잠시도 가만히 앉았지 아니하고 늘 이리저리로 돌아다니므로 톰도 여러 번 만나 보더니 자연히 날마다 정이 들어 이 계집아이가 앞에 와 선 것을 보면 성경에 있는 천사나 뛰어나온 듯하여 마음이 항상 기쁘더라.

어떤 때는 과자와 감자를 많이 들고 와서 불쌍한 종들에게 나누어 주고 그 맛있게 먹는 것을 보고는 혼자 즐겨 하더라. 톰은 이 계집아이를 기특히 여겨 재미있는 이야기도 하여 주고 함께 놀기도 하여 점점 정숙하여 가더니 한번은

"작은아씨, 이름이 무엇이오니까."

"나? 내 이름은 에반젤린 클레어인데 아버지는 날 에바, 에바 그래. 네

이름은 무어냐."

"내 이름은 톰인데요, 아기들은 톰 영감, 톰 영감 하지요."

"그럼 나도 톰 영감, 톰 영감 할까. 나, 너하고 놀기 좋아. 너, 어디 가니."

"나도 모릅니다. 난 어디 가는지 몰라요."

"무어, 네가 모르고 누가 안단 말이야. 정말 어디 가."

"내가 어떻게 가는 데를 알겠소. 어디든지 갖다 파는 데가 가는 데니까 미리는 모릅니다."

"너, 팔리러 가는구나. 그럼 내 아버지한테 가서 너 사라고 여쭐까. 내가 그러면 아버지가 사실 터인데."

"그렇게 되면 작히 좋겠습니까."

할 즈음에 배가 장작을 실으려고 어떤 선창에 닿거늘 에바는 아버지 있는 데로 가고 톰은 사공들을 도와 짐을 싣더라.

에바가 그 아버지의 손을 잡고 뱃삼에 붙어서 배 떠나는 것을 보다가 배가 돌아가는 서슬에 몸의 중심을 잃어 거꾸로 물에 떨어지는 것을 보고 아버지도 좇아 떨어지려다가 다른 사람이 붙잡기로 소리만 지르더니 이때에 갑판 위에 섰던 톰이 에바가 물에 잠기는 것을 보고 옷도 아니 벗고 뛰어들어 한참이나 헤엄을 치다가 물속으로 솟아 나오는 에바를 안고 배에 올라오거늘 그 아버지가 얼른 받아 안고 부인실로 데려 들어가더라.

이튿날은 배가 뉴올리언스에 닿는 날인 고로 배 탄 사람들이 내릴 준비를 하노라고 야단이라. 에바는 어저께 일로 얼굴빛은 좀 좋지 아니한 듯하나 여전히 재미있게 뛰어다니더라. 클레어가 딸의 떼에 못 이겨 톰을 사려고 헤일리를 찾아 흥정을 할새 에바는 중인 모양으로 그 곁에 천

연히 섰더라. 헤일리는 돈을 많이 받을 양으로 별말을 다 하여 톰을 칭찬하다가

"저놈은 예수도 잘 믿고 글도 알고 셈할 줄도 알지요. 참 일만 삼천 냥이면 싸지요."

클레어는 이 말을 듣고 웃으면서

"예수가 돈에 팔린단 말은 처음 듣는구려."

"아버지, 어서 사 주셔요. 아버지 돈 많이 있으면서도."

"글쎄, 그건 사서 무엇을 한단 말이냐. 말 대신에 타고 다니려니."

"잘살게 해 주려고요."

"응, 네 말이 그렇걸랑 사 주지."

이리하여 톰은 일만 삼천 냥에 팔리고 산 이, 판 이는 문서와 돈을 서로 바꾸더라. 헤일리는 돈을 보고 너무 기뻐서 빙긋빙긋 웃더라.

클레어가 에바의 손을 잡고 톰 있는 데 와서

"어떠냐. 기쁘지. 오냐, 그럴 터이지. 너, 말 부릴 줄 아느냐."

"예, 말은 아주 익습니다."

"오, 그러면 마부 노릇이나 하여라. 그런데 한 주일에 한 번씩밖에는 술은 못 먹으렷다."

"예, 소인은 술이라고는 한 방울도 아니 먹습니다."

"오, 그거 참 기특하구나. 그러면 아무 걱정 말고 있거라."

에바가 톰을 보고

"아버진 아무에게나 사랑하신단다. 늘 웃기만 하시고."

"어, 에바 씨의 칭찬을 받아서 감사하구려, 하하."

10

뉴올리언스에 배를 내려 마차를 타고 몇 십 리를 가서 어떤 훌륭한 집에 다다르니 여러 종과 하인들이 반가이 나와 맞더라. 에바는 곧 어머니 방으로 달아 들어가 목에 매달리며 입을 맞춘대 어머니는 귀찮은 듯이 눈살을 찌그리고

"에그, 싫다. 또 두통이 나서 죽으라고 그러니."

하면서도 딸이 어여뻐서 살짝 쓸어안고 입을 맞추더라.

에바는 곧 그 방에서 나와 하인이나 종이나 만나는 대로 악수도 하고 입도 맞추거늘 같이 온 오필리아 부인은 눈이 둥글하여지면서

"에구머니, 저 애를 보게."

"무엇이오."

"종에게도 친절히는 하여야 하지마는 입이야 어떻게 맞추나."

"에바 말씀이오니까."

"저것 보게나. 저 시커먼 종년과 입을 맞추지."

클레어는 하하 웃고 나서면서 에바 모양으로 여러 종들과 악수를 하더니 문간에 나아가 톰을 데리고 들어와서 부인(마리)더러

"이편, 여보, 좋은 마부 사 왔소. 자, 보시오."

마리는 귀찮은 듯이 톰을 보고 별로 기뻐하는 양도 아니 보이더라.

마리는 큰 부자의 딸이라 어려서부터 남의 칭찬 속에 제 마음대로 자라났으므로 클레어 부인이 된 뒤에도 무엇이든지 제 마음에만 맞게 하려 하여 남편을 위로한다든가 집안일을 보살필 줄은 전혀 모르더라. 에바를 낳은 뒤에는 얼마큼 이 못된 버릇을 고친 듯하더니 클레어가 하도 에바를

사랑하므로 여기 시기가 생겨 밤에 잠도 잘 못 자고 늘 마음이 불평하여 마침내 몸이 약하여지고 두통증이 생겨 요사이에는 한 주일이면 사오 일이나 자리에 누워 앓는 소리만 하는 터이라. 이번 길에도 클레어가 십여 일이나 묵으면서도 엽서 한 장밖에는 편지도 없었다고 그것이 분하여 바가지를 긁는 판이러라.

마리가 이러하므로 클레어는 홀로 된 맏누이를 청하여 에바의 교육과 집안 살림을 맡기려는 터인데 오필리아 부인은 성미가 몹시 꼭하고 체면을 중히 여기며 제가 할 일이면 쉬운 일이고 어려운 일이고 남의 손을 빌리지 아니하는 성미더라.

11

클레어가 집에 돌아온 지 사흘 만에 여럿이 모여 앉아 조반을 먹을새

"누님이 오셔서 집안일을 다 맡으셨으니까 이편은 좀 편안하겠소. 어서 좀 몸이 소복되어야 아니 하겠소."

"글쎄올시다, 나는 편안하겠지마는 형님께서 걱정이십니다. 여편네 하는 일이란 종이나 다름없어요."

"종은 왜 종이야."

"아, 저 종년들이야 아무 거나 한답디까. 그저 나 혼자 고생이지. 그따위 년들 다 때려 내쫓아 버렸으면."

에바가 턱을 받치고 어머니의 얼굴을 보다가

"그러면 왜 종은 두었어요, 어머니."

"내가 안다더냐. 에그, 그년의 계집년들 귀찮아서 못 견디겠다. 내 병도 다 그년들 때문이지."

"또 그런 소리를 하네. 그래도 마미가 없어 보아, 하루도 못 견딜 터이니."

"그야, 그년은 꽤 쓸 만하지마는. 아니, 그년도 요새 와서는 못된 버릇이 생겼어요."

"그거 안되었구려."

"내가 몸이 편치 아니하면 일이 많은 줄은 알면서도 쿨쿨 자빠져 자기만 한다오. 암만 깨우니 일어나기나 하나. 무어, 그년도 깨우는 줄 알기야 하지. 알면서도 밉살스럽게 못 들은 척하고 자빠졌구려. 어제 저녁에도 속이 타서 죽을 뻔했지요."

"그년이 요새 밤마다 늦도록 있다 잤다는데요, 어머니."

"네가 어떻게 아니. 그년이 그랬구나."

"아니야요, 마미가 그런 말을 하는 것이 아니라 어머니께서 밤이 들도록 괴로워하시더라고 그러던데요."

클레어가 웃고 앉았다가

"그렇걸랑 제인이나 로자로 바꾸어 두지."

"무엇이 어찌해요."

하고 원망스레 낯을 찌그리고

"그따위 년들이 곁에 오면 내가 곧 죽게."

하고 오필리아를 향하여

"마미 년도 그래요. 그만했으면 먹여 둘 만하지마는 그년이 고집이 세어서 제 서방 생각만 한답니다."

"서방도 검둥인가요. 저와 같이."

"검둥이 아니면 누가 그런 걸 데리고 살아요. 그놈은 내 아버지 집에서 대장장이 노릇을 하는데 집에서 내놓을 수 없어서 이년만 끌고 왔지요. 년이 아직 나도 젊고 하기에 다른 서방을 얻으라니까 하나님 뜻이 어쩌니 무엇이 어쩌니 주제넘은 사설만 하고 들어를 주어야지요."

"새끼도 있나요."

"에그, 있어도 두 개나 된답니다."

"그러면 그것, 얼마나 보고 싶겠소."

"에그, 그런 개새끼 같은 더러운 것들을 끌어다가 어떻게 하게요. 게다가 어미년이란 것은 잠시를 떠나려나."

이때에 클레어는 길게 한숨 쉬면서

"그 생각을 하면 불쌍하여서 못 견디겠네."

그러나 마리 부인은 불쌍한 마음은커녕 종 미운 생각에 성이 바싹 올라서

"그야, 난들 얼마나 사랑하여 주겠소마는 이제는 아주 사람인 체하고 커피차에다가 흰 사탕까지 넣어 자신답니다. 내가 이 층에 있어서 보지를 못하니까 저희 마음대로 놀것다. 여북하면이야 당신께 입에 신물이 돌도록 말을 했겠소."

"그만두시오. 나는 귀에서 신물이 쏟아지도록 들었소."

하고 모로 돌아앉으면서 신문을 들거늘 마리 부인은 속도 상하고 원망스럽기도 하여 두어 번 슬쩍 클레어를 흘겨보더라. 에바가 어머니의 어깨에 한 손을 짚고 고개를 숙여 그 얼굴을 보면서

"어머니, 내 마미 대신에 하룻밤 새울까요. 나는 졸리지 아니한데요."

"무엇이 어찌해. 그게 말이라고 하느냐."

"그래도 마미는 늦게 자면 두통이 난다는데요."

"그런 년들의 말 누가 들으라더냐. 조금만 아프면 아이고, 아파, 아이고, 아파 하고 금시에 뒈질 듯이 그러지. 난 그런 소린 듣기 싫다."

하고 다시 오필리아더러

"난 그년들 하는 말은 하나도 안 듣기로 작정이지요. 형님께서도 좀 계시면 아시오리다마는 그년들의 말을 듣다가야 무엇이든지 다 내 손으로 하여야 하지요. 나는 잔사설이라고는 하여 본 적이 없어요. 내가 그런 줄은 다 알지요."

오필리아는 처음이라 참으로 들으나 클레어는 하도 우스워서 소리를 내어 웃는지라 마리 부인은 낯이 발개지면서

"내가 무슨 말을 하면 언제든지 웃으시겄다. 이담에 생각나실 날이 있을 터이니."

하고 손수건으로 원망의 눈물을 씻더라.

얼마 동안 잠자코 앉았다가 클레어과 에바가 나가거늘 마리 부인이

"글쎄, 저렇습니다그려. 내 생각이라고는 한 땀도 아니 하지요. 내가 여러 사설을 하면 영감께서는 속이 편치 아니하실까 보아서 꿀떡 소리도 아니 하고 참지마는."

오필리아는 대답할 말이 없어 어찌할 줄을 모르고 앉았는데 마리는 집안일을 제 딴은 자세히 말하노라는 모양이나 앞뒤 맞는 말이라고는 한마디도 들을 수 없더라. 그러나 마리 부인은 저 한 말을 다 알아들었거니, 나 할 말은 다 하였거니 하고

"에, 내일부터는 편안히 좀 쉬겠습니다. 그러나 저 에바 년이 말을 잘

아니 들어서."

"아니요, 아이가 대단히 얌전한데요."

"예, 얌전은 하지요마는 저 검둥이 년들과 함께 놀아서 걱정이야요. 별로 잘못될 것은 없지마는. 나도 어려서는 그것들과 같이 놀기도 하였지마는 저년은 남달리 종년들과 좋아하여요. 아, 글쎄, 그년들을 저와 동등으로 여깁니다그려. 나도 여러 번 잔사설을 하지요마는 들어를 주어야지요. 모두 다 아버지가 버려 주는 것이야요."

하고 휘 한숨을 쉬다가

"우리 댁 영감이라고는 나 하나만 못 견디게 굴고는 다 제 마음대로 하게 하지요. 종이란 것은 눌러 부리는 것이 제일이야요. 나는 어려서부터 그리해 왔건마는 에바 년은 조금도 그런 생각이 없어요. 저것이 접이나 잡게 되면 어떻게나 할는지 걱정이외다. 그야 사랑하는 것도 좋지마는 제일에 지체라는 것이 있지 않습니까. 저것들은 종이고 우리는 사람이로구려. 아까도 그러지 않아요, 제가 마미 대신에 밤을 새운다고. 에그, 어떻게 하면 좋은가!"

"종년들도 사람이니까 자야 살지요."

남 지지 아니하게 종을 미워하는 오필리아도 마리 부인의 간사스러운 말에 도리어 반항하는 마음이 생긴 것이라.

"글쎄, 그것들인들 자지 않고야 살겠습니까마는 여간 잠꾸러기여야지요. 이건 바느질하면서도 자고 불을 때면서도 자고 언제든지 졸지 않는 것을 본 적이 없습니다그려. 자다가도 깨어 주기나 하면. 한번 잠만 든 다음에는 별 야단을 다 쳐도 모르지요. 여간하면 잔사설 아니 하는 내가 이런 말을 하겠소."

하고 값가는 향수병을 잡아당기더니 이번에는 남편 치기를 시작한다. 오필리아는 성가신 듯이 뜨다 두었던 양말을 내들고 바늘만 옮기나 마리 부인은 그것은 보지도 아니하고

"글쎄, 그게 무슨 일이겠습니까. 종 연놈들은 내가 가지고 왔는데도 너무 부리느니, 사랑을 아니 하느니, 그것들의 잘못은 우리 잘못이니 어쩌니 한답니다."

오필리아가 듣다 못하여

"검둥이는 사람 아닌가요. 그것들의 몸에도 우리와 같이 피가 돌아다닌답니다."

"어찌해 같단 말씀이오. 그것들의 피는 더러운 피니까 우리와 같지 않지요."

"그러나 하나님이 주신 영혼은 있지요."

"있기는 그것들에게도 있는 것 같습니다마는 우리 것과는 어디 대보기나 하겠습니까? 제 서방을 그렇게 떠나 있어도 내가 영감 그리워하는 만큼 그리워할 줄 모르는 모양입디다."

아아, 이런 정 없는 사람은 다만 아메리카에만 있는 것인가.

12

톰은 무슨 일이든지 충실히 하고 부지런히 하므로 처음에는 마구를 지키는 종의 두목에 지나지 못하더니 차차 더욱 클레어의 신용을 얻어 얼마 아니하여 클레어 집의 세간차지 같은 직분을 맡게 되었더라. 날마다 하는

일은 아침에 일어나 집을 한번 돌아다니며 여러 종에게 각각 할 일을 일러 주고 그 후에는 다만 에바로 더불어 재미있는 이야기도 하고 성경도 들으며 혹간 찬미를 할 따름이러라.

하루는 클레어가 오필리아 부인으로 더불어 이야기를 할새 마당에서 웃음소리가 나기로 내다본즉 마당 잔디 판 바윗돌 위에 톰이 걸어앉고 에바가 그 무릎에 기대서 실로 엮은 장미꽃 화관을 톰의 머리에 올려 씌우고 손뼉을 치고 웃으면서

"톰아, 어떠냐. 좋지."

톰은 에바가 하는 대로 빙긋빙긋 웃고 앉았더라.

오필리아가 클레어를 보고

"저래서야 될 수가 있나. 에바가 버려지면 어떡한단 말이냐."

"무엇, 걱정할 것 없소. 톰으로 말하면 종일망정 매우 정실한 놈이니까."

"암만 그렇다 하더라도 검둥이와 함께 놀려서 관계치 아니할까."

"그게 무슨 걱정이야요. 아이들은 개와도 함께 놀리는데. 톰으로 말하면 감정도 있고 사랑도 있고 또 우리나 다름없이 썩지 않는 영혼까지 있지 아니합니까."

"그것들도 영혼이 있기는 있지마는……."

"누이님처럼 그렇게 종을 사람으로 아니 보시고 그저 욕만 하시면 어찌하잔 말씀이오. 그것들을 다 한데다 몰아 보내고 거기다 전도사나 보내면 좋단 말씀입니까."

"내 생각 같아서는 그랬으면 좋겠소."

"그뿐 아니라 에바는 하루라도 톰이 없어서는 못 견딜 게요."

요셉*이 애급†에 팔려 간 모양으로 톰은 사랑하는 아내를 떠나고 아들딸은 보지 못하나 에바 하나가 그에게는 더할 수 없는 좋은 벗이요 천국의 복락을 갖다 주는 천사러니라.

그러나 그 주인 클레어는 사람은 더할 수 없이 좋건마는 성경도 아니 보고 기도도 아니 하고 이따금 술도 먹고 놀이터에도 다니는지라 톰이 항상 이를 걱정하더니 하루는 클레어가 일이 있어 부르거늘 그 방에 들어가 아무 말도 없이 눈물을 그리고 섰는지라. 클레어가 이상히 여겨

"너, 왜 그러느냐. 무슨 걱정이 있느냐."

"예, 저는 요사이 걱정이 되어서 못 견디겠습니다."

"응, 무슨 걱정."

"소인은 영감마님이 참 좋은 양반이신 줄로만 알았더니 이제 본즉 참 그렇지 않으신 듯해요."

"오, 내가 무엇 잘못한 일이 있단 말이냐, 네게다가."

"천만의 말씀이올시다. 참, 마님께서야 소인을 참 지극히, 참 불쌍히 여겨 주시지마는 마님께서 참, 꼭 하나 잘못하시는 것이 있는 것 같아요."

"응, 내가 잘못한 것, 그게 무엇이냐."

"예, 참, 어저께도, 어젯밤에도 두 시나 지나서야 돌아오시기에 제가 참, 소인이 울었습니다. 여러 번 그렇게 하시면 몸이 상하십니다."

클레어는 얼굴빛이 변하여 크게 감동 되는 바가 있는 듯하더니 껄껄 웃

---

* 요셉(Joseph): 구약 성경에 나오는 야곱(Jacob)과 라헬(Rachel)의 열한 번째 아들. 아버지의 편애 때문에 형제들의 시기를 사서 이집트에 노예로 팔려 갔다. 궁정의 말단 관료가 된 요셉은 점차 파라오(Pharaoh)의 신임으로 재상에 올라 태평성대를 구가하며, 훗날 곤궁에 몰린 아버지와 형들을 맞아들였다.

† 애급(埃及): '이집트(Egypt)'를 음역(音譯)한 이름.

으면서

"응, 그것 말이냐."

"예, 참."

하고 클레어의 발아래 엎디어 눈물을 흘리며

"예, 이것이 잘못하시는 일이야요. 하나님 말씀에도 방탕한 것은 독사 모양으로 육신과 영혼을 긁어 먹는다고 아니 하였습니까."

그 눈물과 섞여 나오는 떨리는 말에

"아, 참 너는 착한 사람이다. 자, 알았다. 일어서라. 응, 일어서."

그래도 톰은 발아래 엎딘 대로 어이어이 울기만 하거늘 클레어도 가만히 눈물을 씻고

"오냐, 알았다. 네 말이 옳다. 내 다실랑 그러지 아니하마. 자, 어서 일어서 갔다 와, 응."

그제야 눈물을 씻고 일어서 나가거늘 클레어가 문밖에까지 따라 나가며

"이제는 걱정 말아라. 내 다시는 결단코 그런 짓을 아니 할 터이니."

톰은 이 말을 듣고 기쁜 마음이 샘솟듯 하여 갈퀴 같은 주먹으로 눈을 비비면서 시키는 데로 가더라.

이로부터는 다시 술도 아니 먹고 놀이터에도 아니 가고 과연 새로운 클레어가 되었더라.

13

어느 날 오후에 키 크고 얼굴 우둥퉁퉁한 검둥이 계집이 면보 광주리를 뒤쳐 이고 투덜거리면서 들어오더니 부엌 바닥에 펄썩 주저앉으면서

"에그, 제기랄 것, 어서 죽기나 하였으면 좋겠다."

오필리아가 그 곁으로 가서

"왜, 또 얻어맞은 게로구나."

"자고 나면 맞지요. 어서 땅속으로 기어들어 가기나 하여야 이 고생이 없어지겠는데."

이때에 곁에 앉았던 튀기 아이가

"왜 그렇게 날마다 술만 먹어요. 그러니까 얻어맞지."

"배라먹을 자식, 네놈은 안 먹을 법하냐. 술이나 처먹고 취하기나 하여야 좀 잊고 살아가지."

오필리아가 면보 몇 덩어리를 샀더니 종 디나가 쪽지 한 장을 내주면서

"프루야, 예 있다, 표지 받아라."

오필리아는 그것을 보고 이상히 여겨

"그 표지는 무엇 하는 것이냐."

"그거요, 면보 값이지요. 만일 집에 가서 이것이 한 장만 부족했다가는 즉살을 당하지요. 모두 다 들어붙어서 한 개씩은 때려 보지요. 아주 죽지나 않으리만큼."

곁에 섰던 계집종 하나가

"술을 좀 작작 먹지. 그렇게 늘 처먹으니까 왜 아니 얻어맞을꼬."

"그것도 아니 먹으면 아주 죽고 말게."

하고 미친년 모양으로 빙긋 웃는다.

"글쎄, 그게 무슨 짓이란 말이냐. 상전의 돈을 훔치다니. 그런 짓을 하니까 되겠니."

하는 오필리아 말에 프루가 껄껄 웃으면서

"옳은 말씀이지요. 잘못된 줄이야 누가 모르나요. 그래도 하지요. 아니 하면 무엇 하오."

하고 광주리를 뒤쳐 이면서

"에그, 왜 죽지를 않나. 빌어먹을 것, 어서 뒈져 썩어졌으면 좀 편안하기나 하지."

하고 덜레덜레 문밖으로 나가더라.

톰이 이 말을 듣다가 프루를 따라 나가

"내 좀 들어다 줄까."

"아니, 그런 소리 마오. 내가 이고 갈 터이야. 제 몸에 당한 고생도 다 못 하겠는데 부질없는 소리 작작 하소."

"그래도 아마 몸이 편치 아니한가 보구려. 무슨 걱정이 있소."

"아니, 아프기는 쥐 방귀가 아파. 튼튼해서 걱정이라오."

"들으니까 술을 너무 먹는다는데 이후에는 단정코 그만두소. 술이란 것은 육신과 영혼을 다 썩히는 것이라오."

"나는 그런 소리는 듣기도 싫소. 아무리 하면 사람 노릇하다가 죽을라고. 나 같은 년이나 지옥 불구덩이로 기어들어 가야지 지옥도 비지 아니하지."

톰은 이 무서운 말을 듣고 소름이 끼치면서 무거운 목소리로

"하나님이시여, 불쌍히 여기시옵소서."

하고 굵은 눈물을 뚝뚝 떨어트리면서

"예수 그리스도님 말씀 들어 보셨소."

"예수라는 게 다 무엇 말라 죽은 것인고."

"우리들의 참 주인이십니다."

"옳지, 주인이라는 소리는 나도 들었지. 저 늘 때려 주는 양반 말이지."

"아니요, 그 주인이 아니라 우리 죄 많은 것들을 건지시려고 십자가에 못 박히신 이 말씀이오."

"몰라. 난 그따위 소리는 들어 본 적도 없소. 내 서방 죽은 다음부터는 나 사랑하는 놈이라고는 종자도 없어. 아이고, 죽겠다, 제기랄."

"길러 나긴 어디서 길러 났소."

"나 말이오. 켄터키라는 데서 났지. 주인이란 것이 어디서 개망나니 놈이 되어서 내 새끼라는 새끼는 모두 다 주워 팔아먹고 마지막에는 나까지 팔아먹었다오."

"저런 변이 어디 있나. 그다음에는 소생이 없었소."

"왜요, 이 집에 와서도 한 개 낳았지. 기가 막혀. 마나님 병구완하노라다가 내가 그만 염병을 붙들렸지요. 젖이 나야 먹이지. 그래, 마나님께 그 말을 하였더니 밥을 먹이라겠지. 글쎄, 엊그제 난 아이가 밥을 어떻게 먹는단 말이오. 밤낮 울지 않겠소. 그때 내 속이 어떠함 직하오. 그래도 마님인지 막걸린지 한 것은 그따위 것은 뒈지는 것이 낫다고 나를 우는 아이 곁에도 못 가게 하는구려. 하루 저녁에는 이것이 들입다 우는데 그 소리야 듣겠습니까. 그래, 하도 속이 상하여서 그때에 처음 술이란 것을 먹어 보고는 날마다 처먹지. 흥, 마님이란 것은 나더러 지옥에 간다고. 내가 지옥에 간 지는 벌써 옛적이야."

"에그, 그럴 리가 어디 있겠소."

하고 눈물을 씻으면서

"이런 괴로움을 다 벗어 버리고 예수님 모양으로 하나님 앞에 가셔야 아니 하겠소."

"그런 데가 있고만 보면 나도 갔으면 좋겠지마는 만일 상전님네가 가는 데 같으면 난 차라리 지옥에 갈까 보오."

하고 한참이나 투덜거리더니 뒤도 돌아보지 아니하고 달아나더라.

이때에 에바가 뛰어나오면서

"난 어디 갔는가 하고 한참이나 찾았는데 여기서 무엇을 하고 있니."

"예, 시방 프루하고 이야기하였습니다."

하고 프루의 이야기를 한대 에바는 얼굴이 차차 푸르러지며 열심으로 듣더니 말이 끝난 뒤에 길게 한숨을 쉬면서

"얘, 어떻게 하면 이런 일이 다 없어지고 착한 세상이 되겠니."

14

"누이님, 내려오십시오. 좋은 것 하나 드릴 것이니."

오필리아 부인이 이 말을 듣고 아래층에 내려가 본즉 팔구 세나 되었음직한 검둥이 계집아이 하나가 섰더라.

그 아이는 검둥이 중에도 제일 검은 편이라 아주 캄캄한 얼굴이 두 눈만 반작반작하고 머리털은 너리 먹은 개 꼬리 모양으로 엉키고 비틀어졌으며 몸에는 때 묻고 이 끓는 누더기를 걸었더라. 방 안에 있는 보지 못하

던 물건을 보고 얼빠진 놈 모양으로 눈을 휘휘 두르고 입을 헤벌리고 섰으나 그 얼굴에는 능글능글하고 음흉한 빛이 보이더라.

"에그, 이게 다 무엇이냐. 어디서 이 도깨비 같은 것을 주워 왔어."는 오필리아 부인이 문에 들어서서 깜짝 놀라며 하는 말이라.

"무엇 하려고 이런 것을 다 끌고 들어왔단 말인가."

"왜? 교육 좀 하여 보시라고요. 어디, 누이님 마음대로 한번 가르쳐 보시오. 무엇이 되나 보게."

「톱시야 어듸 소리도 ᄒᆞ고 춤도 좀 추어라」 ᄒᆞ고 장시군들
이 개나 잔납이를 시키는듯ᄒᆞᆫ 말에 톱시가 들어보지 못ᄒᆞ
던목소리로 우스운 노래도 ᄒᆞ고 손발도 들엇다 노핫다ᄒᆞ며

오필리아는 흑인종은 아직 사람이 다 되지 못하였으니 한편 구석에 몰아다 두고 전도사나 두어 가르치자는 사람이라. 그것이 없어도 검둥이 성화에 살이 내리려 하거늘 또 이 괴물을 맡아 가지고 어찌하랴 하여 처음에는 말을 잘 듣지 아니하더니 클레어가 천리와 인도를 가지고 여러 가지로 달래는 정성스러운 말에 그만 다시 거절할 수가 없어 맡게 되었더라.

"톱시야, 어디, 소리도 하고 춤도 좀 추어라."

하고 장시꾼들이 개나 잔나비를 시키는 듯한 말에 톱시가 들어 보지 못하던 목소리로 우스운 노래도 하고 손발도 들었다 놓았다 하며 재주넘기도 하는 양은 누가 보아도 아니 웃고는 못 견딜 만큼 우습기도 하고 흉물스럽기도 하더라. 오필리아는 하도 기가 막혀 아무 말도 없이 우두커니 섰더라.

클레어가 빙긋이 웃으면서

“톱시야, 이 어른이 네 상전이시다. 알았니.”

“응, 이게 내 상전이야.”

하는 그 보기 싫은 눈으로 오필리아의 얼굴을 볼 때 오필리아가 얼굴을 찌그리고 돌아서면서

“에그, 맙소사, 저게 다 무엇이야.”

“너무 그러시지 마시오, 가르쳐 보기도 전부터. 저것도 잘 가르치면 사람 같은 것이 될는지 압니까.”

어찌하였으나 기왕 맡아 놓았으니 다시 마다할 수도 없으므로 위선 하인을 시켜 몸을 씻기고 새 옷을 내어 입히고 댕기도 새것을 드려 놓고 보니 얼마큼 사람의 새끼답게 되었더라. 오필리아가 톱시를 앞에 세우고

“너 몇 살이냐.”

“난 몰라아.”

하고 지랄쟁이 모양으로 처웃는 것을 보고

“몰라? 제 나도 모르는 년이 어디 있단 말이냐. 네 어미가 나도 아니 가르쳐 주더냐.”

“난 다 몰라아. 어미가 다 무엇인고. 아비가 다 무엇인고. 난 다 몰라아. 히히히히히.”

“무엇? 어미도 몰라? 그러면 어디서 났니.”

“난 다 몰라아. 난 아무 데서도 아니 났어.”

“이년, 그런 대답 법이 어디 있단 말이냐. 어미가 누군지 아비가 누군지 바로 말해라.”

"난 다 몰라아. 난 아무 데서도 아니 났어, 히히히히."

"그러면 자라나기는 어디서 자라났단 말이냐."

"종 장수네 집에서 자라났지 어디서 자라나."

"거기는 몇 해나 있었니."

"뉘가 아나아. 나 먹을 거나 좀 주어, 히히히히."

"너, 하나님 아니."

"하나님이 어떻게 생긴 것인고."

"하나님을 몰라? 하나님이란 말을 못 들어 보았니."

"난 몰라아."

"그러면 넌 누가 만들었니."

"누가 만들었는지 어떻게 알꼬."

하고 하하하 웃으면서

"나 혼자 되었지 만들긴 누가 만들어."

암만 물어보아도 그저 '몰라아.' 할 뿐이라. 어찌할 수 없어 묻기를 그만두고 그 후부터 오필리아가 방에 두어두고 가르치더라. 검둥이라면 개보다도 더러워 하는 오필리아라 전 같으면 종의 발길도 못 들여놓게 하였을 것이지마는 이미 교육하는 책임을 맡아 놓고 본즉 따로 두어둘 수도 없어서 싫은 마음을 꾹 참고 제 방에 두어둠이라.

하루는 첫 과정으로 자리 펴는 법을 가르쳐 주고 그날 저녁에 시켜 보았더니 매우 잘하는지라. 이만하였으면 가르칠 보람이 있으리라 하여 밤낮 눈살을 찌그리던 오필리아도 얼마큼 마음을 놓더라.

이튿날 아침에 오필리아가 옷을 갈아입다가 댕기와 장갑을 방바닥에 떨어트렸더니 톱시가 그것을 보고 얼른 집어 감추다가 부인의 눈에 들켜

"이년, 그게 무슨 짓이냐. 남의 것을 훔쳐."

하고 톱시의 몸을 뒤어 댕기와 장갑을 빼앗아 들고 호령하는 소리로

"이것은 필리의 댕기요 이것은 내 장갑이야. 이년, 지금 네가 훔쳤지."

"아니야, 내가 언제 훔쳐."

"여기 있는데 아니야. 이년, 그게 무슨 거짓말이냐."

"아니야, 나 안 훔쳤어."

부인은 하도 기가 막혀서 톱시의 어깨를 잡아 흔들면서

"얘, 이 계집애야, 바로 말해. 그렇지 않으면 때릴 테야. 어서."

"때리겠거든 때리지. 모르는 걸 안달까."

"톱시야, 그러지 말고 바로 말만 하여라. 말만 하면 아무렇게도 아니 할 터이니."

하고 어르기도 하고 달래기도 하여 겨우 톱시를 휘어 바른말을 하게 하였더라.

"너, 또 다른 것은 훔친 것 없니. 때리지 아니할 것이니 어서 말만 해라."

"또 작은아씨 목도리요."

"또 그다음에는?"

"또…… 저, 로자의 귀고리."

"저런 계집년 보았나. 그래, 그것은 다 어디다 두었니."

"다 불에 태웠지."

부인이 깜짝 놀라 소름이 끼치면서

"이년, 또 거짓말하는구나. 거짓말 그렇게 하면 정말 때리겠다."

"때리면 때렸지 태운 거야 어떻게 하나. 내가 이렇게 장난 잘하는 줄을 몰랐던가 보이."

이때에 에바와 로자가 들어오기로 톱시가 도적한 물건을 물어본즉 모두 다 거짓말이라. 한 번도 잃은 적이 없고 당장에 몸에 가지고 있는지라. 부인이 더욱 열이 나서 톱시에게 질문하나 톱시는 무서워하는 빛도 없이 웃고만 섰더라.

곁에 섰던 에바가 극히 정다운 말로

"얘, 톱시야, 너 왜 그런 짓을 하느냐. 도적질을 하여서야 쓰나. 가지고 싶걸랑 나더러 달라지. 아무 거나 줄 터인데. 이담엘랑 그러지 마라, 응, 톱시야."

이런 정다운 말은 톱시가 이 세상에 난 후에 처음이라. 그렇게도 말 안 듣던 톱시도 이 말에는 깊이 감동이 되는 듯 눈물조차 그렁그렁하더니 또 어떻게 생각이 들어갔던지 다시 그 보기 싫은 웃음을 하더라.

이 일이 있은 뒤에 며칠 있다가 오필리아 부인과 클레어 사이에 이런 이야기가 있더라.

"암만해도 때릴 수밖에는 없어. 때리지 않고야 말을 들어주어야 가르치고 무엇이고 하지."

"그야, 때려야 되겠거든 때리시지요. 어떻게 하시든지 누이님 마음대로 그것을 어디 사람답게만 만들어 보십시오그려. 때리는 것도 역시 징계하는 방법이 아닌 것은 아니니까."

"글쎄 말이야, 어떻게 하면 좋단 말이냐."

"그게 문제지요. 누이님도 생각하여 보십시오. 사람을 때려만 가지고 거느릴 수가 있을까요."

"별소릴 다 하네. 그저 검둥이는 때리는 수밖에 없느니."

"해도…… 글쎄, 그게 문제야요."

하고 문제라는 마디에 힘을 주더라.

오필리아도 얼마큼 클레어의 말에 감동이 되었던지

"하기야 그렇지. 그것을 때리기만 하면 차차 더 마음이 비뚤어져서 마지막엔 때려죽여야 할 터이니까."

하고 그 후부터 매사에 시간을 정하고 글 읽기와 글쓰기며 바느질하는 법을 가르쳤더니 글자와 글씨는 매우 정신 있게 배우는 모양이나 바느질 하나는 뱀같이 싫어하여 부인이 없기만 하면 바늘을 분지르기도 하고 옷감을 끊기도 하여 암만 일러도 고칠 줄을 모르더라.

그러나 얼마 뒤에는 차차 그런 못된 버릇이 없어지고 무엇이든지 시키는 대로 순순히 잘하는 고로 부인도 매우 기뻐하여 하더니 한번은 부인이 마음을 놓고 톱시를 제 방에 혼자 두고 어디를 갔다가 돌아와 본즉 이불이며 여러 가지를 넝마전 모양으로 방바닥에 벌여 놓고 또 공교히 가방 열쇠를 잊고 나갔던 고로 가방 속에서 부인의 중히 여기는 웃저고리를 내어 뒤쳐쓰고 맴도는지라. 부인이 하도 속이 상하여 그 죄를 책망한대 톱시는 두리는 빛도 없이 뻔뻔스럽게

"나 같은 계집년은 때려야 되어요. 생겨 먹기를 장난이나 하게 되어서 매 맞기 전에는 일하여 본 적이 없쇠다."

"누가 너를 때린다더냐. 다시는 그러지 말란 말이지."

"그 말 해서 무엇 하게. 어서 때리기나 하오. 매 맞기 전에는 판히 박였다오."

부인이 참다못하여 손을 들어 때리는 체한대 톱시가 악 하고 울며 방바닥에 엎드러지거늘 부인이 좋은 말로 달랬더니 마당에 나가 아이들을 보고

"오필리안지 보필리안지 한 것이 나를 때렸단다. 암만 맞으면 누가 무

서워하나. 쥐불이 어떤고. 난 피나도록 매 맞는 것은 식은 죽 먹기다."

15

톰이 클레어에게 팔려 온 후 이태 만에 에바와 의논하여 좋은 주인을 만나 편안히 지낸다는 말과 조지 씨가 오시기만 기다린다는 뜻으로 집에 편지를 하였더니 얼마 아니 되어 조지의 글씨로 회답이 왔더라. 그 글에 하였으되

클로이는 톰의 몸값을 모을 양으로 어떤 과자 집에 가서 일을 하여 거기서 얻은 돈은 에밀리 부인이 맡아 두옵는바 달리 돈이 생기면 그것과 합하여 곧 그대를 데리러 가겠나이다. 그대가 팔려 간 뒤로는 에밀리 부인께서 하루도 마음 놓는 날이 없어 하시다가 하도 속이 답답하여 음악 교사가 되어 그대의 몸값을 얻으려 하셨으나 양반의 체면에 그럴 수 없다고 영감께서 못 하게 하시므로 그도 못 하시고 다만 하나님의 도와주심만 기다리나이다. 어찌하였으나 하나님께서 우리를 사랑 곧 하시면 그대에게 자유를 주실 줄 믿고 기도나 늘 하시며 상전의 은혜나 잘 갚도록 힘쓰시옵소서. 아이들도 아무 탈 없이 잘 자라 가나이다. 다시 만날 날만 기다리고 그만하나이다.

하였더라.

톰이 이 편지를 받아 볼 때의 기쁨은 다시 비길 데가 없더라. 그 당장에 네다섯 번이나 읽었거니와 그 후에도 틈만 있으면 내보며 하도 그것이 정

답고 기쁘므로 에바와 의논하고 틀에 넣어 걸어 두려고까지 하였더니 안팎으로 씌었는 고로 그도 못 하고 밤이나 낮이나 품에만 품고 있더라.

그러나 그 후 다시 이태를 지내도 데리러 오는 사람은커녕 아무러한 기별조차 없더라.

톰과 에바 사이의 정은 갈수록 깊어 가며 지날수록 따뜻하여져서 에바는 둘도 없는 동무로 톰을 떠나지 못하고 톰은 행복과 평화를 지고 오는 천사로 에바를 사랑하여 혹 어디 심부름을 갔다 올 제면 반드시 곱고 향기로운 꽃을 사서 여러 가지 모양으로 정성을 들여 묶어다가 에바를 주고는 혼자 즐기며 에바는 문에 서서 톰의 돌아오기를 기다려 꽃 뭉치를 받고는 얼굴에 사랑스러운 웃음을 띠어 톰의 마음을 즐기게 하며 또 그 값으로 성경을 읽어 주더라.

차차 여름이 되어 일기가 더워 가므로 클레어는 집안 식구를 데리고 폰처트레인이라는 호숫가에 있는 정자로 피서를 가니 이 땅은 경치가 매우 아름답고 또 그 집이 호수 전면을 내려다볼 만한 높은 두던에 있으므로 톰과 에바가 매일 난간에 걸어앉아 그 아름다운 산 빛 물빛을 실컷 구경하면서 정성스럽고 깨끗한 마음으로 찬미도 부르고 성경도 보더라.

그러나 한 가지 걱정은 우리 고운 에바의 병이라. 여기 오기 전부터도 얼굴이 해쓱하여 가며 기침을 콜록콜록하는지라. 오필리아 부인은 나이 많고 병인을 구완한 경험이 있는 고로 벌써부터 에바에게 병이 있는 줄을 깨달아 여러 번 클레어에게 권고를 하였건마는 클레어는 사나이라 그리 마음에 두지 아니하고 다만

"무엇, 아이들이 자랄 때에는 흔히 그렇습니다."

"아니야요, 기침이 나는데요."

"그러면 아마 감기 기운이 있는 거지요."

하여 왔으나 그래도 아주 걱정이 없지는 못하여 하루도 몇 번씩 에바를 불러 보고

"걱정 없을 터이지."

하기는 하나 그러나 날마다 파리해 가는 딸의 얼굴과 깊이 나는 기침을 들을 때에는 바늘로 가슴을 쑤시는 듯하여 자나 깨나 마음을 놓지 못하더라.

하루는 에바가 그 어머니를 보고

"어머님, 왜 종들에게 글을 아니 가르쳐 주십니까."

"이 애 보게, 쓸데없는 소리도 다 하네. 누가 그런 한가한 일 할 겨를이 있더냐. 난 너밖에 그런 소리 하는 아이는 못 보았다."

"왜 다른 사람들은 그런 말을 아니 하나요. 그것들은 글을 배우면 못쓰나요."

"암, 그렇지. 그것들이 글은 해서 무엇 하나."

"왜 그래요. 그것들은 성경을 아니 보나요."

"그런 것들이 성경을 보아서 무엇 하니. 또 마음만 있으면 아는 사람더러 읽어 달라지도 못해."

"성경은 제 눈으로 보아야 하지요. 남이 늘 곁에 지켜 서서 읽어 줍니까."

"얘가 참, 할 소리가 없는가 보구나."

"그럼 왜 고모님께서는 톱시를 가르치시나요."

"네 그것 보아라. 암만 가르치면 나아지는 것 있더냐."

"그래도 마미도 그렇게 성경을 보고 싶어 하는데요. 내가 읽어 주고 하

면 어떻게 기뻐하는지. 그러다가 나까지도 못 읽어 주게 되면 어찌한단 말인고."

하며 한숨을 쉴새 마리는 듣기 싫은 듯이 조그마한 가방을 뒤지고 앉았더니 여러 가지 값가는 보석을 내보이면서

"에바야, 너도 지금이니 그렇지 좀 더 있으면 그런 쓸데없는 소리 할 새도 없느니라. 그러하고 네가 교제 사회에 나서게 되면 이 좋은 노리개를 다 네게 주지."

에바가 옥함에서 금강석 노리개를 내들고

"어머니, 이것이 다 비싼 것들이지요."

"응, 비싸고말고. 아버지께서 파리에 부탁하여 사 오신 거란다. 이것 하나만 하여도 여간 부자 노릇은 할데."

"그것 나 주셨으면. 나 쓸데가 있는데요."

"이제 이것을 널 주면 무엇을 할 터이냐."

"나 이것 팔아서 종 법 없는 나라에 가서 땅을 많이 사지요. 그리하고는 우리 종들을 다 데리고 가서 선생이나 하나 두고 글 가르치지요."

"옳지, 너도 그 시커먼 것들을 모아 놓고 거문고도 가르치고, 응."

하고 기가 막힌 듯이 하하 웃거늘

"그럼은요. 성경도 읽어 주고 편지 쓰는 법도 가르쳐 주고 하지요. 그랬으면 톰이나 마미가 얼마나 좋아하겠습니까."

"얘, 그만두어라, 뭣도 모르고 조그만 계집년이. 네가 무엇을 알기에 어머님 애를 태우니."

그 이튿날은 주일이라. 톰이 에바를 데리고 호숫가에 앉아 노닐새 에바가 한참이나 저녁 햇빛에 붉은 호수의 아름다운 경치를 보다가 「묵시

록」* 십오 장 이 절을 찾아

"내가 또 불길 있는 바다를 보니……."

하고 톰의 소매를 끌어 호수를 가리키면서

"저것 보아라, 응, 저것 보아."

"무엇 말씀이야요?"

"저기…… 내가 불길 섞인 유리 바다를 보니…… 응, 난 이제 얼마 아니 하여서 저기 간단다."

톰이 이 말을 듣더니 금시에 몸이 떨리고 가슴이 설렁설렁하여 두 눈에 눈물이 핑 돌면서 차마 말도 못 하고 가만히 에바의 얼굴을 본즉 열이 나는지 그 푸르른 얼굴이 장미꽃 모양으로 새빨개졌더라.

이후로부터 에바의 병이 날로 깊어 가므로 톰의 슬픔은 말할 것도 없거니와 온 집안에 즐거운 빛이라고는 볼 수도 없고 컴컴한 근심의 구름이 가득히 찼더라.

16

마리는 제 몸이 병에 눌려 에바가 날마다 쇠하여 가는 것도 알지 못하고 여전히 세상에 불쌍한 사람은 저뿐이거니, 저와 같이 괴로워하는 사람이 다시 둘도 없거니 하여 가끔 오필리아가 에바를 위하여 걱정을 하여도

---

* 「묵시록(默示錄)」: 신약 성경의 마지막 권. 신자들의 박해와 환난을 위로, 격려하고 예수의 재림과 천국의 도래 및 로마의 멸망 따위를 상징적으로 예언하였다. 「계시록(啓示錄)」. 「요한(Johannes) 계시록」. 「요한 묵시록」.

"무엇, 병이 무슨 병이야요. 저렇게 펄펄 뛰어다니는데. 나도 자라날 적에는 더러 그랬지마는 그만 것은 아프단 말도 아니 하여 보았소이다."

오필리아는 그 번히 보이는 거짓말을 속으로 웃으면서

"그러나 기침이 나는데요."

"기침? 기침 같은 것을 무얼 다 걱정하겠소. 나도 자라날 적엔 늘 기침을 하여서 폐병이나 아닌가 한 적도 있었는데. 곧 나을 터이지요. 그런 걱정을 다 하려서야."

하고 아무 걱정도 아니 하더니 정작 에바가 자리에 눕고 의원이 오게 된 뒤에야 방금 죽기나 할 듯이 야단을 하고 왜 지금까지 정신을 아니 썼는가 하고 클레어에게 대들어 못 견디게 굴더라.

보름 동안이나 정신도 못 차리고 앓더니 차차 병이 덜려 마당에 나와 놀게 된 것을 보고 클레어는 어찌할 줄을 모르도록 기뻐하나 의원은 벌써 틀린 줄을 알고 얼굴을 찌그리며 에바 저도 오래 세상에 있지 못할 줄을 아나 죽는 것은 하나님 나라에 올라감인 줄을 굳게 믿는 고로 조금도 슬퍼하는 마음이 없으되 다만 한 가지 마음 놓을 수 없고 섭섭하여 하는 것은 그렇게 사랑하여 주시던 어머님 아버님과 그리도 좋아하던 톰을 여의고 감이니 하늘나라의 영광을 생각하고 혼자 즐기다가도 이 생각이 날 때는 그 빛나는 맑은 얼굴에 흐린 빛이 떠돌더라.

하루는 에바가 톰에게 성경을 읽어 주다가 책을 덮어 가슴에 대고

"나 이제야 그리스도께서 우리를 위하여 돌아가실 때 마음을 알았어. 그때 프루의 이야기를 들을 적에 만일 내가 죽어서 프루를 살릴 수만 있었더라면 벌써 그때에 죽었을데."

하다가 아버지의 부름을 받아 이 층에 올라간 뒤에 톰과 마미가 마주 앉아

"에그, 저런 말씀 하시는 것 보니 암만해도 오래 살아 계시진 못하시겠는 게야."
하고 어이어이 울더라.

클레어가 딸을 부름은 나갔다가 사 온 석상을 주려 함이러니 에바의 얼굴빛이 이상하게 달라진 것을 보고 그만 가슴에 쓸어안으면서

"에바야, 오늘도 또 어디가 아프냐."

"아버지."
하고 정답고 힘있는 목소리로 부른 뒤에

"나 언제든지 아버지께 여쭈려는 말씀이 있는데요. 병이 더치어서는 안 될 터인데 지금 말씀 여쭈어요."

클레어는 무슨 말인지 모르건마는 가슴이 답답하여 몸을 떨면서

"오냐, 무슨 말이냐."

"아버지, 나 암만해도 얼마 더 살지는 못하겠어요."
하고 머리를 아버지의 가슴에 대고 훌쩍훌쩍 울면서

"아버지, 나 이제 가면 다시 못 올 터인데 아아, 어떻게 아버지를 떠나나. 아버지, 나 힘껏 안아 주십시오."

클레어는 떨리는 팔에 힘을 주어 바싹 껴안으면서

"얘, 에바야, 왜 그런 소리를 하느냐."
하고 굵은 눈물을 어린 딸의 누런 머리에 떨어트리면서

"내가 너를 놓고야 어떻게 산단 말이냐…… 아, 울지 마라, 울긴 왜 우느냐…… 내 보배라고는 이 세상에 너 하나밖에 없지 아니하냐. 자, 무슨 말이든지 다 하여라. 너 하는 말이면 무엇이든지 다 들어주마."

"아버지, 아버지."

"왜, 자, 울지 말고 이 석상이나 보아라, 응."

"아버지, 제 말씀 들어주셔요? 무슨 말이든지."

"네 말이면 무엇이든지 다 들을 것이니 어서 말해라."

"우리 종들 다 놓아주십시오, 예. 난 불쌍해서 못 견디겠는데요. 예, 아버지."

"그러기에 네 말대로 종들을 사랑하여 주지 않니."

"아니요, 다 놓아주십시오. 자유로운 사람이 되게."

"놓아주다니, 어떻게 하면 좋단 말이냐."

"다 우리와 같은 자유로운 사람이 되게 한단 말씀이야요. 아버지, 종이란 것을 아주 없이하게 하시지요."

"그야 난들 종 부리는 것이 옳지 아니한 줄은 알지마는 나 하나만이냐. 다른 사람들도 다 그런데 놓아주긴들 어떻게 다 놓아주느냐. 무슨 힘으로 그 법을 없이하겠니."

"하려면 되지요, 예. 아버지께서도 하시려는 마음만 있으면, 정성만 있으면 됩니다."

"어떻게, 내가 무슨 힘을 가지고?"

"돌아다니면서 이 사람 저 사람에게 말을 하지요. 그래서 그 사람들 마음을 돌리면 되지 아니하오리까."

"하고많은 사람에 나 혼자 어떻게 한단 말이냐."

"아버지 힘 뻗는 데까지만 늘 하시면 되지요. 아아, 내가 좀 더 오래 살았으면 죽는 날까지 하여 보지마는."

"얘, 왜 그런 소리를 하느냐. 천하를 다 주어도 너와는 바꿀 수 없는데."

에바는 살짝 머리를 들고 그 눈물 그렁그렁한 고운 눈으로 아버지의 얼

굴을 보면서

"프루도 그렇고 톰도 그렇답니다. 다 제 자식을 그렇게 사랑한답니다. 톰도 멀리 있는 아들딸을 밤낮 생각하고 혼자 운답니다. 세상에 그런 사람이 몇 만이나 되는지 아십니까."

"오냐, 네가 하라는 일이면 무엇이든지 다 할 터이니 어서 그런 소리 말고 낫기만 하여 다오. 응, 에바야."

"아버지, 그러면 톰을 놓아주십시오, 예. 자유로운 사람이 되게 하여 주십시오, 예. 내가……."

하고 조금 주저하다가

"제가 가거든 곧, 예."

"오냐, 알았다. 네 말대로 다 해 주마."

"톰도 나하고 함께 갔으면 좋겠지만……."

"으? 가기는 어디를 가?"

"하나님 곁에요. 예수님 품에요."

하고 생긋 웃으면서

"아버지도 나 간 다음에 얼마 아니 있다가 오실 터이지."

클레어는 이 말을 듣고 간이 스는 듯하여 뜨거운 눈물을 흘리며 에바를 꽉 쓸어안고 그 뺨에 힘껏 키스를 하면서 자리에 들어다 누이더라.

17

이 일이 있기 바로 며칠 전이라. 오필리아가 톱시를 데리고 들어와서

클레어더러

"여보게, 난 이제는 할 수가 없네. 천하에 없는 짓을 다 해도 이 애 사람은 못 만들겠네."

"왜요, 또 무슨 장난을 하였습니까."

"장난이 다 무엇인가. 암만 이르니 말을 들어 주나, 가르쳐 주는 것을 외우기를 하나……."

"그거야 그렇게 얼른 되겠소. 차차……."

"응, 차차가 다 무엇인가. 오늘도 내 모자를 말끔 뜯어서 각신지 막신지 만드노라고 하나도 못 쓰게 하였네그려. 난 참 있는 정성에 있는 힘을 다 들이건만……."

클레어가 톱시더러

"너, 어찌해서 그리 말을 아니 듣고 못된 장난만 하니."

"마음 안 되게 먹어서 그렇지요."

하고 톱시는 두려워하는 눈치도 아니 보인다.

"저것 보게. 저런 것이니 천하에 없으면 어떻게 사람을 만들겠나. 난 던 못 하겠네."

"이 아이 하나도 사람이 되게 하지 못하는 하나님 뜻이면 이런 따위가 몇 천인지 몇 만인지 모르는 아프리카 같은 데에다가 목사를 하나나 둘을 보낸다기로 무슨 효험이 있겠습니까. 그래도 거기도 믿는 이가 생긴답니다그려."

이 말에는 대답할 말이 없어 하더라.

에바가 곁에 서서 이 말을 듣다가 손짓으로 톱시를 불러 아버지의 서실로 들어가는지라 클레어가 무엇을 하는가 보려고 가만가만히 창밖에 가

들여다본즉 에바가 몸짓으로 톱시를 불 앞에 세우고 뜨거운 정으로 붉은 얼굴에 정성스레 나오는 눈물을 흘리면서

"톱시야, 너 왜 그다지 말을 안 듣고 못된 짓만 하느냐."

"나 같은 년은 그러라고 생겨났으니 그러지요."

하고 여전히 밉살스럽게 웃기만 한다.

"너는 좋아하는 사람도 없는 게로구나."

"좋아하긴 무엇을 좋아하여. 난 다 싫어. 좋아하는 게라고는 사랑밖에 없소다."

"넌 아버지 생각도 아니 나고 어머니 생각도 없니."

"난 그따위 것은 하나도 없소다. 아무것도 다 없소다. 내가 오필리아 부인께 그랬는데 다 알면서도 공연히……."

"응, 그 말은 듣기는 들었다. 그러면 오빠도 없고 형님도 없니. 아주머니도 안 계시고?"

"아무것도 다 없소다. 난 좋아하는 사람도 없고 나를 좋아하는 사람도 없소다."

"그야, 네가 잘만 하면 누가……."

"별말 다 마오. 마음이 암만 착해져도 검둥이야 검둥이지요. 그도 이 검은 껍데기가 벗어지기나 한다면 나도 좀 잘해 보기도 하련만."

"암만 살은 검어도 마음만 좋으면 다 사랑하여 주시지. 고모님도 잘 사랑하실 터이고."

톱시는 빙긋빙긋 조롱하는 웃음으로

"그게 다 쓸데없는 소리외다. 오필리아 마님도 내가 곁에만 가도 뱀이나 본 듯이 상이 새파래지면서 '저리 가라.' 하신답니다. 검둥이는 천하에

없어도 누가 곱게 보지 아니해요. 그러면 어때. 나는 내 멋대로 논다오."

이 말을 듣고 에바의 가슴에는 불쌍한 마음이 생겨 손으로 톱시의 어깨를 짚고

"에그, 불쌍도 하여라. 아비도 없고 어미도 없고 친척도 없고 동무도 없고 아주 외롭고 불쌍한 너로구나. 세상 사람이 다 너를 미워하더라도 나, 이 나는 너를 사랑한다. 응, 나는 너를 사랑해."

하고 다른 편 손으로 톱시의 너리 먹은 개 꼬리 같은 머리채를 만지면서

"얘, 톱시야, 너 이다음부터는 좀 좋은 사람이 되어 다오. 나도 몸이 이렇게 약하니까 산들 얼마나 살겠니. 네가 그렇게 사람 노릇 못 하는 것을 보고야 죽은들 눈이 감기겠니. 죽는 나를 보아주는 줄 알고 이제부터 차차 좋은 사람이 되어 다오. 내가 네게 이런 소리 하는 것도 아마 몇 날 되지 못할까 보다."

이 말에 톱시의 낯빛이 갑자기 변하며 그 동그란 눈으로 뜨거운 눈물이 떨어져 에바의 손등을 적시다가 몸을 던지는 듯 에바의 무릎에 이마를 대고 훌쩍훌쩍 느끼면서 떨리는 목소리로

"작은아씨, 작은아씨, 이후부터는 사람 노릇 하겠습니다. 다시는 아니 그러겠습니다. 예, 작은아씨."

에바가 톱시의 몸을 쓸어안고 등을 어루만지며 위로하고 가르치는 모양은 이 차고 괴로운 세상에서 죄에 울고 부르짖는 무리를 건지려고 하늘에서 내려온 천사와 같더라.

이 광경을 본 클레어는 얼른 창 휘장을 두르고 눈물 흐르는 얼굴을 돌려 대더라.

오필리아가

"나는 저 애 모양으로 저렇게 톱시의 살이 닿으면 으쓱 몸에 소름이 끼치네. 톱시 저야 모르겠지마는."

하는 말에 클레어가 엄정한 낯빛으로

"제 마음에 싫다는 생각 있기까지는 아무런 짓을 다 하여도 고마운 생각이 아니 나는 법입니다."

"암만 그렇더라도 나는 싫은 생각이 안 날 수가 없어."

"왜요, 저 에바를 못 보십니까."

오필리아 부인이 마음이 뒤집히는 듯하여

"옳의, 아무것이나 사랑 없이는 아니 되는 것이로다. 난 오늘이야 하나님의 뜻을 깨달았네."

18

에바의 병은 날로 더하여 살이란 한 점도 없어지고 밤낮 자리에만 누워 있을 뿐이요 이제는 마당에도 나오지 못하게 되었더라.

하루는 톱시가 마당 화분에 심은 꽃을 꺾어 가지고 에바의 문밖에 다다를새 마리 부인이 보고

"이 빌어먹을 계집년 같으니, 또 꽃밭을 다 녹이는가 보구나."

"아니올시다, 제가 가지려는 것이 아니라 작은아씨 드리려고 꺾어 왔습니다."

"에끼, 때려죽일 년, 거짓말만 하것다."

방 안에 있던 에바가 이런 말을 듣고 벌떡 일어나 문을 왈칵 열면서

"어머님, 왜 그렇게 책망을 하십니까. 난 꽃이 보고 싶은데."

"네 방도 꽃밭이더구나. 무슨 꽃이 또 보고 싶어."

"아니야요, 더 보고 싶어요."

하고 고갯짓으로 톱시를 부르면서

"어디, 이리 가져오너라. 꽃이 참 곱구나."

톱시는 누구를 두리는 듯 가만가만히 에바의 곁에 가 서서 꽃 뭉치를 드린대 에바가 기쁜 듯이 바라보며

"에그, 참 곱기도 해라. 네가 이렇게 잘 섞어 묶었니. 이다음에는 날마다 꺾어다가 이 화병에 꽂아 다오, 응."

톱시는 고맙고 정다운 마음을 이기지 못하여 주먹으로 눈물을 씻으면서 문을 열고 나가더라. 에바가 곁에 앉은 어머니더러

"어머님, 나, 이 머리 좀 베어 주십시오."

"왜, 머리는 왜 벤다느냐."

"동무들과 종들에게 기념으로 나누어 주려는데요, 예. 아주머니하고 종들하고 다 이리 오게 하여 주십시오."

마침 오필리아 부인이 들어오거늘 에바가 자리에 일어앉아 치렁치렁한 머리를 풀어 헤치고

"고모님, 양의 털 아니 깎아 주시렵니까."

하고 농담인 듯이 웃을새 클레어가 과자를 사 가지고 들어오다가 이 꼴을 보며 깜짝 놀라 뒤로 물러서면서

"이것, 왜 이러니. 응, 무엇을 하노라고……."

"아니야요, 머리가 너무 허부룩하기로 고모님더러 베어 줍시사고 합니다. 그리하고 그 벤 머리는 모두 다 기념으로 나누어 주려 합니다."

"그렇걸랑 보기 흉하지 않게 밑으로 솎아 냅시오. 이제 병만 나으면 형님 계신 데 데리고 갈 터인데."

에바는 다시 나아 보지 못할 줄을 알매 아버지의 이 말에 가슴이 미어지는 듯하나 얼굴에는 나타내지 아니하고 생긋생긋 웃고 앉았더라. 여러 종들도 모두 불려 와서 눈물을 머금고 에바의 고운 털이 오리오리 무릎에 떨어져 굼실굼실 서리는 양을 보고 섰다. 에바가 머리털 몇 오리를 집어 들고 근심스러운 낯빛으로 아버지의 얼굴을 쳐다보다가

"아버지, 이런 말씀을 드리면 아버지께서 슬퍼하실 줄은 압니다마는 암만하여도 오래 살 수는 없겠어요."

클레어는 이 말을 듣고 아무 말 없이 달아 와서 한 팔로 에바를 쓸어안고 한 팔로 눈을 가리며 둘러선 모든 사람들도 혹은 손으로 혹은 치맛자락으로 눈을 가리며 방 안이 무덤 속같이 고요해진다. 에바도 눈물 그린 눈으로 방 안을 둘러보다가

"나는 참말 너희들을 사랑한다. 그러나 내가 오래 세상에 있을 수가 없이 얼마 아녀서 이별을 할 터이다. 내가 죽기 전에 너희에게 말하여 줄 것이 있어서 불렀다. 내 말을 잊지 말아 다오, 응."

이 말을 듣자 훌쩍훌쩍하는 소리가 난다.

"…… 너희들도 나를 사랑하여 줄 터이지. 그렇걸랑 울지만 말고 내 말을 들어 다오. 너희들은 이 세상 일만 생각하기에 그렇구나. 이후에 오는 영원한 하나님 나라에서 우리가 다시 반가이 만날 것 아니냐. 하니까 만일 너희가 하나님 나라에 가서 반갑게 서로 만나 보고 싶걸랑 예수를 잘 믿고 무슨 일이든지 삼가서 잘못되지 않게 하여야 한다. 알아들었니. 늘 게을리만 지내면 평생 가야 사람 구실 못 하고 소나 돼지 모양으로 남의

종노릇만 할 것이니 부디부디 기도 잘 하고 성경 잘…….”
하다가
“아아, 내가 잊었구나. 너희가 글 볼 줄을 모르지.”
하고 자리에 엎드려서 베개에 이마를 대고 훌쩍훌쩍 우는 양을 보고 종들이 그만 방바닥에 엎드러져 울더라. 이슥고 에바가 얼굴을 들어 빙그레 웃으면서
“무엇, 걱정할 것 없다. 정성으로 원하기만 하면 예수께서 도우시어 좋은 사람이 되게 하여 주실 터이니까. 성경을 못 보면 어떤가. 될 수 있는 대로 좋은 일들만 하고 날마다 예수님께 빌기만 하면 되느니라. 또 가끔가다 누구더러 성경을 좀 보아 달라지. 그리하면 얼마 있다가 우리 다시 반가이 만나 볼 터이니.”
이때에 엎드렸던 종들이 정성스러운 목소리로 ‘아멘’을 부르더라.
“아아, 고맙다. 너희들도 그렇게 나를 사랑하여 주는구나. 또 그러고 내가 너희에게 이것을 기념으로 주는 것이니 이것을 두어두고 내가 보고 싶거든 내보아라.”
하고 제 손으로 머리털을 다 나누어 준대 종들이 모두 그것을 가슴에 대고 슬피 울더라. 곁에서 보던 오필리아 부인이 에바가 너무 슬퍼할까 근심하여 모두 다 내보내고 톰과 마미만 주먹으로 눈물을 씻고 앉았더라.
“톰아, 내가 지금 아버지도 버리고 어머니도 버리고 너도 두고 죽는 것이 섭섭하여 못 견디겠다. 자, 이것을 기념으로 알고 두어두어라. 그러나 그리 슬퍼할 것이야 있느냐. 얼마 있다가 하나님 나라에서 반갑게 다 만날 터인데.”
하고 다시 마미를 향하여

"마미야, 너도 여태껏 나를 잘 사랑하여 주었지."

하고 마미의 목을 쓸어안으면서

"너도 이다음에 하나님 나라에 가서 만나자, 응."

마미는 다만 느끼는 소리로

"에그, 작은아씨."

할 따름이라. 오필리아가 이 두 종을 내보내고 본즉 어디서 나왔는지 톱시가 눈물을 흘리고 섰거늘

"이년, 어디 있다가 기어 나왔니."

하고 소리 지르는 소리에

"저도 저 구석에 있었습니다. 작은아씨, 저같이 못된 계집년에게도 기념 머리털을 좀 주십시오."

"주고말고. 내가 얼마나 너를 사랑하는지 알거든 아무쪼록 말 잘 듣고 좋은 사람 되어야 한다."

"예, 저도 작은아씨 말씀을 들은 다음부터는 좀 잘하노라고 제 딴엔 힘을 씁니다. 암만해도 갑자기 잘 됩니까. 그래서 남 보기에는 아무것도 아니 하는 것 같아요."

"남이야 아니 알아주면 어떠냐. 하나님이 다 아시지. 늘 정성껏 하여 가기만 하면 하나님께서 도와주셔서 잘되게 되느니라."

톱시는 에바가 주는 머리털을 끔찍하게 가슴에 품고 치맛자락으로 눈물을 씻으면서 오필리아 부인을 따라 나가더라.

19

며칠 동안 아버지나 톰의 품에 안겨서 마당에도 나와 앉고 톰의 재미있는 이야기와 노래를 듣던 우리 에바는 날로 더욱 쇠약하여 어떤 날 한밤중에 사랑하는 아버지의 가슴을 베고 잠들듯이 세상을 떠나 고운 영혼이 영원하신 하나님의 품으로 날아 들어갔더라.

이날 밤에 클레어는 아무 정신 없이 뒷짐을 지고 방 안으로 돌아다니기만 하고 오필리아 부인이 모든 일을 맡아 일변으론 염습할 준비를 시키며 일변으로는 로자를 시켜 에바의 죽은 방에 꽃을 돌려 꽂게 할 제 이윽고 문이 열리며 톱시가 치맛자락에 무엇을 싸고 들어오거늘 로자가 눈짓 손짓으로 오지 말라는 형용을 하나 톱시는 본 듯 못 본 듯 에바의 주검 곁으로 오는지라. 로자가 성가신 목소리로

"이년아, 여긴 너 올 데 아니다. 저리 비켜라."

톱시가 치마에서 반쯤 핀 붉은 장미꽃을 내들고

"내 꽃도 거기 하나 꽂아 주시오. 이것 보시오, 이런 꽃이 고운데 이것도 하나 꽂아 주시오."

로자는 아까보다도 성을 더럭 내어서

"저리 가라는데 그러네. 가라면 가지 않고……."

이때에 클레어가 발로 방바닥을 구르면서

"왜 공연히 그러느냐. 톱시야, 이리 온."

주인의 말에 로자가 혼이 나서 물러서고 톱시는 성큼성큼 주검 곁에 가서 손에 든 꽃을 에바의 발 곁에 꽂더니 그만 으악 하고 울며 침상 밑에 거꾸러져 클레어가 암만 여러 말로 달래고 일으키려 하나 종시 듣지 아니

하다가 쉿소리 같은 목소리로

"우, 우, 작은아씨, 나도, 나도 함께 데려 가셔요."

푸르희던 클레어의 얼굴에 다홍빛이 들고 강파르던 그의 눈에 뜨거운 눈물이 고이더라. 이것은 에바가 죽은 뒤에 클레어가 처음 흘리는 눈물이러라.

곁에 서서 보던 오필리아 부인이 부드러운 말로

"톱시야, 일어나거라, 어서. 그렇게 울어서는 못쓴다. 작은아씨는 천사로 이 세상에 내려오셨다가 지금 하나님한테 올라가셨느니라."

"해도 다시는 작은아씨를 못 뵈옵겠으니 이를 어찌하나. 다시는 뵈올 수 없지요."

하고 한참이나 처울다가 울음을 뚝 그치며

"작은아씨께서는 참 나를 사랑하여 주셨어요. 아이고, 이제야 누구가 나를 사랑할라고. 천하에 나 사랑하여 주시는 이는 작은아씨 한 분밖에 없으셨는데."

클레어도 눈물을 흘리고 섰다가 오필리아 부인더러

"참 그렇소이다. 누님께서나 이 아이를 곱게 여겨 줍시오."

톱시는 혼잣말로

"나 같은 것은 당초에 나지를 않았어야 좋았지. 나 같은 것이 무엇 하러 세상에 생겨난단 말인고."

오필리아 부인도 마음에 깊이 감동이 되어 톱시의 손을 끌고 제 방으로 들어가 톱시를 앞에 세우고

"톱시야, 참말 너같이 불쌍한 것이 다시 어디 있겠니. 에바 같게는 못 하더라도 이후부터는 내가 너를 사랑하여 주마."

하고 목소리를 떨리면서

"이로부터는 진정으로 너를 사랑하고 사람이 되도록 내 마음껏은 힘을 쓰마."

하고 말끝에 굵은 눈물이 주줄이 톱시의 손에 떨어지더라.

그의 진정으로 나오는 말은 과연 사람을 느끼게 하며 그 말보다도 떨리는 목소리가 더욱 사람을 움직이며 또 그보다도— 다른 것 아무것보다도 사람의 마음을 느끼게 하고 움직이게 하는 것은 뚝뚝 떨어지는 뜨거운 눈물일러라. 이 뜨거운 눈물은 부인에게 대한 돌 같은 톱시의 마음을 움직여 그 후부터는 오필리아 부인의 말을 잘 듣게 되더라.

에바가 죽은 뒤로는 클레어의 마음에 낙이란 한 푼어치 없고 보는 대로 에바의 생각이 나며 더욱 에바가 날마다 노닐던 자리며 가지던 물건을 볼 때마다 가슴이 답답하여 다시는 그 정자에 있을 마음이 없어 불 치듯 차비를 하여 가족을 데리고 뉴올리언스 본집으로 돌아오니라.

이로부터는 에바가 항상 사랑하여 보던 성경도 떠들어 보고 하더니 차차 성경에 재미가 남을 따라 오늘날까지 하여 온 생각과 행실이 부끄럽기도 하고 어리게 보았던 에바의 말이 큰 선생의 엄숙한 가르침을 듣는 듯하며 더욱이 종 부리는 데 관하여는 전에 옳은 줄 알고 하던 것이 도리어 부끄러운 마음이 생겨 첫째, 톰을 자유로 하는 것이 저와 에바에게 대하여 큰 책임인 듯하여 법률 절차까지도 실행하려 하였으나 하루도 몇 번씩 정성으로 위로하여 주는 톰에 새삼스럽게 정이 들어서 차마 내보내고 싶은 마음이 없어 하더라.

그날 클레어가 톰을 보고

"얘, 내가 이제는 너를 놓아줄 터이니까 어서 켄터키에 갈 준비나 하여 두어라."

"참 황송하올시다. 감사하옵니다."

하고 두 손을 높이 들고 기뻐하는 양을 보매 문득 불쾌한 마음이 생겨

"그렇게 기쁘냐. 내 집에 있는 것이 몹시도 싫던 게로구나."

"그렇지 않습니다. 그게 무슨 말씀이오니까. 나도 남과 같이 사람 구실하게 된 것이 기뻐서 그럽니다."

"너, 그것이 그렇게 기쁠 것이 무엇이냐. 나는 여태껏 너를 자유로운 사람들보다도 잘하여 준 줄 아는데."

"아니올시다, 그렇지 아니하올시다……."

"그래, 네가 혼자 나가 벌면 내 집에 있느니만큼 먹고 입을 성부르냐."

"그야 그렇습지요. 영감마님께서는 참 저를 불쌍히 여기셔서 예, 그저 참 평안하게 지냈습니다마는 남의 좋은 것이 더러운 제 것만 못하여요. 아마 이것이 인정인 줄 아옵니다, 예."

"응, 네 말도 그럴듯하다. 어찌했으나 한 달 안으론 가게 하여 주지."

하고 좀 불쾌한 듯이 안으로 들어가려 하거늘

"아니올시다, 영감마님께서 슬픈 마음이 없어지시기 전에는 저는 아무데도 아니 가겠습니다."

클레어가 긴 한숨으로 하늘을 우러러보면서

"슬픔이 없어져. 내 슬픔이 없어질 날이 있을까."

"예, 영감마님께서 예수님을 잘 믿게 되시는 날이 곧 그 슬픔이 없어지는 날이올시다, 예."

"아아, 나도 이제는 예수님이라는 이를 차차 알게 되나 보다."

"그러셔야지요. 저도 영감마님께서 아주 잘 믿는 날까지는 모시고 기

다리겠습니다. 그때에야 제가 마음을 놓겠습니다.”

“참 고맙다. 네가 그렇게까지 나를 생각하여 주는 것이.”

하고 벌떡 돌아서서 톰의 어깨에 팔을 올려놓더니

“그렇지마는 내가 너를 어떻게 더 붙들어 두겠니. 어서 가서 처자를 반가이 만나 보아야지.”

이때에 마침 손이 온 고로 클레어가 객실로 들어가더라.

그날 로자가 오필리아의 명령을 받아 가지고 톱시를 부르러 가 본즉 톱시가 무엇을 분주히 감추면서 방 안으로서 나오는지라. 로자가 그것을 보고

“이년, 또 무슨 도적질을 한 게로구나.”

하고 톱시의 팔을 붙잡거늘

“아니야요, 이것은 내 거야요.”

하면서 주먹으로 로자를 떼밀어 젖힌대

“이년, 암만 속이려 보아라. 내가 지금 보았는데, 이년. 멀쩡하게.”

하고 톱시의 품에 손을 넣으려 한대 톱시가 울며불며 손발을 버둥거리고 야단을 하거늘 오필리아와 클레어가 이 소리를 듣고 달아 와 물어본즉 로자가

“이년이 또 도적질을 해서 그럽니다.”

“좋다. 어디, 내가 도적질했다고. 거짓말만…….”

“어디, 무엇이든지 내보여라.”

하고 오필리아가 암만 달래어도 듣지 아니하거늘

“왜 아니 보이니. 어서 내어라. 어디 보자.”

하고 더욱 박절하게 졸인대 그제야 품에서 다 해어진 버선에 싼 뭉텅이를

내보이는지라. 헤쳐 본즉 에바가 임종에 준 머리털과 종이에 싼 조그마한 책이라. 클레어가 정신없이 보고 섰다가

"톱시야, 너 왜 이 책에다 검은 선을 둘렀니."

"그거요, 작은아씨 것이니까 그렇게 하지요. 아이고, 이거 빼앗지 마십시오."

하고 마루에 엎드러져 그것을 꽉 안고 울거늘 빙긋빙긋 웃고 섰던 클레어가 눈에 눈물을 그리면서

"자, 울지 말고 일어나라. 이 성경은 네 것이다."

하고 오필리아 부인과 같이 방으로 돌아가다가 손으로 뒤를 가리키면서

"누이님께서는 어떻게 생각하십니까. 참말 슬픔을 알 만하면 참말 좋은 것도 알 터이지요. 하니까 아무렇게 하여서라도 저것을 잘 가르쳐 주십시오."

"참 그러하이. 나는 그저 그것들은 우리들보다 몇 층 떨어지는 동물들인 줄로만 알았더니 그렇지 않은 줄을 이제야 깨달았네. 우리네에게 있는 감정은 그네에게도 있고 우리네에게 있는 이성은 그네에게도 있는 것이로다."

"무론 그렇지요. 다만 우리들이 그것들은 사람이 아니거니 하기에 그렇지 우리보다 나은 데도 있습니다."

"아무려나 내 힘껏은 하여 보겠네마는 톱시를 아주 내게 줄 수는 없겠나."

"왜 그런 말씀을 하십니까. 내가 누이님께 드린다 아니 하였습니까. 그런데 이제 다시……."

"아니로세. 그렇긴 하지마는 아주 법률상에까지도……."

"어려울 것 있습니까. 그러지요."

하고 그날은 신문을 보거늘

"여보게, 그러하겠걸랑 오늘이라도 그렇게 하여 주게그려."

"그렇게 급하실 거야 있습니까. 차차 하지요."

"그야 그렇지마는 사람의 일이야 알겠나. 그러다가 자네가 어떻게 신고하든가 하여도. 만일 자네 하나만 없어지면 저것들은 또 다 경매장에 가서 팔릴 터일세그려."

"그러면 지금이라도 합시다그려."

하고 톱시를 오필리아 부인에게 준다는 뜻으로 증서를 쓰고 마리 부인이 보증이 되더라. 오필리아가 이 증서를 받아 들고 한참이나 보더니

"여보게, 자네, 다른 종들도 다 놓아줄 준비를 하여 두었나."

"아니요, 아직 아니 하였습니다. 차차로 하지요."

"아니로세. 하루라도 바삐 다 하여 두어야지 만일……."

클레어가 빙긋빙긋 웃으면서

"누이님, 내게 무슨 곧 죽을병이나 있는 것 같습니까. 그렇지 아니하면 왜 그리 급하게 구십니까."

"에그, 그런 소리를 왜 하나. 그런 객담은 말고. 글쎄, 그렇지 아니한가. 사람의 일이란 모르는 것이니깐."

클레어는 '죽음'이라는 말에 이상히 불쾌한 생각이 나서 마당에 나가 돌아다니며 '죽음'이라는 말을 연해 부르고 생각하더라.

바로 그날 밤에 클레어가 신문을 본다고 근처에 있는 찻집에 가고 톰이 혼자서 달빛을 쓰고 못가에 앉아 제가 얼마 아녀 자유로운 몸이 되면 집에 돌아가 오래 그리던 아내와 아들딸과 사랑하여 주던 조지를 만나 보리

라 하고 기쁜 생각에 기쁜 꿈을 꾸더니 문득 문밖에 사람들의 떠드는 소리가 들리거늘 나가 본즉 여러 사람이 피 흐르는 클레어를 들것에 담아 가지고 오는지라. 톰이 하도 놀라고 기가 막히어 다만 '으악.' 소리 한마디를 칠 따름이러라.

집 안에서 이 말을 듣고 부인들이며 종들이 모두 나와 어찌할 줄을 모르고 울고불며 그중에도 마리 부인은 미친 사람 모양으로 닿은 데 없는 소리만 지르고 돌아다니는데 톰과 오필리아가 겨우 클레어를 방 안으로 안아 들이고 여러 가지로 구원을 하더니 얼마 있다가 클레어가 정신이 들어 눈은 떴으나 말도 못 하고 휘휘 돌라보기만 할 뿐이라. 의원이 와서 할 수 있는 짓을 다 하여 보았으되 본래 몸이 약한 데다가 옆구리에 상처가 중하여 차차 기운이 함하여 가더니 겨우 손을 들어 톰의 손을 잡고 똑똑지 못한 목소리로

"톰아, 기도, 기도."

하고 말이 아니 나와 고갯짓만 하는지라. 톰이 그 앞에 엎드려 눈물 섞은 기도를 열심으로 드릴새 정신없는 클레어도 열심으로 듣는 모양이더니 그 기도가 끝나자 얼마 아녀 숨이 끊기더라.

20

그러나 톰은 그 사랑하는 주인 클레어의 영혼이 하나님 나라에 들어가 에바와 반가이 만날 줄을 굳게 믿는 고로 그리 슬퍼하지 아니하더니 하루는 생각하여 본즉 제 자유를 맡은 클레어의 몸이 이미 땅속에 묻혔으니

이제 뉘라서 나에게 자유를 주리오 하여 다만

'하나님이시여, 모든 것을 하나님의 뜻대로 하셔지이다.'

하고 하나님의 처분만 기다릴 뿐이더라.

클레어라는 방패가 세상을 떠나자 무정한 마리 부인의 혹독한 욕과 매가 대패 모양으로 종들의 살을 깎고 송곳 모양으로 종들의 마음을 찌르나 다시는 돌아가 의지할 바가 없으매 살얼음 위에 달음질하는 모양으로 죽을 날만 기다릴 뿐이라.

로자가 대단치 아니한 일에 부인의 말대답을 하였다가 종 때리기로 벌어먹고 사는 집으로 잡혀갈 제 오필리아 부인은 차마 그 불쌍한 꼴을 못 보리라 하여 별말을 다 하여 마리 부인을 권하되 고집 센 부인이라 듣지 아니하고 가긍한 로자가 무정한 아픈 매에 피를 묻히기 위하여 잡혀가니라.

이삼일 후에 톰이 마리 부인이 클레어의 형과 어떤 변호사와 의논하여 집과 종을 다 팔아 가지고 제 친정으로 돌아간단 말을 듣고 한참은 숨이 막힐 듯하더니 돌이켜 생각하여 본즉 이제 믿을 데는 오필리아 부인이라. 좌우간 부인에게 이 말을 하여 도움을 얻으리라 하고 곧 부인의 방에 가본즉 한참 돌아갈 준비에 분주한 모양이라.

"마님, 이것을 어떻게 하면 좋겠습니까. 영감마님께서 저를 놓아주신다고 이렇게 증명까지 써 주셨는데요. 마님께서 잘 말씀을 하셔서 저를 살려 주십시오. 이렇게 영감마님 유언이 계시다면 아마 들어주실는지요……."

"응, 말씀하여 보지. 힘 있는 데까지는 힘써 보겠네마는 마리 마님이니까 들을지 어떨지는 알 수 없네."

하고 마리 부인의 방에 가서 톰의 이야기를 하고 나서

"어떻게 잘 생각을 하여서 그것을 놓아주게 하게."

"에그, 누님도. 내게는 그런 말씀을랑 하지도 맙시오. 그게 제일 돈 많이 받을 것인데 그것을 놓아주어요."

"그러나 톰이 불쌍하지 아니한가. 그렇게 자유를 바라는데."

"별말씀 다 맙시오. 그것들에게 자유는 해서 무엇 하나요. 그저 실컷 때려 부려 먹기나 하였으면 그만이지. 나는 종 놓아주는 데는 대반대외다."

"자네 생각에는 그렇겠지마는 저것이야 얼마나 자유를 얻고 싶겠나. 오늘날까지 일도 잘하였고 또 저것이 나쁜 주인이나 만나게 되면 그런 불쌍할 데가 어디 있겠나."

"에그, 왜 그래요. 나도 남부에서 자라났습니다마는 남부 사람은 다 좋답니다. 잘못하는 게야 때려 주기도 하지마는 저것들이 어디를 가면 아니 맞나요."

"그렇다 하더라도 클레어도 죽기 전에 그런 말을 하였고 에바도 그렇게 톰을 놓아주려 하였는데 그 생각도 좀 하여야 아니 하겠나."

한대 마리 부인이 몹시도 분한 듯이 수건으로 눈물을 짜면서

"에그, 나같이 팔자 사납고 불쌍한 것이 다시야 있을라고. 외딸이 죽자 남편이 또 죽고 누구 하나 나를 불쌍히 여겨 주는 사람이 있나. 그저 내 말이면 누구든지 다 아니 듣것다. 이렇게 불쌍한 것을 누님조차 그다지 못 견디게 구십니까."

하고 아이고, 머리가 아파, 저이고, 가슴이 아파 하고 일변으로 마미를 불러 자리 깔아라, 물을 들여라, 일변으로는 의원을 불러라, 정신이 없어진

다 하는 야단에 오필리아 부인도 어찌할 수 없이 물러 나와 마지막 수단으로 셸비 부인에게 편지를 하여 톰을 물러 가라기로 하더라.

그러나 이도 다 허사라. 셸비 부인에게 이 편지가 가기도 전에 그 이튿날 톰의 몸이 벌써 종 장수의 손에 들어가 다른 종 오륙 인과 함께 종 경매 터에서 밤을 새우니 잠시 동안 톰의 눈에 보이던 자유의 빛은 다시 캄캄한 구름 속으로 들어가고 한참 떨어졌던 지옥 마귀가 다시 유순한 톰의 목덜미를 꽉 잡아 누름이러라. 이튿날 경매에 톰은 열다섯 살쯤 된 어여쁜 튀기 계집과 루시라는 계집아이와 사나이 종 둘과 함께 리그리라는 사람에게 팔리니 이 사람은 산 사람의 고기라도 긁어먹을 만한 흉악한 사람이라. 이것도 사람이라 할까, 짐승이라 할까, 흉악한 짐승이 사람의 껍데기를 쓴 것이라 할 건가. 헤일리는 여기 대면 과연 대인군자라 하겠더라.

리그리가 톰의 짐을 뒤지다가 전에 셸비의 집에서 입던 좋은 옷을 보고 톰의 옷을 가리키며

"더럽다, 그게 다 무엇이라고 입는단 말이냐. 자, 어서 바꾸어 입어라. 그것은 벗어 놓고."

톰은 리그리의 말대로 옷을 갈아입고 입었던 옷을 벗어 주었더니 이번에는 톰의 몸을 뒤다가 성경과 찬미가를 보고

"미친놈, 이게 다 무엇이냐. 하…… 이놈, 너도 예수 믿는 게로구나, 응. 하…… 우습다."

"예, 전 예수님을 믿습니다. 누구든지……."

"엑, 이놈, 주제넘은 소리 말아라. 이제 내 예순지 볘순지 못 믿게 할 터이니. 내게서는 예배라든가 찬미라든가 기도라든가 하는 것은 엄금하는 것이다. 이놈, 너도 내 말을 잘 들어야 될 줄 알지. 어디, 다시 예수 말을

했단 보아라, 당장에 뒈질 터이니!"

하고 톰의 가방을 들고 갑판에 나아가

"후레아들 놈, 주제넘게시리 가방이 다 무엇이야."

하고 그 속에 있는 물건은 다 내어 팔고 그 가방에는 제 것을 넣더라. 톰은 이 말을 듣고 이 모양을 보고 혼잣말로

'아무러한 명령을 한들 내 믿음이야 떼며 내 살을 깎아 판들 내 영혼이야 팔라고.'

하고 마음속으로 하나님께 기도를 올리더라.

리그리가 톰의 가방을 빼앗고 나서 어여쁜 에멜린에게로 가니 이 에멜린은 튀기요 얼굴도 곱고 글도 알고 성경 공부도 한 계집아이라.

"얘. 어디 좀 보자."

하고 어깨에 손을 얹거늘 에멜린이 몸을 피하며 얼굴을 붉힌대

"흥, 되잖은 년이로군. 아주 점잖은 체하겠다. 내가 무슨 말을 하거든 좀 웃기나 하려무나."

하고 성나는 김에 주먹을 내들고

"이 계집년, 이것이 무엇인가 좀 보아."

하고 곁에 선 톰의 어깨를 부서져라 하듯이 때리고

"이만하면 너희 같은 년들은 단매에 때려죽여…… 하하하하하."

배를 내려 뭍으로 갈새 젊은 계집 둘은 수레에 싣고 리그리가 함께 타고 톰과 다른 사나이 종들은 마차 뒤에 달려 가없는 벌판길로 한 걸음 한 걸음 참혹한 사이먼의 무명 밭으로 향하여 가더라.

얼마쯤 가다가 리그리가 웃는 낯으로 돌아보면서

"어디, 에멜린아, 이리 좀 오너라."

하며 무릎 위에 놓은 에멜린의 손을 잡고

"이제는 얼마 아니 가서 집이다."

그러나 에멜린은 좋아하는 빛이 없고 도리어 무서운 듯이 얼굴빛을 변하고 손을 잡아채며 곁에 앉은 종에게로 몸을 의지하거늘 리그리의 얼굴에 성나는 모양이 보이더니 다시 웃는 낮으로 에멜린의 불그레한 귀를 만지며

"너, 귀고리 끼어 보았니."

"아니요."

하고 떠는 대답에

"응, 그러면 하나 사 주지. 홍, 매우 곱게 생겼는데. 이제는 나하고 살지."

이렁그렁할 즈음에 벌써 마차가 리그리의 문밖에 다다랐더라.

리그리의 가대가 처음에는 매우 좋았으나 종을 너무 몹시 부리므로 종들이 하나도 정성껏 돌아보지 아니하여 밭에는 잡풀이 우거지고 집들은 기울어졌더라.

마차가 리그리 집 문간에 닿자 마당에 누웠던 무섭게 생긴 개가 서너 마리나 짖으며 마주 나오더니 누더기 입고 험상스럽게 생긴 종 둘이 이상한 소리로 그것을 말리거늘 리그리가 새로 사 오는 종들을 돌아보며

"이놈들, 너희가 도망을 해. 어디라고. 이 개가 있는데. 너희 놈들이 도망을 하여도 이 개가 따라가서 금시에 찾는다, 이놈들."

누더기 입은 종은 하나는 샘보요 하나는 킴보니 무명 밭에서 일하는 종의 패장이요 한 바리에 실을 만한 몹쓸 놈들이라.

리그리가 샘보더러

"샘보야, 너 주려고 색시 하나 사 왔으니 자, 가져가거라."

하고 늙은 계집을 샘보에게 밀어 주면서

"자, 이게 네 거다."

늙은 계집은 비칠비칠하면서

"서방님, 이게 무슨 말씀이십니까. 소인네에게는 뉴올리언스에 서방이 있습니다."

"무엇이 어찌해. 내 말을 아니 들을 터이야."

"다른 말씀은 무엇이든지 좇겠습니다마는 서방을 둘씩이나 어떻게 가집니까. 제발……."

"이년, 무슨 주제넘은 소리냐. 내 말을 안 들어."

하고 말채찍을 들어 힘껏 때리니 노파가 정신을 잃어 땅에 거꾸러지더라. 그러나 리그리는 이것을 보지 못한 체하고 에멜린의 곁에 가 웃는 낯으로

"자, 나하고 가자, 응, 아씨야."

하여 에멜린은 리그리에게 끌려가고 톰은 샘보의 뒤를 따라 우리로 들어가니 집 생긴 뒤로는 한 번도 쓸어 보지 아니하였는지 이 구석에는 땀에 썩는 누더기요 저 바람에는 말라붙은 코라. 보기만 하여도 구역이 나려 하나 몸에 태인 운명이라 어찌할 수 없이 위선 여간한 것을 치우고 품에서 성경을 내어 선반에 올려놓고는 샘보에게 끌려 일터로 가더라.

21

그날 일을 마치고 저녁 먹으러 돌아와 본즉 먹을 것이라고는 흙도 채

아니 떨린 반쯤 익은 감자 몇 알이라. 웬만한 집에서는 짐승도 아니 먹일 것이건마는 그래도 목숨은 아까워 맛있게 이것을 먹고 나서 곤함을 못 이기어 그만 잠이 들었더니 사몽비몽간에 몸이 폰처트레인 호숫가 돌 위에 걸어앉았고 곁에는 어여쁜 에바가 성경을 읽더라.

'물에서나 불에서나 나는 너희와 같이 있으리라. 나는 네 주시요 이스라엘의 여호와, 너를 구원하실 이시로다.'

차차 이 소리가 가늘어지더니 어디로선지 모르나 아주 청아한 풍악 소리가 들리며 에바가 하늘을 우러러 화평한 기도를 올리더니 이윽고 에바의 몸에 빛나는 날개가 나며 훨훨 날아 높은 하늘 위 거룩한 하나님의 보좌로 올라가는지라. 톰이 마음에 즐거움을 못 이기어 하더니 문득 깨어 본즉 한 꿈이라.

아마 외롭고 슬픈 톰의 마음을 즐기려고 하늘나라를 떠나 세상에 내려온 에바의 영혼인가 보다.

리그리도 톰의 모든 일에 가감하고 충실한 것을 사랑하여 차차 패장 같은 직분까지라도 주려 하나 다만 한 가지 흠은 톰이 너무 착하여 여러 사람에게 친절하게만 하고 욕할 줄과 때릴 줄을 모름이라. 이러므로 아무렇게 하여서라도 톰을 저와 같게 만들 양으로 수란 수, 힘이란 힘을 다 들이나 우리 톰은 조금도 그 주인의 가르침을 본받지 아니하고 오직 하나님의 뜻을 굳게 믿을 따름이러라.

하루는 톰이 다른 종들과 함께 밭에서 목화를 딸새 곁에 어떤 보지 못하던 부인이 나는 사십이나 되었을 것 같고 무서운 주림과 과도한 노동에 살이 다 깎이고 얼굴에는 핏기운이 한 땀도 없으며 게다가 무슨 깊은 병이 들렸는지 금시에 푹 쓰러질 듯한데 곁에서 목화 따는 젊은 종놈들은

"저년, 그만이야 왔구나."

"에그, 꼬락서니 보게."

"저것이 무엇을 딸까."

"오늘 저녁에야 제가 뒈지도록 얻어맞을 터이지."

하고 온가지 욕설을 다 담아 부으나 다 죽어 가는 그는 들은 체 못 들은 체 탄하려 하지도 아니하고 이따금 가는 소리로 소곤소곤 기도하는 소리만 나는지라. 톰이 더욱 불쌍한 마음이 생기어 제 그릇에 있는 목화를 집어 그 부인의 그릇에 넣는데 부인이

"에그, 마시오. 패장이 보면 어떻게 하시려고……."

아니나 다를까, 멀리서 보던 샘보가 혁편을 둘러메고

"이 개새끼들, 무슨 짓을 해."

하고 부서져라 하듯이 노파를 차 떼밀고 혁편으로 톰의 면상을 치니 톰은 튼튼한 몸이라 피나는 얼굴을 가지고도 가만히 물러섰으나 본래 몸이 약한 노파는 그만 비쓸거리고 거꾸러지거늘 샘보가 호주머니에서 바늘을 내들고

"이년, 내 고쳐 줄 것이니 가만히 자빠졌거라."

하고 달아 들어 와 머리를 푹 찌르니 정신없는 노파가 아픈 김에 소리를 지르고 일어나거늘

"이년, 냉큼 일어나서 일하여라."

이 말에 아픈 것을 참고 또 목화를 따더니

"이년, 알아차려라. 오늘 저녁에는 뒈질 터이야."

하는 샘보의 말에

"제발 덕분에 이제 죽여 줍시오."

하고 하늘을 우러러

"여보, 하나님, 왜 나를 아니 건져 주오." 하더라.

이때 샘보는 벌써 저리로 간지라 톰이 또 제가 딴 목화를 노파에게 넣어 주니 노파가 깜짝 놀라며

"글쎄, 왜 이리하오. 여기 법도 모르고. 이러다가 경을 치려고. 제발 그만두시오."

"나? 내 걱정은 마오. 난 튼튼한 놈이니까 여간 맞으면 어떻소. 내 걱정은 마시오."

그날 저녁에 샘보가 리그리에게 톰과 노파를 먹였더니 리그리도 기회를 기다리던 터이라 오늘 저녁에야 톰 이놈을 길을 들이리라, 톰으로 하여금 노파를 때리게 하리라 하고 혼자 좋아하더라.

종들이 모두 밭에서 돌아와 제가끔 목화 그릇을 리그리 앞에 드려 놓고 어떤 놈은 매를 맞을까, 어떤 놈은 칭찬을 받을까 마음을 졸이고 섰고 리그리는 공책을 들고 앉아 여럿의 딴 근수를 적을새 톰은 언제든지 남보다 많이 따는 터이라 그날은 노파에게 반 그릇이나 넘어 주었건마는 그래도 다른 놈들보다 많이 딴 고로 아무 책망은 없으나 하나 걱정은 노파의 일이라. 행여 얻어맞지나 아니할까 하여 매우 걱정하는 중에 노파가 죽어가는 걸음으로 목화 그릇을 드리거늘 리그리가 그것은 보지도 아니하고 왈칵 성을 내어

"네년은 좀 일이 있으니 여기 섰거라. 박살을 할 년."

노파는 무슨 영문인지도 모르고 명령대로 그 자리에 쭈그리고 앉았더니 검사를 다 하고 나서 리그리가

"톰아, 이리 와. 이놈, 내가 너를 사기는 패장을 시키려고 산 것이야. 하

니까 이놈, 마수걸이로 네 이년을 오늘 저녁에 두들겨라."

"그거야 어떻게 하겠습니까. 다른 말은 다 하라는 대로 하겠습니다마는 이것 하나는 참 못 하겠습니다."

"무엇이 어찌해. 자, 내 가르쳐 줄까."

하고 혁편을 들어 톰의 얼굴을 함부로 치면서

"이놈, 이제도 못 해!"

톰이 두 손으로 낯에서 흐르는 피를 받으면서

"그저 제가 사는 날까지는 무슨 일이든지 힘껏 할 것이니 이 일 하나는 아니 하게 하여 주시오. 첫째, 이 일은 옳지 아니한 일이 아니오니까. 제 몸이 가루가 되어도 그것은 못 하겠습니다."

본래 톰은 온순한 사람이라 무슨 말이든지 거스르지 아니하는 것을 보고 오늘도 단 댓 마디에 들을 줄로만 여겼더니 의외에 톰의 침착하고 기운찬 말을 들으매 본래 짐승 아닌 리그리의 마음에도 얼마큼 감동 되는 마음과 부끄러운 마음이 생겼으나 저 짐승만도 못한 종에게 질 수 없다 하여 뻰질뻰질하게 껄껄 웃으며

"어쩌고 어찌해. 이 개새끼야, 내가 그른 말을 하여. 이놈, 내가 누군 줄 알고. 옳지이, 당신이 아주 신사시니까. 어, 아니꼬운 놈 같으니. 어쩌니, 이년을 못 때려."

"이 노파는 늙기도 하고 게다가 병까지 있는데 이것을 때리다니 인정을 가지고야 어떻게 차마 그러겠습니까. 바로 이 노파 대신 저더러 죽으라시면 달게 죽겠습니다마는 세상없어도 때릴 수는 없습니다."

고양이가 먹으려는 쥐를 한참 노리는 모양으로 리그리도 노릴 수 있는 대로 톰을 노린다.

"훙, 과연 성인이시로고. 믿음도 굳으시고 마음도 착하신 신사시겄다. 그런데 성경에 '종이거든 주인에게 순종하라.' 한 말은 왜 모르시는고. 내가 영감의 주인 아니오. 이놈아, 이 시커먼 몸뚱이가 일만 이천 냥짜리야. 일만 이천 냥에 네놈의 몸과 혼을 내가 샀어."

구둣발로 힘껏 옆구리를 차고 말끄러미 톰의 얼굴을 들여다보면서

"어떻습니까, 알아 겝시오."

톰은 조금도 두리거나 성내는 빛 없이

"아니올시다, 그렇지 않습니다. 영혼까지는 못 사십니다. 세상없는 짓을 다 하셔도 이 영혼은 하나님의 것입니다."

"무엇? 영혼은 못 사? 내가? 어림없다, 이놈. 어디, 내가 네놈의 영혼을 사나 못 사나 보자."

하고 벌떡 일어나면서

"샘보야, 킴보야, 네 이놈을 아가리로 피가 푹 쏟아지도록 조겨라!"

곁에서 침을 꿀떡꿀떡 삼키던 두 놈은 의기양양하여 톰을 잡아끌고 문 밖으로 나가고 노파는 그 자리에 엎드러져 슬피 통곡하더라.

22

톰의 몸은 한 곳 성한 데 없이 가죽이 터지고 피가 흐르더라. 리그리는 그도 오히려 부족하여 아주 때려죽이고도 싶으나 만여 냥이나 들여 사 온 것을 부려 먹지도 못하고 때려죽임도 아깝다 하여 다시 오는 날을 기다리기로 하고 그날은 끓는 분을 참아 반나마 죽은 톰을 대팻밥 들인 헛간에

내버리니 상처는 아프고 목은 마르고 여름밤 내리누르는 듯한 공기에 사정없는 모기 무리까지 죽다 남은 톰의 혼을 고로이 하더라.

이삼일을 지나 전신 상처에 겨우 더데가 앉을 만할 제 벌써 목화밭에 나섰더라. 그러나 악독한 매에 진 어혈이 아직 풀리지 아니하고 게다가 건강을 회복할 만한 보할 것도 먹지 못하니 제아무리 튼튼하다는 톰인들 어찌 견디리오. 게다가 아침부터 저녁까지 잠시도 쉴 새 없이 과도한 노동을 하다 보니 건강이 차차 쇠하여지고 기운이 날로 소진하여 톰 저도 그 목숨이 장차 오래지 못할 줄을 알더라. 그러나 그는 죽기를 두리는 이가 아니요 도리어 이 죄악이 차고 더러운 마귀만 뛰노는 땅을 떠나 영원하고 옳은 하나님 나라에 들어가게 됨을 더할 수 없이 고마이 여기더라. 그러므로 몸은 비록 참혹하게 약하여지고 파리할망정 그의 마음은 항상 춘풍 같아 언제든지 그의 얼굴에는 화평의 웃음이 있고 그의 말에는 청아로운 하늘 풍악의 소리가 나더라. 그렇게 눈 뜰 수 없는 분주한 중에 있으면서도 불쌍한 이를 보면 위로의 말을 들리며 약한 이를 보면 도움의 힘을 빌리며 혹 곤하여 하는 이에게 제가 딴 목화도 넣어 주며 혹 아파하는 이에게 제가 덮는 담요도 덮어 주니 여러 해 혹독한 압제와 짐승 같은 살림에 이성이 무디고 감정이 스러졌으나 그래도 사람이라 톰의 이렇듯 지극한 정성과 사랑에는 모두 감동이 되어 메말라 풀 못 나던 땅에 큰비가 내리부어 일시에 각색 화초가 엄을 돋치는 모양으로 이 짐승 같은 사람들에게도 차차 슬퍼할 줄도 알아 오고 고마워할 줄도 알게 되더라.

이것을 봄은 톰에게 더할 수 없는 기쁨이라.

목화 딸 때도 거의 지나서 주일 하루는 종들이 다 놀게 되매 그날마다 모두 한방에 불러 놓고 예수의 이야기와 여러 성도의 이야기를 하여 들리니 모두 톰의 이 말에 귀를 기울이며 한 사람 한 사람 예수를 믿는 이도 생기더라.

난 날부터 오늘까지 인생의 비참이라는 비참을 갖추 맛보아 무엇이든지 귀찮지 아니함이 없는 캐시조차 날로 얼굴에 화기가 돌더라.

캐시의 말을 하면 길지라. 그러나 한들 무엇 하리오. 다만 눈물의 역사인 줄로 알면 그만이라. 지아비는 빼앗기고 아들딸은 팔리고 제 몸도 이리 굴고 저리 굴어 가지고 나온 정력과 마음은 개돼지의 일에 다 써 버리고 이제는 아무 생각도 없고 정신도 없는 몸이 된 것이라. 이쯤 알면 그만이리라.

벌써부터 에멜린에게 불측한 마음을 품고 있던 리그리라 잠시 동안은 이 핑계 저 핑계로 피하여 왔으나 요사이에 와서는 밤낮 으르고 조르고 가끔 입에 담지 못할 말로 욕설도 하며 미구에는 완력으로 겁박이라도 하려는 기미가 보이매 캐시가 이를 알고 가련한 에멜린을 건져 내어 자유로운 사람이 되게 하려고 무진히 애를 쓰나 곧 도망을 하다가는 잡힐 것은 분명하고 잡히고만 보면 수월치 않게 경칠 줄도 아는 고로 아무리 생각하여도 어찌할 줄을 모르다가 겨우 한 계책을 얻어 내니 이 계책이 과연 어떠한 결과를 낳을런가.

리그리의 집에 한 방이 있으니 그 방에는 무서운 귀신이 있다 하여 아무도 감히 들어가지를 못하는 데라. 그중에 리그리는 참되신 하나님은 두려워하지도 아니하고 믿지도 아니하되 이 귀신을 무서워하는 마음은 여간이 아니라. 캐시는 이를 이용하여 여러 날 동안을 두고 조금씩 조금씩 그 방에 먹을 것을 날라 둔 후에 하룻밤은 거짓 도망하는 체하여 리그리를 놀래고 둘이서 귀신 난다는 방 안에 들어가 숨으니 대개 얼마 동안 찾아보다가 리그리가 절망하는 때를 기다려 멀리 가나다로 하여 달아나게 하려 함이라.

그날 밤 리그리가 종과 개를 떨어 가지고 밭 가운데 나무숲으로 바늘이라도 찾을 만큼 수탐하나 없는 사람이 어디서 나오리오. 이렇게 이틀 동안이나 뒤어도 마침내 찾지 못하매 리그리의 가슴속에는 동여 놓은 불덩어리가 핑핑 돌아다니더라.

톰은 무론 캐시의 의논도 들었으매 두 사람의 있는 곳을 아나 그곳을 가르쳐 줌은 두 사람의 목숨을 끊음이요 찾는 체하면서 아니 찾는 것은 또한 리그리와 다른 종들을 속임이라. 이러므로 혹독한 경을 칠 줄은 알면서도 차마 옳지 못한 일은 할 수 없다 하여 저 혼자 방 안에 박혀 있어 리그리의 매에 이 목숨을 끊기기만 기다리더라.

아니나 다를까, 화가 떠오른 리그리가 톰에게 의심이 생기고 또 성풀이로 톰을 불러내어

"이놈, 네놈이 두 계집년을 감추었것다. 괘씸한 놈 같으니. 똑바로 아뢰오면이거니와 그렇지 아니하면 박살을 할 터이야."

톰은 속으로 '하나님 아버지시여, 이 몸을 바치오니 받아 주시옵소서.' 하고 천연한 사색으로

"예, 알기는 합니다마는 여쭐 수는 없습니다."

"어찌해. 이놈, 알고도 말을 아니 하여."

"제 몸이 죽어도 그 말은 못 아뢰겠습니다."

"옳지, 이놈, 이전에 한 번 살려 주었더니 또 살려 줄 줄 알고. 능글능글하고 흉악한 놈 같으니. 이번에는 네놈이 바른말을 하도록 때릴 터이다."

톰이 말끄러미 리그리의 얼굴을 쳐다보면서

"제 피가 흘러서 만일 영감마님의 죄를 씻을 수가 있고만 보면 저는 언제든지 달게 죽겠습니다. 마치 우리 주 예수께서 만국 만민을 위하여 십자가에 못 박혀 돌아가신 모양으로……."

말이 끝나기도 전에 톰을 차 넘어뜨리고 발길과 주먹으로 함부로 때리며

"이놈, 주제넘게. 내가 잘못해? 죄를 지어?"

"제 몸은 목숨만 끊어지면 그만입니다마는 이리하시는 영감마님께서는 마음이 편안하실 날이 없으실 터이올시다. 어서어서 죄를 뉘우치시고 참된 사람이 됩시오."

이 말에 리그리가 더욱 분이 나서 말도 잘 못 하면서

"샘보야, 킴보야, 네 이놈 뒈지도록 홈쳐라."

그러나 톰은 육신의 괴로움은 생각도 아니 하는 듯 나도 예수님의 뒤를 따라 옳은 피를 흘리고 하나님 나라로 올라가는 것이거니 하고 아주 천연한지라. 지옥의 마귀 같은 샘보, 킴보도 이것을 보고는 마음이 감동 되어 차마 때리지를 못하고

"벌써 글렀습니다."

"엑, 이놈, 아가리로 피를 쏟도록 쳐라. 이놈, 안 쳐."

하고 발을 동동 구르며

"그놈이 계집년들 있는 데를 말하기까지 쳐라."

이때에 톰은 겨우 반쯤 눈을 뜨고

"아아, 불쌍한 리그리야, 네 힘은 이만이로다. 내 영혼은 털끝만큼도 못 건드리는구나. 그러나 나는 조금도 너를 원망치 아니하고 어서 회개하기만 기다린다."

"응, 이제는 뒈지나 보구나, 어디."
하고 톰의 곁에 가서 들여다보면서
"다되었다. 입까지 다물었다. 에그, 시원하다."
하고 얼마큼 속이 시원한 듯이 방으로 들어가더라.

그러나 곁에 서서 때리며 보던 종들은 톰의 말에 무슨 큰 힘이 있어 저희에게 명령을 하는 듯 무서운 마음이 생기어
"아마 우리가 안된 짓을 하였나."
하고 가만히 톰을 들어다가 거적자리 위에 누이고 일변 술을 가져다가 상처를 씻고 일변 솜으로 온몸을 싸매나 가슴만 조금 다사할 따름이요 살아날 희망은 털끝만도 없더라.

23

셸비가 병이 침중하여 오늘일까 내일일까 걱정하는 중에 톰의 편지가 오니 에밀리 부인과 조지는 심히 황황하여 하루가 바삐 톰을 데려오고 싶기는 하나 방금 집안에 죽어 가는 어른이 있고 본즉 그리할 수도 없고 오늘내일 셸비의 병 낫기만 기다리나 조금도 낫는 양은 아니 보이고 날이 가면 갈수록 더욱 더쳐 며칠 만에 그만 세상을 떠나니 그 뒤에 장례를 한다, 집안 정리를 한다 하기에 또 한 달이나 지나고, 마침 볼일이 생겨 조지가 남방에 가게 되거늘 조지는 이 틈을 타서 톰을 데려올 양으로 뉴올리언스에 와 본즉 톰이 이미 그곳에 있지 아니한지라. 백방으로 찾으나 어디 간지를 알 수 없더니 두어 달 만에 비로소 리그리의 집에 팔리어 온

소문을 듣고 성화같이 말을 몰아 리그리의 집에 오기는 톰이 죽도록 맞은 뒤 이틀 만이러라. 그 달음으로 리그리를 찾아보고 톰을 도로 팔아 달라 청한대 리그리가 얼굴을 붉히며

"응, 내가 사기는 샀지요마는 아주 못된 놈입디니다. 계집년 도망을 시키고 모른다고 합니다그려. 하도 열이 나기에 난생 처음 실컷 때려 주었더니 아마 뒈졌나 봅디다."

하거늘 조지가 흘끗 리그리를 보면서

"그런데 지금 어디 있나요. 좀 보여나 주시구려."

리그리는 눈만 부릅뜨고 아무 말이 없는데 조지의 말고삐를 들고 섰던 아이가

"저 헛간에 있습디다."

한대 리그리가 왈칵 성을 내며 "이놈." 하고 발길로 그 아이의 옆구리를 차니 아이가 그 자리에 엎드러져 정신을 못 차리더라.

조지가 곧 헛간으로 달아 들어가 톰의 가슴에 몸을 기대고

"톰아, 톰아."

하고 눈물을 좍좍 흘리면서

"에그, 그만 늦었구나…… 아아, 그만 죽게 하였구나. 얘, 나로다…… 조지야. 눈을 좀 떠라. 말 좀 못 하니."

톰이 겨우 눈을 떠서 맥없이 휘휘 두르다가 조지가 온 줄을 알고 반가운 듯이

"하나님이시여, 고맙소이다. 이제는 죽어도 한이 없습니다…… 어떻게 와 주셨습니까. 다 안녕하십니까. 마음 놓고 죽겠습니다."

"그게 무슨 소리야. 죽지 아니한다. 아니 죽어."

"아니요, 벌써 글렀습니다. 이제는 예수님이 나를 끄시고 하나님 나라로 올라가십니다."

"그게 다 무슨 소리냐. 네가 죽어서 어떻게 하게. 아이고, 가슴이 아프다."

"저는 불쌍하지 않습니다. 슬퍼하시지 맙시오. 이전에는 불쌍하였지마는 이제는 예수님께서 내 손에 이김의 기를 들려 주십니다."

하고 다 식은 손으로 조지의 손을 잡고

"그러고 제 아내와 아이들한테 이런 말씀은 말아 줍시오. 들으면 또 얼마나 설워들 하겠습니까. 그저 저는 예수님과 늘 함께 있다가 제때가 되어서 하나님의 영광 속으로 들어갔다 하시고 너희들도 나 있는 데 오도록 하라고 그렇게 말씀하여 주십시오."

이때에 무엇을 하는가 하고 리그리가 와 보고 가거늘 조지가 주먹을 부르쥐고 이를 갈면서

"이놈, 알아차려라. 네가 곱게 살 줄 아느냐."

하는 것을 톰이 팔을 둘러 막으며

"왜 그런 말씀을 하시오. 그게 다 불쌍한 사람입니다. 나야 어떻습니까. 나로 두고 보면 그 사람이 나 위하여 하늘 문을 열어 준 셈이지요."

반가운 김에 한참 정신이 들었던 톰이 다시 정신을 못 차리게 되더니 눈을 스르르 감고 똑똑지 못한 소리로

"그저 사랑합시오. 사랑 속에 있는 우리는 뗄 놈이 없습니다."

하고는 그만 불러도 돌아오지 못할 손님이 되어 아름다운 영혼이 자유로운 날개를 치고 영원한 하나님의 영광 나라로 날아 들어가더라.

조지는 톰의 신체를 거두어 후히 장사하고 눈물 그린 눈으로 다시금 뒤

를 돌아다보면서 말 머리를 돌리더라.

24

캐시는 에스파냐 부인 모양으로 차리고 에멜린은 그의 계집 하인이 되어 몇 날을 가다가 주막에 들어 잘새 공교로이 조지도 그 집에 같이 들었더라. 캐시는 조지가 톰을 찾아왔다가 후하게 장사까지 하여 주었단 말을 들은 고로 심히 그를 사모하고 믿어 자기네 내력을 다 말하니 조지도 몹시 그들을 불쌍히 여겨 어디까지든지 힘 있는 데까지는 도와주기로 약속을 하더라.

또 그 곁방에 뜨와라는 프랑스 부인이 들었더니 그가 조지가 켄터키에서 왔단 말을 듣고 인사를 한 뒤에

"켄터키에 계셨으면 조지라는 사람을 아십니까."

"알고말고요."

"지금 켄터키에 있나요."

"벌써 가나다에 갔는걸요. 간 뒤에는 소식을 모르지만."

"하나님, 감사하옵니다. 가나다에 갔어요."

하고 어찌할 줄을 모르는 듯이 기뻐하는 것이 하도 수상하여 조지가

"부인께서 조지를 어떻게 아십니까."

"조지요, 그게 제 동생이올시다. 조그맸을 적에 서로 떠나서 그 뒤에 저는 이리저리로 팔려 다니다가 서인도에 건너가서 다행히 자유의 사람이 되어서 프랑스 국 어떤 사람과 혼인하여 살았습니다. 하다가 두어 달 전

에 홀로되었습니다. 그래, 조지를 찾아서 자유 사람을 만들어 줄 양으로 가는 길입니다. 아, 정말 가나다로 갔습니까. 이것, 참……."

"예, 그러십니까. 조지는 아주 사람이 좋아서 공부도 많이 하고 누구든지 좋아하지 아니하는 이가 없었습니다. 그래서 저의 집에 있던 엘리자와 혼인까지 하여 가지고 살다가 가나다로 간 지가 벌써 오륙 년이나 되었지요."

"예, 그래요. 그러면 그 엘리자라는 계집은 어떤 인가요."

"아주 녁고 습사하고 글도 잘 아는 얌전한 사람입니다."

이때에 곁에서 듣던 캐시가 고개를 기울이고 무슨 생각을 하는 모양이더니

"아, 그 엘리자가 당신네 댁에서 낳습니까."

"아니요, 시먼스라든가 하는 사람네 집에서 사 왔다나 보던데요."

이 말을 듣자 캐시가 으아 하고 소리를 지르면서 엎드러져 기절을 하거늘 세 사람이 어찌한 까닭인지를 모르고 다만 눈이 둥글하여 여러 가지로 구원하니 그제야 겨우 정신을 차리며

"그게 내 딸이야요, 엘리자가. 어린것을 낳아 놓고는 여태껏 만나 보지도 못하였습니다그려."

이 말을 듣자 조지도 몹시 감동 되어 엘리자의 문서를 캐시에게 내주고 그 뒤 몇 날을 동행하다가 조지는 켄터키로 돌아오고 뜨와와 캐시와 에멜린은 가나다로 향하여 가니라.

그러나 가나다는 넓은 데라 어디를 가서 조지 내외를 찾아보리오. 세 사람이 방향 없이 되는 대로 찾아 돌아다니더니 요행히 조지를 건져 준 어떤 목사를 만나 조지의 집으로 들어가니 그 기쁨이 얼마나 하였으리오.

조지는 이곳에 와서 그 목사의 도움으로 집도 잡고 일도 붙들어 벌어먹기에는 걱정이 없으며 해리는 벌써 튼튼한 장난꾼이 되어 소학교에 다니고 여기 온 뒤에 또 딸 하나를 낳아 그때에는 벌써 따따따 하고 엉금엉금 기어 다니더라.

조지는 일을 하면서도 열심으로 책을 보며 생각도 많이 하여 한끝으로는 저와 같이 불쌍한 수천만 종을 건져 내며 또 한끝으로는 문명하였다는 백인종에게 흑인종도 너희에게 지지 아니한다는 것을 보이려 밤낮에 마음을 놓지 아니하더니 뜨와 부인이 돈을 내어 조지 양주를 프랑스에 유학케 하려고 캐시와 에멜린까지 데리고 마르세유로 가는 배에 오르니라.

에멜린은 배에서 어떤 신사의 사랑을 받아 하륙하자마자 혼인을 맺고 조지는 즉시 파리에 있는 어떤 대학교에 들어 공부를 하고 뜨와와 캐시는 손자 손녀가 땅에 놓일세라 번갈아 업어 주고 안아 주며 아주 즐겁게 살아가더니 사 년 만에 조지가 대학교를 졸업하자 프랑스에 난리가 일어나므로 잠시 아메리카에 돌아와 있더니 아메리카는 원수의 땅이라 오래 있지 못할지라. 어서 정다운 아프리카에 돌아가 수천만 어리석고 불쌍한 동포를 가르치고 깨우쳐 남과 같은 문명한 사람을 만든 후에 자유롭고 거룩한 나라를 일으켜 세계상 다른 나라와 같이 되고 다른 민족과 같이 되어 국제회의에 말 내는 권리를 얻으며 한 걸음 더 내켜서는 우리 민족으로 하여금 세계 민족을 이끌고 먹이는 목자가 되게 하리라 하는 큰 이상을 품고 위선 새로 조직된 라이베리아 공화국*으로 가는 배표를 사니라.

---

* 라이베리아 공화국(Republic of Liberia): 아프리카 서부의 사하라(Sahara) 사막 남서쪽, 대서양 연안에 있는 나라. 1822년 미국 식민 협회가 아프리카 출신의 해방 노예들을 이주시켜 만든 나라로 '자유의 나라'라는 뜻을 담고 있다. 1847년 미국으로부터 독립하여 아프리카 최초의 공화국으로 선포되었다.

· · · · ·

에바의 말에 마음을 바로잡은 오필리아 부인은 정성을 다하여 톱시를 사랑하고 가르치며 톱시도 그 가르침을 잘 받아 공부도 잘하고 교회에 들어가 세례를 받은 후에 지옥 속에 부르짖는 불쌍한 동포를 하늘나라 즐거움 동산으로 이끌어 들이려고 살기 좋고 문명한 아메리카를 버리고 캄캄하고 야만스러운 아프리카 고국에 돌아가 있는 힘을 다하여 예수의 말씀을 펴더라.

· · · · ·

조지가 톰을 장사하고 집에 돌아온 지 한 달 뒤 어느 날에 종들을 한데 모아 세우고

"이로부터는 여러분은 자유로운 사람이오. 아무 데나 가고 싶은 데 가실 수 있고 무엇이든지 하고 싶은 일을 하실 수도 있소이다. 여러분이여, 이제는 자유의 사람이 되었으니 지식도 잘 닦고 인격도 높이어 문명한 사람들이 되게 하시오. 그러나 이것이 모두 다 톰의 은혜인 줄을 잊지 마시오."

이 말에 여러 사람들이 모두 눈물을 흘리며

"비록 저희를 놓아주시더라도 전과 같이 뫼시고 있게는 하여 주십시오."

조지가 기쁨으로 여러 사람을 둘러보더니

"그러면 우리 다 같은 사람으로 한데 모여 있읍시다."

하고 땅에 엎드려

"하나님 아버지시여, 크신 은혜 감사하옵나이다. 이 세상 불쌍한 종들에게 지혜와 총명을 주옵시며 목숨의 자유를 골고루 주시옵소서, 아멘."

허풍선이 모험 기담

뮌히하우젠 이야기

The Adventures of Baron Münchausen

허풍선이모험기담

THE ADVENTURES of BARON MUNCHAUSEN

서문

거짓말에도 해독 있는 것과 없는 것 두 가지가 있으니 그 해독 있는 자는 괴악한 병 매균 모양으로 궁극하게 없이하기를 꾀함이 옳거니와 지약 해독만 없을 뿐 아니라 얼마큼 사람의 심신에 이로울 만한 것이면 아무쪼록 많고 아무쪼록 공교롭기를 바랄지니 어떠한 것을 해독 있는 것이라 하나뇨, 곧 정말 같은 거짓말이며, 어떠한 것을 없는 것이라 하나뇨, 거짓말다운 거짓말이니 군자도 가 의방하면 속는다 하나니 그럴듯하면서 누가 속지 아니하리오. 이 세상과 사람에 해독을 끼치는 소이며 워낙 뒤집어 보아도 속이 없고 겉으로 보아도 꾸밈이 없어 번듯하고 환하여 일 점 흐린 구석이 없으면 무엇을 주어 가면서 속아 달라 한들 누가 속을 자이리오. 이것은 암만 있어도 해독이 있지 아니도 하고 못도 할뿐더러 거기 심오한 이치가 품긴다든지 미묘한 인정이 드러난다든지 하여 보아서 깨우침이 되고 들어서 웃음거리가 되며 또 바로 대하면 부족한 일의 거울 노릇을 하고 곁으로 대할 때에는 바쁜 병에 의원 노릇을 하여 그 이익이 과연 적지 아니한 소이니라. 슬프다, 세상이 어찌 되려고 그리하는지 날로 느는 것은 정말과 같은 거짓말이요 또 그 정말로 알리기 위하여 쓰는 방법은 날로 음험하고 공교함을 더하여 아무라도 속이고야 말려 하는 오늘날 참 우리가 마땅히 저주할 이 시대에 우리가 구태 이 책을 번역해 내니 어찌 그윽한 의사가 없사리오. 나는 원하노니 이 책이 정말 같은 거짓말 하는 사람의 이마빼기에 동침이 되어 징계할 바를 알게 하며, 나는 원하노니 이 책이 거짓말이라며 머리를 홰홰 내두르는 사람에게 좋은 간색이 되어서 거짓말도 이렇게 유조한 것이 있는 것을 알게 되며, 나는 원하노니 이 책이 거짓말다운 거짓말의 좋은 본보기가 되고 좋은 인도자가 되어 이것이 한번 난 뒤에 이와 같은— 더욱 우리 인정과 풍속에 합당한 이런 이야기가 많이 생겨나서 온갖 정말 같은 거짓말이 감히 형적도 드러내지 못하게 지질리도록 될지어다. 만일 이 책에 나오는 이야기를 참으로 속았다는 사람이 있으면 즐겨 내 붓대를 꺾을지며 만일 이 책에 나오는 이야기를 말끔 동이 닿지 아니하는 것뿐이라 하는 사람이 있으면 즐겨 내 붓대를 꺾을지며 만일 이 책을 읽고 재미있는 것을 느끼지 못하였다 하는 이가 있으면 또한 즐겨 이 붓대를 꺾을지니 이 주저치 않고 이 책을 내는 소이로라.

이 책은 『남작 뮌히하우젠 모험 기담』이라 이름 하는 책 중에서 특별히 웃음거리 될 만한 것을 뽑아 번역한 것이니 그 말이 왕청뜨고 그러나 바이 못 될 말이 아닌 고로 재미로 보아도 이만할 것이 드무니 다만 이 책임자 덕국*에서만 유명할 뿐 아니라 세계상에 이름이 훤자한 책이오.

뮌히하우젠이란 사람은 백여 년 전(십팔 세기 중간)에 참말 있던 사람이라는데 입만 벌리면 이런 이야기가 청산유수로 나오더라오. 지금은 뮌히하우젠이란 말이 큰 거짓말쟁이란 뜻으로 통용하여 아무개 그 사람은 뮌히하우젠 따위라든지 아무개 그 이야기는 뮌히하우젠의 모험담 같은 것이라 하게 되었소.

먼 시골 같은 데 오래 돌아다니다 온 사람은 흔히 구경하고 지낸 일을 함부로 불려서 남이 그러니 안 그러니 못 하는 까닭에 손톱만 한 일을 장안만큼 늘여 말하여 자기만 잘나고 자기만 어려운 일을 겪은 듯이 득의연히 이야기하오마는 그런 이에게 이 책을 보이면 그 얼굴이 어떻게 될까요.

---

* 덕국(德國): '도이칠란트(Deutschland)'를 음역(音譯)한 이름. 독일(獨逸).

차례

대풍과 외 나무 이야기

우리 턱 밑에 점잖은 것이 나기 전에 아따, 얼른 알아듣기 쉽게 말하면 아이는 벌써 면하고 어른은 아직 못 되었을 때에 어찌하면 세계 유람을 하여 보나 하여 꿈을 꾸어도 이 꿈을 꾸고 잠꼬대를 하여도 이 소리를 하더니 지성이면 하늘도 감동하신다고 부친께서 수로로 석란도*로 가시는 길에 작반하여 주시만 허락을 얻었소. 원래 그곳에는 동생 할아버지 한 분이 관찰사를 하셔서 벌써부터 계셨소.

그래, 아버지께서 나라에서 내리시는 편지를 받들고 암스테르담 항구에서 배를 탔소. 이 길에 가히 이야기함 직한 것은 대풍 만나던 일이니 이것이 여간 대풍이 아니었소. 우리가 먼물과 나무를 얻어 실을 차로 한 섬에 배를 대었을 때인데 엄청난 것이 무엇인고 하니 아름드리 큰 나무가 집채만큼씩 뿌리째 뽑히는데 뽑힐 뿐만 아니라 그중에 수천 근 수만 근 되는 무거운 것도 있건마는 그것이 바람에 휩쓸려 올라가서 나중에는 흡사히 공중에 떠 나는 새털같이 보입디다. 그래, 한 이십 리가량이나 높이 올라갔다가는 바람이 잘락 말락 하여 그 나무들이 다 각기 근본 박혔던

* 석란도(錫蘭島): 실론(Ceylon) 섬. '석란(錫蘭)'은 '실론'을 음역(音譯)한 이름으로, '실론'은 스리랑카(Sri Lanka)의 옛 이름.

자리에 가서 꽂꽂하게 떨어져서 제대로 뿌리가 박히는 것을 보니 참 기막힙디다. 그런데 제일 큰 놈 하나가 공중으로 불려 올라갔을 때에 그 가지에 늙은 농군 내외가 타고 앉았었소. 타고 앉았다 하면 마차나 전차같이 들릴지도 모르오마는 이곳서는 일용 채소가 다 덩굴이나 풀로 나는 것이 아니라 큰 나무에 열리는 고로 이 두 사람도 한참 내외가 나뭇가지를 가로타고 앉아서 외를 따던 중이오. 그래, 이 두 늙은이가 가지를 가로타고 앉았기 때문으로 하여 나무가 그 옆으로 쏠려서 바로 내려오지는 못하고 가로 땅으로 떨어지는데 그때 마침 그 아래로 지나가던 그곳 원을 당장 눌러 죽였소. 원은 큰 나무들이 지붕 위로 떨어져서 집째 지질려 죽을까 보아서 한참 한길로 돌아다니다가 그만큼 떨어졌으니 간정도 되었으려니 하여 방장 동산으로 해서 집으로 돌아가는 길에 고소도 하게 정수리가 맞았소. 남의 죽은 것을 고소하다고 할 틀린 일이 있겠소마는 까닭이 있는 일이니 이 원이란 자는 홀아비인데 이 한 놈의 탐학과 압제 때문에 일경 백성이 안업하고 살 수가 없어 원성이 창천하여 오던 터이오.

이 괴악한 놈의 걸터듬어 들인 재화는 곳간에서 썩어 나다시피 하는데 빼앗긴 소민들은 기한에 이기지 못하는 형편이러니 이 사모 도적놈의 물고가 실상 우연한 일이요 설혹 힘들여 세운 공로는 아니나 어떻게든지 산 염라대왕을 없이한 은덕을 모르는 체할 수 없다 하여 백성들이 그 늙은 내외를 받들어 원을 삼았소.

우리 일행은 이 대풍으로 하여 생긴 파상처를 수보한 뒤에 새 원님 내외를 작별하고 순풍에 돛을 달아 소향처로 떠났소.

그 뒤 사십여 일 만에 석란도에 도착하여 큰 대접을 받았소. 지금 이야기할 희한한 일은 아마 재미있게 들으실 만하오리다.

사자와 악어의 이야기

석란도에서 두류한 지 보름쯤 되어서 하루는 관찰사 계씨를 뫼시고 총사냥을 나갔소.

한 군데는 가니까 훨씬 큰 호수가 매우 보기에 상쾌하기로 언덕 가까이 갔더니 무엇인지 등 뒤에서 버적버적하는 소리가 나기로 돌아다보다가 그만 혼비백산하여 버렸소. 아무라도 이런 때에 정신이 붙어 있을 수 없을 줄 아오. 무엇인고 하니 큰 사자 한 마리가 분명 이쪽을 향하고 오는데 이 모기 다리 같은 몸뚱어리로 한때 양식을 할 양으로 대드오. 그 역 통기한 적도 없고 허락해 달라는 일도 없이 덤비니까 기막히오. 이 꼼짝 수 없는 때를 당하여 어찌하면 좋단 말인가? 거참, 생각할 겨를도 없습디다. 우리 총에 재었단 것은 거위 잡는 탄알뿐이요 그보다 큰 탄알은 공교로이 한 방도 가진 것이 없소그려. 그러나 거위 잡는 알로 저 큰 짐승을 잡을 수 없는 줄도 생각하였으나 총소리라도 내서 놀래기도 하고 또 한 귀퉁이 상처라도 낼 만은 하기로 그놈이 알맞추 가까이 오기도 전에 방아쇠를 당기었더니 이 총소리를 듣더니만 성이 꼭뒤까지 나서 금시에 걸음이 속해지고 전속력으로 달아드는 모양이오. 그래, 도망이나 하여 볼 양으로 돌아서다가 더 기가 막혔소. 막 돌아서니까 뒤에도 나를 온통으로 집어삼키려고 악어 한 놈이 커단 입을 딱 벌리고 덤비는데 하마터면 대갈마침을 할 뻔하였소. 아까도 말하였거니와 오른편에는 천 길 호수요 왼편은 만장 절벽이며 뒤에 들은즉 그 아래는 큰 짐승의 굴혈인데 얼른 말하면 사자란 놈이 벌써 앞발을 번쩍 들고 곧 움키려고 하는 고로 에라, 인제는 죽으면 죽고 살면 산다고 무서운 김에 정신없이 그 마당에 가푹 엎드렸소. 뒤에 요량한즉 사자가 곧 달려들었었나 봅디다. 그래, 그런 중에도 한참 동안 형언할 수 없는 마음으로 그 못된 짐승의 어금니나 발톱이 어느 귀퉁이에고 덤비려니 하고 기다리더니 엎드린 채로 조금 기다린즉 사납고도 괴상한 소리가 들리는데 그때는 인사정신 몰랐소마는 뒤에 생각한즉 지금까지 우리 귀에 들어와 본 성음 중에 그와 비슷한 것은 하나도 없는 줄 아오. 그러나 형편을 살펴본즉 당연도 하니 여러분도 그 소리 출처를 들으시면 그렇지, 그렇지 않겠느냐 하시오리다. 그래, 좀 더 귀를 기울이고 죽는 셈인가 사는 셈인가 하여 고개를 살그머니 들고 둘러본즉 사자란 놈이 내게 달려들기에 정신이 빠졌다가 내가 폭 엎디는 통에 아까 말한 딱 벌린 악어의 입으로 쑥 들어가서 그 큰 대가리가 악어의 목구멍에 가 걸리니 한 놈은 빠지려 하고 한 놈은 토하려 하여 눈을 희번덕이는 빛에 발을 버둥거리는 빛에 한참 장관이오. 이것을 보니까 어떻게 좋은지 하늘에도 뛰어오를 듯합디다. 요행 허리에 찬 사냥칼 생각이 나기로 뽑아서 칼 좋은 덕분에 단 한 번에 사자의 머리를 떨어트리니 선지피가 쫙 쏟아지면서 머리 없는 몸뚱이가 발밑에 와 탁 넘어지는데 소름이 다 끼칩디다그려. 그러고 총대 머리로 사자의 머리를 악어의 목구멍으로 밀어 처넣어 숨구멍을 막아 죽이니 제아무리 장사라도 삼키는 수도 없고 뱉는 수도 없은즉 죽었지 별수 있소.

이렇게 한참 이 두 강적을 해내었더니 즉시 데리고 갔던 하인이 나를 찾아왔는데 한참 가다가 돌아다본즉 내가 따라오지 아니하는 고로 필경 길을 잘못 들었든지 무슨 다른 일이 있는 것이라 하여 바삐 되돌아왔다 합디다.

피차 성공을 축하한 후에 그 악어의 키를 재어 본즉 더도 덜도 아니 되는 사십 척입디다.

쌓인 눈과 솟은 탑 이야기

어느 해는 한참 융동에 아라사* 구경을 가려 한즉 남들은 만구일담으로 춥기도 특별하거니와 얼음과 눈에 길도 험악하여 어디는 어떠하고 어디는 어떠하다 하면서 만류합디다마는 내 생각에는 추위가 이리 대단한즉 눈은 쌓이고 얼음은 굳어 길이 도리어 평탄할 듯하기로 제일 간편할 듯하여 말을 타고 떠났소. 얼마를 가니까 일세도 저물고 곤하기도 한데 동리는 하나 보이지 않고 눈에 보이나니 하얀 눈뿐이며 게다가 길조차 알 수 없구려.

일신이 마전한 것처럼 곤하여 잠시 견디는 수 없기로 말에게서 내려서 눈 위로 뾰족하게 내민 나무 밑동 같은 데다 말을 매고 사람의 일을 몰라 육혈포는 팔 밑에 놓고 그대로 누워 잤소. 얼마를 자다가 깨니까 그동안

* 아라사(俄羅斯): '러시아(Russia)'를 음역(音譯)한 이름.

이 그렇게 오래던지 해가 벌써 떴는데 가만히 정신 차려 본즉 나는 동리 한가운데 있는 교당 뒤뜰에 누워 있고 또 옆에 매었던 말은 간 곳이 없는 고로 어이한 까닭을 모를러니 얼마 아니하여 어디선지 공중에서 흐르렁거리는 소리가 나기로 우연히 쳐다본즉 도깨비장난도 아니겠는데 그놈의 고삐가 이 회당 뾰족집 끝에 가 매였구려. 잠시 생각하여도 분명한 일이오. 소위 대륙 기후의 돌변으로 밤과 낮 동안에 추위 더위가 몹시 틀리는 고로 눈이 차차 풀리는 대로 나는 잠든 채 조금조금씩 땅바닥까지 내려옴이고 어저께 저녁 어두운 중에 나무 밑동으로 알고 말을 매었던 것은 실상 이 회당 뾰족집 끝에 꽂힌 쇠꼬챙이인데 말은 고삐를 맨 고로 눈이 녹아도 내려오지를 못하고 되롱되롱 달려 있음입디다.

까닭을 알고 본즉 또한 비난지사요. 곧 육혈포를 꺼내 과녁을 대어 방아쇠를 잡아당겼더니 신통하게 고삐가 끊어져 말이 떨어져 오는 것을 마침 등대하였다가 곱게 받아서 타고 길을 떠났소.

말 멍에 통을 메인 승냥이 이야기

말은 좋은 것을 탈 것이오. 일순천리로 풍우같이 몰아가오. 그러나 아라사 내지에 들어가 본즉 말 타고 길 다니는 일이 흔치 아니한 고로 입기향 순기속(入其鄕循其俗)으로 그 나라 습관을 따라 말이 끄는 썰매 한 차를 잡아타고 그 서울로 들이 달려가는데 이스트 고개*에선지 자게만 벌+

에선지 자세치 못하오마는 어쨌든 쓸쓸한 긴 솔밭 한가운데서 겨울에 얻어먹지 못하여 더욱 사나워진 승냥이 한 마리가 오냐, 주린 판에 너 잘 만났다 하는 듯 전속력으로 뒤따라오는 듯하더니만 금시에 거의 달려들게 된 고로 달리 모피할 방도가 없어 그저 정신없이 썰매 안에 푹 엎드려서 말만 빨리 몰았소. 그랬더니 오래지 아니하여 마음으론 바라면서도 차 판에 그리되기는 만무한 일이라고 단념하였던 일이 신통하게 성취하였소. 무엇인고 하니 승냥이란 놈이 엎딘 나는 살펴보지 못하고 곧 머리 위로 뛰어넘어 가서 허겁을 하여 말의 궁둥이를 악물고 즉시 그 볼기를 문뜯어 먹소. 인제 나는 다시 들킬 염려가 없기로 가만히 고개를 들고 꼴을 본즉 벌써 배때기까지 먹어 들어갔는데 그 참혹한 정상은 과연 불인견입디다. 조금 후에 머리까지를 뜯어 먹기로 이 기회를 놓칠 수 없다 하여 채찍 자루로 기껏 승냥이를 쥐어지르니 이 뜻하지 아니한 등덜미 벼락에 그놈이 쓸개가 떨어져서 말의 송장을 떼밀고 그만 멍에 통을 뒤집어쓰매 그 서슬에 말의 몸뚱이도 털썩 넘어지오. 그래, 나는 죽기를 기 쓰고 채찍질을 하여 후려갈기기를 쉬지 아니하니 승냥이란 놈이 아무 정신없이 뚫린 길로만 달아나 의외에 빨리 서울을 들어갔는데 전만고에 보도 듣도 못한 승냥이 썰매를 보고 서울 사람들의 놀라워하는 것

* 이스트 고개: 이스트랜드(Eastland).

† 자게만 벌: 유게만란트(Jugemanland).

이야 말은 해 무엇 할꼬. 콩죽 서 말이 들어가게 아가리들을 딱딱.

들 돼지와 멧돼지의 이야기

요행수도 가다가는 큰 어려움을 펴 주오. 나는 그 증거로 신통한 경력이 있소. 한번은 긴 솔밭 가운데서 들 돼지 내외를 만난즉 암놈이 수놈의 꽁무니를 바싹 따라가기로 한 방 탕 놓았더니 장비*도 실수하는 일이 있어 알이 들어가 맞지는 아니하였으나 앞에 섰던 놈은 꽁지가 빠져 달아나는데 뒤따라가던 암놈은 사족이 붙었는지 고 자리에 가 우뚝 서 있소. 가만히 살펴보니까 뒤따라가던 놈은 늙고 눈이 멀어서 자식 놈을 앞세우고 그 꽁지를 물고 다니는 터인데 내가 쏜 탄알이 공교로이 두 마리 틈으로 들어가 눈먼 놈이 물었던 지팡이를 끊어 다시 끌어 주지를 아니하는 고로 끌기만 기다리고 가만히 서 있음이오. 오냐, 그러냐 하고 내가 남아 있는 꽁지 끝을 지근지근 끌어 그 늙은 놈을 집으로 데리고 오는데 나도 힘들이지 않고 그놈도 보지를 못하는 고로 마다고도 아니 하고 무서워도 아니 하면서.

들 돼지도 무서운 것이지만 산돼지는 더욱 무서운 것이오. 어느 날은 운수가 불길하여 솔밭 속에서 그놈 하나를 만났는데 주머니칼 하나 가지

* 장비(張飛: ?~221): 중국 삼국 시대(三國時代) 촉한(蜀漢)의 무장(武將). 자(字)는 익덕(益德). 도원(桃園)에서 유비(劉備), 관우(關羽)와 의형제를 맺은 뒤 많은 전란에서 용맹을 떨친 장수다.

지 아니한 고로 해낼 수도 없고 막을 수도 없소. 그놈이 성이 꼭뒤까지 나서 나를 가로 떨어트리려고 들이덤비는 즉시에 번개같이 나무 뒤로 피신하였더니 그놈이 과녁은 틀리고 서슬은 걷잡지 못하여 참나무 밑동에 어금니가 들어가 박혀 이러나저러나 옴쭉하지를 못하고 다만 발버둥만 치기로 "오냐, 요놈, 나도 요량이 있다!" 하고 무릿돌 하나를 주워 아무리 하여도 달아나지를 못하게 근동에 갔다 오기까지 고대로 있도록 꿰여 내민 어금니 끝을 못 끝 휘듯이 접어 놓고 처언천히 동리로 내려와 동아줄과 수레를 얻어 가지고 묘하게 그놈을 생금하여 집으로 가져온 일도 있소.

수사슴과 벚나무 이야기

여러분은 위베르가 만났단, 십자가 머리에 인 사슴의 이야기를 들으셨으리다마는 그 비슷한 내 경력 하나를 말씀하오리다. 어느 날은 가졌던 탄알은 하나 아니 남기고 다 썼는데 뜻밖에 훌륭한 사슴 한 마리가 당두하는구려. 바로 내 탄알 통을 검사하여 하나도 없는 것을 알고 무척 마음 놓은 듯이 나를 쳐다보는 고로 괘씸도 하고 또 참새가 방앗간을 그저 지나는 수도 없어 얼른 버찌 한 옴큼을 훑어서 탄알 대신 재어 한 방 탕 놓았더니 그것이 공교로이 사슴의 이마빼기 두 뿔 틈에 가 맞은지라 그놈이 쓸개가 덜컥 내려앉아 비틀비틀하다가 그대로 쏜살같이 달아납디다. 그런 지 수년 후에 다시 그 솔밭에서 사냥을 하더니 두 뿔 틈에 십여 척 되는 벚나무가 난 훌륭한 사슴 한 마리가 지나길래 즉시 연전 일이 생각나서 오냐, 요전에 놓친 놈, 그저 살았더냐, 살기만 하면 다시 만날 때도 있구나, 어디, 좀 만나자 하고 단 한 방에 떨어트려서 용과 고기와 버찌 조림 세 가지를 일거에 병득하였소. 벚나무는 매우 번성하게 되었고 버찌는 바로 가지가 척척 휘게 열었는데 그 맛이란 것은 천상 선도가 그럴런가, 어찌 좋은지 볼따구니가 떨어질 뻔.

곰과 승냥이 이야기

한번은 폴란드 큰 솔밭 가운데서 해도 다 가고 탄알도 다 없어진 고로 바삐 집으로 돌아오다가 곰에게 들켜서 쫓겨 가는데 염치없는 그놈이 다리 힘껏 달음질하면서 아감치가 찢어지도록 입을 딱 벌리고 달려들려 하오. 주머니 속을 뒤집다시피 하여도 없어진 화약이나 탄알이 생길 리 없고 다만 부싯돌 두 개가 있기로 다른 도리는 생길 리 없길래 먼저 한 개를 그놈의 입에 던졌더니 곧 목구멍에 가 떨어졌소. 매우 거북한 듯하여 고개를 잠시 돌리기로 그 틈을 타서 또 한 개를 던진즉 의외에 큰 공을 이루었소. 이번에는 들어가는 길로 첫 번 던진 놈과 오장 안에서 다닥트려 불이 나서 그놈이 그 당장에 배가 터져 죽었소. 어찌하였든지 다행히 큰 화는 면하였는데 지금 생각하여도 소름이 끼치오. 아니, 다시는 맨손으로 곰과 싸울 용기가 없소이다.

아마도 까닭이 있는 일인 듯하오. 사납고 흉한 짐승은 냄새 같은 것을 맡아서 아는 듯이 내가 연장을 가지지 아니한 때면 만나 달려드오. 그래, 하루는 보기에부터 흉악스러운 승냥이를 만났소. 너무 창졸간 일이요 너무 가깝게 만난 고로 아무 정신 없이 팔뚝을 그놈의 찢어진 입에 틀어막을밖에 없었는데 그중에도 무사하자니까 들어가는 대로 처넣어서 깊다랗게 그놈의 어깻죽지까지 데밀었소. 그러나 무슨 수로 승냥이를 떼칠꼬? 이런 창피한 꼴을 하고 어느 때까지고 승냥이와 눈싸움을 하고 있을 수도 없는 일이요 그렇다고 이 팔뚝을 뽑는 나달에는 그놈이 갑절 더 성을 내어서 덤빌 터이니 이것은 그놈의 눈만 보아도 분명 짐작하겠습디다그려. 그래, 얼른 말하면 내가 그놈의 꽁지를 붙들어 가지고 끝을 배비배비하여 양버선 벗듯이 기운껏 속으로 뒤집어서 겨우 그 못된 놈과 결련을 끊고 땅에다 때려뉘고 돌아왔소.

그 양반 준마 이야기

이번에는 리투아니아에 있는 백작 프로조보스키 씨 정자에서 지낸 일이오. 한참 꽃도 같고 달도 같은 귀부인들로 더불어 사랑에서 차를 마시는데 여러 신사들은 목장에서 새로 끌어 온 매아지를 볼 양으로 내려들 가더니 별안간에 이리 다친다 저리 다친다 하는 떠드는 소리가 들리기로 층계를 내려가 나가 본즉 말이 이리저리 날뛰면서 사람을 태우기는 고사

하고 근처에도 가지 못하게 하여 감히 손을 내밀지 못하고 어찌하면 좋은가 하는 빛이 모든 사람의 얼굴에 가득하오. 내가 있다가 조금도 수선 부리지 아니하고 가볍게 몸을 소스쳐 그 말을 올라타서 위선 그 사나운 기운을 꺾고 일수라고 할 수는 없어도 남의 밑은 가지 아니하는 마상 기예(馬上技藝)를 부리면서 그렇게도 사나운 놈을 양의 털보다도 더 부드럽게 길들인 뒤에 또 여러 귀부인들에게 맥락을 알려서 공연한 무서움을 없이하여 줄 양으로 열어 놓은 식당 창으로 한 채찍에 방 안으로 뛰어 들어가서 그 속을 수없이 혹 평보(平步) 혹 구보(驅步) 혹 고보(高步)로 돌아다니다가 맨 나중에 식상 위로 올라가서 광은 여섯 자요 길이는 열두 자 되는 기단 상 위에서 입때 하던 마상 기예를 다시 소판으로 부리니 그 귀부인들의 허허허허 웃고 하하하하 감복하면서 찬탄하는 말이야 일구난설이지! 그 말을 가르치기는 잘한 고로 잔 하나 엎지르지 아니하였소. 이 때문에 내 명예가 별안간 더욱 높다래지고 더욱 주인 백작이 남달리 탄복하여 더욱 정중한 태도로 이 말을 노형께 드리는 것이니 허물 마시고 받아서 불구에 떠날 모니 허 백작이 가는 토이기* 치러 가는 군중에 참예하여 경천동지할 큰 공을 세우고 태산북두 같은 명예를 얻기 깊이 바라노라 하면서 억지로 떠다 맡기는구려. 그래, 그 말을 타고 일지 기병을 거느리고 여러 번 전장에 나아가서 군사 부리기를 귀신같이 하고 사람 베기를 추풍에 낙엽같이 하여 짐이

* 토이기(土耳其): '터키(Turkey)'를 음역(音譯)한 이름.

무거워 혼자는 질 수 없을 만큼 많은 공을 세웠는데 이 공은 내가 당연히 다 차지할 것이로되 용감한 부하 사졸의 애쓴 것도 결코 모르는 체할 수 없을 줄 아오. 더욱 내가 앞장서서 토이기 군사를 오크자코프 성으로 몰아넣을 때 싸움 같은 것은 무어라고 형용할 수 없는 된 싸움이었소.

우리 귀동 백설마는 준마인 고로 적병을 따를 때에는 언제든지 앞장서는데 그날도 그리하였더니 적병이 뒷문으로 빠져나가는 것을 보고 뒤떨어져 오는 부하 사졸을 몰아가는 것이 옳을 듯하기로 장거리에서 쉬더니 장거리에는 기병이라곤 그림자도 없기로 그럼 다른 길로 갔나? 무슨 변고가 생겼나? 어찌하였든지 멀리 떨어지지는 아니하였을지니 미구에 따라오겠지 하고서 숨이 헐떡거리는 백설이란 놈을 장거리 뒤 샘에 가서 물을 먹인즉 이놈이 한량없이 먹어서 샘이 마르지 아니하면 마지아니할 모양 같소. 어이한 일인지 몰랐더니 그만하면 병정들도 올 때가 되었는데 하고 돌아보다가 그 까닭을 알았소. 그놈의 배때기로부터 뒤— 곧 볼기와 뒷다리가 흡사히 날카로운 칼 같은 것으로 싹 베어 낸 모양으로 떨어져 없어져서 앞으로 먹으면 뒤로 빠져서 밑 빠진 시루에 물 퍼붓는 격이 되니 이래서는 암만 먹어도 소용없음이 마땅한데 무슨 까닭에 이리된 것은 앞문까지 돌아오기까지는 조금도 몰랐다가 거기서야 깨달았소— 아까 도망하여 가는 적병을 좇아서 함부로 이 문으로 들어올 때에 적병이 나 모르는 틈에 성문을 위로 내리 닫은 모양이니 그 성문은 어떻게 생긴 것이냐 하면 휘장처럼 위에서 늘여서 열려면 말아 올리고 닫으려면 풀어 내리며 밑에 큰 못이 느런히 박혔으니 무슨 일이 있는 때에는 위에서 내려뜨려서 적병의 들어오는 것을 막게 만든 것이오. 그때 적병들이 나를 들이지 아니할 양으로 얼른 내리 닫는 통에 말의 볼기가 뚝 떨어졌는데 방장 문밖에 우리 놈의 배때기서부터 반몸이 실룩실룩하면서 떨어져 있기로 얼른 짐승 의원을 불러서 아직 따뜻한 동안에 꼭 붙여 아물려서 겨우 회복할 수 없는 큰 해를 면하였소. 그런데 그가 옆에 있던 홍둥이(덩굴지는 나무) 나무 가는 가지와 새순으로써 아물린 데를 꿰매었더니 상처는 곧 낫는데 즉시 그 가지가 말고기 속으로 뿌리를 벋어 가지가 차차 나 가지고 잎새가 갈수록 번성하여 그 덕분에 이후부터는 싸움 때에도 더위는 모르고 지내었소.

토이기 콩과 달의 이야기

내님같이 잘난 사람으로도 백전백승은 못 하니 장비도 패한 일이 없는 것 아닌즉 이런 이야기도 과히 부끄럽게는 생각지 아니하오. 한번은 원래 중과(衆寡)가 부동(不同)하여 적병에게 사로잡힌 바가 되었더니 화불단행으로 종놈으로 팔려 갔소. 사로잡힌 놈을 종으로 파는 것은 토이기의 예투일이오. 그래, 이 몹쓸 구렁에는 빠졌으나 내가 맡은 일은 편하고 싱거운 일이니 무엇인고 하니 날마다 아침이면 대궐 안 꿀벌을 목장으로 몰아내어서 종일토록 간수하다가 해 질 임시하여 다시 벌통으로 몰아넣는 일인데 어느 날 저녁때는 꿀벌 한 마리가 보이지 않기로 살펴본즉 곰 두 마리가 꿀을 빼앗을 양으로 그 벌을 으끄러트리려 하오. 나는 은으로 만든 손도끼밖에는 아무것도 가진 것이 없으니 이것은 대궐 안 동산차지나 농포

안 일꾼의 표인데 도적놈만 쫓아내서 벌만 살리면 그만이라 하여 곧 곰에게로 이 도끼를 내던진즉 팔에 살이 갔던지 던지는 서슬에 그저 위로 올라가기만 하여 필경 월궁으로 들어갔소. 그래, 어찌하면 찾아올까 하여 미상불 한참 경륜하여 이 꾀를 내었소— 이 나라 콩이 자라기도 쉬 할 뿐 아니라 무섭게 키가 커진다 하였기로 내가 얼른 콩 한 나무를 심어서 그것이 자란 뒤에 그 나무 끝을 초승달 꼬부라진 갈고리에다 걸고 보니 이 다음에는 월궁으로 올라가기만 하면 그만인데 이 역시 용이하게 성공하였소. 월궁 안은 아무것이고 은색으로 번듯거리는 고로 색 같은 은도끼를 찾기가 매우 힘든데 여기저기 매우 애써 찾은 까닭에 필경 벼 꺼풀이며 짚동을 쌓은 데서 그 도끼를 찾아내었소. 그런즉 월궁으로서 인간으로 내려와야 하겠는데 가중도 하고 놀랍기도 하다. 볕이 벌써 콩 나무줄기를 빼빼 말려서 붙들고 내려가는 수가 없이 되었구려. 그래, 팔을 부르걷고 쌓인 짚동을 헤쳐서 할 수 있는 대로 길게 동아줄을 꼬아서 달 갈고리에다 잡아매고 살금살금 매달려 내려오는데 왼편 손으로 단단히 줄을 붙잡고 오른손으로 도끼를 들고 동아줄의 쓸데없이 된 부분은 연방 잘라서 아래를 잇되 십 리쯤 내려오면 위에 지나온 십 리 동안을 베어서 발아래로 이어서 이럭저럭 매우 내려왔으나 아무리 이렇게 하여도 워낙 상거가 몹시 초원한 고로 여간해서 대궐 안 농포로 다다르지를 못하오. 겨우 오륙십 리쯤 남겨 가지고 줄이 탁 끊어져서 눈이 다 핑핑 돌도록 빠르게 땅 밑으로 떨어져서 그만 기절하였소. 그런데 땅 밑으로 떨어졌다는 말은 특별히 생각해 들으실 것이 항용 같으면 땅 위로 떨어졌다 할 것이로되 그리 하여서는 정말이 될 수 없으니 왜 그런고 하면 오륙십 리나 되는 공중으로서 떨어진즉 몸무게와 떨어지는 서슬에 줄여 말하여도 한 오십 척이나 땅을 들이파고 들어갔다가 그 광중에서 기운을 돌렸는데 어떻게 하여 올라올는지 한참은 생각이 돌리지 아니하다가 괴로운 김에 손톱으로 긁어서 언덕을 짓고 다음 층층대를 만들어서 참 천신만고를 다 겪은 뒤에 겨우 기어 올라와서 다시 햇빛을 쏘이니 그때 기꺼운 마음이야 옥편을 다 뒤져도 형용할 글자가 없지요! 그 양반의 손톱은 그때 사십 년이나 베지 아니하고 두었던 고로 청인 볼쥐어지르게 자랐더라는데 무슨 이런 일이 있을 줄 뜻하여 기른 것은 아니라 합디다.

얼었던 나발 소리 이야기

얼마 지나지 아니하여 토이기와 화친이 되매 속량함을 얻어 고향으로 돌아가는데 참참이 말을 바꾸어 타고 불풍이 나게 달려가다가 양편에는 울짱이 둘리고 좁기가 삽괭이 등 같은 길을 든 고로 다른 마차가 이 좁은 길에서 다닥트리지 아니하도록 차부를 시켜서 군호하는 나발을 불게 하였더니 볼따구니가 터지라고 힘을 다하여 불어도 소리가 나지 아니하오. 왜 나지 아니하는지 까닭은 모르나 어찌하였든 공교로이 중로에서 저편에서 오는 마차를 만나매 피차 앞으로 나아가는 수도 없고 수레를 돌릴 만한 틈도 없으므로 돌아가는 수도 없어 사세가 매우 딱하게 된 고로 이런 때 쓰지 아니하면 힘 두었다 무엇 할까 하여 마차 한 벌을 광주리장수 물건 이듯 머리 위에 얹고 높기가 아홉 자나 되는 울짱을 뛰어넘어서 밭으로 들어가서 길을 가로막은 마차 뒤로 넘겨다 놓고 다시 말을 가지러 가서 한 필은 머리 위에 얹고 한 필은 왼편 팔로 끼고 아까나 마찬가지로 마차 놓은 데다 가져다가 멍에 하여 마지막 있는 주막으로 바삐 향하였소. 옆구리에 꼈던 말은 네 살이 채 되지 못하는 성이 패려한 놈이러니 내가 울짱을 뛰어넘으려 할 때에 몸이 몹시 흔들리매 발버둥질을 치고 코를 흐르렁거리는 통에 미상불 된욕을 보았는데 하는 수 없어 그 네 굽을 움크려서 호주머니에다 넣고 넘어갔소. 주막에 다다른 뒤에 둘이 한참 쉬는데 차부는 그 나발을 부엌 불 있는 아궁이 위에 걸고 나는 그 건너편에 앉았었소.

별안간에 따따다따따 따따닷 하는 소리가 나는 고로 사면을 둘러본즉 부는 이도 없는데 소리가 절로 나오. 한참 생각하여 보고야 아까 나발을 암만 불어도 소리가 나지 아니하던 까닭을 깨달았소. 아까는 나발 곡조가 추위에 못 이겨서 중간에서 얼어붙었다가 지금 더운 기운에 풀려 나오는 것이야! 알고 보면 조금도 괴상할 것 없지요. 그런데 그 차부는 일등 곡호수라 나발 주둥이에는 입도 대지 아니하고도 한참 동안 여러 사람의 귀를 살지게 한다, 〈프러시아* 행보가〉†가 나온다, 〈고개고개 넘어가서〉‡가 나온다, 이 밖에 여러 가지 곡조가 나오더니만 한참 있다가 소리가 그칩디다.

프러시아 돌아다니던 이야기는 이만.

---

* 프러시아(Prussia): 프로이센(Preussen). 독일 북동부, 발트(Balt) 해 기슭에 있던 지방을 가리키는 이름. 1701년에 프로이센 왕국이 성립되고 강국으로 성장했으나 제이 차 세계 대전 후 소련 및 폴란드에 점령되었으며 이름도 없어졌다. 라틴 어 이름은 '프로시아(Prossia)'다.

† 〈프러시아 행보가(行步歌)〉: 〈프러시아 왕의 행진(The King of Prussia's March)〉.

‡ 〈고개고개 넘어가서〉: 〈언덕 너머 골짜기 지나(Over the Hill and over the Dale)〉.

고래와 군함 이야기

내가 영국 군함 중에서도 제일 등 가는 대포가 백 채요 수군이 사백 명이나 되는 배를 타고 미국으로 향하던 중로에서 지낸 일을 한 가지 말씀하오리다. 포츠머스* 항구를 떠나서 세인트로렌스 강†까지 삼천 리밖에 아니 남은 데까지 오는 동안에는 아무 탈이 없었다가 여기 와서는 지랄같이 한 바위에 가 다닥트렸소. 탔던 사람들이 다 큰 바위로만 안 고로 줄을 내려서 보아도 바닥에 닿지를 아니하고 천여 척이나 늘여도 또한 걸리는 것이 없으며 더욱 큰일이 나는 줄로 알기는 배가 너무도 몹시 흔들려서 배에서 치가 떨어져 달아나고 돛대가 뿌리째 부러졌소. 이 밖에 이것저것 퉁기는 통에 불행히 큰 돛 줄을 말러 올라갔던 수군 하나가 작게 잡아도 배에서 사십 리 되는 데로 튀어 떨어졌는데 명은 길던지 커단 해오라기 꽁지를 붙잡아 목숨은 보전하였더니 해오라기란 분이 바로 사람의 뜻이나 짐작한 듯 그 수군을 끌고 배로 와서 튀어 가던 대로 데려다 주고 갔으며 어떻게 몹시 흔들렸던 증거 하나를 더 말씀하건댄 상갑판과 하갑판 사이에 있던 수군은 천장으로 올라가 붙었었고 내님 대가리는 똑바로 똥구멍으로 들어가 박혀 뽑아내다 제자리에 붙이기에 몇 달이 걸렸소. 이 까닭도 모르는 야단에 탔던 사람들이 놀라기도 하고 무섭기도 하여 어

---

* 포츠머스(Portsmouth): 영국 잉글랜드(England) 남부 햄프셔(Hampshire) 주에 있는 항구 도시. 오래전부터 해군 기지와 왕립 조선소가 있었던 군사적인 전략 요충지다.

† 세인트로렌스(Saint Lawrence) 강(江): 캐나다와 미국의 동쪽 국경을 흐르는 강. 북아메리카에서 대서양으로 흐르는 하천 가운데 최대의 수계(水系)를 이루며, 온타리오(Ontario) 호에서 시작하여 오대호(Great Lakes)를 거쳐 가스페 반도(Gaspé Pen) 북쪽에서 세인트로렌스 만으로 흘러든다. 강어귀는 큰 삼각주를 이루며, 전 세계에서 가장 큰 규모의 수운(水運)을 가지는 내륙 수계다.

안이 벙벙하고 있다가 커단 고래 꽁지가 드러나는 것을 보고 의심이 그만 환연빙석하였소. 고래란 놈이 물 아래 십오륙 척 되는 곳에서 볕을 쬐면서 낮잠을 주무시는데 우리 탄 배가 훼방을 놓은 고로 성을 내었던 모양이오. 우리 배가 지나가다가 또 치로 그 코를 긁은 고로 꽁지를 뒤흔들어서 배꼬리서부터 뒤 갑판 한쪽을 때리고 한옆으론 내려놓았던 큰 돛 줄에 달린 닻을 입으로 물고 배를 끌어서 한 시간 이백 리의 속력으로 적게 잡아도 한 육백 리 동안이나 가다가 쇠사슬이 끊어져서 다행히 고래와 사슬을 일시에 잃어버렸소. 그러나 두어 달 뒤에 구라파로 돌아오는 길에 요전 만나던 곳에서 얼마 되지 아니하는 곳에서 그 고래가 죽은 채 떠 있는 것을 보니 신장이 육 리가 더 되어 이렇게 엄청나게 큰 놈은 한 귀퉁이밖에 간수할 수 없는 고로 몇 사람이 종선을 내려서 힘을 무한 들이고야 머리를 벤즉 요전에 잃은 닻과 쇠사슬이 사백 리 가량이나 볼따구니 안 왼편 바로 혀 밑에 몽크라져 있는지라 여러 사람들이 더욱 기쁨을 이기지 못하였소(아마 이것이 이 고래가 죽은 까닭인 듯하니 혀의 그편은 몹시 붓고 또 해어졌습디다). 여기까지가 이번 행중에 경력한 단거리 이야기요. 아니, 또 한 가지 잊은 일이 있소. 고래가 배를 끌고 달아나는 중에 배가 새기 시작하여 무자위를 온통 풀어 가지고 죽도록 퍼내도 빠지는 물보다 들어오는 물이 많더니 다행히 내님이 맞건너 지르는 동안이 한 자나 되는 큰 구멍을 남 먼저 찾아내었는데 이 큰 군함이며 그 많은 수병들이 다만 나 한 사람의 임시처변으로 온전함을 얻었으니 여러분도 나의 호기를 조금은 짐작하시오리다. 간단히 말하면 내가 얼른 그 구멍 위에 가 올라가 앉으므로 물 들어옴을 면한 것이니 여러분이 만일 내 조상이 오란다* 사람이더란 말씀

* 오란다(オランダ): 네덜란드(Netherlands) 즉 홀랜드(Holland)의 일본식 발음.

을 들으시면 그러면 그렇지 하고 감탄하시오리다(주를 보시오).

앉았자니까 차갑기도 측량없더니 즉시 목수가 와서 수보하여 내 담책을 벗겨 주었소.

(주) 이것은 지금 말씀할 옛날이야기를 인증하여 재담을 하신 것이니 이 이야기를 모르고 보면 무슨 맛인지 모르시겠기도 쉽사오리다.

오란다 국은 나라 땅이 바다 위보다 낮은 고로 방축을 쌓아서 해수가 넘어 들어오는 것을 막으므로 바다를 적국으로 아는 나라인데 어느 날 저녁때 한 어린아이가 방축에 조그마한 구멍이 뚫린 것을 보았는데 물이 그 구멍으로서 똑똑 떨어지는지라. 전부터 방축이 어떠한 관계가 있는 것을 알아 둔 고로 즉시 집으로 가서 저의 부친에게 이르려 하다가 다시 생각한즉 저의 부친이 여기까지 오자면 해가 저물어서 구멍을 찾지 못하게 되기가 쉬울뿐더러 더욱 그 동안에 구멍이 커다래져서 다시 어찌하는 수 없이 될는지도 모르겠는 고로 생각을 돌려서 그 애가 거기 앉아서 그 구멍을 꼭 누른 채 하룻밤을 새웠더니 이튿날 아침에 여러 사람들이 그런 줄 알고 즉시 수보하여 한 아이 덕분으로 한 지방이 홍수를 면하였단 이야기.

큰 물고기의 이야기

한번은 지중해에서 괴상한 일에 죽을 뻔하지 아니하였겠소. 여름인데

저녁때나 하여 마르세유 근처에서 헤엄을 치노라니까 커단 물고기 한 놈이 큰 아가리를 딱 벌리고 번개같이 달려드는데 마른하늘 벼락으로 피할 틈이 없어 즉시 사족을 쪼크리고 온통으로 그놈의 목구멍을 뛰어 넘어가 배 속으로 들어가서 한참은 깜깜한 중에 가만히 있었소. 훗훗하여 꽤 견딜 만하였으리라고? 옳아, 미상불 그렇기도 합디다. 그러나 가만히 생각한즉— 이렇게 그야말로 어복에 들어앉아서 어찌하겠소. 아무렇게 하여서라도 벗어 나가야만 하겠는데 그리하자면 놈을 몹시 괴롭게 하면 견디다 못하여 필경 토악질을 할밖에 없겠기로 널찍한 터전에서 뜀도 뛰고 재주도 넘고 가로도 뛰고 세로도 뛰고 거꾸로도 서 다녀 괴로울 듯한 장난은 아니 한 것 없이 다 하는데 더욱 영국 춤을 추면서 발을 동동 구르는 것이 제일 어렵던지 그것을 시작하니까 즉시 토악질할 듯 토악질할 듯하는 모양이기에 오냐, 그렇기만 기다렸노라 하면서 더욱 야료한즉 필경 그놈이 흉한 소리를 지르더니만 물속에서 곤두서서 머리로부터 어깨까지를 물 위로 드러내었소. 그리한 것을 이탈리아 국 상선 선인들이 보고 가까이 와서 즉시 쇠살로 꿰어서 배 위로 끌어 올려다가 기름을 제일 많이 긁으려면 어디로부터 베기 시작을 하여야 할꼬 공론하는 소리가 환하게 들리오. 나는 그 나라 말을 아는 고로 고기를 작파하는 서슬에 칼이 내 몸에 닿으면 어찌할까 하여 겁이 펄쩍 났소. 그 고기 뚱집이 장정군 십이삼 인을 용납할 만한데 생각건대 응당 한끝으로부터 시작하

겠기로 한가운데 가서 서 있더니 이 걱정은 즉시 아니 하게 되었소. 그네들이 아랫배로부터 베기를 시작하는데 베어 낸 틈으로 해가 비치는 고로 곧 숨이 막히겠으니 얼른 살려 주오 하니 그네들이 생선이 사람의 말을 한다 하여 놀라워하는 모양은 아무리 부러 말할지라도 진경을 그리는 수 없고 그래, 내가 발가벗은 채 오뚝이 서서 배 속에서 뛰어나온즉 설상가상으로 놀라워하는 품이 갑절 더합디다. 그래, 전후사연을 그자들에게 한바탕 이야기한즉 어안들이 벙벙하여 멀거니 듣기만 합디다.

무엇을 좀 얻어먹어 기운을 내어 가지고 다시 바다로 뛰어 들어가 미역을 감으니 끈끈하고 비려서 과연 견디지 못하겠습디다! 한참 씻은 뒤에 육지로 올라가 본즉 옷이며 무엇이 다 두었던 자리에 놓였는데 시계를 꺼내 본즉 네 시간 반이나 잔뜩 그놈의 배 속에 들어앉았던 셈이오.

지브롤터 에웠던 이야기

요전에 토이기로 더불어 싸울 때에 로드니 장군의 거느린 군중선을 타고 친한 친구 엘리엇 장군을 보러 갔었는데 이 장군은 뒤에 지브롤터*를 지킨 공로로 만고에 썩지 아니하는 큰 영화를 얻었소. 그때 나는 그를 따

* 지브롤터(Gibraltar): 이베리아(Iberia) 반도 서남쪽, 지브롤터 해협의 북쪽 해안에 있는 반도. 에스파냐 왕위 계승 전쟁(España Succession War, 1701~1714)에 개입한 영국이 1704년에 점령하여 직할 식민지로 삼았다.

라 군중 형편 시찰과 적군 진 치는 구경을 하는데 영국 서울 유명한 전에서 산 망원경을 가졌었던 고로 그 덕에 적군 중에서 우리 선 곳을 과녁 하고 삼십육 구 대완구 놓으려고 하는 것을 보았소. 이 결과를 장군에게 고한즉 장군도 망원경으로 보더니만 과연 노형 말씀과 같다 하기로 장군의 허락을 받아서 근처에 있는 포대로서 사십칠 구 대완구 하나를 가져오라 하여 오래 대완구 놓는 법을 연구한 덕분에 선수로 걸어 놓고 과녁을 대었소.

그리하고 가만히 적군의 하는 양을 본즉 그 대완구의 불통에 황을 넣고서 '놓앗!' 호령을 부르오.

우리 대완구와 저편 대완구의 똑 절반쯤 되는 곳에서 양편 알이 맞닥뜨리더니 금시 금시에 뒷걸음을 쳐서 놓던 자의 머리를 똑바로 들어가 떼어버리고 나가는 길에 십여 사람을 넘어뜨리고 바다 이쪽 아프리카 대륙의 바르바리란 땅으로 갔는데 바르바리에 다다랐을 때에는 이미 군함의 돛대를 셋이나 뚫어서 매우 기운이 빠진 고로 마침 입을 벌리고 낮잠 자던 촌집 마누라의 다 빠져 가는 이 두서넛을 분지르고 그만 목젖에 가 박히니 그 영감쟁이가 돌아와서 보고 탄알을 집어내려 하다가 아무리 하여도 되지 아니하는 고로 철장을 가지고 속으로 들이밀었소. 내가 놓은 탄알이 과연 기막힌 공을 이루었소. 다만 적군의 탄알을 도로 쫓아 버렸을 뿐 아니라 우리를 놓으려던 대완구를 물리치고 고 깐으로 떨어져서 남은 기운에 배 바닥에 구멍을 내어 배가 금시 금시에 물이 들어와 탔던 스페인 수군 일천과 기타 무수한 육군이 조수불급하여 어복에 장사하니 이것은 인력으로 이룬 일이라고 할 수는 없소. 그러나 내가 혼자 이 공을 차지하지는 아니하노니 내가 단행한 것이 근본이라 할지로되 요행수도 또한 큰 조력이 되었소. 뒤에 들은즉 우리 사십구 구 대완구를 놓던 포수는 말을 잘못 알아들어서 화약을 두 몫 치를 넣었더라 하니 미상불 그렇지도 아니하였더라면 적군의 탄알을 떼밀어 좇는 것 같은 꿈도 아니 꾼 성공이야 얻었을 수가 있소. 이 출류발군한 공로를 가상히 여겨 장군이 장차 나를 무겁게 쓰겠다 하나 나는 이것저것 다 굳이 사양하고 그날 저녁에 장교 여러 사람과 합석하여 저녁상을 받았을 때에 정중히 치사하는 말만 받았소.

해마(海馬) 이야기

나야 못하는 것이 어디 있소. 천하 일등 돌팔매질은 부친께서 대물려 주신 재주인데 여기 대하여 부친께 들은 이야기 하나를 하오리다.

원래 부친께서 팔매질을 잘도 하시고 즐겨도 하시므로 장 무릿매(팔매질하는 제구)를 몸에 지니시고 다니시는데 한번은 하워 해변으로 놀러 가시는 길에 해마란 무서운 물짐승을 만나 그놈이 커단 입을 벌리고 사납게 덤비는 통에 한때는 쓸개가 덜컥 내려앉았으나 즉시 마음을 단단히 먹고 한 수백 보 뒷걸음을 쳐서 해변이라 돌은 많은 고로 단단한 놈 두

개를 주워서 무리에 먹이기가 무섭게 그놈에게로 팔매를 쳤더니 백발백중이라 묘하게 그놈의 두 눈이 들어가 맞아 눈알이 빠지면서 그 돌멩이가 쏙 들어가 박혔소. 그래, 그놈이 눈이 멀더니만 금시에 불친 말 모양으로 성질이 부드러워지는 고로 무릿매로 고삐를 만들어 자견하여 타시고 말 탄 양반 끄덕 소 탄 양반 끄덕으로 유하게 한 삼백 리 되는 바다를 세 시간이 못 되어 건너갔었더니 오란다 국 임금이 희한한 것이라 하여 박물관에 두고 구경시키겠다고 지사위한 팔라 하시므로 특별히 싸게 하여 삼천 원에 파시고 그 이튿날 어용선을 타고 돌아오셨다오.

새우 나무 이야기

아차, 잊어버렸구려. 우리 부친이 해마를 타시고 영국 바닷목을 건너서 오란다로 가셨던 때 지내신 일 가운데 제일 요긴한 것을 빼었구려. 이 이야기는 부친께서 사람만 만나면 하시는 고로 내가 듣기를 일이십 차만 아니어서 일자 일구 잊지 않고 횅하게 외우는 터인즉 우리 부친 하시던 말씀을 고대로 옮길 터이오. 말씀 가운데 내가, 내가 하는 것은 이번에는 우리 부친 말씀이오.

그 나라 항구에 다다랐을 때에 내 숨이 몹시 가빠 한즉 거기 사람들이 왜 그리하느냐 하기로 내가 대답하기를 우리에게서 타고 온 짐승은 헤엄하여 온 것이 아니라 하였소. 해마는 이상스러워서 물 위에 뜨지도 못하고 헤엄도 못 하고 이 편짝에서 저 편짝으로 가자면 줄곧 바다 밑바닥에 꽁지를 붙이고 뭇 고기를 놀래면서 거짓말 같은 속한 걸음으로 달아납디다그려. 그 물고기는 흔히 꽁지 끝에 가서 대가리가 붙어서 우리 항용 보는 고기와는 아주 딴판입디다. 그래, 오는 길에 높기가 백두산만이나 한 큰 바위 줄기를 지나왔는데 이 바다 속 산의 상상봉은 물에서 누백 척이 더 된답디다. 그 산 복판에는 아름드리 큰 나무가 하늘을 찌르고 해를 가리었다 하겠는데 새우, 게, 조개와 기타 온갖 해물이 가지가 축축 처지게 열렸으며 그중에 어떤 것은 한 개만 실어 가져도 구루마는 고사하고 큰 쇠 수레도 실을 수 없는 엄청나게 큰 놈이 있습디다. 어부의 손에 붙들려서 장거리에 나는 놈은 그중 빙충맞은 병신 째마리니 과목밭에서 꼭지 튼튼치 못한 놈이 바람에 불려 떨어지고 벌레 먹은 놈이 밑이 부실하여 짓떨어지는 셈으로 거기서도 병추기의 물결에 못 이겨서 뚝뚝 떨어지는 것이라야 잡힙디다. 우렁이 따위는 덩굴나무인데 굴 나무 밑에서 댕댕이가 참나무에 말려 올라가듯 나무 위로 얼크러지고 우렁이가 까마중 모양으로 더덕더덕 열렸소. 여기저기서 파선하는 모양을 보았는데 한번은 물 아래 이십 척가량 되는 뭣부리에 걸려서 배가 엎어질 때에 뱃전이 밑으로 가서 거기 났던 새우 나무를 뿌리째 뽑았던지 그때는 봄이라 새우가 아직 파랄 때인데 몹시 흔들려서 열렸던 새우가 모두 고 밑에 난 게 나무 가지로 떨어져서 풀이나 나무가 암꽃술 수꽃술이 혼인하는 모양으로 게 나무 열매와 혼인하여 게도 아니요 새우도 아닌 썩 야릇한 고기가 생겨났소. 공부상에 요긴한 물건이기로 한 마리 가지고 오려 하였더니 짐도 될 뿐 아니라 타고 앉은 우리 적로마가 너무도 달려가서 잠시도 지체하지 못하게 하는 고로 유의막수하였고 더욱 그때는 바다 한 중턱에 와서 깊기 삼천 척 되는 한 돌산 위를 지나는 고로 공기가 엷어서 숨이 턱에 닿아서 객쩍은 일에 지체할 겨를이 없을 뿐 아니라 내 처지가 아무리 생각하여도 매우 언짢았소. 오는 길에 무수한 큰 고기를 만났는데 그놈들의 딱 벌린 아가리를 본즉 우리를 넉넉히 통으로 집어삼킬 만할 뿐 아니라 확실히 집어삼키려 들기도 하는데 우리 천리마는 소경이신 고로 그렇게 어려운 중에도 매우 정신을 차려서 이따위 염치없는 호랑이들을 방비하노라고 애도 꽤 썼소.

흰곰 이야기

누구든지 필립 선장의 북극 구경하던 장쾌한 일은 아시오리다. 그 눈과 얼음과 및 한두 가지 다른 데 없는 짐승 외에는 아무것도 없고 추위 하나만 특별히 넉넉한 전 만고 인적부도처를 죽기로써 기약하여 답사할 때에 나는 수군은 아니지만 그저 친구로 선장을 따라갔습니다.

매우 북극 편으로 가까워졌을 때에 요전 지브롤터 싸움 때에 말씀하여 드린 망원경을 가지고 사면 경광을 살펴본즉 오 리쯤 되는 저편에 있는 우리 배 돛대보다도 높은 얼음산 위에서 흰곰 두 편이 한참 싸우기로 바삐 총을 메고 올라가니 상봉에 다다라서는 언틀먼틀하여 험악하기 짝이 없어 그놈들 근처에 가기가 형언할 수 없이 몹시 어려우오. 가다가는 밑바닥도 아니 뵈는 쪼개진 금이 가운데 가 놓여서 겁이 나 가지 못하겠는데 이런 때에는 눈을 꽉 감고 뛰어넘을밖에 없으며 또 가다가는 바닥이 거울보다도 더욱 빤빤한 데가 있어 걷기는 생의도 못 하겠고 직직 지쳐 나갈밖에 없었소. 탄알이 다다를 만큼 가까이 가서 본즉 곰들이 싸우는 것이 아니라 서로 겯거니틀거니 기롱 짓거리하는 것입디다. 아이 낳기도 전에 옷감 걱정부터 하는 셈으로 위선 모물부터 쳐 보았소. 크기는 다 큰 황소만큼씩 됩디다. 수가 불길하여 총을 가로잡다가 오른편 다리가 미끄러져서 보기 좋게 자빠졌다가 정신을 차려 본즉 아까 말한 괴물 하나가 나를 사타구니에 끼고 바지에 달린 혁대를 움켜쥐고 발은 앞으로 두고 머리는 뒤로 두고서 가방 들듯 들고 가는 중이라 내가 어떻게 놀랐겠소. 그러나 조금도 수선 부리지 아니하고 덧저고리 주머니로서 찬칼을 집어내서 번개같이 뽑아 가지고 곰의 뒷다리를 싹 베니 발가락 셋이 똑 떨어진지라. 그놈은 장사인가 즉시 나를 떨어트리고 송구한 소리로 부르짖으오. 얼른 총을 바로잡아 가지고 도망하는 놈을 쏜즉 똑바로 들어가 맞아서 그렇게도 사납던 짐승이 금시에 거꾸러졌소. 그런데 총소리가 멀리 들리매 오 리 안쪽에 있던 곰의 씨란 말끔 내게로 모여드니 일이 불의에 나서 미상불 꼼짝할 수 없을러니 마침 기이한 계교가 생각났소. 즉시 남들이 토끼 반 마리 벗기는 동안으로 잡은 곰의 껍질을 벗겨 얼른 뒤집어쓰고 그 눈구멍으로 그놈들의 거동을 살폈소. 이 계교가 미상불 몸을 보호하는 데 더할 수 없이 훌륭하였소. 그놈들이 금시에 내가 간 곳이 없으매 코를 쭝

굿쭝굿하여 분주히 인내를 맡는데 나도 역시 저희 떼인 줄로 알며 나도 아무쪼록 곰의 흉내를 내어 발각되지 아니할 양으로 애를 썼소. 그러나 가만히 본즉 이 곰은 흔히 몸집이 나보다도 작으며 또 그놈들이 이 까닭인지 나를 연방 들여다보므로 겁도 얼마큼 났으나 모든 거동을 신통하게 흉내 내어 의심이 생기지 않게 하였는데 다른 것은 다 의수하게 할 수 있으나 오직 웅얼거리는 소리, 부르짖는 소리, 씨름하는 것은 아무리 하여도 그놈들이 선생님입디다. 이리하는 중에 이렇게 하여 저희들에게 얻은 신용을 어떻게 이용함이 가할 것을 곰곰 생각하였소.

등덜미 뼈의 상처는 즉시 사람을 죽인단 말을 전부터 경험 많은 의원에게 들은지라 이번에는 이 말을 증험하여 볼 생각이 나서 다시 찬칼을 끄집어내어 가지고 기롱 짓거리 하는 체하고 목덜미를 꽉 찔렀소— 웅당 잘못 들어가 찔리면 도리어 뼈 하나 온전히 남지 못하고 황천객이 될밖에 없으므로 매우 애도 씌었으나 찔린 놈이 찍소리도 없이 쓰러지는 것을 본즉 과연 매우 기껍습디다. 그래, 여기 재미를 들여서 이 방법으로 한 마리 남기지 아니하고 다 죽일 작정을 하여 조금도 고생하지 아니하고 성취하였는데 곰이란 미상불 미련한 놈입디다. 내 손이 닿기가 무섭게 동무들이 한 마리 한 마리 거꾸러지건마는 무슨 까닭인지 조금도 의심 내지 아니합디다. 그놈들이 말끔 다 느런히 앞에 와 거꾸러지매 바로 전에 사자 같은 사나운 짐승을 산 채 가랑이를 찢던 삼손이나 된 듯합디다.

그리한 뒤에 어찌한 말씀을 간단히 고하자면 즉시 배로 돌아와서 선인 삼분의 일을 데리고서 가죽을 벗기고 볼깃살을 가져오는데 인중승천이라더니 워낙 손이 여럿이라 삼십 분쯤 하여 다 끝이 났소. 그 외에는 다 귀찮아서 바다에 던져 버렸소마는 웬만큼 손을 대면 볼기나 한가지로 확실히 먹을 것이 되었을 것이오.

사로잡힌 사람을 구원한 이야기

내가 지브롤터에서 돌아와서 영국으로 갈 양으로 불란서 국을 지나는데 행중에는 부끄러운 것이 없다고 별로이 불여의한 일도 없었소. 칼레* 항구에서 공교로이 전장에서 사로잡힌 영국 수병을 싣고 막 들어온 배를 만났는데 불끈 이 용감한 군인들을 자유세계로 구원해 낼 생각이 나서 이리하여 신통하게 성취하였소.

어떻게 하였느냐 하면 길이 일백이십 척, 넓이 사십 척 되는 큰 날개 한 쌍을 만들어 가지고 만뢰가 구적한 먼동도 트기 전에 갑판 위에 있는 파수병정까지 코를 부는 때에 훌쩍 공중으로 떠올라 가서 그 배로 내려가 돌팔매질하는 무릿매 끝에 갈고리를 달아서 세 돛대를 꿰어 매고 배를 물 위 두어 자 되게 당기어 올려서 영국 도버† 항구로 향하여 날개를 치며 날아서 삼십 분 만에 무사 도착하였소. 이미 다다른 다음에는 날개가 소용없기로 그대로 그곳 방백에게 드렸더니 지금도 박물관에 참고거리로 보존해 있다니 혹 도버에 가시는 이가 있거든 이것은 꼭 가서 구경하시오.

---

* 칼레(Calais): 프랑스 북부의 도버(Dover) 해협에 면한 항구 도시. 영국과 유럽 대륙을 이어 주며, 레이스(lace)와 리넨(linen) 따위가 많이 생산된다.

† 도버(Dover): 영국 잉글랜드(England) 남동부의 도버 해협에 면하여 있는 항구 도시. 런던(London)에서 벨기에(België)와 프랑스로 가는 주요 항로들이 지나는 곳이다.

사로잡힌 사람과 및 이네들을 데리고 가는 불란서 국 군인들이 도버에 다다른 지 두 시간 되기까지도 잠이 깨지 아니하였소. 영국 사람들이 이리된 줄을 알더니만 금시에 셈판이 바뀌어서 상전이 종이 되고 종이 상전이 되며 빼앗겼던 물건도 말끔 도로 찾았소. 그러나 그네들은 너그러운 고로 앙갚음으로 불란서 국 군인의 가진 것을 빼앗지는 아니합디다.

사냥개 덜렁이 이야기

어느 때 선장 해밀턴 씨와 작반하여 동인도 뭇 섬으로 배 타고 갔을 때에 덜렁이란 사냥개를 데리고 갔는데 어떻게 냄새를 신통하게 맡는지 한 번도 실수한 적이 없는 고로 설혹 그 중수를 저울에 달아서 그대로 돈을 준다 하여도 내놓지 아니하도록 귀히 아는 것이오. 하루는 요량에 아직도 삼천 리나 육지가 남았는데 덜렁이란 놈이 코를 실룩실룩하더니만 무슨 짐승을 맡아 내었소. 나는 몹시 놀라워서 거의 한 시간이나 그 꼴만 보다가 선장과 선인들에게 우리 개가 이미 짐승 내를 맡아 내었은즉 육지가 얼마 남지 아니하였으리라고 한즉 만선 중 제인이 박장대소치 아니할 이 없으나 그렇다고 우리 귀동 개를 믿는 마음으로 말하면 털끝만큼이라도 감할 리 없는지라 그러니 안 그러니 다투다가 필경 내가 이 선중에 탄 선인 전체의 눈보다도 우리 개 덜렁이의 코를 더 믿는다고 장담하고 더 한 걸음을 내켜서 만일 반 시간 안에 짐승이 보이지 아니하거든 내가 선가만큼 돈 천 원을 태우겠노라 자청하였소. 선장은 위인이 유덕한 고로 빙긋 웃기만 하고 대꾸를 아니 하며 다만 선중 의원 크로포드 씨를 불러 내 맥을 보라 한즉 크로포드 씨는 그리하란 부탁이 없을지라도 직무 소재에 한번 당연히 진찰하지 아니할 수 없는 듯이 내 맥을 짚어 보더니 내 심신이 다 아무렇지 아니함을 밝히 말하오. 가만히 듣자니까 선장과 크 의원이 이런 이야기를 하오. 사이가 좀 떴으나 알아들었소.

"암만해도 실진하였지 본마음으로야 이런 내기를 할 사람이 있단 말이오." "아니, 내가 자세히 보았소마는 정신이 말끔합디다. 다만 우리 선인들의 판단보다도 자기 개의 코를 더욱 믿는 거지요. 내기를 하자거든 하시지요. 작정해 놓고 그가 질 것을요. 꼭 졌지 별수 있습니까." "아니, 그가 분명 지겠기로 주저하는 것이지요. 결말이 환하게 보여서야 내기가 어찌 되오. 어찌하였든지 나중에 돈을 내주기로 하고 한번 혼이나 뗍시다."

한옆에서 이런 수작을 하건마는 우리 덜렁이는 연방 코를 실긋거리므로 더욱 믿는 마음이 굳어서 다시 내기하기를 재촉한즉 이번에는 그네 또한 덤비오. "암." "하고말고." 하는 소리가 두 편 입에 다 떨어지지도 아니하여서 배 끝에 매달았던 종선을 타고 고기 잡고 있던 뱃사람들이 커단 상어를 쇠 촉에 꿰어 잡아서 끌어올려다가 기름을 긁을 양으로 배를 가른즉 놀랍다, 그놈 배 속에 산 꿩 여섯 자웅이 들었구려.

본즉 꿩들이 그 속에 꽤 오래 들어 있었던지 그중 암놈 하나는 알 넷을 안았는데 하나는 방장 까게 된 고로 병아리는 거두어서 채전에 난 괴 새끼와 한데 기르게 하였더니 어이 괴가 저의 네발 가진 새끼나 마찬가지로 귀여워하는데 그게 날아 올라가서 얼른 내려오지 아니하면 옆에서 보기에도 딱하게 걱정하는 듯합디다. 다른 암꿩들도 연방 알을 안으며 선장의 밥상에 꿩의 고기가 끊일 때가 없었소. 나는 덜렁이 덕분에 묘하게도 돈 천 원을 득한 것이 고마워서 그 인사로 끼니 끼니 뼈다귀를 주고 가다가 한 마리를 통으로 주기도 하였소.

월궁 세계 구경 갔던 이야기

요전에 은도끼를 찾으러 한 번 월궁으로 올라갔던 것은 이미 이야기한 것이거니와 그 후에 더 상쾌한 방법으로 또 한 번 하러 가서 한참 두류하는 동안에 여러 가지 기기묘묘한 구경을 하였는데 다는 할 수 없으나 그 대강을 따서 생각나는 데까지는 거짓말 없이 이야기하여 드리오리다.

전에 우리 면촌 일가 중에 썩 이상스러운 공상을 가지고 있던 사람이 있었는데 무엇인고 하면 걸리버가 구경하였단 왕사람이 꼭 이 세상에 있을 줄을 믿었소. 나는 원래 걸 씨의 유람한 이야기는 자초지종이 다 꾸며낸 소리로만 알더니 그 일가가 내게 천량을 물려준 고로 그 은혜 갚음이나 하려 하여 온 세상을 두루 찾아보기를 담당하고 남편 대해로 향하여서 이리저리 다녀 보아도 별로 이상스러운 물건은 만나지 못하였으나 공중에서 물구나무서고 춤을 추는 날개 있는 남녀는 몇 패 만나 보았소.

남편 대해를 사탐한 일로 이름이 죽백에 드리운 쿡 선장이 오마이란 인종을 찾아냈다는 오타헤이트 섬을 지난 지 십팔 일 뒤에 대풍을 만나서 우리 탔던 배가 적게 잡아도 바다 위서부터 사만 리 되는 곳으로 불려 올라가서 하는 수 없이 한참 거기서 닻을 주고 있었더니 또 대풍이 일어나서 돛이란 돛이 다 배가 잔뜩 불러서 눈이 핑핑 둘리도록 빨리 행한 지 사십 일 만에 한 동그랗고 광이 얼른얼른하는 섬 같은 곳을 발견하여 그중 형편이 좋은 항구를 찾아서 하륙하였더니 즉시 여기도 사람이 사는 줄 알았소. 또 우리 눈 아래는 도회처며 산천이며 가람과 바다며 나무 수평 같은 것을 가지고 있는 지구가 보이는데 아마 우리가 살던 데요 우리가 떠나온 데인가 보다 하였소. 어느덧 월궁으로 올라왔구려. 여기서 대가리 셋 가진 엄청나게 큰 독수리를 타고 다니는 사람들을 보았는데 이 새의 크기가 얼마만한 것은 그 한쪽 날개 넓이가 우리가 타고 간 육백 톤 되는 배 큰 닻줄 길이의 여섯 갑절이 된다 하면 대강 짐작이 되시리오다. 우리들이 지구상에서 말을 타고 다니는 셈으로 월궁 세계 사람은 다 이 새를 타고 다닙디다. 우리를 이끌어 보시던 황제는 그때 태양으로 더불어 한참 싸우시는 중이시러니 나를 어떻게 보셨던지 기어이 대원수를 삼겠노라 하시는 것을 혼잣몸도 아니요 사정도 통치 못하온즉 천은으로 특별히 명을 거두소서 하여 겨우 사면하였소. 월궁 세계서는 모든 것이 다 엄청나게 큽디다. 그 증거 하나를 대건댄 벼룩이 우리 양만 합디다. 아니, 양보다도 더 크오리다. 어찌하였든지 비례하여 보면 대개 이러한즉 다른 것은 가히 짐작할 만하지 아니하오리까. 싸움할 때에 쓰는 병장기는 첫째 무(청근)니 마치 우리가 장창 쓰듯 하는데 거기 상처가 나면 즉사한다 하며 그네들 쓰는 방패는 송이 등속이며 무를 창으로 쓰지 아니할 때는 장다리 끝으로 대용한답디다. 우리 지구에서 하늘을 쳐다보면 무수한 별 가운데 제일 광채 열쌘 것이 천랑성(天狼星)인 줄은 아시거니와 거기서는 천랑성에 사는 사람을 볼 수가 있는데 그네들은 장사를 잘하여 이리저리로 떠돌아다니며 얼굴은 개와 같고 눈은 코빼기에 가 박혔는데 눈자위란 것이 없으며 그러므로 잘 때에는 혀를 내밀어서 눈을 가린다 하며 키는 항용 이십 척입디다. 월궁 세계 사람으로 말하면 그보다도 훨씬 더 커서 삼십육 척 이하는 난쟁이 편으로 갑디다. 자기네끼리는 사람이라 일컫지 아니하고 음식 만드는 동물이라고 부르니 대개 동물은 동물이건마는 다른 동물과 달라서 우리 사람들 모양으로 불로써 먹는 것을 만든다는 뜻이오. 그러나 그네들은 먹이로 하여 시간이 들지 아니하니 어떻게 하는고 하면 음식을 다 만들어 놓고는 왼편 배를 열고 한꺼번에 집어넣은 뒤에 다음 번 음식 먹는 날까지 그대로 꼭 닫쳐 두오. 끼니는 일 년에 십이 차 곧 매삭 한 번씩밖에는 먹지 아니하는데 음식을 소견으로 아는 사람이나 먹기 좋아하는 사람을 빼고는 이 방법이 매우 좋을 듯하오. 이 음식 만드는 동물은 남녀가 없고 다 나무에서 생겨나는데 이 동물이 열리는 나무는 특별히 모양이 아름다우며 열매는 호두 비슷한데 길이가 작게 잡아도 한 자는 되는 단단한 껍질 속에 들어앉았고 익어 가면 빛이 변하는 고로 알아보며 이것을 매우 조심하여 따다가 알맞추 감추어 두며 이 호두의 씨를 살리려 하면 물을 펄펄 끓인 큰 가마 속에 집어넣어 두어 시간 동안 튀한즉 주둥아리가 조개 모양으로 벌어지고 그 속으로서 음식 만드는 동물이 튀어나오오.

조물주의 무슨 일 하심이 과연 정묘하사 그것이 생겨나기 전부터 각기 품성대로 그 직업을 작정하여 두셨으니 곧 일등 껍질에서는 군인이 나고 이등 껍질에서는 궁리학자가 나오고 삼등 껍질에서는 신령님이 나오고 사 등 껍질에서는 변호사가 나오고 오 등 껍질에서는 농군이요 육 등 껍질에서는 시골뜨기요 칠 등 껍질에서는 도적놈이 나오는 것같이 나기만 하면 나기 전부터 이치로 아는 바를 실지에 시행하여 왕성하기 시작하오. 나이 늙어도 죽는 일이 없이 연기 모양으로 기운이 되어 사라져 가오. 마시는 것은 아무것도 없으며 손에는 가락이 하나밖에 없는데 이것을 가지고 우리 다섯 가락 가진 사람보다 온갖 일을 더 잘하며 대가리는 오른편 팔뚝 아래 있는데 먼 길을 가든지 상일을 할 때에는 항용 대가리를 떼어서 집에 두고 다니니 이리하면 멀리 가서라도 수시하여 대가리와 상의할 수 있다 하며 만일 양반네가 상인 사회의 사정을 알고자 하면 몸뚱어리는 집에 들어앉아 있고 대가리만을 보내는데 그네 대가리는 남의 눈에 들키지 아니하고 아무 데든지 있을 수 있게 된 고로 마음대로 사정을 살펴보고 돌아오오.

이곳 포도 알은 흡사 한 우박 덩어리 같은데 월궁 세계에 대풍이 일어나서 포도 덩굴을 흔들어 알을 떨어트리기나 하면 마치 우리 인간에서 큰 우박이 쏟아지는 광경이므로 우리는 그만 머리를 휩싸고 쥐구멍을 찾을 밖에 없습디다. 만일 우리와 의견이 같으신 이가 있거든 우박이 쏟아질 때에 잘 모아서 월궁 포도주를 만들어 보심이 좋을 듯하외다. 또 여러 가지 요긴한 이야기가 남았소. 무엇이든지 요긴한 것이 있으면 배 속에다가 처넣는데 배가 마치 주머니 모양으로 생겨서 마음대로 열었다 닫았다 하게 되었으며 그러므로 그네들은 뱃병이란 것이 없으며 또 의복이란 것이 없고 빨간 몸뚱이로 다니되 보기 싫은 데는 한 군데도 없습디다.

그 눈은 마음대로 빼었다 박았다 하게 되었는데 손끝에다 붙여도 머리에 있는 모양으로 무엇을 볼 수 있으며 만일 잘못하다가 눈을 잃어버리든지 상하든지 하면 남의 것을 빌려 쓸 수도 있고 살 수도 있어 본판 자기 눈이나 마찬가지로 분명하게 무엇을 보게 되오. 이러므로 월궁 세계에는 아무 데를 가 보든지 눈알 장수가 매우 많으며 또 이 물건만은 시체가 있어 한때는 누른 알이 시체가 되기도 하고 또 한때는 푸른 알이 시체가 되기도 합디다.

이상에 말씀한 것이 아마 여러분에게는 신기한 소리오리다. 그러나 만일 뮌히하우젠이란 놈이 공연한 소리를 꾸며 내서 이야기한 것이지 하고 의심하시는 이가 있으면 나는 구태 변명하지 아니하겠소. 꼭 한 번 친히 거기를 가서 실지를 구경하시라 할지니 백문이 불여일견으로 가 보신 다음에는 내 말이 한 푼도 에누리한 것이 아님을 아시오리다.

오리 사냥하던 이야기

아라사 갔던 때 이야기 하나를 더 하겠소.

한번은 주막에 들어 자고 아침 일찍 일어나 보니 뒤뜰 연못에 오리가 무척 많이 내려와 앉았습디다. 눈앞에 이런 많은 물건을 보고 사냥이라면 사족을 쓰지 못하는 이 양반의 침이 얼마나 흘렀을 것은 말 아니 하기로 짐작하지 못하시겠소. 시각을 멈추는 수 없어 얼른 총을 둘러메고 자리옷도 갈아입지 못하고 튀어 나가는데 어떻게 황하게 나갔던지 기둥에다 대가리를 부딪쳐 눈에서 불이 다 번적 나옵디다. 그것 다 불계하고 뜰로 내려가서 오리를 노리고 놓으려고 본즉 황망히 나오는 통에 없이는 할 수 없는 화승(火繩)을 아니 가지고 왔소그려. 화승이 없으면 탄알이 터지지 않고 탄알이 터지지 아니하면 오리가 잡히지 않고 오리가 잡히지 아니하면 애쓰고 여기까지 온 보람이 없구나, 그렇다고 다시 가서 화승을 가져오자면 그동안에 다 날아가고 말지 모르니 이 일을 어찌할꼬 하고 한참 의사를 쥐어짠즉 우연 묘묘 방법이 생각났소. 지금 기둥에 머리를 부딪쳤을 때에 분명 눈에서 불이 났으니 이로써 보면 사람의 머리를 때리면 눈에서 불이 나게 생긴 것인 듯하기로 오냐, 한번 이 불을 가지고 총을 놓아 보리라 하고 얼른 주먹을 부르쥐고 힘껏 제 이마를 딱 때리니 과연 불이 번적 나는 고로 즉시 고 불을 화약에 댕겨 땅 놓고는 다시 때리고 이리해 불을 내어서는 또 땅 놓아서 금시에 열 마리나 손쉽게 쏘아 잡았습니다.

이 통에 다른 오리들이 놀라 다 달아나더니 곧 다시 내려들 오기로 또 좀 놓으려 하니 이번에는 탄알이 없습니다그려.

오냐, 탄알이 있기로니 한 방에 한 번씩 이마를 때리면 아무리 내님인들 견디어 내는 수가 없으니 달리 좋은 방법이 없을까 하여 생각하고 있는데 개 한 마리가 목에 긴 끈을 걸고 왔소.

옳다, 마침 좋은 것이 생겼다 하고 그 끈을 끌러 끝에 미끼를 동여매어 살그머니 연못 가운데 던졌더니 오리란 놈이 내 계교를 알지 못하는 고로 곧 와서 그것을 집어삼키더니 얼마 있다가 뒤로 나왔소. 또 한 마리가 와서 그놈을 삼키고 얼마 있다가 또한 뒤로 내놓으며 또 딴 놈이 와서 삼켰다가 내놓고 내놓으면 또 먹어 한 열두서너 마리나 이렇게 하니 원래 그 미끼는 긴 끈이 달렸으므로 이 여러 오리의 목구멍으로부터 똥구멍을 뚫고 나가서 제물에 끈에 가 죽 꿰어졌소.

나는 이편 갈잎 뒤 으늑한 데서 보고 있다가 그만하면 한때 소견은 될 듯하기로 천천히 그리 가서 그 끈을 낚아내어 오리 십여 마리를 끄나풀 하나로 산 채 잡았소.

그리하였더니 오리란 놈이 놀라서 한꺼번에 퍼덕퍼덕 나니 그 서슬에 나는 끈을 붙잡은 채 공중에 가 달렸소. 오냐, 제물에 비행거(飛行車) 장만을 한 셈이로구나. 이 길에 공중 여행을 좀 하자 하고 용하게 그 등을 올라타고 발로 채질을 하여 한참 이리저리 다니다가 만일 별안간에 아래로 내려가다가는 크게 다칠는지 모를 듯하여 또 한 방법을 생각하여 한 마리씩 목을 매 죽인즉 힘이 차차 덜려서 곱게 땅에 와 닿습디다.

대포알 타고 염탐하던 이야기

싸움 싸우러 다닐 때 이야기 가운데 엄청난 일 한 가지를 더 말씀하겠소.

나는 힘이 천하장사로되 몸이 몹시 경첩하여 어떠한 날쌘 일이라도 못할 것이 없었습니다. 그래, 싸움 때에 적군 형편을 염탐하려면 으레 대포 머리에 앉았다가 탕 하고 탄알 나오는 것을 용하게 올라타고 적군에게로 갔는데 탄알하고 한데 적군 중에 가 떨어지면 곧 사로잡힐 터인 고로 웬만큼 갔다가 적군에게서 오는 탄알을 얼른 바꾸어 타고 우리에게로 돌아오오.

그런데 한번은 우리 편이 패하여 꽁무니가 빠져서 도망을 하는데 중로에 큰 연못을 만나니 돌아가다가는 잡히겠기로 한달음에 뛰어넘으려 들었소.

그러나 허둥수가 불길하노라고 하동지동하는 통에 뛰다가 실수하여 말 아울러 연못에 가 빠졌습니다. 공교로이 그 연못 바닥에 해감이 많이 앉아서 암만 애를 써도 나오는 수가 없고 이리하는 중에 말과 내가 다 목까지 그 속에 파묻혔소. 이때 내가 있는 기운을 다하여 오른손으로 말갈기를 움키고 왼손으론 내 목을 쥐고 우어차 우어차 하면서 해감 속에서 뽑아내어서 저쪽 언덕으로 홱 내던지니 내가 말 탄 채로 용하게 뭍으로 올라갔소. 이 기운이 어떠한 기운이오.

대포 아귀에서 자던 이야기

한번은 볼일이 있어서 어디를 갔다 오다가 몹시 졸려서 견딜 수 없기로 어디 가 한잠 자야 하겠다 하고 여기저기 둘러보아도 공교히 근처에 주막도 없고 다만 저쪽 포대(砲臺) 위에 큰 대포 아귀가 보입디다.

옳다, 저기를 가서 자리라 하고 가만가만 올라가서 대포 아귀 속으로 들어가서 퍼더버리고 잤소.

그런데 그날은 황제 탄일이시라 오후 한 시에 축포(祝砲)를 놓을 터인 고로 그 속에 화약을 재었습디다.

나는 이런지 저런지 모르는 고로 잠이 깊이 들었더니 얼마 아니하여 한 시 종을 땅 때리매 병정이 와서 불을 붙인 고로 화약이 탕 하고 튀어나가서 그 서슬에 내 몸이 앞에 있는 큰 내를 뛰어 넘어가 삼십 리 저쪽 농군의 집 헛간에 가 떨어졌는데 마침 그 헛간에는 짚이 하나 잔뜩 쌓여 있던 고로 푹신푹신한 그 속에 묻혀서 인사정신 몰랐소. 그러나 참말 죽은 것이 아니요 그 뒤 한 백 일 지난 뒤에 비로소 잠이 깨었는데 그리 다친 데는 없어도 몸은 온통 새카맣습디다. 염초에 걸어서요.

해당화

가주사(賈珠謝) 애화(哀話)

賈珠謫哀話
海棠花
엄숙한 재판과 형벌압헤는
京城新文館發行

천당도 제 마음 속에 있는 것이요 지옥도 제 마음속에 있는 것이니 거죽에 있는 것 같으면 혹 착하고 천당으로 못 갈 수도 있고 모질고 지옥을 벗어날 수도 있으려니와 이미 내 마음속에 있으니 일호 일사만큼인들 어찌 요개가 있으리오.

철창 석벽이 무서운가. 철쇄 주사가 무서운가. 무서운 것은 제 속에 있는 본마음— 양심이라. 양심은 빈 터전 같으니 임자의 뜻과 행실을 따라 그 위에 천당도 짓고 지옥도 짓는 것이라. 진실로 털끝만 한 북데기를 마음에 두면 그만큼 어지러움과 괴로움이 생기고 펴져 마침내 불같이 뜨겁고 얼음같이 찬 지옥이 마음속에 생겨 시시각각과 사사물물로 그 임자를 괴롭게 할지니라.

양심의 재판과 양심의 형벌은 바깥세상의 심상한 재판과 형벌로써 견줄 것 아니니 하늘을 쓰고 도리질하는 권력도 여기는 아무 소용이 없고 온 세계를 기울이고 오히려 나머지 있는 재물이라도 여기는 아무 소용이 없는 것이요 천지 인물의 이치란 이치를 속속들이 깨친 학식과 강태공*, 제갈량, 페리클레스†, 솔로몬을 온통 한 몸에 겸비해 가진 슬기라도 양심의 엄숙한 재판과 형벌 앞에는 아무 소용이 없는 것이라. 세력이나 금력이나 학력이나 지력이 조금만큼이라도 소용이 있을 것 같으면 이 책 임자의 내류덕이 그 심한 핀잔과 구박을 카추샤에게 받지 아니하고 말았으

* 강태공(姜太公): 중국 주나라 초엽의 정치가 태공망(太公望). 성은 강(姜), 이름은 상(尙)이다. 무왕(武王)을 도와 은(殷)나라를 무너뜨리고 천하를 평정하였다. 병법서 『육도(六韜)』를 남겼다.

† 페리클레스(Perikles: B.C. 495~429): 고대 그리스 아테네의 군인이자 정치가. 아테네의 명문가 출신으로 귀족 세력에 맞서 아레오스파고스 회의의 권리를 박탈하고 평의회와 민중 재판소, 민회가 실권을 갖도록 하는 법안을 제출하여 민주 정치의 기틀을 마련했다. 또한 도시 국가들 사이의 해군 동맹인 델로스 동맹(Delian League)을 주도하여 그리스의 평화와 번영을 가져오는 데에 기여했다. 그 밖에도 파르테논(Parthenon) 신전을 건립하는 등 아테네의 황금시대를 이룩하였다.

리로다.

작다고 양심을 더럽히지 말지어다. 잠시라도 더럽힌 양심을 더러운 대로 버려두지 말지어다. 작은 줄 안 것이 그대의 마음속에 지옥을 이룰 것이요 잠시라도 얼른 씻으면 그만큼 얼른 지옥의 양심을 변하여 천당의 양심을 만들지라. 양심의 거울이 먼 데 있지 아니하고 이 책의 임자 내류덕이 가장 좋은 보감이거니 이 책이 어찌 한 권 소설이리오. 마음 있는 독자는 응당 금옥의 큰 광산을 이 속에서 발견하리라 하노라.

육당학인(六堂學人) 서(書)

1

유월 염천 뜨거운 볕이 모닥불같이 내리쪼여 옛 서울 모스크바는 참 사람이 부지하기가 어렵다.

이때가 되면 모스크바 정거장에는 차 타려는 남녀, 노소, 신사, 학생이 수만 명씩 들끓나니 이는 곧 혹은 산을 찾아 혹은 물을 따라 피서 가는 사람이더라.

아라사*는 대륙이라 한서(寒暑)의 차(差)가 심하여 겨울이면 코가 빠지게 춥다가도 여름이 되면 이마가 벗어지게 뜨겁다.

그러므로 여름이 되면 아침 벌어 저녁 먹는 노동자나 감자나 죽으로 목숨을 이어 가는 빈민을 제하고는 다소간 여유 있는 사람은 으레 피서를 가는 법이니 이것이 또한 도회 사람의 한 행세거리리라.

모스크바 대학 삼 년생 내류덕도 매년 여름휴가가 되면 자기 어머니와 누이동생과 같이 모스크바에서 멀지 아니한 별장에 피서를 갔었으나 금년에는 부득이 못 갈 사정이 생겼다.

이는 다름이 아니라 누이동생은 출가하고 어머니는 병이 있어 여름 전에 어떤 먼 곳 온천에 치료차로 감이러라.

그러므로 할 수 없이 금년은 파노보†라 하는 시골 고모 댁에 가서 한 여름을 지내려고 내류덕도 모스크바 정거장에서 기차를 탄다.

객차에는 피서 가는 손이 가득 찼는데 그 가운데는 내류덕의 친구도 많이 섞여 있더라.

---

* 아라사(俄羅斯): '러시아(Russia)'를 음역(音譯)한 이름.

† 파노보(Panovo): 러시아 서부의 스몰렌스크(Smolensk) 주에 있는 도시.

"아! 내류덕 군, 혼자 어디로 가는가? 우리와 같이 해수욕이나 가세그려!"

"피서는 바다보다 산이 좋다네. 그대들도 나와 같이 산으로 가세."

이렇게 농담을 하다가 내류덕은 고쳐 정색하며

"아니! 나는 시골 고모님 댁에 가는 길일세."

"시골 고모님? 어디 말인가, 여기서 먼가?"

"아니! 그리 멀지는 않아. 파노보 말일세."

"파노보? 나도 아네. 무엇 하러 일부러 그런 벽촌을 찾아가는가!"

"그러나 나는 무엇 좀 쓸 것이 있어서 일부러 그런 시골로 찾아가네."

곁에 있던 다른 친구가 또 농담을 내놓는다.

"이렇게 더운 때에 공부가 다 무엇인가. 하물며 공작 댁(公爵宅) 서방님이! 그만두고 ○○ 댁 작은아씨에게 상사(想思)하는 시나 한 장 지어 보내게! 그대가 보고 싶어 죽어 간다네."

"그런 말 하지 말게! 나는 ○○가 누구인지 알지도 못하네."

내류덕은 웃다가

"나는 차지법(借地法)에 관한 논문(論文)을 하나 지으려고 생각하는 중일세."

"아! 자네는 이전부터 스펜서의 『사회 평권론(社會平權論)』*을 즐겨 하

---

* 『사회 평권론(社會平權論)』: 1870년대 이후 서양에서 큰 영향력을 지니게 된 영국 철학자 허버트 스펜서(Herbert Spencer: 1820~1903)의 저술 가운데 하나인 『Social Statistics』. 이 책의 제명은 본래 '사회 정학(社會靜學)'이라는 뜻인데, 1881년 일본에서 이 책을 처음으로 번역한 마쓰시마 고(松島剛: 1854~1940)가 '사회 평권론(社會平權論)'이라는 제목을 붙이면서 큰 영향력을 발휘했다. 메이지 시대(明治時代) 초기의 베스트셀러로서 지식인들에게 널리 읽혔으며, 특히 자유 민권 운동에 큰 영향을 미친 저술 가운데 하나다. 일본뿐만 아니라 한국 역시 최근까지도 '사회 평등론'이나 '사회 평형론' 등의 제명이 널리 통용되고 있다.

였으니까."

그동안에 친구들의 목적하고 오던 해수욕장은 벌써 당도하여

"잘 가 있다 오게."

"이후에 다시 학교에서 만나세."

시간을 지켜 발착(發着)하는 기차는 길게 이야기할 여유를 주지 아니하므로 이렇게 대강 작별을 하자마자 역장의 호각 소리로 기차는 이곳을 떠나 들을 지나고 산모롱이를 돌아 검은 연기 흰 연기를 번갈아 토하며 살같이 달아난다.

2

내류덕은 드미트리 공작의 아들이니 아라사의 귀족 가운데도 유명한 문벌이라. 그 아버지는 별로 넉넉지는 못하였으나 그 어머니가 시집올 때에 본가에서 많은 재산을 가지고 왔으므로 지금은 유수한 대지주러라.

내류덕은 당년 십구 세니 그의 친구가 말함과 같이 스펜서의 『사회 평권론(社會平權論)』이 유일한 애독서(愛讀書)라.

사회 평권론이라 함은 한 사람으로 많은 땅을 가지는 것은 불쌍한 백성의 재산을 빼앗는 것이라 하여 토지의 사유(私有)를 배척함이니 이번 파노보에 가서 쓰려 하는 논문도 이 제목으로러라.

바다로 산으로 가는 많은 피서객을 실은 기차는 어언간 파노보에 가까운 정거장에 도착하였다.

"자, 나는 여기서 내리네."

"그러면 모스크바에서 만나세."

"고모님께 문안드려 주게."

"여러분, 평안히 가 있다 오게."

남아 있던 친구들과 이와 같이 작별하고 내류덕은 차에서 내렸다.

개찰구(改札口) 밖에는 고모 댁에서 마중하러 나온 마차가 기다리고 섰더라.

"티혼이, 게 나왔느냐. 수고하였다!"

"아, 모스크바 서방님, 지금 오십니까."

늙은 종 티혼은 반가운 낯으로 내류덕의 곁에 가까이 오며

"어제 저녁에 전보가 왔다고 마님께서 나가 보라 하시기에 마차를 가지고 나왔습니다."

"이 더운데 고생하였다."

"에, 천만의 말씀이올시다. 고생이 무슨 고생이오니까."

내류덕이 행리를 가리키면서

"짐은 이것뿐이다. 마차에 실어라."

"예."

티혼이 가볍게 대답하고 짐을 들어다가 어자대(馭者臺)에 올려 싣자 내류덕도 마차에 들어앉는다. 티혼도 올라앉으며 채찍을 두어 번 내두르니 말은 터벅터벅 걸음을 빨리하여 파노보로 달려간다.

내류덕이 티혼을 향하여 묻는다.

"얘, 티혼아! 마님 그동안 안녕하시냐?"

"예, 안녕하십니다."

"너도 그동안 잘 있었지?"

"예, 밥 잘 먹고 무슨 일 있을라고요."

티혼이 닫는 말에 채찍을 더하며

"모스크바 댁에서도 다 안녕하십지요."

"응! 댁 마님은 병환이 좀 계셔서 온천에 가셨으나 대단치는 아니하시다."

"그리고 작은아씨께서는 출가하셨다지요?"

"응! 부부간 매우 잘 지낸다더라."

"참 기쁜 일이올시다."

이렇게 둘이 말하는 동안에 마차가 문 앞에 다다랐다. 마부가

"모스크바 서방님 오십니다." 하고 마차를 세운다.

3

내류덕이 오기를 기다리고 앉았던 부인은 티혼의 소리가 나자 방에서 대문으로 뛰어나오며

"내류덕아! 인제 오느냐." 하고 반가운 낯으로 마차에서 내리는 조카를 향하여 팔을 벌리고 안을 듯이 마주 나가니 내류덕도 아름다운 얼굴에 기쁨을 띠고 분주히 내려

"아주머님!" 하고 어린아이와 같이 어리광을 부리며 고모의 품에 뛰어와 안긴다.

"저는 아주머님이 뵙고 싶어서 왔습니다."

"오냐, 고맙다! 이런 시골이라도 네가 찾아와서 내가 네 얼굴을 보게 되

었구나." 하고 부인이 내류덕의 이마에 다정하게 입을 맞춘다.

"오, 오늘 차 안에서 얼마나 고생하였느냐. 너 있을 데는 저 서느렇고 조용한 공부 될 만한 방을 가리어 두었다. 만일 마음에 아니 들거든 아무 데나 네 마음 드는 데로 옮겨 줄 터이니 가 보아라!"

"아주머님 골라 두신 방이면 마음에 안 들 리가 있겠습니까."

이와 같이 내류덕이 웃으며 대답하니 부인도 이 다정한 대답에 마음이 더욱 만족하여 한다.

"너를 오래간만에 만나서 하고 싶은 이야기도 많이 있고 물어볼 말도 많이 있으니 어서 방으로 들어가자— 얘, 티혼아! 그 짐을랑 저 방에 가져다 두어라."

티혼은 시키기도 전에 벌써 다 가져다 두었다. 부인이 앞서서 길을 인도하여 안으로 들어가려 할 제 내류덕이 눈결에 흘긋 보니 고모의 곁에 어떤 젊은 여자 하나가 있다. 내류덕이 고모의 소매를 끌며 낮은 소리로

"아주머님! 저게 웬 여자야요?" 하고 이상히 여겨 물으니 부인이 깜짝 놀란 듯이 돌아서며

"오! 참, 내가 아직 네게 소개를 못 하였구나. 이 아이는 우리 집에서 심부름하는 카추샤이다."

"예?"

내류덕이 머리를 끄덕이면서 카추샤를 곁눈으로 자주 본다.

이 카추샤는 벌써부터 몇 번 인사를 하려고 하였으나 초면에 겸하여 젊은 남자라 한껏 부끄럽기도 하고 별로 인사할 틈도 없어 머뭇머뭇하여 오다가 지금에야 비로소 말할 기회를 얻었다. 그러나 어떻게 초면 인사를 하여야 좋을는지 알지 못하여 부끄러운 듯이 손으로 가슴에 드리운 행주

치마만 만지고 있더니

"카추샤야!" 하고 부인이 돌아보며

"내가 늘 말하던 모스크바 생질이라던 서방님이 이분이다. 인사하여라!"

"예."

하고 카추샤가 처음 말을 하려니 부끄럽기는 하나 한껏 기쁜 마음도 없지 않다.

"처음 뵈옵니다. 안녕히 오셨습니까."

가는 목소리로 머리를 들지 못하고 겨우 인사를 한다.

"오냐, 내가 이 여름 여기 있는 동안에 네 신세를 많이 지겠다."

내류덕도 작은 목소리로 대답한다. 그러나 까닭 없이 가슴이 뚝뚝 하여 자연히 말소리가 떨린다. 이는 숨기려도 숨길 수 없는 젊은 남녀의 애정으로 좇아 뛰는 피니 내류덕과 카추샤는 처음 만나는 이 찰나 간(刹那間)에 벌써 뜨거운 사랑을 서로 바꾸었더라.

4

카추샤는 세상에 드문 용모를 가졌으니 많은 고용 가운데 특별한 사랑을 주인에게 받는 것은 곧 이 때문이러라. 그러나 이 집에 고용이 되어 온 그 근본을 찾아보면 다른 고용인과 다른 사정이 있으니 천하다면 천하다 하겠고 불쌍하다면 불쌍하다 하겠더라.

카추샤의 어머니는 어떤 촌 빈한한 집에서 자라나 특별히 남편이라고 지정할 만한 남편은 없었으나 남녀의 관계가 문란한 아라사 시골 촌 일이라 해마다 뉘 자식인지 알지 못할 사생아(私生兒)를 낳았다. 그러나 이것이 있으면 남의 집 품팔이하기도 괴롭다 하여 나면 내다 버리고 혹은 죽고…… 하였다. 이 카추샤는 곧 여섯째 번에 본 아이러라.

수 모르는 남자 중에 카추샤의 아버지 되는 자는 이곳 부랑자 패 중의 하나이더니 카추샤가 난 지 얼마 아니하여 타관으로 간 뒤로는 생사도 알지 못하게 되고 모친은 카추샤가 세 살 먹었을 때에 황천으로 돌아가매 가련한 이 카추샤가 혈혈 무친한 몸이 되어 부앙천지에 의탁할 곳이 없었다. 그러나 하늘이 불쌍히 보심인가, 대은인이 생기니 곧 이 집 주인이라. 데려다가 딸 삼아 고이 길렀더라.

이리하여 오늘까지 오니 지금 나이 십육 세라. 지체는 비록 볼 것 없으나 생김이 하도 아름다워 이웃 소년들이 가연을 맺고자 하여 많이 애들을 태웠으나 카추샤의 마음에 들지를 아니하여 아무 데도 허락한 데가 없었다.

모스크바에서 고모 집에 피서 온 내류덕은 미리 작정한바 논문 쓸 것이 있으므로 이른 아침에 일어나 집 뒤 냇물에 나가 목욕을 하고는 곧 스펜서의 『사회 평권론』 같은 것을 참고하면서 기초를 시작하였다.

모스크바에 있을 때부터 생각하던 것이므로 대체 초안은 머리에 이미 배포되어 종이를 펴고 붓만 잡으면 서슴지 않고 쓸 것이나 어쩐 까닭인지 아무리 애를 써도 도무지 아니 된다.

"어쩐 일인가! 어찌하여 내 머리가 이렇게 졸연히 둔하여졌는가."

내류덕이 제가 제 일을 알지 못하여 자주 붓을 던진다. 이리하여 사오 일 동안을 쓰다가는 찢고 찢고는 또 쓰고 이와 같이 씨름을 하다 못하여 필경은 종이와 붓과 참고서가 가방 밑에 깊이 들어가고 만다.

논문이고 밭문이고 다 걷어치우고 망연히 앉았으니 구름과 같이 눈앞에 얼른거리는 것은 곧 흰 행주치마를 입은— 첫 번 오던 날 뜰에서 서로 인사한 카추샤의 정다운 그림자더라.

그러나 내류덕은 아직 십구 세 되는 청년이라. 음란한 바람 부는 모스크바에서 생장은 하였으나 당당한 대학교 삼 년생으로 연애(戀愛)라 하는 문제에는 마음을 두어 본 적이 없었다가 이제 비로소 이에 마음이 팔리게 되니 막을 수 없이 열렬하다.

5

아이들에게는 아이들이 동무요 늙은 사람에게는 늙은 사람이 동무요 젊은 사람에게는 젊은 사람이 동무라. 카추샤는 주인마님의 일보다 내류덕의 심부름 하기를 기뻐하며 다른 데보다 내류덕한테 가 놀기를 좋아하더라.

주인의 일을 돕다가도 시간만 있으면 내류덕을 찾아간다. 어떤 때에는 시간도 되기 전에 차를 끓여 가지고 가는 수도 종종 있더라. 카추샤가 무엇을 가지고 들어가면 내류덕은 마음에 기쁨을 이기지 못하여 재미있는 이야기를 시작하며 짧은 이야기를 일부러 길게 늘이는 때도 많다. 어떤 날 이 둘 사이에는 이러한 말이 시작되었더라.

"카추샤! 나와 같이 모스크바에 한번 아니 가 보려느냐?"

"가 보고 싶은 마음이야 많지요마는 쉬워야지요. 나 같은 시골 것이 그런 데 가면 어느 산골에서 원숭이가 나왔다고 모스크바 사람들이 웃기나 하게요."

"그게 무슨 말인가. 내가 여자의 품평은 잘 모르나 카추샤 같은 얼굴은 모스크바 귀부인 중에도 드물걸."

"아이고, 서방님, 별말씀 다 하십니다. 서방님이시나 저 같은 것을……."

부끄러워 말끝을 끊는다.

"아니! 진정 말이다. 이런 데 있어서 말로만 듣고 보면 모스크바는 번화한 곳이라 어여쁘고 알뜰한 여자들이 많거니 하지마는 기실 가 보면 귀부인이니 아씨니 하는 것들이 이름만 좋았지 열에 아홉은 그야말로 원숭이에게 옷 입힌 것 같은 것들이라네."

카추샤는 원숭이에게 옷 입힌 것 같다 하는 말에 왼손으로 입을 가리고 가는 허리가 끊어질 듯이 웃는다.

6

"목이 몹시 마르구나. 무엇이나 시원하게 마실 것 없니?" 하고 내류덕이 딴말을 끄집어낸다.

"목이 마르셔요?"

카추샤가 웃음을 그치고 은근하게 대답한다.

"마님한테 가서 라무네나 사이다나 좀 가져다 드리리까요?"

"아니! 그런 것은 먹고 싶지 않다. 아이스크림이 좀 있었으면."

"에그, 구태 없는 것만 찾으시겄다."

"그러면 다른 것 무엇 없느냐?"

"그러게 라무네나 사이다 말씀이야요."

"아! 그것은 먹기 싫다니까."

"에그, 참, 그밖에야 있어야지요."

"아이스크림이 없다니 참 촌이로구나!"

"에그, 서방님도. 그러니까 시골이라지요. 모스크바와 시골과 같겠습니까."

"아이스크림이 없으면 냉수라도 좀 다오."

"냉수 잡수시면 몸에 해롭답니다."

내류덕이 보다 못하여 손목을 잡아당기며

"그처럼 생각하여 주니 참 고맙다." 하고 이어

"이 근방에 찬 샘이 있다지?"

"예, 있어요."

"얼마나 머냐? 산보 겸 가 볼까?"

"그러나 서방님 혼자는 못 찾으실걸요."

"그러면 같이 가지. 더욱 좋지 않으냐."

"마님께 일이 있으면 걱정하시게요."

"관계치 않다. 그만한 일에 걱정하실 마님이 아니니다."

"책망 듣게요." 하고 카추샤가 오히려 주저한다.

"걱정이나 책망 있으면 내 담당할 터이니 그런 핑계 말고 어서 가자."

"아이고, 핑계 아니올시다."

"자, 같이 가자." 하고 내류덕이 일어서 나가다가 문에 서며 카추샤를 부른다.

"어, 카추샤!"

"왜 그러세요?"

"네게 할 말이 좀 있다."

"무슨 말씀이야요." 하고 목을 기울이고 생각하다가

"모스크바 가신다는 말씀이야요?"

내류덕이 말을 할 듯이 아니 할 듯이 하다가 웃으면서

"응, 별말은 아니라. 샘이 있는 곳이나 어서 가르쳐 다오. 이야기는 가면서 하지."

"그러면 인도하여 드리지요."

카추샤가 내류덕의 앞에 서서 나간다.

내류덕이 카추샤를 앞에 세우고 가면서 카추샤의 뒤태도를 볼 때마다 정이 든다. 뒤로 가서 한번 안고 싶으나 억지로 참는다.

7

갠 하늘에 높이 올라온 해는 낮이 이미 지났으되 집 뒤 지름길 가 풀잎에는 어젯밤 이슬이 아직 남아 있어 나무 그늘 사이로 비치어 오는 햇빛에 반작반작 반작이고 수풀 속으로 나오는 찬 바람은 언덕 위에 핀 꽃향기를 훈훈히 불어오며 이편저편 나뭇가지에서 한가로이 우는 새소리는 청아롭게 들린다. 이 가운데로 둘이 무슨 이야기를 소곤소곤하면서 가는 미남 가인(美男佳人)은 샘물가에 다다랐다. 내류덕이 모자를 벗어 풀 위에 던지고 나무 밑 바위에 펄썩 앉으면서

"예, 시원하다. 여름에는 녹음(綠陰) 밑과 샘물가가 제일이야."

카추샤는 곁에 서서 방긋이 웃으며

"시원하셔요? 그러면 벌써 인도하여 드릴걸."

내류덕이 손수건으로 이마의 땀을 씻으면서 카추샤더러

"여기 앉지!" 하고 반쯤 웃는 낯으로 카추샤의 얼굴을 쳐다본다.

"예, 고맙습니다."

내류덕이 다시 일어서 샘가에 가까이 가 가지고 왔던 표자로 수정같이 맑게 흐르는 물을 첫 번 떠서 버리고 다시 떠서 양치하고 또 떠서 한 번 마신 뒤에 그대로 들고 카추샤 앞으로 간다.

"카추샤! 이 물 한번 마셔 보아라. 속이 푹 뚫린다."

카추샤가 받을까 말까 자저하면서

"서방님이나 어서 잡수십시오! 저는 늘 먹어서 별로 시원한 줄 모릅니다."

"그러나 그때의 맛과 지금의 맛이 같은가."

카추샤가 쌍긋 웃으면서 손을 내밀어 받는다. 내류덕은 무엇을 생각하는 듯 머리를 숙이고 지팡이로 땅에 그림을 그리면서 이윽히 섰다가 머리를 다시 들며

"카추샤!" 하고 부르니 카추샤가

"예?" 하고 몸을 돌이키며 맑은 동자(瞳子)로 내류덕의 얼굴을 쳐다본다.

내류덕이 손을 들어 카추샤의 목을 안으며

"내 말 들어라." 하고 귀에다 입을 대려 한다.

카추샤는 놀라 한 걸음 물러서며

"무슨 말씀이시야요?"

"왜 겁을 내느냐!"

하고 내류덕이 깊이 실망한 태도를 가진다.

"나는 네게 대하여 그렇게 무법한 행위를 할 사람은 아니다. 만일 그리 미안하거든 너 혼자 먼저 돌아가거라."

카추샤가 놀란 가운데 이와 같이 나무람까지 받으니 더욱 미안하여 어찌할 줄을 모른다.

"아니올시다, 제가 서방님을 그렇게 못 믿는 것이 아니올시다."

"그러면 왜 그리 겁을 내느냐. 나를 진정 믿으면 왜 가까이 오기를 싫어하느냐. 물이 튀어서 그 옷 젖는다."

카추샤가 마지못하여 가까이 온다.

8

내류덕이 뜨거운 손으로 희고 보드라운 카추샤의 손목을 힘 있게 잡았다. 카추샤는 놀란 눈으로 내류덕의 얼굴을 다시 쳐다보면서 떠는 목소리로 냉담하게 말한다.

"글쎄, 왜 이러셔요? 말씀하실 것 있으면 하시지요."

내류덕이 말을 고쳐 낮추며

"너, 놀랐느냐." 하고 제가 잘못한 빛을 가진다. 아까 말 들어라 할 때에 내류덕의 뺨은 카추샤의 이마에 한 번 닿았더라. 카추샤는 이때보다 더 놀란 적이 없었다. 카추샤가 놀라기도 하고 분하기도 하여 빨간 얼굴이 도리어 푸른빛을 띠었다.

"카추샤! 마음에 분하냐? 놀란 것이."

이렇게 말하는 내류덕의 가슴에는 심장이 높이 뛰어 견디기 어렵다. 카추샤는 묵묵하고 아무 대답이 없이 섰다.

"얘, 놀랐니? 마음에 분하냐?"

하도 미안하여 하는 것을 보고 카추샤가 머리를 흔들면서 낮은 음성으로 대답한다.

"아니야요. 무어, 제가 분해 하는 것은 없습니다."

"아니, 그래도 심히 분한 모양인데."

내류덕이 카추샤의 어깨에 손을 올려놓으면서 사죄한다.

"내가 잘못하였다. 너를 놀라게 하여 대단히 미안하다. 용서하여라. 내 다시 그렇게 무례한 일은 아니 하마. 분하지만 좀 참아라, 응! 카추샤."

"제가 언제 분하다고 합니까."

"분하지 않으면 왜 그렇게 얼굴빛이 좋지 못하냐."

카추샤가 원망하는 말로

"뜻밖에 그런 일을…… 아니, 그렇게 구시니까 누가 아니 놀라겠습니까."

"오, 잘못하였다. 내가 잘못하였다. 다시는 너를 그렇게 놀라게 아니 할 터이니 전과 같이 웃는 얼굴을 좀 보여 다오."

이와 같이 내류덕의 미안하여 비는 말을 들은 카추샤는

"또 그런 희롱을 하시면 저는 싫습니다." 하고 방긋이 웃는다. 그 웃는 낯은 보아 오던 중에 제일 아름답게 보이고 마음에 가장 기쁘게 느끼었다.

이 두 사람은 남모르게 서늘한 샘물가에서 극히 괴로움을 맛보다가 집으로 돌아갔다. 이때로부터 두 사람의 가슴에는 말 못 할 무엇이 늘 한구석에 있게 되었더라. 그러나 이것을 풀지 못하고 오래지 않아 피차에 손을 나누게 되니 이는 여름휴가가 다 지나서 내류덕은 부득이 모스크바로 돌아가야 되겠음이라.

많지 못한 동안이나 낯을 익히고 정을 들였다가 불구에 서로 이별할 일을 생각하면 카추샤의 가슴에도 검은 구름이 첩첩이 일어나 번민을 남모르게 받는다.

어떤 날 아침이라. 티혼이 마차를 가져다 정돈하고 내류덕의 가방을 가지고 나가니 이날이 곧 내류덕이 카추샤를 이별하는 날이요 카추샤가 내류덕을 작별하는 날이러라.

내류덕이 고모의 눈을 피하여 카추샤의 손을 잡고

"내년 여름에 또 오겠다. 너는 그동안에 나를 잊지 않겠느냐?" 하고 부탁 겸 작별하는 말에 여의기 어려워하는 정이 나타난다.

"예, 잊을 리가 있겠습니까." 하고 카추샤가 손에 힘을 들여 내류덕의 손을 다시 한 번 잡는다.

할 말을 다 못 하고 내류덕이 고모에게 인사한 후 마차에 올라앉아 눈 한번 흘기고 그만 가고 만다.

카추샤는 달려가는 마차를 하염없이 바라보다가 차차 멀어져 보이지 않게 되니 한숨 한 번에 눈물이 쏟아진다.

9

이로부터 이태를 지내었다. 내류덕이 모스크바 대학을 졸업하고 지금은 육군 사관이 되었더라.

아라사는 군대 제도가 그리 엄하지 못하여 청년 군인은 방탕한 길에 들기 쉽더라. 그 순실한 내류덕도 사관이 되어 군대에 들어간 후로는 장교 구락부— 연극장— 요릿집— 무도회— 술 먹기, 잡기하기, 이런 것으로 세월을 보내어 극히 타락한 인물이 되고 말았더라.

군대에 들어간 지 얼마 아니 되어 내류덕이 토이기*라 하는 전장에 나가라는 명령을 받았다. 그때에 마침 이삼일 여유가 있으므로 삼 년 만에 다시 파노보에 계신 고모를 찾아뵈게 되었다.

육군 사관 내류덕은 기실 고모를 뵈러 간 것이 아니라 오래 막혔던 카추샤를 보려고 감이요 카추샤를 보려 함은 애정이 있어 보려 함이 아니라 방탕한 호기심에서 나옴이러라.

삼 년 만에 다시 보는 내류덕은 그전 내류덕이 아니라 위풍이 늠름한 육군 사관이라. 늙은 고모는 기쁨을 이기지 못한다.

"내류덕아! 너는 그동안에 훌륭한 사람이 되었구나!"

"무엇이 훌륭하여요. 그전에는 학생이다가 지금은 군인이 되었으니까."

내류덕이 고모 집에 온 때는 마치 삼월 부활제일이라. 카추샤는 이미 회당에 가고 없다. 고모의 인도로 방에 들어가니 이 방은 삼 년 전에 와서 한여름을 지낸 데라. 방 안을 둘러보니 그때에 쓰던 의자와 테이블이 그대로 있다.

내류덕이 창을 열고 문 지게에 기대어 삼 년 전에 이 방에서 카추샤와 놀던 일을 생각하고 있노라니 회당에서 치는 종소리가 뗑뗑 울어 온다.

---

* 토이기(土耳其): '터키(Turkey)'를 음역(音譯)한 이름.

"카추샤는 지금껏 아니 돌아왔나." 하고 혼잣말을 할 때에 가만히 문을 두드리는 소리가 난다.

카추샤 아닌가 하고 생각한 내류덕은 군인답지 않은 목소리로

"그 누군가. 허물 말고 들어오게." 하고 반말로 대답한다.

10

내류덕은

'옳다, 그립고 그리운 카추샤를 이제야 보게 되었다.' 하고 생각하였더니 뜻밖에 고모가 들어온다.

"아, 아주머님, 들어오십시오."

의식을 좇기 좋아하는 고모는

"예수 다시 사셨네." 하고 내류덕의 이마에다 입을 맞춘다. 이것은 천주교인의 부활제일에 행하는 의식이더라.

이것을 싫은 낯으로 받은 내류덕은 대답하는 말도 없이 빙긋이 웃기만 한다.

"너는 왜 웃기만 하고 아무 말이 없느냐? 군대에 들어가더니 예수 믿기도 폐하였느냐?"

"폐할 리야 있겠습니까마는 군대 생활을 한즉 너무 의식스러운 일은 하기가 싫어요."

"이 세상에는 의식 아닌 것이 없느니라. 그러나 믿음을 잃지 마라." 하고 방 안을 살펴보더니 다른 말로 옮긴다.

"이불이 둘밖에 없구나. 춥지 않겠느냐? 저 방에 가서 하나 더 가져오게 하자."

"아니올시다, 춥지 않습니다. 이것만 하여도 덥게 자겠습니다. 염려 마시고 어서 주무십시오. 저도 곧 자겠습니다."

"정말 춥지 않겠느냐? 그러면 그대로 자거라. 감기 아니 들리게 하고—내 이제 카추샤에게 비누와 수건을 들려 보낼 터이니 목욕이나 세수를 하겠거든 하고 자거라."

카추샤라는 말을 듣고는 눈이 번쩍 띄어서

"예, 얼른 좀 보내어 줍시오. 세수를 좀 하여야 되겠습니다. 자기 전에 세수하기가 습관이 되어서."

"물은 티혼더러 떠 오라 하겠다. 아침에는 일찍 차를 달여 둘 터이니 일어나거든 곧 찾아라." 하고 고모는 나간다.

"— 어— 이제야 몸을 좀 펴겠다." 하고 내류덕이 의자에 허리를 펴면서

"나이 많아지면 어찌 그렇게 잔말을 많이 하는지 몰라. 얘 카추샤는 왜 아니 오나." 하고 혼잣말을 할 때에 문 두드리는 소리가 난다.

'이제야 기다리던 카추샤를 못 보리.' 하고 바삐 일어서 문을 연다.

"벌써부터 얼마나 기다렸는지 모르겠다. 자, 어서 들어오너라."

11

'이번에야!' 하고 문을 연 내류덕은 또 속았다. 문을 두드린 사람은 카추샤가 아니라 물을 들고 들어오는 티혼이더라.

"아, 티혼이냐? 나는 카추샤가 수건을 가지고 들어온다고."

"예, 모스크바 영감, 안녕히 행차하셨습니까."

"오냐, 그동안 잘 있더냐?"

"예, 그전 가실 때에 다음 여름이면 또 오시겠다 하시더니 삼 년 만에 오십니다그려."

"오, 그리되었다."

"저 짐을 그대로 두오리까?"

"응, 그대로 두어도 관계치 않다. 아! 그 군도는 저 벽에 걸어라. 그러고 그 손가방은 이리 가져오너라."

내류덕이 가방을 받았다가 다시 열쇠와 같이 티혼을 준다.

"옜다, 이것을 열어 다오— 열고 그 지갑을 내놓아라."

"예." 하고 티혼은 빨리 열고 지갑을 들어내어 내류덕의 앞에 놓는다.

내류덕이 웃으면서

"이 속에 무엇이 듦 직하냐?"

티혼이 지갑을 당기어다가 손으로 저울질을 하여 보면서

"그것 알 수 있습니까. 아마 금화나 지화나 들었겠습지요."

"하하하하, 내게 돈이 그렇게 붙어 있을 것이냐."

사관은 티혼의 어리석은 듯한 말에 웃음을 참지 못하다가 다시 말을 이어

"그것은 다른 것 아니라 여자의 편지와 사진들이다. 돈이 다 무엇이냐."

"헤헤, 영감께서는 공연한 말씀을 하십니다."

"어, 거짓말인 줄 아느냐? 열어 보렴! 나는 이즘에 술과 계집으로 살아

간다."

"헤헤, 그저 천만의 말씀이시지요. 영감께서야 점잖으신 터에 그러실 리가 있습니까."

"점잖아! 점잖은 것이 다 무엇이냐. 지금 세상은 다 그렇더라. 나도 그 흉내를 좀 내노라고. 이 속에는 어떤 대사관부 무관의 아내의 편지도 있다. 나는 그 계집을 빼앗으려고 싸움도 하여 보았다."

"참, 영감께서는 그동안에 좀 변한 모양이올시다. 무어, 젊었을 때에야 좀 그러시기야 예사지요."

사관은 사진 한 장을 내들고 머리를 좌우로 기울이며 본다.

"그것도 여자의 사진이올습니까?" 하고 티혼이 곁에서 넘겨보다가

"아아, 재작년에 이 댁에서 박힌 것입니다그려. 가운데가 영감, 우편이 마님, 좌편이 카추샤— 카추샤는 참 얌전한 아이올시다."

"카추샤! 그런데 웬일이냐, 도무지 일절 보이지 않으니."

"아직 회당에서 아니 돌아왔는가 봅니다. 저, 나가 보리까." 하고 티혼이 문을 열고 나간다. 그때에 마침 앞에 아름다운 태도가 얼른 보이니 곧 기다리는바 카추샤더라.

12

"카추샤, 이제야 오느냐. 나는 너 오기를 기다리기에 늙을 뻔하였다. 어서 들어오너라."

카추샤는 문밖에 선 대로 좀 부끄러운 듯이 주저하며 웃는 낯으로 인사를 한다.

전번 만났을 때에는 십육 세의 어린 계집아이라 아름답기는 하나 좀 어린 태도가 있더니 지금은 두 살을 더 먹어 십팔 세라 키도 물론 전보다 컸거니와 몸이 훨씬 발육되어 신수가 환하게 더 피었더라. 남의 집에 시종하는 계집 되어 얼굴에 분도 못 바르고 몸에 단장도 못 하였으나 부활제에 가노라고 비교적 옷은 상시보다 낫게 입었다. 한 손에 비누와 수건을 들고 한 손에는 화병 하나를 든 것이 내류덕의 눈에는 마리아의 성상(聖像)보다 아름답게 보인다. 사관은 또 부른다.

"카추샤! 어서 들어오너라. 아따, 내외를 하느냐."

"예, 들어가겠습니다."

카추샤가 문을 살짝 닫고 사관 앞에 가까이 앉으며 말한다.

"기다리시도록 제가 늦어서 대단히 죄송합니다. 이 비누와 수건은 마님께서 보내십디다. 그리고 이 꽃은…… 변변치 않은 것이지만…… 향기가 좋기에 가져왔습니다."

사관이 카추샤의 주는 것을 기쁘게 받아 가지고

"아, 곱기도 하다. 카추샤가 나를 주려고 가져온 것이지." 하고 다시금 보면서 감사한 뜻을 표한다.

"밤이 깊었습니다. 곤하실 터이니 주무십시오. 저는 물러가겠습니다." 하고 졸연히 카추샤가 일어선다. 사관이 놀란 듯이 붙잡으면서

"이게 무슨 말이냐. 여러 해 만에 만나서 이야기도 좀 못 하고…… 그동안에 그렇게 무정하여졌느냐." 하고 문을 막아 앉는다.

"아니야요…… 혼자 계신데…… 오래 있으면……."

"그래, 남이 괴이히 여긴다는 말이지!"

"— 예, 그러니까……."

"그런 염려는 마라! 누가……."

잠깐 둘 사이에 말이 끊겼다가

"아참, 내가 네게 청할 것이 있는데." 하고 사관 내류덕이 카추샤의 손을 잡으면서

"네가 들어주려느냐." 하고 의견을 묻는다.

카추샤는 은연중 뒤로 물러앉으며

"무엇인데요?" 하고 말하는 소리가 극히 가늘다. 사관이 무슨 말을 하려다가 카추샤의 낯빛을 보고 다른 말로 옮기는 모양이라.

"자리…… 자라고만 하고 자리도 아니 펴 주고."

"아차, 미처 생각을 못 하였습니다."

카추샤가 황공한 태도로 침상에 가 자리를 펴고 풍침에 바람을 넣는다.

뒤에서 보고 앉았던 사관은 보다 못하여 뒤로 살짝 달려들어 도화 같은 뺨에다 입을 맞춘다.

13

"앗?"

카추샤가 깜짝 놀라 소리친다.

"에구머니…… 그게 무슨 일이야요. 무엇, 그런 농을 하셔요. 남이 보더라도……."

카추샤의 놀라 부르짖는 소리에 내류덕은 얼굴이 붉어지며

"용서하여라. 네가 만일 그렇게 나를 싫어하는 줄 알았더라면 내가 결단코 그런 농을 아니 하겠다. 나는 네가 얼마라도 나를 잊지 않고 생각하여 주는 줄 알았구나. 그렇지 않으면 전장에 나아가는 바쁜 몸이 무엇 하려고 여기까지 찾아왔겠느냐. 이번에 내가 여기 온 것은 마님을 뵈오려고 온 것이 아니라 정든 카추샤, 너를 만나려고 온 것이다. 나는 너를 그처럼 못 잊는데 너는 조금도 나를 아니 생각하여 주느냐." 하고 진정을 토한다.

카추샤가 눈물에 섞여 나오는 소리로

"누가 서방님을 아니 생각한다 하여요. 별안간 그러한…… 아니 하실 농을 하시니까 그렇지요." 하고 원망하는 듯 분한 듯 풍침을 만지며 대답한다.

"그러면 나를 잊어버리지는 않는다는 말이지!"

"— 예."

면구하여 섰던 사관은 이 잊어버리지 않는다고 하는 카추샤의 '예.' 한 마디에 가슴이 탁 풀려

"그렇다면 고맙다. 여기 앉아라. 다시 그런, 네가 싫어하는 농은 아니 할 터이니 더 놀다가 가거라. 내가 이번에 가면 언제나 다시 오게 될는지 모르겠다." 하고 가볍게 카추샤의 손을 붙잡는다.

반공에 솟은 달은 반쯤 창에 들어 방 안의 비밀을 엿보는 듯, 어디서 은은하게 들리는 종소리는 고요한 밤을 울려 악마의 꿈을 깨우는 듯.

"오늘 밤에는 내가 여기서 네 손을 잡고 저 달 구경을 하나 며칠 후이면 적막한 전장에서 나 혼자 저 달을 대하겠구나…… 저게 웬 종소린가."

카추샤가 머리를 갸웃갸웃하고 잠깐 엿듣다가

"회당에서 치는 종이올시다. 부활제 지내노라고요." 하는 대답이 마음이 좀 안정된 듯.

"아, 오늘이 파스카(부활제)지?"

얼마 아니 있다가 노랫소리가 이어 들린다. 사관은 이것이 찬미 소리인 줄 번연히 알지마는 카추샤와 말하기 위하여 또 묻는다.

"저 노랫소리는!"

"그것은 아마 축복 찬미인 듯합니다."

"오, 너도 노래 하나 불러 보아라? 오늘은 기쁘게 노는 날 아니냐."

"제가 노래 부를 줄을 알아야지요. 마님 들으시면 꾸지람이나 듣게요." 카추샤가 수태를 부린다.

"아니, 가만히 부르면 관계치 않다. 그 방까지 건너가겠느냐, 자!"

내류덕의 졸라 댐을 견디지 못하여 카추샤가 반쯤 웃으며 머리를 숙이고 잠깐 무엇을 생각하다가 손을 들어 박자를 맞추어 가며 노래를 부른다.

14

카추샤 내 사랑아, 이 이별을 어이해
　눈 녹기까지나마 있어지 다오
　　주님께 우리 기도 (라라) 드릴까이나

카추샤 내 사랑아, 이 이별을 어이해

오늘 밤 밤새도록 쌓이는 눈이
　우리 임 가실 길을 (라라) 덮어 주게나

카추샤 내 사랑아, 이 이별을 어이해
　일후에 우리 다시 만날 때까지
　　그 양자 변치 말고 (라라) 기다려 다오

카추샤 내 사랑아, 이 이별을 어이해
　애끊는 이별 눈물 비가 될 때에
　　바람은 들에 불고 (라라) 날이 저무네

카추샤 내 사랑아, 이 이별을 어이해
　가없는 빈 벌판에 이 몸만 혼자
　　알뜰한 임을 두고 (라라) 떠나겠구나

내류덕이 카추샤의 노래에 취하여 모르는 덧에 잡았던 손목을 놓쳤다가 노래가 그치매 다시 힘 있게 잡으며

"자, 이번에는 나와 같이— 다시 한 번." 하고 둘이 합하여 낮은 목소리로 부른다.

이 노래가 그친즉 내류덕은 카추샤를 향하여 강경하게 청한다.

"자, 노래를 불렀으면 키스도 해야지. 이것이 부활제 예식의 순서가 아닌가. 오늘은 남녀노소가 피차에 평등이니 너와 나와 입에다 키스하자."

"아니올시다, 남은 이마에 하던데요."

"상관있느냐. 이리 오너라."

내류덕이 기탄없이 카추샤를 이끌어다가 제 가슴에 붙이고 얼굴을 들여다본다.

카추샤가 남자의 하는 대로 가만히 있더니 사나이의 뜨거운 입술이 제 입술에 와 닿을 것을 생각하고 놀란 듯이 벗어나려고 한다.

"아…… 아니야요, 마십시오, 놓아주십시오."

내류덕은 계집을 꽉 안은 대로

"상관있느냐. 내가 너를 그대로는 놓아주지를 못하겠다." 하고 그물에 들었던 고기를 놓치지 말려 한다.

"마셔요! 서방님. 내일 전장에 나가시면 언제 다시 만날는지도 모르는데…… 그런데 오늘 밤에 그런 일을 하시면 안 되겠습니다. 이것, 놓아주십시오…… 아이고, 놓아주셔요."

"그런 염려 마라! 다섯 달만 지나면 곧 돌아온다. 그러나 너는 내가 미우냐. 내가 싫지."

"아니…… 그런 것이 아니야요. 저, 누가 오나 봅니다. 서방님, 놓아주십시오."

카추샤의 누가 오나 보다 함이 핑계가 아니었다. 과연 누가 오는 자취가 있으므로 내류덕이 깜짝 놀라 카추샤를 놓아주면서

"— 오냐, 지금은 놓아준다…… 너…… 혼자 있지!"

"안 되겠습니다. 그런 부당한 일을 하시면."

"안 되겠다 하는 말에는 된다 하는 말이 숨어 있느니라. 오— 그래……."

이러할 즈음에 늙은 여종 마트료나가 담요를 가지고 들어온다. 카추샤

가 이 틈을 타 살짝 도망하여 나간다.

15

밤은 이미 깊었다.

마트료나는 주인마님 방에서 불러 들어가고 아래 행랑 외딴 방에는 지금 호구를 벗어 나간 카추샤 한 사람뿐이라.

'지금 참기는 하였거니와 삼 년 전부터 먹은 마음을 이루려면 이번인데.' 하고 침상에 비스듬히 누워 생각하던 내류덕이 무슨 다른 일이 있는 듯이 벌떡 일어나 문밖으로 나간다.

"마트료나! 카추샤! 벌서 다 자느냐. 내 잠깐 산보 다녀 들어올 터이니……."

고모의 침실까지 들려라 하고 크게 소리 지른 뒤에 내류덕이 대문을 열었다가 닫는다. 그러나 그 몸은 도리어 대문 안에 있어 사방의 동정을 살핀다.

침실에 들어간 고모와 마트료나도 잠이 들고 건너편 행랑에 있는 티혼도 잠이 들어 아무 대답이 없다.

내류덕이 구두를 벗고 맨발로 소리 아니 나게 걸어 카추샤의 거처하는 방 앞으로 나가 귀를 기울이고 인적을 엿듣는다. 그러나 방 안에서는 숨소리 하나 아니 난다.

'아까 내 품에 들었다가 나간 카추샤는 어떻게 생각하는고. 숨소리 하나 없는 것을 보니 아직도 자지 아니하고 앉아서 내 소식을 기다리는가.

오! 분명히 기다리고 있는 모양이다.'

이렇게 생각한 내류덕은 정욕이 더욱 열렬하여져 방문을 똑똑 두드린다.

"카추샤! 카추샤!"

"…………."

"얘, 카추샤!"

두세 번 불러도 아무 대답이 없다.

남이 들을까 하여 작게는 불렀으나 그러나 카추샤의 귀에 못 들리도록 소리가 작지는 아니하였더라.

남자의 부르는 소리가 계집의 귀에 들렸으되 잠잠하고 있다 하면 이는 사람의 눈을 꺼림이거나 그렇지 아니하면 남자를 싫어함이거나 둘 중의 하나이리라. 그러나 내류덕은 앞의 것으로만 생각하고 아직도

"카추샤! 얘, 카추샤! 나니 문 좀 열어라." 하고 끈기 있게 두드린다.

세 번 네 번 부르노라니 과연 방 안에서 인적이 들린다.

16

하도 자취가 없어

'안 되었다. 웬일인가?' 하고 실망에 가까웠던 내류덕이 인적을 들은 김이라 이어 부른다.

"얘, 카추샤! 벌써 잠이 들었느냐, 응? 아까부터 내가 이렇게 부르는데 듣고도 대답을 아니 하느냐."

"…………."

"그러면 너무 무정하다. 카추샤, 너는 마음이 과히 냉혹하지 아니하냐."

"…………."

"그래도 대답을 아니 하여? 오냐, 네가 그렇게 냉담하게 굴면 나는 이제부터 큰 소리로 부르겠다. 그래도 관계치 않으냐?"

"…………."

"허허! 그러지 말고 이것 좀 열어라. 네 별안간 벙어리가 되었느냐? 카추샤! 얘, 카추샤!"

아무리 대답을 아니 하려고 하나 이 진기에는 견딜 수가 없다.

"그게 누구시오?"

카추샤는 잠이 들었다가 이제야 깬 듯하다.

"오, 서방님께서."

"자, 잠깐, 잠깐 이 문 좀 열어라."

카추샤가 침대에서 내려오며

"왜 그러셔요. 여기는 들어오실 데가 못 되는데요."

"관계치 않다. 문이나 좀 열어라."

"무엇 하시려고 그러셔요?"

"오냐, 네게 이야기 좀 할 것이 있다."

"말씀하실 것이 있으시거든 내일 아침에 제가 가 뵙겠습니다."

"그런 냉대…… 어찌해 다정케 생긴 네 입에서 그런 무정한 말이 나오느냐."

"하지만 지금은 밤중이 아니오니까. 여기는 마트료나 할미도 있는데요."

"거짓말 마라! 마트료나는 마님 방에 들어가지 않았느냐. 내가 벌써 다 알고 있다."

"그러나 안 되겠습니다. 마님께서 들으시면……."

이렇게 말마디마다 막으나 카추샤의 이 말과 말소리는 '나는 네 것이다.' 하는 것 같아 내류덕은 오히려 조른다.

"자, 어서 좀 열어! 카추샤."

이 말에는 아무 대답이 없다. 그러나 문고리 소리가 딸랑 나더니 문이 사르르 열린다.

간이 마르도록 조르다가 문이 열리자마자 내류덕이 나는 듯이 뛰어들어 섬돌 아래 선 카추샤를 거드쳐 안고 문밖으로 나간다.

"에그, 서방님!"

"쉬! 가만 있거라."

"왜…… 왜 이러십니까?"

"무어, 관계치 않다."

"그런…… 그런 난포한 일을 하시면 서방님 신분에 관계가 있습니다. 놓으십시오!"

이와 같이 사정함을 불고하고 내류덕은 카추샤를 안고 자기 방으로 들어간다.

"마십시오, 마셔요."

입으로 말은 비록 이렇게 하나 카추샤의 그 몸인즉 벌써 다투지 못하게 되었더라.

잠깐 있다가 사관 내류덕의 방으로서 나오는 카추샤는 벌써 처녀의 몸이 아니다.

문밖까지 나와 카추샤를 보내는 사관은 그 낯에 만족한 빛을 띠었다.

"카추샤! 빨리 방으로 들어가거라. 누가 보면 안 될 터이니."

"예."

카추샤가 내류덕의 얼굴을 다시 올려다보면서 부탁하는 말로

"— 서방님, 저를 잊어버리지 마십시오."

"그야 물론…… 내 사랑하는 카추샤를. 자, 어서, 저…… 저 방으로 들어가거라."

"예."

"할 말 있거든 내일 아침에…… 다시 만나서 하자."

내류덕과 카추샤는 각기 제 방으로 들어간다. 어디서 첫닭 우는 소리가 꼬끼오 하고 들린다.

17

이튿날 오데사*에서 기다리마 한 셴보크(사관의 친구)는 내류덕의 전보를 받고 파노보까지 마주 왔더라.

"셴보크 군! 잘 왔네. 내가 오데사로 갈 터이나 여가가 없어 가지 못하고 그대더러 오라 하였네. 미안한 일일세."

"관계치 않의. 가는 길이니까. 그러나 이와 같은 촌에 어찌 왔나? 이 바쁜 때에. 자네, 고모에게 효성이 대단하이그려."

---

* 오데사(Odessa): 우크라이나의 남서부에 있는 오데사 주(州)의 주도(州都). 흑해(黑海) 북쪽 오데사 만(灣)에 면해 있는 항구 도시로 옛 소련의 주요 군항 가운데 하나이자 흑해 연안 최대의 무역항이다.

"하하하하하."

내류덕은 큰 웃음을 친다.

"고모에게 효성?" 하고 어이없는 듯이 또 웃는다.

"그렇지 않으면 어째 이런 데를 찾아왔는가. 무슨 다른 일이 있었나?"

"무어, 별일은 없어…… 말할 것은 못 되네, 허허허."

비밀한 일이라면 더욱 알려고 함이 인지상정이라.

"아, 무엇인가? 말하게그려, 응? 무슨 일이어."

젊은 두 사관이 이와 같이 말할 때에 카추샤가 나와 점심이 되었다고 통지하고 들어간다.

셴보크는 픽 웃으면서

"오, 알았네! 자네, 말 아니 하여도 알겠네. 과연 이런 촌에 있기는 아까운데."

"응! 그럴듯하게 어여쁘지?"

"나도 파노보에 고모나 한 분 있었으면."

"허허허허."

"하하하하."

두 사관은 이렇게 웃다가 식당으로 나간다. 어쩐 까닭인가 주인마님이 부르고 마트료나가 찾으러 가도 어디가 편치 않다 하고 카추샤는 빛도 아니 보인다.

점심을 마치고 내류덕은 떠날 시간이 가까웠다고 행장을 차리러 제 방으로 간다.

행장을 다 수습하여 놓은 내류덕은 티혼이 마차 준비하기를 기다리고 문 앞에 잠깐 섰다. 카추샤가 앞을 지나다가 흘긋 보고 눈짓을 하여 자기 방으로 오기를 청한다.

18

내류덕은 카추샤의 청하는 것을 달게 아니 여기는 모양으로

"카추샤!" 하고 예사로이 부른다.

카추샤가 하릴없이 멈칫 서며

"무슨 일이 있으십니까?"

"응, 네게 할 말이 있다."

말할 것이 있으면 남이 아니 보게 방 안에라도 불러들여 하는 것이 옳겠거늘 내류덕은 문밖에 선 대로 지갑에다 손을 넣더니 백 원짜리 지전 넣은 봉투를 끄집어내어 카추샤의 앞에다 던진다.

"지금 나는 떠나게 되었다. 이것 받아 두어라."

카추샤는 낮은 목소리로 묻는다.

"서방님, 그게 무엇이야요?"

"돈이다. 받아 가지란 말이다."

"저는 그런 것 소용없습니다."

"왜? 어서 받아 두어!"

"아니요."

카추샤가 낯빛이 변하여지며

"누가 돈 달라고 합니까!" 하고 얼굴을 돌린다.

내류덕이 혀를 툭툭 차며

"내 떼쓰는 계집 보기 싫데."

"언제, 누가 돈 달라 하여요?"

"얘, 카추샤! 나는 길이 바쁘니 어서 받아 두어라. 그래야 내가 섭섭지를 않지."

"서방님은 저를 그렇게 하시려고……."

내류덕이 선웃음을 치며

"그럴 리가 있느냐. 나는 어디까지든지 너를 잊지 아니할 터이니 염려 말아라."

"그러면 왜 이런 것을 주셔요. 누가 돈 받으려고 그런……."

"옳다, 내가 안다. 얘, 바쁘다, 어서 받아 두어."

"그렇게 바쁘시거든 어서 떠나십시오."

어젯밤 카추샤는 깊은 사랑을 믿고 허락한 것이거늘 내류덕은 이제 돈으로 그것을 갚으려고 한다. 만일 이것을 받으면 카추샤는 티 없던 절개를 돈에 팔림에 지나지 못하리로다.

아무리 달래고 위협하고 할지라도 카추샤는 결단코 돈은 아니 받으려 한다.

내류덕이 분을 덜컥 내며

"얘! 억지를 써도 분수가 있지. 남의 말을 그렇게도 아니 듣느냐."

이때에 마침 셴보크가 큰 소리로 부른다.

"여보게, 내류덕 군! 시간 다 되었네."

"어, 지금 가네."

내류덕이 이렇게 대답하면서

"이제는 떠날 터이다. 이후 돌아올 때에는 기어코 들를 터이니 다섯 달만 참아라." 하고 돈 넣은 봉함을 집어다가 카추샤의 치마허리에 끼워 주고 급히 뛰어나간다.

카추샤는 남자를 한 번 더 부르려고 하나 눈물에 목이 메어 소리가 아니 나온다.

마차는 문밖으로 나간다. 이 마차의 굴러 가는 소리여, 이다지도 카추샤의 작은 가슴을 아프게 하는가.

카추샤가 문틈에 붙어 사정없이 달아나는 마차를 눈물로써 보낸다.

19

깊이깊이 먹은 마음을 풀지 못하고 그대로 떠나보낸 카추샤의 슬픔은 세계의 제일 큰 금강석을 잃어버린 여왕의 마음보다도 더 애처롭다.

자든지 깨든지 눈앞에 암암한 것은 내류덕의 얼굴이다. 다만 일야 상봉으로 카추샤의 정이 이와 같이 깊어진 줄은 내류덕도 모르리로다.

처음에는 심상히 여겨 알지 못하였으나 두 달 석 달을 지내고 보니 배속에 무엇이 생긴 듯하다.

'내게 무슨 병이 들었단 말인가?'

한 달을 더 지내고 본즉 아무리 경험 없는 어린 마음에라도 홑몸이 아닌 줄을 깨달았다.

남의 눈을 피하여 번개같이 만나 본 그동안에 처녀로 있던 카추샤는 뜻아니 한 아들을 배었더라.

'아아! 이것 큰일 났구나. 어찌하면 좋을꼬.'

이렇게 된 줄을 깨달은 카추샤는 주인과 마트료나의 눈을 피하여 어두운 외딴 방 구석에서 눈물로 세월을 보낸다.

하염없는 카추샤의 붉은 눈물! 기쁨인가? 슬픔인가? 이때에 오직 한 가지 바라는 것이 있으니 '다섯 달만 지나면 곧 돌아올 터이니 그때까지만 기다려라.' 한 떠날 때의 말 한마디러라.

내류덕은 마음에도 없는 말을 일시 방어책으로 함에 지나지 못하였건마는 카추샤는 이 한 말로 더할 수 없는 희망을 삼는다.

카추샤가 손가락을 꼽아 본다.

'— 아아! 이 아이가 이달까지 넉 달째라. 이제 한 달만 지나면 돌아오시겠지. 어서 하루바삐 무사히 돌아오셨으면…….'

이리하여 밤낮으로 남모르게 하늘에 축원하고 사관 내류덕이 세 번째 고모 집을 찾아오기만 고대한다.

토이기 전장에 나간 내류덕에게서는 한 주일 동안마다 자기 고모에게 소식이 온다.

그 편지에는 그곳의 인정 풍토와 싸움의 어찌 되어 가는 것과 그 밖의 여러 가지 세세한 사정이 많이 쓰이어 있으되 카추샤에게 대한 말은 한마디도 없다. 그러나 카추샤는 남자의 마음을 조금도 원망하지 아니하고 오직 비밀한 까닭인가 보다 할 뿐이러라.

어언간에 다섯째 달이 잡혔는데 또 고모에게 '이달 보름께가 되면 돌아갈 터인데 그때에는 반드시 파노보에 들르겠노라.' 하는 편지가 왔다.

이 소식을 듣고는 고모 되는 이나 티혼이나 마트료나나 아니 기뻐하는 사람이 없으되 카추샤처럼 크게 기뻐할 사람은 없었을 듯.

이 소식을 들은 카추샤는 기쁜 눈물이 절로 쏟아져 남의 앞인 줄도 모

르고 운다. 주인마님은 다정하게 카추샤의 등을 두드리며

"너도 그렇게 기쁘냐? 그 애가 네 일을 늘 칭찬하더니 너도 정이 들었구나."

20

이처럼 남자 돌아오기를 밤낮으로 기다리던 카추샤의 소망은 졸연히 뜬구름이 되고 말았다.

이는 오늘 밤같이 돌아올 터인데 뜻밖에 본 영문에서 급히 돌아오라는 명령이 내려 중로에서 지체할 수 없이 됨이러라.

모처럼 준비하였던 음식도 쓸데없이 되고 눈이 감기도록 기다리던 보람도 헛것이 되어 버렸다.

'아아! 어찌하잔 말인가. 서방님을 못 만나면 이 일을 어찌한다는 말인고! 불가불 좀 만나 뵈어야 할 터인데, 못 만나면 이 아이를 어찌한단 말인고.'

이와 같이 답답하고 심란하여 홀로 피눈물을 흘리건마는 이 눈물이 어찌 못 온다는 내류덕을 족히 오게 할 수 있으리오.

'내가 이렇게 울기만 한다고 무슨 쓸데가 있을까. 어떻게 하든지 좀 만나 보도록 하여야지.'

이렇게 결심한 카추샤는 티혼에게

"밤차가 몇 시에 이 앞 정거장에 닿는가요?" 하고 물었다.

"나도 자세히는 알지 못하나 아마 밤 두 시쯤 되지."

이리하여 기차 시간은 대강 알았다.

'밤 두 시— 밤 두 시— 늦지 않도록 나가야 될 터인데.' 하고 카추샤는 혼자 요량하여 본다.

이윽고 밤이 깊어 온 집안 식구가 다 잠이 든다. 카추샤는 이 틈을 보아 평일에 형제와 같이 지내던 여종 마시카를 깨워 이런 말을 하고 같이 정거장으로 나간다.

이날은 마침 비가 와 닦지 못한 들길에 발은 쑥쑥 빠지고 밤은 아주 침침하여 앞길이 아니 보인다. 연연한 약골이 힘껏 애껏 빨리 걸어 겨우 정거장에 다다르니 마침 기차는 와 닿았으나 방장 떠나려고 예비 고동을 분다.

나는 듯이 승강장에 뛰어들어 일등실을 찾아 들여다보니 과연 젊은 육군 사관 오륙 인이 마주 앉아 서로 웃어 가며 화투를 한다. 그 가운데는 물론 내류덕도 섞여 앉았다.

"여봅시오, 서방님!" 하고 카추샤가 한 손으로 유리창을 두드릴 때에 기차는 떠나노라고 마지막 고동을 분다.

"서방님! 여보."

카추샤는 미친 듯이 크게 부르짖으며 떠나기 시작하는 기차 옆에 붙어서 좇아간다.

이상스럽게 들리는 여자의 소리에 웬일이냐 하고 한 사관은 화투를 손에 든 채로 일어서며

"그 누군가?" 하고 창을 열려 하나 기차가 하도 몹시 흔들리어 암만해도 열리지를 아니한다.

"여보게, 내류덕 군! 이것 좀 열어 주게."

내류덕은 창밖에서 나는 소리를 듣지 못하고 화투에만 정신이 들었다가

"왜? 이것은 왜 열려고 하나?" 하고 창을 올려 민다. 정작 창이 열릴 때에는 기차의 속력이 점점 빨라져서 연연한 카추샤로 벌써 뒤에 떨어졌더라.

먼저 들은 사관은 황급히 창밖에 머리를 내밀고 살펴본즉 기차는 전속력을 내어 달아나는데 캄캄한 밤에 빗방울이 떨어져 뺨을 칠 뿐이요 아무것도 아니 뵌다.

"참 이상한 일이다!?"

내류덕은 웃으면서

"자네, 귀신한테 홀렸나 보이그려."

"아니어, 창밖에서 웬 여자의 울음소리 같기도 하고 찾는 소리 같기도 한 것이 들리던데."

"엣!" 하고 내류덕은 급히 내다보았으나 파노보 정거장은 벌써 십 리 밖에 멀어졌고 역시 아무것도 보이는 것이 없더라.

"아무것도 없네. 아마 자네의 신경 작용인가 보이."

"글쎄, 이런 데서 기다릴 여자가 없는데……." 하고 창을 닫는다.

카추샤는 목이 찢어지도록 부르며 있는 힘을 다하여 따라가나 무정한 기차는 가련한 이 여자를 무심하게도 떼어 버리고 달아난다.

"카추샤! 수건이 떨어지는데……." 하고 뒤에서 부르는 마시카의 소리에 정신이 들어 좇아가기를 그치고 맨땅에 펄썩 주저앉으며

"아아, 놓쳐 버렸구나! 그만 못 보고 말았구나. 이번에 못 만나면 언제나 보게 될까." 하고 목을 놓아 운다.

21

처음에는 불같은 사랑으로 만났으나 지금에는 카추샤의 가슴에 찬 것이 오직 원망이요 근심뿐이다. 과연 그는 장차 어찌 될 것인가?

카추샤가 이로부터 아무 일도 손에 오르지 아니하고 절반 실성한 사람이 되어 일하다가도 공연히 실수를 많이 하고 주인에게 대하여서도 무단히 말대답을 하기 시작하더라.

어찌하여 별안간 이렇게 성미가 괴팍하게 되었는가 하고 주인 부인은 그 까닭을 모르고 오직 걱정뿐이다.

그 화평하던 집안에 카추샤로 말미암아 풍파가 자주 생긴다.

한번은 주인이 카추샤를 불렀더니 카추샤가 버릇없이 발소리를 내며 앞에 와

"왜 불렀소? 내게 무슨 일이 있어요?" 하고 대든다.

"어째? 이 계집아이…… 그것이 무슨 말대답 법이냐?" 하고 주인은 낯빛을 변하며 음성을 높였다가 다시 화순한 얼굴을 가지며 묻는다.

"어찌하여 너는 근일에 와서 행위가 그렇게 되어 가느냐? 내가 네게 대하여 무슨 불만족한 일을 한 것이 있어서 그러느냐? 어쩐 셈이냐, 도무지 알 수가 없는 일이로구나. 그것을 좀 물어보려고 너를 부른 것이다. 여기 좀 앉아라."

"글쎄올시다."

카추샤는 주인 모르게 입을 삐쭉하며

"저는 별로 그런 줄도 모르는데요…… 더 잘하는 것도, 더 못하는 것도 없습니다." 하고 무어라고 중얼중얼 입 안의 소리가 많다.

"무엇이 어째? 너는 내 말을 그렇게 큰 꾸지람으로 생각하느냐? 주인이 무슨 말을 이르거든 설혹 제가 잘못한 것이 없다 하더라도 이후에는 조심하겠습니다 하고 공순한 말로 대답하는 것이 아니라……."

"그것은 마님께서 잘못하는 말씀이올시다. 제가 무엇을 잘못한 것이 있어야 조심이고 무엇이고 하겠노라 할 터인데 제가 무엇 그른 것이 있어야지요. 제가 이 댁에 있는 것이 그렇게 귀찮거든 이제라도 나가지요. 나가면 그만 아니오니까."

"애! 누가 귀찮다느냐. 너같이 부모도 없는 불쌍한 몸이 나가면 어디로 간단 말이냐?"

"예, 저는 과연 불쌍한 몸이올시다. 어머니는 돌아가시고 아버님은 간 곳을 모르고. 그러나 이 집에만 해가 비칠라고요. 어디 가서 나 한 몸이야 못 붙어 있겠기에요……."

전에는 얌전하고 말 잘 듣던 카추샤가 무슨 마약을 먹어서 이와 같이 망나니가 되었는고.

이처럼 주인이 진정으로 용서하여 주는 것도 받으려 하지 아니하니 십오 년 간 모녀같이 지내어 온 정분이나 부득이 서로 떠나고야 말게 되었다.

"네가 그처럼 마음을 먹는 데야 나니 어찌할 수 있느냐. 네 마음대로 하여라."

"예, 마음대로 하지요. 겁나겠습니다."

"나는 오늘부터 자유로운 몸이 되었다. 재미있게 이 세상을 지내어 보게 되었다. 기쁘든지 슬프든지 내 마음대로 하게 된 날이다."

하는 말이 하도 괴상하여 주인은 눈이 둥그레져 카추샤를 쳐다본다. 그의 장래를 생각하매 소름이 쭉 끼친다.

아아! 이와 같이 타락의 구덩이에 빠져 깨달을 줄을 모르는 카추샤의 운명은 장차 어떻게 되고 말 것인고? 이러하여 마침내 파노보를 하직한 가련한 카추샤는 십 년이 지나도록 소식을 알지 못하게 되었더라. 그 누가 알았던고? 오직 하늘이 알았을 뿐.

22

공작 내류덕은 우연히 잠이 깨었다. 자리옷에 싸인 두 팔을 길게 펴 늘어지게 하품을 한다. 나무 그늘이 어른어른하는 동창으로는 봄철 아침 해가 문장으로 스며들어 서편 벽에 비치었는데 어젯밤에 켜 놓은 촛불은 아직도 탁자 위에서 끔벅끔벅한다.

침상에 누운 대로 내류덕이 손을 펴 지갑에서 담배를 찾다가 어떤 사진 한 장을 집어내었다.

"이게 웬 사진인가? 오! 미시의 사진이로구나."

미시라 하는 여자는 모스크바 성에 사는 부자요 귀족인 코르차긴 집 딸이러라.

내류덕이 어젯밤에도 그 집 연회에 가 놀다가 밤이 깊어서 돌아왔다. 이 사진은 간밤에 연회를 파하고 돌아올 때에 미시라는 여자가 뒤로 따라 나와

"영감! 내일 약속을 어기지 않도록 하십시오." 하고 포켓에 넣어 준 것이라.

내류덕이 담배를 피우면서 미시의 사진을 들여다보고 생각한다.

'아—움(하품), 엊저녁 코르차긴 집 연회에서도 놀기는 잘 놀았지마는 늘 그래서는 몸이 못 견디겠는걸. 미시는 참 어여뻐. 처음에는 너무 가까이 교제하는 데가 많은 듯하기로 변변치 아니한 계집으로만 여겼더니 차차 나이 먹어 이제는 나와 제일 가까운 사이가 되었는걸. 결혼 말이라도 하여 볼 터이지만 저 여자(어떤 유부녀)의 사랑을 떼어 버릴 수가 있어야지. 하나 그 여자는 이즈음에 다른 어떤 사관의 뒤를 따르는 듯하여.'

내류덕이 무슨 생각이 났던지 침상에서 벌떡 일어앉으며 손가락을 꼽아 본다.

'아아, 빠른 것은 세월이다. 벌써 십 년이 되었구나. 그 계집은 지금 어찌 되었는고. 부활제일 저녁에 한 번 만나 보고는 영 소식을 모르겠으니…… 지금도 고모 댁에 있는지?! 생각하면 벌써 옛일이다. 오늘은 코르차긴 집에 가서 미시나 데리고 미술관에나 놀러 갈까나.'

이와 같이 미시의 일, 정부의 일, 카추샤의 일을 종작없이 생각하고 앉았을 때에 사환이 편지 한 장을 가져다가 앞에 놓으며

"코르차긴 댁에서 편지가 왔습니다."

23

급히 받아 떼어 본즉 향기 나는 종이에 철필로 쓴 여자의 글씨라.

어젯밤에는 재미없는 것으로 감히 존가를 맞아 지금껏 미안하기 그지

없나이다. 그때에 약속한 오늘 미술관에 가게 하온 일은 모처럼 밤을 새워 기다린 바이오나 다시 생각하온즉 오늘은 각하께옵서 배심원(陪審員)으로 재판소에 출석하실 날이로소이다. 잊으실까 저어하와 두어 마디 아뢰이오며 사퇴하실 때쯤 하여 마차로 몸소 맞으려 하오니 그리 아시옵소서.

미시 상백.

내류덕 공작 각하.

이 편지를 보고 재판소에 출석 아니 할 수 없는 줄을 깨달은 내류덕은 '같잖은 일에 또 몸이 얽매이지.' 하고 혀를 툭툭 찬다.

이날 재판 사건의 내용은 대개 이러하다.

스멜리코프라 하는 시베리아 상인이 어떤 창기와 관계되어 놀다가 돈이 부족하므로 그 창기에게 열쇠를 주어 자기의 유숙하는 여관에 보내어 가방을 열고 돈을 가져오라 하여 요리점 셈을 다 치르고 그 창기와 같이 여관으로 돌아가 놀다가 농 김에 계집의 비녀를 꺾었다.

스멜리코프는 이를 가석히 여겨 자기 손에 꼈던 금강석 반지를 빼어 그 계집에게 주었더라.

그때에 그 여관에 하인으로 있는 카르틴킨이라 하는 자가 잠드는 약이라 하고 약 한 봉지를 이 손 있는 방에 두고 간 일이 있었다.

어찌하면 이자의 손을 벗어날꼬 하고 애쓰던 창기는 곧 이 약을 술에 타서 취한 손에게 먹였더니 손은 곧 피를 토하고 죽고 가지고 왔던 재물은 다 잃어버렸다.

이리하여 그 여관에 있던 하인 카르틴킨, 보치코바와 및 그 창기는 곧 잡혀가 갇혔다. 오늘은 곧 이 독살 사건을 재판하는 날이러라.

아라사의 습관에 이런 재판에는 그 지방에서 명망 있는 사람들을 배심원으로 청하여 재판장에 출석케 하는 일이 있으니 내류덕도 이렇게 되어 참석하려 함이러라.

입맛을 다시며 침실에서 나온 내류덕은 곧 화장실에 들어가 세수를 하고 식당으로 간다.

조반을 먹은 후 서실에 들어가 신문을 보다가 무엇을 찾노라고 책상 함을 빼어 보니 재판소에서 온 출정 청구서가 있다.

> 오는 사월 이십팔일 오전 열한 시에 배심원 자격으로 출정하시기를 바라나이다.

시계를 내보니 열한 시가 머지않다. 내류덕이 곧 마차를 타고 재판소로 나간다.

24

모스크바 감옥 내 여인 죄수실 앞에 서서 시간 되기를 기다리던 간수장은 사무실에서 종이 뗑뗑 여덟 번을 울자 굳게 잠갔던 철창을 절렁 열어 놓으며 마슬로바를 부른다.

"마슬로바, 출정!"

옥 안에서는 땀 냄새, 지린 냄새, 심지어 눈물 썩은 냄새, 마음 상한 냄새까지 코를 들지 못하게 나오는데 죄수들은 누구를 나오라는가 몰라 서로 수군거린다.

"조용히! 마슬로바, 오늘 출정이다." 하고 간수장은 다시 소리를 지른다.

"예." 하고 여인 죄수 하나가 머리를 내민다.

나는 한 이십칠팔 세가량이나 되었는데 오랫동안 볕을 보지 못하여 그 얼굴은 흰 것이 지나 도리어 푸른빛이 난다. 이 계집은 곧 이번 독살 사건에 피고가 된 창기러라.

"여봅시오, 간수 나리!"

마슬로바는 아리따운 눈으로 흉하게 생긴 간수장의 얼굴을 쳐다보며 묻는다.

"오늘은 제 재판이 판결 나는 날이지요?"

"오, 그렇다."

"제 일은 어떻게 되겠는가요? 무죄하게 판결이 되겠는지요?"

"모른다. 이제 판결 나는 것을 보아야 알지."

마슬로바는 어젯밤부터 잠을 아니 자고 오늘을 기다렸으나 방장 재판정으로 나가게 되니 오늘 받을 판결이 잘될 것인가 못될 것인가 걱정이 되어 그 아름답고 흰 얼굴이 흙빛같이 되어 들었던 머리를 한숨 한마디에 푹 수그리고 아무 말 없이 간수의 뒤를 따라간다.

짐승과 같이 간수에게 끌리어 사무실에 이른즉 거기는 호송병(護送兵)이 남녀 두 죄수를 데리고 섰다. 그는 이 독살 사건에 공범의 혐의로 포박된 여관 하인이러라.

서기는 무엇을 적은 종잇조각을 호송병에게 내주며

"죄인은 이 셋뿐이다. 빨리 데리고 가거라."

호송병은 삼 인의 죄수를 앞에 세우고 감옥서의 철문을 나선다.

문 앞에서 놀던 아이들은

"아! 전중이 나간다." 하고 큰 구경거리나 생긴 듯이 쭉 따라온다.

호송병은 눈을 부라리며

"따라오지 마라! 무슨 구경이냐." 하고 뒤와 좌우를 둘러선 아이들을 쫓는다.

마슬로바는 비록 천한 몸이 되어 퍽 많이 사람에 익었건마는 이때에는 하도 남들이 둘러서는 것이 부끄러워 머리를 들지 못하고 재판소로 나간다.

25

배심원은 이미 다 참석되었더라.

개정할 시간이 좀 지났으나 판사 한 사람이 마침 출석지 아니하였으므로 그를 기다리고 아직 개정이 아니 되었다.

배심원으로 참석한 자들은 모여 앉아 이번 독살 사건에 주범 된 마슬로바를 가지고 제각기 평론한다.

"이번 그 여자가 모살한 일이 분명한가?"

"몰라. 그 계집 아니고 누가 하였을까."

"이번에 주범자 된 그 여자는 인물이 절색이라데. 어디 그런 여자가 있었던지?"

"절색이면 무엇 하겠나? 징역을 아니 하게 되면 언제 한번…… 하지만."

"하하하하."

"하하하하."

이러할 즈음에 재판이 시작된다.

재판장, 판사, 검사, 서기, 배심원 등이 쭉 벌여 앉은 뒤에 죄수를 앞에 불러낸다.

먼저 공범자 되는 두 남녀를 대강 심문하고 재판장은 다시 음성을 높여 주범자에게 묻는다.

"피고의 이름은!"

"카추샤 마슬로바라 합니다." 하고 얼굴이 빨개지며 가는 목소리로 대답한다.

뜻밖에 카추샤라 하는 말을 듣고 배심원석에 있던 내류덕은 깜짝 놀라 죄수를 내려다본다.

재판장은 이어 묻는다.

"네 아비의 이름은?"

"— 저는 사생아(私生兒)올시다."

"그러면 마슬로바는 어미의 성이냐?"

"예, 그렇습니다."

"네 어미는 지금 어디 있느냐?"

"제가 세 살 먹을 때에 죽었습니다."

"신분은?"

"평민이올시다."

"종교는?"

"정교를 믿습니다."

"직업은?"

"…………."

"직업은 무엇이야?"

"…………."

"네 직업이 무엇이어? 왜 대답이 없느냐?"

재판장은 성을 내어 의자에서 일어서며 크게 소리를 지른다.

마슬로바는 부끄러워 대답을 못 하고 낯빛이 빨개지며 땅만 내려다보다가 대답 아니 할 수 없는 줄을 알고

"저는…… 장사합니다."

"무슨 장사?"

또 대답할 말이 없다.

"— 번연히 다 아시면서도."

이 말 한마디에 방청석에서 누가 씩 웃으니 모두 따라 웃어 엄숙하던 재판정이 일시 웃음판이 된다.

"쉬!" 하고 정리는 훤화를 금한다.

이 가운데 홀로 웃지 않고 마음에 괴로움과 번민을 받는 자는 배심원석에 앉은 내류덕 공작 그 사람일러라.

재판장은 더 심문을 계속한다.

"네 이전에 혹 재판을 받은 일이 없느냐?"

"아니요, 한 번도 없습니다."

"기소장(起訴狀) 등본(謄本)을 받았느냐?"

"예, 여기 가지고 왔습니다."

"오, 저기 잠깐 물러가 앉았거라."

마슬로바는 일어나 가만히 절하고 물러가 앉는다.

그담에는 증인을 불러내어 앉히고 서기가 큰 소리로 기소장을 낭독한다.

이것이 그치자 마슬로바는 다시 일어나 시베리아 상인 스멜리코프의 전후시말을 자세히 진술한다.

피고의 진술이 그친 뒤에 재판장은 잠깐 휴게를 선언하고 안으로 들어간다. 배심원들도 다 심의실(審議室)로 들어가 앉는다.

26

내류덕은 그 즐기는 담배도 아니 피우고 좋지 아니한 낯으로 의자에 걸어앉아 깊은 한숨을 길게 쉰다.

"내류덕 공작! 왜 그렇게 낯빛이 좋지 아니하시오? 어디가 편치 않으셔요?"

하고 같이 배심원으로 참석한 교사가 묻는다.

한즉 곁에 있던 늙은 상업가가 가로맡아 대답한다.

"아니, 누구든지 이런 일을 보면 기가 막히는 것이어! 저런 여자가 그런 죄에 빠지다니."

"그러면 노형은 저 피고가 무죄하다고 하시는 말씀이시오?" 하고 퇴직 중에 있는 정령이 눈을 크게 뜨며 묻는다.

"물론 무죄하지요. 그 계집이 어찌하여 창기는 되었지만 재물을 탐하여 사람을 죽이거나 도적질을 하거나 할 여자는 결단코 아닙니다. 나는 누구를 대하든지 무죄하다고 주장하겠습니다. 어떻게 생각하시오, 내류덕 공작?"

"모르시는 말씀이지요. 그런 아름다운 용모 가운데 사나운 사람이 많은 법이지요. 노형은 저 피고가 여자라고 곧 동정을 하시나 보오마는." 하고 정령이 말을 막는다.

이때에 배심원장이 정숙하기를 청하고 다시 공중에게 의견을 묻는다.

"자, 여러분, 다 자리에 앉으시오! 오늘 재판 문제는 극히 간단한 것이올시다. 당년 이십칠 세 된 천업부(賤業婦) 카추샤 마슬로바가 마브리타니야 여관에서 시베리아 상인 스멜리코프에게 보석 반지와 갖은 재물을 빼앗을 목적으로 약을 먹여 죽였다 하는 사실인데 저 피고 카추샤가 과연 죄가 있는지 혹은 없는지 이것을 판결할 것이올시다. 여러분의 의견이 다 어떠하시오?"

"본원은 유죄한 줄로 믿습니다마는 그 정상을 잘 짐작하여 판결하는 것이 마땅하다고 생각합니다." 하고 아까 말하던 교사가 대답한다.

"자, 잠깐 기다려 주시오!" 하고 늙은 상인은 다시 말을 이어

"본원은 어디까지든지 무죄방면을 주장합니다. 저런 순직한 계집이 그런 일을 할 리는 결단코 없을 것이올시다. 증거 불충분한 것을 가지고 유죄로 판결하는 것은 결코 아니 될 일이올시다."

곁에 앉았던 정령이 벌떡 일어서며 논박한다.

"다른 것은 그만두고라도 공범자 두 사람이 그렇게 하였노라고 자백하는 것이 아닙니까. 만일 카추샤가 공모를 아니 하였더라면 그 여관 하인들이 돈 있는 데를 어찌 알았을 것이오?"

배심장은 이 말을 듣다가

"그뿐더러 위선 열쇠가 카추샤의 손에 있었다지요?" 하고 정령의 말에

찬성을 표한다.

교사가 일어서며

"그것만 가지고는 증거가 아니 됩니다. 설혹 카추샤가 열쇠를 가졌다 하더라도 그 하인들이 다른 같은 열쇠를 아니 썼는지 알 수 있습니까."

늙은 상인은

"옳습니다, 그 말이 옳습니다." 하고 교사의 하는 말에 찬성한다.

"그러나 당장 반지를 그 계집이 가지고 있으니 그것도 큰 증거가 아니 오니까?"

"아니요, 그 반지는 생전에 준 것이라고 당자가 맹세하는 것이올시다."

27

이때까지 아무 말 없이 앉아 혼자 무엇을 생각하던 내류덕은 이제야 일어선다.

"배심장! 나는 오늘 어떤 중대한 이유로 저 피고에 대하여 비상한 감동을 받았습니다. 카추샤가 나중에 울면서 부르짖은 말은 천지신명에게 죄 없다고 맹세한 말이올시다. 만일 죄 없는 여자가 아니면 이런 법정에 서서 그런 태도를 결단코 못 가질 것이올시다. 나는 카추샤의 변명에 대하여 거짓이 없는 것을 굳게 증거 합니다."

배심장은 머리를 흔들며

"그러나 공작께서 그렇게 말씀하시지요마는 피고 제가 독주에다 아비산을 타 먹였다고 자백하는 것이야 거짓이라 할 수 있습니까."

교사는 옆에서 말을 가로채어

“그 말은 나도 들었습니다. 카추샤가 본시 그 사람을 죽이려고 한 것이 아니라 잠을 들리려고 여관 하인에게 얻어다 먹였던 것이 아닙니까? 바로 과실죄라 말하는 것은 옳거니와 처음부터 죽일 뜻이 있었다고 인정하는 것은 대단한 잘못인 줄 생각합니다.” 하고 내류덕 편을 돕는다.

“자, 의논은 그만하였으면 충분합니다.” 하고 배심장은 가부를 물으려 한다.

“이번 이 재판 사건을 위하여 여기 참여하신 여러분은 검사의 조사한 사실을 인정할 수밖에 없습니다. 저 여자는 본래 상당한 교육도 받지 못하고 정당한 부모도 없이 악한 피로 생겨나 함부로 자라다가 창기의 몸이 되어 오늘 그런 일을 저지른 것이올시다. 원래는 혼자 그 돈을 훔치려다가 지금 공모자 된 두 사람에게 발각이 되매 공교하게 저 두 사람을 후려 가지고 그 재물을 도적한 후 제 죄상을 감추기 위하여 필경에는 약을 먹여 죽인 것이올시다. 카추샤는 모살범으로 하여 죄가 있습니까? 없습니까? 죄다 있다고 인정하시는 이는 일어서기를 바랍니다.”

열두 명 배심원 가운데 공작, 늙은 상인, 교사, 이 밖에 어떤 한 사람을 제하고는 다 일어서 유죄함을 표한다. 배심장은 일어선 사람의 수효를 세다가

“저편에 앉아 계신 양반은 처음부터 아무 의견도 말씀 아니 하시니 어떤 편에 찬성을 하시렵니까?”

그는 늙은 직공 조합장(職工組合長)이더라.

슬며시 일어서 배심장을 대하여 말한다.

“사람이 사람을 심판할 권리는 없습니다.”

"그러나 배심관으로 법정에 나온 이상에는 어떤 편으로든지 가부를 결단할 권리가 있습니다."

"사람이 하늘이 아니거니 누가 죄 없는 사람이 있겠습니까."

"폐일언하고 카추샤는 유죄합니까? 무죄합니까?"

"저마다 죄가 있으니까 무론 죄악이란 용서 아니 할 수 없지요."

"그러면 무죄하다는 말씀이오니까?"

"암! 무죄하지요."

"그만 앉으시오." 하고 배심장은 다시 세어 본 후에

"우리 배심원은 다수로써 카추샤 마슬로바를 유죄로 결정하였습니다." 하고 발표한다.

'응!? 카추샤를 유죄로, 카추샤를 독살 고범자로? 그는 너무 과하다, 과해!' 하고 내류덕은 머리를 긁는다.

재판장은 배심원의 판결에 의지하여

"카추샤는 이십 년 시베리아로 유형."이라 하고 판결을 선고한다.

이 선고를 받은 가련한 카추샤는

"아아! 나는 이십 년 징역! 시베리아로!" 하고 원통함을 이기지 못하여 법정에 그만 탁 거꾸러진다.

28

급하게 하는 일에는 실수가 많은 법이라. 재판장은 다른 데 약속을 둔 데가 있으므로 되는 대로 속히 판결을 내고 보니 빠진 것이 있다.

카추샤는 스멜리코프에게 약 먹인 사실을 인정할 뿐이요 본래부터 독살할 뜻은 없었다 하는 사실을 답변서(答辯書)에 쓰지 아니하였더라.

재판장은 답변서를 받아 가지고 깜짝 놀랐다.

'아무 까닭 없이 살인하였다는 모양이 되었구나. 그러나 이 일을 이제 말하면 또다시 처음부터 재판을 시작하여야 될 터인데— 그러자면 이미 약속하여 둔 스위스 여자의 만찬에 가기가 늦어지겠고— 되는 대로 하여 버리자.' 이와 같이 재판장이 혼자 생각하다가 바쁘게 판결문을 내리읽은 후 나 할 일은 다 하였다 하고 곧 일어선다.

내류덕은 창연히 앉았다가 답변서에 미비한 점이 있는 줄을 홀연히 깨달았다.

'옳다, 이것이 카추샤를 구원하여 낼 큰 거리로다.' 하고 공작은 빨리 재판장에게로 나가 말한다.

그러나 재판장은 정부 만나 볼 생각에 다른 정신이 없어 공작의 하는 말은 대단치도 않게 여긴다.

"그것, 잘못되었습니다. 그러나 한번 선고한 이상에는 다시 작소할 수 없습니다. 만일 피고의 무죄함을 주장하시면 노형께서 아시는 변호사와 의논하여 보십시오. 공소는 얼마라도 할 수 있으니까요."

하기 싫은 말을 마지못하여 두어 마디 대답하고 마차를 불러 스위스 여자를 찾아간다.

내류덕은 혼자 남아 있어 십 년 전에 한 일을 생각하고 이제 할 일을 예산하여 본다.

'저 여자가 저와 같이 타락되어 오늘날 애매한 죄를 지게 된 것이 모두 나의 허물이로구나! 나는 어떠한 수단을 쓰든지 카추샤를 구원하여야 하

겠다.'

이때에 마침 파나린이라 하는 친구 한 사람이 들어오니 그는 유명한 변호사러라.

"내류덕 공작! 오늘 애쓰셨지요! 재판 사건은 잘 낙착되었다고요."

"예, 조금 전에 판결 선고 하였습니다."

"그러면 별일 없으실 터인데 어디 공원에나 놀러 아니 가시렵니까?"

"아니요, 그렇지 못한 일이 있습니다. 내가 노형에게 의논하고 노형의 힘을 좀 빌릴 것이 있는데요."

"아, 무슨 일이시야요? 지금 별로 일도 없으니 말씀하시지요."

"나는 오늘 독살 사건에 대하여 고쳐 공소를 청하고 만일 그것이 아니 되는 경우에는 상고와 상소까지라도 하여 카추샤의 애매함을 벗겨 주려 합니다."

"그는 대단한 열심이시구려! 피고의 형기는 어떻게 판결이 되었는데요?"

"나는 어디까지 무죄함을 주장하였으나 다른 배심원 편에서 모살범으로 판단한 까닭에 재판장은 피고에게 대하여 징역 이십 년에 처하였습니다."

"하하, 그는 좀 과혹하게 되었습니다그려."

29

"과혹하고말고요. 저 카추샤의 무죄한 것은 내가 아는 일이니까 무슨 방법을 쓰든지 저 계집을 구원하여 주는 것이 나의 의무라고 생각합니다.

괴롭지요만 이 일을 노형에게 좀 부탁하려 합니다."

"그야 어렵겠습니까. 더욱 공작의 일이면 내 힘닿는 데까지는 진력하여 드리지요. 그러나 그 여자를 위하여 공작께서 그처럼 열심 하심은…… 이전부터 이미 아셨던가요?"

"— 어떤 특별한 관계가 있습니다."

변호사는 놀란 듯이

"공작께서?……."

"…… 세상에 흔히 있는 일이지요."

"그러면 어디 전후사연을 좀 말씀하여 주십시오."

내류덕은 말하기 전에 길게 한숨을 한 번 쉬고

"그 계집과 관계 생긴 지가 자못 오래였습니다. 이제부터 한 십 년 전에 파노보 내 고모의 집에서 저 계집이 몸종으로 있을 때에 나와 하룻밤 논 일이 있었습니다."

"예, 그러고는?"

"그것이 원인이 되어 아이를 배었습디다. 그렇게 되고 보니까 자연 그 집에도 있기가 부끄러워 여기저기 떠다니다가 마침내 창기에 몸을 넣었습디다."

"그러나 그런 일은 세상에 흔히 있는 일인데…… 저 계집의 지금 저렇게 된 것이 꼭 노형의 허물이라고야 단정할 수 없지요."

"나도 지금껏 그렇게 생각하여 왔으나 내 양심은 오늘 그렇지 않은 줄을 깨달았습니다. 내가 저 계집으로 하여금 첫 번 죄를 아니 범케 하였더라면 저 계집은 결단코 그런 길로 아니 들어갔을 것이올시다. 그런 악한 씨를 뿌린 내가 아니 구원하여 줄 수 있습니까."

"또 이번 일에 대하여 애매하다 주장하심은 무슨 이유오니까?"

"저 계집은 본시 그 사람을 죽일 뜻은 도무지 없었는데 오늘 살인죄를 입게 된 것이올시다. 이번 일에 대하여 비용은 얼마나 들든지 관계없으니 되도록만 하여 주시오."

"예, 알아들었습니다. 그러면 내 공소할 수속을 하여 드릴 터이니 내일 저 있는 사무소로 좀 오셔 주십시오. 그때에 자세히 의논하십시다."

"예, 그리하겠습니다. 아무쪼록 잘 보아 주시기만 바랍니다."

"염려 마십시오. 제가 그 일은 맡을 터이니까."

변호사는 공작과 인사하고 떠나간다.

내류덕은 혼자 뒤에 남아 있어

'카추샤가 시베리아로…… 나도 같이 가지. 시베리아는 그만두고 하늘 닿은 지경에를 가더라도 저 계집은 내가 구원하여 주어야 하지.' 이렇게 혼자 생각다가 카추샤를 면대한 듯이

"카추샤! 걱정 말아라, 내가 있다."

문 안에 있던 사환 아이놈이 이 말을 듣고

"공작께서는 이편을 도와주십니까?"

"이놈! 무슨 참견이냐?"

이때에 마침 약속하였던 미시가 왔다.

30

내류덕은 반가워 아니하는 낯을 가지고 나아가 맞은 후에 얼굴을 찡그

리며

“오늘은 몸이 좀 편치 않아 놀러 가지 못하겠습니다.”

분면 화복(粉面華服)으로 기쁨에 들떠서 닫는 마차를 채질하여 왔던 미시는 이 사절하는 말을 듣고 안색이 변하여지며

“무엇이야요!? 그렇게 굳게 약속하였던 일을…… 못 가시다니요. 별안간 어디가 편치 않으셔요?”

“용서하여 주시오. 정말 편치 않아서 뫼시고 갈 수 없습니다…… 어쩌면 이제부터 늘 같이 못 놀게 될는지도 알 수 없습니다.”

내류덕은 머리를 숙이고 서서 단장으로 땅을 그으며 이와 같이 미시의 정떨어지는 말만 한다.

“예?” 하고 미시는 놀라

“그게 무슨 말씀이오니까. 제가 공작 각하께 무슨 불만족한 일이 있었습니까. 있거든 관계 마시고 일러 주십시오.”

“아니요, 그런 것이 아니올시다. 실상을 말하면 오늘 재판에 큰 사건이 하나 일어났습니다.”

미시는 무슨 일인지 몰라 가까이 들며 묻는다.

“무슨 일이오니까? 자세히 좀 알려 주십시오.”

“말씀하지요.” 하고 내류덕은 미시에게 의자를 주고 자기도 맞은편에 앉는다.

“나는 아직 미시 씨와 혼인할 말도 없었지마는 가령 있었다 하고 혼례 전에 이 말을 들으시면 미시 씨께서는 어떻게 하시겠습니까?”

“무슨 말씀이야요?”

“내 몸이 깨끗한 몸이 아니올시다.”

미시는 공작이 순직하게 자백하는 말을 듣고 웃는다.

“나는 무슨 별일이나 있다고요. 결혼 전에야 어떻게 노셨든지 당신의 자유인데 누가 그것을 관계한다고 합더니까?”

“아니요, 내가 큰 죄악을 지은 것이 있는데 이제 그것을 아니 갚으면 아니 될 경우가 되었습니다.”

“그것이야 마음대로 하십시오. 저도 공작의 일이라면 기쁘게 도와 드리지요.”

“그러면 이제부터 저와 교제를 끊어 주시오.”

“그게 어쩐 말씀이오니까?”

“여봅시오, 내 말을 들어 보시오. 나는 이전에 죄 지은 것이 많은 사람이올시다. 그 죄를 다 벗어 버리자면 당신과 교제는 도저히 못 하겠습니다. 나는 내일부터 지위든지 재산이든지 다 내놓고 한 평민이 될 작정이올시다.”

“그것은 왜 그러셔요?” 하고 미시는 믿지 않는 모양으로

“대체 죄가 무슨 죄이오니까? 숨기지 마시고 말씀하여 주십시오.”

“그는 이전에 지은 죄지요.”

“이전에 무슨 죄를 지으셨어요.”

“그것은 말 못 할 것은 없으나…… 어쨌든지 나는 내 죄를 갚기 위하여 어떤 죄인 된 여자와 결혼이 될지도 모르겠습니다.”

“그게 무슨 말씀이오니까!?” 하고 미시는 낯빛이 파래진다.

“무엇, 무슨 말일 것이 아니라 나는 장차 어떤 여인 죄수와 결혼할 생각이란 말씀이외다.”

미시는 울듯 울듯 하는 목소리로

"그러면 저는 어찌하게요?"

"당신은 아무나 좋은 사람을 택하셔서 결혼하고 잘 사시지요. 나 같은 사람이야 어디 가 못 택하겠소."

"그런 무정한 말씀을 어디다 하셔요! 에그, 그러면 여태껏 저를 속여 오셨습니다그려."

미시는 이 말끝에 두 눈에 눈물이 비 오듯 한다.

"아니요, 그렇게 오해를 하여서는 딱합니다. 여태까지 오도록 전에 한 일이 죄악인 줄을 몰랐다가 오늘 재판정에서야 비로소 깨달았단 말씀이지요. 이 뒤에도 만일 당신과 교제를 끊지 않으면 더욱더욱 죄악만 깊어질 터이니까 오늘부터 절교를 하여 줍소사 하는 것입니다."

"예, 그렇고말고요." 미시는 공작의 인정 없이 잡아떼는 말에 악이 나서 눈물조차 나오지 않는다.

"어서 당신은 징역 지는 여자와 부부가 되어 잘 사시오. 내류덕 공작 부인에 징역 사는 계집! 참 좋겠습니다." 하고 인사도 없이 돌아선다.

내류덕은 듣거나 말거나 인사를 하여 보내고 자기도 재판소에서 나와 집으로 돌아간다.

31

카추샤는 재판정에 엎디어 제 신세의 불쌍하게 된 것을 생각하고 천지가 슬퍼할 듯이 애통하다가 호송병의 독촉을 이기지 못하여 감옥으로 돌아왔다.

감옥 한 방에는 여인 죄수 열 오륙 인이나 있다. 그 가운데는 부랑죄로 잡혀 온 자, 도적질하다가 잡혀 온 자, 남편을 죽이고 잡혀 온 자, 남의 집에 불을 놓고 잡혀 온 자, 허가 없이 술을 팔다가 잡혀 온 자, 제 서방을 약을 먹여 죽이려다가 잡혀 온 자…… 이런 여인 죄수들이 섞여 있는데 그 가운데서 카추샤와 형제같이 지내는 사람은 페도시야라 하는 젊은 여자라. 이 여자는 당년이 십육인데 어떤 보지도 못하던 남자와 마음 없는 인연을 맺고 밤낮 울음으로 세월을 보내다가 필경 악심이 생겨 남자를 죽이고 자유로운 몸이 되려 하여 이러한 죄를 범함이러라.

그러나 이 일이 이루기 전에 탄로하여 곧 포박된 후 오 년 간 징역 선고를 받고 근일에 시베리아로 떠나게 되었더라.

페도시야는 재판소로부터 돌아오는 카추샤를 반가이 맞아

"판결이 잘 났습니까?" 하고 물으나 카추샤는 아무 대답도 없이 뒤창 밑에 가 앉더니 두 손으로 낯을 가리고 흐득흐득 느끼기를 시작한다.

"왜 우십니까? 재판이 뜻과 같이 아니 되었어요?"

"나는 부득이 시베리아로 가게 되었다. 죄 없이 이십 년 징역이란다."

"이십 년이라니! 시베리아면 저도 가지요마는 이십 년은 너무 과합니다그려."

"나는 시베리아 귀신이 되고 말겠다. 그 추운 곳에 이십 년을 있게 되면 살아 돌아올 사람이 누구냐."

"살아 돌아오기 어렵고말고요. 아무리 건강한 여자라도 삼 년밖에는 못 견딘다는데." 하고 곁에 있던 노파가 걱정하는 혀를 찬다.

"그러기에 내가 좋은 변호사를 대라고 아니 합디까."

이는 맞은편에 앉은 사십 세쯤 된 부인의 말이라.

"그것이야 누가 몰라서 아니 하였나요. 그도 돈이 있어야 한답니다."
하고 카추샤는 치맛자락으로 눈물을 씻으며
"시베리아라 하면 말만 들어도 끔찍끔찍한데…… 차라리 여기서 죽고 마는 것이 낫지 이십 년 동안을 어떻게 가 있나!"
페도시야는 위로하는 말로
"그러나 염려 마십시오. 그곳도 사람 사는 데지요."
이럴 즈음에 간수가 들어와 잘 때가 되었다고 훤화를 금한다.

32

이튿날은 일요일이라.
내류덕이 일찍 조반을 먹은 후에 감옥서를 찾아가 간수에게 카추샤와 면회하기를 청한즉 간수는 내류덕을 면회소로 인도한다.
면회소는 넓은 방 가운데 철망 두 벌을 건너막아 한편에는 면회인, 다른 한편에는 죄수, 한가운데는 간수와 헌병이 있어 면회하는 사건을 간검하게 되었더라.
간수가 유리창을 열고 들어가더니 카추샤에게 면회인 있음을 말하고 곧 맞은편 칸으로 불러들인다. 카추샤는 수척한 얼굴에 수심을 띠고 철망 가까이 와 붙으며
"당신께서 저와 면회를 청하셨습니까?"
"오, 내가 청하였다. 네, 나를 모르겠느냐."
"예, 얼른 생각이 아니 납니다."

내류덕은 모자를 벗고 철망 곁으로 가까이 나가며

"자, 나로다. 너는 그동안 벌써 나를 잊었느냐?"

공작은 카추샤가 자세히 알아보라고 모자를 벗고 가까이 나오나 카추샤는 어려워하는 태도를 가지고 눈을 잘 들지 못하며

"글쎄, 누구시던지 생각이 잘 아니 납니다."

좌우에는 여러 사람들이 각기 제 이야기 하노라고 지껄지껄 떠들고 덤벙덤벙 다니므로 서로 다 얼굴도 잘 보지 못하고 말소리도 잘 들리지 아니한다. 내류덕이 헌병을 불러 자기 명함을 주고 무엇이라고 두어 마디 한즉 헌병은 잠깐 무엇을 생각하더니 곧 간수를 불러 카추샤를 밖으로 내보낸다. 이는 다른 사람에게 아니 하는 특별한 일이러라.

카추샤는 공작을 따라 단장 곁으로 가 서며 조용히 말을 시작한다.

"도무지 저는 생각이 아니 납니다. 성함을 말씀하시면 혹 알듯 합니다."

내류덕은 낯이 꺼메지며 자기 이름 말하기를 부끄러워한다.

"배심관의 자격으로 어제 재판정에 출석하여 나는 너를 보고 알았건마는 너는 나를 도무지 모르는 모양이더라."

"예, 그때에 참석이 되셨습니까? 저는 도무지 몰랐습니다. 그런데 웬일이오니까, 죄도 없는 사람을 이십 년 징역이라니요. 그런 법도 있습니까."

카추샤는 두 눈에 원망의 눈물이 가득하여진다.

"이번에 내가 너를 찾아온 것이 그 때문이다. 나는 무슨 방법을 쓰든지 무죄한 너를 구원하여 내려고 결심하였다."

"그것은 너무도 감격한 일이올시다. 볼 것 없는 이 천한 몸을 위하여 그처럼 동정을 주시니 무엇이라고 고마운 말씀을 드릴 것이 없습니다."

공작은 다시 카추샤의 얼굴을 쳐다보며

"무엇이든지 네가 원하는 것이 있거든 지금 말하여라. 내 힘 및는 데까지는 도와줄 터이니."

"너무 감사합니다. 그처럼 친절하게 말씀하시니 한 가지 염치를 무릅쓰고 청하올 것은 지금 같이 갇혀 있는 여수 중에 페도시야라 하는 여자가 있는데 그 여자는 참 가석하게 되었습니다. 본래 알지도 못하는 집에 출가한 후 부부간에 뜻이 맞지 아니하므로 자기 남편을 약을 먹여 죽이려 하다가 그 일이 발각되어 검사에게 기소를 당하고 보방으로 있는 동안에 어찌어찌 피차간 다시 정이 들어 의좋게 지내게 되었는데도 마침내 죄를 면치 못한다 하여 오 년 간 징역 선고를 받았습니다. 회개하였으면 그만 아니오니까. 이번에 그도 같이 힘써 주시기를 간절히 바랍니다."

"오냐, 변호사와 의논하여 볼 터이니 염려 마라."

"고맙습니다. 말씀만 들어도 절반 감형이 된 것보다 낫습니다."

"…………!"

"…………!"

"너는 아직 생각이 아니 나느냐. 내가 내류덕이로다. 얼굴은 변하여 모를지라도 그대로 있는 이름이야 알지 못하겠느냐."

"에? 무엇이야요?"

"카추샤! 너는 십 년 전 부활제 날 저녁 일을 잊었느냐?"

감사함을 이기지 못하여 하던 카추샤는 별안간에 분이 털끝까지 올라 눈을 샐쭉하게 뜨며 몸서리를 친다.

"에이! 괴악한 마귀!"

"옳다, 나는 과연 괴악한 놈이었다. 네게 대하여 큰 악마가 되었었다.

그러나 그 악마이던 내가 어제 재판정에서 다시 사람이 되어 네게 사죄하려고 왔다. 카추샤! 내류덕의 죄를 용서하여라."

"악마, 악마!…… 당신 같은 악마가 여기 무엇 하러 찾아왔소. 이 추하게 된 모양을 구경이나 하려고?"

"카추샤! 네가 오늘날 그와 같이 된 것은 전혀 내 탓이다. 용서하여라. 나는 십 년 전에 지은 죄를 오늘이야 깨달았다."

"아니요! 당신은 나더러 이러니저러니 말할 것 없소. 어서 가시오."

이와 같이 분함을 이기지 못하여 악을 쓰며 돌아서는 카추샤의 붉은 두 뺨에는 뜨거운 눈물이 줄줄이 흘러내린다.

33

이때의 내류덕의 가슴을 그 누가 알까 보냐.

"카추샤! 나는 이제 더 말하지 아니하겠다. 말하려도 네 분한 마음을 돋울 뿐이다. 다만 한마디 부탁할 것은 그전 내류덕인 줄이나 알지 말아라."

피가 끓고 창자가 녹아 나오는 내류덕의 말을 듣는가 마는가, 카추샤는 두 손으로 눈을 가리고 흑흑 울 뿐이로다.

"…………."

"…………."

카추샤는 설움을 억지로 참고 내류덕을 향하여 돌아서며

"용서하시오. 실례하였습니다. 이 신세에 누구를 허물하며 누구를 원망하겠습니까. 모든 것이 다 나의 팔자지요. 지나간 일은 다 잊어버립시다. 이처럼 찾아오셔 주신 일만 하여도 천만 감축한 일인데 공연히 제 분을 이기지 못하여 원망의 말씀을 드렸습니다."

만첩청산에 구름 싸이듯 하였던 내류덕의 울결한 마음은 카추샤의 이 말 한 번에 삼월 동풍에 봄눈 스러지듯 한다.

내류덕은 한 걸음 나아가 카추샤의 손을 붙잡으며

"오냐, 고맙다. 내가 네게 대하여 그동안에 사람 되고는 못 할 일을 하였었다. 천만번 용서하여라. 들으니까 너는 그 뒤에 아이를 배었다더니 어찌 되었느냐. 지금 어디서 잘 자라 가느냐?"

"아니요, 난 지 얼마 아니 있다가 곧 죽어 버렸습니다. 나도 만일 그때에 죽고 말았던들 오늘 이런 감옥 생활이야 왜, 왜 하게 되었겠습니까."

"그런 말을 마라. 무엇을 못 하여 청춘에 죽어."

"저는 파노보를 떠난 뒤로 한 번도 그 댁 소식을 듣지 못하였습니다. 다 평안하신가요?"

"마님은 삼 년 전에 돌아가셨다."

"에? 저는 도무지 몰랐습니다."

이때에 간수가 나와 면회 시간이 다 되었나고 말한다. 카추샤는 돌아서며

"자, 저는 들어가겠습니다. 여가가 있으시면 자주 찾아오셔 주시기를 바랍니다."

"오냐, 네 일은 잘되게 할 터이니 너무 속 썩이지 말고 있거라."

"네, 고맙습니다."

내류덕은 이와 같이 작별하고 나가다가 무엇을 잊어버린 듯이 다시 돌

아서며 카추샤를 부른다.

"카추샤! 잠깐 섰거라. 너는 그대로 가고 마느냐. 내 죄를 용서하여 준다는 말도, 아니 준다는 말도, 미워한다는 말도, 사랑한다는 말도 도무지 없이."

"호호호! 여기는 그런 말 하실 데가 아니올시다." 하고 카추샤는 애교를 부리며 뛰어 들어간다.

34

그 후 한 사오일을 지나 내류덕은 다시 감옥을 찾아가 카추샤를 방문한다.

"카추샤! 나는 오늘 긴절한 의논이 있어 찾아왔다."

"무슨 의논인데 그리 긴절하셔요?"

"나는 이 위에 없는 큰일인 줄 알지만 네가 그렇게 생각하여 주겠느냐?"

"어서 말씀을 하셔야 알지요."

"다른 것 아니다. 나는 오늘부터 지위도 명예도 다 내버리고 너를 구원하기 위하여 너와 결혼하려고 생각하였다. 네가 허락하여 주려느냐?"

"에?"

카추샤는 놀란 듯이 공작의 얼굴을 올려다보았다. 그러나 다시 웃으며

"공작께서는 그것이 본심대로 하시는 말씀이오니까?"

"그렇게 생각하지 마라. 나의 진정소원이다."

"그만두십시오! 제가 십 년 전 파노보에 있던 카추샤 같으면 기뻐서 속을는지도 모르겠습니다마는 지금은 그때의 카추샤가 아니랍니다."

"그렇게 말하지 마라. 나는 간담으로 나오는 말이다, 실상."

"저도 거짓말이 아니라 진정 말씀이올시다."

그 얌전하던 카추샤가 창기에 입신된 후로 술 먹기를 배워 말할 때마다 입에서 술 냄새가 나와 곁에 선 사람의 코를 찌른다.

"너, 취하였구나!" 하고 내류덕은 카추샤의 어깨에 손을 올려놓으며

"아직 너는 내 마음을 몰라주는구나."

"아니요! 저는 조금도 취하지 아니하였습니다. 공작께서도 아시거니와 제가 술 먹을 줄 압니까…… 글쎄, 그것이 무슨 말씀이셔요? 저는 더러운 창녀의 몸으로 겸하여 징역 할 계집이요 당신으로 말하면 당당한 명문거족 아니시오니까? 그런데 저와 부부가 되시겠다고요? 그런 야시꺼운 말씀은 애에 마십시오! 만일 저를 보고 싶으시면 돈 십 원…… 돈만 주시면 저는 누구에게든지 몸을 허락합니다."

"쉬! 그게 무슨 말이냐. 너는 내가 어떻게 양심에 고통을 받는지 도무지 몰라주는구나!"

"헤헤헤헤, 양심! 언제는 돈 백 원 주고 마는 양심!"

"애! 그 말은 그만두어라. 요전에 와서 네게 다 말하지 않더냐. 이후에는 결단코 너를 버리지 아니하마."

"그 말 듣기 싫습니다. 어서 가셔요!"

내류덕은 그 마음을 돌리려고 손을 잡으려 한즉 카추샤는 정떨어지게 뿌리치며 소리를 지른다.

"그만 가! 보기 싫다니까."

"네가 그렇게 말하니 가기는 가겠다만 후에 한번 고쳐 생각하여 보아라."

"생각은 무슨 생각, 당신 따위는 꿈도 아니 꾸겠소, 푸!"

"자, 내일이나 언제나 네가 정신이 들거든 또 오겠다. 그렇게 너무 술 먹지 말고 좀 조신을 하여라."

카추샤는 돌아서 가는 내류덕의 뒤를 실심한 사람 모양으로 이윽히 보다가 비슬비슬하며 감방으로 들어간다.

35

며칠 후에 카추샤와 페도시야는 감옥 병원으로 나가게 되니 이는 내류덕과 변호사의 주선으로 인함이러라.

이 병원도 역시 감옥은 감옥이나 감방에 비기면 지옥에서 극락에 이른 듯.

카추샤와 페도시야는 이 병원 안 소아실에 있어 간호부의 일을 보는데 기회 있는 대로 피차에 정담을 시작한다.

페도시야는 카추샤를 향하여

"여보, 형님! 그 내류덕 공작이라 하는 양반은 참 친절하신 양반입디다. 누가 우리를 그처럼 생각하여 주겠습니까. 이후에 다시 보시거든 저를 위하여 고마운 말씀이나 드려 주시오."

"응, 내, 네게 소개하여 주지."

카추샤는 빙긋이 웃으며

"참말 이 병원에만 나와도 살아난 것 같다. 이렇게 깨끗이 지내 본 지가 십 년 전이다. 내 생각에는 이전 카추샤가 도로 된 것 같다."

"예, 좋습니다. 아무쪼록 이전의 형님이 도로 되십시오. 저는 들으니까 그때에는 형님께서 퍽 칭찬을 많이 받으셨던데."

"나도 그전과 같이 지내고 싶기는 하지마는 그러나 누가 그전 카추샤로 알아주겠느냐? 이제야."

"그럴 리가 있습니까. 내류덕 공작만 하여도 형님을 그처럼 가석히 여기시는데 이제 형님이 만일 중생한 몸이 되었다 하면 그인들 얼마나 기뻐하겠습니까. 자기 죄가 다 풀린 듯이 기뻐할 것이올시다."

카추샤는 머리를 숙이고 이윽히 생각하다가

"그 사람만 그다지 허물할 것도 없다. 잠시 실수로 일이 그리되었던 것이지…… 지금은 자기도 자기 한 일을 깊이 뉘웆고 내게 대하여 사죄하다시피 하는데…… 나는 그동안 너무 무정하게 굴었다. 이후에 다시 보면 내가 사죄를 해야겠다."

"예, 좋은 말씀이올시다. 저는 그이와 형님과 친밀하게 지내시기를 지극히 원하는 바올시다."

이때에 하인의 뒤를 따라 들어오는 손님이 있으니 곧 지금 말하던바 공작 내류덕이더라.

36

내류덕은 페트로그라드(아라사의 서울)*에 가 이모(姨母)인 카테리나 백작 부인에게 카추샤를 위하여 특사가 내리도록 주선하여 달라 하고 공소의 여하를 알고자 하여 오늘 이 병원에서 변호사와 만나기를 약속함이러라.

하인의 인도함을 따라 들어오는 공작을 본 카추샤는 반가운 낯으로 뛰어나간다.

"아! 우리는 방금 공작 말씀을 하고 있는데."

내류덕도 얼굴에 기쁨을 띠고 들어오며

"왜 내 말을 하여?"

"페도시야가 공작께 한번 뵈옵고 싶다고 해서요."

페도시야는 카추샤의 뒤를 따라 나오다가 앞에 가 인사를 한다.

"저는 한 번도 뵈온 적도 없는데 대감께서 그처럼 저를 사랑하셔서 이와 같이 병원에 나와 편히 있게 하여 주시니 무엇이라고 고마운 말씀을 다 드릴 수가 없습니다."

"아니다, 네 심덕으로 그리된 것이지 내가 무슨 힘을 썼겠느냐."

"아무쪼록 이후에라도 저 형님과 같이 지내게 되었으면 다행이올시다."

"오냐, 내 힘 및는 데까지는 네게 편하도록 하여 주마."

이때에 병실(病室)에서 아이 우는 소리가 들린다. 페도시야가 카추샤더러

---

* 페트로그라드(Petrograd): 상트페테르부르크(Sankt Peterburg). 페테르부르크(Peterburg). 러시아의 북서부, 발트 해(Baltic Sea) 연안의 핀란드 만(Gulf of Finland) 안쪽에 있는 도시다. 러시아 제이의 중심 도시로, '베드로(Petrus)의 도시'라는 뜻에서 붙여진 이름이다. 제정(帝政) 러시아 때의 수도였으며, 독일식 이름인 상트페테르스부르크(Saint Petersburg) 또는 페테르스부르크(Petersburg)로 불렸다. 1914년에 페트로그라드로, 1924년에 레닌그라드(Leningrad)로 개칭되었다가 1991년 다시 러시아 어 옛 이름인 상트페테르부르크로 바뀌었다.

"형님! 저는 병실에 들어가 보아야 하겠습니다." 하고 뛰어 들어간다.

카추샤는 내류덕과 같이 방으로 들어가 앉는다.

"나는 삼사일 전에 페트로그라드에 갔다 왔다. 오늘은 공사가 어찌 되었는지 알려고 변호사와 여기서 만나기로 약속을 하여서 온 길이다."

"그처럼 진력하여 주시니 너무 미안하옵니다."

"관계치 않다. 이것이 내가 할 의무로다…… 그래, 병원에 나와 있어 보니까 감방보다는 좀 나으냐?"

"낫고말고요. 감옥에 있는 것 같지도 아니합니다…… 그런데 저는 대감께 한번 조용히 뵈오려고 그동안 오시기를 기다린 일이 있습니다."

내류덕은 이 말을 듣고 카추샤를 주목하여 보며 묻는다.

"왜? 무슨 일이냐?"

카추샤는 말하기 어려워하는 태도로 머리를 숙이고 자저하다가

"예, 좀 여쭈어 볼 말씀이 있어서……."

내류덕은 카추샤의 어깨에 손을 얹으며 말하기를 재촉한다.

"무슨 말이냐? 어서 하여라, 아무런 말이나."

"별말씀은 아니올시다마는……."

"무슨 말이냐, 해 보아!"

"…… 저는 이따금 혼자 생각이 이전과 같이 한번 지내어 보고 싶어요."

"나도 맹세코 너를 다시 이전 카추샤가 되게 하려고 결심하였다…… 네가 만일 진정 그런 마음이 있으면 나와 결혼하는 것이 어떠냐?"

"— 그렇게 되기야 어찌 바라겠습니까마는……."

이 말 한마디에 내류덕은 애정이 탕발하여

"카추샤! 너는 내 것이다, 내 사람이다." 하고 카추샤의 목을 쓸어안는다.

이때에 문밖에서 기침 소리가 들린다.

37

"아, 내류덕 공작 오셔 겹시오. 지금 이 양반이 대감을 뵈려고 응접실에 와 기다립니다." 하고 조수의(助手醫)가 명함 한 장을 가져다가 공작에게 전한다.

"누구?…… 오! 변호사가 왔구나. 카추샤! 이제는 네 일을 알게 되었다. 내 곧 만나고 올 터이니 좀 기다리고 있거라." 하고 내류덕이 황급히 나간다.

조수의는 공작의 나가는 것을 엿보다가 빙긋빙긋 웃으며 카추샤의 곁으로 가까이 온다.

"네 이름이 카추샤라지?"

"예, 그렇습니다."

카추샤는 옆으로 물러앉으며

"왜, 그것은 알아 무엇하시료?"

"네가 너무 어여뻐서…… 너는 이전에 무슨 노릇을 하였어?"

"…………."

카추샤는 아무 대답이 없이 가로보기만 한다.

"헤헤, 그렇게 사람을 흘겨보아 쓰나. 무슨 아리땁지 못한 일이야. 그러면 못쓰는걸."

조수의는 바로 들어오며 선웃음을 친다.

"너, 이전에 어디서 살았니?"

"아무 데서 살았든지 당신께 무슨 상관이오?"

"그렇게 말해서 쓰나. 여자는 남자에게 정답게 굴어야지."

"…………."

"지금 여기 앉았던 공작이 너를 이전부터 보고 다녔다지?"

"하하, 그러면 어때요?"

카추샤는 얼굴을 찡기며

"당신은 이 방에 무슨 할 일이 있소? 없거든 어서 나가시오. 원장께서 보십니다."

"헤헤, 일없다. 아무도 올 사람 없다."

카추샤는 문 곁으로 피하여 가며

"농도 분수가 있지, 그렇게 무례한 사람은 내 보기를 처음 보겠네." 하고 역정을 낸다.

"헤헤, 농에야 유례 무례가 있는가."

조수의는 카추샤의 뒤로 따라가 목을 끌어안으려고 한다.

카추샤는 손을 뿌리치며

"마시오! 그, 당신, 퍽도 추근추근하다."

"에…… 아따, 그년, 매음녀 년이…… 무엇이 어째? 다시 말하여 보아라. 나도…… 있어."

카추샤는 눈을 몹시 뜨고 흘겨본다.

"그래, 흘겨보면 네가 어떻게 할 터이냐?" 하고 조수의는 와락 달려들어 카추샤의 가는 허리를 끌어안는다.

"놓으시오! 이것 놓으셔요!"

카추샤는 버럭 소리를 지르며 있는 힘을 다하여 조수의의 뺨을 한 번 딱 붙인다.

조수의는

"아이고—." 하고 두 손으로 낯을 붙들고 테이블에 턱 쓰러지니 테이블 위에 놓였던 물건들은 우르르 떨어지며 소리가 요란하게 난다.

이럴 때에 원장이 내류덕과 변호사를 데리고 들어온다.

조수의는 놀라 냉큼 일어나며 원장에게 말한다.

"이것 봅시오. 마음 놓고 들어오는 사람에게 이 여자가 와락 달려들며 남을 넘어지게 합니다그려! 이것이 아마 색광이 난 모양입지요?"

"응? 이 계집이?" 하고 원장이 성난 눈으로 카추샤를 내려다본다.

카추샤는 하도 어이없어 입을 벌리고 보기만 하다가

"아! 저런 가짓말…… 거짓말을 하여도 분수가 있지……."

"누가 거짓말이야?"

조수의는 어깨를 송그리며

"이 근일에 행동이 좀 이상하기에 왜 그런가 하였더니 색광이 발하려고 그리하였구나!"

"저런, 말 둘러대는 것 보아! 제가 한 일을 남에게 뒤집어씌우려고…… 당신이 남을 따라다니면서 허리를 끌어안으려고 그랬지, 누가……." 하고 카추샤는 분을 머금고 우는소리를 한다.

원장은 얼굴을 찡기며

"말 마라! 듣기 싫다. 저것이나 다 집어 올려놓아라!" 하고 내류덕을 돌아보며 말한다.

"저런 계집이 있으면 전원의 풍기가 문란하여져 안 되겠어."

내류덕은 미간에 근심을 띠고 앉았다.

원장은 불평한 낯을 가지고 조수의와 같이 나간다.

38

변호사는 카추샤에게 향하여 섭섭한 모양을 가지고 말한다.

"오늘은 좋지 못한 소식을 듣게 되었습니다. 제기(提起)하였던바 공소는 퇴각이 되었어요."

카추샤는 손님들 온 가운데 죄 없는 누명을 뒤집어썼으므로 한끝 분하고 한끝 부끄러워 입을 다물고 땅만 보다가 변호사의 하는 말을 듣고 마지못하여 대답한다.

"저도 그렇게 되리라고 생각하였습니다. 제 일이 언제 잘되어 보겠습니까." 하고 공작을 쳐다보며

"대감께 말씀 드릴 것은 지금 일이 제 소위인 줄 아시지 맙시오. 그 조수의란 자가 하고 추근추근하게 굴어 다툼이 일어난 일이올시다."

"그런 일은 네가 내게 말할 필요도 없고 내가 들을 필요도 없다. 네가 무엇을 하든지 자유이니까."

"그러면 대감은 제가 그런 행동을 한 계집이라고 생각하십니까?"

"아니! 그렇게 생각할 것이면 내가 너를 위하여 이렇게 애를 쓰겠느냐?"

카추샤는 처연한 모양을 가지고 말한다.

"만일 대감까지도 그렇게 알아주시면 저는 의지하고 믿을 데가 없습니다."

"관계치 않다니까…… 그것은 말 말고 이 공소가 퇴각되었으니까 이제는 상소를 하여 특사가 내리도록 하여 보아야 하겠다. 이 상소장에 도장이나 눌러라!"

"예." 하고 카추샤는 떨리는 손으로 도장을 친다.

"이 상소가 어찌 되는지 알려면 아마 오래 있어야 할 터인데…… 너는 그동안에 시베리아로 가게 되기 쉽겠다. 그러나 특사만 내리면 곧 돌아올 터이니까 아무 걱정 말고 있거라!"

"시베리아로 가든지 어디로 가든지 저는 아무 상관이 없습니다. 대감께서나 너무 염려 마십시오."

"자, 그러면 일후에 또 볼 터이다." 하고 공작이 일어나매 변호사도 따라 일어나 카추샤와 작별하고 나간다.

이 뒤에 페도시야가 우는 얼굴을 하여 가지고 들어온다.

"형님은 할 수 없이 시베리아로 가게 되셔요?"

"그것이야 나의 운명이니까 어찌하겠느냐. 시베리아나 어디나 가라 하면 나는 갈 따름이다. 그러나 한 가지 섭섭한 것은 지금껏 형제와 같이 정답게 지내던 너까지도 이별을 할 터이니 참 적막한 일이로다. 어찌하면 사람의 팔자가 이렇단 말이냐!"

이 말을 하는 카추샤의 두 눈에는 구슬 같은 이슬이 맺힌다.

"아니올시다, 그것은 염려 마십시오. 저도 시베리아로 가게 됩니다."

"여기 아니 있고 시베리아로 가."

"예, 저도 그리 가게 되었습니다."

39

때는 유월 초순이라.

모스크바 감옥에 아침 네 시부터 바쁜 일이 있으니 이는 시베리아로 죄인을 실어 보내려 함이러라.

감옥서 넓은 마당에는 육백이십삼 인의 남죄수와 육십사 인의 여죄수를 모여 세웠는데 간수와 사무원들은 죄인 명부를 들고 수효를 맞추어 호

송병에게 넘겨주노라고 분주하다.

문밖에는 병인 죄수를 실으려고 짐마차 이십 대가 등대하여 있고 그 밖에 나가서는 죄인의 부모 되는 자, 형제 되는 자, 처자 되는 자, 자매 되는 자, 동족의 관계있는 자, 친척의 관계있는 자가 수없이 모여서 혹은 근심, 혹은 걱정, 혹은 탄식, 혹은 수심, 혹은 슬픔, 혹은 눈물, 혹은 설움…… 을 머금고 죄인들이 떠나오기를 기다린다.

얼마 아니 있더니 감옥 문으로 흰옷 입은 호송병이 앞서 나오자 그 뒤를 따라 죄수들이 나오기 시작한다.

내류덕은 앞거리에 와 기다리다가 여인 죄수 일행이 자기 앞을 지날 때에 마차에 내려 카추샤의 곁으로 간다.

카추샤와 페도시야는 여수의 둘째 행렬 셋째 번에 있더라. 호송병은 내류덕을 보고

"여보, 여보! 죄수와 말하면 안 되어!"

곁에 있던 다른 호송병이 눈짓을 하여 그는 내류덕 공작이라 하매 호송병은 황공하여 가 인사를 하고

"대단히 황송하외다. 그러나 노중에서 죄수와 말하는 것은 규칙상에 금하는 것이오니 정거장에 이르기까지 기다려 주시기를 바랍니다."

공작은 성큼 물러서며

"아! 미처 생각을 못 하였소."

"관계치 않습니다."

내류덕은 마차에 올라앉아 죄수의 뒤를 따라간다.

이윽고 정거장에 다다르니 가고자 원치 않는 손을 만 리 이역에 실어다 주려고 하는 열차는 죄수 오기를 고대하고 있다.

호송병은 그 더운 데 걸어온 죄수들을 땀 들일 여지 없이 좁은 찻간으로 들이민다.

내류덕이 여인 죄수 들어 있는 찻간 옆으로 찾아가니 철창 가까이 앉았던 페도시야가 먼저 공작을 보고 카추샤에게 통지한다.

카추샤는 반가워하는 낯으로 창에 나와 붙으며

"이 더운데 고생스럽게 나오셨습니다그려."

"응, 오늘이 대단히 덥다. 너는 얼마나 고생하였느냐?"

"아니요, 관계치 않습니다. 어제는 웬 물건을 그렇게 많이 사 보내셔서 감사하게 받았습니다."

"무어, 별로 보낸 것도 없었다. 지금 아무것이나 쓸 것 있거든 더 찾아라."

"어제 보내신 것만 하여도 넉넉합니다."

"가다가라도 쓸 것이 있거든 조금도 어려워 말고 내게 말만 하여라."

"에? 그러면 대감께서도 가십니까?"

"암! 내 이전부터 말하지 않더냐. 네가 가는 데면 어디든지 따라갈 터이다."

카추샤는 이전부터 하는 말을 예사로만 들었다가 지금 정녕코 따라가는 줄을 알고는 감격함을 이기지 못하여 한다.

"대감께서 너무 그처럼 저를 위하여 걱정하시니 미안하기 그지없습니다."

"아니, 이것은 내가 으레 할 일이다."

기차는 기관 통 밑으로 흰 증기를 확확 내뿜으며 바퀴가 움직인다.

40

보통 열차는 죄수 실은 열차가 출발한 후 두 시간 있다가 떠나게 되었더라.

어젯밤에 길 떠날 준비로 인하여 한잠도 자지 못한 내류덕은 일등 대합실에 들어가 곧 잠이 들었다. 잠든 지 얼마 아니 되어

"여보, 여보! 당신이 내류덕 씨오니까?" 하고 정거장 역부가 와서 깨운다.

"오, 그렇다. 왜?"

"어떤 부인네가 와서 찾습니다."

"부인네가? 어떤 부인네가 나를 찾는가." 하고 공작은 벌떡 일어나 보니 코르차긴 집 아씨들이 성장으로 차리고 찾아왔다.

미시는 자기 형님 뒤를 따라 들어오는데 내류덕을 보는 눈에는 원망이 나타난다.

"이게 웬일이시오?" 하고 공작은 먼저 그 형 되는 나탈리야와 악수한다.

"아, 들으니까 대감께서는 시베리아로 여행 가신다고 합디다그려?"

"예, 좀 다녀올 일이 있습니다."

"이즈음에는 도무지 대감께 뵈올 수가 없어 우리 미시는 늘 근심 중에 있습니다. 뜻밖에 여행 가신다 하는 소식을 듣고 오늘 아침 댁으로 찾아간즉 조금 전에 떠나셨다고 하기에 급히 예까지 따라 나온 길이올시다."

"대단히 애쓰셨습니다그려! 떠나기 전에 한번 댁으로 찾아가 이런 말씀이라도 드리려고 하였으나 하도 이것저것 일이 많아 벼르기만 하다가 마침내 못 가 뵈옵고 오늘 떠나게 되었습니다. 용서하십시오."

"천만의 말씀이올시다. 바쁘신 데야 언제 그런 데다 힘이 미치실 수 있습니까."

나탈리야는 자기 동생 미시를 돌아보고 웃으며 공작에게 말한다.

"우리 이 미시는 일전에 대감과 재판소에서 작별하고 와서는 늘 울기만 합니다그려. 아무리 물어보아야 대답도 잘 아니 하고…… 들으니까 대감께서는 어떤 카추샤라 하는 여자와 결혼하신다 하는 말이 있으니 과연 있는 말이오니까?"

"예, 그런 일이 있습니다."

"아, 그 카추샤라는 여자는 전일에 모스크바를 소동케 한 독살 사건의 주범자 아니오니까? 만일 그것이 과연 있는 사실 같으면 저는 대감 하시는 그 일에 대하여 찬성하지 않습니다. 사정은 자세히 모르겠습니다마는 그 일은 중지하실 수 없을까요?"

"아니올시다, 그럴 일 같으면 제가 이번에 시베리아까지 왜 가겠습니까. 저는 카추샤와 결혼 아니 할 수 없는 사정이 있습니다. 그러나 만일 이 일이 아니 되는 경우에는 모스크바로 다시 돌아오게 될 터이니까 그때에는 또 어찌 될는지 알 수 없습니다."

"그러면 아무리 하여도 이번 여행은 그만둘 수 없습니다그려? 이런 말씀을 하는 것은 대단히 실례올시다마는 그 결혼은 마셨으면 좋을 것 같습니다. 저 미시가 가련하지 않습니까!"

이 말에 대하여 내류덕은 대답할 바를 알지 못한다.

나탈리야는 공작을 권하여 카추샤와 한다는 결혼을 파의시키고 자기 동생 미시의 원을 이루어 주려고 불시에 찾아 나온 일이나 공작의 말을 들어보매 아니 될 줄을 알았더라.

"미시야! 내가 아무리 말씀을 많이 드려도 아니 들으신다. 오늘은 그만 들어가자. 이후에 시베리아로부터 돌아오시거든 내 어떻게 하든지 네 소원을 이루어 줄 터이니 이리 와서 인사드리고 가자!"

미시도 아니 될 줄을 알았다. 모기 소리만 하게 겨우 대답을 하고 공작을 향하여 이별 인사를 한다.

"안녕히 다녀오십시오!"

내류덕은 미시를 보고 가련한 생각이 없지 않으나 이왕 결심한 일은 변할 수 없는 터이라.

"예, 그동안 평안히 계시오."

41

카추샤는 페르미까지는 보통 형사 죄인과 같이 갔으나 그 후에는 내류덕의 주선으로 국사범과 같이 가게 되었더라.

죄수 호송 중에 악한 습관 하나가 있으니 그는 남자가 여자에게 대한 음행이러라.

오랫동안 가는 사이에 국사범 가운데서 카추샤와 가깝게 된 사람 둘이 있으니 한 사람은 마리야라 하는 여자이요 한 사람은 시몬손이라 하는 혁명자라.

마리야는 카추샤의 사람됨을 사모하므로 친근하게 되었고 시몬손은 카추샤의 용모를 사랑하므로 접근하게 되었더라.

일행의 죄수는 시베리아 어떤 한촌에서 자려고 할 제 내류덕은 카추샤를 보려고 죄인 숙박장을 찾아간다.

눈앞에 보이는 높은 산과 넓은 들은 개개한 백설에 덮여 있고 소조한 나뭇가지에는 때 아닌 꽃이 피었는데 저녁별 먼 하늘에는 실구름이 걸려 있다.

이 눈길을 허방지방 찾아 숙박장에 이른즉 시몬손은 긴 눈썹을 송그리고 나와 악수한다.

시몬손 곁에는 마리야와 카추샤가 서서 죄수 병인 간호에 대하여 무슨 의논을 하다가 내류덕의 형용을 본 카추샤는 문 안으로 피하여 들어간다.

뜻밖에 카추샤의 동정이 다르므로 공작의 가슴에는 의운이 만첩이라.

"그동안 시몬손 씨, 별일이나 없습니까?"

"별일 없습니다. 나는 노형과 의논할 것이 하나 있는데……."

"무슨 의논이오니까?"

"카추샤에게 대한 일이올시다."

"카추샤? 무슨 일이기에……."

"나는 노형과 카추샤의 관계를 알기 때문에 이 일을 노형과 말하려 합니다."

시몬손은 주저치 않고 말한다.

"내가 카추샤하고 결혼하려는 것을 노형은 어떻게 생각하시오?"

"에? 카추샤가 허락하여요?"

"아직 의견은 아니 들어 보았으나 나는 허락할 줄로 압니다."

"그러면 나와 말할 것이 없지요. 카추샤의 뜻에 달렸은즉……."

"그렇지 않습니다. 카추샤의 뜻에 달렸다고도 하겠지요마는 카추샤 저도 노형과 관계가 중하기 때문에 혼자 마음대로 못 할 모양입니다."

"예, 내가 저를 구원하여 주려고 예까지 따라왔은즉 그도 그렇다 하겠지요마는 그러나 남의 자유야 속박할 수 있습니까."

"그러면 노형은 카추샤를 끌지나 마십시오!"

"나는 끄는 것도, 아니 끄는 것도 없습니다. 내 할 일을 할 뿐이지, 카추샤는 자유행동을 취할 것이 아니오니까."

"예, 알겠습니다. 내, 카추샤에게 노형의 말씀대로 말하지요. 그러나 노형은 내가 카추샤의 색을 탐하여 그러는 줄로는 알지 마시오. 카추샤는 세상에서 괴롬을 많이 맛본 여자이므로 피차 부부가 되어 불쌍한 죄수들을 구원하여 주기에 몸을 바치려 하는 것이올시다."

공작은 머리를 숙이고 이윽히 생각하다가

"어쨌든지 카추샤를 좀 불러 줍시오. 직접으로 말하여 보겠습니다."

"예, 그럽시오." 하고 시몬손은 문간으로 들어가며 "카추샤!" 부르나 어디 있는지 대답이 없다.

42

시몬손은 카추샤를 부르러 들어가고 내류덕은 혼자 앉아 가슴에 오고 가는 생각이 만첩 수운이라. 이 일을 한편으로 생각하면 어깨에서 무거운 짐을 벗어 버린 것 같으나 또 한편으로 생각하면 너무 재미없게 되고 마는 일이 아닌가. 지금까지 카추샤의 사랑은 내게 있거니 믿었더니 오늘날 이와 같이 되려 함은 참말 꿈에도 생각지 못한 일이로다. 아아!! 어찌하면 좋은가!

이와 같이 혼자 번민을 받고 있을 때에 카추샤가 얼굴에 근심을 띠고 조용히 문간으로 나온다.

"저를 부르셨습니까?"

"오냐, 네게 물어볼 것이 있다. 이리 와 앉아라."

내류덕 곁으로 와 가로놓인 돌 위에 쭝그리고 앉는 카추샤의 얼굴은 귀밑까지 빨개졌다.

내류덕은 낙망한 태도를 가지고 말한다.

"시몬손 씨가 너와 결혼하여?"

"…………."

"자저하지 말고 네 마음에 있는 대로 말하여 보아라. 어떻게 작정하였느냐?"

"저는 벌써부터 작정하였습니다."

"어찌 작정하였다는 말이냐?"

"…………."

"시몬손 씨와 결혼하기로 작정하였다는 말이냐?"

"…………."

"그러면 너와 결혼할 작성이라는 말이냐?"

"— 아니요, 저는 남의 아내 노릇은 못 하겠습니다. 저같이 천한 몸이 어찌 남의 정실이 되겠습니까. 저는 일생을 홀로 지내려 합니다."

"그는 안 될 말이다. 왜 너는 남의 아내가 못 되겠느냐?"

"만일 시몬손 씨와 결혼하면 그의 명예가 손상되지 않겠습니까."

"징역 선고가 취소되더라도?"

"아니요, 저 혼자 가만두어 주시기를 바랍니다." 하고 카추샤가 난처한 경우를 면하기 위하여 살며시 일어나 들어간다.

내류덕은 어둑어둑한 가운데 눈길을 더듬어 여관으로 돌아온다.

'카추샤가 나와 결혼하는 것이 행복인가, 시몬손과 결혼하는 것이 행복인가. 그러나 이는 당자의 의견에 맡길 수밖에 없다.' 이것이 내류덕의 돌아올 때의 생각이더라.

43

그 후 사흘을 더 가니 그 멀던 길도 마침내 다 되어 죄수 일행은 한정한 바 시베리아 감옥에 도착하였다.

내류덕이 그 지방 장관을 찾아본 후 감옥에 출입하는 통행권 한 장을 얻어 가지고 돌아오다가 우편국에 잠깐 들르니 우편물 하나를 내준다. 급히 떼어 본즉 그 내개에 하였으되

황제 폐하의 어명에 의지하여 카추샤 마슬로바의 받은바 이십 년 도형 선고를 취소하고 시베리아 부근 지방에 일 개년 간 유형을 명하노라.

한 감형 지령문이러라.

이 길보를 받은 내류덕은

"옳다, 내 희망의 반은 이루었다." 하고 크게 기뻐하여 이 소식을 전하려고 감옥을 찾아간다.

음침한 감옥 문 앞에는 파수병이 칼 꽂은 총을 들고 섰는데 공작은 감

옥 통행권을 내보이고

"카추샤 마슬로바라 하는 여죄수와 면회할 일이 있노라." 한즉 간수가 나와 면회실로 인도한다.

잠깐 기다리고 있은즉 푸른 옷을 입고 손수건으로 머리를 싸 동인 카추샤가 간수의 뒤를 따라 나온다.

"카추샤! 네게 기쁜 소식을 전하려고 왔다."

"무슨 소식이오니까?"

"특사 감형서가 왔다."

카추샤가 수척한 얼굴에 기쁨이 충만하여지며

"그러면 예까지 아니 왔어도 좋을 뻔하였습니다."

"어쨌든지 이만하면 너는 자유로운 몸이 된 모양이다. 다시 물어볼 것은 그동안 미결로 있던 문제는 어찌 되었느냐?"

카추샤는 정색으로 대답한다.

"그것은 벌써 제 마음에 결단하였습니다."

"그러면 너는 시몬손과 결혼한다는 말이냐?"

"…………."

"내가 너를 위하여 예까시 따라왔는데 네 속에 있는 말을 그다지 숨길 것이야 무엇이냐. 네가 어떻게 하든지 나는 막는 것이 아니라 시원히 알기나 하자는 말이다."

카추샤가 떠는 목소리로 겨우 대답한다.

"용서하여 주시오. 저는 시몬손과 같이 살려 합니다."

내류덕은 아무 말이 없다.

"…………."

"…………."

공작이 카추샤의 손을 힘 있게 잡으며

"자, 우리는 지금이 영이별이다—." 하고 남산이 무너질 듯이 한숨 한 번을 길게 쉰다.

카추샤가 약한 힘을 들여 공작의 손을 다시 잡으며

"이 무정한 계집은 태산 같은 은혜와 하해 같은 사랑을 저버립니다." 하고 아름다운 두 동자에는 눈물이 핑그르르 돈다.

"자, 카추샤! 네 부디 잘살아라!"

내류덕이 뜨겁게 잡았던 손을 놓고 돌아선다. 평생에 그리 설워 울어 본 적이 없건마는 그리도 사랑하던 카추샤를 생전에 영이별하고 돌아서니 눈물이 앞을 가리어 앞길이 보이지 아니한다. 가지지 않는 걸음을 한 이삼 보 나간즉

"여봅시오!" 하고 카추샤가 공작의 가슴에 뛰어와 안기며

"아아!! 저는 당신을 사랑합니다. 지극히 사랑합니다. 사랑하므로 저는 당신과 결혼을 사절합니다." 하고 목이 메어 운다.

내류덕이 카추샤의 목을 안으며

"나는 비로소 네 참사랑을 알았다! 이 위에 더 만족할 것은 없다." 하고 두 사람은 피가 뿜을 듯이 키스를 한다.

이때에 마침 어디서 처량한 노랫소리가 들린다. 두 사람은 정신을 잃고 서서 듣는다.

44

카추샤 내 사랑아, 이 이별을 어이해
눈 녹기까지나마 있어지 다오
주님께 우리 기도 (라라) 드릴까이나

카추샤 내 사랑아, 이 이별을 어이해
오늘 밤 밤새도록 쌓이는 눈이
우리 임 가실 길을 (라라) 덮어 주게나

카추샤 내 사랑아, 이 이별을 어이해
일후에 우리 다시 만날 때까지
그 양자 변치 말고 (라라) 기다려 다오

카추샤 내 사랑아, 이 이별을 어이해
애끊는 이별 눈물 비가 될 때에
바람은 들에 불고 (라라) 날이 저무네

카추샤 내 사랑아, 이 이별을 어이해
가없는 빈 벌판에 이 몸만 혼자
알뜰한 임을 두고 (라라) 떠나겠구나

이것은 페도시야가 카추샤에게 듣고 적적할 때마다 부름이러라.

이 밤은 부활제일 밤이었다.

교회당으로부터 멀리 울어 오는 종소리는 십 년 전과 다름없는 소리를 전한다.

"그리스도는 부활하셨다." 하고 내류덕이 카추샤의 목을 놓는다.

교회당 종은 또 운다.

시베리아의 눈밤은 점점 깊어 간다.

[부록]

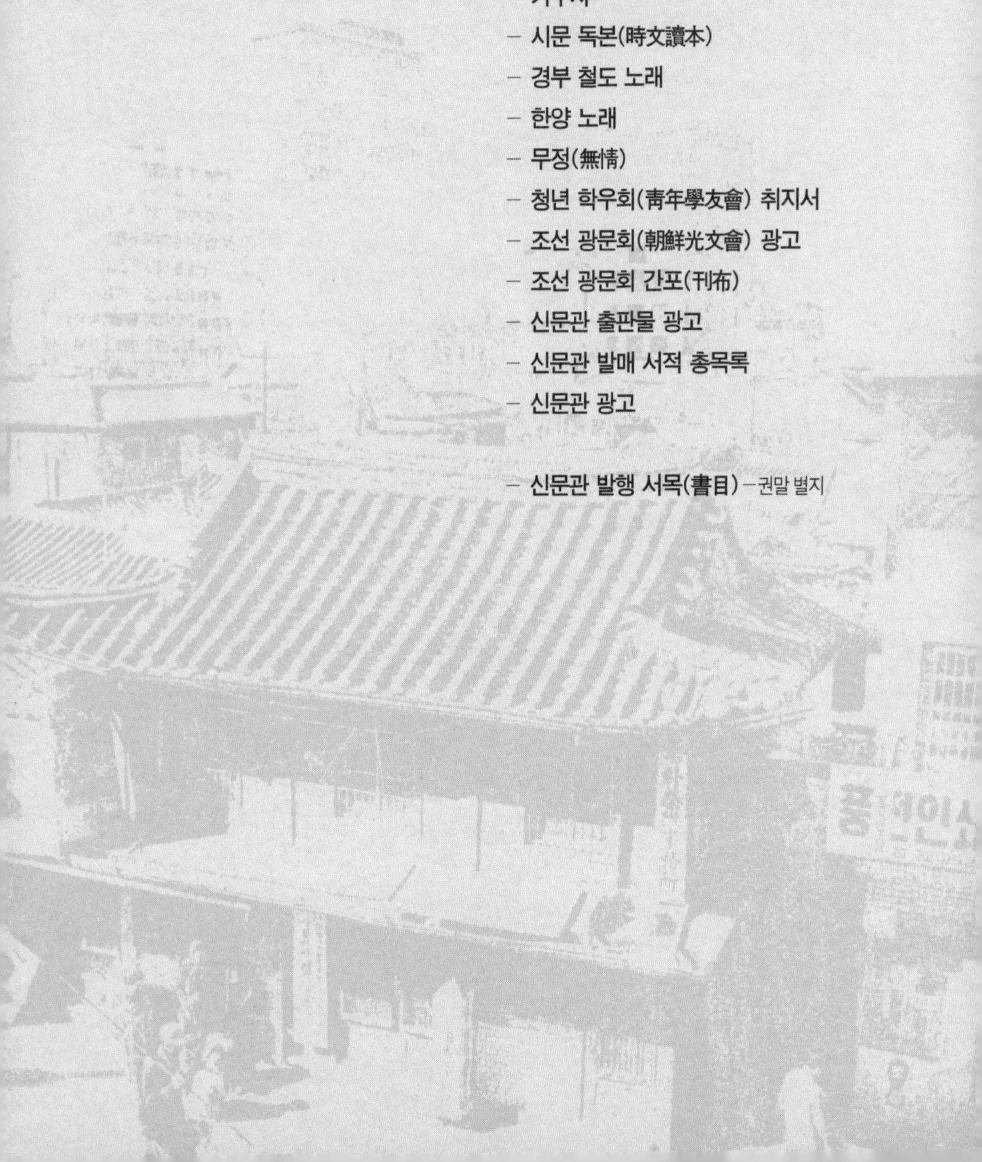

신문관의 출판 이념

- 신문관은 가장 선량·정확한 도서를 발간하여 문운(文運)을 조장함으로 목적함.
- 신문관은 시의(時宜)를 찰(察)하고 민도(民度)에 응하여 가장 책임 있는 서적 잡지를 편찬 간행함.
- 신문관은 사리(私利)를 위하여 세도(世道)를 패상(敗傷)하고 인심을 장적(戕賊)하는 서류(書類)를 발간치 아니함.
- 신문관은 판매부를 치(置)하여 내외 고금 일체 서적을 가장 신용 있게 수응(需應)함.
- 신문관은 인쇄부를 치(置)하여 거대한 설비와 우수한 기술로써 일체 인쇄업을 영(營)함.
- 신문관은 신의 · 근실로써 상략(商略)을 작(作)하여 하시(何時) 하물(何物)로든지 신용을 확수(確守)함.

— 「신문관 발행 서목(書目)」, 『청춘』 14호, 신문관, 1918.6

육전 소설(六錢小說)

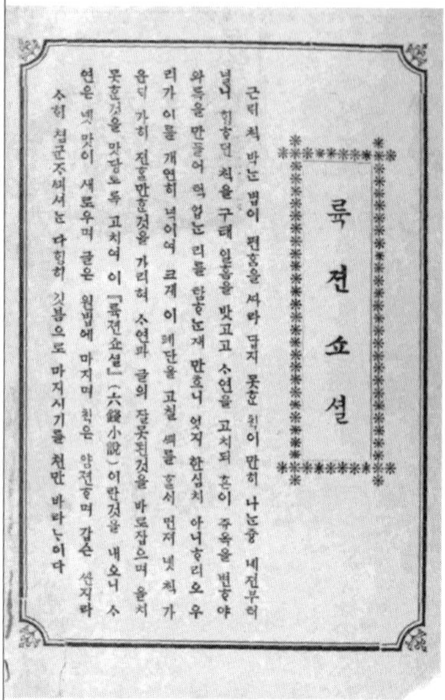
륙젼쇼셜

근ᄅᆡ ᄎᆡᆨ 박ᄂᆞᆫ 법이 편ᄒᆞᆷ을 ᄯᆞ라 댭지 못ᄒᆞᆫ ᄎᆡᆨ이 만히 나ᄂᆞᆫ즁 녜젼부터 널니 ᄒᆡᆼᄒᆞ던 ᄎᆡᆨ을 구태 일홈을 밧고고 ᄉᆞ연을 고치되 흔이 주옥을 변ᄒᆞ야 와륵을 만들어 ᄐᆡᆨ업ᄂᆞᆫ 리를 탐ᄒᆞᄂᆞᆫ재 만ᄒᆞ니 엇지 한심치 아니ᄒᆞ리오 우리가 이를 개연히 녁이여 크게 이 폐단을 고칠 ᄭᆡ를 ᄒᆞᆯ새 먼저 녯 ᄎᆡᆨ 가운ᄃᆡ 가히 젼ᄒᆞᆯ만ᄒᆞᆫ것을 가리여 ᄉᆞ연과 글의 잘못된것을 바로잡으며 올치 못ᄒᆞᆫ것을 맛당토록 고치여 이 『륙젼쇼셜』(六錢小說)이란것을 내오니 ᄉᆞ연은 녯 맛이 새로우며 글은 원법에 마지며 ᄎᆡᆨ은 얌젼ᄒᆞ며 갑슨 ᄊᆞᆫ지라 ᄉᆞ히 쳠군ᄌᆞ씨셔ᄂᆞᆫ 다ᄒᆡᆼ히 깃붐으로 마지시기를 쳔만 바라ᄂᆞ이다

근래 책 박는 법이 편함을 따라 답지 못한 책이 많이 나는 중 예전부터 널리 행하던 책을 구태 이름을 바꾸고 사연을 고치되 흔히 주옥을 변하여 와륵을 만들어 턱없는 이를 탐하는 자가 많으니 어찌 한심치 아니하리오. 우리가 이를 개연히 여기어 크게 이 폐단을 고칠 꾀를 할새 먼저 옛 책 가운데 가히 전할 만한 것을 가리어 사연과 글의 잘못된 것을 바로잡으며 옳지 못한 것을 마땅토록 고치어 이 '육전 소설(六錢小說)'이란 것을 내오니 사연은 옛 맛이 새로우며 글은 원법에 맞으며 책은 얌전하며 값은 싼지라.

사해 첨군자께서는 다행히 기쁨으로 맞으시기를 천만 바라나이다.

—『홍부전』, 신문관, 1913

세계 문학 개관(世界文學槪觀)

갱생(更生)

톨스토이 원저
Resurrection | by Lev Nikolaevich Tolstoi

세계 근대의 큰 인물 톨스토이 백(伯)은 일천팔백이십팔년에 러시아 국 툴라에서 나서 카잔 대학에서 교육을 받고 그 뒤에 군인이 되어 노토 전쟁(露土戰爭)* 에는 흑해(黑海)의 포대(砲臺) 세바스토폴 전역(戰役)에도 참가하여 여러 번 시석(矢石) 간에 출입하다가 전쟁이 끝난 뒤에 벼슬을 하직하고 들로 물러가 자기의 영지 야스나야 폴랴나에서 전원의 생활을 시작하여 농민과 한가지 가래를 들고 농민을 위하여 이익을 도모하며 한편으로 부를 힘써 게을리 하지 아니하고 또 항상 필연(筆硯)을 가까이하여 그 저작을 부지런히 세상에 내니 백(伯)의 삼대 걸작이라 하면 아마 『전쟁과 평화』, 『안나 카레니나』와 및 여기 역재(譯載)하는 『갱생』이리오. 또 근년에 출판한 자서전적 의사(意思)를 함(含)한 『생시(生屍)』† 라는 연극은 방금 구주(歐洲)의 문단을 들레더라.

애석하도다. 백(伯)은 재재작년에 팔십사 세의 고령으로 세계 이목이 용동(聳動)하는 중에 세상을 버렸으나‡ 그 여운이 러시아뿐 아니라 온 세계에 떨침은 참 갸륵한 일이로다.

---

* 노토 전쟁(露土戰爭): 17세기부터 19세기 말에 이르기까지 러시아와 터키 사이에 벌어진 여섯 차례의 전쟁.

† 『생시(生屍)』: 1900년에 발표한 희곡 『산송장(Zhivoy trup)』.

‡ 톨스토이는 1910년 11월에 83세를 일기로 타계했다.

世界文學概觀

青春第二號

一二三

更生

톨쓰토이 原著

Resurrection,

by

Lyov Nikolaievitch Tolstoy.

世界近代의큰人物톨쓰토이伯은一千八白二十八年에러시아國툴라에서나서카싼大學에서敎育을밧고그뒤에軍人이되야露土戰爭에는黑海의砲臺세바스토폴戰役에도叅加하야여러번矢石間에出入하다가戰爭이씃난뒤에벼슬을하직하고들로물러가自己의領地야쓰야나폴리나야에서田園의生活을시작하야農民파한가지가래를들고農民을爲하야利益을도모하며한편으로 부를힘써계을리하지안이하고쏘한상筆硯을갓가히하야그著作을부즈런히世上에내니伯의三大傑作이라하면아마『戰爭과平和』『안나카레니나』와밋여긔譯載하는『更生』일、오쏘近年에出版한自敍傳的意思를含한『生屍』라는演劇은方今歐洲의文壇을들네더라。

愛惜하도다伯은再再昨年에八十四歲의高齡으로世界耳目이聳動하는中에世上을버렷스나그餘韻이러시아뿐안이라왼世界에썰침은참가륵한일이로다。

인생이라 하는 두 발 돋친 못생긴 짐승이 산을 무너 철을 깔고 돌을 태워 하늘을 흐리게는 하지마는 봄이 되면 봄이 오는 것이라. 그러나 봄이 와서 꽃이 웃고 새가 노래하되 이런 것에는 도무지 홍미 붙일 줄도 모르고 밤을 낮 삼아 서로 먹고 서로 치니 인생계(人生界)도 과시(果是) 딱한 것이로다. 러시아 어느 골 감옥서(監獄署)에서 나는 이십팔 세쯤 된 여수(女囚)가 저 날고 싶은 대로 날아다니는 새를 부러워하면서 간수에게 끌려 재판소로 들어가더라.

그 여수의 이름은 카추샤 마슬로바(Katyusha Maslova)니 내력을 말하면 소 먹이는 계집의 사생아로 저의 어머니가 죽은 뒤에 지주의 집에서 데려다가 금이야 옥이야 하고 귀히 길러 내어 나중에 그 집 청상(廳上) 심부름하는 아이가 되니라. 주인의 조카에 네플류도프(Nehlodof)라는 대학교 생도인 소년 공작(公爵)이 있으니 카추샤가 십육 세 되던 해 여름에 놀러 와서 머무는 중 승천제일(昇天祭日)을 당하여 한참 발양(發揚)하는 남녀들과 같이 마당에서 숨바꼭질을 하는데 카추샤도 한 축에 들어 뛰놀다가 어느 틈에 청춘의 피가 끓어올라 피차간 천진(天眞)의 애정이 싹나기 시작하였더니 이 년 후에 공작이 사관(士官)이 되어 연대(聯隊)에 부임하는 때에 또 백모(伯母)의 집에 와서 머무는데 공작의 애정이 다시 불 일어나듯 하여 필경 떠나던 전날 밤에 가위(可謂) 주먹심으로 몸을 더럽힌바 몹쓸 인연에도 아주 몹쓸 인연이던지 카추샤가 잉태한 몸이 되어 필경 주인에게 쫓겨나니라.

그 뒤에 두서너 집을 하인으로 갔으나 항상 얼굴 어여쁜 것이 원수가 되어 별별 층절(層節)이 다 생겨나서 간 곳마다 오래 있지 못하고 하인 노릇할 데도 없게 되매 필경 뚜쟁이 손에 걸려 되는 대로 남의 첩도 되었다, 갈보도 되었다, 나중에는 삼패 노릇까지 하도록 천하게 된 뒤에 주막집에서 일 보는 카르니틴킨(Karnitinkin)이란 사람과 부동하여 행상(行商) 스멜코프(Smelkof)를 독살하였다는 혐의를 받아 감옥서로 들어갔더라.

한편으로 네플류도프 공작은 그 뒤에 이 여자의 일은 꿈에도 생각지 아니하고 마리아라는 가장(家長) 있는 양반의 부녀를 통호(通好)하며 또 양반 코르자킨(Korchagin)의 딸의 간절한 청혼을 허락하여 호강으로 지내는 중 배심관(陪審官)이 되었으므로 하루는 법정에 나아가 보니 뜻밖에 카추샤 마슬로바가 모살(謀殺)이라는 흉악한 형사 피고로 끌려 들어오는데 공작이 거기 있는 줄은 꿈에도 모르는 모양이더라.

재판이 차차 끝이 나서 필경 사 년 징역에 시베리아 유형(流刑)의 선고가 내리니 그중에 애가 끊어지는 이는 네플류도프 공작이라. 저 여자가 저 지경까지 된 근본을 말하면 도시(都是) 내가 하룻밤의 못된 행위를 한 까닭이니 나는 천지간에 용납하지 못할 큰 죄인이 아닌가, 이렇게 생각하고는 안절부절 견디지 못하여 궁량으로 낮을 보내고 뜬눈으로 밤을 새우다가 '폐일언(蔽一言)하고 저를 만나 이왕의 잘못한 것을 사과한 후 공소(控訴)와 기타 방법으로 저를 감옥에서 구완하여 내놓고 내 죄를 속(贖)하기로 저와 결혼할밖에는 수가 없다.'고 이렇듯 마음을 결단하고 곧 감옥서로 향하여 바라고 간 여수와 면회하기를 청하였으나 면회하는 사람은 한 간이나 서로 멀리 서서 철망 밖에서 이야기를 하는 데다가 항상 붐비어서 여러 사람의 말소리가 워걱워걱 떠드는 고로 말이 당초에 들리지 아니하는지라. 공작이 할 수 없어 특별히 옥리(獄吏)에게 청하고 딴 방에서 여러 해 못 보던 얼굴을 대하여 "용서하라. 참 잘못하였노라."고 자기의 지난 일을 다 말하고 어찌 이렇게 된 일을 자세히 캐묻되 여수는 씩씩 냉락(冷落)한 태도로 "지난 일은 말하여도 쓸데없으니 그만두시오." 하며 대꾸를 아니 하려 드는지라. 공작이 어디까지든지 자기가 허물을 지겠다고 말하고 공소의 비용 같은 것이 얼마가 들든지 기어이 변호사를 댈 터이라 하니 여수가 아양을 부리며 십 루블의 용돈을 달라거늘 공작이 나중에 결혼할 일까지 말하려는 차에 간수가 와서 면회 시간이 다 되었다 하고 좌우를 갈라 보내니라.

그로부터 공작이 변호사 파나린(Fanarin)에게 부탁하여 공소장을 지어 가지고 여수에게 도장을 찍게 할 양으로 다시 감옥서를 찾아가니 마슬로바가 쾌쾌히 도장을 찍어 주거늘 공작이 만일 이렇게 하여서 되지 아니하면 황제께 주달(奏達)까지 하겠다 하고 다시 자기의 잘못한 것을 사과하니 여전히 "지난 일을 말하여 무엇 하랴."고 당초에 듣는 체도 아니 하더라. 공작이 사죄하는 증거로 결혼할 마음 있음을 맹세하니 마슬로바가 깜짝 놀라거늘 공작이 그것이 하나님께 대한 자기의 의무라 하니 "하나님— 대감께서 하나님을 믿으십니까, 하나님을 외면치레로 쓰십니까. 나는 죄인입니다. 더러운 생애를 하고 지냈습니다. 그런데 대감께서는 작위(爵位)로 말씀을 하든지 지위로 말씀을 하든지 참 갸륵하신 양반님이니 어느 댁 아가씨에게든지 문당호대(門當戶對)한 데 장가드시는 것이 옳습니다. 나는 돈 십 루블만 주시면 그 외에 더 바랄 것이 없습니다." 공작이 "왜 내 마음을 네가 모르느냐."고 창자에 가득한 더운 정을 다 쏟으면서 그 손길을 잡으니 "싫습니다. 대감과 결혼하는 것은 싫습니다. 차라리 목매달아 죽는 편이 나을 줄로 압니다." 하고 거침없이 대답하는 중에 또 면회 시간이 지났더라.

공작이 그 즉시 서울로 올라와서 그 이모 찰스카야 백작 부인께 당부하여 이숙(姨叔)의 세력을 빌려 여러 가지로 주선을 하여 보았으나 그 효력이 없고 공소가 기각이 되었으므로 곧 마지막 수단인 황제께 주달할 일을 차리더라.

그런데 한편으로 마슬로바는 유죄(流罪) 집행할 기한이 당하여 다른 여러 수도(囚徒)와 같이 차를 타고 몇 천 마일이 되는지 모르는 먼 길을 두 달이나 범(犯)하여 가는데 그간에 악귀 같은 순검들의 혹독한 학대에 수도 수삼 인이 참혹한 죽음을 당한 일 같은 살이 떨리고 소름이 끼치는 사실이 있었더라.

네플류도프 공작은 어디까지든지 그 여수와 생사를 같이할 결심으로 토지 재산을 모두 비복(婢僕)에게 노나 주기로 하고 농민에게 싸게 세로 주기도 한 후에 상민의 무명옷을 입고 죄인의 일행과 같이 배소(配所)를 갔더니 도착한 후 얼마 되지 아니하여 본국에서 반가운 소식이 왔는데 황제의 특지(特旨)로 마슬로바의 도형(徒刑)은 경감하여 다만 시베리아에서 유형(流刑)에 복(服)하기로 되어 곧 해방이 되었더라.

네플류도프가 감사(監司)의 소개로 영국 한 신사와 같이 감옥서를 구경하다가 카추샤를 만나 은전(恩典)으로 특별 경감된 일을 이야기하고 결혼할 마음으로 거지(居地) 선정할 말을 내더라. 마슬로바의 마음은 얼음인지 차돌인지 공작의 진심에서 일어나는 사랑 불에도 녹지 아니하고 항상 냉락한 태도로 대접하나 이것은 전혀 외양뿐이요 그 실정(實情)인즉 공작의 알뜰한 정에 감읍(感泣)하여 술도 참고 담배도 끊어 무엇이든지 공작이 이르는 대로 듣되 결혼 일절(一節)에 당하여는 항상 머리를 내두르니 이것은 공작을 사랑하지 아니함이 아니요 도리어 크게 사랑하는 까닭이라. 즉 한번 죄악에 빠진 전과자가 귀부인의 자리에 앉게 되면 공작의 얼굴에 똥칠을 하는 것이 아닌가, 이 일을 생각하고 짐짓 쓸쓸하게 대접하니 이것은 제 몸에 당하여 한 큰 희생이었더라. 그러므로 공작이 지금에 또 결혼할 말을 슬며시 비쳐도 불붙듯 하는 마음을 억지로 갈앉히고 썩 냉락하게 "그만, 그런 말씀은 마시오." 하며 같은 죄인 중의 국사범(國事犯) 시몬손과 결혼할 결심이 있음을 발뵈어 단념케 하는데 말이 떨리고 눈에는 눈물이 그렁그렁하여 차마 어여쁘더라.

네플류도프가 집으로 돌아와서 자리에 누워도 잠잘 수 없고 카추샤에게 소박을 당한 절망의 생각이 가슴에 불을 이는데 겸하여 감옥서 안의 참혹한 광경이 눈앞에 어른어른하여 관리의 폭학(暴虐)— 빈민의 고통을 생각하고는 분개한 눈물에 목이 메면서 우연히 영국 신사에게서 얻은 성서를 펴 보니 '내가 진실로 너희들에게 이르노니 만일 고쳐서 어린아이같이 되지 아니하면 하늘나라에 들어감을 얻지 못하리라.', '그때 베드로가 예수께 와서 말하기를 주여, 몇 번이나 우리 형제가 내게 죄범(罪犯)함을 사(赦)하오리까, 일곱 번까지 하오리까. 예수 그더러 말씀하시기를 너더러 일곱 번이라고는 말하지 아니하겠다, 일곱 번을 칠십 배나 하라.' 사람이 다 하나님 앞에서는 죄인이 아닌가. 그 죄인이 같은 죄인인 다른 사람을 벌줄 수 있을까. 슬프다, 세상의 재판관이나 경관이나 옥리나 저희들은 당초에 죄인을 바로잡지 아니하고 한갓 죄인을 붙게 하지 아니하나. 사람의 마음속에 양심이 있고 애심(愛心)이 있기에 참 사회가 오늘날 면목을 유지하는 것이 아닌가.

네플류도프가 이렇게 생각하면서 유명한 산상 수훈(山上垂訓)의 조(條)를 펴 보니 (1) 사람을 죽이지 아니하고 사람과 다투지 아니할 일 (2) 계집을 보고 마음을 내는 것도 한가지 간음(姦淫)되는 일 (3) 맹세하지 아니할 일 (4) 남이 오른 뺨을 치거든 왼 뺨까지 치게 할 일 (5) 원수를 사랑하고 원수를 위하여 기도할 일. 네플류도프가 한참 잠자코 생각하다가 '이 세상 사람이 누구든지 이 다섯 가지 수훈을 지키게 되면 세상이 황금시대가 되겠지.' 그 신령된 눈이 그만 번쩍 띄어 우주가 갑자기 광명한 듯하더라. 다시 성서를 대하니 '너희들이 먼저 하나님의 나라와 그 바른 것을 구하라. 그리하면 이런 것은 다 너희들에게 돌아가리라.' 네플류도프가 "그렇지, 그렇지. 이것은 내 일평생 의무라."고 크게 부르짖으니 얼굴에 일종 이상한 광채가 번쩍번쩍 비치더라.

* 톨스토이 선생에 대하여 더 자세히 알고자 하는 이는 구(舊)『소년』제삼 년 제구 권을 보시오. 거기는 선생의 역사, 연보, 저작 등을 게재하여 있사외다. 매가(賣價) 금 십 전. 우세(郵稅) 일 전.

—『청춘』2호, 신문관, 1914.11, 122~128면

카추샤

카추샤 애처롭다 이별하기 서러워
그나마 맑은 눈은 풀리기 전에
신명께 축원을 (라라) 드리어 볼까

카추샤 애처롭다 이별하기 서러워
이 저녁에 온밤을 오는 눈아
내일은 들과 산에 (라라) 길을 덮게

카추샤 애처롭다 이별하기 서러워
그나마 다시 만날 그때까지는
지금의 이 자태로 (라라) 있어 주게나

카추샤 애처롭다 이별하기 서러워
서러운 이별 눈물 나는 동안에
바람은 들을 불고 (라라) 날은 저무네

카추샤 애처롭다 이별하기 서러워
적막한 너른 들을 차츰차츰이
홀로 떠나가는 (라라) 내일의 갈 길

— 이상준(李尙俊) 편, 『신유행 창가』, 삼성사(三誠社), 1922(초판);
1923(재판); 1929(3판), 10~12면

시문 독본(時文讀本)

아름다운 내 소리, 넉넉한 내 말, 한껏 잘된 내 글씨, 이 올과 날로 나가 된 내 글월, 이로도 굳센 나로다.

버린 것을 주우라. 잃은 것을 찾으라. 가렸거든 헤치라. 막혔거든 트라. 심으라. 북돋우라. 거름 하라. 말로 글로도 나.

나를 세우라. 온갖 일의 샘이니 생각의 나부터 앉히라. 온갖 생각의 흐름이니 글월의 나를 일으키라. 뒤짐의 침침을 헤칠 때인저. 샘 골의 잠잠을 깨칠 때인저.

낮음부터, 쉬움부터, 작음부터, 꾸준히만, 곧장만, 끝까지 더 나갈지어다. 더 오를지어다. 아름다움, 넉넉, 잘의 나로 온 남을 다 쌀지어다.

한샘

— 최남선 찬(撰), 『시문 독본』, 신문관, 1916(초판); 1918(정정 합편)

예언(例言)

1. 이 책은 시문(時文)을 배우는 이의 계제(階梯) 되게 하려 하여 옛것, 새것을 모기도 하고 짓기도 하여 적당(適當)한 줄 생각하는 방식(方式)으로 편차(編次)함.

1. 옛글과 남의 글은 이 책 목적(目的)에 맞도록 줄이고 고쳐 반드시 원문(原文)에 거리끼지 아니함.

1. 문체(文體)는 아무쪼록 변화(變化) 있기를 힘썼으나 아직 널리 제가(諸家)를 채방(採訪)할 거리가 적으므로 단조(單調)에 빠진 혐(嫌)이 없지 아니함.

1. 이 책의 문체(文體)는 과도(過渡) 시기(時期)의 일(一) 방편(方便)으로 생각하는 바이니 무론(毋論) 완정(完定)하자는 뜻이 아니라 아직 동안 우리글에 대(對)하여 얼마큼 암시(暗示)를 주면 이 책의 기망(期望)을 달(達)함이라.

1. 이 책의 용어(用語)는 통속(通俗)을 위주(爲主) 하였으니 학과(學課)에 쓰게 되는 경우(境遇)에는 사수(師授) 되는 이가 마땅히 자례(字例) · 구법(句法)에 합리(合理)한 정정(訂正)을 더할 필요(必要)가 있을 것.

— 최남선 찬(撰), 『시문 독본』, 신문관, 1916(초판); 1918(정정 합편)

경부 철도 노래

전례 말

이 노래는 학도 모자를 쓰고 담바귀를 부르고 책 보자를 끼고 홍 띄워라를 노래하는 아이들로 하여금 시맛(詩趣)과 재미를 맛보게 하고 아울러 우리나라 남반편(南半區)의 지리 지식(地理的智識)을 주기 위하여 지은 것이라.

이 노래는 예전부터 내려오는 '팔(八)자배기' 격조와 다르니 나는 이러한 격조를 '팔(八)의 오(五)'라 이름코자 하노라.

이 책 원 글은 국문으로 주인을 삼고 한문(漢文)을 따로 혔으니 이는 우리가 주장하는바 우리나라의 넘는 세상(過渡時代)에 한때 동안 쓰이려 하는 바이라.

이 책 원 글 밑에는 이름난 땅의 사진(寫眞)과 및 주를 붙이었으니 이는 원 글을 도와 읽는 사람을 열게 함이라.

원 글 가운데 왼편에 ——를 붙인 것은 정거장 이름이라.

이 책은 교정(校正)을 자세히 못하므로 우리의 국문 쓰는 법과 틀림이 많은 중 또 활자(活字) 연고로 하여 되게 하는 음(시속에 '된시옷')과 및 누르는 음을 모두 'ㅅ'으로 한 것은 나의 심히 마땅치 못하게 아는 바이라.

이 책은 잘된 것보다 그릇한 것이 많음은 지은 사람인 내가 사례할 바를 모르거니와 대강 이와 같이 바로잡은 것을 아래 기록하노니 읽는 사람은 먼저 고친 뒤에 읽을지어다.

지은 사람 기록

경부텰도노래곡됴

(1) 우렁탸게 토—하난 긔뎍소릐 에

(2) 늘근니와 뎌ㄹ은니 석겨안졋 고

남대문을 드ㅇ디고 써나나가 서

우리네와 외—국인 갓티탓스 나

쌜니부난 바—람의 형세갓흐 니

내외틴소 다ㅣ 갓티 익히디내 니

날개가딘 새—라도 못싸르겟 네

됴고마한 뎌ㄴ 세상 뎔노일웟 네

京釜鐵道沿路地圖

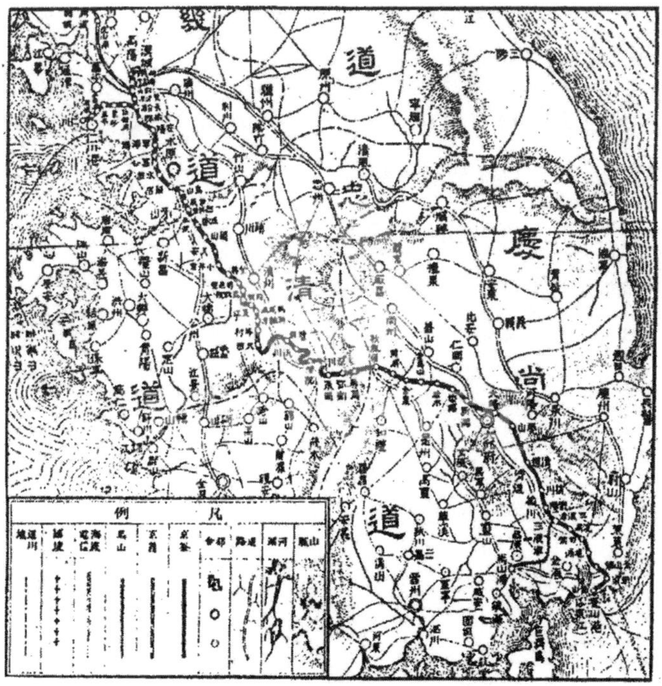

경부텰도길ㅅ가디도

우렁차게 토하는 기적(汽笛) 소리에
남대문(南大門)을 등지고 떠나 나가서
빨리 부는 바람의 형세 같으니
날개 가진 새라도 못 따르겠네

늙은이와 젊은이 섞여 앉았고
우리네와 외국인 같이 탔으나
내외 친소(內外親疎) 다 같이 익히 지내니
조그마한 딴 세상 절로 이뤘네

관왕묘(關王廟)와 연화봉(蓮花峰) 둘러보는 중
어느덧에 용산 역(龍山驛) 다다랐도다
새로 이룬 저자는 모두 일본 집
이천여 명(二千餘名) 일인(日人)이 여기 산다네

서관(西關) 가는 경의선(京義線) 에서 갈려서
일산(一山) 수색(水色) 지나서 내려간다오
옆에 보는 푸른 물 용산(龍山) 나루니
경상(慶尙) 강원(江原) 웃물 배 뫼는 곳일세

독서당(讀書堂)의 폐(廢)한 터(攄) 조상하면서
강(江)에 비낀 쇠다리 건너 나오니
노량진 역(鷺梁津驛) 지나서 게서부터는

한성(漢城) 지경(地境) 다하고 과천(果川) 땅이라

호호 양양(浩浩洋洋) 흐르는 한강(漢江) 물소리
아직까지 귓속에 처져 있거늘
어느 틈에 영등포(永登浦) 이르러서는
인천 차(仁川車)와 부산 차(釜山車) 서로 갈리네

예서부터 인천(仁川)이 오십여 리(五十餘里)니
오류(梧柳) 소사(素砂) 부평 역(富平驛) 지나간다네
이다음에 틈을 타 다시 갈 차로
이번에는 직로로 부산(釜山) 가려네

관악산(冠岳山)의 갠 경(景) 우러러보고
영랑성(永郎城)의 묵은 터(攄) 바라보면서
잠시 동안 시흥 역(始興驛) 거쳐 가지고
날개 있어 나는 듯 안양(安養) 이르러

실과 같은 안양(安養) 내 옆에 끼고서
다다르니 수원 역(水原驛) 여기로구나
이전에는 유수도(留守道) 지금 관찰부(觀察府)
경기도(京畿道)의 관찰사(觀察使) 있는 곳이라

경개 이름 다 좋고 서호(西湖) 항미정(杭眉亭)

그 옆에는 농학교(農學校) 농사(農事) 시험장(試驗場)
마음으로 화영전(華寧殿) 첨배(瞻拜)한 후에
대성인의 큰 효성 감읍(感泣)하도다

달 바라는 나각(螺閣)은 어찌 되었나
물 구경터 화홍문(華虹門) 변이 없는지
운담(雲淡) 풍경(風輕) 때맞춰 방화수류정(訪花隨柳亭)
양어(養魚) 상연(賞蓮) 겸(兼)하는 만석거(萬石渠)로다

광교산(光教山)을 옆 하고 떠나 나가서
잠시간에 병점 역(餠店驛) 이르렀도다
북(北)에 뵈는 솔밭은 융릉(隆陵) 뫼신 데
이름 높은 대황교(大皇橋) 거기 있다오

이다음의 정거장 오미 역(烏山驛)이니
온갖 곡식 모이는 큰 장거리(場巨里)요
그다음의 정거장 진위 역(振威驛)이니
물새(水禽) 사냥하기에 좋은 터이라

서정리(西井里)를 지나서 평택(平澤) 이르니
물은 늦고 산(山) 낮아 들만 넓도다
묘(妙)한 경개 좋은 토산(土産) 비록 없으나
쌀(米) 소출(所出)은 다른 데 당하리로다

게서 떠나 성환 역(成歡驛) 다다라서는
해가 벌써 아침때 훨씬 겨웠네
오십(五十) 년 전 일청전(日淸戰) 생각해 보니
여기 오매 옛일이 더욱 새로워

일본 사람 저희들 지저귀면서
그때 일이 쾌하다 서로 일컬어
얼굴마다 기쁜 빛 가득하여서
일본(日本) 남자(男子) 대화혼(大和魂) 자랑하는데

그중에도 한 노파(一老婆) 눈물 씻으며
그때 통에 외아들 잃어버리고
늙은 신세 표령(飄零)해 이 꼴이라고
떨어지는 눈물을 금치 못하니

말말마다 한(恨)이요 설움이어니
외국 사람 나까지 감동 되거늘
쓸데없는 남의 공 자랑하기에
저희 동포(同胞) 참상(慘狀)을 위로도 없네

척수루(滌愁樓)의 빈 터(空墟)는 볼 수 있으나
월봉산(月峰山)의 싸움터(古戰場) 자취 없도다
안성천(安城川)의 다리를 얼른 건너서

순식간에 직산 역(稷山驛) 와서 닿았네

백제 국(百濟國)의 첫 도읍(初都邑) 위례성(慰禮城) 터는
성암산(聖巖山)에 있으니 예서 삼십 리(三十里)
천오동(天奧洞)에 놓았던 구리 기둥은
돌 주초(石柱礎)만 두 개가 남았다더라

이편저편 보는 중 모르는 틈에
어느덧에 천안 역(天安驛) 다다랐도다
온양 온천(溫陽溫泉) 여기서 삼십 리(三十里)이니
목욕하러 가는 이 많이 내리네

인력거(人力車)와 교자(轎子)가 준비해 있어
가고 옴에 조금도 어려움 없고
정결(精潔)하게 꾸며 놓은 여관(旅館) 있으나
이는 대개 일본인(日本人) 영업이라니

이런 일은 아무리 적다 하여도
동포(同胞) 생업(生業) 쇠함(凋殘)함을 가히 알지라
그네들이 얼마나 잘하였으면
이것 하나 보전(保全)치 못하게 되오

백제(百濟) 때에 이 지명(地名) 탕정(湯井)이라니

그때부터 안 것이 분명하도다
수천 년(數千年) 간 전하던 이러한 것을
남을 주고 객(客) 되니 아프지 않소

소정리(小井里)와 전의 역(全義驛) 차례로 지나
갈거리(葛居里)를 거쳐서 조치원(鳥致院) 오니
낙영산(落影山)의 그림자 멀리 바라고
화양 서원(華陽書院) 옛일을 생각하도다

내판 역(內板驛)을 지나서 미호천(尾湖川) 건너
몇 십(十) 분이 안 되어 부강 역(芙江驛)이니
충청(忠淸) 일도(一道) 윤내는 금강(錦江) 가이라
쌀 소금의 장터로 유명한 데요

사십 리(四十里)를 격조(隔阻)한 공주(公州) 고을은
충청남도(忠淸南道) 관찰사(觀察使) 있는 곳이니
내포(內浦) 일판(一局) 너른 뜰 끼고 앉아서
이 근처의 상업상(商業上) 중심점(中心點)이오

계룡산(鷄龍山)의 높은 봉(峰) 하늘에 닿으니
아(我) 태조(太祖) 집 지으신 고적(古蹟) 있으며
금강루(錦江樓)의 좋은 경(景) 물에 비치니
옛 선배의 지은 글 많이 전(傳)하네

마미(馬尾) 신탄(新灘) 지나서 태전(太田) 이르니
목포(木浦) 가는 곧은 길 예가 시초라
오십오 자(五十五尺) 돌미륵(彌勒) 은진(恩津)에 있어
지나가는 행인의 눈을 놀래오

증약(增若) 지나 옥천 역(沃川驛) 다다라서는
해가 벌써 공중에 당두하였네
마니산성(摩尼山城) 남은 터 바라보는 중
그동안에 이원 역(伊院驛) 이르렀도다

속리사(俗離寺)가 여기서 삼십 리(三十里)라니
한번 가서 티끌 마음 씻을 것이오
운연(韻連) 죽던 양산(陽山)이 육십 리(六十里)라니
쾌남아(快男兒)의 매운 혼 조상하리라

고당포(高唐浦)를 바라며 심천(深川) 이르니
크지 않은 폭포(瀑布)나 눈에 띄고
그다음에 영동 역(永同驛) 다다라서는
경부(京釜) 사이 절반(折半)을 온 셈이라

이십사 번(二十四番) 화신풍(花信風) 불어 올 때에
때 좋다고 꽃피는 금성산(錦城山)인데
정든 손을 나누기 어렵다 하여

꽃다운(芳) 혼(魂) 스러진(消散) 낙화대(落花臺)로다

미륵(彌勒) 황간(黃澗) 두 역을 바삐 지나서
추풍령(秋風嶺)의 이마에 올라타도다
경부선(京釜線) 중(中) 최고지(最高地) 이 고개인데
예서부터 남편을 영남(嶺南)이라오

얼마 안 가 김천 역(金泉驛) 다다라 보니
이전부터 유명한 큰 장거리라
사통(四通)하고 팔달(八達)한 좋은 덴 고로
이 근처에 짝 없이 굉장하다데

그다음의 정거장(停車場) 금오산(金烏山)이니
이름 있는 도선굴(道詵窟) 있는 곳이라
산 아래에 지었던 길재(吉再) 사당은
지낸 세월 오래다 저리되었네

금오산성(金烏山城) 너른 곳 지금 어떠뇨
세 연못과 한 시내 그저 있는지
무릉도원(武陵桃源) 깊은 데 역사(役事) 피하듯
이전부터 그 근처 피란(避亂) 곳이라

약목 역(若木驛)을 지나면 왜관 역(倭館驛)이니

낙동강(洛東江)의 배편이 예가 한이요
삼백 년(三百年) 전(前) 당하던 임진왜란(壬辰倭亂)에
일본(日本) 군사(軍士) 수천 명(數千名) 머물던 데라

왜관(倭館) 지나 신동(新洞)에 신동(新洞) 지나면
영남(嶺南) 천지(天地) 제일 큰 대구군(大邱郡)이라
경상북도(慶尙北道) 모든 골 작고 큰 일을
총할(總轄)하는 관찰사(觀察使) 여기 있으니

부하(府下) 인구(人口) 도(都) 총합(總合) 사만 오천(四萬五千)에
이천오백(二千二百) 일본인(日本人) 산다 하더라
산 이름은 연귀(連龜)나 거북 못 보고
집 이름은 영귀(詠歸)나 관원 있도다

해해(年年)마다 춘추(春秋)로 열리는 장은
우리나라 셋째의 큰 교역(交易)이니
대소(大小) 없이 안 나는 물건(物件)이 없고
원근(遠近) 없이 안 오는 사람이 없네

누구누구 가리켜 팔공산(八公山)인지
일곱 고을 너른 터 타고 있으되
수도동(修道洞)의 폭포(瀑布)는 눈이 부시고
동화사(桐華寺)의 쇠북은 귀가 맑도다

달성산(達成山)의 그윽한 운치 끼고서
경산군(慶山郡)을 지나서 청도(淸道) 이르니
청덕루(淸德樓)에 불던 적(笛) 소리가 없고
소이서국(小伊西國) 끼친 예(禮) 영자(影子)도 없네

성현(省峴) 터널(壁道) 빠져서 유천(楡川) 다다라
용각산(龍角山)을 등지고 밀양(密陽) 이르니
장신동(場信洞)의 기와집 즐비한 것은
시골 촌에 희한한 경광이러라

밀양군(密陽郡)은 영남(嶺南)의 두서넛째니
예전에는 도호부(都護府) 두었던 데라
상업상(商業上)의 조그만 중심(中心)이 되어
상고(商賈)들의 내왕이 끊이지 않네

객관(客館) 동편(東便) 영남루(嶺南樓) 좋은 경개는
노는 사람 지팡이 절로 멈추고
만어산(萬魚山)에 나는 돌 쇠북과 같이
두드리면 쟁쟁(錚錚)히 소리 난다네

그다음에 있는 역(驛) 삼랑진(三浪津)이니
마산포(馬山浦)로 갈리는 분기점(分岐點)이라
예서부터 마산(馬山)이 백 리(百里) 동안에

여섯 군데 정거장(停車場) 지나간다데

작원관(鵲院關)을 찾으며 낙동강(洛東江) 끼고
원동 역(院洞驛)을 지나서 물금(勿禁)에 오니
멀지 않은 임경대(臨鏡臺) 눈앞에 있어
천하(天下) 재자(才子) 고운(孤雲)을 생각하도다

통도사(通度寺)가 여기서 육십 리(六十里)인데
석가여래(釋迦如來) 이마 뼈 묻어 있어서
우리나라 모든 절 으뜸이 되니
천이백칠십 년(千二百七十年) 전(前) 이룩한 배라

물금 역(勿禁驛)을 지나면 그다음에는
해륙(海陸) 운수(運輸) 연하는 구포 역(龜浦驛)이라
낙동강(洛東江)의 어귀에 바로 있어서
상업(商業) 번성(繁盛)하기로 유명한 데라

수십 분을 지난 후 다시 떠나서
한참 가니 부산진(釜山鎭) 거기로구나
우리나라 수군(水軍)이 있을 때에는
초선(哨船) 두어 요해처(要害處) 방비하더니

해외 도적 엿봄이 끊이었는지

남의 힘을 빌려서 방비하는지
해방함(海防艦) 한 척 없이 버려두었고
있는 것은 외국 기(外國旗) 날린 배로다

수백 년(數百年) 전(前) 예부터 일인 살던 곳
풍신수길(豊臣秀吉) 군사가 들어올 때에
부산으로 파견(派遣)한 소서행장(小西行長)의
혈전(血戰)하던 옛 전장(前場) 여기 있더라

범어사(梵魚寺)란 대찰(大刹)이 예서 오십 리(五十里)
신라(新羅) 흥덕왕(興德王) 때(時)에 왜구(倭寇) 십만(十萬)을
의상(義湘)이란 승장(僧將)이 물리치므로
그 정성을 갚으려 세움이라네

삼십 리(三十里)를 떨어진 동래 온정(東萊溫井)은
신라(新羅)부터 전하는 옛 우물이라
수 있으면 도상(道上)의 피곤한 것을
한번 가서 씻어서 눅이리로다

영가대(永嘉臺)의 달구경 겨를 못 하나
충장단(忠壯壇)의 경배(敬拜)야 어찌 잊으리
초량 역(草粱驛)을 지나면 부산항(釜山港)이니
이 철도의 마지막 역이라 하데

부산항(釜山港)은 인천(仁川)의 다음 연 데니
한일(韓日) 사이(間) 무역(貿易)이 주장이 되고
항구(港口) 안이 너르고 물이 깊어서
아무리 큰 배라도 족히 닿네

수입(輸入) 수출(輸出) 총액이 일천여 만 환(一千餘萬圜)
입항(入港) 출항(出港) 선박(船舶)이 일백여 만 톤(一百餘萬噸)
행정(行政) 사무(事務) 처리(處理)는 부윤(府尹)이 하고
물화(物貨) 출입(出入) 감독(監督)은 해관(海關)이 하네

일본(日本) 사람 거류민(居留民) 이만 인(二萬人)이니
얼른 보면 일본(日本)과 다름이 없고
조그마한 종선(從船)도 일인이 부려
우리나라 사람은 얼른 못 하네

한성(漢城) 남산(南山) 신령(神靈)이 없기 전부터
윤산(輪山) 신령(神靈) 없은 지 벌써 오래니
오늘날에 이르러 새삼스럽게
강개함도 도리어 어리석도다

검숭하게 보이는 저기 절영도(絶影島)
부산항(釜山港)의 목쟁이 쥐고 있으니
아무 데로 보아도 요해지지라

이충무(李忠武)의 사당을 거기 모셨네

인천(仁川)까지 여기서 가는 동안이
육십 시간(六十時間) 걸려야 닿는다는데
일본(日本) 마관(馬關)까지는 불과 열 시에
지체 없이 이름을 얻는다 하데

슬프도다 동래(東萊)는 동남(東南) 제일 현(第一縣)
부산항(釜山港)은 아국(我國) 중 둘째 큰 항구
우리나라 땅같이 아니 보이게
저렇듯한 심(甚)한 양(樣) 분통하도다

우리들도 어느 때 새 기운 나서
곳곳마다 잃은 것 찾아 들이어
우리 장사 우리가 주장해 보고
내 나라 땅 내 것과 같이 보일까

오늘 오는 천 리(千里)에 눈 뜨이는 것
처진 언덕 붉은 산 우리 같은 집
어느 때나 내 살림 넉넉하여서
보기 좋게 집 짓고 잘살아 보며

식전(食前)부터 밤까지 타고 온 기차

내 것같이 앉아도 실상 남의 것
어느 때나 우리 힘 굳세게 되어
내 팔뚝을 가지고 굴려 보나

이런 생각 저 생각 하려고 보면
한이 없이 뒤 대어 연속 나오니
천 리(千里) 길을 하루(一日)에 다다른(抵達) 것만
기이하게 생각코 그만둡시다

— 최남선, 『경부 철도 노래』, 신문관, 1908(3판)

한양 노래

차서(此書)의 곡보(曲譜)는 임의(任意)로 작용(作用)함이 가(可)하다. 그러나 장엄(莊嚴)하고 쾌창(快暢)함을 실(失)치 않도록 용심(用心)할지니 이는 제도(帝都)의 영광(榮光)을 찬미(讚美)한 것임일세니라. 고(故)로 여(余)는 '사분(四分)의 사박자(四拍子)'가 차(此)에 합당(合當)할 듯하다 하노라.

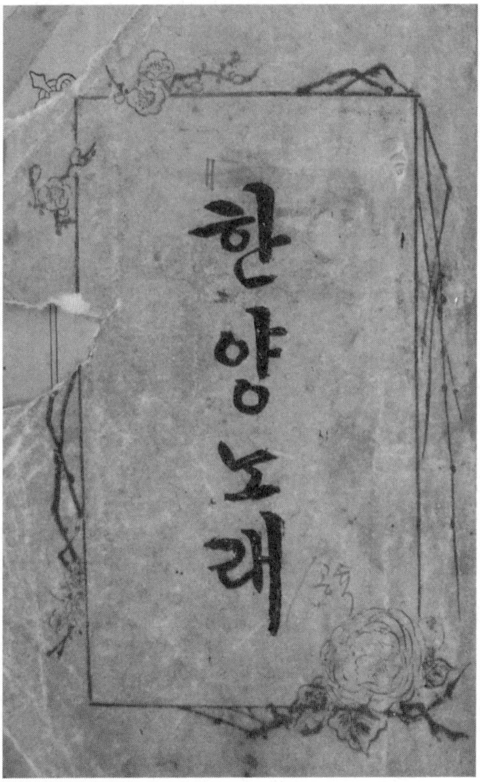

전례 말

이 책은 우리나라의 머리 도읍 한양을 노래한 것이니 처음에는 그 분량이 너무 많았으나 소년들의 외우는 데 편케 하기 위하여 극히 줄이어 도틀어(槪括的으로) 말한 곳이 많으오.

이 책의 글자는 시속에 '받침 ㅅ'은 'ㄷ'으로, 된시옷은 각기 제 몸으로 고치고 '자'의 둘은 '자저조주(쟈져죠쥬)'로, '차'의 둘은 '차처초추(챠쳐쵸츄)'로 한결같이 쓰게 하니 이는 대개 기호음(畿湖音)으로써 본보기 말(標準語)을 삼은 것이오.

이 글에 사기 말(史蹟)이 적음은 섭섭한 일이나 또한 장황할 염려가 있을까 하여 다른 때를 기약하고 그만함이오.

지은 사람 기록

하늘 복이 두터운 대한 나라의
열세 길에 나누인 삼백여 고을
정과 꽃을 모아서 세워 이룬바
머리 도읍 한양이 이곳이로다

높고도 크게 빼어난 화산 봉우리
천(千)만 년이 지나도 아니 깎이니
그 밑에서 생장한 우리 기풍이
자연하게 굳세고 높음이로다

멀리 오는 한강 물 띠가 되어서
길고 깊은 우리의 정력과 같이
국태민안 하라는 물결 지면서
휘휘친친 둘러서 흘러 나가네

사십(四十) 리를 두른 성 여덟 문에는
물밀듯 들어온다 자유의 바람
사(四)면에서 굉장히 기적 불면서
들이닫는 기차엔 새 물건 가득

대서양과 태평양 미는 조수가
제물포를 거쳐서 경강 들어와
둥실둥실 띄워다 전하는 것은

찬란하게 꽃필 새 문화 종자

내려다보이도다 누에머리서
용산 삼개 비친 달 덩두렷하게
기다랗게 물 위에 가로놓은바
다리 있는 저곳이 노돌 아닌가

태평 구름 뒤덮은 삼각산 밑에
상서 기운 어린 굉장한 저 집
인민들은 구부려 경배하여라
우리 성상 계신 곳 저곳이니라

인왕산을 등지고 있는 경복궁
우리 황실 오백(五百) 년 옛집이로다
넓고 넓은 광화문 앞길 옆에는
가지런타 각 마을 늘어 있구나

구부렸던 머리를 다시 들어서
엄숙하게 경배해 덕수궁 앞에
그 뒤에 늘어 있는 여러 뾰족집
태서 각국 영사관 그것이로다

너 보아라 하는 듯 우뚝하게 서

큰 광채를 발하던 저 독립문은
오늘 와서 잠시간 빛 없을망정
태양같이 환할 날 머지않았네

남산 밑에 지어 놓은 장충단 저 집
나라 위해 몸 버린 신령 뫼신 데
태산 같은 의리엔 목숨 보기를
터럭같이 하도다 장한 그분네

서울 성안 동서로 뚫어 흐르는
큰 개천의 내린 물 구비지면서
오간수로 흘러서 나가기까지
송기 광통 수표 등 다리가 있네

보신각에 매달린 자오 쇠북은
삼백(三百) 년래 내려오는 옛 그릇인데
탑골 공원 진정한 열세 층 탑은
육백(六百) 년 간 풍상을 겪은 거로다

육(六)주비전 시정은 내외 장사의
중심 되어 종로에 벌여 있으니
회사 은행 대체가 이곳에 있고
사방 전차 여기 와 갈려 나가네

이리저리 다니는 전차 자동차
위아래로 매어 놓은 전화 전봇줄
새새틈틈 달리는 마차 구루마
교통 기관 차림도 갖추어 가네

한강 물을 대어 온 수도로서는
맑고 단 물 우리게 길어다 주고
머지않아 가스도 만들어 내어
우리들의 쓰임을 대답하겠네

무럭무럭 연기를 토하는 연통
여기저기 반공에 솟아 있으니
달아 가는 한양의 보할 건더기
그 속으로 나옴을 생각하여라

그러나 뼈에 새겨 잊지 말아라
우리들이 주장해 경영할 것이
남의 손에 들어서 편치 못함을
깨달아서 힘쓰라 내가 하도록

동리마다 번듯한 높고 좋은 집
다음 부민 만드는 소학교인데
나랏일에 쓰일 바 큰 재목들을

기르는 높은 학교 또한 많도다

볼지어다 거리에 다니는 소년
아무라도 책 끼고 붓 먹 가지고
집으로서 학교로 가지 않으면
학교로서 집으로 가지 않나뇨

오늘 시킨 교육이 싹이 나와서
입 퍼지고 꽃 피고 열매 맺으면
석청 같은 단맛을 만인이 보고
비단 같은 고운 양 아무도 보네

아름답고 장하고 깨끗하도록
우리들이 힘쓰고 애를 들여서
점점 차차 나가는 우리 한성부
세계상에 일등이 되고야 마네

이때까지 한양은 어른 차지나
지금부터 우리 것 되어 오나니
맡은 책망 무거움 알아차려서
한때라도 마음을 늦게 말아라

높은 기운 굳은 힘 더욱 늘려서

샛별같이 또렷한 광채 있도록
우리 재주 우리 힘 이러한 일에
보이지 아니하면 어디 보일까

갈수록 성하는 건 남산 송인데
흐를수록 깊은 건 한강 물이라
저 소나무 저 물의 푸른 것같이
무성하네 지나네 땅과 사람이

— 최남선, 『한양 노래』, 신문관, 1908

무정(無情)

누가 마음 있는 이며 누가 느낌 있는 이며 누가 입 있는 이뇨. 남보다 곱 되는 설움과 아픔과 갑갑함을 가진 우리네 가운데 아무 들리는 소리의 없음이 이럴 수 없도다. 아무 넋두리와 아무 푸념과 아무 하소연의 없음이 이럴 수 없도다.

소리! 소리! 우리는 참소리에 주리는도다. 소리를 그리는도다. 커단 소리가 어디서든지 생겨 나와서 우리의 몸과 마음을 아울러 이렇듯 쓸쓸하고 답답한 구렁에서 건져 내 주지 아니하면 우리의 목구멍에서는 먼지가 날 것이요 우리의 가슴에서는 불결이 일 것이요 우리 목숨의 더날이는 시들고 마르다가 마침내 굶어 죽고 말리로다. 우리의 생각의 살림이 그만저만 거덜 나고 말리로다. 아아, 소리! 네가 나를 죽이려는가.

그러나 어지신 검이 그의 끔찍한 그릇을 우리 때문에 아끼지 아니하시어 외배(춘원(春園)의 본명)란 쇠북이 우리네 사이에 있게 되도다. 그에게 갖은 소리를 지닌 줄이 있으며 갖은 가락을 감춘 고동이 있어 고르는 대로 트는 대로 듣고 싶은 소리가 샘솟듯 나오며 알고 싶은 가락을 실 낚듯 잣게 되도다. 그의 덕에 아프면 앓는 소리, 즐거우면 웃는 소리, 갑갑한 때 부르짖음, 시원한 때 지저거림, 떠들기, 속살거리기를 마음대로 할 수 있게 되도다.

혼자매 크지 못하도다. 그러나 빈 들에 부르짖는 소리는 본디 떼 지어 하는 것 아니로다. 벗 부르는 맹꽁이 소리는 하나가 비롯하여 온 벌이 어우르는 것이로다. 그가 없었더라면 어찌하였을꼬 하는 생각을 하면 소름이 끼치며 그가 없으면 어찌 될꼬 하면 손에서 땀이 나나니 끔찍고 대단한 것이 그가 아니냐. 그는 참 우리의 보배로다, 나라의 꽃이로다.

이제 그가 넓적한 얼굴을 무리 앞에 내놓고 동트는 기별을 울리기 비롯하였도다. 『무정』은 그 첫소리로다. 둥둥거리는 이 울림이야말로 우리의 마음의 움이 눈트는 기별이며 생각의 살림이 신날 꼬는 기별이며 오래오래 먼지 앉은 박달의 글월이 새 빛을 내며 새 치부 책장을 넘김이로다. 모래밭 같은 우리 땅에는 외로워도 큰 샘터요 무겁에 싸인 우리 귀에는 홑이라도 큰 하모니 되려든, 하물며 외배란 북은 때리지 아니하여도 저절로 울며 한번 울기 비롯하면 다시 그칠 줄 모름이랴. 이 소리에 불려 일어나고 이 울림에 깨우쳐 움직거릴 구멍이 누리에 그득함이랴. 낱 사람 외배와 작은 책 『무정』의 그림자가 어떻게 크며 울림이 어떻게 넓다 하랴. 이로써 비롯한 이 땅 이 사람의 소리가 늘고 불고 가다듬어져서 마침내 하늘과 사람을 아울러 기껍게 할 줄을 믿을 때에 누가 다시 가슴 앓는 벙어리 될까를 설워하랴. 무궁화동산의 아름다운 꽃이 누리의 고움을 더하는 큰 거리가 못 되겠다고 걱정하랴. 울어라, 울어라, 줄기차게만 울어라.

한샘

— 이광수, 『무정』, 신문관, 1918

청년 학우회(青年學友會) 취지서

상(上)으로 선민(先民)의 유서(遺緒)를 속(續)하여 기(其) 단(短)을 기(棄)하고 기(其) 장(長)을 보(保)하며 하(下)로 동포(同胞)의 선구(先驅)를 작(作)하여 기(其) 험(險)을 월(越)하고 기(其) 이(夷)에 취(就)할 자(者)는 즉(卽) 아(我) 일반(一般) 청년(青年)이 기(其) 인(人)이라. 고(故)로 청년(青年)은 일국(一國)의 사명(司命)이며 일세(一世)의 도사(導師)이거늘 연이(然而) 아국(我國)은 이래(邇來)로 염담(恬談) 퇴수(退守)를 도덕(道德)이라 하며 편벽고루(偏僻孤陋)를 학술(學術)이라 하고 사위무실(詐僞無實)을 능사(能事)라 하며 환산(渙散) 결렬(決裂)이 성습(成習)되어 풍속(風俗)이 일퇴(日退)하고 인심(人心)이 일부(日腐)하여 청년(青年) 사회(社會)에 일 점(一點) 태양(太陽)이 부조(不照)하므로 기(其) 영(齡)은 청년(青年)이로되 기(其) 기력(氣力)의 피폐(疲弊)는 노년(老年)과 동(同)하며 기(其) 모(貌)는 청년(青年)이로되 기(其) 지식(智識)의 몽매(蒙昧)는 유년(幼年)과 동(同)하니 청년(青年), 청년(青年)이여, 시(是)가 어찌 청년(青年)이리오. 목하(目下) 문명(文明)의 맹조(猛潮)가 폐호(閉戶)의 완몽(頑夢)을 타경(打驚)하여 천 리(千里)에 급(笈)을 부(負)하고 내두(來頭)의 정도(程途)를 멱(覓)하는 자(者)가 고다(固多)하나 단(但) 부패(腐敗)한 구속(舊俗)을 개혁(改革)하고 진실(眞實)한 풍기(風氣)를 양성(養成)하려면 학술(學術) 기능(技能)으로만 기(其) 공(功)을 수(收)할 바가 아니며 언론(言論) 문장(文章)으로만 기(其) 효(效)를 주(奏)할 바가 아니오. 불가불(不可不) 유지(有志) 청년(青年)이 일대(一大) 정신단(精神團)을 조직(組織)하여 심력(心力)을 일치(一致)하며 지식(智識)을 호환(互換)하여 실천(實踐)을 면(勉)하고 전진(前進)을 책(策)하여 험(險)과 이(夷)에 일시(一視)하며 고(苦)와 낙(樂)에 상제(相濟)하고 유속(流俗)의 광란(狂瀾)을 장(障)하며 전도(前途)의 행복(幸福)을 구(求)하여 유신(維新)의 청년(青年)으로 유신(維新)의 기(基)를 축(築)할지라. 고(故)로 본회(本會)를 확립(確立)코자 취지(趣旨)를 발(發)하여 아(我) 청년계(青年界)에 포(佈)하노니 유(惟) 아(我) 유지(有志) 청년(青年)이여.

융희 3년(1909) 8월

발기인(發起人)

윤치호(尹致昊), 장응진(張膺震), 최남선(崔南善), 최광옥(崔光玉), 박중화(朴重華) 등(等)

—『대한매일신보』, 1909.8.17

조선 광문회(朝鮮光文會) 광고

금(今)에 고문(古文)이 일(日)로 산망(散亡)하고 족수(族粹)가 일(日)로 쇠퇴(衰頹)하여 오천 년(五千年) 왕성(往聖) 선철(先哲)의 혁혁(赫赫)한 공렬(功烈)은 그 광(光)이 회(晦)하고 황황(皇皇)한 술작(述作)은 그 향(響)이 소(消)하며 억만대(億萬代) 후손(後孫) 내예(來裔)의 구원(久遠)한 영능(靈能)은 그 원(源)이 갈(渴)하고 심절(深切)한 각사(覺思)는 그 기(機)가 절(絶)하려 하며 또 한편으론 천하(天下) 만세(萬世)에 조선(朝鮮) 토(土)의 진면목(眞面目)과 조선인(朝鮮人)의 진재지(眞才智)가 영원(永遠)히 음장(隱藏)하고 매몰(埋沒)하려 하니 이는 사선(事先) 회원(懷遠)의 성(誠)이 특심(特深) 수절(殊切)한 조선인(朝鮮人)의 가(可)히 인(忍)하고 능(能)히 감(堪)치 못할 대죄악(大罪惡) 대비통(大悲痛)일뿐더러 억(抑)하건댄 일천하(一天下) 통영겁(通永劫)에 일반(一般) 학계(學界)의 대손실(大損失) 대한탄(大恨嘆)일지니 참 의기남아(義氣男兒)와 독지(篤志) 학자(學者)의 심상(尋常) 간과(看過)치 못할 일대(一代) 위기(危機)라 할지라. 이에 불녕(不佞) 기 개인(幾個人)이 역미(力微) 자박(資薄)함을 자지(自知)치 못함이 아니오나 분발(奮發)코 모진(冒進)하여 인(人)의 미감(未敢)을 감(敢)히 하고 세(世)의 소구(所求)를 응(應)코자 함은 회왕념(懷往念) 후(後)에 자불능기(自不能已)하는 정(情)이 유(有)함이라. 자(玆)에 그 방법(方法)과 서목(書目)을 개열(開列)하여 대성(大聲) 자명(自鳴)하오니 오제(吾儕)의 고충(苦衷)을 양(諒)하시는 만천하(滿天下)의 지사(志士) 인인(仁人)은 혜연(惠然) 향응(響應)하시면 조선(朝鮮) 고문명(古文明)과 세계(世界) 학계(學界)를 위(爲)하여 행심(幸甚), 행심(幸甚)이겠사외다.

발기인(發起人) 경언(敬言)

—『소년』 21호, 신문관, 1910.12

조선 광문회 간포(刊布)

일(一) 방국(邦國) 일(一) 민족(民族)의 최귀(最貴)한 영예(榮譽)는 구원(久遠)한 역사(歷史)와 굉혁(宏赫)한 사공(事功)을 유(有)함이거늘 오(吾) 조선인(朝鮮人)은 이 영예(榮譽)를 유(有)하였으니 행(幸)이 하가(何加)리오마는 최대(最大)한 치욕(恥辱)은 자가(自家) 교화(教化)의 유래(由來)와 선민(先民) 훈업(勳業)의 성적(成績)에 매(昧)함이거늘 오(吾) 조선인(朝鮮人)은 또한 이 치욕(恥辱)을 면(免)하지 못할지니 한(恨)이 숙심(孰甚)하리오. 연(然)이나 오가(吾家) 사승(史乘)의 영산(零散)하고 오인(吾人) 사적(史的) 지식(智識)의 결여(缺如)함은 인(人)이 무(無)함도 아니요 서(書)가 핍(乏)함도 아니라 오직 간행(刊行)이 무다(無多)하고 전포(傳布)가 미광(未廣)함에 유(由)함이니 명차지고(寘此之故)로 오인(吾人)은 조선(祖先)을 망기(忘棄)한 듯도 하고 심령(心靈)과 동작(動作)의 계속적(繼續的) 발전(發展)에 무심(無心)한 듯도 하여 자심(自心)에도 미안(未安)하려니와 타인(他人)의 비소(非笑)도 인수(忍受)치 아니치 못함이라. 차(此)가 어찌 문교(文教)에 종사(從事)하는 오배(吾輩)로 일각(一刻)인들 인과(忍過)할 처(處)이리오. 어시(於是)에 조선 광문회(朝鮮光文會)가 설립(設立)됨이요 조선(朝鮮) 고문헌(古文獻) 취존(取存) 운동(運動)이 개시(開始)됨이로다.

오호(嗚呼)라, 역사(歷史)가 무(無)하면 하(何)로써 고금(古今)을 통(通)하고 사리(事理)를 달(達)하며 하(何)로써 왕성(往聖) 선철(先哲)의 사념(思念) 작위(作爲)를 모효(慕傚)하고 전언왕행(前言往行)의 득실(得失) 이해(利害)를 감조(鑑照)하며 하(何)로써 시운(時運)의 전기(轉機)를 찰(察)하고 인문(人文)의 귀취(歸趣)를 관(觀)하리오. 시(是)가 역사(歷史)가 지식(智識)의 원천(源泉)과 경험(經驗)의 부고(府庫)로 만학(萬學)의 기(基)가 되고 만리(萬理)의 수(藪)가 되는 소이(所以)라. 더욱 자가(自家)의 역사(歷史)는 오래 자문(自門)을 건설(建設)하여 오던 조선(祖先)의 사공(事功)을 기재(記載)하고 방금(方今) 자신(自身)이 기탁(寄托)하여 있는 사회(社會)의 연혁(沿革)을 설명(說明)하여 그 존귀(尊貴)하고 긴중(緊重)함이 막선(莫先) 막대(莫大)하나니 최요(最要)한 지견(知見)도 차(此) 중(中)으로서 종래(從來)하고 최대(最大)한 감흥(感興)도 차(此) 이(裏)로서 용출(湧出)하여 오인(吾人)을 흥분(興奮)하고 보익(補益)함이 차(此)에 과(過)할 자가 무(無)한 고(故)로 학문(學問)을 사(事)하는 자(者)는 먼저 자가(自家)의 역사(歷史)를 연구(研究)하여야 하며 문학(文學)을 상(尙)하는 자(者)는 항상 자가(自家)의 역사(歷史)를 송념(誦念)하여야 하는 바이라.

—『신문관 발매 서적 총목록』 1호, 신문관, 1914.5, 28면

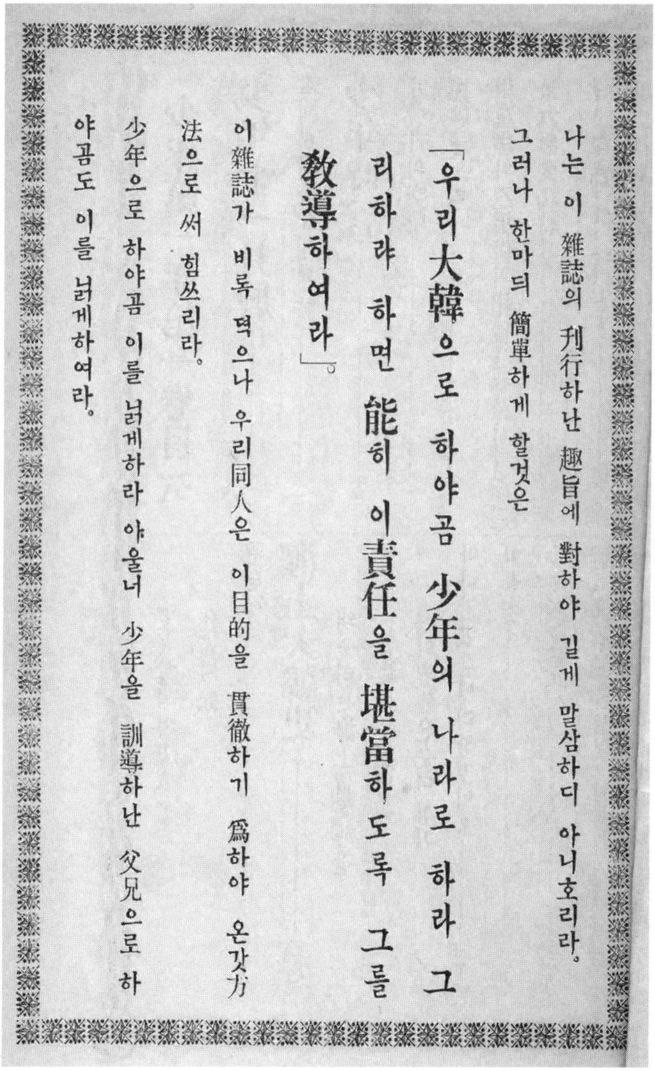
나는 이 雜誌의 刊行하난 趣旨에 對하야 길게 말삼하디 아니호리라。

그러나 한마듸 簡單하게 할것은

「우리大韓으로 하야곰 少年의 나라로 하라 그리하랴 하면 能히 이責任을 堪當하도록 그를 敎導하여라」。

이雜誌가 비록 뎍으나 우리同人은 이目的을 貫徹하기 爲하야 온갖方法으로써 힘쓰리라。

少年으로 하야곰 이를 닑게하라 아울너 少年을 訓導하난 父兄으로 하야곰도 이를 닑게하여라。

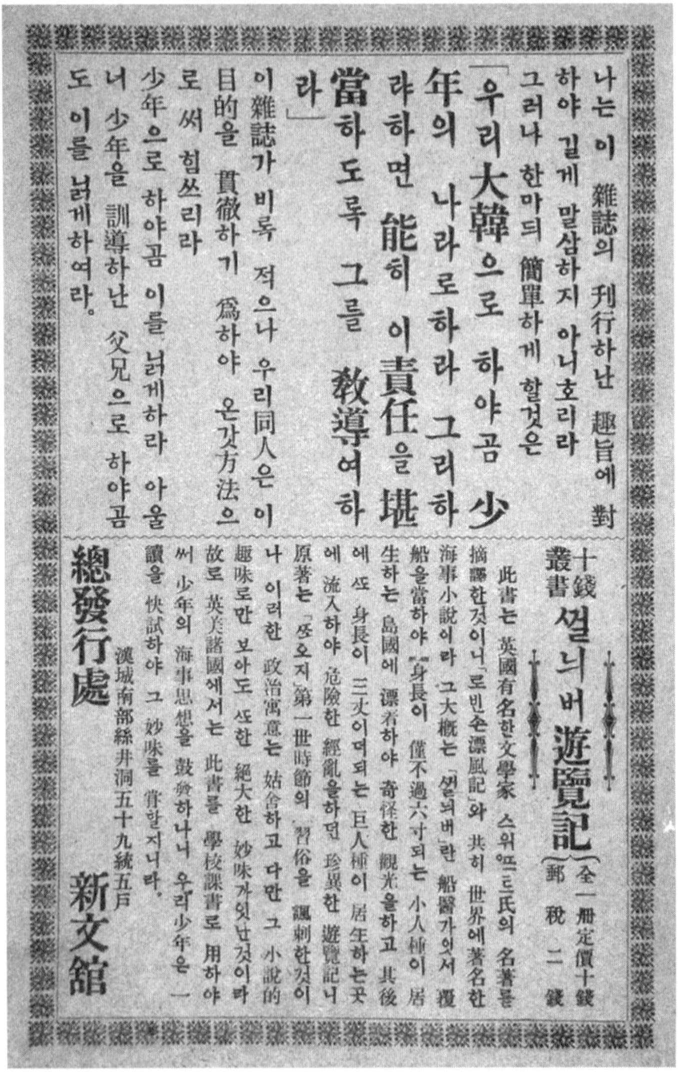
나는 이 雜誌의 刊行하난 趣旨에 對하야 길게 말삼하지 아니호리라 그러나 한마듸 簡單하게 할것은

「우리大韓으로 하야곰 少年의 나라로하라 그리하라하면 能히 이責任을 堪當하도록 그를 教導하여하라」

이雜誌가 비록 적으나 우리同人은 이 目的을 貫徹하기 爲하야 온갓方法으로써 힘쓰리라

少年으로 하야곰 이를 닑게하라 아울너 少年을 訓導하난 父兄으로 하야곰도 이를 닑게하여라。

十錢叢書 썰늬버遊覽記 (全一冊定價十錢 郵稅二錢)

此書는 英國有名한文學家 스위쯔트氏의 名著를 摘譯한것이니「로빈손漂風記」와 共히 世界에著名한 海事小說이라 그大概는 「썰늬버」란 船醫가잇서 覆船을當하야 身長이 僅不過六寸되는 小人種이 居生하는 島國에 漂着하야 奇怪한 觀光을하고 其後에 또 身長이 三丈이며되는 巨人種이 居生하는곳에 流入하야 危險한 經亂을하던 珍異한 遊覽記니 原著는 「쪼오지」第一世時節의 習俗을 諷刺한것이나 이러한 政治寓意는 姑舍하고 다만 그 小說的 趣味로만 보아도 또한 絕大한 妙味가잇난것이라 故로 英美諸國에서는 此書를 學校課書로 用하야써 少年의 海事思想을 鼓吹하나니 우리少年은 一讀을 快試하야 그 妙味를 肯할지니라.

總發行處 新文館

漢城南部絲井洞五十九統五戶

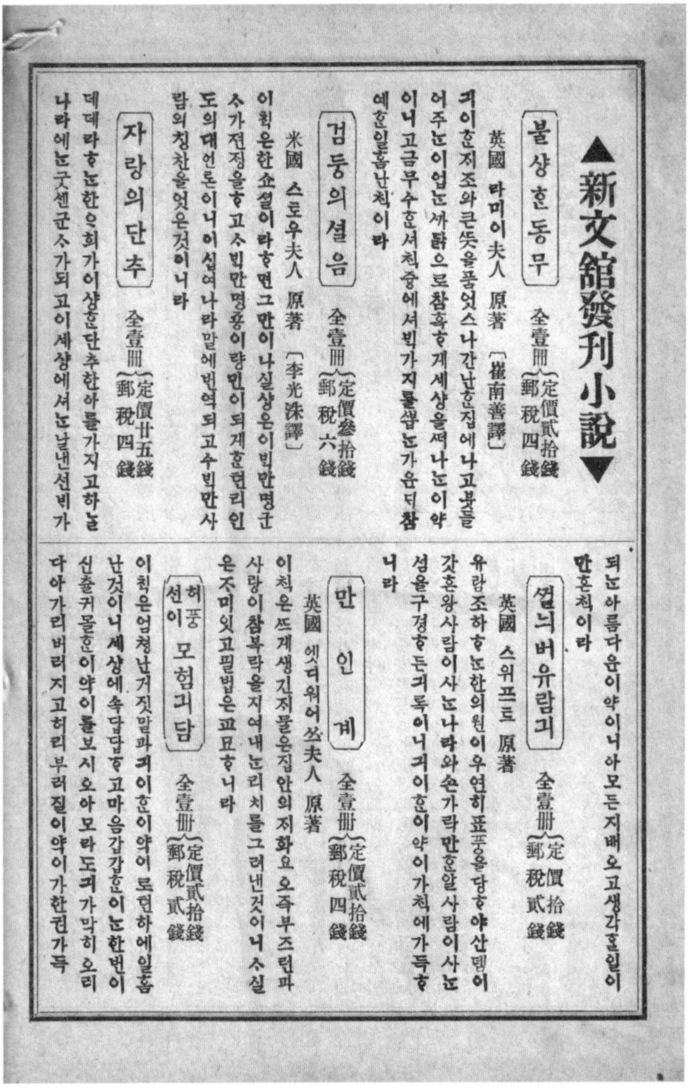
▲新文舘發刊小說▼

불샹ᄒᆞᆫ동무 全壹冊 定價貳拾錢 郵稅四錢
英國 라미이夫人 原著 〔崔南善譯〕
긔이ᄒᆞᆫ지조와큰뜻을품엇스나간난ᄒᆞᆫ집에나고붓들어주ᄂᆞᆫ이업ᄂᆞᆫ쌔ᄃᆞᆰ으로참혹ᄒᆞᆫ게세상을써나ᄂᆞᆫ이야이니고금무수ᄒᆞᆫ셔칙중에셔빅가지를ᄲᆡᆸᄂᆞᆫ가운ᄃᆡ참예ᄒᆞᆫ일홈난칙이라

검둥의셜음 全壹冊 定價參拾錢 郵稅六錢
米國 스토우夫人 原著 〔李光洙譯〕
이칙은한쇼셜이라ᄒᆞ면그만이나실샹은이빅만명군ᄉᆞ가전징을ᄒᆞ고ᄉᆞ빅만명흑인이량민이되게ᄒᆞᆫ현리인도의대언론이니이십여나라말에번역되고ᄉᆞ빅만사람의칭찬을엇은것이니라

자랑의단추 全壹冊 定價卄五錢 郵稅四錢
데데라ᄒᆞᄂᆞᆫ한ᄋᆞ희가이샹ᄒᆞᆫ단추한아를가지고하ᄂᆞᆯ나라에ᄂᆞᆫ굿센군ᄉᆞ가되고이세상에셔ᄂᆞᆫ날낸선비가되ᄂᆞᆫ아름다운이약이니아모든지배오고생각ᄒᆞᆯ일이만ᄒᆞᆫ칙이라

셜늬버유람긔 全壹冊 定價貳拾錢 郵稅貳錢
英國 스위프트 原著
유람조하ᄒᆞᄂᆞᆫ한의원이우연히표풍을당ᄒᆞ야산뎀이갓ᄒᆞᆫ왕사람이사ᄂᆞᆫ나라와손가락만ᄒᆞᆫ알사람이사ᄂᆞᆫ셤을구경ᄒᆞ든긔록이니긔이ᄒᆞᆫ이약이가칙에가득ᄒᆞ니라

만인계 全壹冊 定價貳拾錢 郵稅四錢
英國 엣더워어쓰夫人 原著
이칙은쓰게생긴지물운집안의지화요오죽부즈런파사랑이참복락을지여내ᄂᆞᆫ리치를그려낸것이니ᄉᆞ실은조미잇고필법은교묘ᄒᆞ니라

허풍선이 모험긔담 全壹冊 定價貳拾錢 郵稅貳錢
이칙은엄청난거짓말과긔이ᄒᆞᆫ이약이로현하에일홈난것이니세상에속답답ᄒᆞᆫ고마음갑갑ᄒᆞᆫ이ᄂᆞᆫ한번이신출귀몰ᄒᆞᆫ이약이를보시오아모라도긔가막히오리다아가리버려지고허리부러질이약이가한권가득

絶倒百話

開卷嬉嬉

各壹冊 定價各拾錢 郵稅各貳錢

此二書ᄂᆞᆫ古今笑話中特別히趣味잇ᄂᆞᆫ者百則식을選ᄒᆞ야輕妙洒脫ᄒᆞᆫ文으로記述ᄒᆞᆫ者ㅣ니何人이든지一讀ᄒᆞ면抱腹絶腰解頤噴飯ᄒᆞ고嘻嘻呵呵局局哈哈ᄒᆞᆷ을스ᄉᆞ로抑制치못ᄒᆞᆯ지니웃고셰상을지ᄂᆡ려ᄒᆞᄂᆞᆫ이ᄂᆞᆫ다一本을必備ᄒᆞ시오

자랑의단추

定價 貳拾五錢 郵稅四錢

此書ᄂᆞᆫ데데라ᄒᆞᄂᆞᆫ一兒가異常ᄒᆞᆫ단추一箇를가지고天國에强軍이되고此世에勇士되ᄂᆞᆫ佳話니何人이든지觀感이深大ᄒᆞᆯ지니라

셜늬버유람긔

定價拾錢 郵稅二錢

此書ᄂᆞᆫ世界에馳名ᄒᆞᆫ英國스위프트氏의諷刺小說을抄譯ᄒᆞᆫ것이니一船醫가覆船을當ᄒᆞ야山岳갓ᄒᆞᆫ巨人과指頭만ᄒᆞᆫ小人의國을歷遊ᄒᆞ야奇風怪俗을觀察ᄒᆞᆫ記錄이라趣味津津

라미이夫人著 崔南善譯 **불샹ᄒᆞᆫ동무** 全壹冊 定價貳拾錢 郵稅四錢

此書ᄂᆞᆫ世界古今最好百種中에選入된名著ㅣ니單純ᄒᆞᆫ一小話에不過ᄒᆞ나何人에게든지가장强烈ᄒᆞᆫ感動을與ᄒᆞ고已ᄒᆞ며더욱世上에弱者가되여온갓悲哀를感ᄒᆞ고艱難을遭ᄒᆞᄂᆞᆫ者에게ᄂᆞᆫ豐碩ᄒᆞᆫ慰安을與ᄒᆞᄂᆞ니라

스토우夫人著 李光洙譯 **검둥의셜음** 全壹冊 定價參拾錢 郵稅六錢

此書ᄂᆞᆫ一小說이라ᄒᆞ면그만이나實상二百萬壯丁이戰場에立ᄒᆞ고四百萬奴隸가良民이되게ᄒᆞᆫ天理人道의大言論이니世界最大名著의一이라特히青年男女의精讀을要求ᄒᆞ노라

엣지워쓰夫人 原著 **만인계** 全壹冊 定價貳拾錢 郵稅四錢

此書ᄂᆞᆫ橫得ᄒᆞᆫ財產은身家의禍炎오오즉勤勉과愛情이眞福樂을做出ᄒᆞᄂᆞᆫ理勢를說示ᄒᆞᆫ小說이니事實은趣味잇고筆致ᄂᆞᆫ巧妙ᄒᆞ니라

만인계

全壹冊
定價卄錢
郵稅四錢

(엣디워어쓰夫人原著)

계란것은 죠선에셔 만드러낸바 특별ᄒᆞᆫ 풍속 가온ᄃᆡ 가장 아름다온 것이언마는 요즈음에 와셔는 이를 못되게 쓰기로만 ᄋᆡ를 써셔 필경 오ᄂᆞᆯ날처럼 심ᄒᆞ게 ᄒᆡ 욕과 ᄯᅩ 마음만 가지는 죠선 사람을 만드러내는ᄃᆡ 가장큰 죠력이 되얏스니 ᄋᆡ다롭다ᄒᆞᆯ지로다 이최은 곳 나라는 ᄃᆞᆯ으고 ᄉᆞ졍은 얼마 갓지 아니ᄒᆞ나 슌직ᄒᆞ든 일군이 별안간 오만원 계를 탄 ᄉᆞ실을 가지고 ᄌᆞ미잇고 교묘ᄒᆞᆫ 필법으로써 ᄡᅳ게 어든 지물은 도리혀 지화의 근본이 되고 오족 셩실의 삭시라야 복록의 긔초가 되며 호화와 ᄉᆞ치는 느로 집안 쾌락을 독긔질ᄒᆞ고 오족 쌔끗ᄒᆞᆫ 사랑과 부즈런ᄒᆞᆫ 로력이라야 인셩 힝복을 북돗는 리치를 가ᄅᆞ친것이라 넉넉히 우리 니마우에 동침이 되겟기로 특별히 번역ᄒᆞ야 세샹 ᄯᅳᆺ잇는이의 칭찬을 밧고져ᄒᆞᆫ 것이오니 다힝히 쌔끗ᄒᆞᆫ 집안에 반ᄃᆞ시 한권을 사두시오

썰늬버유람긔

全壹冊
定價拾錢
郵稅四錢

(Swift's "Gulliver Travels")

세상에 큰톄ᄒᆞ는 사람도 만소 ᄯᅩ 잔창이 좀상이도 만소 그러나 아모든지 썰늬버의 구경ᄒᆞ든 이약이를 드르면 놀나 잡바지오리다 이최은 세계에 유명ᄒᆞᆫ 풍ᄌᆞ쇼셜(諷刺小說)이니 썰늬버란 한의원이 배를 타고 도라다니다가 우연히 표풍을 당ᄒᆞ야 우리 어른이란 것을 각시모양으로 손ᄭᅳᆺ헤 노코 놀니는 왕사람나라와 ᄯᅩ 우리 호주머니에 열아문식 너허도 어느구석에 박엿는지 모를 알사람나라를 두로 구경ᄒᆞ든 젼만고에 듯지못ᄒᆞ든 이약이라 이일 져일로 이 세샹 사람의 거만ᄒᆞᆫ 쟈 잘난톄ᄒᆞ는 쟈를 이 쌤ᄡᅧ리고져 쌤ᄡᅧ리고 이 볼기 치고 져 볼기치는 샹쾌ᄒᆞᆫ 최이니 누고든지 한번 보시오

漢城 新文舘 發行

허풍션이모험긔담

(The Adventures of Baron Munchausen)

全壹册 精妙畵入 定價貳拾錢 郵稅四錢

漢城 新文館 發行

엄청난 거짓말、 현연덕스러운 거짓말、 아모라도 속을 리도 업고 속지 안을수도 업는 이상야릇ᄒᆞᆫ 거짓말、 슬긔로운이가 들으면 모골이 송연ᄒᆞ고 어리셕은이가 들으면 아가리가 딱딱 버러지는 거짓말、 거짓말을 실혀ᄒᆞ는이에게 가장 갓가온 벗노릇을ᄒᆞ고 거짓말을 질겨ᄒᆞ는 이에게 가장 큰 징계가 되는 거짓말、 이런 긔피ᄒᆞᆫ ᄉᆡᆼ각파 신통ᄒᆞᆫ 만듬이 하늘에서 떠러젓는지 땅에셔 소삿는지 신령의 조환지 조물의 희롱인지 모를 ᄌᆞ미잇고 교훈되는 이약이를 듯고져ᄒᆞ시는이는 모다 이 ᄎᆡᆨ을 보시오 얼는 이 ᄎᆡᆨ을 보시오 즉시 이 ᄎᆡᆨ을 보시오 거짓말에 웃듬이오 셩인이오 폭발약은 이 ᄎᆡᆨ이니 거짓말 헌소리를 가장 실혀ᄒᆞ는 사람일사록 반드시 이 ᄎᆡᆨ을 보시오 ᄌᆞ세ᄒᆞᆫ ᄭᆡ닭은 ᄎᆡᆨ을 보면 아오리다

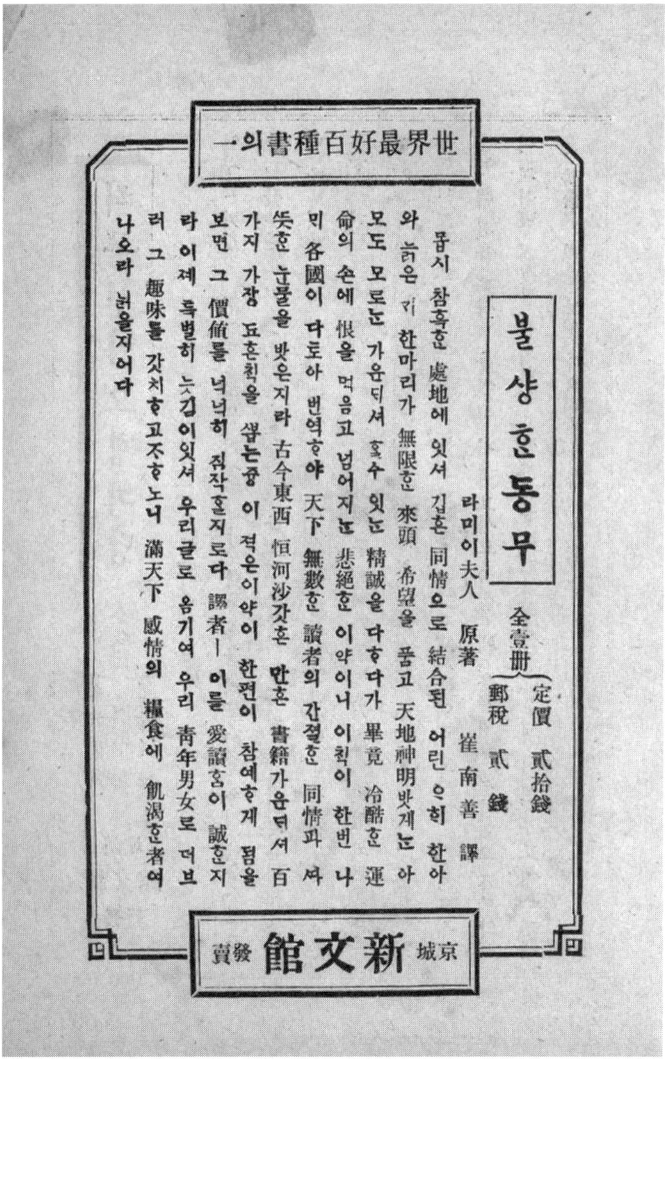
世界最好百種書의一
불샹ᄒᆞᆫ동무
全壹冊 定價 貳拾錢 郵稅 貳錢
라미이夫人 原著 崔南善 譯
몹시 참혹ᄒᆞᆫ 處地에 잇셔 깁ᄒᆞᆫ 同情으로 結合된 어린 ᄋᆞ희 한아와 늙은 ᄀᆡ 한마리가 無限ᄒᆞᆫ 來頭 希望을 품고 天地神明밧게는 아모도 모로는 가운ᄃᆡ셔 ᄒᆞᆯ수 잇는 精誠을 다ᄒᆞ다가 畢竟 冷酷ᄒᆞᆫ 運命의 손에 恨을 먹음고 넘어지는 悲絕ᄒᆞᆫ 이약이니 이ᄎᆡᆨ이 한번 나미 各國이 다토아 번역ᄒᆞ야 天下 無數ᄒᆞᆫ 讀者의 간절ᄒᆞᆫ 同情파 ᄯᅡᄯᅳᆺᄒᆞᆫ 눈물을 밧은지라 古今東西 恒河沙갓ᄒᆞᆫ 만ᄒᆞᆫ 書籍가운ᄃᆡ셔 百가지 가장 묘ᄒᆞᆫ취을 ᄲᆞᆸ는중 이 적은이약이 한편이 참예ᄒᆞ게 됨을 보면 그 價値를 넉넉히 짐작ᄒᆞᆯ지로다 譯者ㅣ 이를 愛讀ᄒᆞᆷ이 誠ᄒᆞᆫ지라 이제 특별히 늣김이잇셔 우리글로 옴기여 우리 靑年男女로 더브러 그 趣味를 갓치ᄒᆞ고조ᄒᆞ노니 滿天下 感情의 糧食에 飢渴ᄒᆞᆫ者여 나오라 닑을지어다
京城 新文館 發賣

(再版) 불상한동무

"A DOG OF FLANDERS"의 譯本

崔南善撰

譯者는誠心으로써滿天下青年諸君에게此書를勸讀하노니此書에含蓄된無限한感興을諸君과與共하자함이라 旣往十數年間、艱險한世路에隻身孤行한譯者로하야곰苦難을頓忘케하고孤獨을莫感케하야恒久한希望과如一한勇氣를持續케한原動力은대개此書에서源을發한者ㅣ니譯者는實로至巨한活力을此書에得하며絶大한薰化를此書에蒙하며最高한感興을此書에受한者로라 此書의主人公과밋그境遇는實로가장醇正하고가장高尙한現代青年과밋그奇險한遭遇를象徵하는者ㅣ니今日吾人에게對하야가장有力한策勵와慰安을與할者는古今東西恒河沙가튼文字中에서此一小話에過할者ㅣ無하다하야도盛言이아니라할지로다

插畫三箇 全壹冊 定價貳拾錢 郵稅貳錢

新文館藏板

톨쓰토이 原著 朴賢煥 抄譯

哀話 갓쥬샤 海棠花

(京城府黃金町 新文館發行)

雅裝全一冊
定價四拾錢
郵稅四錢

天堂과 地獄이 各人의 心中에 在함

杜翁一代의傑作으로世界最高의讚仰을受한『復活』의要旨를撮하야妙味를存한것이라情海에沈淪하는薄命佳人賈珠謝와心獄에呻吟하는貞義公子來流德이一夜의業寃을因하야萬里의謫囚를作할새良心最高의命令下에許多한葛藤이成來하고化翁至奇의戲弄中에無限한情趣가湧出하며若夫原著者의寓意와主人公의暗示에至하야는讀者로하야곰惕然히反省하고肅然히起敬케하는者ㅣ存한지라敢히江湖讀書子의淸讀에供하노라

갓쥬샤 내ᄉᆞ랑아 이리별을 어이히
눈녹기ᄭᅡ지나마, 잇서지다고,
쥬님씌 우리긔도, (라라)들일가이나。
갓쥬샤 내ᄉᆞ랑아, 이리별을 어이히,
오늘밤 밤새도록, 싸히는눈이,
우리님 가실길을, (라라)덥허주게나。
갓쥬샤 내ᄉᆞ랑아, 이리별을 어이히,
일후에 우리다시, 맛날ᄯᅢᄭᅡ지,
그양즈 변치말고, (라라)기다려다고。
갓쥬샤 내ᄉᆞ랑아, 이리별을 어이히,
애ᄭᅳᆺ는 리별눈물, 비가될ᄯᅢ에,
바람은 들에불고, (라라)날이점으네。
갓쥬샤 내ᄉᆞ랑아, 이리별을 어이히,
가업는 빈벌판에, 이몸만혼자,
알뜰한 님을두고 (라라)ᄯᅥ나겟고나。

●쉬내일택●

세계일듀가 (世界一週歌)

公六 作

선명한산단이수십개
됴혼됴회에
아름답게댱황
뎡가십면

세상일은 알수가 업난것이라 팔미도 밧게는 물밧게 업다 하던 시졀도 발서 디난밤남가일몽이오 디금에 이르러서는 어머니뎟듀하고 코ㅅ물울흘니난 어린아해ᄭᅡ디도 영국 법국을 옴기고 계몽편 덧머리를 배호난 소학생도도 혹구댜가사는 아프리카와 밤과낫이서로틀니난 아메리카를알고 어대어대로 엇다가면 멧틸만에 왼세상을 한박휘돌듈ᄭᅡ디 아나니 디금에 세계가 발서 우리눈압헤 와서 보시오보시오하고보아듀기를 대륙

할뿐아니라 우리가 또한보아듀디아니터못하게되얏난디라 그러나 알기
쉬울뜻하고 알기어렵고 보기쉬울뜻하고 보기어려운것은 이 세계의 형
편이라 이에 이노래를 내이난것은 다름아니오 다만 디극히 어려운것을
디극히쉽게 디극히 쌕쌕한 것을디극히다미잇게 보이고알니랴하난 것이
니이택을 한번 손에듸이고 나댜이읇고 가만히 외올딘대 몸이 황홀히
유롭 파의산파아메리카의물사이에 노난듯하고 데임스강우에 배를띄우
고 알프산등에 어름을 디티난듯할디니 누가아니쾌하다하며 누아니댱하
다하리오 가댱편하고싸고 쉽게 세상구경할사람은 이택을 보시오

歷史歌詠 (사긔노래)

열두권한길

뎡가각十뎐

댜례댜례내이오

통발행뎌 신문관

學生案頭不可無此書

辭典

朝鮮光文會 編纂 近刊

朝鮮時語五萬의標準을定하고意義를譯한것이니朝鮮有語以後에初有한大著라우리의精神的血液이從此로一段의生機를加得할지니라

조선말본

金枓奉 撰 近刊

萬語를紬繹하고萬用을庖廚하야紛糾錯亂한朝鮮語의本體를闡明하고正路를啓示한者ㅣ니故周時經氏의後를繼하야그不逭과未逮를補完한朝鮮語文法書中의唯詳確한것이라

新字典

朝鮮光文會 編纂 (特價壹圓貳拾錢)
大板摺紙全壹冊 (郵稅拾貳錢)

漢字流入三千年에完全한字書가一無함을慨하야苦心講討五閱年에始克成篇한最新最詳最精確한漢字典이니註解의詳明과譯語의適切은固毋論이오字字義義에用例를必示하고名物儀器에는精圖를挿入하야字義의觀念을明確하게하얏스며康熙字典以下諸他字書에아즉收載치아니한新字新義와內外俗字까지一切網羅하야最新樣式으로字劃을排列하니時下에唯一한進步的實用的字書니라

歌曲選

南岳主人 撰 (定價參拾錢)
採取六百首 (郵稅四錢)

高句麗乙巴素以下最近安玟英까지百數十家의時調名作六百章을類分編次한것이니朝鮮人의特別한情理意趣와朝鮮語의固有한詞彩音調는오즉此書에서鑑賞할지니라

朝鮮俚諺

崔瑗植 撰 (定價參拾錢)
採收九百條 (郵稅 錢)

朝鮮古來俚諺中情理逼切한者九百餘條를苦心蒐集하야意義와用處를註明한奇書니行文接話에受益이莫大할분아니라人情世態의機微를透徹할지니라

京城 新文館 發行

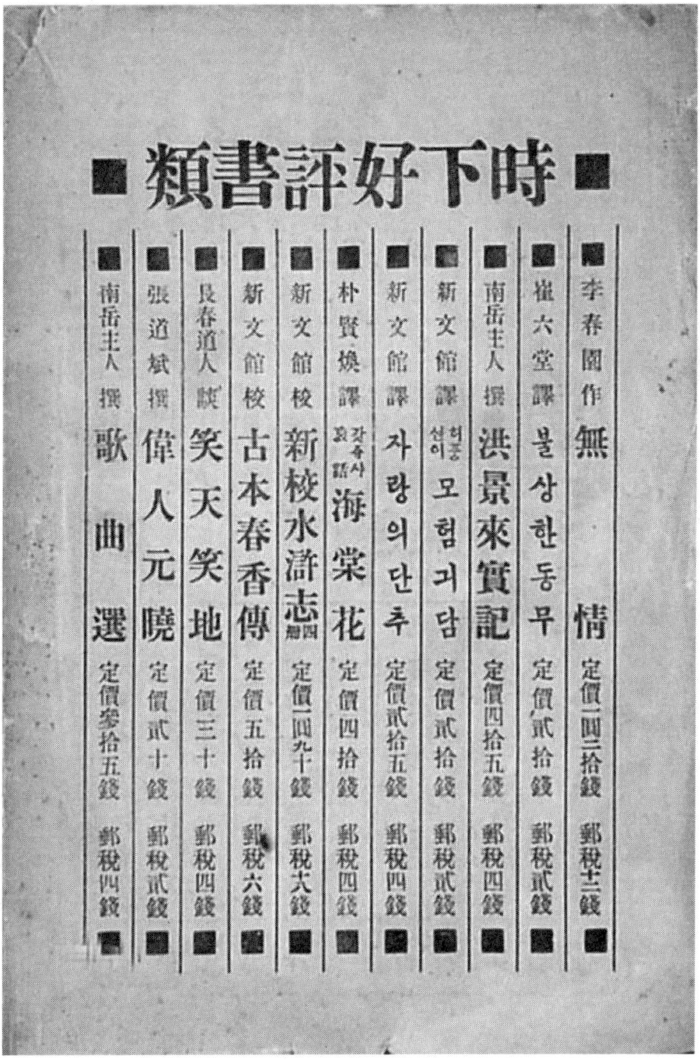
時下好評書類
李春園作 無情 定價一圓三拾錢 郵稅十三錢
崔六堂譯 불상한동무 定價貳拾錢 郵稅貳錢
南岳主人撰 洪景來實記 定價四拾五錢 郵稅四錢
新文館譯 모험긔담 定價貳拾錢 郵稅貳錢
新文館譯 자랑의단추 定價貳拾五錢 郵稅四錢
朴賢煥譯 哀話 海棠花 定價四拾錢 郵稅四錢
新文館校 新校水滸志 四冊 定價一圓九十錢 郵稅十六錢
新文館校 古本春香傳 定價五拾錢 郵稅六錢
長春道人讀 笑天笑地 定價三十錢 郵稅四錢
張道斌撰 偉人元曉 定價貳十錢 郵稅貳錢
南岳主人撰 歌曲選 定價參拾五錢 郵稅四錢

多趣味ᄒᆞ고價最廉ᄒᆞᆫ

륙六젼錢쇼小셜說

定價金 每冊六錢 郵稅貳錢

京城 新文館 發行

印書의術이便利홈을隨ᄒᆞ야不似ᄒᆞᆫ書籍이만히刊行ᄒᆞᄂᆞᆫ中古來로廣行ᄒᆞᄂᆞᆫ書를名稱을改換ᄒᆞ고內容을變更ᄒᆞ되ᄒᆞᆫ이珠玉을變ᄒᆞ야瓦礫을作ᄒᆞ야無理ᄒᆞᆫ利를貪ᄒᆞᄂᆞᆫ者ㅣ比比ᄒᆞ니엇지寒心치아니ᄒᆞ리오今吾人이此弊習에慨ᄒᆞ야矯救ᄒᆞ기를思ᄒᆞᆫ시먼저古小說中可히傳後ᄒᆞᆯ者를擇ᄒᆞ야字句를修正ᄒᆞ야此叢書를刊行ᄒᆞ오며將來에ᄂᆞᆫ內外新著譯을加入ᄒᆞᆯ計劃이외다

심 쳥 젼 (단권)

出天ᄒᆞᆫ誠孝로ᄒᆞ야盲父가開眼을開ᄒᆞ고丐女兒가萬乘國母가된離合窮達의奇談

흥 부 젼 (단권)

頑暴ᄒᆞᆫ富兄은重禍에罹ᄒᆞ고孝友ᄒᆞᆫ貧弟ᄂᆞᆫ洪福을受ᄒᆞᄂᆞᆫ佳話

홍 길 동 젼 (단권)

班家左族으로含憤出家ᄒᆞ야鬼神갓ᄒᆞᆫ才略으로國內를驚動ᄒᆞᆫ後海外로民植ᄒᆞᆫ英雄談

남훈태평가 (단권)

古來廣行ᄒᆞᄂᆞᆫ時調、歌詞、雜歌數百篇를訂正刊出ᄒᆞᆫ것

삼 셜 긔 (상하)

三士橫入黃泉記、五虎大將記、西楚霸王記、三子願從記、黃州牧使記、智囊記、老處女歌等奇談集

져 마 무 젼 (단권)

(回心曲附錄)

抱才落拓ᄒᆞᆫ一士人이冥府에入ᄒᆞ야千古疑案을無難剖決ᄒᆞᆫ功으로 · 後世에榮貴ᄒᆞᆫ奇談

사시남졍긔 (상하)

畜妾은家道의斧斤이라모든禍機가此에伏在ᄒᆞ야害端이滋ᄒᆞ면底止ᄒᆞᆯ이업슴을說示ᄒᆞᆫ家庭小說

뎐 우 치 젼 (단권)

絶言思奪造化ᄒᆞᄂᆞᆫ奇才로抑强扶弱ᄒᆞ고匡世矯俗ᄒᆞᆫ實談

第壹輯 拾冊旣刊

第壹輯 全部를購求ᄒᆞ시ᄂᆞᆫ 君子에게ᄂᆞᆫ特價五拾錢 郵稅八錢

絶倒百話

圓石散人 編

△苦海갓흔世上을樂園갓치지너려ᄒᆞᄂᆞᆫ이ᄂᆞᆫ이ᄎᆡᆨ을보시오

△枯禪갓흔生涯에淡泊을익이지못ᄒᆞᄂᆞᆫ이ᄂᆞᆫ이ᄎᆡᆨ을보시오

△餘裕업ᄂᆞᆫ處地에分外의豐足을求ᄒᆞᄂᆞᆫ이ᄂᆞᆫ이ᄎᆡᆨ을보시오

偶丁居士 談

開卷嬉嬉

京城 新文舘 發賣

이두ᄎᆡᆨ은古今笑話中特別히趣味잇ᄂᆞᆫ者百則식을選ᄒᆞ야輕妙洒脫ᄒᆞᆫ文으로記述ᄒᆞᆫ者ㅣ니何人이든지一讀ᄒᆞ면抱腹折腰解頤噴飯ᄒᆞ고嘻嘻呵呵局局咍咍ᄒᆞᆷ을스ᄉᆞ로抑制치못ᄒᆞᆯ지니웃고세상을지너려ᄒᆞᄂᆞᆫ이ᄂᆞᆫ다一本을必備ᄒᆞ시오

全壹冊 定價 拾錢 郵稅 貳錢

全壹冊 定價 拾錢 郵稅 貳錢

春園李光洙作
無情
文壇創有의名著
『無情』은新文壇建設의第一礎ㅣ라이自覺과自任의下에春園李君이心血을傾倒하야苦思力作한것이니그精妙한結構와纖奇한描寫ㅣ한번新聞紙上에載出되매江湖의讚賞이泉涌雷震하야朝鮮新文學史上의가장重要한地位를占有할名著임을公認케된것이라幼稚한文壇의此書에刺激됨이實로無限하얏도다今에藝苑의渴望을爲하야가장淸灑한樣姿로써精麗하게版出하니五號活字六百三十頁의巨卷으로形神質量무엇으로든지小說界에曠前한偉觀이되는것이라진실로心을文學에留하야新思潮에幷棹코저하는者는다가치此書에就하야精玩深味치아니치못할지니此書는實로新朝鮮文壇에在하야旣往으로는最大한收穫이오現在로는最高한典型이오將來에는最良한嚮導者될일새니라（一千部만印出하얏슬뿐이니趂早購取치아니하면絕品될慮ㅣ有하외다）
（全壹冊六百三十頁、定價金壹圓貳拾錢、小包料拾貳錢）
想園最大의收穫
發行所 新文館（京城府黃金町 振替六六四番）
東洋書院（京城鍾路 振替四九二番）

六堂 崔南善 撰

(京城黃金町二丁目 振替京城六六四番) 新文館 發行

時文讀本

美裝全壹冊
定價七拾五錢
郵稅六錢

時下青年의가장苦痛을感하는者는文章練習의蹊徑이迷塞하얏슴이니如何히思想을表現하며事物을記載하여야可할지準的과模範이一無한지라堂堂히高等教育을修了하고도日常切用의簡易文조차構成치못하는者ㅣ比比함이엇지當者의罪過뿐이라於是에六堂崔氏의此編이有하니材料를古今에採하고體制를內外에察하야初學入門으로브터階級的으로現行하는文章諸體에習熟하게한것이라時文의迷津에비로소寶筏을見하얏다할것이오全四編合一百二十課ㅣ總히文思를助長하고詞藻를涵養하는同時에智識을增進하고修養에補益할要品이니實로靑年者流의常時披誦할好書니라

文章之指針
常識之叢藪
修養之科條

絕對한信用은莫大한需要를誘發하야重板又重板하야底止할바를不知하는터
新字典
改正定價貳圓郵稅拾貳錢
諸般物料가當初板時에比하면四倍나暴騰하얏스되江湖의厚意를奉答하기爲하야極少限의增價에止합
漢字流入三千年에完全훈對譯字典이無훈을慨훈야朝鮮光文會ㅣ周到훈設備와巨大훈心力으로苦心講討五星霜에此書를完成훈니體例의新便파註解의詳明파名物考定의博洽온毋論이오字義마다出處와用例를一一擧示훈고必要훈者는圖解々지훈야字義의觀念을明確훈게훈야我字典界、往百世의舊欠을補훈고來百世의新逕을開훈것이라闕略迂疎훈舊書와訛誤蕪雜훈俗本의不便파不利를切感훈시든天下人士는此最新最完全훈新字典을必備훈시오朝鮮日本의新舊俗字와近世科學上新字新義를無漏網羅훈고排字樣式을泰西字書를倣훈야簡便이無比훈니今日에在훈야新時代의必要를具備훈者는오죽新字典이有훈뿐이로다
總發行所 京城黃金町 新文館

萬家必備의寶鑑
方信榮女史撰（大好評再板印成）
조선료리만드는법
朝鮮料理製法
諺文全壹冊
定價金四十錢
郵稅四錢
▼△朝鮮古今諸種料理法三百五十則을網羅ᄒᆞ야▽▲
▼△平易ᄒᆞᆫ文辭로秩序整然ᄒᆞ게叙說ᄒᆞᆫ創有奇書▽▲
▼△醬油醋蜜의製造法과菜蔬魚肉의調理法이며▽▲
▼△酒食糜粥의日用品과餠餻茶菓의奢侈品이며▽▲
▼△漬、醢、膾、脯、烹、炙、湯、煎等을一切括論ᄒᆞ고▽▲
▼△別로支那·日本·西洋等外國食品四十種製法附錄▽▲
▼△滋養과旨味를爲ᄒᆞ야家家에不可不備ᄒᆞᆯ寶典▽▲
目次大要
醬醋 七種
국 二十種
찌개 十種
지짐이 五種
나물 十七種
부침 四種
脯 六種
煎油兒 六種
산적 四種
찜 五種
膾 二種
餠食 二十六種
茶食 七種
정과 十六種
花菜 九種
油蜜菓 八種
강정 六種
밥 六種
粥 十二種
米飮 五種
암죽 三種
떡 四十種
침치 三十九種
젓 四種
茶 十三種
諸酒
地方名食若干
外國名食若干
發行所 京城黃金町 新文館

아이들보이〔第二號〕

朝鮮俚諺

全壹册紙數三百八十頁
定價叁拾錢郵稅四錢

俚諺은萬人의思究經驗이結晶된至理오萬代의練磨彫琢으로製出된格言이니處世의秘機와交人의妙諦를此中에서悟得홀수잇슬뿐아니라談論과文章에此를引喩ᄒᆞ면意思를曲盡ᄒᆞ고理趣를助長ᄒᆞ니그效用이또한廣大ᄒᆞ도다此書ᄂᆞᆫ朝鮮古來의俚諺中情理逼切ᄒᆞᆫ者九百餘條를苦心蒐集ᄒᆞ야意義와出處를註明ᄒᆞᆫ奇書ㅣ니此書一部를座右에備置ᄒᆞ면行文接語에受益이莫大홀뿐아니라人情世態의機徵를透徹홀지라 江湖大方의高評을恭竢ᄒᆞ노라

通俗의 經典

絕倒百話
開卷嬉嬉

(各壹册)
定價各拾錢
郵稅各貳錢

此二書ᄂᆞᆫ古今笑話中特別히趣味잇ᄂᆞᆫ者百則식을選ᄒᆞ야輕妙洒脫ᄒᆞᆫ文으로記述ᄒᆞᆫ者ㅣ니何人이든지一讀ᄒᆞ면抱腹絕腰解頤噴飯ᄒᆞ고嘻嘻呵呵局局哈哈홈을스ᄉᆞ로抑制치못홀지니웃고셰상을지ᄂᆡ려ᄒᆞᄂᆞᆫ이ᄂᆞᆫ다一本을必備ᄒᆞ시오

京城 新文館 發行

大正二年九月五日第三種郵便物認可
大正二年十月五日發行(每月壹回五日發行)

崔瑗植
君輯解
朝鮮俚諺
全壹冊 小板二百八十頁
定價參拾錢 郵稅六錢
俚諺은萬人의思究經驗이結晶된至理오萬代의練磨彫琢으로製出된格言이니處世의秘機와交人의妙諦를此中에서悟得ᄒᆞᆯ수잇슬뿐아니라談論과文章에此를引喩ᄒᆞ면意思를曲盡ᄒᆞ고理趣를助長ᄒᆞ니그効用이또한廣大ᄒᆞ도다此書ᄂᆞᆫ朝鮮古來俚諺中情理逼切ᄒᆞᆫ者九百餘條를苦心蒐集ᄒᆞ야意義와用處를註明ᄒᆞᆫ奇書니此書一部를座右에備置ᄒᆞ면行文接語에受益이莫大ᄒᆞᆯ뿐아니라人情世態의機微를透徹ᄒᆞᆯ지라
江湖大方의高評을恭竢ᄒᆞ노라
圓石散人編
絕倒百話
全壹冊 定價拾錢 郵稅貳錢
이두칙은古今笑話中特別히趣味잇ᄂᆞᆫ者百則식을選ᄒᆞ야輕妙灑脫ᄒᆞᆫ文으로記述ᄒᆞᆫ者ㅣ니何人이든지一讀ᄒᆞ면抱腹折腰解頤噴飯ᄒᆞ고嘻嘻呵呵局局哈哈ᄒᆞᆷ을스ᄉᆞ로抑制치못ᄒᆞᆯ지니웃고셰상을지ᄂᆡ려ᄒᆞᄂᆞᆫ이ᄂᆞᆫ다一本을必備ᄒᆞ시오
偶丁居士談
開卷嬉嬉
全壹冊 定價拾錢 郵稅貳錢

趣味情景窮奇極妙

舊小說之精華

옥玉루樓몽夢

全四冊九百頁（定價第一二三卷各四拾五錢 第四卷五拾五錢郵稅各六錢）

天上一朶蓮이地上에落來ᄒᆞ야千色萬相을呈ᄒᆞ고玉京六仙官이人界에謫降ᄒᆞ야亂波重浪을起ᄒᆞ니幻奇ᄒᆞᆫ局面에ᄂᆞᆫ風雲이忽變ᄒᆞ고紆曲ᄒᆞᆫ逕路에ᄂᆞᆫ情趣가橫溢ᄒᆞᆫᄃᆡ더옥結搆가雄渾ᄒᆞ고文辭가典麗ᄒᆞ야小說의要格을俱備ᄒᆞ니自來로小說界에셔特殊ᄒᆞᆫ榮寵을荷ᄒᆞᆷ이豈偶然ᄒᆞᆷ이아니로다그러나至今히刋本이無ᄒᆞ야讀書家의缺憾이深切ᄒᆞᆫ지라이에弊舘이年餘의工夫를費ᄒᆞ야訛誤를校正ᄒᆞ고ᄯᅩ難澁ᄒᆞᆫ文語에ᄂᆞᆫ漢文을傍註ᄒᆞ며卷首마다精美ᄒᆞᆫ圖像을附ᄒᆞ야堅固히結冊ᄒᆞ야發行ᄒᆞ니從此로億萬家庭이容易히此奇書를藏ᄒᆞᆯ지라널니讀書家에薦擧ᄒᆞ노라每冊二百頁大板密行이니時俗小說에比ᄒᆞ야四五倍의質量이有ᄒᆞᆯᄲᅮᆫ아니라裝冊이堅美ᄒᆞᆷ으로永久히藏讀ᄒᆞᆯ지며幾遍重讀ᄒᆞᆯ지라도厭飫ᄒᆞ지아니ᄒᆞᄂᆞᆫ名作이외다

舊小說之精英

신교 옥루몽

(全四冊約九百頁)
(結冊堅固挿畵精美)

一二三卷定價各四拾五錢 四卷定價五拾五錢

天上一朶蓮이地下에落來ᄒᆞ야千色萬相을呈ᄒᆞ고玉京六仙官이人界에謫降ᄒᆞ야亂波重浪을起ᄒᆞ니幻奇ᄒᆞᆫ局面에ᄂᆞᆫ風雲이忽變ᄒᆞ고紆曲ᄒᆞᆫ巡路에ᄂᆞᆫ情趣가橫溢ᄒᆞᆫᄃᆡ더욱結搆가雄渾ᄒᆞ고文辭가典麗ᄒᆞ야小說의要格을具備ᄒᆞ니自來로小說界에셔特殊ᄒᆞᆫ榮寵을荷ᄒᆞᆷ이ᄎᆞᆷ偶然ᄒᆞᆷ이아니로다그러나至今히刊本이無ᄒᆞ야讀書家의缺憾이深切ᄒᆞᆫ지라이에弊館이年餘의工夫를費ᄒᆞ야訛誤를校正ᄒᆞ고ᄯᅩ難澁ᄒᆞᆫ文語에ᄂᆞᆫ漢文을傍註ᄒᆞ며卷首마다精美ᄒᆞᆫ圖像을附ᄒᆞ야堅固히結冊ᄒᆞ야發行ᄒᆞ니從此로億萬家庭이容易히此奇書를藏ᄒᆞᆯ지라널니文學愛好家에薦擧ᄒᆞ노라

(每冊二百餘頁大板密行이니時俗小說에比ᄒᆞ면四五倍되ᄂᆞᆫ質量이有ᄒᆞᆯᄲᅮᆫ아니라裝潢이堅美ᄒᆞᆷ으로永久히藏讀ᄒᆞᆯ것이며幾遍重讀ᄒᆞᆯ지라도厭飫치아니ᄒᆞᄂᆞᆫ名作이라)

高尙清新한家庭小說로古今無雙의名著
고셜 옥루몽
全四冊紙數九百頁(小拾)
結冊堅固揷畵精美(包八)
定價金壹圓九十錢(料)
特價金壹圓二十錢(錢)
趣味情景이窮奇極妙ᄒᆞᆫ舊小說의精英으로定評이自在ᄒᆞᆷ
天上一朶蓮이地下에落來ᄒᆞ야千色萬相을呈ᄒᆞ고玉京六仙官이人界에謫降ᄒᆞ야亂波重浪을起ᄒᆞ니幻奇ᄒᆞᆫ局面에ᄂᆞᆫ風雲이忽變ᄒᆞ고紆曲ᄒᆞᆫ逕路에ᄂᆞᆫ情趣가橫溢ᄒᆞᆫ되더욱結構가雄渾ᄒᆞ고文辭가典麗ᄒᆞ야小說의要格을具備ᄒᆞ니自來로小說界에서特殊ᄒᆞᆫ榮寵을荷ᄒᆞᆷ이졸偶然ᄒᆞᆷ이아니로다그러나至今히刊本이無ᄒᆞ야讀書家의缺憾이深切ᄒᆞᆫ지라이에弊館이年餘의工夫를費ᄒᆞ야訛誤를校正ᄒᆞ고ᄯᅩ難澁ᄒᆞᆫ文語에ᄂᆞᆫ漢文을傍註ᄒᆞ며卷首마다精美ᄒᆞᆫ圖像을附ᄒᆞ야堅固히結冊ᄒᆞ야發行ᄒᆞ니從此로億萬家庭이容易히此奇書를藏ᄒᆞᆯ지라닐니文學愛好家에薦擧ᄒᆞ노이다
每冊二百餘頁大板密行이니時俗小說에比ᄒᆞ면四五倍되ᄂᆞᆫ質量이有ᄒᆞᆯᄲᅮᆫ아니라裝潢이堅美ᄒᆞᆷ으로永久히藏讀ᄒᆞᆯ것이며幾遍重讀ᄒᆞᆯ지라도厭飫치아니ᄒᆞᄂᆞᆫ名作이라
京城 新文館 發行

天下의 青年好漢에게 特히 此書를 推薦함

신슈호지

全四册紙數壹千頁
結冊堅固挿畵精美
定價金壹圓九十錢（小包料八拾錢）
特價金壹圓二十錢

四大奇書의最大奇書로此書를不讀홈은讀書家의大羞恥

如何라야眞個好小說이뇨小說에對하야萬人의要望ᄒᆞ하條件이옹당千殊萬別홀지로딕千萬人千萬種의要求를均一하게滿足케ᄒᆞ다하면그小說의値價가如何하리오今에譯刊하는水滸志는實로百味俱存혼東西古今最大傑作이라一部百回는곳人生活動의極致와人情發露의玄妙를靈筆로活畵혼것이니雄大奇偉가纖巧婉曲을作하고悲壯凄慘이怡樂和悅을隣하야如何혼形容辭도實際의奇妙를盡喩하지못홀지오如何혼想像力도그實味의濃厚를切推하지못홀지라蔽一言하고識字하는人으로此書를一讀하지아니면此生의一樂事를自抛홈이라홀지로다吾人은此書를一小說로써諸君에게推薦홈이아니오實로出天入地驚神泣鬼하는快人快事奇觀壯觀으로何人이던지반다시一讀홈을勸홈이로라【新文館發行이라야譯文이正確】

京城 新文館 發行

奇談珍說三百
笑天笑地
全壹冊定價參拾錢郵稅貳錢
笑樂은오즉人類만享受하는巨福이오또人類의天然的財產中最貴最大한것이라三千大千의苦海火宅에時時로極樂世界를幻出케하는者도笑요蕭條索莫한人生의行路에往往히百花園林을逢着하게하는者도笑ㅣ라笑가有한處에萬祥이畢集하며
笑가有한時에百災가自消하나니人生의須臾不可離할者는笑樂인뎌此書는古今笑話中情趣奇拔者三
百餘題를取하야輕妙灑脫한筆致로記述한者ㅣ니幾多世代幾多天才의繼續的彫琢으로出來한
上을歡笑로消遣하시옵
京城新文館發行

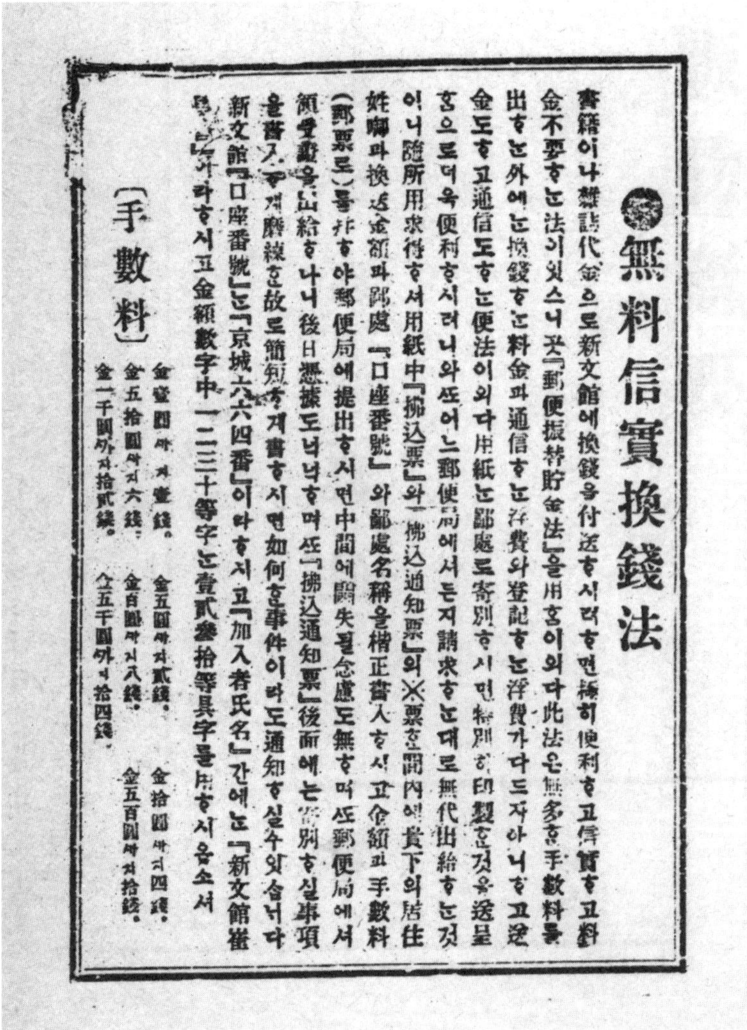

無料信實換錢法

書籍이나雜誌代金으로新文館에換錢을付送ᄒᆞ시려ᄒᆞ면極히便利ᄒᆞ고信實ᄒᆞ고料金不要ᄒᆞᄂᆞᆫ法이잇스니곳『郵便振替貯金法』을用ᄒᆞᆷ이외다此法은無多ᄒᆞᆫ手數料를出ᄒᆞᄂᆞᆫ外에ᄂᆞᆫ換錢ᄒᆞᄂᆞᆫ料金과通信ᄒᆞᄂᆞᆫ郵費와登記ᄒᆞᄂᆞᆫ浮費가다드지아니ᄒᆞ고送金도ᄒᆞ고通信도ᄒᆞᄂᆞᆫ便法이외다用紙ᄂᆞᆫ歸處로寄別ᄒᆞ시면特別히印製ᄒᆞᆫ것을送呈ᄒᆞᆷ으로더옥便利ᄒᆞ시려니와또어ᄂᆞ郵便局에서든지請求ᄒᆞᄂᆞᆫ대로無代出給ᄒᆞᄂᆞᆫ것이니隨所用求得ᄒᆞ셔用紙中『拂込票』와『拂込通知票』의※票ᄒᆞᆫ欄內에貴下의居住姓啣과換送金額과歸處『口座番號』와歸處名稱을楷正書入ᄒᆞ시고金額과手數料(郵票로)를幷ᄒᆞ야郵便局에提出ᄒᆞ시면中間에閪失될念慮도無ᄒᆞ며또郵便局에서領受證을出給ᄒᆞ나니後日憑據도넉넉ᄒᆞ며또『拂込通知票』後面에ᄂᆞᆫ特別ᄒᆞ실事項을書入ᄒᆞ게磨錄ᄒᆞᆫ故로簡短ᄒᆞ게書ᄒᆞ시면如何ᄒᆞᆫ事件이라도通知ᄒᆞ실수잇습니다新文館『口座番號』ᄂᆞᆫ『京城六六四番』이라ᄒᆞ시고『加入者氏名』간에ᄂᆞᆫ『新文館崔南善』이라ᄒᆞ시고金額數字中一二三十等字ᄂᆞᆫ壹貳參拾等具字를用ᄒᆞ시옵소서

〔手數料〕

金壹圓까지壹錢。 金五圓까지貳錢。 金拾圓까지四錢。
金五拾圓까지六錢。 金百圓까지八錢。 金五百圓까지拾錢。
金一千圓까지拾貳錢。 金五千圓까지拾四錢。

通常郵便小包料金

二十兩重ᄭᆞ지	朝鮮間十二錢 日淸鮮間三十錢
四十兩重ᄭᆞ지	朝鮮間十八錢 日淸鮮間四十錢
六十兩重ᄭᆞ지	朝鮮間二十四錢 日淸鮮間四十五錢
八十兩重ᄭᆞ지	朝鮮間三十錢 日淸鮮間五十錢
百兩重ᄭᆞ지	朝鮮間三十六錢 日淸鮮間五十五錢
百二十兩重ᄭᆞ지	朝鮮間四十二錢 日淸鮮間六十錢
百四十兩重ᄭᆞ지	朝鮮間四十八錢 日淸鮮間六十五錢
百六十兩重ᄭᆞ지	朝鮮間五十四錢 日淸鮮間七十錢

【制限】 長、廣、厚寸曲尺二尺。重量百六十兩。登記價格下五十圓、但廣、厚各五寸以內되ᄂᆞᆫ物은長三尺ᄭᆞ지出付홈을得홈

引換代金手數料

通常小包料外에引換金額十圓以內에十錢이加ᄒᆞ고百圓以內에ᄂᆞᆫ每十圓마다又四錢式이加ᄒᆞ고千圓以內에ᄂᆞᆫ每十圓마다三錢式이加홈

第四種郵便料金

書籍其他印刷物로서糊封치안이ᄒᆞᆫ者ᄂᆞᆫ三兩重以內二錢、三兩重以上四錢、六兩重以上六錢、九兩重以上八錢、十二兩重以上十錢이오며此外重量에ᄂᆞᆫ小包로홈이有利홈

서명	책수	가격	서명	책수	가격	서명	책수	가격
일만구천방	(一)	二十錢	강태공실긔	(一)	三十錢	금국화	(一)	二十錢
삼촌설	(一)	四十錢	창선감의록	(一)	六十錢	설중매화	(一)	二十五錢
강상련	(一)	二十五錢	류충렬젼	(一)	二十五錢	삼설긔	(一)	二十五錢
관악산	(一)	二十錢	츙의수호지	(前集三)	一圓二十錢	난봉긔합	(一)	二十五錢
신출귀몰	(一)	十五錢	서유긔	(一,二,三)	一圓	탄금더	(一)	三十五錢
단발령	(一)	三十錢	삼국지	(前集三)	九十錢	박연남전	(一)	二十錢
약산동더	(一)	三十錢	仝	(後集五)	二圓	화수분	(一)	二十五錢
장한몽	(上)	四十錢	사씨남정긔	(一)	三十錢	송 쥭	(一)	三十錢
령광명	(一)	二十五錢	춘향가	(一)	三十錢	쇼군원	(一)	四十錢
파도상선	(一)	三十錢	鮮漢文春香傳	(一)	四十錢	몽금도	(一)	二十錢
보은록	(一)	二十五錢	현연명	(一)	二十五錢			
박년한	(一)	三十錢	추풍감별곡	(一)	二十五錢			
옥빈홍안	(一)	二十五錢	세검명	(一)	三十錢			
금상첨화	(一)	二十五錢	단산봉황	(一)	二十五錢			
[illegible]	(一)	三十五錢	仰天大笑	(一)	二十錢			
부용헌	(一)	二十錢	우중행인	(一)	三十錢			
구운몽	(三)	六十錢	별쥬부젼	(一)	二十五錢			
장조방실긔	(一)	三十錢	봉선화	(三)	八十錢			

(分類目錄終)

新文館販賣書籍分類目錄

서명	권	가격	서명	권	가격	서명	권	가격
화상설	(一)	二十錢	동정츄월	(一)	二十錢	옥련몽	(五)	一圓二十五錢
빈상셜	(一)	三十錢	화즁화	(一)	二十錢	츈외츈	(三)	五十錢
한월	(一)	二十五錢	삼각산	(一)	二十五錢	지장보살	(一)	三十錢
쇼년의모험	(一)	三十錢	옥련당	(一)	二十五錢	봉외연	(一)	四十錢
세계긔담	(一)	十五錢	마상루	(一)	二十錢	연의각	(一)	二十五錢
공전격연	(一)	二十錢	광야	(一)	二十錢	금의정션	(一)	二十二錢
옥호긔연	(一)	二十錢	쇼상강	(一)	二十錢	현숑가절	(一)	十八錢
산천초목	(一)	二十五錢	봉황대	(一)	二十五錢	박연폭[illegible]	(一)	二十五錢
츄월석	(一)	二十五錢	복소리	(一)	三十錢	화원호접	(一)	三十錢
츄풍감슈록	(一)	二十五錢	금즁화	(一)	二十五錢	도리원	(一)	二十五錢
만인산	(一)	十五錢	강상촌	(一)	三十錢	옥미화	(一)	二十五錢
화세계	(一)	三十錢	류화우	(一)	二十五錢	누구의죄	(一)	三十錢
횡락도	(一)	三十五錢	벽오동	(一)	三十五錢	옥즁긔연	(一)	三十五錢
화의혈	(一)	三十錢	공산명월	(一)	三十錢	옥즁금낭	(一)	二十五錢
완월루	(一)	二十錢	벽부용	(一)	二十錢	육션각	(一)	三十五錢
불토초	(一)	十五錢	금낭이산	(一)	四十錢	방화슈류뎡	(一)	三十五錢
명월명	(一)	二十五錢	강상월	(一)	三十錢	보환연	(一)	二十五錢
적봉츈	(一)	三十錢	천리경	(一)	十五錢	주야월	(一)	三十五錢

一五

샤시남졍긔 (上下) 各六錢

남훈태평가 (一) 六錢

불상혼동무 (라미夫人原著崔南善翻譯) (一) 二十錢

검둥의셜음 (스토夫人原著李光洙翻譯) (一) 三十錢

자랑의단추 主日學校教課適用으로良書 (一) 二十五錢

만인계 (一) 二十錢

썰늬버유람긔 (一) 十錢

絕倒百話 (一) 十五錢

開卷嬉嬉 (一) 十五錢

此兩書는朝鮮古今笑話情理逼切혼者各百則식을選하야輕妙洒脫혼筆致로編述혼奇書라

귀의셩 菊初作 (三) 六十五錢

은세계 (一) 三十錢

옥중화 (一) 四十錢

고목화 (一) 三十錢

홍도화 (二) 四十五錢

원앙도 (一) 二十五錢

치악산 菊初作 (二) 七十錢

모란병 (一) 二十五錢

오지경 (一) 二十五錢

만월디 (一) 二十五錢

목단화 (一) 三十錢

월하가인 (一) 二十五錢

쌍옥뎍 (一) 二十五錢

황금탑 (一) 二十五錢

지환당 (一) 二十五錢

두견성 (二) 六十錢

伊太利少年 (一) 二十錢

십오소호걸 (一) 三十錢

羅賓孫漂流記 (一) 四十錢

강상긔우 (一) 十五錢

현미경 (一) 三十五錢

비행선 (一) 三十五錢

금지환 (一) 二十五錢

쇼양뎡 (一) 二十五錢

구의산 (二) 五十錢

쌍옥루 (三) 一圓五錢

홍보셕 (一) 五十錢

청구긔담 (一) 二十五錢

목단봉 (一) 二十五錢

遊戲算術 (一) 十五錢

西禮便考 (一) 十五錢

西禮須知(諺文) (一) 十五錢

ᄌᆞ근보감 (一) 三十五錢

家庭日用寶鑑 (一) 三十錢

牧民集說 (一) 六十錢

五百年奇談 (一) 四十錢

布哇遊覽記 (一) 二十錢

璿源譜略 (一) 二十五錢

新式記憶法 (一) 二十錢

●第二十 新舊小說類

옥루몽(玉樓夢) 全四冊 九百頁 定價壹圓九拾錢 郵稅拾貳錢 分賣第壹貳參冊各四拾五錢 四冊五十五錢

趣味情景이絹奇極妙한自來有名한大小說이니新文館에서年餘工夫로嚴校發行한것이라結冊堅固揷畵精美

슈호지(水滸志) 全四冊壹千頁定價壹圓九拾錢 郵稅拾貳錢 分賣第壹貳參冊各四拾五錢 四冊五拾五錢

四大奇書의最大奇書로定評이固有한것이니반드시翻譯正確하고事實綜詳하고揷畵精美한新文館發行을購讀하시오

챵션감의록(新文館近刊)

譯註西廂記(新文館近刊)

고본츈향젼(古本春香傳) 全壹冊貳百四拾頁 定價五十錢 郵稅六錢

此書는古名唱의有識한辭說을無漏輯錄한奇書니春香傳中에가장趣味가饒足ᄒᆞ고事實이詳密한者ㅣ라好評이天下에喧藉ᄒᆞ니라

홍길동젼 (一) 六錢

심청젼 (一) 六錢

흥부젼 (一) 六錢

삼설긔(上下) 各六錢

져마무젼 (一) 六錢

此書는天下一手의奇妙ᄒᆞ고深奧ᄒᆞᆫ모든局數를集輯ᄒᆞᆫ奇書ㅣ니圍棊家는반ᄃᆞ시座右에備置ᄒᆞ고時常披覽ᄒᆞ야奇方妙數를會得ᄒᆞᆯ시니라

陞卿圖

（正廟朝命撰）

全壹幅大張精刷

定價拾錢郵稅貳錢

娛樂ᄒᆞᄂᆞᆫ中에複雜ᄒᆞᆫ舊官方履歷을解得ᄒᆞ게ᄒᆞᆫ遊戲ㅣ니正廟朝에서特命으로撰進케ᄒᆞ신것이라

雅言覺非

（茶山丁若鏞撰）

全壹冊紙數百十頁

定價四拾錢郵稅四錢

此書는碩學丁茶山先生이恒用ᄒᆞᄂᆞᆫ雅言數白條에對ᄒᆞ야그訛誤를示明ᄒᆞᆫ者ㅣ니自來士人의愛玩莫措ᄒᆞᄂᆞᆫ學問上要書니라

尙書補傳

（淵泉洪奭周撰）

全壹冊紙數百三十頁

定價四拾錢郵稅四錢

此書는一代巨儒洪淵泉先生이그深大ᄒᆞᆫ蘊蓄으로써書經蔡傳의不足處를補傳ᄒᆞᆫ것이니發明處ㅣ多ᄒᆞ니라

東國歲時記

全壹冊百餘頁

定價四十五錢郵稅四錢

此書는元朝로부터除夕ᄭᆞ지一年內域內習俗을彙輯ᄒᆞᆫ者ㅣ니洌陽歲時記京都雜志를合附ᄒᆞ니라

熱河日記

（燕巖朴趾源撰）

全壹冊參百頁

定價九十錢郵稅六錢

此書는大文學家朴燕巖先生이平生蘊畜과滿腹經綸을燕京紀行에托ᄒᆞ야記述ᄒᆞᆫ千古奇文이라

萬國事物起原歷史 （一） 六十錢
人權新說 （一） 二十錢
進明彙論 （一） 三十五錢
耳談續纂 （一） 十錢
東言考略 （一） 二十錢
金剛山寫眞帖 （二） 七十錢
臥遊金剛 （一） 十八錢
新編遊戲法 （一） 二十錢

新文館販賣書籍分類目錄

蔬菜栽培全書 (一) 四十五錢
商業學 (一) 四十錢
商業大要 (一) 六十錢
商業經營法 (一) 四十錢
簡易商業簿記 (一) 四十錢
應用商業簿記學 (一) 七十錢
銀行簿記學 (一) 六十五錢
實用家計簿記 (一) 二十三錢
致富新說 (一) 十三錢

●第十七 教育及家政書類

簡明敎育學 (一) 七十五錢
師範敎育學 (一) 五十錢
新撰普通敎育學 (一) 三十錢
學校管理法 (一) 三十錢

新編小學敎授法 (一) 三十六錢
小學敎授法 (一) 四十五錢
普通敎育國民儀範 (一) 三十五錢
新訂家政學 (一) 八十錢
漢文家政學 (一) 八十錢
新訂育兒法 (一) 三十錢

●第十八 醫藥書類

東醫壽世保元 (一) 八十錢
新訂方藥合編 (一) 一圓十錢
小兒醫方 (一) 八十錢
痲疹秘方 (一) 三十錢
經驗神方 (一) 一圓二十錢
家庭救急方 (一) 二十錢
單方新編 (一) 四十錢

●第十九 雜種書類

朝鮮俚諺 (一) 三十錢
朝鮮常談中俗理逼切ᄒᆞᆫ者九百餘條를苦心蒐集ᄒᆞ야意義와出處를註明ᄒᆞᆫ奇書라檢索을附ᄒᆞᆷ

歌曲選 (一) 三十錢
古來名人碩士의時調六百餘章을類分校纂ᄒᆞ고風度形容作家檢索等을附錄ᄒᆞ니라

雜歌篇 新文館近刊

大東風雅 (一) 二十五錢

棋譜
全壹冊紙數百二十八頁
定價四十五錢郵稅四錢

一一

會社法 (一) 五十錢
會社法綱要 (三) 一圓五十錢
生計學說 (一) 二十錢
外國貿易論 (一) 六十五錢

●第十五 法典及書式書類

最新朝鮮大法典第一卷 一圓八十錢
仝 第二卷 一圓二十錢
仝 第三卷 一圓〃十錢
大法典民事篇 (一) 七十錢
仝 刑事篇 (一) 三十錢
仝裁判及監獄篇 (一) 三十錢
日本國文法全書 (一) 特一圓五十錢
六法全書 (一)
現行民刑事法令集 (一) 一圓
現行刑法註釋 (一) 七十五錢
仝 洋裝 (一) 八十五錢
註解刑法全書 (一) 一圓
日鮮文刑事令 (一) 五十五錢
日鮮文民法 (一) 三十錢
警察違警察犯規則全部 (一) 五十錢
墓地火葬取締規則 (一) 十二錢
仝 論解 (一) 三十錢
鑛産條例 (一) 二十錢
森林令註解 (一) 三十五錢
土地家屋證明登記篇 (一) 三十錢
實例書式大全 (一) 一圓五十錢
現行書式大全 (一)
警察書式總覽 (一) 二十五錢

●第十六 實業書類 (簿記幷)

農學入門 (一) 八十五錢
農方新編 (一) 三十五錢
農業新編 (三) 一圓四十錢
農業大要 (一) 三十錢
最新土壤學 (一) 五十錢
新撰應用肥料學 (一) 五十錢
家庭養鷄新編 (一) 五十錢
富國全書養鷄新編 (一) 三十五錢
新訂蠶業大要 (一) 七十錢
栽桑全書 (一) 六十錢
最新柞蠶學 (一) 三十錢
柞蠶製絲手引 (一) 二十錢
養鯉新法 (一) 十五錢
新撰家畜飼養法 (一) 一圓二十錢
最新森林學 (一) 七十錢
實用森林學 (三) 一圓二十錢
接木新法 (一) 三十錢
果樹栽培法 (一) 四十五錢
桐樹培養法 (一) 十錢

新文館販賣書籍分類目錄 九

高等漢語自解 (一) 六十錢
華語精選 (一)
漢日鮮新會話 (一) 六十錢
支那時文類聚 (一) 二十二錢
新訂英語入門 (一) 十四錢
韓日英新會話 (一)
英語文法捷徑 (一) 五十錢
中等英文典 (一) 五十錢

● 第十三 簡牘書式書類

增補尺牘完編 (一) 一圓二十錢
新撰尺牘 (一) 七十錢
新訂尺牘全書 (一) 一圓二十錢
近世新編尺牘 (一) 八十錢
新編尺牘 (一) 八十錢
增補最新尺牘 (一) 八十錢

附音尺牘 (一) 三十錢
附音尺牘自解 (一) 六十錢

편지틀례법 (新文館近刊)

언문편지투
신찬국문간례척독 (一) 三十五錢
언문편지법 (一) 二十五錢
녀조서간문 (一) 三十錢
신찬국문간독 (一) 十八錢

● 第十四 法政經濟書類

法學通論(兪著) (一) 一圓
全(朱著) (一) 一圓二十錢
精選法學通論 (一) 五十錢
憲法要義 (一) 二十五錢

行政法 (一) 一圓五十錢
地方自治制論 (一) 三十錢
民權自治制 (一) 三十五錢
國際公法志 (一) 四十錢
外交通論 (一) 一圓二十錢
刑法通論 (一) 二圓
欽欽新書 (四) 一圓八十錢
牧民心書 (四)
增修無冤錄國漢文 (一) 七十五錢
全 純漢文 (一) 四十錢
經濟通論 (一) 五十錢
經濟原論 (一) 三十五錢
經濟教科書 (一) 四十錢
最新經濟教科書 (一) 四十錢
普通經濟學 (一) 十五錢
最新經濟學 (一) 七十五錢
貨幣論 (一) 一圓二十錢
銀行論 (三) 一圓五十錢

書名	冊	定價
風琴獨習唱歌中程	(一)	四十錢

● 第十二 語學書類

林圭先生著

日本語學音語篇 (一)一圓四十錢 全洋裝(一)一圓七十五錢

日本語學文典篇 (一) 六十五錢

日本語學書翰篇 (一) 一圓

林圭先生은斯學의泰斗오先生의此著는實로十餘年苦心瀝血의結晶이라天下에風行ᄒᆞᆫ지已久ᄒᆞ야斯學上無上好本으로公認을得ᄒᆞᆫ者ㅣ니다

日文譯法 上 (一) 七十五錢

시敞敗를不要ᄒᆞ거니와果然百美가俱全ᄒᆞ고萬要가畢備ᄒᆞ야獨學上에나參考上에絶等ᄒᆞᆫ良師反가될者는此書以外에更無ᄒᆞ니라

書名	冊	定價
修正日語大海	(一)	一圓
日語大成	(一)	一圓
精選日語通編	(一)	一圓
仝 洋裝	(一)	一圓三十錢
改正日語自通	(一)	四十錢
國文日語自通	(一)	二十五錢
日語正篇	(一)	一圓
仝 洋裝	(一)	一圓
日鮮語學教範	(一)	一圓二十錢
精選日韓言文自通	(一)	五十錢
日韓語捷徑	(一)	三十錢
國語大全	(一)	八十錢
韓日會話	(一)	二十錢
日語初程	(一)	四十錢
國語自解	(一)	三十錢
日語用言譯解	(一)	八十錢
日韓會話辭典	(一)	一圓三十錢
高等日文讀本	(三)	六十錢
初等自解日語文法	(一)	五十錢
改版中等日文法	(一)	六十錢
新編書簡文範	(一)	三十五錢
日鮮尺牘	(一)	一圓
增補日鮮大簡牘	(一)	一圓二十錢
日鮮備門尺牘	(一)	一圓
獨習日鮮書簡文	(一)	三十錢
日語雜誌	(八)	八十錢
無師自通支那語	(一)	近刊
獨習漢語指南	(一)	八十錢

新式鑛物學	(二)	五十錢
中等鑛物學	(一)	二十錢

●第九 數學書類 (測量附)

算學通編	(一)	一圓
初等算術敎科書	(三)	二圓七十錢
中等算術敎科書	(三)	八十五錢
中等算學	(三)	一圓五十錢
算術指南	(三)	一圓十錢
新訂算術	(二)	六十錢
仝	(分三)	六十錢
簡易四則	(二)	三十錢
算術新書	(洋二)	一圓
仝	(半洋二)	八十錢
初等近世算術	(一)	六十錢
最新算術	(二)	一圓
精選算學解幷	(三)	七十錢
算術自解	(二)	五十錢
算術問題新解法	(二)	五十錢
仝 分數部	(二)	六十錢
中程代數學	(三)	九十錢
近世代數學	(二)	七十錢
新訂代數學	(三)	九十錢
新選代數學敎科書	(二)	一圓二十錢
中程平面三角法	(二)	五十五錢
天文學	(三)	九十錢
精選土地測量法	(三)	四十錢
土地測量術	(三)	六十錢
新撰測量學	(三)	九十錢
地形測量術	(二)	五十錢
最新山林田野實地測量法	(二)	六十錢
測務指南	(二)	二十五錢

●第十 圖畵及習字書類

毛筆習畵帖	(一,三)	各十錢
中等用器畵法	(一)	七十錢
初等習字間架結構	(二)	十五錢
習字新帖	(一,三)	各十錢
歸去來辭	(二)	十錢
時體草簡帖	(三)	一圓五錢
편지틀례법	(新文館近刊)	

●第十一 唱歌及體操書類

新式體操法	(二)	十五錢
普通體操提要	(二)	二十錢
最新式體操法	(二)	三十錢
普通唱歌	(一)	十五錢

大東文粹 (一) 六十錢
樵牧必知 (一) 三十五錢
御定五經百選 (三) 五十五錢
集註周易 (一) 一圓
集註書傳 (一) 一圓十錢
集註詩傳 (一)
備旨詩傳集註 (一) 一圓二十錢
集註論語 (一) 一圓
監本論語 (一) 九十錢
集註孟子 (一) 一圓
集註孟子講演 (三) 一圓二十錢
集註中庸 (一) 二十五錢
中庸監本 (一) 二十五錢
集註大學 (一) 十五錢
大學監本 (一) 十五錢
集註小學 (一) 一圓
孝經大義 (一) 二十五錢
通鑑諺解第一 (一) 三十五錢
精選八六家 (一) 七十錢

●第八 理科書類

新編生理學教科書 (一) 七十五錢
普通衛生學 (一) 一圓十錢
中等生理學 (一) 八十錢
中等生理衛生學 (一) 四十錢
初等生理衛生學大要 (一) 二十五錢
初等衛生學 (一) 十五錢
新編動物學 (一) 四十錢
中等動物學 (一) 一圓
普通動物學教科書 (一) 一圓二十錢
初等動物學教科書 (一) 三十錢
植物學教科書(附圖) (三) 一圓三十錢
動物學問答 (一) 二十三錢
初等植物學 (一) 三十錢
植物學(初等用) 二十錢
改正理科書 (四) 一圓
初等理科教科書 (三) 六十錢
理科師生 (一) 三十五錢
新編博物學 (一) 七十錢
最新博物學 (一) 四十五錢
新撰小博物學 (一) 三十五錢
新選化學教科書 (一) 六十五錢
新編化學 (三) 七十錢
近世小化學 (一) 二十錢
新撰中等無機化學 (一) 一圓
中等物理學教科書 (一) 八十錢
初等物理教科書 (一) 六十錢
新撰小物理學 (一) 二十五錢
簡明物理學教科書 (一) 三十錢
物理學初步 (一) 五十錢
新撰實驗理化學教科書 (一) 四十錢
初等理化學 (一) 八十五錢
新撰理化學 (一) 三十錢

書名	冊	價
大韓疆域考	(二)	一圓
詳密朝鮮山水圖經	(一)	五十錢
大韓帝國地圖	(一)	四十錢
最新大韓大地圖	(一)	九十錢
最新朝鮮分道地圖	(一)	六十錢
朝鮮全圖	(一)	二十五錢
京城全圖	(一)	二十錢
最新萬國地圖	(一)	四十錢
滿鮮地圖	(一)	五十錢
地球之既往及將來	(一)	二十錢
袖珍譜解六大洲	(一)	二十錢

●第七 朝鮮語漢文書類

소리갈(周時經著) 近刊

訓蒙字會 (譯學大家崔世珍撰)

全壹冊摺紙結冊百三十葉
定價九拾錢 郵稅八錢

此書ᄂᆞᆫ譯學大家崔世珍先生이吾人이漢文을學習ᄒᆞᆯ時에其字만解ᄒᆞ고其物은不知ᄒᆞ야字與物이二가될ᄲᅮᆫ아니다더욱鳥獸草木之名에ᄂᆞᆫ通習치못ᄒᆞᆷ을慨ᄒᆞ야物名二千二百八十字와事名一千一百二十字를擇ᄒᆞ야天文地理以下三十餘門에分ᄒᆞ야音訓을示ᄒᆞ고要點을註ᄒᆞᆫ者ㅣ니漢字를學ᄒᆞ고用ᄒᆞᄂᆞᆫ人士ᄂᆞᆫ不得不精讀ᄒᆞᆯ것이며特히木板大字로刊出ᄒᆞ얏슨즉童稚敎課에用ᄒᆞᆷ도尤可ᄒᆞᆯ지니라

書名	冊	價
新撰初等小學	(六)	一圓五十錢
牖蒙千字	(四)	五十錢
新訂千字	(一)	二十錢
訓蒙字[illegible]	(一)	
朝鮮[illegible]文法	(一)	
朝鮮語文典音學	(一)	三十錢
朝鮮語典	(一)	五十錢
初等鮮語語典	(三)	六十錢
文章體法	(一)	六十錢
高等漢文讀本	(一)	三十錢
古文略選	(一)	五十錢
漢文新讀本	(四)	五十錢
實用作文本	(一)	六十五錢
初等作文法	(一)	二十錢
文章指南	(一)	三十錢
漢文初學	(四)	五十六錢

釋迦牟尼傳 (一) 二十二錢
사프일드傳 (一) 二十錢
富蘭克林傳 (一) 二十五錢
姜邯瓚傳 (一) 二十五錢
鋼鐵大王傳 (一) 二十錢
彼得大帝 (一) 二十錢
拿破崙史 (一) 四十錢
世界年契 (一)
對照西洋史年表 (一) 二十二錢

● 第六 地理書及地圖類

山經表

全壹冊 紙數 百餘頁
定價參拾錢郵稅四錢

此書ᄂᆞᆫ白頭山으로부러半島南端에至ᄒᆞ기ᄭᆞ지亂波가즌羣山을幹支를各別ᄒᆞ야序次整然ᄒᆞ게系譜를作ᄒᆞᆫ奇書ㅣ니八道山岸의來脈支派가一目瞭然ᄒᆞ니라

擇里誌

全壹冊 紙數 八十頁
定價參拾錢郵稅四錢

此書ᄂᆞᆫ八道地理의利病을貫地究明ᄒᆞ야人生의要地를論ᄒᆞᆫ者로創見과發明이多ᄒᆞ야地理學家를補益홈이深大ᄒᆞ니故로一小冊子로되自古로其名이大著ᄒᆞ니라

道里表

全壹冊 百頁
定價參拾錢郵稅四錢

域內道路와郡邑距離를明白ᄒᆞᆫ圖表로示ᄒᆞᆫ要書ㅣ라

初等本國地理 (一) 三十八錢
초등대한지지 (一) 十五錢
初等萬國地理大要 (一) 二十五錢
初等外國地理 (一) 二十八錢
新編大韓地理 (一) 七十錢
漢文大韓地理 (一) 五十錢
新撰外國地誌 (三) 六十錢
萬國地理 (三) 一圓十錢
中等萬國新地誌 (三) 一圓
新訂中等萬國新地誌 (一) 一圓
新朝鮮全誌 (一) 一圓二十錢
仝 洋裝 (一) 一圓五十錢
地球槩論 (一) 十錢
中等地文學 (一) 五十錢
新撰地文學 (一) 四十錢
精選地文學 (一) 五十錢

을編成ᄒᆞᆫ것이니朝鮮史書에셔最久ᄒᆞᆫ者ㅣ니라

東國通鑑

(朝鮮成宗朝 徐居正等撰)

全六冊紙數一千二百頁函入
特價參圓五拾錢小包費六錢

檀君以後高麗末까지上下三千七百年史記니原本五十六卷을六冊에刊出ᄒᆞᆫ者ㅣ라百代歷史의精華오萬戶必備의要書ㅣ니라

燃藜室記述

(巨儒 李肯翊撰)

刊行中旣刊六冊每冊二百乃至三百頁
定價每冊八十錢郵稅六錢

此書ᄂᆞᆫ李朝史記中가장卓拔綜詳ᄒᆞᆫ者ㅣ니體例ㅣ整齊ᄒᆞ고敍述이公平ᄒᆞ니라

海東繹史

(巨儒 韓致奫撰)

全六冊紙數一千五百頁
定價五圓 郵稅[illegible]錢

此書ᄂᆞᆫ正廟朝巨儒韓致奫氏가內外國을歷遊ᄒᆞ고古今書를尋繹ᄒᆞ야五百四十五種數萬冊으로서朝鮮에有關ᄒᆞᆫ事實을類分輯錄ᄒᆞᆫ大著述이니史家案頭에最不可缺ᄒᆞᆯ要籍이니라

海東名將傳

(耳溪 洪良浩撰)

全壹冊紙數百五十二頁
定價五十錢 郵稅四錢

此書ᄂᆞᆫ上古乙支文德、黑齒常之、金庾信等으로부터近代李舜臣、林慶業에至ᄒᆞ기까지名將六十餘人의傳記라壯夫ㅣ一讀에血이湧ᄒᆞ고肉이躍ᄒᆞᆯ지니라

- 初等大東歷史 (一) 三十錢
- 初等本國歷史 (一) 二十錢
- 初等本國略史 (三) 四十五錢
- 초등대한력ᄉᆞ (一) 二十錢
- 新撰初等歷史 (三) 五十錢
- 中等萬國史 (一) 七十錢
- 精選萬國史 (一) 六十錢
- 東洋史敎科書 (一) 七十錢
- 西洋史敎科書 (一) 七十錢
- 世界殖民史 (一) 五十錢
- 羅馬史 (一) 四十錢
- 孔夫子言行錄 (一) 二十五錢
- 普法戰記 (一) 四十錢

第三 宗教理學書類

三一神誥 (一) 十錢

世界에最古ᄒᆞ고朝鮮에自來ᄒᆞᆫ大倧教의唯一ᄒᆞᆫ餘存古經이니神理聖訓이言思에超絶ᄒᆞ니라

新約全書
舊約全書 製冊各樣定價自別

(種目이繁多ᄒᆞ야此에備載치아니ᄒᆞ나何書든지請求ᄒᆞ시ᄂᆞᆫ대로酬應ᄒᆞ겟슴)

心理學教科書 (一) 八十五錢

第四 修養書類

删修擊蒙要訣 (一) 十錢

修身要領 (一) 三錢

基督教의靑年 (一) 二十錢

懸吐明心寶鑑 (一) 三十錢

日日의力 (一) 五十錢

童蒙修身書 (一) 十八錢

初等修身教科書 (一) 二十錢

初等修身 (一) 二十五錢

普通教科修身書 (一) 二十錢

부인의범 (一) 二十五錢

녀ᄌᆞ유신서 (一) 二十錢

第五 歷史傳記及年表書類

神檀實記

全壹冊摺紙結冊定價四十錢

古今內外의文獻을博考하야朝鮮始祖한배檀君의與事와및上下四千年間의民族派系와教化源流와崇奉典例를昭詳繹編ᄒᆞᆫ書니凡朝鮮人은家奉戶誦ᄒᆞ야誠心繙讀ᄒᆞᆯ지니라大字精印結冊雅麗

三國史記 (高麗 金富軾撰)

全二冊五百頁
定價壹圓十錢 郵稅二錢

新羅、高句麗、百濟三國遺文과支那文蹟을考據ᄒᆞ야全史

新文館販賣部發賣書籍分類目錄

大正三年三月査

第一 敎科書類

書名	定價
國語讀本	四十六錢
朝鮮語讀本	四十八錢
修身書	二十四錢
漢文讀本	二十四錢
理科書	十二錢
圖畫臨本	三十二錢
算術書	二十四錢
習字帖	二十四錢
唱歌糗	六錢
學校體操敎授書	十三錢
敎育學敎科書	十八錢
國語補充敎材	六錢
敎育勅諭衍義	十六錢
高等國語讀本	十三錢
國語敎授法	十錢
高等習字帖	二十六錢
高等朝鮮語及漢文讀本	十三錢

第二 辭典及字書類

書名	冊數	定價
新字典		新文館印刷中
字典釋要	(一)	八十錢
日鮮大字典	(一)	二圓
漢文新玉篇	(一)	
漢日文新玉篇詳解	(一)	一圓二十錢
訂正新玉篇	(一)	一圓二十錢
增補字典大解	(一)	九十錢
懷中新玉篇	(一)	五十錢
周玉篇	(一)	三十五錢
日文無雙玉篇	(一)	二十五錢
言文	(一)	四十錢
韓英字典	(一)	五圓

大東韻府羣玉

(巨儒 權文海撰)

全七冊旣刊二冊每二百數十頁定價每冊八拾錢郵稅各六錢

三千年間朝鮮古事를韻目으로排列ᄒᆞ야彙編ᄒᆞᆫ一種百科辭典이니考據가精博ᄒᆞ고檢索이便易ᄒᆞ니라

新文館販賣書籍分類目錄

ᄒᆞ시면定價六錢郵稅貳錢合八錢이면足ᄒᆞ거ᄂᆞᆯ代金引換으로ᄒᆞ면八錢은八錢대로들고前記貳拾貳錢이더드러臍가腹보다大ᄒᆞ게되니物件價額이少ᄒᆞ면少ᄒᆞᆯ수록爲害가不尠ᄒᆞᆷ。(二)勞苦의倍多。先金으로注文ᄒᆞ시면注文書接受即時에物品을包裝ᄒᆞ야郵便局所로出付ᄒᆞ면彼處郵便局所에到着된後에順便으로注文人宅ᄭᆞ지即時分傳ᄒᆞᆯ것이어ᄂᆞᆯ代金引換으로ᄒᆞ면發送處에셔도여러가지節次ᄅᆞᆯ行ᄒᆞ기에時間과勞力을虛費ᄒᆞ고郵便局所에셔도亦然ᄒᆞ고注文ᄒᆞ신이도該通知書ᄅᆞᆯ接受ᄒᆞ고代金을携持ᄒᆞ고親히다시郵便局所에往ᄒᆞ야推來ᄒᆞ여야되니彼此勞苦가倍多ᄒᆞᆷ。(三)時日의遲延。代金引換은普通郵便보다節次가多ᄒᆞᆷ으로隨ᄒᆞ야時日이遲延ᄒᆞᆯ밧재업스니더욱地方注文人의居地가郵便局所에셔迢遠ᄒᆞ든지ᄒᆞ면推來推去ᄒᆞᄂᆞᆫ時日과勞苦가多大ᄒᆞᆷ。(四)信用에有關。地方顧客이혹이代金引換이便法인줄만알고此法으로注文ᄒᆞ엿다가物品이밋처到着ᄒᆞ기前에他事故로居住ᄅᆞᆯ變更ᄒᆞ든지外方에旅行ᄒᆞ든지、또其間에代金이如意變通되지못ᄒᆞ든지ᄒᆞ야留置期間內에推來치못ᄒᆞ면郵便局所에셔ᄂᆞᆫ곳發送ᄒᆞᆫ本主ᄒᆞᆫ테로返還ᄒᆞ나니如此ᄒᆞᆫ境遇에ᄂᆞᆫ物品主에게大損害ᄅᆞᆯ蒙케ᄒᆞᆷ이잉의注文人의德義ᄅᆞᆯ壞損ᄒᆞᆷ이毋論이어니와此로由ᄒᆞ야注文人自家의信用이크게墮落됨을未免ᄒᆞᆯ지라如此ᄒᆞᆫ事端은故意로아니ᄒᆞᆯ지라도工巧ᄒᆞᆫ事勢로ᄒᆞ야生出ᄒᆞ지말란法이업스니此點은信用上에도所關이非輕ᄒᆞᆷ

【代金引換의注意】 故로吾人은書籍注文上으로僉君子게誠心勸告ᄒᆞ노니信用잇ᄂᆞᆫ店舖에去來ᄒᆞ심에ᄂᆞᆫ아모조록先金注文ᄒᆞ실것이오代金引換으로ᄒᆞ지마시오金錢、時日、勞苦、信用에다損害가될일을自取ᄒᆞ야ᄒᆞ실必要가安在ᄒᆞ오릿가注意ᄒᆞ심을特請ᄒᆞ노이다

代金引換에對ᄒᆞ야 (書籍注文上에便否如何)

【代金引換의意義】 價格을表記ᄒᆞᆫ通常郵便物과小包郵便物은物件과代償을相換ᄒᆞ야ᄃᆞᆯ라ᄒᆞ고郵便局에委托ᄒᆞᄂᆞᆫ規例가잇스니此ㅣ所謂代金引換이라

【代金引換의節次】 物件發送人이代金引換으로物件을郵便局에出付ᄒᆞ면受取郵便局에셔到着郵便局에送致留置ᄒᆞ고其意를領受人에게通知ᄒᆞ나니領受人이此通知를接ᄒᆞ면十日以內로代價를持去ᄒᆞ야物件을換來홈

【代金引換의浮費】 每一種에料金이五錢이오外에推納金送達料로相換金額十圓ᄭᆞ지ᄂᆞᆫ五錢、十圓以上百圓ᄭᆞ지ᄂᆞᆫ其超過額에對ᄒᆞ야十圓마다四錢、百圓以上千圓ᄭᆞ지ᄂᆞᆫ貳錢을要홈

【代金引換의便否】 近來此法이周知됨을隨ᄒᆞ야書籍注文上에適用ᄒᆞ시ᄂᆞᆫ君子가多ᄒᆞ나左에그便否를略說ᄒᆞ건ᄃᆡ大抵代金引換法은注文人과物品商이彼此間에不信點이有ᄒᆞᆯ時나不然ᄒᆞ면注文人이所用은緊急ᄒᆞᆫ대밋쳐代金을變通치못ᄒᆞ얏스면多少損害가有ᄒᆞᆯ지라도代金引換으로먼저請求ᄒᆞ야노코物件送來ᄒᆞᆯ동안에代金을마칠準備ᄒᆞ얏다가郵便局所의到着通知를待ᄒᆞ야推來ᄒᆞ고져ᄒᆞᄂᆞᆫ境遇外에ᄂᆞᆫ絶對的으로適用치아니홈이可ᄒᆞ니何오ᄒᆞ면(一)浮費의太多。 前項에記홈과如히代金引換은料金으로每種五錢과推納金送達料로又五錢의浮費가普通郵便物보다加出ᄒᆞᆯᄲᅮᆫ아니라貳錢이나四錢에付送ᄒᆞᆯ第四種郵便物이라도대개拾貳錢드ᄂᆞᆫ小包로發送ᄒᆞ게되니假令新文館發行六錢小說壹冊을先金으로注文

擇里誌

全壹冊 定價參拾錢 郵稅四錢

此書는土質地勢交通產業上으로八道地理의利病을實地究明ᄒᆞ야人生便益의如何를論斷ᄒᆞᆫ것이니所論이다精到ᄒᆞᆫ觀察과正當ᄒᆞᆫ理論으로서從來ᄒᆞᆷ으로自來地理學家의案頭珍籍이되던것이오ᄯᅩ或景勝를議ᄒᆞ고或古事를採ᄒᆞ고或詩文과人物을論ᄒᆞ야趣味ㅣᄯᅩᄒᆞᆫ自足ᄒᆞ니써講學의助를ᄒᆞᆯ것이오써臥遊의資를ᄒᆞᆯ지니라

山經表

全壹冊 定價參拾錢 郵稅四錢

白頭山으로부터半島南端에至ᄒᆞ기ᄭᆞ지亂波갓ᄒᆞᆫ華山을幹支를各別ᄒᆞ야序次整然ᄒᆞ게系譜을作ᄒᆞᆫ奇書니八道山岳의來脈支派가一目瞭然ᄒᆞ니라

道里表

全壹冊 定價參拾錢 郵稅四錢

此書는諸路驛站과各色距京各邑相距를里程으로計ᄒᆞ고圖表로示ᄒᆞ야交通利寒을一目에瞭然케ᄒᆞᆫ것이오더욱舊朝鮮邑治研究上에切要ᄒᆞᆫ書ㅣ니라

棋譜

全壹冊五百局 定價四拾五錢 郵稅四錢

天下一手의奇妙ᄒᆞ고深奧ᄒᆞᆫ모든局數를彙編ᄒᆞᆫ奇書ㅣ니座右에備置ᄒᆞ고奇數를會得ᄒᆞ면手談界에稱霸ᄒᆞᆷ을期必ᄒᆞᆯ지니라

陞卿圖

全壹幅大張精刷 定價拾錢 郵稅貳錢

娛樂ᄒᆞᄂᆞᆫ中에複雜ᄒᆞᆫ舊官方履歷을了解ᄒᆞ게ᄒᆞᆫ遊戲니正廟朝에셔特命으로撰進케ᄒᆞ신것이라趣味와實益이兼存ᄒᆞ니라

海東小學

全壹冊 定價六拾錢 郵稅六錢

此書는名儒朴在馨先生이朱子小學의體例를倣ㅎ야我東先賢의嘉言善行을彙編ㅎ者ㅣ니修養과敎導에다爲益이不尠ㅎ지니라

尙書補傳

全壹冊 定價四拾錢 郵稅四錢

此書는一代巨儒淵泉洪奭周先生이그深大ㅎ蘊蓄으로써書經蔡傳의不足處를補傳ㅎ것이니發明處ㅣ多ㅎ니라

林忠愍公實記

全壹冊 定價四拾錢 郵稅四錢

三尺龍泉萬卷書、皇天生我意何如、山東宰相山西將、彼丈夫兮我丈夫란一代快男兒林慶業將軍의遺文과傳記와年譜와行狀等을收錄ㅎ다

東京雜記

全壹冊 定價五十錢 郵稅四錢

（新羅舊都慶州邑誌）

〔目次大要〕 辰韓紀○新羅紀○慶州地界○建置沿革○官號沿革○屬縣○鎭管○屬任○人吏○邑名○姓氏○風俗○山川○勝地○土產○城郭○關防○古蹟○人物○題咏○異聞等五十餘目

中京誌

全貳冊 定價壹圓貳拾錢 郵稅八錢

（高麗舊都開城邑誌）

〔目次大要〕 高麗紀年○國朝紀事○郡名○沿革○城郭○部坊○官員○姓氏○戶口○田制○風俗○土產○山川○名勝○宮殿○官廨○陵墓○學校○社會○古蹟○題咏○人物等五十餘目

四五

譯學大家
崔世珍撰

訓蒙字會

全壹冊摺紙 結冊貳冊葉
定價九十錢 郵稅八錢

此書ᄂᆞᆫ崔世珍先生이吾人이漢文을學習ᄒᆞᆫ時에其字만解ᄒᆞ고其物은不知ᄒᆞ야字與物이二가될ᄲᅮᆫ아니라더욱鳥獸草木之名에ᄂᆞᆫ通會치못ᄒᆞᆷ을慨ᄒᆞ야物名二千二百四十字와事名一千一百二十字ᄅᆞᆯ揀ᄒᆞ야天文地理以下三十餘門에分ᄒᆞ야音訓을示ᄒᆞ고要點을註ᄒᆞᆫ者ㅣ니漢字ᄅᆞᆯ學ᄒᆞ고用ᄒᆞᄂᆞᆫ人士ᄂᆞᆫ不得不精讀ᄒᆞᆯ것이며特히木板大字로刊出ᄒᆞ야訓學에便케ᄒᆞ니라

茶山先生
丁若鏞撰

雅言覺非

原三編 契本全壹冊
定價四拾錢 郵稅四錢

漢字와漢語ᄂᆞᆫ日常語文의殆半을占ᄒᆞ나訓義의承謬와典故의失當이比比皆然ᄒᆞ야비록博學之士로도오히려誤解幷用ᄒᆞᄂᆞᆫ弊ᄅᆞᆯ未免ᄒᆞᄂᆞᆫ지라茶山丁先生이特히爰慮ᄅᆞᆯ用ᄒᆞ야流俗이相傳ᄒᆞᄂᆞᆫ間에訛謬幷乖ᄒᆞᆫ雅言二百餘目에對ᄒᆞ야一一히그本義ᄅᆞᆯ闡明ᄒᆞ고誤因을查覈ᄒᆞ야習非ᄅᆞᆯ覺케ᄒᆞ고眞義에反케ᄒᆞᆫ者ㅣ니引證이야毋論該博ᄒᆞ고考驗이야毋論嚴密ᄒᆞ야昭明綜詳ᄒᆞ야餘蘊을不遺ᄒᆞᆫ거시ᄯᅡ何人이든지精讀明記ᄒᆞ야ᄡᅥ無識의譏ᄅᆞᆯ免ᄒᆞᆯ지니라

千古의奇文大文

長江을作ᄒᆞ니 그文의奇偉ᄒᆞ고그思의曠蕩홈이足히爲古를睥睨ᄒᆞ고一世를辟易ᄒᆞᆯ지라讀書에懶散ᄒᆞ고擴見에無心ᄒᆞᆫ近世人士도오히려争相寫傳ᄒᆞ고耽玩不措홈이ᄯᅩᄒᆞᆫ宜ᄒᆞ도다더옥此書ᄂᆞᆫ閒漫ᄒᆞᆫ紀行文도아니오雜駁ᄒᆞᆫ感想錄도아니라特히淸朝興廢의機運에注重ᄒᆞ고滿漢軋轢의歸趣에致力ᄒᆞ야漢土南北의自然的關係를究破ᄒᆞ고關外戎狄의歷史的因緣을審明ᄒᆞ야精透ᄒᆞᆫ觀察과該博ᄒᆞᆫ識見으로古今酌量ᄒᆞ고坤輿를揣摩ᄒᆞᆫ者니腥風이禹域을荒ᄒᆞ고愁雲이燕宮을籠ᄒᆞᆫ此時에錯綜ᄒᆞᆫ形勢와紛紜ᄒᆞᆫ事態에對ᄒᆞ야가장重要ᄒᆞᆫ智識을求ᄒᆞ고ᄌᆞᄒᆞ면此書를捨ᄒᆞ고何由ᄒᆞ리오排滿思想은如何히發生ᄒᆞ야셔如何히發達ᄒᆞ고如何히潛伏ᄒᆞ얏다가如何히爆發ᄒᆞ다ᄒᆞ얏ᄂᆞᆫ가康有爲梁啓超의輩ᄂᆞᆫ何由로滿朝를顚覆ᄒᆞ면蒙古、回部、西藏이白地에他人에게로歸ᄒᆞ다ᄒᆞᄂᆞᆫ가俄羅斯가百媚를獻ᄒᆞᄂᆞᆫ蒙古의活佛이란如何ᄒᆞᆫ地位를有ᄒᆞᆫ者인가英吉利가百方으로誘ᄒᆞᄂᆞᆫ西藏의喇嘛란如何ᄒᆞᆫ勢力을有ᄒᆞᆫ者인가天下가다裂破되야도二百六十年滿朝의避難處가된다ᄂᆞᆫ熱河ᄂᆞᆫ如何ᄒᆞᆫ形勝과如何ᄒᆞᆫ設備를有ᄒᆞ얏ᄂᆞᆫ가ᄒᆞᆫ번此書에咨ᄒᆞ면곳明快ᄒᆞᆫ說明을得ᄒᆞᆯ거시며ᄯᅩ著者의遊歷ᄒᆞ든時ᄂᆞᆫ威武가四方에遍ᄒᆞᆫ乾隆帝朝곳淸家의黃金時代라當時의隆盛ᄒᆞ고繁華홈으로今日의敗亡ᄒᆞ고寂寞홈에對觀ᄒᆞ면엇지一片感慨의心이無ᄒᆞᆯᄉᆡ特히熱河日記를讀ᄒᆞᆯ時ᄂᆞᆫ今日此時로다特히燕巖의文를誦ᄒᆞ고燕巖의思를接ᄒᆞ야時勢를觀察ᄒᆞ고天運을揣摩ᄒᆞᆯ時ᄂᆞᆫ今日此時로다於是에此書를付印ᄒᆞ엿노니吾人은信ᄒᆞ노라今日讀書界의寂寞을破ᄒᆞᆯ者ㅣ此書ㅣᆫ지오洛陽의紙價를貴케ᄒᆞᆯ者ㅣ此書ㅣᆫ지로다

朝鮮光文會發行書籍目錄 四三

洪錫謨
金邁淳
柳得恭等撰

東國歲時記

洌陽歲時記 京都雜志 合編
定價四十五錢
郵稅四錢

一邦의謠俗과一代의風尙은이곳社會內面의反映이오政敎實地의體現이니世相을硏究ᄒᆞ고民情을觀察ᄒᆞᄂᆞᆫ데甚히緊重ᄒᆞᆫ者ㅣ라故로民俗土宜眞學問이란語가有ᄒᆞ도다本書ᄂᆞᆫ朝鮮一國의歲時記中더욱精要ᄒᆞᆫ것三編을合刊ᄒᆞᆫ거시니다 正·純兩朝力學能文之士의手에成ᄒᆞ야正月로十二月ᄭᆞ지域內慣俗을次序로敍述ᄒᆞ얏스되布置가整齊ᄒᆞ고考證이正當ᄒᆞᆫ者ㅣ라그來後無窮의眞學問에有意ᄒᆞᆫ人士를補益홈이實로淺尠치아니ᄒᆞ리로다

燕巖先生
朴趾源著

熱河日記

全壹冊細字
密行參百頁
定價九拾錢
郵稅六錢

卓犖俊拔ᄒᆞ고精透極蘊ᄒᆞ야無味不備ᄒᆞ고無音不存ᄒᆞᆫ거슨이燕巖의文章이오宏博鴻鉅ᄒᆞ고玲瓏璀璨ᄒᆞ야無物不當ᄒᆞ고無往不可ᄒᆞᆫ거슨이燕巖의才識이라그一代의述作이不爲不多ᄒᆞ되이兩美를彙收全ᄒᆞ고極發揮ᄒᆞᆫ者ᄂᆞᆫ이熱河日記一書라公이그從伯朴明源의使節을隨ᄒᆞ야遼水燕山을跋涉홈의牢騷不平之懷와磅礴鬱結之氣가吐ᄒᆞ야萬丈白虹을成ᄒᆞ고瀉ᄒᆞ야一道

寧齋先生
李建昌撰

黨議通略

全壹冊
定價四拾錢
郵稅四錢

最近三百年間의朝鮮은實로黨論ᄒᆞᆫ아이라其間에存在ᄒᆞᆫ것도黨論外에無ᄒᆞ며其間에作爲ᄒᆞᆫ것도黨論外에는無ᄒᆞ얏스니國家人民과政治經濟와外他諸般이다黨論의盤渦中에浮沈ᄒᆞ다가深淵에沒落ᄒᆞ고已ᄒᆞᆫ지라故로此를外ᄒᆞ야는歷史도無ᄒᆞ고人物도無ᄒᆞ야黨議硏究가곳近朝鮮硏究가되엿도다然이나黨論에關ᄒᆞᆫ書ㅣ其類ㅣ不乏ᄒᆞ나그原委를通觀ᄒᆞ고是非를昭察ᄒᆞᆫ者는絕無ᄒᆞ다ᄒᆞ야도可ᄒᆞ니近代碩儒寧齋李建昌先生이是를慨ᄒᆞ야此書의撰이有ᄒᆞ니라대개先生은少黨의峻論家로累代廢蟄ᄒᆞᆫ者ㅣ라그先世로부터史籍에留心ᄒᆞ야前後收藏ᄒᆞᆫ書ㅣ자못不尠ᄒᆞ고ᄯᅩ그父祖兩君의手錄纂次ᄒᆞᆫ者ㅣ數百에垂ᄒᆞ니先生이此中에就ᄒᆞ야公心公眼으로苦心撰述ᄒᆞᆫ것이此書라所述이詳明ᄒᆞ고所論이精透ᄒᆞ야毫末도偏頗와依怙ᄒᆞᆷ이無ᄒᆞᆷ으로識者의定評이有ᄒᆞᆫ바ㅣ라通古今大怪象大慘劇大擧事라ᄒᆞᆯ朝鮮黨論의支離混亂紛糾錯綜ᄒᆞᆫ眞相을照看ᄒᆞ는絕等ᄒᆞᆫ明鏡이오最近朝鮮硏究의關鍵임을確保ᄒᆞ노라

黨議通略目錄

世界史上에在ᄒᆞ야大戰이特多ᄒᆞ고名將이輩出ᄒᆞ야威武와勇略으로千古에卓冠ᄒᆞᄂᆞᆫ邦國이二ㅣ有ᄒᆞ니西에羅馬ㅣ其一이오其二ᄂᆞᆫ곳吾朝鮮이라吾人이엇지此로써莫大ᄒᆞᆫ榮譽라아니ᄒᆞ리오此書ᄂᆞᆫ 英廟朝大提學耳溪洪良浩先生이此種書의後人의武勇을皷發ᄒᆞᄂᆞᆫ者ㅣ缺如ᄒᆞᆷ을感慨ᄒᆞ야乙支文德、扶芬奴、黑齒常之等三國時代로부터權慄、李舜臣、林慶業等壬辰役丙子亂ᄭᆞ지數千年間에朝鮮의山河가鍾毓ᄒᆞ고朝鮮의局面에셔飛躍ᄒᆞ든幾多快丈夫의事行을傳記ᄒᆞᆫ것이니一讀再讀ᄒᆞᆯ진ᄃᆡ龍奮虎拏山翻海攪의光景이眼前에彷彿ᄒᆞ고支厦扶字光國榮土의事實이心裏에衝激ᄒᆞ야特別ᄒᆞᆫ感興을得ᄒᆞ고야말지니世界史上에特殊ᄒᆞᆫ事實을有ᄒᆞᆫ吾儕ㅣ뉘아니愛讀莫措ᄒᆞ리오

東國兵鑑

文宗朝 命撰

全一冊 壹百七拾餘頁

定價七拾五錢郵稅四錢

朝鮮이壤地ᄂᆞᆫ大치못ᄒᆞ나그大陸에對ᄒᆞᆫ形勝은甚히切要ᄒᆞᆫ지라故로그東洋史上의地位도ᄯᅩᄒᆞᆫ緊重치아니ᄒᆞᆷ을不得ᄒᆞᄂᆞᆫ도다此書ᄂᆞᆫ 文宗乙卯에國防을策ᄒᆞ고邊警을備ᄒᆞ자면彼賊來侵之事와我國備禦之策의首尾得失을宜詳考究라ᄒᆞ야特히詞臣에命ᄒᆞ야撰進ᄒᆞ신바ㅣ니僭衛以來麗末ᄭᆞ지上下數千載之間에我朝鮮이大陸으로더브러干戈相見ᄒᆞ든事를繹考編成ᄒᆞᆫ紀事本末體歷代戰史ㅣ라그龍驤虎闘의狀이興味도有ᄒᆞ려니와一勝一負一起一蹶之間에無限ᄒᆞᆫ敎訓이含在ᄒᆞ얏나니ᄯᅩᄒᆞᆫ史籍中一要書가되리로다

權文海撰

朝鮮唯一

故實事彙

大東韻府羣玉

全七冊既刊貳冊每冊紙數二百數十頁五號密行

定價每冊八十錢郵稅各六錢(今後隔月壹冊刊行)

大東韻府羣玉은三千年間吾朝鮮의古文古事를韻目으로排列ᄒᆞ야考閱에便토록彙編ᄒᆞᆫ故實辭彙니朝鮮著述界에在ᄒᆞ야破大荒이오辭書類에在ᄒᆞ야翹楚라ᄒᆯ것이라대개此書는嶺南의一代巨儒權草磵文海先生이我士子가近을捨ᄒᆞ고遠에求ᄒᆞ야彼土文字는注力ᄒᆞ고事實은攷究ᄒᆞ되도리혀自家事에는誤昧ᄒᆞᆷ을慨ᄒᆞ야深大ᄒᆞᆫ心勞와長久ᄒᆞᆫ時日로歷代史乘을涉獵ᄒᆞ고諸家文字를搜訪ᄒᆞ야政敎治化의大와人物姓氏의繁으로始ᄒᆞ야郡國의形勢와風謠의慣習과詩文의藻華와物類의品名에至ᄒᆞ기ᄭᆞ지窮探幷蓄ᄒᆞ고精剪巧裁ᄒᆞᆷ이無非考據에精緊ᄒᆞ고實用에切當ᄒᆞᆫ것이라엇지述作家의餘說뿐이리오진실로文學界의寶藏이로다

耳溪先生

洪良浩撰

海東名將傳

全壹冊 壹百六拾頁

定價五拾錢郵稅四錢

求에應ᄒᆞ야撰述된要書로다 撰者韓致奫先生이此書를撰홈애或秘府에出入ᄒᆞ고或學士를攀緣ᄒᆞ야材料를収合ᄒᆞ고或間關萬里로彼土를跋涉ᄒᆞ야河北江南에書籍을搜訪ᄒᆞ야非常ᄒᆞᆫ艱難과絶等ᄒᆞᆫ精力으로此巨帙을克成ᄒᆞ얏스니그書의後學을嘉惠ᄒᆞᄂᆞᆫ功績도偉大ᄒᆞ려니와그誠心과努力의後生을警策ᄒᆞ며感化ᄒᆞᄂᆞᆫ力은엇지尠少ᄒᆞ리오 引用書가무릇五百五十種數十百冊이라經傳과叢稗에在在散見ᄒᆞᆫ者를窮極ᄒᆞ게搜剔抄寫ᄒᆞ야類를分ᄒᆞ고目을立ᄒᆞㄴ니世紀도有ᄒᆞ고列傳도有ᄒᆞ고天文地理禮樂兵刑輿服藝文食貨物產風俗宮室官氏道釋交聘이各各其志가有ᄒᆞ고古國備禦人物地理가各各其考가有ᄒᆞ야條理가整然ᄒᆞ고按排가巧妙ᄒᆞᆫ지라此書ㅣ世論編年으로體ᄒᆞᆫ것이나本末로紀ᄒᆞ야一部朝鮮史를詳論ᄒᆞᆫ것이아니오다만外國文字에出見ᄒᆞᆫ我人의事行만을摘拔ᄒᆞᆫ것이로ᄃᆡ그史學에志ᄒᆞᄂᆞᆫ人士에게稗益됨은實로沒量ᄒᆞᆯ지라此書ㅣ一出홈애內外學士의驚歎ᄒᆞᄂᆞᆫ姑舍ᄒᆞ고朝鮮史上의幾多新發見이此中으로出來ᄒᆞ게됨이엇지偶然이리오吾人은斷言ᄒᆞ되此書一部의存否ᄂᆞᆫ넉넉히學者의十年歲月을與奪ᄒᆞ리라ᄒᆞ노니此書ㅣ今日로始ᄒᆞ야江湖에廣播ᄒᆞ야到處에그德澤이施行ᄒᆞ고名譽가漸彰ᄒᆞ면엇지撰者의勞苦가幾分報酬될뿐이리오朝鮮史學界의面目이爲ᄒᆞ야一新ᄒᆞ리라ᄒᆞ노라

海東繹史目錄大略

〔世紀〕 東夷總記 檀君朝鮮 箕子朝鮮 衛滿朝鮮 三韓 濊 貊 夫餘 沃沮 四郡
二府 高句麗 百濟 新羅 渤海 高麗 諸小國

〔志〕 星曆(星野以下五目) 禮(祭禮以下八目) 樂(樂制以下四目) 兵(兵制以下三目) 刑(刑制以下二目) 食貨(田制以下十目) 物產(金玉珠石類以下十四目) 風俗(雜俗以下二目) 宮室(城闕以下三目)
官氏(官制以下二目) 釋道(釋敎以下四目) 交聘(朝貢以下十五目) 藝文(經籍以下九目)

〔考〕 肅愼 備禦(取倭始末以下三目) 人物(少連以下二百四十二人) 以上七十卷

此書의藏否는史學家의十年歲月을與奪홈

海東繹史

韓致奫 撰 全六册壹千五百頁定價四圓九拾錢

壹千部爲限 特廉賣價叄圓五拾錢 小包費拾八錢

南北三萬里에疆土가隣接ᄒᆞ고上下五千歲에關係가連綿ᄒᆞ야大小事件이互相影響ᄒᆞ고古今文物이彼此交錯ᄒᆞ니故로朝鮮과支那는一方의全史를成코져ᄒᆞ면진실로兩地의文蹟을叅照ᄒᆞᆯ밧게업ᄂᆞᆫ지라더욱져朝鮮으로言ᄒᆞ면權力의中心이無常ᄒᆞ고外寇의侵掠이代有ᄒᆞᆷ으로由ᄒᆞ야國史野乘이ᄒᆞᆫ이烟火에燒燬ᄒᆞ고亂塵에殘滅ᄒᆞ얏거ᄂᆞᆯ그中에彼人과交涉되ᄂᆞᆫ部分과彼人의見聞ᄒᆞᆫ事實은眞僞相半ᄒᆞᆫ대로記傳이尙餘ᄒᆞᆷ으로ᄯᅩ歷史上貴重ᄒᆞᆫ材料로我에ᄂᆞᆫ無ᄒᆞ되彼에存ᄒᆞᆫ것이頗多ᄒᆞ야朝鮮史硏究上에漢土文蹟이莫重莫緊ᄒᆞᆫ關繫가有ᄒᆞ게되얏도다漢土文字를檢索ᄒᆞᆯ必要가有ᄒᆞ고檢索ᄒᆞᆷ에ᄂᆞᆫ多ᄒᆞᆫ재도ᄒᆞ고精ᄒᆞᆫ재도ᄒᆞ고深ᄒᆞᆫ재도ᄒᆞᆯ必要가有ᄒᆞ고獨斷과臆測을避ᄒᆞ야各其自由意思로써硏究도ᄒᆞ고判斷도ᄒᆞᆯ必要가잇슴진대此에適當ᄒᆞᆫ機關이最先이오莫急일지니海東繹史ᄂᆞᆫ곳此深切ᄒᆞᆫ要

一部로五百五十種書를兼ᄒᆞᆫ朝鮮史의寶庫

宣勅○甲午劉撤兵○丙申倭兵撤還○諸道土賊之起○金德齡○丁酉倭寇再出○黃石山城敗沒郭䞭等二人事蹟○明兵再援○楊鎬勍去遣使辨誣○石星沈惟敬下獄○水陸東征倭賊撤還○秀吉薨斃○明兵撤還○亂中時事摠錄○摠論義兵○摠論諸將○錄扈聖宣武靖難功○丙午復與倭通和○宗系辨誣○削奪柳成龍官爵○貶削金南之黨○削成渾官爵鄭仁弘用事○東西南北論分○柳永慶用事○盜殺柳熙緖○河原君家事○賂移兵營之獄○光海嗣位○宣祖廟庭配享○宣祖朝相臣閔箕事蹟○宣祖朝文衡朴淳等十六人事蹟○宣朝祖儒賢李滉等四人事蹟

（第貳輯續刊）

▲燃藜室記述은李朝史中最詳確最整齊훈것▼

▲燃藜室記述은零瑣훈數百種書를俱收並蓄홈▼

▲燃藜室記述은材料가平均ᄒᆞ고敍述이公正홈▼

▲燃藜室記述은記事本末에名臣言行錄을兼홈▼

燃藜室記述別集

全參冊 五百頁

定價壹圓八拾錢

特價壹圓貳拾錢

（郵稅拾貳錢）

別集은原續集中大節目下에採收키不便훈各項典故를類分ᄒᆞ야系統훈者ㅣ니原續兩集이尋繹에便利훈것처럼別集一部는考據에매우要緊훈것이라原本十冊을參冊에縮刊훈것이라

殺○沈思遜爲野人所殺○三奸用事○金安老復入○朴敬嬪福城之獄○三兇用事丁酉敗死○大小尹爭權○中宗朝名臣李耔等十六人事蹟○中宗朝遺逸徐敬德等二人事蹟

●仁宗朝故事本末 ○仁宗○仁宗廟庭配享○仁宗朝相臣柳灌等二人事蹟○仁宗朝文衡申光漢事蹟○仁宗朝名臣李蘅等六人事蹟

【第四冊】

●明宗朝故事本末 ○明宗○大妃垂簾○竄尹元老○乙巳士禍○附丁未戊申己酉庚戌諸獄○乙巳黨籍尹任等六十一人事蹟○鄭興宗之獄○鄭礥之獄○乙卯倭變○捕强盜林巨正○順懷世子○妖僧普雨之竄○兩金相軋○尹元衡之黜死○黨附尹元衡諸人○李樑竄逐○明宗廟庭配享○明宗朝相臣李芑等十二人事蹟○明宗朝文衡鄭士龍等四人事蹟 明宗朝名臣趙彥秀等十七人事蹟○明宗朝遺逸成守琛等十三人事蹟

●宣祖朝故事本末 ○宣祖○宣祖入承大統○宣祖睿德○大妃垂簾聽政○德興追尊○伸乙巳寃削乙巳僞勳○初政黜陟○追罪南袞○李浚慶遺箚○奇大升道卒○停行鄕約○李珥辭職○諫黃蠟

【第五冊】

●宣祖朝故事本末 ○東西黨論之分○李珥卒逝○鄭十渭堰訟○東人用事○己丑鄭汝立之獄○己丑黨籍鄭彥信等九人事蹟○附見諸人○辛卯時事○甲午追奪鄭澈官爵○崔永慶獄○己丑黨籍伸雪附鄭介淸祠院毀復○壬辰倭亂大駕西狩○李舜臣扼遏海路○三道勤王兵龍仁敗績○北道之陷鄭文孚收復○晉州之捷○延安之捷

【第六冊】

●宣祖朝故事本末 ○求救明朝收復京城○權慄幸州之捷○二陵之變○壬辰義兵○晉州城陷明兵撤還○嶺南義兵○湖南義兵○湖西義兵○京畿義兵○海西義兵○關西義兵○壬辰僧將○壬辰諸將○車駕還京○世子分朝撫軍○司憲

【第貳冊】

●文宗朝故事本末 ○文宗○文宗廟庭配享○文宗朝相臣金宗瑞事蹟○文宗朝名臣朴以昌等二人事蹟○昭陵廢復

●端宗朝故事本末 ○端宗○世祖靖難○李澄玉之亂○端宗出妃○六臣謀復上王○錦城之獄○端宗上昇○復位復陵○端宗朝相臣鄭苯等四人事蹟○殉難諸臣皇甫仁等三十四人事蹟

●世祖朝故事本末 ○世祖○世祖纂述○李施愛之亂○征建州衛野人○世祖廟庭配享○世祖朝相臣李思哲等十八人事蹟○世祖朝文衡申叔舟等二人事蹟○世祖朝名臣姜希顏等二十一人事蹟

●德宗故事 ○德宗○成宗追尊德宗○昭惠王后

●睿宗朝故事本末 ○睿宗○南怡之獄○閔粹史獄○睿宗廟庭配享○睿宗朝相臣尹子雲等三人事蹟○睿宗朝文衡徐居正事蹟

●成宗朝故事本末 ○成宗○龜城君安置○任士洪欲擠玄錫圭○斥任士洪○尹氏廢死○尹弼商夾攻建州○許琮征野人○成宗廟朝相臣韓伯倫等十八事蹟○成宗朝文衡魚世謙事蹟○成宗朝名臣孫舜孝等二十四人事蹟

●燕山朝故事本末 ○燕山君○廢妃尹氏復位○戊午史禍○甲子士禍○丙寅靖國推戴中宗○燕山朝相臣鄭佸等十一人事蹟○燕山朝文衡洪貴達等三人事蹟○戊午黨籍金宗直等三十人事蹟○甲子禍籍尹弼商等五十六人事蹟○燕山節臣洪彥忠等四人事蹟

【第三冊】

●中宗朝故事本末 ○中宗○奏請誥命○王妃愼氏遜位復位本末○金公著趙光輔之獄○李顆之獄○柳子光竄死○僧誣儒生獄○兩司駁朴永文柳世雄○三浦倭變○朴永文辛允武之獄○[illegible]聯年誣獄○董蒙之獄○己卯禍源○己卯士禍○賢良科罷復附榜目及薦目○金湜亡命獄○辛巳安處謙獄○殺韓忠賜死金淨奇遵○己卯黨錮趙光祖等七十七人事蹟○己卯人跡

人物을包括한것이니王氏遜國으로始하야太祖의創業垂統과世宗의文勳武績과端宗朝六臣의事와世祖朝李施愛의亂과燕山朝甲子士禍와中宗朝己卯士禍와明宗朝乙巳士禍와宣祖朝東西黨論壬辰倭亂等大事의層疊한波瀾과麗末諸賢으로始하야黃喜、金宗瑞、成三問、申叔舟、趙光祖、徐敬德、李珥、李滉、李舜臣、李恒福、李德馨、權慄、郭再祐等巨人의英邁한事蹟이다此中에載在한지라吾人에게特別한感興을與할者ㅣ此書外에何有하리오

特別減價로發賣할部數는無多하니凡諸人士는速히此要書를購藏하야後悔를貽치勿할지로다

△燃藜室記述第壹輯目錄大略

【第壹冊】

●太祖朝故事本末 ○太祖○璿系○潛龍時事○高麗政亂士業肇基○高麗守節諸臣鄭夢周等二十餘人事蹟○開國定都○流配諸王氏○太宗定社○芳幹之亂○駐蹕咸興○貞陵廢復○太祖廟庭配享○太祖朝相臣裵克廉等五人事蹟○太祖朝文衡○太祖朝名臣李之蘭等十八人事蹟

●定宗朝故事本末 ○定宗○趙浚下獄○定宗朝廟庭配享○定宗朝相臣成石璘等五人事蹟○定宗朝名臣事蹟

●太宗朝故事本末 ○太宗○閔無咎獄○讓寧之獄○太宗廟庭配享○太宗朝相臣李舒等十人事蹟○太宗朝文衡○太宗朝名臣朴安臣等十三人事蹟

●世宗朝故事本末 ○世宗○設集賢殿賜暇讀書○纂述制作○姜尙仁之獄○任君禮之獄○征倭之役○討野人○設置四郡○開拓六鎭○車原頫雪冤○世宗廟庭配享○世宗朝相臣李原等十五人事蹟○世宗朝文衡○世宗朝儒宗尹祥等五人事蹟○世宗朝名臣李隨等二十八人事蹟

家오才學名士로政論에失意ᄒᆞ고一隅에僻蟄ᄒᆞᆷ에宦路ㅣ旣絶ᄒᆞ고世累ㅣ頓祛ᄒᆞᆫ지라이에國朝文獻의零散踈漏ᄒᆞᆷ에慨然히憤을發ᄒᆞ고奮然히身을挺ᄒᆞ야家藏數千百公私文蹟을涉獵考據ᄒᆞ야아모掣肘와制限이업시平生心力을傾盡成編ᄒᆞ니그斷斷ᄒᆞᆫ誠意와屹屹ᄒᆞᆫ努力이일의感嘆에値ᄒᆞ거니와더욱그러ᄒᆞᆫ疑似混亂ᄒᆞᆫ것을取捨存去ᄒᆞ고紛糾錯綜ᄒᆞᆫ것을料理按排ᄒᆞ야昭詳整齊ᄒᆞᆫ一部書를作成ᄒᆞᆫ精力見識은尤極驚服ᄒᆞᆯ지라黨派의別과內外의殊가無ᄒᆞ게一樣으로歡迎ᄒᆞ고共通으로珍重ᄒᆞ야朝鮮野史의白眉오國朝事實의集錄이란激賞을受ᄒᆞᆷ이엇지偶然이라ᄒᆞ리오다만卷帙이浩繁ᄒᆞ야印刷를未遑ᄒᆞ고謄鈔ㅣ또ᄒᆞᆫ不易ᄒᆞᆷ으로流布ㅣ極少ᄒᆞ고得覽이甚難ᄒᆞ야그聲名은天下에雷傳ᄒᆞ되實物의稀罕ᄒᆞᆷ이鳳毛麟角에有加ᄒᆞ고間或市上에賣本이出ᄒᆞ면壹部의價가百金에過ᄒᆞᆷ으로究史家와讀書士ㅣ深憾切恨을禁치못ᄒᆞ던바ㅣ오또撰著當時에文蹟이無據ᄒᆞ야目을設ᄒᆞ고事를記치못ᄒᆞ거나事를記ᄒᆞ되詳치못ᄒᆞᆫ것이頗多ᄒᆞᆯᄲᅮᆫ더러此處彼處로傳寫流行ᄒᆞᄂᆞᆫ동안에脫誤가大生ᄒᆞ고變改가不無ᄒᆞ야學者ㅣ是로써病之ᄒᆞ더니幸히朝鮮光文會ㅣ此巨役을經紀ᄒᆞ고斯學大家金敎獻先生이修正補完의難任을擔ᄒᆞ야他本과對勘ᄒᆞ고原本으로校合ᄒᆞ고諸書에旁證ᄒᆞ야誤落을訂正ᄒᆞ고事實을增補ᄒᆞ야一新ᄒᆞᆫ面目으로逐次刊行ᄒᆞᆷ을得ᄒᆞ니嗚呼라而今以後에야燃藜室記述이完成되고印行되여本朝史記의最詳最確ᄒᆞᆫ것을何人이든지容易히家藏ᄒᆞ게되엿스니一般學界에寄與ᄒᆞᄂᆞᆫ便益이참鴻鉅ᄒᆞ다ᄒᆞᆯ지로다

拮据經營ᄒᆞᆫ지于今三載에그第壹輯六冊壹千五百頁을印成ᄒᆞ니下錄目次에示ᄒᆞᆷ과如히太祖創業으로始ᄒᆞ야宣廟靖難에至ᄒᆞ기ᄭᆞ지五百年間에도더욱重要ᄒᆞᆫ期間의巨細事案과大小

燃藜室記述

正續別集 合拾六冊

第壹輯既刊 全六冊壹千五百頁(自太祖初 至宣祖末)

定價四圓八拾錢(壹千部爲限)特價參圓五拾錢(小包料拾八錢)

李朝野史의無雙흔大著燃藜記述의唯一흔完本

本朝五百年은朝鮮全史中에在ᄒᆞ야變局이最多ᄒᆞ고事實이特繁흔션더라今吾社會의諸般事象이無非這裏로셔生出傳來ᄒᆞᄂᆞᆫ것이니故로吾人에在ᄒᆞ야必要와興味가特殊深切흔題目은本朝史記로다然이나史를作홈이임의至難의事어늘더옥事實의源委ㅣ未著ᄒᆞ고是非의論評이不定흔近史를作홈이엇지容易흔事리오博採精考흔資力과詳審明辨흔識見과掇拾剪裁흔手巧腕敏이具備흘지라도抵觸을恐ᄒᆞ고忌諱를慮ᄒᆞ야敘述의自由가確保되지못홈으로人이有ᄒᆞ나書를作치아니ᄒᆞ고書ㅣ出ᄒᆞ나實을傳치못ᄒᆞ얏도다燃藜室記述은實로此等羈束을超脫ᄒᆞ야難得흘材料와非常흔努力으로苦心撰述흔本朝中葉以前記事本末이나體例의整備와敘述의公平과事實의綜詳과材料의豐足이幾多類書中卓然히拔出ᄒᆞᄂᆞᆫ者ㅣ라 대뎌撰者李肯翊은文翰世

朝鮮光文會發行書籍目錄 三一

徐居正 崔 溥等奉 命撰 (定價四圜八拾錢)

東國通鑑

原本五十七編 貳千壹百餘葉
縮刊至六冊 壹千參百餘頁

特價參圜五十錢 (郵稅八錢)

此東國通鑑은 世祖씌오서朝鮮에長編通史가無홈을慨ᄒᆞ샤 太祖씌오서秘府에收藏ᄒᆞ신舊圖籍을特ᄒᆞ야詞臣을命ᄒᆞ야校讐코조ᄒᆞ시다가遽然히鼎湖ㅣ云逝ᄒᆞ야事竟未施라가밋 成宗이大統을紹膺ᄒᆞ신의先猷를適追ᄒᆞ샤一代鴻匠四佳徐居正錦南崔溥等十數人에專任ᄒᆞ야三國以下諸史를捃摭ᄒᆞ고彙ᄒᆞ야支那史를採收ᄒᆞ야凡二朝數十年에始克成編ᄒᆞᆫ者ㅣ니今日의眼目과現時의義例로써評ᄒᆞ면多少未洽處가不無ᄒᆞ나그卷帙과그資料ㅣ我史籍界에空前ᄒᆞᆫ巨觀으로오리斯壇에獨步ᄒᆞ든寶籍이라然이나當時에活印ᄒᆞ야廷臣에頒賜ᄒᆞ신것과後에翻刻ᄒᆞ야諸家에分藏ᄒᆞᆫ거시原數ㅣ不多ᄒᆞᆫ中兼ᄒᆞ야爾來數百年에禍厄을屢遭ᄒᆞ야散亡이過半ᄒᆞ고如干殘存ᄒᆞᆫ者ᄂᆞᆫ類皆殘帙ᄒᆞ야志士의缺憾이實로深大ᄒᆞ든거슬今에本會에셔諸家의珍藏을收合ᄒᆞ야五十七編二千餘葉을嚴校縮刊ᄒᆞ얏스니此ᄂᆞᆫ當事不佞等이竊히滿足ᄒᆞᆯ뿐아니라抑컨ᄃᆡ一世의渴抑을慰解ᄒᆞ고百代의欠缺을補完홈이永世文敎에少補가必無치아니ᄒᆞᆯ지로다

萬家必備要書

三〇

三大史籍特價廣布

吾朝鮮人에게試問ᄒᆞ노니公等의家에公家의史乘을藏貯ᄒᆞᆫ者ㅣ幾家나되며此等文字에常時留目ᄒᆞ야써祖德와先美를觀感興奮ᄒᆞᄂᆞᆫ者ㅣ幾人이나되나뇨左馬班范이盈箱壓架ᄒᆞ얏슬줄은吾ㅣ知ᄒᆞ며韓柳歐蘇가浸腦灌心ᄒᆞ얏슬줄은吾ㅣ認ᄒᆞ건마ᄂᆞᆫ오직此一事를許ᄒᆞ기에ᄂᆞᆫ吾ㅣ躊躇ᄒᆞ며吾ㅣ遲疑치아니치못ᄒᆞ노니嗚呼諸公이여恥ᄒᆞᆷ을知ᄒᆞᆯ지어다懼ᄒᆞᆷ을知ᄒᆞᆯ지어다

今에朝鮮光文會로서刊行ᄒᆞᆫ東國通鑑、海東繹史、燃藜室記述參書ᄂᆞᆫ吾家文獻의全體로觀ᄒᆞ면固一鱗이오固一斑이라然이나凡吾朝鮮이起蹶興替ᄒᆞ야今日에來ᄒᆞᆫ半萬年消長의事跡은오직此書를由ᄒᆞ야知得ᄒᆞᆯ지니何家의祖先이此中에出來ᄒᆞ지아니ᄒᆞ며何人의事功이此中에發露ᄒᆞ지아니ᄒᆞ얏스리오此一事로言ᄒᆞᆯ지라도吾朝鮮人은萬家ㅣ반ᄃᆞ시珍藏ᄒᆞ고萬人이반ᄃᆞ시敬對ᄒᆞ여야ᄒᆞᆯ지라是ㅣ當然ᄒᆞᆫ本分이아닌가또ᄒᆞᆫ莫急莫大ᄒᆞᆫ必要가아닌가夫然後에公等은久遠ᄒᆞᆫ歷史와宏赫ᄒᆞᆫ事功을有ᄒᆞᆫ最貴ᄒᆞᆫ榮樂를全享ᄒᆞᆯ지오自家敎化의由來와先民勳業의成績에昧ᄒᆞᆫ恥辱을應免ᄒᆞᆯ거슬思ᄒᆞ건ᄃᆡ엇지本書求藏ᄒᆞ기를一刻인ᄃᆞᆯ遲緩ᄒᆞ리오

다만廣布를謀ᄒᆞᄂᆞᆫ趣旨로適當ᄒᆞᆫ時期ᄭᆞ지極少ᄒᆞᆫ代金으로犧牲的提供을斷行ᄒᆞ오니그實質의重要ᄒᆞᆷ과市價의亢高에比ᄒᆞ야特賣價格이이러ᄐᆞᆺ低歇ᄒᆞᆷ은何人이든지嘉尙치아님을不得ᄒᆞᆯ지라會員에게頒布ᄒᆞ고餘存ᄒᆞᆫ部數가不多ᄒᆞ니速히購藏치아니ᄒᆞ면後悔ᄒᆞ나莫及ᄒᆞᆯ지로다

朝鮮光文會刊布

一邦國一民族의最貴ᄒᆞᆫ榮譽ᄂᆞᆫ久遠ᄒᆞᆫ歷史와宏赫ᄒᆞᆫ事功을有ᄒᆞᆷ이어ᄂᆞᆯ吾朝鮮人은이榮譽를有ᄒᆞ얏스니幸이何加ᄒᆞ리오마ᄂᆞᆫ最大ᄒᆞᆫ恥辱은自家敎化의由來와先民勳業의成績에昧ᄒᆞᆷ이어ᄂᆞᆯ吾朝鮮人은ᄯᅩ한이恥辱을免ᄒᆞ지못ᄒᆞᆯ지니恨이孰甚ᄒᆞ리오然이나吾家史乘의零散ᄒᆞ고吾人史的智識의缺如ᄒᆞᆷ은人이無ᄒᆞᆷ도아니오書가乏ᄒᆞᆷ도아니라오즉刊行이無多ᄒᆞ고傳布가未廣ᄒᆞᆷ에由ᄒᆞᆷ이니寔此之故로吾人은祖先을忘棄ᄒᆞᆫ듯도ᄒᆞ고心靈과動作의繼續的發展에無心ᄒᆞᆫ듯도ᄒᆞ야自心에도未安ᄒᆞ려니와他人의非笑도忍受치아니치못ᄒᆞᆯ이라此ㅣ엇지文敎에從事ᄒᆞᄂᆞᆫ吾輩로一刻인들忍過ᄒᆞᆯ處ㅣ리오於是에朝鮮光文會가設立됨이오朝鮮古文獻收存運動이開始됨이로다

嗚呼라歷史ㅣ無ᄒᆞ면何로써古今을通ᄒᆞ고事理를達ᄒᆞ며何로써往聖先哲의思念作爲를冀徵ᄒᆞ고前言往行의得失利害를鑑照ᄒᆞ며何로써時運의轉機를察ᄒᆞ고人文의歸趣를知ᄒᆞ리오是ㅣ歷史ㅣ智識의源泉과經驗의府庫로萬學의基가되고萬理의藪가되ᄂᆞᆫ所以라더옥自家의歷史ᄂᆞᆫ오리自門을建設ᄒᆞ야오든祖先의事功을記載ᄒᆞ고方今自身이寄托ᄒᆞ야잇ᄂᆞᆫ社會의沿革을說明ᄒᆞ야그尊貴ᄒᆞ고緊重ᄒᆞᆷ이莫先莫大ᄒᆞ나니最要ᄒᆞᆫ知見도此中으로서從來ᄒᆞ고最大ᄒᆞᆫ感興도此裏로서涌出ᄒᆞ야吾人을興奮ᄒᆞ고補益ᄒᆞᆷ이此에過ᄒᆞᆫ者ㅣ無ᄒᆞᆫ故로學問을事ᄒᆞᄂᆞᆫ者ᄂᆞᆫ먼져自家의歷史를研究ᄒᆞ여야ᄒᆞ며文學을尙ᄒᆞᄂᆞᆫ者ᄂᆞᆫ항상自家의歷史를誦念ᄒᆞ여야ᄒᆞᄂᆞᆫ바ㅣ라

日文譯法

{上卷定價七拾五錢}

此書ᄂᆞᆫ鮮文을日譯ᄒᆞᄂᆞᆫ者나日文을鮮譯ᄒᆞᄂᆞᆫ者나다座右에必備ᄒᆞᆯ要書ㅣ니動詞·助動詞·助詞·副詞等에一一히允當ᄒᆞᆫ譯法과正確ᄒᆞᆫ譯例를附ᄒᆞ야一開卷便解케ᄒᆞ얏소

斯學에留意ᄒᆞ시ᄂᆞᆫ이ᄂᆞᆫ毋論이어니와日語를專門으로學習ᄒᆞ지아니ᄒᆞ고該書冊을讀解코ᄌᆞᄒᆞᄂᆞᆫ이ᄂᆞᆫ此書를由ᄒᆞ야便法과捷徑을得ᄒᆞ오리다

朝鮮俚諺

全壹冊紙數二百八十頁
定價參拾錢郵稅四錢

俚諺은萬人의思究經驗이結晶된至理오萬代의鍊磨彫琢으로製出된格言이니處世의秘機와交人의妙諦를此中에서悟得ᄒᆞᆯ수잇슬ᄲᅮᆫ아니라談論과文章에此를引喩ᄒᆞ면意思를曲盡ᄒᆞ고理趣를助長ᄒᆞ니그效用이ᄯᅩᄒᆞᆫ廣大ᄒᆞ도다此書ᄂᆞᆫ朝鮮古來의俚諺中에情理逼切ᄒᆞᆫ者九百餘條를苦心蒐集ᄒᆞ야意義와出處를註明ᄒᆞᆫ奇書ㅣ니此書一部를座右에備置ᄒᆞ면行文接語에受益이莫大ᄒᆞᆯᄲᅮᆫ아니라人情世態의機微를透徹ᄒᆞᆯ지라 江湖大方의高評을恭竢ᄒᆞ노라

通俗의經典

△本書의內容▽

【아릿돌 ᄲᅢ서 웃돌 괴기】
(下石을拔ᄒᆞ야上石을撑ᄒᆞ기)
甲債를得ᄒᆞ야乙債를償ᄒᆞ고社錢을得ᄒᆞ야里錢을報ᄒᆞᆷ이貧家信用이自ᄒᆞᆫ者의生活도此와如ᄒᆞ며ᄯᅩ此를擧ᄒᆞ야彼에補ᄒᆞ며彼를引ᄒᆞ야此에充ᄒᆞ야做事上辛勤綢繆ᄒᆞᆷ을謂ᄒᆞᆷ이라

【빅명션의 헷 문서】
(白命善의假文書)
白命善은古時權變人이니春字쪽의假券을造ᄒᆞ야斥賣ᄒᆞ얏다ᄂᆞᆫ言이有ᄒᆞᆫ지라凡於書類에虛僞不實者를指斥ᄒᆞᆷ이니라

【소문난 물산이 더 아니되엿다】
(播名ᄒᆞᆫ物件이더욱不好ᄒᆞ다)
名下의事物이反히不美ᄒᆞ다ᄒᆞᆷ이라

歌曲選

全壹冊 作家 本文 兩檢索附

定價參拾錢郵稅四錢

時調ᄂᆞᆫ朝鮮文學中가장重要ᄒᆞᆫ地位를占有ᄒᆞᆫ者ㅣ라朝鮮人의特別ᄒᆞᆫ情理意趣와朝鮮語의固有ᄒᆞᆫ詞彩音調ᄂᆞᆫ오작此를由ᄒᆞ야鑑賞玩味ᄒᆞᆯ지로다此書ᄂᆞᆫ高句麗乙巴素以下最近安玟英ᄭᆞ지百數十家의名作六百章을類編校刊ᄒᆞᆫ것이니作家에ᄂᆞᆫ名公碩輔가有ᄒᆞ고詞伯歌宗이有ᄒᆞ고忠臣烈士가有ᄒᆞ고才子佳人이有ᄒᆞ며作品에ᄂᆞᆫ婉曲切實이有ᄒᆞ고優雅艶美가有ᄒᆞ고悲憤慷慨가有ᄒᆞ고忠正敦厚가有ᄒᆞ니一般士人은座右에必備ᄒᆞ야情調涵養과感興補益에資ᄒᆞᆯ것이온히물며그痛快豪壯ᄒᆞᆫ者ᄂᆞᆫ風을臨ᄒᆞ야高唱ᄒᆞ며逶迤曲折ᄒᆞᆫ者ᄂᆞᆫ月을對ᄒᆞ야低吟ᄒᆞᆯ진ᄃᆡ足히丈夫의愁를消ᄒᆞ고男兒의悶을撥ᄒᆞᄂᆞᆫ偉效가有ᄒᆞᆯ이라今에剞板이告成ᄒᆞ얏스니모름직이爭先購讀ᄒᆞᆯ지어다精紙堅裝이오風度形容과長短譜表와本文檢索과作家檢索을附ᄒᆞ야讀者의便益을供ᄒᆞ얏노라

感興의 無盡藏

要目

○音○調○風度形容十五條目○梅花點長短○長鼓長短○曲名字讀法○曲名異稱○【羽調】初中大葉、二中大葉、三中大葉○ 界面調】初中大葉、二中大葉、三中大葉、後庭花、臺、二後庭花○【羽調】初數大葉、二數大葉、中擧、平擧、頭擧、三數大葉、騷聳、栗糖數大葉○【界面調】初數大葉、二數大葉、頭擧、三數大葉、蔓橫、弄○【羽樂】얼樂、編樂、界樂、編數大葉、얼편

絕倒百話

圓石散人 編

△苦海갓흔世上을樂園갓치지너려
ᄒᆞᄂᆞᆫ이ᄂᆞᆫ이칙을보시오

△枯禪갓흔生涯에淡泊을익이지못
ᄒᆞᄂᆞᆫ이ᄂᆞᆫ이칙을보시오

△餘裕업ᄂᆞᆫ處地에分外의豐足을求
ᄒᆞᄂᆞᆫ이ᄂᆞᆫ이칙을보시오

全壹冊 定價 拾錢 郵稅 貳錢

開卷嬉嬉

偶丁居士 談

이두칙은古今笑話中特別히趣味잇
ᄂᆞᆫ者百則식을選ᄒᆞ야輕妙洒脫ᄒᆞᆫ文
으로記述ᄒᆞᆫ者ㅣ니何人이든지一讀
ᄒᆞ면抱腹折腰解頤噴飯ᄒᆞ고噫嘻呵
呵局局哈哈ᄒᆞᆷ을스ᄉᆞ로抑制치못ᄒᆞᆯ
지니웃고세상을지너려ᄒᆞᄂᆞᆫ이ᄂᆞᆫ다
一本을必備ᄒᆞ시오

全壹冊 定價 拾錢 郵稅 貳錢

京城 新文館 發賣

新文館發行書籍目錄

多趣味ᄒᆞ고價最廉ᄒᆞᆫ

륙젼(六錢)소셜(小說)

定價金 每冊六錢 郵稅貳錢

印書의術이便利홈을隨ᄒᆞ야不似ᄒᆞᆫ書籍이만히刊行ᄒᆞᄂᆞᆫ中古來로廣行ᄒᆞᄂᆞᆫ書를名稱을改換ᄒᆞ고內容을變更ᄒᆞ되ᄒᆞᆫ이珠玉을變ᄒᆞ야瓦礫을作ᄒᆞ야無理ᄒᆞᆫ利를貪ᄒᆞᄂᆞᆫ者ㅣ比比ᄒᆞ니엇지寒心치아니ᄒᆞ리오今吾人이此弊習에慨ᄒᆞ야矯救ᄒᆞ기를思ᄒᆞᆯ서먼저古小說中可히傳後ᄒᆞᆯ者를擇ᄒᆞ야字句를修正ᄒᆞ야此叢書를刊行ᄒᆞ오며將來에ᄂᆞᆫ內外新著譯을加入ᄒᆞᆯ計劃이외다

심청젼 단권

出天ᄒᆞᆫ誠孝로ᄒᆞ야盲父가閉眼을開ᄒᆞ고丐女兒가萬乘國母가된離合窮達의奇談

흥부젼 단권

頑暴ᄒᆞᆫ富兄은重禍에罹ᄒᆞ고孝友ᄒᆞᆫ貧弟ᄂᆞᆫ洪福을受ᄒᆞᄂᆞᆫ佳話

홍길동젼 단권

班家左族으로含憤出家ᄒᆞ야鬼神갓흔才略으로國內를驚動ᄒᆞᆫ後海外로殖民ᄒᆞᆫ英雄談

남훈태평가 단권

古來廣行ᄒᆞᄂᆞᆫ時調、歌詞、雜歌數百篇을訂正刊出ᄒᆞᆫ것

삼셜긔 상하

三士橫入黃泉記、五虎大將記、西楚霸王記、三子願從記、黃州牧使記、智鑑記、老處女歌等奇談集

저마무젼 단권

(回心曲附錄)

抱才落拓ᄒᆞᆫ一士人이冥府에入ᄒᆞ야千古疑案을無難剖決ᄒᆞᆫ功으로後世에榮貴ᄒᆞᆫ奇談

사시남졍긔 상하

畜妾은家道의斧斤이라모든禍機가此에伏在ᄒᆞ야害端이滋ᄒᆞ면底止홈이업슴을說示ᄒᆞᆫ家庭小說

二三

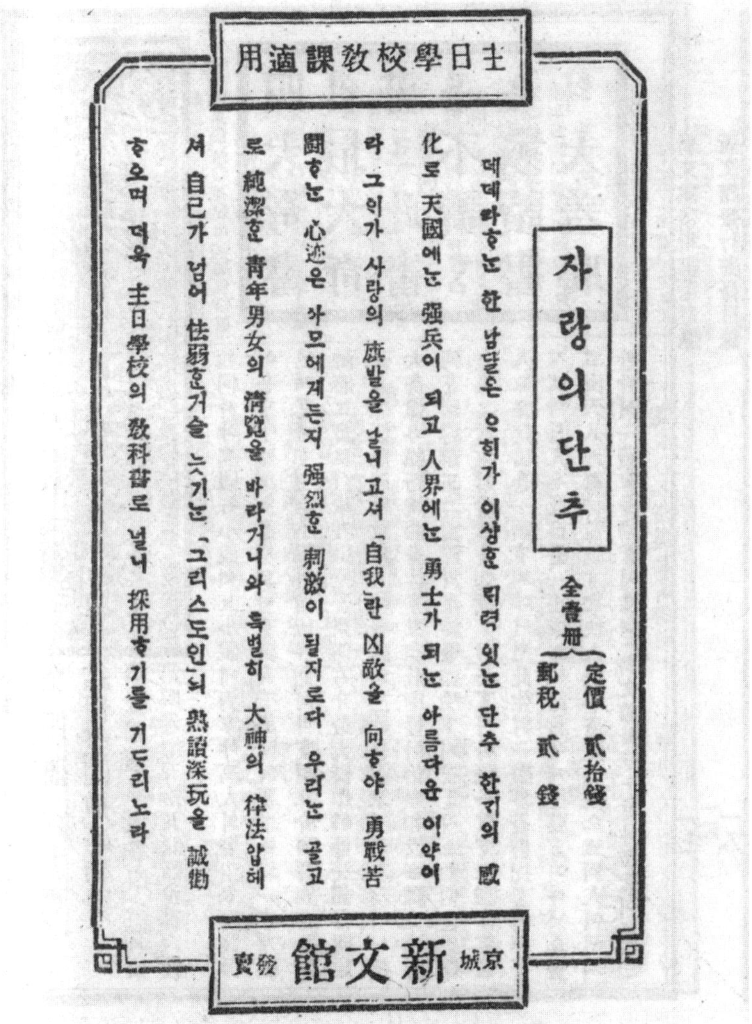
主日學校敎課適用

자랑의 단추

全壹冊 定價 貳拾錢 郵稅 貳錢

대대뎌ᄒᆞᄂᆞᆫ 한 남달은 우희가 이상ᄒᆞᆫ 뎌력 잇ᄂᆞᆫ 단추 한ᄀᆡ의 感化로 天國에ᄂᆞᆫ 强兵이 되고 人界에ᄂᆞᆫ 勇士가 되ᄂᆞᆫ 아름다운 이약이라 그의가 사랑의 旗발을 날니고셔 「自我」란 凶敵을 向ᄒᆞ야 勇戰苦鬪ᄒᆞᄂᆞᆫ 心迹은 아모에게든지 强烈ᄒᆞᆫ 刺激이 될지로다 우리ᄂᆞᆫ 골고로 純潔ᄒᆞᆫ 靑年男女의 淸覽을 바라거니와 특별히 大神의 律法압헤셔 自己가 넘어 怯弱ᄒᆞᆫ거슬 늣기ᄂᆞᆫ 「그리스도인」의 熟讀深玩을 誠勸ᄒᆞ오며 더욱 主日學校의 敎科書로 널니 採用ᄒᆞ기를 기ᄃᆞ리노라

京城 新文館 發賣

世界最好百種書의一

불샹ᄒᆞᆫ 동무

라미이夫人 原著　崔南善 譯

全壹冊　定價 貳拾錢　郵稅 貳錢

몹시 참혹ᄒᆞᆫ 處地에 잇서 깁흔 同情으로 結合된 어린 ᄋᆞ히 한아와 늙은 기 한마리가 無限ᄒᆞᆫ 來頭 希望을 품고 天地神明밧게ᄂᆞᆫ 아모도 모로ᄂᆞᆫ 가온ᄃᆡ서 ᄒᆞᆯ수 잇ᄂᆞᆫ 精誠을 다ᄒᆞ다가 畢竟 冷酷ᄒᆞᆫ 運命의 손에 恨을 먹음고 넘어지ᄂᆞᆫ 悲絶ᄒᆞᆫ 이약이니 이ᄎᆡᆨ이 한번 나미 各國이 다토아 번역ᄒᆞ야 天下 無數ᄒᆞᆫ 讀者의 간절ᄒᆞᆫ 同情과 써ᄯᅳᆺᄒᆞᆫ 눈물을 밧은지라 古今東西 恒河沙갓흔 만흔 書籍가온ᄃᆡ서 百가지 가장 됴흔ᄎᆡᆨ을 ᄲᅩᆸᄂᆞᆫ중 이 적은 이약이 한편이 참예ᄒᆞ게 됨을 보면 그 價値를 넉넉히 짐작ᄒᆞᆯ지로다 譯者ㅣ 이를 愛讀ᄒᆞᆷ이 誠ᄒᆞᆫ지라 이제 특별히 느김이 잇서 우리글로 옴기여 우리 靑年男女로 ᄃᆡ브러 그 趣味를 갓치ᄒᆞ고ᄌᆞ ᄒᆞᄂᆞ니 滿天下 感情의 糧食에 飢渴ᄒᆞᆫ 者여 나오라 읽을지어다

京城 新文館 發賣

검둥의 설움

스토우夫人 原著
李光洙 翻譯
全壹冊寫眞版三葉揷入
定價金叅拾錢郵稅四錢

纖弱ᄒᆞᆫ 一女子의手로偉大ᄒᆞᆫ事業을成就ᄒᆞᆫ中에우리스토우夫人가튼이ᄂᆞᆫ가장貢獻이多大ᄒᆞ고影響이深遠ᄒᆞᆫ者일지로다當時美國에서ᄂᆞᆫ白人의黑人虐待ᄒᆞᆷ이無所不至ᄒᆞ야金錢으로賣買ᄒᆞᆷ은物類에서賤ᄒᆞ고檟楚로毆辱ᄒᆞᆷ은牲畜에서甚ᄒᆞ니天理ㅣ어미泯塞ᄒᆞ고人道ㅣ또ᄒᆞᆫ殄絶ᄒᆞᆫ자라此時에夫人이正義를仗ᄒᆞ고道理에立ᄒᆞ야그多數ᄒᆞᆫ無辜를爲ᄒᆞ야背理無道ᄒᆞᆫ虐遇와殘慘極酷ᄒᆞᆫ實情을描ᄒᆞ야一世의良心을鼓發코져ᄒᆞᆫ것이此書의原本이니此書ㅣ一出ᄒᆞ매萬人의慕義ᄒᆞᄂᆞᆫ心이激動되여그風力이及ᄒᆞᄂᆞᆫ바에奴隸派와非奴隸派사이에南北戰爭의大慘劇이開演되고畢竟勝利가義人에게歸ᄒᆞ야四百萬奴隸가良民됨을得ᄒᆞ게되니一枝筆의勢力과一女子의事業이此에極ᄒᆞ얏다ᄒᆞᆯ지로다此書ᄂᆞᆫ그世界的名著를우리게紹介코져ᄒᆞ야簡明ᄒᆞ게抄譯ᄒᆞᆫ것이니何人이든지一讀ᄒᆞ야深大ᄒᆞᆫ感興을得ᄒᆞᆯ지니라

六百萬人을感動ᄒᆞᆫ大勢力!!

總發行所 京城南部上犂洞 新文館
電話一三九二番
振替口座京城六六四番

써지無物不存ᄒᆞ고無事不備ᄒᆞ야宛然히舊社會事物의展覽場과如ᄒᆞ니系統的으로一讀ᄒᆞ면趣味가異常ᄒᆞᆫ一編情史오部分的으로各讀ᄒᆞ면實益이無雙ᄒᆞᆫ百科事彙라더욱文辭가雅麗ᄒᆞ고敍述이巧妙ᄒᆞᆫ中自來此種書의通弊되던淫亂ᄒᆞᆫ分子를一幷除去ᄒᆞ야淸新適切ᄒᆞ게景物情思를委曲示現ᄒᆞ니此好本이出ᄒᆞᆫ後에ᄂᆞᆫ何人이던지春香傳을愛讀ᄒᆞᆯ지며春香傳이何人에게든지愛讀될지로다 (漢字를傍註印刷의精美ᄒᆞ고結冊의堅固)

만인계

(엣더워쓰夫人原著)

全壹冊

定價卄錢郵稅四錢

계란것은죠션에서만드러낸바륙별ᄒᆞᆫ풍속가운ᄃᆡ가장아름다운것이언마ᄂᆞᆫ요즈음에와서ᄂᆞᆫ이ᄅᆞᆯ못되재쓰기로만이ᄅᆞᆯ써서필경오ᄂᆞᆯ날쳐럼십ᄒᆞ재허욕파ᄯᅳᆫ마음만가지ᄂᆞᆫ죠션사람을만드러내ᄂᆞᆫᄃᆡ가장큰죠력이되얏스니의다롭다ᄒᆞᆯ지르다이칙은곳나라ᄂᆞᆫ달으고소졍은얼마갓지아니ᄒᆞ나순직ᄒᆞ든일군이별안간오만원계ᄅᆞᆯ탄소실을가지고조미잇고교묘ᄒᆞᆫ필법으로써ᄯᅳ재어든저ᄅᆞᆯ은도리혀저화의근본이되고오죡셩실의삭시라야복록의귀초가되며호화와소치ᄂᆞᆫ노로집안쾌락을독과질ᄒᆞ고오죡세ᄉᆞᆺᄒᆞᆫ사랑파부즈런ᄒᆞᆫ로력이라야인셩힘복을복돗ᄂᆞᆫ리치ᄅᆞᆯ가ᄅᆞ친것이라넉넉히우리니마우에동침이되겟기로특별히번역ᄒᆞ야세샹ᄯᅳᆺ잇ᄂᆞᆫ이의칭찬을밧고져ᄒᆞᆫ것이오니다힘히세ᄉᆞᆺᄒᆞᆫ집안에반두시한권을사두시오

唯一正本 春香傳의

고本 춘春향香전傳

(全壹冊貳百拾壹頁定價拾錢郵稅六錢)

春香傳은朝鮮의第一等傳奇라坊間에行ᄒᆞᄂᆞᆫ幾種本이踈略과失格이多ᄒᆞ기로今에弊館이古名唱의有識ᄒᆞᆫ辭說을無漏筆錄ᄒᆞᆫ珍本에校正을嚴加ᄒᆞ야江湖에印布ᄒᆞ오니凡春香傳의眞意眞味를知코져ᄒᆞ시ᄂᆞᆫ君子ᄂᆞᆫ반ᄃᆞ시新文館發行古本春香傳을購讀ᄒᆞ시오

今에그內容을約記ᄒᆞ건대開卷第一에白頭山以下八域名勝을周遊吟賞ᄒᆞᆫ滿五面長歌ᄂᆞᆫ趣味津津ᄒᆞᆫ中에歷史地理의要識을得ᄒᆞᆯ것이오【思郞歌】【執杖歌】【農夫歌】【春香名義】【千字解】【書冊解】【妓生點考】等은精詳奇妙가獨特自別ᄒᆞ며【房子問答】【妓樓酬酌】【衙客言辭】【農夫問答】【酒翁問答】【官庭景況】【吏胥行惡】【御史出道】等은描寫가入神에筆筆活躍ᄒᆞ며【遊覽節次】【山川景槪】【舖陳設備】【擧行凡節】【驛站頓路】며【吏屬名位】와【鳥獸草木】【器皿服飾】의名稱과【醫藥卜筮】【巫祝風水】의辭說과乃至【노리경위】【노롬볼님】

新文館發行書籍目錄 一七

신슈호지

全四冊壹千頁
結冊堅固揷畵精美
第壹貳參卷價各四拾五錢
第四卷價五拾五錢郵稅各六錢

四大奇書의最大奇書로此書를不讀홈은家讀書의大羞恥

如何라야眞固好小說이뇨小說에對ᄒᆞ야萬人의要望ᄒᆞᄂᆞᆫ條件이옹당千殊萬別ᄒᆞᆯ지로ᄃᆡ千萬人千萬種의要求를均一ᄒᆞ게滿足케ᄒᆞᆫ다ᄒᆞ면그小說의價値가如何ᄒᆞ리오今에譯刊ᄒᆞᄂᆞᆫ水滸志ᄂᆞᆫ實로百味가俱全ᄒᆞᆫ東西古今最大傑作이라一部百回ᄂᆞᆫ곳人生活動의極致와人情發露의玄妙를靈筆活書ᄒᆞᆫ것이니雄大奇偉가纖巧婉曲을伴ᄒᆞ고悲壯凄慘이怡樂和悅을隣ᄒᆞ야如何ᄒᆞᆫ形容辭도그實際의奇妙를譬喩ᄒᆞ지못ᄒᆞᆯ지오如何ᄒᆞᆫ想像力도그實味의濃厚를切推ᄒᆞ지못ᄒᆞᆯ지라蔽一言ᄒᆞ고識字ᄒᆞᄂᆞᆫ人으로此書를一讀ᄒᆞ지아니ᄒᆞ면此生의一樂事를自抛ᄒᆞᆷ이라ᄒᆞᆯ지로다吾人은此書를一小說로써諸君에게推薦ᄒᆞᆷ이아니오實로出天入地驚神泣鬼ᄒᆞᄂᆞᆫ快人快事奇觀壯觀으로何人이던지반다시一讀ᄒᆞᆷ을勸ᄒᆞᆷ이로라(新文館發行이라야譯文이正確)

신옥루몽

全四冊約九百頁
結冊堅固插畫精美
一二三卷定價各四拾五錢
四卷定價五拾五錢 郵稅各六錢

天上一朶蓮이地下에落來ᄒᆞ야千色萬相을呈ᄒᆞ고玉京六仙官이人界에謫降ᄒᆞ야亂波重浪을起ᄒᆞ니幻奇ᄒᆞᆫ局面에ᄂᆞᆫ風雲이忽變ᄒᆞ고紆曲ᄒᆞᆫ蹊路에ᄂᆞᆫ情趣가橫溢ᄒᆞᆫᄃᆡ더욱結搆가雄渾ᄒᆞ고文辭가典麗ᄒᆞ야小說의要格을具備ᄒᆞ니自來로小說界에셔特殊ᄒᆞᆫ榮寵을荷ᄒᆞᆷ이좀偶然ᄒᆞᆷ이아니로다그러나至今히刊本이無ᄒᆞ야讀書家의缺憾이深切ᄒᆞᆫ지라이에弊館이年餘의工夫를費ᄒᆞ야訛誤를校正ᄒᆞ고ᄯᅩ難澁ᄒᆞᆫ文語에ᄂᆞᆫ漢文을傍註ᄒᆞ며卷首마다精美ᄒᆞᆫ圖像을附ᄒᆞ야堅固히結冊ᄒᆞ야發行ᄒᆞ니從此로億萬家庭이容易히此奇書를藏ᄒᆞᆯ지라벌니文學愛好家에薦擧ᄒᆞ노라

(每冊二百餘頁大板密行이니時俗小說에比ᄒᆞ면四五倍되ᄂᆞᆫ質量이有ᄒᆞᆯᄲᅮᆫ아니라裝潢이堅美ᄒᆞᆷ으로永久히藏讀ᄒᆞᆯ것이며幾遍重讀ᄒᆞᆯ지라도厭飫치아니ᄒᆞᄂᆞᆫ名作이라)

趣味情景이窮奇極妙ᄒᆞᆫ舊小說의精英으로定評이自在ᄒᆞᆷ

新文館發行書籍目錄 一五

地球之旣往及將來

全壹冊揷圖
定價貳拾錢
郵稅四錢

安得不思

不可不讀

吾人의生息ᄒᆞᄂᆞᆫ此地球가太初에ᄂᆞᆫ如何히開闢ᄒᆞ얏슬가現今은如何ᄒᆞᆫ狀態로存ᄒᆞᆫ가伊後에ᄂᆞᆫ如何히變遷ᄒᆞᆯ가果然一氣의動ᄒᆞᆷ으로鴻濛이判ᄒᆞ얏다가一切이盡ᄒᆞ면閉藏을免치못ᄒᆞᆯ가太陽의光熱도消盡ᄒᆞ고地球의氣水도枯竭ᄒᆞ야萬古衆生이一夢에都歸ᄒᆞᆯ日이有ᄒᆞ다ᄒᆞ니果然인가此大疑題를安得不思ᄒᆞ리오此至要書를不可不讀이라ᄒᆞ노라

删修 擊蒙要訣

定價拾錢
郵稅貳錢

此書ᄂᆞᆫ栗谷李珥先生의名著擊蒙要訣에就ᄒᆞ야時宜에不合ᄒᆞᆫ것을删去ᄒᆞ고意義相通ᄒᆞᄂᆞᆫ西哲金言六十則을對照ᄒᆞ고福澤諭吉의修身要領譯文을附錄ᄒᆞᆫ修養上要書니라

썰늬버유람긔

定價拾錢
郵稅貳錢

遊覽조하ᄒᆞᄂᆞᆫ一船醫가偶然히漂風을當ᄒᆞ야指頭만ᄒᆞᆫ小人島와山岳갓ᄒᆞᆫ巨人國에歷遊ᄒᆞ야奇風怪俗을구경ᄒᆞᆫ記錄이니驚心駭魄의奇談이張을聯ᄒᆞ야出來ᄒᆞᄂᆞᆫ珍書라英國文豪스위프트氏의大諷刺小說을抄譯ᄒᆞᆫ것이니라

學生監督○雇人周旋○田地買入○物品販賣○新聞廣告○同行○以上幷答

注文門

物品注文○器具機械○書籍注文○洋服注文○以上幷答

貸借門

書籍○金錢借用○器具器械○借用物反還○以上幷答

催促門

注文物品催促○貸金催促○器具反還催促○印刷物催促○家賃催促○以上幷答

紹介門

敎員紹介○醫師紹介○友人紹介○學生紹介○以上幷答

謝絶門

約束謝絶○宴會出席謝絶○招待謝絶○旅行同行謝絶○金錢借用謝絶○勸誘謝絶○以上幷答

公式文

第一章 契約類書式

委任契約○動產典當權設定○不動產典當權設定○抵當權設定○金錢貸借及保證○保證○賣買○贈與○土地賃貸借○家屋賃貸借○動產賃貸借○雇用○請負○和解○商號及營業讓渡○代理○運送取扱○運送狀○運送○不動產賣買

第二章 請願類書式

典當舖營業○著作權○家督相續○書換○土地臺帳名義訂正○鑛山試掘○鑛山採掘○特許○意匠○商票○實用新案

第三章 屆類書式

死亡○生產○婚姻○遺失物拾得○紛失物○紛失物發見○埋藏物發見○新聞紙發行○山版○傳染病患者診斷○傳染病患者○開業○營業○廢業○發明品出品○轉籍○原籍地變更○運動會開催

第四章 登記類書式

土地所有權保存登記○土地合併登記○斗落坪數登記○地目變更登記○土地番號變更登記○不動產質權設定登記

第五章申請書類書式

埋葬認許證交附○酒類製造免許證○特設電話加入

書翰文用語辭彙

(以上)

오죽此書를信賴ᄒᆞ오成功을期必ᄒᆞ오리다

新文館發行書籍目錄

書翰의巧拙은立身의岐路라

의弊가無케ᄒᆞ얏스며作例에至ᄒᆞ야ᄂᆞᆫ日常에起ᄒᆞᄂᆞᆫ諸般事爲와社交에涉ᄒᆞᆫ許多關係를無遺句括ᄒᆞ고各類를分ᄒᆞ고門을立ᄒᆞ야몬져類句를列擧ᄒᆞ고그類句ᄅᆞᆯ綴合ᄒᆞ야作例를得케ᄒᆞ야全體大用이兼備該博ᄒᆞ고文字의異義가有ᄒᆞᆫ것은別로辭典을作ᄒᆞ야解釋의便을與ᄒᆞ얏슨즉雖初學者라도能히讀作을得ᄒᆞᆯ지오또附錄으로**請願申告契約等各樣書式**을擧ᄒᆞ야應急의要用에供ᄒᆞ얏스니本書ᄂᆞᆫ可히時代의要求에應ᄒᆞ야產出ᄒᆞᆫ珍物이라ᄒᆞᆯ지라大方諸君子ᄂᆞᆫ急히座右에備置ᄒᆞ야立身處世의好顧問良伴侶를作ᄒᆞ시오

▲日本語學書翰篇目次大略

書翰文

第一章　書翰文結構

前文○本文○末文○日附○署名○宛名○副文

第二章　書翰文禮式

第三章　書翰文用語와口語의比照

第四章　書翰文作例

祝賀門

新年○結婚○順產○病氣全快○卒業○仕官○榮轉○開業○新築落成○移轉○以上幷答

慰問門

寒節○暑中○洪水○暴風○落第○火災○盜難○負傷○疾病○死亡

招誘門

新年宴會○卒業祝○忘年會○運動會○觀梅○觀菊○觀楓○郊外散策○遠足會○避暑○海水浴○納涼○以上幷答

探問門

試驗成績○入場席次○夏期講習會期日○人의性質○物品價額○物品存否○書籍有無○在宅時間○以上幷答

報知門

入學許可○試驗成績○卒業○出產○結婚○轉宅○歸家○病氣全快○死去○以上幷答

寄贈門

梅花寄贈○新茶寄贈○松茸寄贈○團扇寄贈○歲饌○土產物○忘置物○委托物○以上幷答

請託門

贊成○質疑解答○着色品送致○金錢報償延期○在學保證○

一三

第十章 助詞
第十一章 品詞轉成
第十二章 接頭語·接尾語

第二編 文章

第一章 文章의主要成分
第二章 文章의主要成分의構成
第三章 文主
第四章 修飾語와그構成
第五章 文章의主要成分의位置
第六章 文章의主要成分의倂置
第七章 文章의主要成分의省畧
第八章 句와節
第九章 文章의組織
第十章 文章의性質
第十一章 係結法
第十二章 文章의解剖

日本語學叢書第三篇

日本語學書翰篇

全壹冊 五號密行總紙數叅百餘頁 定價 壹圓 郵稅八錢

學問의熟達은處世의要務요

此書는語學界泰斗林 圭先生의十數年苦心瀝血로撰著ᄒᆞᆫ日本語學叢書의第三編으로發行ᄒᆞᆫ者니書翰의結構와體式으로브터或俗談에對照ᄒᆞ야應用의奧妙를示ᄒᆞ고或鮮語에比準ᄒᆞ야習慣의異同을辨ᄒᆞ야一毫라도違格妄發

新文館發行書籍目錄　二

日本語學叢書第二篇

日本語學文典篇

全壹冊　定價六拾五錢　郵稅六錢

此書ᄂᆞᆫ語學界에一新紀元을劃ᄒᆞᆫ日本語學音語篇의姉妹書ㅣ니著者가十餘年心力을費ᄒᆞ야採集ᄒᆞᆫ英華오腦血을傾ᄒᆞ야結成ᄒᆞᆫ晶塊라體裁ᄂᆞᆫ舊套의紛雜ᄒᆞᆫ離를脫ᄒᆞ고意趣ᄂᆞᆫ新樣의簡明精確을旨ᄒᆞ야片言斷語와隻字半句라도敢히陳忽에任치못ᄒᆞ고반ᄃᆞ시精嚴ᄒᆞᆫ考覈을加ᄒᆞᆫ것인즉內容의如何ᄂᆞᆫ贅說을不須ᄒᆞ고高評이自在ᄒᆞ려니와더욱各活用言에至ᄒᆞ야ᄂᆞᆫ口語에比照ᄒᆞ고朝鮮語에對譯ᄒᆞ야비록初學獨習에라도一見輒解ᄒᆞ야다시餘蘊이無ᄒᆞ게ᄒᆞᆫ것이니語學에留意ᄒᆞ시ᄂᆞᆫ君子ᄂᆞᆫ趂卽購求ᄒᆞ야幸益을早受ᄒᆞ시오

▲日本語學文典篇目次

第一編　單語

第一章　品詞
第二章　名詞
第三章　代名詞
第四章　動詞와그活用
第五章　形容詞와그活用
第六章　助動詞와그種類
第七章　副詞
第八章　接續詞
第九章　感動詞

第三編 會話

(以上)

再刊懇求의聲이雲湧雷動홈으로不得已再刊을決行ᄒᆞ얏슴을見ᄒᆞ야知ᄒᆞᆯ것이며더욱初刊以後에此書를師友홈으로語學에成功ᄒᆞ야偉大ᄒᆞᆫ效用을實驗ᄒᆞ신江湖數萬의愛讀者가常時賞讚ᄒᆞ고到處推奬ᄒᆞ심은此書에對ᄒᆞᆫ最確實ᄒᆞᆫ證明이오最有力ᄒᆞᆫ廣告가되ᄂᆞᆫ지라吾人은誠心으로諸君에게忠告ᄒᆞ노니諸君이만일語學에志치아니ᄒᆞ면已어니와不然ᄒᆞ면此書로硏學ᄒᆞ시오此書ᄂᆞᆫ곳語學上의捷徑이오寶筏이니가장迅速ᄒᆞ고가장安穩ᄒᆞ고가장正確ᄒᆞ게成功으로抵達케ᄒᆞᆯ者ᄂᆞᆫ오즉此書라ᄒᆞ노이다

左揭ᄒᆞᆫ目次를一覽ᄒᆞ시오如何히具備ᄒᆞ며整齊ᄒᆞᆫ가然이나目錄만으로ᄂᆞᆫ充實ᄒᆞᆫ內容과完全ᄒᆞᆫ組織을了知치못ᄒᆞᆯ지니志學者ᄂᆞᆫ모름직이實物에就ᄒᆞ야檢査ᄒᆞᄂᆞᆫ勇을發ᄒᆞ시오

▲日本語學音語篇目次大略

日本語學音語篇

日本語學叢書第壹編

全壹冊大板六百頁
洋裝壹圓七拾五錢

定價 洋半 壹圓四拾錢
小包料 拾貳錢

此書ᄂᆞᆫ日本語學書中無上好本으로임의天下에公認을得ᄒᆞᆫ者ㅣ니다시呶呶를不要ᄒᆞ거니와果然百美가俱全ᄒᆞ고萬要가畢備ᄒᆞ야獨學上에나叅考上에絕等ᄒᆞᆫ良師友가될者ᄂᆞᆫ此書以外에更無ᄒᆞᆫ것이라此書의信用과名價를知코져ᄒᆞ면모름즉이事實로證ᄒᆞᆯ지니專門大家의十餘年苦心으로研究編撰ᄒᆞᆫ語學書ᄂᆞᆫ오ᄌᆞᆨ此書임을見ᄒᆞ야知ᄒᆞᆯ것이오此書가一出ᄒᆞᆷ에他類書의行賣가幾希ᄒᆞ고既刊者나新出者가다此書를模範ᄒᆞ거나此書의材料를襲用케되야語學書界의大革命을起ᄒᆞᆷ을見ᄒᆞ야도知ᄒᆞᆯ것이오此書ᄂᆞᆫ學校의攀緣도無ᄒᆞ고誇大ᄒᆞᆫ廣告도不爲ᄒᆞ되發刊以來로重刊又重刊ᄒᆞ야發賣勢力이日加月增ᄒᆞᆷ을見ᄒᆞ야도知ᄒᆞᆯ것이오他書ᄂᆞᆫ姑舍ᄒᆞ고語學書ᄂᆞᆫ더욱願買時所期의幾分을既賣後感得치못ᄒᆞᆷ이常例로되오ᄌᆞᆨ此書ᄂᆞᆫ未見時期望보담相對後滿足이幾倍ᄒᆞᆫ다ᄂᆞᆫ公評을見ᄒᆞ야도知ᄒᆞᆯ것이오著者와發行者ㅣ다此書로써射利를專爲ᄒᆞᆷ이아님으로初板賣盡後絕板ᄒᆞ기로ᄒᆞ얏다가坊間餘本은市價가亢騰ᄒᆞ고江湖學者의

金祉濟 譯述

基督教의 青年

全壹冊
定價貳拾錢
郵稅貳錢

青年은人生의春이라花ㅣ發ᄒᆞ려ᄒᆞ면風雨ㅣ多ᄒᆞᄂᆞ니故로健全ᄒᆞᆫ子를結ᄒᆞ려ᄒᆞ면諸般障礙와苦難으로더부러一定ᄒᆞᆫ期間에奮鬪力戰ᄒᆞᆯ準備가可無치못ᄒᆞᆯ지니라何를準備라謂ᄒᆞᄂᆞ뇨健康ᄒᆞᆫ身體오堅强ᄒᆞᆫ意志ᄯᅩ高潔ᄒᆞᆫ品行이니青年時代에在ᄒᆞ야此三者의修養如何ᄂᆞᆫ人生榮辱의分岐點이니라此書ᄂᆞᆫ有名ᄒᆞᆫ教訓家스를博士의What A young man ought to Know란名著를抄譯ᄒᆞᆫ것이니精博ᄒᆞᆫ識見과透徹ᄒᆞᆫ辭旨로ᄡᅥ或生理或性理와或理論或實際로青春의危機를警醒ᄒᆞ고人生의針路를指示ᄒᆞᆫ것이라如何히心靈의聖潔을保ᄒᆞᆯ가如何히筋骨의强壯을致ᄒᆞᆯ가情慾을制服ᄒᆞᆷ은如何히ᄒᆞᆯ가品格을向上ᄒᆞᆷ은如何히ᄒᆞᆯ가平素의執心과日常의行爲ᄂᆞᆫ如何히ᄒᆞᆯ가等切要ᄒᆞᆫ問題를實驗으로說ᄒᆞ고經傳으로證ᄒᆞ니章章節節이無非精金美玉이라世間青年이此書의教示를從ᄒᆞ야身心을鍛鍊ᄒᆞ고智德을修養ᄒᆞᆯ진대人生의戰場에在ᄒᆞ야最强最勇者됨을期ᄒᆞ야必ᄒᆞᆯ지라何를恐ᄒᆞ며何를怯ᄒᆞ리오合理ᄒᆞᆫ生涯를送ᄒᆞ고有意ᄒᆞᆫ事業을營코저ᄒᆞᄂᆞᆫ有爲青年에게敢히此良師友를薦ᄒᆞ노라

總發行所 京城南部上犁洞 新文館

電話一三九二番
振替口座六六四番

몬져 自家事를 知ᄒᆞ라

神檀實記

古今內外의文獻을博考ᄒᆞ야朝鮮始祖한배檀君의聖事와밋上下四千年間의氏族派系와敎化源流와崇奉典例를昭詳繹編ᄒᆞᆫ書ㅣ니凡朝鮮人은家奉戶讀ᄒᆞ야誠心翻讀ᄒᆞᆯ지니라

全壹冊
定價四拾錢
郵稅四錢

大倧敎 編撰
新文館 刊行

三一神誥

神誥ᄂᆞᆫ世界에最古ᄒᆞ고朝鮮에自來ᄒᆞᆫ大倧敎의唯一ᄒᆞᆫ餘存古經이니神理聖訓이言思에超絕ᄒᆞ며文章이蒼古遒勁ᄒᆞ야古幽ᄒᆞᆫ大思想을簡明히傳示ᄒᆞ얏나니라

全壹冊
定價拾錢
郵稅貳錢

붉은저고리

『붉은저고리』는우리兒童敎育에適當ᄒᆞᆫ補助機關이無ᄒᆞᆷ을慨ᄒᆞ야新文館으로서發行ᄒᆞ다가第拾貳號에至ᄒᆞ야官令으로停廢된것이니우리兒童文學의先驅로趣味와實益의無盡藏이라ᄒᆞ야歡呼의聲이江湖에遍滿ᄒᆞ던者ㅣ라今에餘存ᄒᆞᆫ幾百部를一冊에合裝ᄒᆞ야廉價로提供ᄒᆞ오니伊時에미쳐相對치못ᄒᆞ신父兄이며子弟는速히購覽ᄒᆞ시오

(大大板九十頁 無割引 定價貳拾錢 郵稅六錢)

【揭載要目】

【詩歌】온진미륵、첫봄、나비놀이外八篇、

【古談】溫達 率居 外數篇。

【童話】싸님의갓곳、네동생、밧고아때外八篇。

【寓話】數十篇。

【訓話】버릇、고지식、힘을오로지ᄒᆞᆷ 外七篇。

【史談】鄭夢周、金時習、뇌유혼、나폴네온、쉐익쓰피어、린 컨、와싱 톤、프랭클린等。

【學藝】롱을빠감、飛行船과飛行機等數篇。

【의사보기】問解幷二十餘種。

【物類[illegible]說】락락、쌜소、코코아 外十餘目。

【笑話】數十題。【戲畵】十餘。【插畵】無數。其他。

新文館發行書籍目錄 五

新文館發行書籍目錄
四
兒童雜誌
아이들보이
每月壹次
五日發行
天下의父兄은다援護ᄒᆞ시오
百萬의子弟ᄂᆞᆫ다愛讀ᄒᆞ시오
本雜誌ᄂᆞᆫ兒童敎育에對ᄒᆞ야深大ᄒᆞᆫ期待로써發行ᄒᆞᄂᆞᆫ者니一篇材料ㅣ다嚴擇精選ᄒᆞᆫ것이라記事ᄂᆞᆫ小說、古談、教訓、學藝、傳記、遊戲等여러方面이오文章은平易ᄒᆞ며圖畵ᄂᆞᆫ精美ᄒᆞ야智德涵養上最緊切ᄒᆞᆫ機關이되오니滿天下父兄及子弟諸位ᄂᆞᆫ다갓치愛護ᄒᆞ실義務가有ᄒᆞ다ᄒᆞ나이다
大正二年九月에創刊ᄒᆞ야按月壹次식發行ᄒᆞᄋᆞᆸᄂᆞᆫ데歲月이累ᄒᆞ고號數가加ᄒᆞᄂᆞᆫ데로江湖大方의信用이愈厚ᄒᆞ야今에愛讀家의讚賞ᄒᆞ시ᄂᆞᆫ聲이海內에雷動ᄒᆞᄂᆞ니와今後로더욱勵精致力ᄒᆞ야百萬家庭에戶戶必入ᄒᆞ고億萬子弟의人人必讀ᄒᆞᄂᆞᆫ結果를得ᄒᆞᆫ後에已ᄒᆞ려ᄒᆞᄋᆞᆸ나니子弟敎養에特志가有ᄒᆞ신이ᄂᆞᆫ幸히贊成協助의榮을賜ᄒᆞ소서
每號에有理ᄒᆞᆫ懸賞이잇스며
每冊價六錢、六冊先金參拾四錢、拾貳冊先金六拾七錢、地方郵稅每五厘、必要先金
兒童의作文을選奬ᄒᆞᄋᆞᆸᄂᆞ다
京城南部
新文館
上犂洞
電話一三九二番
振替口座京城六六四番

新文館編纂辭書類

朝鮮辭典 말모이

朝鮮語上에絕大ᄒᆞᆫ使命을帶ᄒᆞ고無等ᄒᆞᆫ權威가될未曾有의大計劃인此書는起稿以來이미四星霜을閱ᄒᆞ야採集ᄒᆞᆫ語數가屢萬이오解釋의役이ᄯᅩ한크게進陟ᄒᆞ니라

漢鮮大字典

康熙字典、字彙等書로字數를彙ᄒᆞ고說文、爾雅等書로字源을採ᄒᆞ고經史子集으로字用을證ᄒᆞ고字字義義마다朝鮮語로譯解ᄒᆞᆫ漢鮮最大字典이니稿本이既成ᄒᆞ니라

漢鮮新字典

大字典의精華를採ᄒᆞ야日常檢索에便利ᄒᆞ도록編撰ᄒᆞᆫ것이니排字、註繹、譯解、印刷에다一新機軸을出ᄒᆞᆫ者ㅣ라譯義ㅣ正確ᄒᆞ고引例가詳明ᄒᆞ니라方今印役이大進ᄒᆞ다

日鮮辭典

鮮日辭典

朝鮮語와日本語의交涉이几數千年이라關係의密接ᄒᆞᆷ이自別ᄒᆞ나아즉對譯辭書의撰이無ᄒᆞᆷ은學界의大欠事라ᄒᆞᆯ지라이에絕大ᄒᆞᆫ勞苦로此兩書編撰을計劃ᄒᆞ야當代碩學의手에起稿된지이미數星霜이니今後數年에그成功을告ᄒᆞᆯ진대學界ᄲᅮᆫ아니라一般社會의蒙ᄒᆞᆯ利澤이淺尠치아니ᄒᆞ리니라

此外에編撰의基礎를定ᄒᆞ고材料의採擇을始ᄒᆞᆫ것이『朝鮮歷史辭典』이잇고『朝鮮人名辭典』、『다用辭典』、『日用事彙』等이잇스니世運民度가此書를切要ᄒᆞ는時에는次第로公刊ᄒᆞ야文化推進機關의本務를盡ᄒᆞᆯ지라幸이江湖諸賢은同情協贊ᄒᆞ시오

績을擧ᄒᆞ리니文敎와風化에有志ᄒᆞ신君子ᄂᆞᆫ特別히顧護ᄒᆞ심을伏望ᄒᆞ노이다

一、本館의特色은酬應迅速、 包裝堅實、 價格務廉、 選擇精密、 信用確守等이니一言而蔽ᄒᆞ면委托ᄒᆞ신後安心ᄒᆞ실수잇슴

一、割引은格外로低廉ᄒᆞ계ᄒᆞ되總督府敎科書와光文會古書와外地書籍과其他不得已ᄒᆞᆫ外에ᄂᆞᆫ零售에統히參割로ᄒᆞ고五圓以上注文은參割에郵費ᄭᆞ지自擔ᄒᆞ겟ᄉᆞ오며ᄒᆞᆯ수잇ᄂᆞᆫ것은四五割이라도ᄒᆞ겟슴

一、此目錄에未載ᄒᆞᆫ것이라도市上새로發賣되ᄂᆞᆫ書籍은一切酬應ᄒᆞ되連續請求ᄒᆞ시ᄂᆞᆫ君子에게ᄂᆞᆫ特別待遇ᄒᆞ겟슴

一、千字文、 通鑑、 史略、 唐音、 方藥合編、 天機大要等古書도具備ᄒᆞ오나市勢가時異ᄒᆞ기로此에列錄치아니ᄒᆞᆷ

一、此廣告以外에結冊ᄒᆞᆫ書籍目錄과本館專用振替貯金用紙ᄂᆞᆫ請求ᄒᆞ시ᄂᆞᆫ대로送呈ᄒᆞ겟슴

一、注文時에住所姓啣을楷字로明記ᄒᆞ시옵

一、引換代金으로ᄒᆞ심이便ᄒᆞᆫ듯ᄒᆞ나先金으로注文ᄒᆞ시ᄂᆞᆫ것보담代金이增多ᄒᆞᆯᄲᅮᆫ아니라彼此不便이多ᄒᆞᆫ것이오니아못조록先金으로注文ᄒᆞ시되別項割引規定대로定價에서控除ᄒᆞ심이爲好외다 (下載引換代金論을一讀ᄒᆞ시오)

敬告海內讀書家

書籍은智識의源泉이오文化의關鍵이라國家文運의隆替消長이此에繫在ᄒᆞ거늘書舖ᄂᆞᆫ實로此를運用ᄒᆞᄂᆞᆫ機關이오推進ᄒᆞᄂᆞᆫ動力이나그責司ㅣ또한重大치아니ᄒᆞᆫ가故로書舖ᄂᆞᆫ射利를專主ᄒᆞᄂᆞᆫ他營業과自別치아닐수업도다然ᄒᆞ나近來斯業에從事ᄒᆞᄂᆞᆫ者ㅣ흔이此要義를沒却ᄒᆞᆯ뿐아니라甚ᄒᆞᆫ즉廉隅를冒破ᄒᆞ고다시顧忌ᄒᆞᆷ이업서末流의弊端이底止ᄒᆞᆯ바를모르니痛嘆을曷勝ᄒᆞ리오敝館이深大ᄒᆞᆫ抱負로斯界에一幟를立코져ᄒᆞᆫ지十許年이라力이微ᄒᆞ고才ㅣ乏ᄒᆞ야아즉所期의萬一을實行치못ᄒᆞ나耿耿ᄒᆞᆫ一心과斷斷ᄒᆞᆫ一念은오래江湖의認識을蒙ᄒᆞᆫ바ㅣ라그욱히書舖界積弊에感慨ᄒᆞ와古文獻을收聚刊布ᄒᆞ고新學書를著譯發行ᄒᆞᄂᆞᆫ同時에從令으로다시書籍販賣部를兼設ᄒᆞ야大方의需用을應ᄒᆞ되誠懇忠實로主旨ᄒᆞ야더욱地方讀書家의便益을供ᄒᆞᆯ것이오經營方法은아즉恒例에遵據ᄒᆞᆷ이多ᄒᆞᆯ지나經驗을積ᄒᆞ고勢力을植ᄒᆞ고信用을博ᄒᆞ야適當ᄒᆞᆫ時機에適當ᄒᆞᆫ方法으로斯界廓淸의實

新文館發賣書目目次

發賣書籍分類總目

追加書目

(以上)

第壹號 (大正三年五月一日發行)

新文館發賣書籍總目錄

京城南部上犂洞三十二統四戶

新文館販賣部

振替口座京城六六四番

電話一三九二番

— 신문관, 1914.5; 김근수 편, 『일제 치하 언론 · 출판의 실태』,
영신아카데미 한국학연구소, 1974, 7~23면

신문관 광고

—『소년』 창간호, 신문관, 1908.11

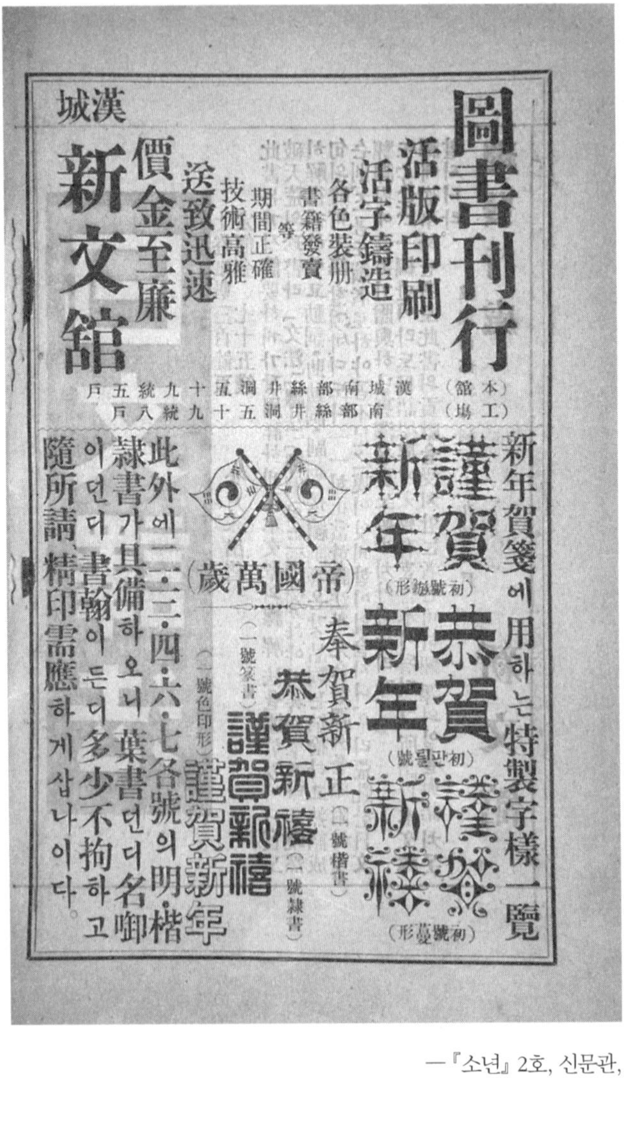

—『소년』 2호, 신문관, 1908.12

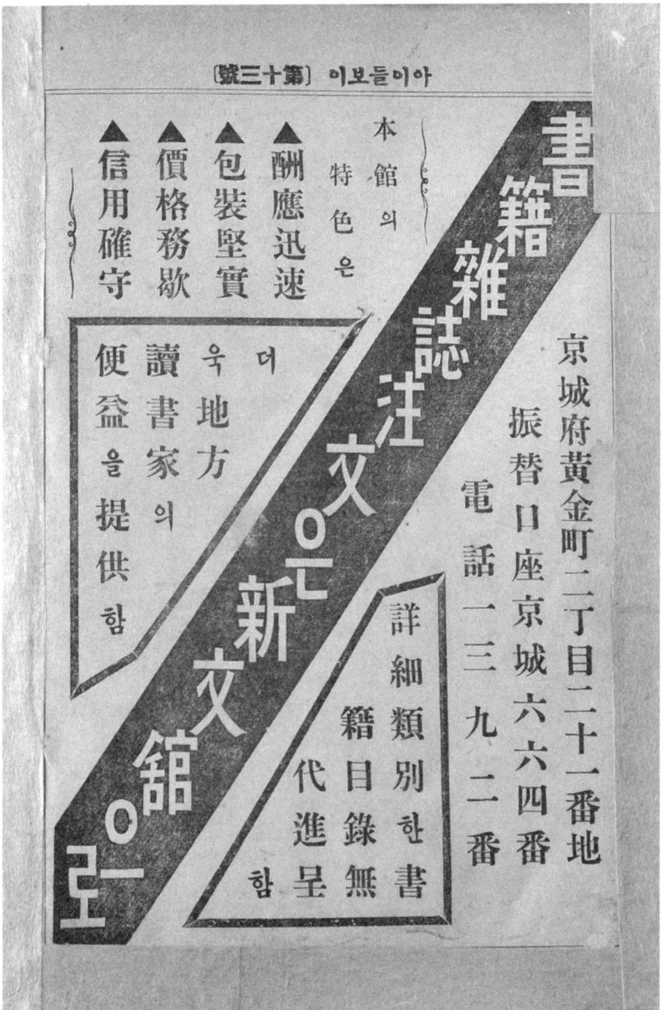

—『아이들 보이』 13호, 신문관, 1914.10

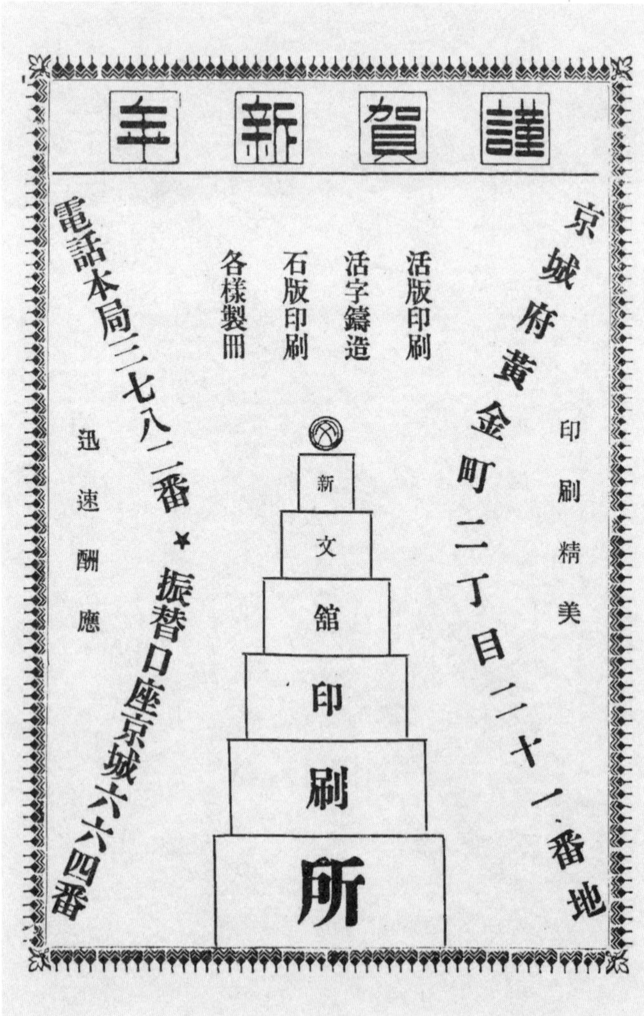

—『불교』 19호, 불교사, 1926.1

낱말 풀이 ① | 본문 편

걸 『걸리버 유람기』 불 『불쌍한 동무』 만 『만인계』 자 『자랑의 단추』
검 『검둥의 설움』 허 『허풍선이 모험 기담』 해 『해당화』

ㄱ

가감(可堪): 어떤 일정한 일을 능히 해낼 수 있음. 검

가긍(可矜): 불쌍하고 가엾음. 만검

가늣하다: 약간 가늘다. 불

가대(家垈): 집터와 그에 딸린 논밭이나 산림 따위를 통틀어 이르는 말. 검

가댁질: 아이들이 서로 잡으려고 쫓고, 이리저리 피해 달아나며 뛰노는 장난. 불

가라말: 털빛이 온통 검은 말. 가라마(加羅馬). 검정말. 만

가람: '강(江)'이나 '호수(湖水)'의 옛말. 허

가래: '가랑이'의 사투리. 걸

가로맡다: 남의 할 일을 가로채서 맡거나 대신해서 맡다. 남의 일에 참견하다. 해

가로보다: 눈을 옆으로 하고 보다. 아니꼽거나 밉게 여기어 눈을 옆으로 흘기다. 어떤 대상을 탐탁하지 않게 대하거나 생각하다. 가로 방향으로 훑어보거나 보아 나가다. 해

가로잡다: 가로 방향으로 손에 쥐다. 주름 따위를 가로로 놓이게 만들다. 허

가리뼈: '갈비뼈'의 옛말. 만

가마: 아주 크고 우묵한 솥. 가마솥. [허]

가석(可惜): 몹시 아까움. [해]

가연(佳緣): 아름다운 인연. 부부 관계나 연인 관계를 맺게 된 연분. [해]

가장집물(家藏什物): 집에 놓고 쓰는 온갖 살림 도구. 가집(家什). 가재도구(家財道具). 세간. 세간붙이. [만]

가짓말: 사실이 아닌 것을 사실인 것처럼 꾸며 대어 말하는 일이나 그런 말. [해]

각근(恪勤): 정성을 다하여 부지런히 힘씀. 근각(勤恪). [불]

각산(各散): 저마다 따로따로 흩어짐. [만]

각시: 조그맣게 색시 모양으로 만든 여자 인형. [불][검]

간(諫): 웃어른이나 임금에게 옳지 못하거나 잘못된 일을 고치도록 말함. [걸]

간검(看檢): 두루 살피어 검사함. [해]

간곤(艱困): 몹시 가난하고 구차함. [불]

간구(懇求): 간절히 바람. [불]

간구(干求): 바라고 구함. [검]

간담(肝膽): 간과 쓸개. 속마음을 빗대어 이르는 말. [해]

간사인(幹事人): 일을 맡아 주선하고 처리하는 사람. [만]

간정: 소란스럽던 일이나 앓던 병 따위가 가라앉아 진정됨. [허]

간측(懇惻): 간절하고 지성스러움. 몹시 딱하고 가엾음. [만][자]

갈앉다: '가라앉다'의 준말. [불]

갈앉히다: '가라앉히다'의 준말. [만]

감옥서(監獄署): 1894년 갑오개혁(甲午改革) 때 고려·조선 시대의 '전옥서(典獄署)'를 개칭하여 경무청(警務廳) 아래에 편성한 관청. 1907년 내부(內部)에서 법부(法部)로 이관되면서 '감옥'으로 개칭되었다. [만][해]

감중련(坎中連)을 하다: 감괘(坎卦)의 가운데 획이 이어져 틈이 막혔다는 뜻으로, 입을 다물고 말을 하지 않음을 이르는 말. 팔괘(八卦)의 하나인 감괘의 상형 '☵'을 '감중련(坎中連)'이라 한다. [걸]

감창(感愴): 어떤 느낌이 가슴에 사무쳐 슬픔. [불]

감축(感祝): 받은 은혜에 대하여 축복하고 싶을 만큼 매우 고맙게 여김. 경사스러운 일을 함께 감사하고 축하함. 해

값가다: 값이 많은 액수에 이르다. 값나가다. 검

강파르다: 인정이 메마르고 야박하다. 성질이 까다롭고 괴팍하다. 강팔지다. 검

갖바치: 가죽신을 만드는 일을 직업으로 하는 사람. 주피장(周皮匠). 혜장(鞋匠). 불

갖추: 고루 있는 대로. 검

갖추갖추: 여럿이 모두 있는 대로. 겉

개개하다: 서리나 눈 따위가 내려서 희디희다. 애애(皚皚)하다. 해

개야(開野): 넓고 편평한 벌판. 겉

개정(開廷): 법정을 열어 재판을 시작하는 일. 해

객담(客談): 객쩍게 말하는 일이나 그런 말. 객론(客論). 객설(客說). 객소리. 만검

객도기(客到記): 여관이나 호텔 따위에 머무는 사람의 주소와 이름, 행선지 따위를 적는 장부. 검

객용(客用): 손님에게 쓰임. 또는 그런 물건. 만

객(客)쩍다: 행동이나 말, 생각이 쓸데없고 싱겁다. 허

거동(擧動): 임금의 나들이. 거가(車駕). '거둥'의 본딧말. 겉

거드치다: 걷어 올리다. 해

거머우뚝: 조금 희미하게 거멓고 높이 솟아 서 있는 모양. 불

거번(去番): 저번(這番). 지난번. 불

거판(擧板): 판(板)을 듦, 즉 가지고 있던 재산을 다 써서 없애 버림. 만

걸어앉다: 높은 곳에 궁둥이를 대고 두 다리를 늘어뜨려 앉다. 불자검해

걸터듬다: 무엇을 찾느라고 이것저것을 되는대로 마구 더듬다. 허

검사국(檢事局): 식민지 시대에 검사가 일을 맡아보던 곳. 대개 재판소에 부속 설치되었다. 만

겁박(刦迫): 으르고 협박함. 강박(强迫). 검

겉잠: 깊이 들지 못하거나 흡족하게 이루지 못한 잠. 선잠. 수잠. 여윈잠. 만
게두덜거리다: 굵고 거친 목소리로 자꾸 불평을 늘어놓다. 게두덜대다. 만
게두덜게두덜: 굵고 거친 목소리로 자꾸 불평하는 모양. 불
겨냥: 어떤 물건에 겨누어 정한 치수와 양식. 견양(見樣). 걸
격(隔): 시간적으로나 공간적으로 사이를 둠. 불
격동(激動): 감정 따위가 몹시 흥분하여 충동을 느끼거나 그렇게 되게 함. 정세 따위가 급격하게 움직이거나 그렇게 되게 함. 불
격앙(激昂): 기운이나 감정 따위가 격렬히 일어나 높아짐. 만
견거니틀거니: 서로 겨루느라고 버티는 모양. 허
겯다: 대나 갈대, 싸리 따위로 씨와 날이 서로 어긋매끼게 엮어 짜다. 실꾸리를 만들기 위해서 실을 어긋맞게 감다. 풀어지거나 자빠지지 않도록 서로 어긋매끼게 끼거나 걸치다. 불만
결딴나다: 어떤 일이나 물건 따위가 아주 망가져서 도무지 손을 쓸 수 없는 상태가 되다. 살림이 망하여 거덜 나다. 만
결련(結連): 서로 맺어서 한데 연속으로 잇댐. 연결(連結). 허
결박(結縛): 몸이나 손 따위를 움직이지 못하도록 동이어 묶음. 자유롭지 못하게 얽어 구속함. 계박(繫縛). 걸
결박을 짓다: 결박(結縛)을 단단히 하다. 걸
겸상(兼床): 둘이나 그 이상의 사람이 함께 음식을 먹을 수 있도록 차린 상. 또는 그렇게 차려 먹음. 걸
경(景): 광경(光景). 경치(景致). 불
경광(景光): 자연이나 지역의 풍경. 좋지 못한 몰골. 경상(景狀). 경치(景致). 효상(爻象). 허
경난(經難): 어려운 일을 겪음. 또는 그 어려움. 걸
경력(經歷): 여러 가지 일을 겪어 지내 옴. 겪어 지내 온 여러 가지 일. 열력(閱歷). 월력(越歷). 불만허
경륜(經綸): 일정한 포부를 가지고 일을 조직적으로 계획함. 또는 그 계획이나 포부. 불만허

경무청(警務廳): 1894년 갑오개혁(甲午改革) 때 한성부(漢城府) 안의 경찰 및 감옥 업무를 맡아보기 위해 설치한 관청. 1900년에 경부(警部)로 고쳐 독립했으나 이듬해에 다시 본이름으로 하여 내부(內部) 아래 두었다. 1907년에 경시청(警視廳)으로 고쳤다가 1910년에 폐지되었다. 만

경위(涇渭): 사리의 옳고 그름이나 이러하고 저러함에 대한 분별. 불

경천동지(驚天動地): 하늘을 놀라게 하고 땅을 뒤흔듦, 즉 세상을 몹시 놀라게 함. 경천(驚天). 허

경첩(輕捷): 움직임이 가뿐하고 날쌤. 차림새가 단출하고 홀가분함. 허

경(黥)치다: 혹독하게 벌을 받다. 아주 심한 상태를 못마땅하게 여겨 이르는 말. 만검

계관(係關): 관계(關係). 불만

계도가(契都家): 계(契)의 일을 도맡아 처리하는 집. 만

계련(係戀): 사람이나 일에 마음이 끌려 잊지 못함. 불

계씨(季氏): 남의 남동생을 높여 이르는 말. 영제(令弟). 제씨(弟氏). 허

계(契)알: 산통계(算筒契)에서 사용하는 나무로 만든 알. 구슬처럼 둥글게 깎아서 만든 알 위에 계를 든 사람의 이름과 번호를 쓴다. 만

고동: 작동을 시작하게 하는 기계 장치. 신호를 위하여 비교적 길게 내는 기적 따위의 소리. 만해

고동을 틀다: 기계를 움직이게 하는 장치를 돌리다. 만

고랑: 쇠고랑. 검

고로이: '괴로이'의 옛말. 검

고림장이: 몸이 약하여 늘 골골거리며 앓는 사람 또는 마음이 너그럽지 못하고 옹졸하며 하는 짓이 푼푼하지 못한 사람을 놀림조로 이르는 말. 고림보. 만

고범자(故犯者): 죄를 범할 의사를 가지고 저지른 범죄인. 고범(故犯). 고의범(故意犯). 유의범(有意犯). 해

고보(高步): 발을 높이 들어서 걸음. 높은 지위를 차지하고 세력을 떨치거나 세속에서 벗어난 삶을 살아감을 빗대어 이르는 말로도 쓰인다. 허

고본(股本): 여러 사람이 공동 투자로 사업을 할 때 투자자가 각각 내는 자본금. 또는 그 투자 사실을 증명해 주는 문서. 고(股). 만

고수(鼓手): 북이나 장구 따위를 치는 사람. 북수(手). 북재비. 자

고적(孤寂): 외롭고 쓸쓸함. 불

고총(古塚): 오래된 무덤. 불

고팽이: 새끼나 줄 따위를 사리어 놓은 돌림이나 그것을 세는 단위. 두 지점 사이를 왕복하는 일이나 그 횟수를 세는 단위. 만

고헐간(高歇間): 값이 싸든지 비싸든지 가리지 아니함. 고하간(高下間). 만

골독(汨篤)하다: 한 가지 일에 온 정신을 쏟아 딴생각이 없다. '골똘하다'의 본딧말. 불

골싹하다: 담긴 것이 가득하지는 아니하나 거의 다 찬 듯하다. 만

골패(骨牌): 납작하고 네모진 검은 나무 바탕에 흰 뼈를 붙여 여러 가지 수효의 구멍을 새긴 노름 도구의 한 가지 또는 그것으로 하는 노름. 모두 32개의 골패 쪽으로 점수를 낸다. 만

곯다: 담긴 것이 그릇에 가득 차지 아니하고 조금 비어 있다. 한 부분이 옹골차지 아니하고 푹 꺼져 있다. 불

곰국: 소의 뼈나 양(䑋), 곱창, 양지머리 따위의 국거리를 넣고 진하게 푹 고아서 끓인 국. 곰탕. 불

곱꺾다: 관절을 꼬부렸다 폈다 하다. 자

공사(公事): '소송(訴訟)'을 속되게 이르는 말. 해

공소(控訴): 하급 법원에서 받은 제일심의 판결에 불복(不服)하여 그 파기 또는 변경을 상급 법원에 신청하는 소송법의 절차나 그 상소(上訴). 공고(控告). 항소(抗訴). 해

공순(恭順): 공손하고 온순함. 해

공일(空日): 일을 하지 않고 쉬는 날. 걸

공전(工錢): 물건을 만들거나 어떤 일을 하는 데 드는 품삯. 공가(工價). 공은(工銀). 만

과람(過濫): 분수에 지나침. 만

과목(果木)밭: 먹을 수 있는 열매를 얻기 위하여 과실나무를 심은 밭. 과수(果樹)밭. 과수원(果樹園). 과원(果園). 허

과실죄(過失罪): 과실에 의한 범죄를 통틀어 이르는 말. 과실로 사람의 몸에 상처를 내어 해를 입히는 과실 상해죄(過失傷害罪)나 과실로 사람을 죽임으로써 성립하는 과실 치사죄(過失致死罪) 따위가 있다. 해

과용(過用): 정도에 지나치게 씀. 또는 그런 비용. 걸

과혹(過酷): 지나치게 참혹함. 해

관두(關頭): 가장 중요한 지경. 일이 되어 가는 과정에서 가장 중요한 단계나 대목. 막다른 절정. 고비. 걸

관병식(觀兵式): 지휘관이 군대를 사열(査閱)하는 열병식(閱兵式)과 분열식(分列式)의 의식. 걸

광(廣): 넓이. 너비. 허

광중(壙中): 시체가 놓이는 무덤의 구덩이 부분. 광내(壙內). 광혈(壙穴). 묘혈(墓穴). 장혈(葬穴). 지실(地室). 지중(地中). 허

괴: '고양이'의 옛말. 걸만자허

괴다: 특별히 사랑하고 귀여워하다. 떠받들어 대하다. 자

괴악(怪惡): 말이나 행동이 이상야릇하고 흉악함. 걸만자허검해

괴통: 괭이나 삽, 쇠스랑, 창 따위의 자루를 박는 부분. 고달. 괴구멍. 걸

교계(較計): 서로 견주어 살펴봄. 계교(計較). 불만

교의(交椅): 의자(椅子). 만자

구: 파운드(pound). 약 453.592그램에 해당하는 무게의 단위. 허

구곡간장(九曲肝腸): 굽이굽이 서린 창자, 즉 깊은 마음속 또는 시름이 쌓인 마음속을 빗대어 이르는 말. 불

구구 상전(口口相傳): 입에서 입으로 서로 전함. 불

구락부(俱樂部): '클럽(club)'의 일본식으로 음역(音譯)한 말. 해

구루마(車, くるま): '수레'나 '달구지'를 뜻하는 일본 말. 검허

구미(口味)가 젖히다: 입맛이 싹 없어지다. 입맛을 잃다. 입맛을 제끼다. 만

구보(驅步): 달리어 감. 달리기. 달리는 걸음걸이. 허

구속(救贖): 예수가 십자가에 못 박혀 인류의 죄를 대속(代贖)하여 구원함. 자

구순하다: 서로 사귀거나 지내는 데에 사이가 좋아 화목하다. 만

구완: 아픈 사람이나 해산(解産)한 사람을 잘 돌보아 줌. 검

구종(驅從): 벼슬아치를 모시고 따라다니는 하인. 또는 말을 타고 갈 때에 고삐를 잡고 앞에서 끌거나 뒤에서 따르는 하인. 『걸리버 유람기』에서는 앞의 뜻으로 쓰였고, 『만인계』에서는 뒤의 뜻으로 쓰였다. 걸만

구푸리다: 몸을 앞으로 구부리다. 걸

국궁 진퇴(鞠躬進退): 윗사람이나 위패(位牌) 앞에서 존경하는 뜻으로 몸을 굽히며 나아가고 물러남. 걸

국사범(國事犯): 국가나 국가 권력을 침해하는 범죄를 저지른 사람. 정사범(政事犯). 정치범(政治犯). 해

군중선(軍中船): 군선(軍船). 군용선(軍用船). 허

군호(軍號): 서로 눈짓이나 말 따위로 몰래 연락하는 신호. 나발이나 기, 화살 따위를 이용하여 신호를 보내는 일이나 그 신호. 도성이나 대궐의 순라군(巡邏軍)이 자기편의 식별이나 비밀의 보장을 위하여 쓰는 암호나 신호. 걸허

굴혈(窟穴): 바위나 땅 따위에 깊숙하게 팬 굴. 나쁜 짓을 하는 도둑이나 악한 따위의 무리가 활동의 본거지로 삼고 있는 곳. 굴(窟). 소굴(巢窟). 소혈(巢穴). 와굴(窩窟). 허

궁곤(窮困): 생활이 궁하고 어려움. 군곤(窘困). 군궁(窘窮). 만

궁리학자(窮理學者): 철학자(哲學者). '궁리학(窮理學)'라는 말은 본래 중국 송(宋)나라의 거유(巨儒) 정이(程頤: 1033~1107)가 제창하고 주희(朱熹: 1130~1200)가 완성시킨 학문의 방법인 정주학(程朱學)을 가리킨다. 흔히 '격물치지(格物致知)'와 함께 사물의 하나하나의 도리를 밝히고 여기에 일관하는 천리(天理)를 구명하고자 하는 신유학(新儒學)을 뜻하는 말이다. '이학(理學)'이라는 말과 함께 '과학(科學, science)'이라는 의미로 쓰였으나 19세기 후반 일본에서 원리를 연구하는 학문

이라는 뜻에서 '철학(哲學, philosophy)'에 해당하는 번역어로 채택되어 널리 사용되기 시작했다. 허

권속(眷屬): 한집에 거느리고 사는 식구. 권솔(眷率). 만

귀애(貴愛): 귀엽게 여겨 사랑함. 걸불만

귀해하다: '귀여워하다'의 사투리. 만자

그예: 마지막에 가서는 기어이. 자

근동(近洞): 가까운 이웃 동네. 허

근수(斤數): 저울에 단 무게의 수. 검

근실(勤實): 부지런하고 진실함. 만

금시(今時): 바로 지금. 걸불만허

금제(禁制): 어떤 행위를 하지 못하게 말리는 일이나 그런 법규. 제계(制戒). 제금(制禁). 불

급기(及其): 마침내. 걸

기기괴괴(奇奇怪怪): 외관이나 분위기가 몹시 기이하고 괴상함. 걸

기기묘묘(奇奇妙妙): 몹시 기이하고 묘함. 걸허

기동(起動): 몸을 일으켜 움직임. 걸

기롱(譏弄): 실없는 말로 놀림. 희롱(戱弄). 허

기명(器皿): 살림살이에 쓰는 그릇. 불만

기색(氣塞): 어떠한 원인으로 인하여 기의 소통이 원활하지 못하고 막히거나 그런 상태. 심한 흥분이나 충격으로 호흡이 일시적으로 멎거나 그런 상태. 까무러침. 걸

기신(氣神): 기력과 정신. 불

기실(其實): 실제의 사정. 실제에 있어서. 해

기이다: 어떤 일을 숨기고 바른대로 말하지 않다. 검

기착(氣着): '차렷'에 해당하는 구령(口令). 기척. 자

기탄(忌憚): 어렵게 여겨 꺼림. 불해

기한(飢寒, 饑寒): 굶주리고 헐벗어 배고프고 추움. 허

긴절(緊切): 매우 필요하고 절실함. 긴착(緊着). 절긴(切緊). 해

길: 약 3미터에 해당하는 길이의 단위. 한 자(尺)의 열 배다. 또는 사람의 키 정도의 길이를 가리키는 단위이기도 하다. 장(丈). 걸허

길: '길이'의 옛말. 불

길쌈: 실을 내어 옷감을 짜는 갖가지 일. 만

까마중: 가짓과의 한해살이풀. 밭이나 길가에서 자라며, 높이는 60~90센티미터다. 까마종이. 용규(龍葵). 허

깍정이: 일정한 거처 없이 떠돌아다니며 구걸하거나 장사 지낼 때 방상시(方相氏) 따위의 일을 맡아 상주에게 돈을 뜯어내는 사람. 거지나 무뢰배를 일컫는 말이다. 만

깐: 일의 형편 따위를 속으로 헤아려 보는 생각이나 가늠. 당연히 그러할 것으로 짐작했던 것과는 다름. 허

꼬느다: 잘잘못을 따져서 평가하다. 꼲다. 불

꼬라구니: '꼴'을 낮잡아 이르는 말. 꼬락서니. 불

꼭뒤: 뒤통수의 한가운데. 불자허

꾀꾀: 얼굴이 바싹 마른 모양. 검

꿰뜨리다: 문질러서 해지게 하다. 만

ㄴ

나: '나이'의 준말. 불만검해

나달: 흘러가는 시간. 때. 세월(歲月). 걸허

나발(喇叭): 놋쇠로 긴 대롱같이 만든 옛 관악기의 하나. 위는 가늘고 끝은 퍼진 모양으로 되어 있으며, 군중(軍中)에서 호령하거나 신호하는 데 썼다. 허

나부시: 작은 사람이 매우 공손하게 머리를 숙여 절하는 모양. 작은 사람이나 물체가 천천히 땅 쪽으로 내리거나 차분하게 앉는 모양. 만

낙담(落膽): 너무 놀라서 간이 떨어지는 듯함. 걸

낙상(落傷): 떨어지거나 넘어져서 다침. 떨어지거나 넘어져서 생긴 상처. 걸

낙성(落成): 건축물을 완공하거나 건축물이 완공됨. 걸

낙착(落着): 문제가 되던 일이 결말이 맺어짐. 문제가 되던 일의 해결을 위하여 결론을 내림. 해

난봉: 허랑방탕한 짓. 허랑방탕한 짓을 일삼는 사람. 난봉꾼. 만

난측(難測): 헤아리기 어려움. 불

난포(亂暴): 행동이 몹시 거칠고 사나움. '난폭(亂暴)'의 본딧말. 해

낡: '나무'의 옛말. 검

내개(內開): 봉해진 편지의 내용. 해

내님: 자기 자신을 스스로 높여 이르는 입말 투 말. 허

내인(內人): 아낙네. 또는 궁궐 안에서 품계(品階)를 받아 왕과 왕비를 가까이 모시는 내명부(內命婦)를 통틀어 이르던 말. '나인'의 본딧말. 궁녀(宮女). 궁인(宮人). 시녀(侍女). 여관(女官). 걸

내지(內地): 한 나라의 영토 안. 해안이나 변두리로부터 깊숙이 들어간 안쪽 지역. 변두리가 아닌 중심 지역. 외국이나 식민지에서 본국을 이르는 말. 허

냉연(冷然): 태도 따위가 쌀쌀맞음. 만

너리: 소나 말, 개 따위에 생기는 피부병의 하나. 털이 빠지고 헌데가 생기며 불그레한 진물이 난다. 너리증(症). 검

네기랄: 몹시 못마땅하여 욕으로 하는 말. 네기. 만

녁다: '영리하다'의 사투리. 검

노수(虜囚): 사로잡은 적. 포로(捕虜). 불

노심(勞心): 마음으로 애를 씀. 불

노역(勞役): 몹시 괴롭고 힘든 노동. 불

노적(露積): 곡식 따위를 한데에 수북이 쌓거나 그런 물건. 노적가리. 야적(野積). 불

노주(奴主): 종과 주인. 불

노중(路中): 길의 가운데. 길을 오가는 동안. 노차(路次). 도중(道中). 도중(途中). 해

논박(論駁): 어떤 주장이나 의견에 대하여 그 잘못된 점을 조리 있게 공격하여 말함. 박론(駁論). 박설(駁說). 반박(反駁). 해

놀음놀이: 여러 사람이 모여서 즐겁게 노는 일. 장난삼아 하는 놀이. 굿이나 풍물, 인형극 따위의 우리나라 전통적인 연희. 일정한 목표와 결심 없이 일을 장난삼아 하는 둥 마는 둥 함. 유희(遊戱). 자

농우(農牛): 농사일에 부리는 소. 농삿소. 만

농포(農圃): 농작물, 특히 약초나 소채류(蔬菜類) 따위를 가꾸는 밭. 허

뇌정(雷霆): 천둥과 벼락. 뇌정벽력(雷霆霹靂). 걸

누백(累百): 여러 백(百), 즉 많은 수. 수백(數百). 허

눈밤: 눈이 내리는 밤. 설야(雪夜). 해

뉘욱다: '뉘우치다'의 준말. 해

느런히: 죽 벌여서. 허

느즈러지다: 꼭 졸라맨 줄이나 끈 따위가 느슨하게 되다. 불

| ㄷ |

다닥트리다: 서로 닿아서 마주치다. 만허

다박다박: 어린아이의 머리털이 다보록하게 난 모양. 불

다사하다: 조금 따뜻하다. 검

단(單)거리: 오직 그것 하나뿐인 물건이나 재료. 오직 한 벌의 옷. 단건(單件). 단벌. 허

단결에: 열기가 아직 식지 아니하였을 적에. 좋은 기회가 지나기 전에. 단김에. 만

단당(斷當)코: 확실히 맡아 놓고. 자

단(單)매: 단 한 번 때리는 매. 대매. 검

단장(短杖): 짧은 지팡이. 해

단포방씨름: 결말을 짓기 위해 마지막의 단 한 번으로 승부를 내는 일. 일의 성사를 가르는 결정적 대목에서 힘을 모아 마지막으로 하여 보는 일.

단방(單放)치기. 단판걸이. 단판싸움. 걸

닫치다: 열린 문짝이나 뚜껑, 서랍 따위를 꼭꼭 또는 세게 닫다. 걸불자허

달떡: 달 모양으로 둥글게 만든 흰 떡. 월병(月餠). 만

달아들다: 달려들다. 불검허

담불: 곡식이나 나무를 높이 쌓아 놓은 무더기. 벼를 백 섬씩 묶어 세는 단위. 불

담책(擔責): 맡아서 책임을 짐. 또는 그 책임. 허

답주(畓主): 논의 임자. 논임자. 걸

당년(當年): 일이 있는 바로 그해. 또는 올해. 그 수에 해당하는 나이나 연대(年代). 해

당두(當頭): 기일이나 시기 따위가 가까이 닥쳐옴. 당박(當迫). 박두(迫頭). 허

대갈마침: 머리를 세게 부딪치는 일. 대갈받이. 허

대기(大忌): 몹시 꺼리거나 싫어함. 만자

대독: 배가 불룩한, 상당히 큰 독. 다릿골독. 불

대동선(大同船): 대동미(大同米)를 운반하는 관아의 배. 대동배. 불

대례복(大禮服): 나라의 중대한 의식이 있을 때에 벼슬아치가 입던 예복. 걸

대보원기제(大補元氣劑): 원기를 북돋아주는 약. 만

대사관부 무관(大使館付武官): 대사관에 소속되어 군사 일을 맡아보는 관리. 해

대실(大失): 큰 손실이나 잘못. 만

대완구(大碗口): 조선 시대의 무기 가운데 하나로, 지름이 30cm쯤 되는 쇠나 돌로 만든 둥근 탄알을 넣어 쏘는 큰 화포(火砲). 허

대원수(大元帥): 국가의 전군(全軍)을 통솔하는 최고 계급인 원수를 더 높여 이르는 말. 허

대작(大作): 바람이나 구름, 아우성 따위가 크게 일어남. 만

대장: 대장장이. 검

대저(大抵): 대체로 보아서. 대체로 헤아려 생각하건대. 대컨. 대범(大凡).

무릇. 걸불만자

대제학(大提學): 조선 시대의 홍문관(弘文館)과 예문관(藝文館)에서 으뜸이 되는 정이품 벼슬. 주문(主文). 주문지인(主文之人). 걸

대주(大主): 집의 바깥주인을 이르는 말. 자

대체(大體): 일이나 내용의 기본적인 큰 줄거리. 해

대탈(大頉): 큰 탈. 매우 큰 사고. 걸

댕댕이: 새모래덩굴과의 여러해살이 덩굴풀. 줄기는 목질에 가깝고 잔털이 있으며 물체에 감기어 뻗는다. 댕강넝쿨. 댕댕이덩굴. 상춘등(常春藤). 용린(龍鱗). 토고등(土鼓藤). 허

더데: 부스럼 딱지나 때가 거듭 붙어서 된 조각. 더뎅이. 검

덤치: '더미'의 사투리. 불

덧: 얼마 안 되는 퍽 짧은 시간. 해

데밀다: 밖에서 안으로 들어가게 밀다. 만허

도가(都家): 동업자들이 모여서 계나 장사에 대한 의논을 하는 집. 계나 굿 따위의 마을 일을 도맡아 하는 집. 만

도르다: 몫을 갈라서 따로따로 나누다. 불

도시(都是): 도무지. 만자

도파니: 이러니저러니 여러 말 할 것 없이 죄다 몰아서. 도틀어. 만

도형(徒刑): 죄인을 중노동에 종사시키는 형벌. 도(徒). 도죄(徒罪). 해

도화(桃花): 복사꽃. 복숭아꽃. 해

독본(讀本): 글을 읽어서 그 내용을 익히기 위한 책. 일반인에게 전문 분야에 대한 기초적인 지식을 전달하기 위하여 지은 입문서나 해설서. 만

독종(毒腫): 독성이 있어 고통도 심하고 잘 치유되지도 않는 독한 종기. 만

돈머리: 얼마라고 이름을 붙인 돈의 액수. 금액(金額). 머리. 돈머릿수. 만

돈천: 천(千)으로 헤아릴 만큼 적지 아니한 돈. 전천(錢千). 검

돌각다리: 돌이나 바위가 많아 매우 험한 산길. 돌사다리. 돌사닥다리. 불

동관(同官): 한 기관에서 일하는 같은 등급의 관리나 벼슬아치. 자

동배간(同輩間): 나이나 신분 따위가 서로 같거나 비슷한 사람들 사이. 제배

간(儕輩間). 제배지간(儕輩之間). 만

동병상련(同病相憐): 같은 병을 앓는 사람끼리 서로 가엾게 여김, 즉 어려운 처지에 있는 사람끼리 서로 가엾게 여김. 중국 후한(後漢)의 조엽(趙曄)이 저술한 역사서 『오월춘추(吳越春秋)』의 「합려내전(闔閭內傳)」에 나오는 말이다. 불

동산차지(次知): 작은 언덕이나 정원의 일을 맡아보는 사람. 『허풍선이 모험기담』에서는 '정원사(庭園師)'의 뜻으로 쓰였다. 허

동지(同知): 조선 시대의 중추부(中樞府)에 속한 종이품 벼슬. 동지사(同知事). 동지중추부사(同知中樞府事). 걸

동창(東窓): 동쪽으로 난 창. 해

동침(鍼): 병을 치료하는 데 쓰는 가늘고 긴 침. 만

되다: 일이 힘에 벅차다. 몹시 심하거나 모질다. 허

된새벽: 꽤 이른 새벽. 불

된욕(辱): 몹시 심한 욕설. 몹시 심한 고생이나 수고스러운 일. 몹시 부끄럽고 치욕적인 일. 허

두께: '뚜껑'의 사투리. 자

두던: 좀 불룩하게 된 것. 가운데가 솟아서 불룩하게 언덕이 진 곳. '두둑' 또는 '두덩'의 옛말. 둔덕. 언덕. 검

두류(逗留, 逗遛): 객지에서 오랫동안 머물러 묵음. 체류(滯留). 허

두리다: '두려워하다'의 옛말. 검

두텁다: '넉넉하다'의 사투리. 걸

뒤다: 뒤지다. 검

뒤대다: 바로 말하지 아니하고 빈정거리는 태도로 비뚜로 말하다. 거꾸로 가르치다. 만

뒤태도(態度): 뒤에서 본 모양이나 몸매. 어떤 일이 있은 뒤의 태도. 뒤태. 해

뒷마감: 일의 뒤끝을 맺어서 끝냄. 뒷막이. 만

뒷손: 일을 마친 뒤에 다시 하는 손질. 몰래 또는 뒤에서 손을 써서 하는 일. 불

들몰다: 아주 심하게 몰다. 마구 몰다. 몹시 닦아세워 몰다. 들이몰다. 걸불

들썽거리다: 가라앉지 않고 어수선하게 자꾸 들뜨다. 들썽대다. 자

들어붙다: '들러붙다'의 본딧말. 검

등대(等待): 미리 준비하고 기다림. 대령(待令). 허해

등본(謄本): 원본의 내용을 전부 베끼는 일이나 그런 서류. 해

등사(等事): 여러 일을 나열하다가 그 밖의 것들을 줄임을 나타내는 말. 불만

등속(等屬): 앞에 나열한 사물과 같은 종류의 것들을 몰아서 이르는 말. 걸만허

따라지목숨: 남에게 매여 보람 없이 사는 하찮은 목숨. 검

땅마지기: 논밭 몇 마지기. 불

떠들다: 가리거나 덮인 물건의 한 부분을 걷어 젖히거나 쳐들다. 물건을 떠서 들다. 자검

| ㄹ |

라무네(ラムネ): 레몬 즙에 물과 설탕, 탄산가스를 녹여 만든 청량음료의 하나. '레몬수' 즉 '레모네이드(lemonade)'의 일본 말이다. 일본의 라무네는 메이지 시대(明治時代) 초기에 영국에서 전래되었는데, 천연 과즙을 거의 사용하지 않는 것이 특색이며 병 모양이나 마시는 방법도 독특하다. 유리병의 입구가 유리구슬로 막혀 있어서 구슬을 병 안쪽의 잘록한 부분으로 밀어 넣은 뒤에 마시게 되어 있다. 해

| ㅁ |

마른일: 바느질이나 길쌈 따위와 같이 손에 물을 묻히지 아니하고 하는 일. 만

마소일: 말이나 소가 하여야 할 만큼 힘들고 천한 일. 만

마수걸이: 맨 처음으로 부딪는 일. 맨 처음으로 물건을 파는 일이나 거기서 얻은 소득. 개시(開市). 마수. 검

마음에 싸다: 어떤 것이 마음이나 감정에 좋게 여겨지다. 불

마전: 피륙을 삶거나 빨아서 바래는 일. 포백(曝白). 표백(漂白). 불허

마지기: 볍씨 한 말의 모나 씨앗을 심을 만한 넓이를 가리키는 논밭 넓이의 단위. 또는 논밭의 약간. 불

마치: '맞추어', '알맞게'의 옛말. 해

막역(莫逆): 허물이 없이 아주 친함. 만

만구일담(萬口一談): 많은 사람의 의견이 일치함. 허

만도(晩到): 정해진 시간보다 늦게 옴. 지각(遲刻). 지참(遲參). 자

만뢰구적(萬籟俱寂): 밤이 깊어 아무 소리 없이 아주 고요함. 허

만선(滿船): 사람이나 짐 따위를 가득히 실음. 물고기 따위를 많이 잡아 가득히 실음. 또는 그런 배. 허

만수받이: 아주 귀찮게 구는 말이나 행동을 싫증 내지 않고 잘 받아 주는 일. 자

만승천자(萬乘天子): 만 대의 병거(兵車)를 가진 이, 즉 천자나 황제를 높여 이르는 말. 만승지존(萬乘之尊). 불

만인계(萬人契): 천 명 이상의 계원을 모아서 각각 돈을 걸게 하고, 계알을 흔들어 뽑아서 등수에 따라 돈을 타게 하는 계. 만

만장(萬丈): 만 길이나 되는 높이, 즉 아주 높거나 대단함. 만인(萬仞). 허

만좌(滿座): 여러 사람이 가득하게 늘어앉은 자리. 모든 좌석에 가득 앉은 사람들. 온 좌석. 일좌(一座). 만

만첩(萬疊): 겹겹이 둘러싸임. 해

만첩청산(萬疊靑山): 겹겹이 둘러싸인 푸른 산. 수첩청산(數疊靑山). 해

말질: 이러니저러니 하고 말로 다투거나 쓸데없이 말을 옮기는 짓. 만

말째: 순서에서 맨 끝에 차지하는 위치. 검

말참례(參禮): 다른 사람이 말하는 데 끼어들어 말하는 짓. 말참견(參見). 자

망연(茫然): 아무 생각이 없이 멍함. 매우 넓고 멀어서 아득함. 불해

맞걸다: 양쪽으로 걸칠 수 있도록 마주 걸다. 『허풍선이 모험 기담』에서 '맞걸어 지르는 동안'이라는 말은 '지름', '직경(直徑)'이라는 뜻으로 쓰였다. 허

매방앗간: 곡식을 매통으로 갈고 방아를 찧는 곳. 매갈잇간. 불만

매방앗집: 매방앗간을 하는 집. 불

매삭(每朔): 매달. 다달이. 허

매아지: '망아지'의 사투리. 허

머리: 어떤 때가 시작될 무렵. 또는 즈음. 불검

머릿수: 돈머리 따위의 수. 만

먼물: 먹을 수 있는 우물물. 먼우물. 허

먼촌: 촌수가 먼 일가. 먼 친척. 허

면구(面灸): 낯을 들고 대하기가 부끄러움. 면괴(面愧). 해

면보: 빵. 포르투갈 어인 '팡(pão)'의 중국식 역어(譯語) '미엔바오(麵麭)'를 한자 독음(讀音)대로 읽은 '면포'가 변형된 말. 불검

명(命)술: 장수(長壽)를 빌면서 마시는 술. 만

명일(名日): 명절이나 국경일. 절일(節日). 불

명화(名畫): 아주 잘 그린 그림이나 유명한 그림. 그림을 잘 그려 이름난 사람. 불

모물(毛物): 털가죽. 털로 만든 물건. 허

모사(模寫): 사물을 형체 그대로 그리는 일이나 그런 그림. 사도(寫圖). 불

모사(毛紗): 털실로 짠 얇은 깁. 불

모살(謀殺): 미리 꾀하여 사람을 죽임. 해

모살범(謀殺犯): 미리 꾀하여 사람을 죽인 범죄인. 해

모피(謀避): 피하려고 꾀를 냄. 꾀를 내어 피함. 도면(圖免). 모면(謀免). 허

목굶: '목구멍'의 옛말. 허

목정(木釘): 나무로 만든 못. 나무못. 걸

목책(木柵): 말뚝 따위를 죽 잇따라 박아 만든 울타리. 또는 잇따라 박은 말뚝. 목채(木寨). 울짱. 걸

몸하인(下人): 항상 곁에 있어 잔심부름을 하는 하인. 몸종. 만자

몹시굴다: 학대(虐待)하다. 불

몽크라지다: 썩거나 물러서 본 모양이 없어지게 되다. 허

묏부리: 산등성이나 산봉우리의 가장 높은 꼭대기. '멧부리'의 옛말. 허

무가내하(無可奈何): 도무지 융통성이 없고 고집이 세어 어찌할 수 없음. 막가내하(莫可奈何). 막무가내(莫無可奈). 무가내(無可奈). 불자

무등(無等): 그 이상 더할 수 없을 정도로. 만

무론(無論, 毋論): 물론(勿論). 걸불만검해

무리: 작은 돌을 매어 팔매질할 때 쓰는 끈. 허

무릿돌: 여러 개의 돌. 허

무릿매: 작은 돌을 끈에 맨 후 끈의 양 끝을 잡고 휘두르다가 한쪽 끝을 놓아 돌을 멀리 던지는 팔매. 허

무미(無味): 맛이 없음. 재미가 없음. 불만

무자위: 물을 높은 곳으로 퍼 올리는 기계. 물푸개. 수룡(水龍). 수차(水車). 즉통(喞筒). 불허

무정지책(無情之責): 아무 까닭 없이 하는 책망. 불

무춤: 놀라거나 어색한 느낌이 들어 하던 짓을 갑자기 멈추는 모양. 만자

문뜯다: 물뜯다. 물어뜯다. 허

문장(門帳): 창이나 문에 치는 휘장. 커튼. 해

문직(門直): 드나드는 문을 지키는 사람. 문지기. 걸

문후(問候): 웃어른의 안부를 물음. 문안(問安). 만

물고(物故): 사회적으로 이름난 사람이 죽음. 죄를 지은 사람이 죽거나 죄를 지은 사람을 죽임. 또는 어떤 사람이 쓰던 물건이 낡은 것으로 됨, 즉 사람의 죽음을 완곡하게 이르는 말. 허

물색(物色): 물건의 빛깔. 자연의 경치. 걸

뭉그지르다: 높이 쌓인 물건을 세게 허물다. 불

뭉클하다: 먹은 음식이 잘 삭지 않아 가슴에 뭉치어 있는 듯하다. 슬픔이나 노여움 따위의 감정이 북받치어 가슴이 갑자기 꽉 차는 듯하다. 만

미구(未久): 얼마 오래지 아니함. 불구(不久). 불원(不遠). 불검만자허
미구불원(未久不遠): 앞으로 얼마 오래지 아니하고 가까움. 불
미쁘다: 믿음성이 있다. 만
미상불(未嘗不): 아닌 게 아니라 과연. 미상비(未嘗非). 만허
미욱하다: 하는 짓이나 됨됨이가 매우 어리석고 미련하다. 검
및다: '미치다'의 준말. 해

| ㅂ |

바닷목: 흔히 섬이나 곶에서 떨어진 앞바다에서 배가 다른 데로 빠져나가는 바닷길. 허
바드럽다: 빠듯하게 위태하다. 만
바라지다: 나이에 비하여 지나치게 야무지다. 도량이 좁고 포용력이 적다. 걸
바람: '벽(壁)'의 사투리. 검
바람맞이: 바람을 잘 맞을 수 있는 곳. 검
바람 물레: 풍차(風車). 불
바람벽: 방이나 칸살의 옆을 둘러막은 둘레의 벽. 불
바리: 마소의 등에 잔뜩 실은 짐. 마소의 등에 잔뜩 실은 짐을 세는 단위. 검
바사기: 사물에 어두워 아는 것이 없고 똑똑하지 못한 사람을 놀림조로 이르는 말. 자
바탕: 활을 쏘아 살이 미치는 거리 정도의 길이를 가리키는 단위. 걸
박절(迫切): 인정이 없고 쌀쌀함. 불
반공(半空): 땅으로부터 그리 높지 아니한 허공. 건공(乾空). 건공중(乾空中). 반공중(半空中). 반천(半天). 해
반공중(半空中): 땅으로부터 그리 높지 아니한 허공. 건공(乾空). 건공중(乾空中). 반공(半空). 반천(半天). 불
발기: 사람이나 물건의 이름을 죽 적어 놓은 글. 건기(件記). 걸만

발기(發起): 앞장서서 새로운 일을 꾸며 일으킴. 자

발론(發論): 의논거리나 제안(提案) 따위를 말하여 드러냄. 만자

발정(發程): 길을 떠남. 계정(啓程). 발도(發途). 만

발착(發着): 출발과 도착을 아울러 이르는 말. 착발(着發). 해

밥데기: 부엌일을 맡아서 하는 여자를 낮잡아 이르는 말. 부엌데기. 만

방금(防禁): 못하게 막아서 금함. 불

방목(榜目): 과거 급제자의 명부. 계적(桂籍). 방(榜). 불

방백(方伯): 각 도의 경찰권과 사법권, 징세권 따위의 행정상 절대적인 권한을 갖는 으뜸 벼슬. 조선 시대의 종이품 벼슬이다. 감사(監司). 관찰(觀察). 관찰사(觀察使). 도백(道伯). 도신(道臣). 허

방장(方將): 방금(方今). 불만자허해

방차(防遮): 막아서 가리거나 차단함. 적이나 어떤 세력을 막음. 불

방축(防築): 물이 밀려들어 오는 것을 막기 위하여 쌓은 둑. 파거나 둑으로 둘러막은 못. '방죽'의 본딧말. 자허

배가 맞다: 옳지 못하거나 떳떳하지 못한 일을 하는 데 있어 서로의 뜻이 통하다. 만

배비배비: 비빗비빗. 비비적비비적. 허

배설(排設): 의식이나 연회에서 필요한 것들을 벌여 베풂. 만

배틀다: 바싹 꼬면서 틀다. 일을 어그러지게 하다. 자

배포(排布, 排鋪): 머리를 써서 일을 조리 있게 계획하는 일이나 그런 속마음. 마음속으로 다져 먹은 생각이나 태도. 배짱. 불해

백동전(白銅錢): 백통 즉 구리와 아연, 니켈의 합금으로 만든 돈. '백통전'의 본딧말. 백전(白錢). 백통돈. 백통화. 만

백먹: 백묵(白墨). 분필(粉筆). 불

백문(百聞)이 불여일견(不如一見): 백 번 듣는 것이 한 번 보는 것만 못함. 허

백소주(白燒酒): 빛깔이 없는 보통 소주. 만

백옥경(白玉京): 옥황상제가 사는 하늘 위의 서울. 천제(天帝)가 사는 천상(天上). 옥경(玉京). 제경(帝京). 불

백판(白板): 아무것도 없는 형편이나 모르는 상태. 전혀 생소하게. 만자

뱃삼: 배의 바닥에 댄 널. 삼. 삼판(板). 검

버력: 하늘이나 신령이 사람의 죄악을 징계하려고 내리는 벌. 불

버정거리다: 부질없이 짧은 거리를 자꾸 오락가락 거닐다. 버정대다. 만

번연하다: 어떤 일의 결과나 상태 따위가 훤하게 들여다보이듯이 분명하다. '번하다'의 본딧말. 불해

번하다: 어두운 가운데 밝은 빛이 비치어 조금 훤하다. 검

범백사(凡百事): 갖가지의 모든 일. 온갖 일. 만

범연(泛然): 차근차근한 맛이 없이 데면데면하다. 불자

벽촌(僻村): 외따로 떨어져 있는 궁벽한 마을. 벽처(僻處). 벽항(僻巷). 벽향(僻鄕). 해

벽항(僻巷): 외따로 떨어져 있는 궁벽한 동네. 벽처(僻處). 벽촌(僻村). 벽향(僻鄕). 불

벽해(碧海): 짙푸른 바다. 걸

변동: 말하자면. 이를테면. 즉. 자

변리(邊利): 남에게 돈을 빌려 쓴 대가로 치르는 일정한 비율의 돈. 변(邊). 이(利). 이금(利金). 만

병(病)구완: 앓는 사람을 잘 돌보아 줌. 병간호(病看護). 검

병구원(病救援): 앓는 사람을 잘 돌보아 줌. '병구완'의 본딧말. 불

병대(兵隊): 군대(軍隊). 병사(兵士). 자

병득(倂得): 나란히 얻음. 함께 얻음. 허

병(病)추기: 병에 걸려서 늘 성하지 못하거나 걸핏하면 잘 앓는 사람을 낮잡아 이르는 말. 허

보(補): 영양분이 많은 음식이나 약을 먹어 몸의 건강을 도움. 검

보방(保放): 보석 보증금(保釋保證金)을 받거나 보증인을 세우고 형사 피고인을 구류에서 풀어 주는 일. 보수(保囚). 보석(保釋). 조건부 보석(條件附保釋). 해

보법: 품격과 법도. 자

보보(步步): 걸음걸음. 한 걸음 한 걸음. 불

보시기: 김치나 깍두기 따위를 담는 반찬 그릇의 하나. 모양은 사발 같으나 높이가 낮고 크기가 작다. 불만

보양(保養): 잘 보호하여 기름. 몸을 편안하게 하여 건강을 잘 돌봄. 걸

보좌(寶座): 하나님이나 부처가 앉는 의자. 임금이 앉는 자리. 옥좌(玉座). 불검

보축(補築): 건물이나 구조물 따위의 기본적인 것에 일부 부족한 것을 보충하여 지음. 자

복력(福力): 복을 누리는 힘. 만

복색(服色): 신분이나 직업에 따라서 다르게 맞추어서 차려입는 옷의 꾸밈새와 빛깔. 만자

복성(福星): 길한 별 즉 목성(木星). 복덕성(福德星). 만

복수(福數): 복이 많은 운수. 만

복역(服役): 강제로 부과되는 어떤 일에 종사함. 불

복조(福祚): 복(福). 만

복주(輻輳, 輻湊): 수레의 바퀴통에 바퀴살이 모이듯 함, 즉 한곳으로 많이 몰려듦. 복주병진(輻輳竝臻). 폭주(輻輳). 폭주병진(輻輳幷臻). 만

본원(本員): 의원(議員)이나 회원(會員) 등이 공식적인 자리에서 자기를 이르는 일인칭 대명사. 해

본치: 남의 눈에 띄는 태도나 겉모양. 만

볼쥐어지르다: 빰치다. 허

봉함(封緘): 봉투에 넣어 봉한 편지. 또는 편지를 봉투에 넣어 봉하는 일. 해

부다듯하다: 몸에 열이 나서 불이 달듯 하게 몹시 뜨겁다. 자

부라퀴: 몹시 야물고 암팡스러운 사람. 자신에게 이로운 일이면 기를 쓰고 덤벼드는 사람. 만

부러: 실없이 거짓으로. 특히 일삼아. 마음을 내어 굳이. 일부러. 허

부르걷다: 옷의 소매나 바지를 힘차게 걷어 올리다. 어떤 일에 적극적으로 나서다. 허

부르쥐다: 주먹을 힘을 들여 쥐다. 검허

부복(俯伏): 고개를 숙이고 엎드림. 불

부앙천지(俯仰天地): 하늘을 우러러보고 땅을 굽어봄. 앙천부지(仰天俯地). 해

부엌차지(次知): 남의 집 부엌이나 부엌일을 맡아보는 사람. 검

부전부전: 남의 사정은 돌보지 아니하고 자기가 하고 싶은 일에만 서두르는 모양. 만

부지불각(不知不覺): 자신도 모르는 결. 만

부활제(復活祭): 예수의 부활을 기념하는 축제. 『해당화』에서는 그 축일인 부활일(復活日)이나 부활절(復活節)의 뜻으로 쓰였다. 축일은 춘분(春分) 뒤의 첫 만월(滿月) 다음에 오는 일요일이다. 해

부활제일(復活祭日): 부활절(復活節). 부활제(復活祭). 해

북두: 마소의 등에 실은 짐을 배와 한데 얽어매는 줄. 북두끈. 검

북두갈고리: 북두 끝에 달린 갈고리. 북두로 마소의 등에 짐을 얼러 맬 때에 한 끝을 얽어서 매게 된 것으로, 나뭇가지나 쇠뿔로 만들기도 하고 혹은 쇠고리를 사용하기도 한다. 검

북재비: 걸립패(乞粒牌)나 소리판, 악대 따위에서 북 치는 일을 맡은 사람. 북이나 장구 따위를 치는 사람. 고수(鼓手). 북수(手). 자

북해(北海): 영국과 유럽 대륙의 벨기에, 네덜란드, 독일, 덴마크, 노르웨이 등에 둘러싸인 대서양 연해. 불

분답(紛沓): 사람들이 많이 몰려 북적북적하고 복잡하거나 그런 상태. 분잡(紛雜). 잡답(雜沓). 불

분면 화복(粉面華服): 분을 바른 얼굴과 물을 들인 천으로 만든 옷. 해

분분운운(紛紛云云, 紛紛紜紜): '분운(紛云, 紛紜)'을 강조하여 이른 말. 이러니저러니 말이 많음. 떠들썩하여 복잡하고 어지러움. 불

불계(不計): 옳고 그른 것이나 이롭고 해로운 것 따위의 사정을 가려 따지지 아니함. 허

불고(不顧): 돌아보지 아니함. 돌보지 아니함. 해

불고 타사(不顧他事): 다른 일이나 남의 일을 돌아보지 아니함. 만

불구(不久): 오래지 아니함. 미구(未久). 불원(不遠). 허해

불소(不少): 적지 아니함. 만

불여의(不如意): 일이 뜻과 같이 잘되지 아니함. 허

불인견(不忍見): 눈앞에 벌어진 상황 따위를 눈뜨고는 차마 볼 수 없음. 목불인견(目不忍見). 허

불치다: 동물의 불알을 발라내다. 거세(去勢)하다. 불까다. 허

불 치듯: 매우 빠르거나 세게 치는 모양을 이르는 말. 벼락불 치듯. 검

불풍나게: 매우 잦고도 바쁘게 드나드는 모양. 만허

불호(不好): 상황이나 형세 따위가 좋지 아니함. 좋아하지 않거나 미워함. 만

브랜디(brandy): 과실을 증류하여 만든 술. 특히 백포도주를 증류하여 만든, 알코올 농도가 40~50% 가량 되는 양주를 가리킨다. 만

비계: 높은 곳에서 공사를 할 수 있도록 임시로 설치한 가설물이나 발판. 본래는 순 우리말이며, 본문의 괄호 안에 표기된 한자 '비계(飛階)'는 잘못이다. 걸

비난지사(非難之事): 어려울 것이 없는 일. 허

비슬비슬: 힘없이 자꾸 비틀거리는 모양. '비쓸비쓸'의 여린말. 해

비쓸비쓸: 힘없이 자꾸 비틀거리는 모양. '비슬비슬'의 센말. 불

비웃: '청어(青魚)'를 식료품으로 이르는 말. 걸

빙충맞다: 똘똘하지 못하고 어리석으며 수줍음을 타는 데가 있다. 허

빼개다: 크고 딴딴한 물건을 두 쪽으로 가르다. 매우 기뻐서 입을 벌리는 것을 속되게 이르는 말. 만

뾰족집: 지붕의 끝이 뾰족하게 생긴 서양식 집. '교회당(敎會堂)'을 속되게 이르는 말. 불허

사니: 재주를 넘거나 짓궂은 동작으로 사람을 웃기며 악기로 풍악을 울리는 광대나 재주꾼. 또는 광대나 재주꾼들이 조직한 조합의 우두머리를 가리키기도 하며, 산대탈을 보존하는 사람을 일컫기도 한다. 산주(山主). 걸

사달: 사고나 탈. 만

사뢰다: 웃어른에게 말씀을 올리다. 아뢰다. 걸

사립짝문(門): 사립짝을 달아서 만든 문. 사립. 사립문. 불

사면(辭免): 맡아보던 일자리를 그만두고 물러남. 사임(辭任). 사직(辭職). 허

사모(紗帽): 벼슬아치가 관복을 입을 때에 쓰는, 검은 사(紗)로 만든 모자. 오사모(烏紗帽). 허

사몽비몽간(似夢非夢間): 완전히 잠이 들지도 잠에서 깨어나지도 않은 어렴풋한 순간. 비몽사몽간(非夢似夢間). 검

사색(辭色): 말과 얼굴빛을 아울러 이르는 말. 검

사설(辭說): 늘어놓는 말이나 이야기. 잔소리나 푸념. 잔소리나 푸념을 길게 늘어놓음. 사살. 만검

사실(査實): 사실(事實)을 조사하여 알아봄. 불자

사용(私用): 개인의 사사로운 소용이나 용건. 만

사이다(サイダ): 사이다(cider). 한국에서는 1905년 일본인이 설립한 '인천 탄산 제조사'의 '별표 사이다'를 통해 처음으로 생산되기 시작했다. 해

사적(事績): 일의 실적이나 공적. 자

사족(四足): 짐승의 네 발. '사지(四肢)'를 속되게 이르는 말. 허

사족을 못 쓰다: 무슨 일에 반하거나 혹하여 꼼짝 못하다. 사지를 못 쓰다. 허

사지 백해(四肢百骸): 팔다리와 온몸의 뼈, 즉 온몸. 사지백체(四肢百體). 걸

사처: 손님이 길을 가다가 묵는 일이나 묵고 있는 그 집. 걸

사탐(查探): 알려지지 않은 사물이나 사실 따위를 샅샅이 더듬어 조사함. 살

펴 조사함. 구교(鉤校). 탐사(探查). 허

사퇴(仕退): 벼슬아치가 정한 시각에 사무를 마치고 물러 나오는 일. 퇴사(退仕). 파사(罷仕).

사환(使喚): 심부름을 함. 심부름을 시킴. 관청이나 회사, 가게 따위에서 잔심부름을 시키기 위하여 고용한 사람. 사역(使役). 사환꾼. 해

삯돈: 삯으로 받는 돈. 고금(雇金). 삯전. 만

산모롱이: 산모퉁이의 휘어 들어간 곳. 해

살돈: 노름의 밑천이 되는 돈. 어떤 일을 하여 밑졌을 때 본래의 밑천이 되었던 돈 말. 육전(肉錢). 만

살이 가다: 대수롭지 않은 일인데도 공교롭게 해를 입다. 허

살통(筒): 화살을 담아 두는 통. 전동(箭筒). 전채(箭鞁). 호록(胡簶). 걸

삽괭이: 흔히 논의 물꼬를 보는 데 쓰는, 볼이 좁고 자루가 긴 괭이. 허

상거(相距): 서로 떨어져 있음. 떨어져 있는 두 곳의 거리. 불허

상고(相顧): 서로 돌아봄. 자

상고(上告): 제이심 판결에 대한 상소(上訴). 원심(原審)의 판결에 불복하여 판결의 재심사를 상급 법원에 신청하는 일이다. 불복상고(不服上告). 해

상금(尙今): 지금까지. 아직. 만

상급(賞給): 상으로 줌. 상으로 주는 돈이나 물건. 불

상기(喪氣): 기운이 꺾임. 만

상납(上納): 윗사람에게 돈이나 물건을 바침. 또는 그 돈이나 물건. 걸

상노(床奴): 밥상을 나르거나 잔심부름을 하는 어린아이. 범노(凡奴). 만

상마석(上馬石): 말에 올라탈 때 발로 디디는 돌. 만

상막하다: 기억이 분명하지 않고 아리송하다. 만

상백: 윗사람에게 글이나 편지를 올릴 때 공경하는 뜻을 담아 붙이는 말. 상백시(上白是). 상사리. 해

상빈(上賓): 상좌에 모실 만큼 중요하고 지위가 높은 손님이나 자기보다 지위가 높은 손님. 상객(上客). 상손님. 불

상상(上上): 가장 높은 정도나 등급. 최상(最上). 최상급(最上級). 자

상상봉(上上峰): 여러 봉우리 가운데 가장 높은 봉우리. 상봉(上峯). 허

상소(上訴): 하급 법원의 판결에 따르지 않고 상급 법원에 재심을 요구하는 일. 종국 판결(終局判決)에 대하여 항소와 상고가 인정되며, 결정 및 명령에 대하여 항고(抗告)와 재항고(再抗告), 특별 항고(特別抗告)가 인정된다. 해

상없다: 보통의 이치에서 벗어나 막되고 상스럽다. 걸불

상일: 별로 기술이 필요하지 않은 막일. 만

상좌(上座): 윗자리. 자

상직(上直): 벼슬아치가 당직이 되어 관가에서 잠. 집 안에 살면서 시중을 듦. 걸

새짐승: 날짐승. 걸

색광(色狂): 색(色)에 미친 사람. 색정(色情)을 만족시키기 위해서 상식에서 벗어나는 행동을 하는 사람. 『해당화』에서는 미칠 듯이 일어난 색정이라는 뜻으로 쓰였다. 색마(色魔). 색정광(色情狂). 호색광(好色狂). 해

생금(生擒): 산 채로 잡음. 생포(生捕). 허

생면부지(生面不知): 서로 한 번도 만난 적이 없어서 전혀 알지 못하는 사람이나 그런 관계. 일면부지(一面不知). 만

생원짜: '생원(生員)'을 낮잡아 이르는 말. 불

생의(生意): 어떤 일을 하려고 마음을 먹음. 생심(生心). 허

생질(甥姪): 누이의 아들. 누이의 자식. 해

서실(書室): 서적을 갖추어 두고 책을 읽거나 글을 쓰는 방. 문방(文房). 서각(書閣). 서재(書齋). 검해

석판(石板): 석필(石筆)로 글씨도 쓰고 그림도 그릴 수 있도록 석판석을 얇게 깎아 만든 판. 석반(石盤). 만

석필(石筆): 글씨를 쓰거나 그림을 그리는 데 쓰는 기구. 납석 따위를 붓 모양으로 만들어 석판(石板)에 글씨를 쓰거나 그림을 그리는 데 쓰는 기

구. 불만

선가(船價): 뱃삯. 허

선도(仙桃): 선경(仙境)에 있다는 복숭아. 허

선수(善手): 솜씨가 남보다 뛰어난 사람. 만

선유(船遊): 뱃놀이. 걸

선전(縇廛, 線廛): 비단을 파는 가게. 입전(立廛). 만

선지피: 짐승을 잡아서 받은 피. 다쳐서 쏟아져 나오는 피. 생생한 피. 선지. 선혈(鮮血). 허

선창(船艙): 물가에 다리처럼 만들어 배가 닿을 수 있게 한 곳. 배다리. 부두(埠頭). 선창다리. 창(艙). 검

설상(雪上): 쌓이거나 덮인 눈의 위. 불

설중(雪中): 눈이 내리는 가운데. 눈이 쌓인 속. 설리(雪裏). 불

설파(說破): 어떤 내용을 듣는 사람이 납득하도록 분명하게 드러내어 말함. 만

설행(設行): 베풀어 행함. 걸

성도(聖徒): 기독교 신자를 높여 이르는 말. 검

성력(誠力): 정성과 힘. 성실한 노력. 만

성음(聲音): 목소리. 허

성장(盛裝): 잘 차려입은 차림. 성식(盛飾). 해

성풀이: 성난 마음을 푸는 일. 검

성화(星火)같다: 남에게 해 대는 독촉 따위가 몹시 급하고 심하다. 만검

세간차지(次知): 일정한 삯을 받고 남의 집 세간을 맡아보는 사람. 검

세마(貰馬): 세를 받고 남에게 빌려 주는 말. 셋말. 만

세마차(貰馬車): 삯을 주고 빌려 타는 마차. 삯마차. 만

세말(歲末): 한 해가 끝날 무렵. 설을 앞둔 섣달그믐께. 세밑. 만

세우: 세게. 몹시. 불

세전(貰錢): 남의 물건이나 건물을 빌려 쓰고 그 값으로 주는 돈. 셋돈. 만

셈판(板): 어떤 일이나 사실의 원인. 또는 그런 형편. 셈. 판(板). 허

소견(消遣): 하는 일 없이 세월을 보냄. 어떠한 것에 재미를 붙여 심심하지 아니하게 세월을 보냄. 소일(消日). 걸만허

소견(消遣)거리: 그럭저럭 세월을 보내기 위하여 심심풀이로 하는 일. 소일(消日)거리. 만

소경력(所經歷): 겪어 지내 온 일. 소경사(所經事). 소력(所曆). 만

소라진(陣): 소라 모양으로 뺑뺑 돌아가면서 치던 진. 불

소료(所料): 미루어 생각한 바. 걸

소민(小民): 상사람. 허

소복(蘇復): 원기가 회복됨. 불검

소스치다: 몸을 위로 높게 올리다. 허

소일(消日): 하는 일 없이 세월을 보냄. 어떠한 것에 재미를 붙여 심심하지 아니하게 세월을 보냄. 소견(消遣). 만

소조(所遭): 치욕이나 고난을 당함. 만

소조(蕭條): 고요하고 쓸쓸함. 소슬. 소연(蕭然). 해

소진(消盡): 점점 줄어들어 다 없어짐. 다 써서 없앰. 소삭(消索). 검

소향처(所向處): 향하여 가는 곳. 소향(所向). 허

속량(贖良): 종의 신분을 면하여 양민(良民)이 되게 함. 속신(贖身). 지은 죄를 물건이나 다른 공로 따위로 비겨 없앰. 속죄(贖罪). 허

속적삼: 저고리에 땀이 배지 않게 하기 위하여 저고리나 적삼 속에 껴입는 적삼. 불

속종: 마음속에 품은 소견. 걸

손속: 노름할 때 힘들이지 않고도 손대는 대로 잘 맞아 나오는 운수. 손덕. 수덕(手德). 만

손에 오르다: 일이 손에 익숙해지다. 손에 익다. 해

손을 나누다: 서로 헤어지다. 검해

송그리다: 몸을 작게 오그리다. 해

쇠귀신(鬼神): 소가 죽어서 된다는 귀신. 성질이 몹시 검질긴 사람을 빗대어 이르는 말. 소귀신. 우귀(牛鬼). 우신(牛神). 만

쇠북: '종(鐘)'의 옛말. 걸

쇠살: 무쇠로 만든 촉을 꽂은 화살. 철전(鐵箭). 『허풍선이 모험 기담』에서는 물고기를 찔러 잡는 도구인 '작사리', '작살'을 가리킨다. 허

쇠젖: 소젖. 우유(牛乳). 만

쇠진(衰盡): 점점 쇠퇴하여 바닥이 남. 쇠고(衰枯). 불

쇠천: '소전(小錢)'을 속되게 이르는 말. 중국 청(淸)나라 때 쓰던 동전을 우리나라에서 '소전'이라 불렀다. 불만

수보(修補): 허름한 데를 고치고 덜 갖춘 곳을 기움. 보수(補修). 허

수양(收養): 다른 사람의 자식을 맡아서 제 자식처럼 기름. 불

수양자(收養子): 남의 자식을 데려다가 제 자식처럼 기른 아들. 수양아들. 의자(義子). 불

수운(輸運): 운송이나 운반보다 큰 규모로 사람을 태워 나르거나 물건을 실어 나름. 운수(運輸). 걸

수운(愁雲): 근심스러운 기색. 해

수유(受由): 말미를 얻음. 또는 그 말미. 걸

수음(樹蔭): 나무의 그늘. 목음(木蔭). 불자

수전증(手顫症): 손이 떨리는 증상. 수전(手顫). 진전(振顫). 만

수탐(搜探): 무엇을 알아내거나 찾기 위하여 조사하거나 엿봄. 수토(搜討). 불검

수태(羞態): 부끄러워하는 태도. 해

수펑: '수풀'의 사투리. 허

수펑이: '수풀'의 사투리. 자

순검(巡檢): 오늘날의 순경에 해당하는, 경무청(警務廳) 소속의 판임관(判任官) 벼슬의 하나. 순찰하여 살핌. 도성(都城) 안팎의 야간 순찰을 맡아 통행을 감독하는 일이나 그런 일을 맡은 사람. 순포(巡捕). 걸

순노(順奴)잡기: 술래잡기. '술래'의 본딧말은 '순라(巡邏)'인데, 『걸리버 유람기』에서는 '순노(順奴)'로 썼다. 걸

순당(順當): 순서나 도리에 맞아 마땅함. 마땅히 그리 되었어야 함. 만

순실(純實): 순직하고 참됨. 불검해

순직(純直): 마음이 순박하고 곧음. 만해

순편(順便): 마음이나 일의 진행 따위가 거침새가 없고 편함. 일을 처리하는 것이 사리에 맞고 순순함. 불

쉬려(淬礪): 칼이나 도끼 따위의 날을 달구어서 물에 담갔다가 숫돌에 갊. 스스로 힘써 함. 면려(勉勵). 쉬면(淬勉). 자

슬다: 형체나 현상 따위가 차차 희미해지면서 없어지다. 스러지다. 자

습사하다: 마음씨가 너그럽고 미덥다. 마음이나 하는 짓이 활발하고 너그럽다. 슬겁다. 습습하다. 검

습자(習字): 글씨 쓰기를 배워 익힘. 붓글씨를 연습하는 일. 임지(臨池). 만

승강(昇降): 서로 자기주장을 고집하며 옥신각신하는 일. 승강이. 시애(撕捱). 실랑이. 불

시관(試官): 과거 시험에 관계되는 관원. 시험 문제를 내거나 시험 감독을 하며 그 성적을 채점하는 사람. 시험관(試驗官). 불

시신(侍臣): 임금을 가까이에서 모시던 신하. 근습(近習). 근시(近侍). 근신(近臣). 걸

시종(侍從): 옆에 있으면서 여러 가지 심부름을 하는 일. '시중'의 본딧말. 해

시종(侍從): 임금을 가까이에서 받드는 일을 맡아보는 벼슬. 궁내부(宮內府) 시종원(侍從院)에 속한 주임관(奏任官) 벼슬. 시종신(侍從臣). 시어(侍御). 종관(從官). 걸

시종관(侍從官): 1895년 궁내부(宮內府)의 황태자궁(皇太子宮) 시강원(侍講院)에 둔 판임관(判任官) 벼슬. 걸

시체(時體): 그 시대의 풍습이나 유행을 따르거나 지식 따위를 받음. 또는 그런 풍습이나 유행. 허

시큰둥하다: 말이나 행동이 주제넘고 건방지다. 만

식상(食床): 밥상. 자허

신고(辛苦): 어려운 일을 당하여 몹시 애씀. 또는 그런 고생. 신산(辛酸). 만검

신칙(申飭): 단단히 타일러서 경계함. 자

실담(實談): 실제로 있었던 이야기. 만

실심(失心): 근심 걱정으로 맥이 빠지고 마음이 산란하여짐. 상심(喪心). 해

실진(失眞): 정신에 이상이 생겨 본정신을 잃음. 실성(失性). 허

심내사(心內事): 마음속으로 생각하는 일이나 그런 생각. 심사(心事). 불

심문(審問): 자세히 따져서 물음. 법원이 당사자나 그 밖에 이해관계가 있는 사람에게 서면이나 구두로 개별적으로 진술할 기회를 주는 일. 잘 모르는 일이나 사실 여부가 아직 분명하지 않은 일에 대하여 자세히 알아보기 위해 따져 묻는 일을 가리키는 말로서, 법률 용어인 '신문(訊問)'보다 넓은 뜻으로 쓰인다. 해

써: 그것을 가지고. 그것으로 인하여. 한문의 '이(以)'에 해당하는 글말체 말이다. 걸자

씨알머리: 남의 혈통을 속되게 이르는 말. 불

씰그러지다: 한쪽으로 비뚤어지거나 기울어지다. 불

ㅇ

아감치: '아가리'의 사투리. 허

아바니: '아버지'의 사투리. 『만인계』와 『자랑의 단추』에서는 주로 아내가 자식 앞에서 남편을 이르는 말로 쓰였다. 만자

아비산(亞砒酸): 삼산화비소(三酸化砒素)나 삼산화이비소(三酸化二砒素)의 수용액. 또는 그 수용액에 존재하는 약한산. 맹독성이지만 활성탄 또는 콜로이드 상태의 철 등에 잘 흡착되기 때문에 해독제로도 쓰인다. 수산화비소(水酸化砒素). 해

아자(兒子): 아이. 만

악착(齷齪): 잔인하고 끔찍스러움. 일을 해 나가는 태도가 매우 모질고 끈덕지거나 그런 사람. 도량이 몹시 좁음. 검

안세간: 안방의 살림살이. 만

안업(安業): 편안한 마음으로 업무에 종사함. 허

알은체: 어떤 일에 관심을 가지는 듯한 태도를 보임. 사람을 보고 인사하는 표정을 지음. 알은척. 걸

암암(暗暗): 기억에 남은 것이 눈앞에 아른거림. 깊숙하고 고요함. 해

앗다: 깎아 내다. 불

앙가슴: 두 젖 사이의 가운데. 자

앙버티다: 끝까지 대항하여 버티다. 만자

앙알앙알: 윗사람에 대하여 조금 원망스럽게 자꾸 입속말로 군소리를 하는 모양. 『걸리버 유람기』에서는 혼자 입속말하듯 나직한 목소리로 똑똑치 않게 들리는 소리를 흉내 낸 말로 쓰였다. 걸

앙증하다: 제격에 어울리지 아니하게 작다. 작으면서도 갖출 것은 다 갖추어 깜찍하고 귀엽다. 걸

애꿎이: 아무런 잘못 없이 억울하게. 만

애련(哀憐): 애처롭고 가엾음. 애처롭고 가엾게 여김. 애긍(哀矜). 애민(哀愍). 불

애루(隘陋): 비좁고 누추함. 불

애면글면: 몹시 힘에 겨운 일을 이루려고 갖은 애를 쓰는 모양. 만

애에: 처음부터. 아예. 해

야료(惹鬧): 까닭 없이 트집을 잡고 함부로 떠들어 댐. 서로 시비의 실마리를 끌어 일으킴. 야기요단(惹起鬧端). 야단(惹端). 걸허

야멸치다: 남의 사정은 돌보지 아니하고 자기만 생각하다. 태도가 차고 야무지다. 불

야살스럽다: 보기에 얄망궂고 되바라진 데가 있다. 자

야시껍다: '아니꼽다'의 사투리. 해

약계(藥契): 약국(藥局). 만

얀정: '인정(人情)'을 낮잡아 이르는 말. 불

얌치없다: 얌치를 아는 마음이 없다. 마음이 깨끗하여 부끄러움을 아는 태도를 '얌치'라 한다. 불

양버선: 서양식 버선. 양말(洋襪). 허

양자(樣姿): 겉으로 나타난 모양이나 모습. 해

양주(兩主): 바깥주인과 안주인, 즉 부부(夫婦). 겸

어리치다: 독한 냄새나 밝은 빛 따위의 심한 자극으로 정신이 흐릿해지다. 불만

어리친 개 새끼 하나 없다: 아무도 얼씬하지 않는다. 불만

어변성룡(魚變成龍): 물고기가 변하여서 용이 됨, 즉 아주 곤궁하던 사람이 부귀를 누리게 되거나 보잘것없던 사람이 큰 인물이 됨. 만

어복(魚腹): 물고기의 배. 허

어용선(御用船): 임금이나 왕실에서 쓰는 배. 허

어이: 짐승의 어미. 허

어자대(馭者臺): 마차를 부리는 사람이 앉는 자리. 해

어정버정: 하는 일 없이 이리저리 천천히 걷는 모양. 어색하고 부자연스럽게 행동하는 모양. 불

어치렁어치렁: 키가 조금 큰 사람이 힘없이 몸을 조금 흔들며 자꾸 천천히 걷는 모양. 불

어혈(瘀血): 타박상 따위로 살 속에 피가 맺힘. 또는 그 피. 적혈(積血). 축혈(蓄血). 혈어(血瘀). 겸

언감생심(焉敢生心): 감히 그런 마음을 품을 수 없음. 감불생심(敢不生心). 감불생의(敢不生意). 안감생심(安敢生心). 겸

언틀먼틀: 바닥이 고르지 못하여 울퉁불퉁한 모양. 허

얼없다: 얼이 빠져 정신이 없다. 불

얼음산: 빙하에서 떨어져 나와 호수나 바다에 흘러 다니는 얼음 덩어리. 빙산(氷山). 허

얼음살: 얼음. 불

엄: '움'의 옛말. 겸

엄전하다: 태도나 행실이 정숙하고 점잖다. 자

엎더지다: 잘못하여 앞으로 넘어지다. 무릎을 구부리고 상반신을 바닥에 대

다. '엎드러지다'의 준말. 검

엎드러지다: 잘못하여 앞으로 넘어지다. 무릎을 구부리고 상반신을 바닥에 대다. 검

여북: 얼마나. 여북이나. 오죽. 작히. 작히나. 주로 언짢거나 안타까운 마음을 나타낼 때에 쓰는 말이다. 검

여수(女囚): 여자 죄수. 여도(女徒). 여수인(女囚人). 해

여일(如一): 처음부터 끝까지 한결같음. 자

역로(歷路): 거쳐서 지나가는 길. 과로(過路). 불

역부(驛夫): 철도역에서 안내나 매표, 개찰(改札), 집찰(集札) 따위의 일을 맡아보는 사람. 역무원(驛務員). 역원(驛員). 역졸(驛卒). 해

역성: 누가 옳고 그른지는 상관하지 아니하고 무조건 한쪽 편을 들어 주는 일. 만

연골(軟骨): 나이가 어려 아직 뼈가 굳지 않은 체질이나 그런 사람. 만

연락부절(連落不絶): 왕래가 잦아 소식이 끊이지 아니함. 낙역부절(絡繹不絶). 불

연상약(年相若): 나이가 엇비슷함. 만

연연(軟娟): 가냘프고 약함. 섬약(纖弱). 해

연전(年前): 몇 해 전. 허

연하다: 잇닿아 있다. 잇대어 있다. 행위나 현상이 끊이지 않고 계속 이어지다. 불

연해연방: 끊임없이 잇따라 자꾸. 걸만

열쌔다: 행동이나 눈치가 매우 재빠르고 날쌔다. 불허

염병(染病): '장티푸스(腸 typhus)'를 속되게 이르는 말. 또는 전염병(傳染病). 검

염천(炎天): 몹시 더운 날씨. 열천(熱天). 불

염초(焰硝): 화약(火藥). 허

영결종천(永訣終天): 죽어서 영원히 이별함. 불

영기(靈氣): 신령스러운 기운. 만

영략(領略): 대강을 짐작하여 앎. 자

영문(營門): 병영의 문. '군대'를 빗대어 이르는 말. 군문(軍門). 영(營). 해

영선사(營繕司): 대한 제국 때 궁내부(宮內府)에서 왕실의 토목과 건축, 영선에 대한 일을 맡아보던 부서. 걸

영이돌다: 집안의 꾸밈새가 밝고 깨끗한 태로 가득 차 있다. 만

영장(永葬): 편안하게 장사 지냄. 안장(安葬). 자

예단(禮單): 예물을 적은 단자(單子). 사례단(謝禮單). 『불쌍한 동무』에서는 그림을 구경하기 위하여 내는 돈이나 물건이라는 뜻으로 쓰였다. 불

예투(例套): 상례(常例)가 된 버릇. 허

오비(吾鼻)가 삼 척(三尺): 자기 사정이 급하여 남을 돌볼 겨를이 없음. 내 코가 석 자. 오비삼척(吾鼻三尺). 만

오장(五臟): 간장, 심장, 비장, 폐장, 신장의 다섯 가지 내장. 오내(五內). 오중(五中). 오창(五倉). 허

오정(午正): 정오(正午). 불자

옥함(玉函): 옥으로 만든 함. 검

온가지: '온갖' 또는 '온갖 종류'의 옛말. 검

온량(溫良): 성품이 온화하고 무던함. 만자

올차다: 허술한 데가 없이 야무지고 기운차다. 곡식의 알이 일찍 들어차다. 걸

옭매다: 끈 따위가 풀리지 않도록 고를 내지 않고 그대로 꼭 매다. 옭아매다. 자

옴나위: 꼼짝할 만큼의 적은 여유. 걸

옹용(雍容): 마음이나 태도 따위가 화락하고 조용함. 만

완연(宛然): 눈에 보이는 것처럼 아주 뚜렷함. 모양이 서로 비슷함. 연연(蜒然). 불

왕사(往事): 지나간 일. 불

왜(倭)떡: 밀가루나 쌀가루를 반죽하여 얇게 늘여서 구운 과자. 만

외: '오이'의 준말. 또는 '참외'의 사투리. 『허풍선이 모험 기담』에서는 앞의

뜻으로 쓰였다. 허

외경(外卿): 외무대신(外務大臣). 걸

외곬: 단 한곳으로만 트인 길. 단 하나의 방법이나 방향. 외통. 불

외다: 같은 말을 되풀이하다. 만

외양(外洋): 육지에서 멀리 떨어진 넓은 바다. 난바다. 외해(外海). 불

요량(料量): 앞일을 잘 헤아려 생각함. 또는 그런 생각. 걸불만허해

욕기(欲氣, 慾氣): 욕심(慾心). 만

용(茸): 새로 돋은 사슴의 연한 뿔. 양기(陽氣)를 보하며 근골(筋骨)을 강하게 하는 보약으로 쓴다. 녹용(鹿茸). 허

용렬(庸劣): 사람이 변변하지 못하고 졸렬함. 어리석고 못남. 우열(愚劣). 불만

용(龍)마름: 초가의 지붕마루에 덮는, 'ㅅ' 자형으로 엮은 이엉. 걸

우렁이: 우렁잇과의 고둥을 통틀어 이르는 말. 무논이나 웅덩이 등지에 살며, 껍데기는 원추형이고 어두운 녹색이다. 귀안정(鬼眼睛). 전라(田螺). 토라(土螺). 허

우비다: 마음이나 가슴을 괴롭게 하거나 아프게 하다. 틈이나 구멍 속을 긁어내거나 도려내다. 온당치 못한 수단으로 남의 것을 호리어 빼앗다. 검

운송부(運送部): 짐을 실어 보내는 일을 맡아 하는 부서나 영업 기관. 불

울결(鬱結): 가슴이 답답하게 막힘. 기혈(氣血)이 한곳에 몰려 흩어지지 않음. 해

울밀(鬱密): 나무 따위가 무성하게 우거져 빽빽함. 자

울짱: 말뚝 따위를 죽 잇따라 박아 만든 울타리. 잇따라 박은 말뚝. 목채(木寨). 목책(木柵). 허

웃음바탈: 웃음판. 만

웃저고리: 저고리를 껴입을 때 맨 겉에 입는 저고리. 겉저고리. 검

월궁(月宮): 달 속에 있다는 전설 속의 궁전. 월궁전(月宮殿). 허

위선(爲先): 우선(于先). 걸만자검허해

유복(有福): 복이 있음. 불

유수(有數): 손꼽을 만큼 두드러지거나 훌륭함. 해

유숙(留宿): 남의 집에서 묵음. 해

유여(裕餘): 모자라지 않고 넉넉함. 만검

유의막수(有意莫遂): 마음은 간절하여도 뜻대로 되지 않음. 유의미수(有意未遂). 허

유조(有助): 도움이 있음. 만

유통(乳桶): 소나 양 따위의 젖을 짜서 담아 두는 통. 걸

육모정: 여섯 개의 기둥으로 여섯 모가 나게 지은 정자. 육각정(六角亭). 만

육혈포(六穴砲): 탄알을 재는 구멍이 여섯 개 있는 회전식 연발 권총. 리볼버(revolver). 걸검허

융동(隆冬): 몹시 추운 겨울. 엄동(嚴冬). 허

으늑하다: 푸근하게 감싸인 듯 편안하고 조용한 느낌이 있다. 조용하고 깊숙하다. 허

으아쌍: 여러 사람이 큰 소리로 복작거리며 떠들어 대는 것. 자

은닉(隱匿): 물건을 숨겨 두거나 범죄를 저지른 사람을 감춤. 걸

은사(銀絲)실: 은을 얇게 입힌 실. 은으로 가늘게 만든 실. 은사(銀絲). 은(銀)실. 불

은시저(銀匙箸): 은수저. 만

은시표(銀時表): 은시계(銀時計). 걸

의구(依舊): 옛날 그대로 변함이 없음. 자

의론(議論): 각자 의견을 주장하거나 논의함. 또는 그 의견이나 논의. 만

의법(儀法): 의식의 예법. 『자랑의 단추』에서는 버릇이나 습관이라는 뜻으로 쓰였다. 자

의수(依數): 거짓으로 꾸민 것이 그럴듯함. 허

의운(疑雲): 의심스러운 점이나 사건. 해

의지가지없다: 의지할 만한 대상이 없다. 다른 방도가 없다. 불

의취(意趣): 의지와 취향. 지취(志趣). 불

의탁(依託, 依托): 어떤 것에 몸이나 마음을 의지하여 맡김. 불

이구(已久): 이미 오래됨. 불

이닊: '이내'의 사투리. 불

이면(裏面)이 없다: 일이 어떻게 돌아가는지 또는 어떻게 체면을 차리는지를 알지 못하다. 만

이우(貽憂): 남에게 근심과 걱정을 끼침. 불만

인내: 사람의 몸에서 나는 냄새. 짐승이나 벌레, 마귀 따위가 맡는 사람의 냄새. 허

인동(忍冬): 인동과의 반상록 덩굴성 식물. 인동초(忍冬草). 자

인사정신(人事精神): 신상에 벌어지는 일을 살피거나 예절을 차릴 수 있는 제정신. 걸만허

인적부도처(人跡不到處): 사람이 사는 곳에서 멀리 떨어져 있어서 사람의 발자취가 이르지 아니하는 곳. 허

인중승천(人衆勝天): 사람이 많으면 하늘도 이길 수 있음, 즉 많은 사람의 힘이 큼. 허

인증(引證): 인용하여 증거로 삼는 일이나 그 증거. 인거(引據). 허

인홀불견(因忽不見): 언뜻 보이다가 갑자기 없어짐. 불

일고삼장(日高三丈): 해가 세 길이나 떠오름, 즉 날이 밝아 해가 벌써 높이 뜸. 삼간(三竿). 일고삼척(日高三尺). 걸

일구난설(一口難說): 내용이 길거나 복잡하여 한 마디로 다 설명하기 어려움. 허

일망무제(一望無際): 한눈에 바라볼 수 없을 정도로 아득하게 멀고 넓어서 끝이 없음. 일망무애(一望無涯). 불

일부일(日復日): 하루하루가 계속 반복됨, 즉 날마다. 불

일세: 날씨. 일기(日氣). 허

일수(一手): 남보다 뛰어난 수나 솜씨. 남보다 뛰어난 수나 솜씨를 가진 사람. 상수(上手). 윗수. 불자허

일순천리(一瞬千里): 천 리나 되는 넓은 경치를 한눈에 내다봄. 허

일양(一樣): 한결같은 모양이나 같은 모양. 한결같이 그대로. 꼭 그대로. 불

일작(日昨): 며칠 전. 일전(日前). 만

일작(一酌): 한 번 마심, 즉 조금 마심. 소작(小酌). 만

일지 기병(一枝騎兵): 한 무리의 기마병. 허

일향(一向): 언제나 한결같이. 꾸준히. 불만

임금(林檎): 능금나무의 열매. 능금. 사과(沙果, 砂果)와 비슷한 모양이지만 훨씬 작다. 걸

임시(臨時): 정해진 시간에 이름. 정해진 시간에 이를 바로 그 무렵. 불만허

임시처변(臨時處變): 갑자기 터진 일을 우선 간단하게 둘러맞추어 처리함. 임시변통(臨時變通). 임시방패(臨時防牌). 임시방편(臨時方便). 임시배포(臨時排布). 허

입기향 순기속(入其鄕循其俗): 다른 지방에 들어가서는 그곳의 풍속이나 습속대로 따름. 『회남자(淮南子)』의 「제속 편(齊俗篇)」과 『장자(莊子)』의 「외편(外篇)」에 나오는 말이다. 입향순속(入鄕循俗). 허

입내: 소리나 말로써 내는 흉내. 만

입신(入身): 어떤 일에 관계하거나 관련을 맺음. 해

입을 까다: 말로 잘 지껄이거나 말대꾸를 잘하다. 걸

입참(入參): 궁중의 잔치나 제례에 참여하는 일. 자

잎새: '잎사귀'의 사투리. 불허

ㅈ

자: 약 30.3센티미터에 해당하는 길이의 단위. 한 치의 열 배다. 척(尺). 걸불허

자견(自牽): 말 따위를 스스로 몲. 허

자국: 어떤 일이나 사건이 발단된 곳이나 그런 근원. 만

자득(自得): 스스로 만족하게 여겨 뽐내며 우쭐거림. 불

자료(自料): 스스로 헤아림. 자량(自量). 걸

자저(趑趄): 머뭇거리며 망설임. 주저(躊躇). 지주(踟躕). 해

자축자축: 다리에 힘이 없어 가볍게 다리를 절며 걷는 모양. 불

자치동갑(同甲): 한 살 차이가 나는 동갑. 어깨동갑. 불

작반(作伴): 동행자나 동무로 삼음. 작려(作侶). 불만자허

작소(繳銷): 말이나 행동의 흔적을 없애 버림. 해

작파(斫破): 찍어서 쪼개거나 쪼개어 깨뜨림. 허

작히: 어찌 조금만큼만. 얼마나. 오죽. 여북. 여북이나. 작히나. 주로 혼자 느끼거나 묻는 말에 쓰인다. 검

잔나비: 원숭이. 걸검

잔등이: '등'을 속되게 이르는 말. 걸

잔사설(辭說): 쓸데없이 번거롭게 자질구레한 말을 늘어놓는 일이나 그런 말. 잔사단(事端). 검

잔약(孱弱): 가냘프고 약함. 불

잡답(雜沓): 사람들이 많이 몰려 북적북적하고 복잡하거나 그런 상태. 분답(紛沓). 분잡(紛雜). 불

장: 언제나 늘. 계속하여 줄곧. 불만자허

장(丈): 약 3미터에 해당하는 길이의 단위. 한 자(尺)의 열 배다. 또는 사람의 키 정도의 길이를 가리키는 단위이기도 하다. 길. 걸

장(場)거리: 장(場)이 서는 거리. 허

장광설(長廣舌): 길고도 세차게 잘하는 말솜씨. 쓸데없이 장황하게 늘어놓는 말. 다변(多辯). 다언(多言). 장사설(長辭說). 만

장교의(長交椅): 여러 사람이 앉을 수 있게 가로로 길게 만든 의자. 장의자(長椅子). 자

장다리: 무나 배추 따위의 꽃줄기. 허

장돌림: 여러 장(場)으로 돌아다니면서 물건을 파는 장수. 불

장명등(長明燈): 대문 밖이나 처마 끝에 달아 두고 밤에 불을 켜는 등. 불

장목(長木): 물건을 받치거나 버티는 데 쓰는 굵고 긴 나무. 장나무. 걸

장시꾼: '장사꾼'의 사투리. 검

장옷: 여자들이 나들이할 때에 얼굴을 가리느라고 머리에서부터 길게 내려 쓰는 옷. 너울. 쓰개치마. 장의(長衣). 걸

장자(長者): 큰 부자를 점잖게 이르는 말. 만

장정(壯丁)군: 나이가 젊고 기운이 좋은 남자. 장정. 장정꾼. 정남(丁男). 정장(丁壯). 허

장중보옥(掌中寶玉): 손안에 있는 보배로운 구슬, 즉 귀하고 보배롭게 여기는 존재. 장중주(掌中珠). 불

장창(長槍): 4미터 안팎의 긴 자루에 40센티미터 정도의 창날을 붙여 군사들이 무기로 쓰는 칼. 십팔기(十八技)의 하나로서 보졸이 장창을 가지고 하는 무예. 허

재우치다: 빨리 몰아치거나 재촉하다. 어떤 행동이 잇따라 진행되다. 불

저당(抵當): 맞서서 겨룸. 대적(對敵). 걸

저어하다: 염려하거나 두려워하다. 해

저자: 시장(市場). 시장에서 물건을 파는 가게. 걸불

저잣거리: 가게가 죽 늘어서 있는 거리. 장(場)이 서는 거리. 걸불만

저즘께: '접때'의 사투리. 만자

저희(沮戱): 귀찮게 굴어서 방해함. 만

적간(摘奸): 죄상이 있는지 없는지를 밝히기 위하여 캐어 살핌. 척간(擲奸). 불

적로마(駒盧馬): 이마에 흰 털의 점이 마치 별처럼 박힌 말. 대성마(戴星馬). 백전(白顚). 별박이. 적상마(的顙馬). 허

적실(積失): 잘못을 거듭함. 거듭하여 잃어버림. 만

적토마(赤兎馬): 중국 삼국 시대(三國時代)에 관우(關羽)가 탔다는 준마의 이름. 매우 빠른 말. 적토(赤兎). 만허

적확(的確): 틀림없이 들어맞음. 확적(確的). 만

전: 물건의 위쪽 가장자리가 조금 넓적하게 된 부분. 만

전(廛): 물건을 벌여 놓고 파는 가게. 시전(市廛)보다 작고 가가(假家)보다 큰 가게. 방(房). 불만허

전각(殿閣): 임금이 거처하는 집. 궁궐. 걸
전례(典例): 전거(典據)가 되는 선례(先例). 걸불만
전만고(前萬古): 아주 먼 옛날부터 지금에 이르는 동안. 허
전방(廛房): 물건을 늘어놓고 파는 가게. 전포(廛鋪). 만
전원(全院): 한 원(院)의 전체. 해
전장(田莊): 개인이 소유하는 논밭. 장토(莊土). 불만
전좌우(前左右): 앞쪽과 왼쪽, 오른쪽을 아울러 이르는 말. 불
전중이: 징역살이하는 사람을 속되게 이르는 말. 해
전지도지(顚之倒之): 엎드러지고 곱드러지며 몹시 급히 달아나는 모양. 불
전토(田土): 논밭. 만
전후시말(前後始末): 처음부터 끝까지의 과정. 자초지종(自初至終). 해
절도(絶倒): 까무러쳐 넘어짐. 배를 그러안고 넘어질 정도로 몹시 웃음. 포복절도(抱腹絶倒). 자
절색(絶色): 견줄 데 없이 빼어나게 아름다운 여자. 뛰어난 미인. 일색(一色). 해
절증지(切憎之): 몹시 미워함. 만
접을 잡다: 동아리나 집안을 이끌고 다스리다. 검
정교(正校): 오늘날의 '상사(上士)'에 해당하는, 대한 제국 때의 부사관 계급. 자
정교(正教): 동로마 제국의 국교로서 콘스탄티노플(Constantinople)을 중심으로 발전한 기독교의 한 교파. 1054년 로마를 중심으로 하는 서방 교회와 분리되었으며, 로마 교황을 승인하지 않는다. 교의와 의식을 중시하고 상징적이고 신비적인 경향이 강하다. 동유럽과 러시아에서 성하다. 그리스 정교회(正教會). 해
정담(情談): 마음에서 우러나는 진정한 이야기. 정답게 주고받는 이야기. 정화(情話). 해
정대(正大): 의지나 언행 따위가 올바르고 당당함. 자
정령(正領): 오늘날의 '대령(大領)'에 해당하는, 대한 제국 때의 영관 계급. 자

해

정리(廷吏): 법정에서 법관이 명하는 사무 및 개정 시의 잡무를 담당하거나 소송 서류의 송달을 맡아 하는 법원의 직원. 해

정묘(精妙): 정밀하고 묘함. 불허

정밤중: 한밤중. 불

정부(情婦): 아내 이외에 정을 두고 깊이 사귀는 여자. 해

정상(情狀): 딱하거나 가엾은 상태. 있는 그대로의 사정과 형편. 구체적 범죄에서 구체적 책임의 경중에 영향을 미치는 일체의 사정. 불허해

정숙(情熟): 정겹고 친숙함. 검

정실(正實): 참되고 올바름. 또는 정실(貞實): 정조가 곧고 독실(篤實)함. 검

정자(亭子)나무: 집 근처나 길가에 있는 큰 나무. 가지가 많고 잎이 무성하여 그 그늘 밑에서 사람들이 모여 놀거나 쉰다. 그늘나무. 불

정형(情形): 사물의 정세와 형편. 정경(情景). 정상(情狀). 정황(情況). 만

제구(諸具): 여러 가지의 기구. 만허

제기(提起): 소송을 일으킴. 의견이나 문제를 내놓음. 해

제물에: 저 혼자 스스로의 바람에. 걸허

제발 덕분(에): 간절히 은혜나 도움을 바라건대. 걸

제인(諸人): 모든 사람. 여러 사람. 허

제작(制作): 규정이나 법식 따위를 생각하여 정함. 만

조기다: 마구 두들기거나 패다. 써서 없애 치우거나 또는 사정없이 들이다. 일한 흔적이 나게 잘 처리하다. 검

조산(造山): 인공적으로 쌓아 만든 산. 인공적으로 산을 쌓아 만듦. 걸

조수불급(措手不及): 일이 매우 급하여 미처 손을 댈 겨를이 없음. 허

조수의(助手醫): 정식 의사 밑에서 지도를 받으면서 의료 업무를 도와주는 예비 의사. 해

조신(操身): 몸가짐을 조심함. 해

조이다: 마음이 긴장되거나 그렇게 되게 하다. 만자

조촐하다: 아담하고 깨끗하다. 행동이나 행실 따위가 깔끔하고 얌전하다.

외모나 모습 따위가 말쑥하고 맵시가 있다. 호젓하고 단출하다. 조하다. 불만

조칙(詔勅): 임금의 명령을 일반에게 알릴 목적으로 적은 문서. 조서(詔書). 걸

족가하다: 성내거나 노여워하다. 자

존가(尊駕): 지위가 높고 귀한 사람의 탈것, 즉 지위가 높고 귀한 사람의 행차. 해

존숭(尊崇): 높이 받들어 숭배함. 존상(尊尙). 불

졸연(猝然): 어떤 일의 상태가 갑작스러움. 쉬움. 쉽게 할 수 있는 상태에 있음. 해

종금(從今): 지금부터 계속. 종차(從此). 만

종다리: 양쪽에 끈을 달아 허리에 차거나 멜빵을 달아 어깨에 메기도 하는 작은 바구니. 누두(耬斗). 종다래끼. 자

종선(從船): 큰 배에 딸린 작은 배. 걸허

종시(終是): 끝내. 검

종자(鍾子): 간장이나 고추장 따위를 담아서 상에 놓는, 종발보다 작은 그릇. '종지'의 본딧말. 보시기. 소완(小盌). 만

종작없다: 말이나 태도가 똑똑하지 못하여 종잡을 수가 없다. 종없다. 해

주야 겸공(晝夜兼工): 밤낮을 가리지 아니하고 계속해서 일함. 주야겸행(晝夜兼行). 걸

주청(奏請): 임금에게 아뢰어 청하는 일. 계청(啓請). 걸

주(酒)태: 술고래. 불만

주파(酒婆): 술을 파는 늙은 여자. 만

죽백(竹帛): 서적(書籍) 특히 역사를 기록한 책. 종이가 발명되기 전에 대쪽이나 헝겊에 글을 써서 기록한 데서 비롯된 말이다. 죽소(竹素). 허

줄 뜀: 줄넘기. 걸

줄띠: 목구멍에 있는 힘줄. 목줄. 목줄띠. 불

중과(衆寡): 수효의 많고 적음. 허

중도위: 장판마다 돌아다니며 과일이나 나무 따위의 흥정을 붙이고 돈을 받는 사람. 거간(居間)꾼. 아쾌(牙儈). 어성꾼. 장쾌(駔儈). 중도. 만

중로(中路): 오가는 길의 중간. 허해

중생(重生): 거듭남. 해

중수(重數): 어떤 무게를 나타낸 수. 허

쥐불: 쥐의 불알. 겁

쥐양: 줄곧. 걸

쥐어지르다: 주먹으로 힘껏 내지르다. 허

즉살(卽殺): 그 자리에서 바로 죽임. 겁

증왕(曾往): 이미 지나가 버린 그때. 재전(在前). 증전(曾前). 만

증험(證驗): 실지로 사실을 경험함. 증거로 삼을 만한 경험. 시험해 본 효험. 허

지게: 밖에서 방으로 드나들 수 있게 만든 외짝 문. 지게문. 만

지경(地境): 나라나 지역 따위의 구간을 가르는 경계. 일정한 테두리 안의 땅. 경(境). 경역(境域). 역경(域境). 지계(地界). 지두(地頭). 불

지동(地動): 지진(地震). 걸

지랄쟁이: 지랄병이 있는 사람이나 지랄버릇이 있는 사람. 마구 법석을 떨며 분별없이 행동하는 사람. 겁

지면(知面): 처음 만나서 서로 알게 됨. 만나서 알 만한 얼굴이나 얼굴이 익은 사이. 만

지사위한(至死爲限): 죽을 때까지 자기의 의견을 굽히지 아니하고 뻗대어 나감. 자허

지악(至惡): 마음씨가 몹시 모질다. 일을 하는 것이 악착스럽다. 더할 수 없이 악하다. 자

지재지삼(至再至三): 두 번 세 번, 즉 여러 차례. 만

지전(紙錢): 종이에 인쇄하여 만든 화폐. 종이돈. 지폐(紙幣). 지화(紙貨). 해

지지리: 아주 몹시. 지긋지긋하게. 불

지축지축: 힘없이 다리를 끌면서 억지로 걷는 모양. 지척지척. 겁

지화(紙貨): 종이에 인쇄하여 만든 화폐. 종이돈. 지전(紙錢). 지폐(紙幣). 해

직심(直心): 정직한 마음. 한결같이 굳게 지켜 나가는 마음. 불

직전(直錢): 물건을 사고팔 때 그 자리에서 즉시 치르는 물건 값. 맞돈. 즉금(卽金). 현찰(現札). 만

진기(津氣): 진액(津液)의 끈적끈적한 기운. 먹은 것이 잘 삭지 아니하여 오랫동안 유지되는 든든한 기운. 끈덕지게 쓰거나 부리는 힘. 해

진력(盡力): 있는 힘을 다함. 또는 낼 수 있는 모든 힘. 갈력(竭力). 사력(肆力). 진기력(盡其力). 해

진시(趁時): 진작. 만

진심갈력(盡心竭力): 마음과 힘을 있는 대로 다함. 만

진일: 밥 짓고 빨래를 하는 따위와 같이 물을 써서 하는 일. 궂은일. 만

진지러지다: 몹시 지지러지다. 아주 몹시 놀라 몸이 주춤하면서 움츠러들다. 병이나 탈이 나서 제대로 자라지 못하고 몹시 오그라지다. 불

질펀하다: 땅이 넓고 평평하게 펼쳐져 있다. 불

집칸: 집을 이루고 있는 칸살이나 하나하나의 칸. 칸수가 얼마 안 되거나 한두 칸의 칸살로 된 변변하지 못한 집. 불

째마리: 사람이나 물건 가운데서 가장 못된 찌꺼기. 허

찌뿌드드하다: 표정이나 기분이 밝지 못하고 매우 언짢다. 만

찡기다: 팽팽하게 켕기지 못하고 구겨서 쭈글쭈글하게 되다. 가볍게 찡그리다. 해

ㅊ

차꼬: 죄수를 가두어 둘 때 쓰던 형구(刑具)의 하나. 두 개의 기다란 나무토막을 맞대어 그 사이에 구멍을 파서 죄인의 두 발목을 넣고 자물쇠를 채우게 되어 있다. 족가(足枷). 족계(足械). 걸

차다: 날쌔게 빼앗거나 움켜 가지다. 채다. 걸

차반(茶盤): 다기를 담는 조그마한 쟁반. 다반(茶盤). 만

차비(差備): 어떤 일을 하기 위하여 필요한 물건이나 자세 따위를 미리 갖추어 차리는 일. 또는 그 물건이나 자세. '채비'의 본딧말. 걸자검

차지법(借地法): 세를 주고 남의 땅을 빌려 쓰는 일이나 그런 땅에 관한 법률. 해

차탄(嗟歎, 嗟嘆): 탄식하고 한탄함. 차자(嗟咨). 불

차(此) 판: 이 판. 허

착념(着念): 무엇을 마음에 두고 생각함. 만

찬미(讚美): 아름답고 훌륭한 것이나 위대한 것 따위를 기리어 칭송함. 『검둥의 설움』과 『해당화』에서는 찬미가(讚美歌)의 뜻으로 쓰였다. → 찬미가(讚美歌). 검해

찬미가(讚美歌): 교회의 공적(公的)이고 공통적인 기도인 성무일도(聖務日禱)에서 하느님을 찬미하는 노래. 하나님의 사랑과 은총을 기리는 노래. 찬송가(讚頌歌). 자검

찬미가 대(讚美歌隊): 찬미가를 부르기 위하여 조직된 무리나 부서. 불

찬비(饌婢): 반찬을 만드는 일을 맡아 하는 여자 하인. 반빗. 반빗아치. 밥 짓는 일을 하는 여자 하인을 일컬을 때에는 동자아치 또는 찬비(爨婢)라 한다. 만

찬(饌)칼: 반찬을 만드는 데 쓰는 작은 칼. 허

참령(參領): 오늘날의 '소령(少領)'에 해당하는, 대한 제국 때의 영관 계급. 자

참례(參禮): 예식이나 제사, 전쟁 따위에 참여함. 자

참소(讒訴, 譖訴): 남을 헐뜯어서 죄가 있는 것처럼 꾸며 윗사람에게 고하여 바침. 걸

참예(參預): 어떤 일에 끼어들어 관계함. 참여(參與). 만자허

참참(站站)이: 각 역참(驛站)마다. 허

창기(娼妓): 몸을 파는 천한 기생. 여랑(女郞). 해

창언(唱言): 크고 높은 소리로 말함. 앞장서서 말함. 만

창연(悵然): 몹시 서운하고 섭섭함. 해

창졸간(倉卒間): 미처 어찌할 수 없이 매우 급작스러운 사이. 창졸지간(倉卒

之間). 졸창간(卒倉間). 허

창천(漲天): 하늘에 퍼져 가득함. 불허

창황(愴怳, 惝怳): 놀라거나 다급하여 어찌할 바를 모름. 불

채마(菜麻): 먹을거리나 입을 거리로 심어서 가꾸는 식물. 채소(菜蔬). 또는 그런 식물을 심어 가꾸는 밭. 불

채전(前)에: 어떻게 되기 훨씬 전에. 허

채질: 채찍으로 치는 일. 채찍질. 허해

책사(冊肆): 책을 갖추어 놓고 팔거나 사는 가게. 서점(書店). 만

처창(悽愴, 悽悵): 몹시 구슬프고 애달픔. 불

척(尺): 약 30.3센티미터에 해당하는 길이의 단위. 한 치의 열 배다. 자. 허

천거(薦擧): 어떤 일을 맡아 할 수 있는 사람을 그 자리에 쓰도록 소개하거나 추천함. 거천(擧薦). 천(薦). 만

천랑성(天狼星): 큰개자리에서 가장 밝은 청백색의 별. 하늘에서 볼 수 있는 가장 밝은 별로, 백색 왜성(白色矮星)과 쌍성(雙星)을 이루고 있다. 낭성. 늑대별. 시리우스(Sirius). 시리우스성. 허

천량: 개인 살림살이의 재산. 불만허

천리경(千里鏡): 만리경(萬里鏡). 망원경(望遠鏡). 걸

천업부(賤業婦): 색주가(色酒家)나 창녀 따위와 같이 더럽고 천한 직업에 종사하는 여자. 추업부(醜業婦). 해

천주당(天主堂): 성당(聖堂). 불

천청색(淺靑色): 아주 엷은 파란색. 불

천촉증(喘促症): 숨을 몹시 가쁘게 쉬며 헐떡거리고 힘없는 기침을 잇따라 하는 병. 천촉(喘促). 만

천품(天稟): 타고난 기품. 천자(天資). 불

철장(鐵杖): 쇠로 만든 막대기나 지팡이. 허

철필(鐵筆): 펜(pen). 해

첩보(捷報): 싸움에 이겼다는 소식이나 보고. 승보(勝報). 만

첫밗: 일이나 행동의 맨 처음 국면. 만

청근(菁根): 십자화과의 한해살이풀 또는 두해살이풀. 나복(蘿蔔). 내복(萊菔). 노복(蘆菔). 무. [허]

청대(請待): 손님을 청하여 대접함. [자]

청아(淸雅): 속된 티가 없이 맑고 아름다움. [검][해]

청종(聽從): 이르는 대로 잘 듣고 좇음. [만]

청(廳)지기: 양반집 수청방(守廳房)에서 잡일을 맡아보거나 시중을 드는 사람. 청직(廳直). [만]

체(體)수: 몸의 크기. [걸]

초(醋): 약간의 초산(醋酸)이 들어 있어 신맛이 나는 액체 조미료. 식초(食醋). [만]

초록장(草綠帳): 가지가 휘늘어져 늘어선 버들. 유록장(柳綠帳). [불]

초심(焦心): 마음을 졸여서 태움. [불]

초원(超遠): 아득히 멂. [허]

초초(草草): 갖출 것을 다 갖추지 못하여 초라함. 몹시 간략함. 바쁘고 급함. [불]

촉수(促壽): 죽기를 재촉하다시피 하여 수명이 짧아짐. [만]

촌(寸): 약 3.33센티미터에 해당하는 길이의 단위. 일 척(尺)의 십분의 일이다. 치. [걸]

추앙(推仰): 높이 받들어 우러러봄. [불]

추축(追逐): 서로 오가며 사귐. [불][만]

축기(縮氣): 무섭거나 두려워 기운이 움츠러짐. 저기(沮氣). [만]

축동(築垌): 물을 막기 위하여 크게 둑을 쌓는 일이나 그 둑. 방죽. 축방(築防). [불][자]

출류발군(出類拔群): 같은 무리 가운데에서 특별히 뛰어남. 출류발췌(出類拔萃). 출췌(出萃). [허]

측량(測量)없다: 한이나 끝이 없다. [만][자][허]

치: 약 3.33센티미터에 해당하는 길이의 단위. 한 자의 십분의 일이다. 촌(寸). [걸]

치: 배의 방향을 조정하는 장치. '키'의 옛말. 허

치부(置簿): 금전이나 물건 따위가 들어오고 나감을 기록하는 일이나 그런 장부. 만

치부책(置簿冊): 돈이나 물건이 들고 나고 하는 것을 기록하는 책. 치부장(置簿帳). 장부(帳簿). 장책(帳冊, 賬冊). 만

치사(致謝): 고맙고 감사하다는 뜻을 표시함. 불만

친친(親親): 마땅히 친하여야 할 사람과 친함. 자

침음(沈吟): 속으로 깊이 생각함. 근심에 잠겨 신음하거나 그런 소리. 만

침전(寢殿): 임금의 침방(寢房)이 있는 전각(殿閣). 걸

| ㅋ |

콩멍석: 콩을 널어놓은 멍석. 몹시 매를 맞거나 물것에 물려 살가죽이 부르터 두툴두툴한 것을 빗대어 이르는 말. 몹시 얽은 얼굴을 빗대어 이르는 말. 걸

크리켓(cricket): 열한 명씩으로 이루어진 두 팀이 공격과 수비를 번갈아 하면서 방망이로 공을 쳐서 위켓(wicket)을 쓰러뜨려 승부를 겨루는 구기 경기의 하나. 영국의 국기(國技)다. 자

큰옷: 예식 때에 겉에 입는 도포와 같은 웃옷. 불

| ㅌ |

타관(他官): 자기 고향이 아닌 고장. 객지(客地). 이향(異鄕). 타역(他域). 타향(他鄕). 해

타동(他洞): 다른 동네. 남의 동네. 타동(他洞)네. 자

타동(他洞)네: 다른 동네. 남의 동네. 타동(他洞). 자

타짜: 남을 잘 속이는 재주를 가진 노름꾼. 타짜꾼. 만

탁지대신(度支大臣): 대한 제국 때 국가 전반의 재정을 맡아보는 중앙 관청

인 탁지부(度支部)의 으뜸 관직. 탁대(度大). 걸

탄일(誕日): 탄생일(誕生日). 『불상한 동무』에서 예수 탄일은 성탄절(聖誕節) 즉 크리스마스를 뜻한다. 불허

탄평(坦平): 땅이 넓고 평평함. 근심이 없이 마음이 편함. 만

탄하다: 남의 일을 아랑곳하여 시비하다. 남의 말을 탓하여 나무라다. 검

탕발(湯發): 끓어 넘침. 해

태산북두(泰山北斗): 태산(泰山)과 북두칠성(北斗七星). 산두(山斗). 태두(泰斗). 허

태우다: 노름이나 내기에 돈이나 물건을 걸다. 만허

터수: 살림살이의 형편이나 정도. 처지나 형편. 가양(家樣). 만

토파(吐破): 마음에 품고 있던 사실을 다 털어 내어 말함. 토로(吐露). 불

통기(通寄, 通奇): 기별을 보내 알게 함. 통지(通知). 걸만허

통성(痛聲): 병으로 앓는 소리. 아파서 참다못하여 지르는 소리. 만

통속: 비밀리에 서로 통하는 사람들의 무리. 비밀리에 서로 통하는 뜻. 자

퇴(退): 싫증이 나거나 물리는 느낌. 주는 물건 따위를 거절하여 물리침. 다시 무름. 더한 것을 덜어 냄. 퇴자(退字). 퇴짜. 자

퇴(退)내다: 실컷 먹거나 가지거나 누리어서 물리게 되다. 일을 지나치게 하여 싫증이 나게 되다. 자

투전(鬪牋): 두꺼운 종이로 손가락 너비만 하고 다섯 치쯤 되게 만들어 인물, 조수(鳥獸), 충어(蟲魚) 따위를 그려 끗수를 나타내서 기름에 결어 만든 노름 도구의 한 가지 또는 그것으로 하는 노름. 60장이나 80장을 한 벌로 하며, 실제 쓸 때는 25장이나 40장만을 쓰기도 한다. 만

튀: 새나 잡은 짐승을 물에 잠깐 넣었다가 꺼내어 털을 뽑는 일. 허

튀기: 종(種)이 다른 두 동물 사이에서 난 새끼. 혈종이 다른 종족 간에 태어난 아이. 잡종아(雜種兒). 탁맥(馲[馬+百]). 혼혈아(混血兒). 검

튀하다: 새나 잡은 짐승을 물에 잠깐 넣었다가 꺼내어 털을 뽑다. 불허

트레바리: 이유 없이 남의 말에 반대하기를 좋아하는 성격이나 그런 성격을 지닌 사람. 불

특사(特赦): 형(刑)의 선고를 받은 특정인에 대하여 형의 집행을 면제하거나 유죄 선고의 효력을 상실하게 하는 사면(赦免) 조치. 특별 사면(特別赦免). 해

| ㅍ |

파상처(破傷處): 몸이 다쳐서 상한 곳. 허

파스카(Pascha): '유월절(逾越節)'이나 '과월제(過越祭)' 또는 '부활절(復活節)'을 가리키는 그리스 어. 헤브라이(Hebrew) 어로는 페사(Pesāh)라 하며, 영어의 파소버(Passover)나 이스터(Easter)에 해당하는 말이다. 해

파약(破約): 약속이나 계약 따위를 깨뜨림. 해약(解約). 만

파의(罷意): 하려고 마음먹었던 뜻을 버림. 해

판벽(板壁): 널빤지로 만든 벽. 널벽(壁). 판자벽(板子壁). 판장벽(板牆壁). 만

판비(辦備): 변통(變通)하여 준비함. 불

판셈: 빚진 사람이 돈을 빌려 준 사람들에게 자기 재산의 전부를 내놓아 나누어 가지도록 하거나 그런 일. 만

패(牌): 어떤 사물의 이름, 성분, 특징 따위를 알리기 위하여 그림을 그리거나 글씨를 쓰거나 새긴 종이나 나무, 쇠붙이 따위의 조그마한 조각. 어떤 표적으로 만든 쇠붙이. 주로 좋지 못한 일로 인하여 붙게 되는 별명. 걸

패려(悖戾): 언행이나 성질이 도리에 어그러지고 사나움. 자검허

패려(悖戾)궂다: 말과 행동이 매우 거칠고 비꼬여 있다. 자

패장(牌將): 관청이나 일터에서 일꾼을 거느리는 사람. 패(牌)의 우두머리. 패두(牌頭). 검

퍼더버리다: 팔다리를 아무렇게나 편하게 뻗다. 퍼지르다. 자허

편만(遍滿): 가득 참. 꽉 참. 불

평거(平居): 특별한 일이 없는 보통 때. 살아 있는 동안. 평상시(平常時). 일생(一生). 만검

평보(平步): 보통 걸음. 상보(常步). 허

폐사(廢寺): 폐하여져 중이 없는 절. 걸

폐일언(蔽一言): 이러니저러니 할 것 없이 한마디로 휩싸서 말함. 해

포터(porer) 주(酒): 암갈색을 띤 맥주의 한 가지. 흑맥주(黑麥酒). 영국 런던(London)의 하역부(荷役夫)들이 즐겨 마시던 술. 만

폭발약(爆發藥): 압력이나 열을 받으면 폭발하는 물질. 폭렬약(爆裂藥). 폭약(爆藥). 걸

표박(漂泊): 풍랑을 만난 배가 물 위에 정처 없이 떠돎. 일정한 주거나 생업이 없이 떠돌아다니며 지냄. 표우(漂寓). 표류(漂流). 걸

표자(瓢子): 표주박. 해

표적(表迹): 겉으로 드러난 자취. 표(表). 불

표착(漂着): 물결에 떠돌아다니다가 어떤 뭍에 닿음. 정처 없이 떠돌아다니다가 일정한 곳에 정착함. 걸

품평(品評): 물건이나 작품의 좋고 나쁨을 평함. 품정(品定). 해

풋돈푼: 한때 갑자기 생긴 약간의 돈. 풋돈냥. 검

풍간(諷諫): 완곡한 표현으로 잘못을 고치도록 말함. 풍규(諷規). 만

풍도(風度): 풍채와 태도. 만

풍로(風爐): 흙이나 쇠붙이로 만든 화로의 하나. 아래에 바람구멍을 내어 불이 잘 붙게 만들어져 있다. 양로(涼爐). 불

풍범선(風帆船): 돛을 달고 바람을 받아서 가는 배. 걸

풍병(風病): 풍사(風邪)를 받아 생기는 병. 풍증(風症). 불

풍비(豐備): 풍부하게 갖춤. 만자

풍침(風枕): 공기를 불어 넣어서 베는 베개. 공기베개. 해

풍편(風便): 바람결. 불

필역(畢役): 토목이나 건축 따위의 역사(役事)를 마침. 요역(了役). 걸

하외욤: '하품'의 옛말. 불만
하향(遐鄕): 중앙에서 멀리 떨어져 있는 지방. 하방(遐方). 불
한데: 바깥. 밖. 일정하게 정하여진 자리가 아닌 다른 곳. 불
한솥엣밥: 같은 솥에서 푼 밥. 한솥밥. 불
한숙(嫺熟): 단련되어 익숙함. 연숙(鍊熟). 만
한아비: '할아버지'의 옛말. 불
함(陷): 기운이 빠져 축 늘어져 있음. 바닥이 꺼져 우묵함. 검
항오(行伍): 군대를 편성한 대오(隊伍). 오(伍)와 열(列)에 맞추어 짜여진 대열(隊列). 한 줄에 다섯 명을 세우는 것이 '오'이며, 그 '오'의 다섯 줄이 '항'이 된다. 오열(伍列). 자
항용(恒用): 흔히 늘. 만허
해(海)감: 물속에서 흙과 유기물이 썩어 생기는 냄새나는 찌꺼기. 허
해내다: 상대편을 여지없이 이겨 내다. 걸자허
해오라기: 왜가릿과의 새. 몸의 길이는 60센티미터 안팎이고 똥똥하며 다리가 짧다. 등 쪽은 검은색, 배 쪽은 흰색, 날개는 회색이며, 다리는 겨울에는 누런색, 여름에는 붉은색이다. 교청(鵁鶄). 벽로(碧鷺). 푸른백로(白鷺). 푸른해오라기. 허
행랑(行廊): 대문간에 붙어 있는 방. 대문 안에 죽 벌여서 지어 주로 하인이 거처하는 방. 낭저(廊底). 낭하(廊下). 월랑(月廊). 행랑방(行廊房). 불
행리(行李): 여행할 때 쓰이는 물건. 행구(行具). 행장(行裝). 해
행장(行裝): 여행할 때 쓰는 물건과 차림. 행구(行具). 행리(行李). 해
행중(行中): 함께 길을 가는 모든 사람. 길을 가는 도중. 허
향방(向方): 향하여 나가는 방향. 걸
향일(向日): 접때. 지난번. 저번 날. 향자(向者, 嚮者). 만
허겁(虛怯): 마음이 실하지 못하여 겁이 많음. 공연한 일에 겁을 내거나 겁에 질림. 허

허방지방: '허둥지둥'을 강조하여 이르는 말. 해

허부룩: 차분히 잠자지 아니하고 조금 부풀어 있는 모양. 허부룩이. 검

혁편(革鞭): 가죽으로 만든 채찍. 주로 형벌할 때 쓰는 도구다. 걸검

현연(顯然): 분명하게 눈앞에 나타남. 두드러지게 뚜렷함. 불

혈혈(孑孑): 의지할 곳이 없이 외로움. 불

혈혈 무친(孑孑無親): 홀몸으로 의지할 데 없이 외로움. 혈혈무의(孑孑無依). 해

형언(形言): 형용하여 말함. 허

호구(虎口): 범의 아가리, 즉 매우 위태로운 처지나 형편. 해

호연(浩然): 넓고 큼. 걸

혹간(或間): 어쩌다가 띄엄띄엄. 간혹(間或). 혹(或). 검

혼도(昏倒): 정신이 어지러워 쓰러짐. 걸만

혼란(焜爛): 어른어른하는 빛이 눈부시게 아름다움. 불만

혼이 뜨다: 정신을 잃을 정도로 몹시 놀라다. 허

혼후(渾厚): 온화하고 인정이 두터움. 만

홍예(虹霓, 虹蜺)를 틀다: 문 같은 것을 무지개 모양으로 만들다. 걸불

홍예문(虹霓門): 문의 윗부분을 무지개 모양으로 반쯤 둥글게 만든 문. 무지개. 아치문. 홍예(虹霓, 虹蜺). 걸불

화경(火鏡): 햇빛을 비추면 불을 일으키는 거울 즉 볼록 렌즈. 또는 탐조등(探照燈). 걸

화계(花階): 꽃을 심기 위하여 흙을 한층 높게 하여 꾸며 놓은 꽃밭. 화단(花壇). 만

화륜기(火輪機): 기선의 앞쪽이나 양옆에 다는 물레바퀴 모양의 추진기를 본따 만든 장치를 가리키는 말. 『만인계』에서는 수레바퀴나 물레바퀴를 뜻하는 '휠 배로우(wheel-barrow)'라는 말로도 쓰였다. 만

화불단행(禍不單行): 재앙은 번번이 겹쳐 옴. 허

화상(畵像): 사람의 얼굴을 그림으로 그린 형상. 불

화수분: 재물이 계속 나오는 보물단지. 그 안에 온갖 물건을 담아 두면 끝없

이 새끼를 쳐 그 내용물이 줄어들지 않는다는 설화상의 단지를 이른다. 불

화순(和順): 온화하고 양순함. 만

화승(火繩): 불을 붙게 하는 데 쓰는 노끈. 대의 속살을 꼬아 만든 것으로, 총열에 화약과 탄알을 재고 이 노끈에 불을 댕겨 귀약통에 대어 폭발시킨다. 화약심지. 허

화친(和親): 서로 의좋게 지내는 정분. 나라와 나라 사이에 다툼 없이 가까이 지냄. 허

화통(火筒): 기차나 기선, 공장 따위의 굴뚝. 『불쌍한 동무』에서는 불을 끄기 위해 만든 무자위에 달려 있어서 물줄기가 뿜어 나오는 관을 가리키는 뜻으로 쓰였다. 불

환도(環刀): 군복에 갖추어 차는 군도(軍刀). 걸

환약(丸藥): 약재를 가루로 만들어 반죽하여 작고 둥글게 빚은 약. 알약. 환(丸). 환제(丸劑). 걸

환연빙석(渙然氷釋): 의심스럽던 것이 얼음 녹듯이 풀리어 없어짐. 허

환쟁이: '화가(畫家)'를 낮잡아 이르는 말. 불

활개: 사람의 어깨에서 팔까지 또는 궁둥이에서 다리까지의 양쪽 부분. 또는 새의 활짝 편 두 날개. 불

활촉(鏃): 화살 끝에 박은 뾰족한 쇠. 살밑. 살촉. 화살촉. 걸

황아전(廛): 끈목이나 담배쌈지, 바늘, 실 따위의 자질구레한 일용 잡화를 벌여 놓고 파는 가게. 만

황자(皇子): 황제의 아들. 걸

황하다: 성질이 차근차근하지 아니하고 아주 거칠고 데면데면하다. 허

회: 여럿이 있는 중에서 맨 끝이나 맨 나중에 돌아오는 차례. 회두리. 불

회당(會堂): 교당(教堂). 교회(教會). 교회당(教會堂). 불허해

회오(悔悟): 잘못을 뉘우치고 깨달음. 만

회장(會葬): 장례를 지내는 자리에 참여함. 불

회진(回進): 돌아서 나아감. 자

회환(回還): 갔다가 다시 돌아옴. 환래(還來). 회래(回來). 자

후레아들: 배운 데 없이 제풀로 막되게 자라 교양이나 버릇이 없는 사람을 낮잡아 이르는 말. 후레자식. 검

후리다: 그럴듯한 말로 속여 넘기다. 매력으로 남을 유혹하여 정신을 매우 흐리게 하다. 남의 것을 갑자기 빼앗거나 슬쩍 가지다. 해

훈련원(訓鍊院): 조선 시대에 군사의 시재(試才), 무예 연습, 병서 강습 따위를 맡아보던 관아. 서울시 중구 을지로에 있는 옛 동대문 운동장 터에 있었으며, 1907년 한일 신협약(韓日新協約)이 체결되면서 강제로 폐지되었다. 걸

훔치다: 들이덤비어 여무지게 때리다. 훔쳐때리다. 검

훤자(喧藉): 여러 사람의 입으로 퍼져서 왁자하게 됨. 불

훤화(喧譁): 시끄럽게 지껄이며 떠듦. 해

휘장(揮帳): 피륙을 여러 폭으로 이어서 빙 둘러치는 장막(帳幕). 불검허

휘휘친친: 여러 번 단단히 둘러 감거나 감기는 모양. 걸

휠 배로우(wheel-barrow): 수레바퀴나 물레바퀴를 가리키는 말. 만

흔연(欣然): 기쁘거나 반가워 기분이 좋음. 열연(悅然). 만

흠담(欠談): 남의 흠을 헐뜯어 험상궂게 말하는 일이나 그런 말. 흠구덕. 불 만

흠절(欠節): 부족하거나 잘못된 점. 흠점(欠點). 흠처(欠處). 불

흥바람: 흥에 겨운 바람. 흥김. 만

흥숭생숭: 마음이 들떠 어수선한 모양. 어떤 일에 정신을 온전히 쓰지 아니하고 꾀를 부리거나 마음이 들떠 행동하는 모양. 흥뚱항뚱. 만

희번덕이다: 눈을 크게 뜨고 흰자위를 번득이며 움직이거나 그렇게 되게 하다. 허

힐난(詰難): 트집을 잡아 거북할 만큼 따지고 듦. 걸

낱말 풀이 ② | 머리말과 꼬리말 및 부록 편

ㄱ

간색(看色): 물건의 질을 살펴보기 위하여 그 일부분을 봄. 여러 가지 물건을 갖춘 것으로 보이려고 조금씩 내어 놓은 물건. 간품(看品). 감색(監色).

감읍(感泣): 감격하여 목메어 욺. 감체(感涕). 읍감(泣感).

개연(慨然): 억울하고 원통하여 몹시 분함.

거생(居生): 일정한 곳에 머물러 살아감.

검: 신(神). 신령(神靈). 천신(天神).

경난(經難): 어려운 일을 겪음. 또는 그 어려움.

계제(階梯): 사닥다리, 즉 일이 되어 가는 순서나 절차.

고동: 물렛가락의 윗몸에 끼워서 고정한 두 개의 매듭 같은 물건. 그 사이에 물렛줄이 걸려서 돈다.

고발(鼓發): 힘껏 두드려 일으킴.

과서(課書): 학교에서 교육 과정에 따라 교재로 사용하기 위하여 펴낸 책. 교과서(教科書).

괴: '고양이'의 옛말.

교구(矯救): 틀어지거나 잘못된 것을 바로잡음. 교정(矯正). 교직(矯直).

구법(句法): 시문(詩文) 따위의 구절을 만들거나 배열하는 방법.

궁량: 궁리(窮理).

근(僅): 겨우. 조금. 거의.

기독물(嗜讀物): 즐기거나 좋아하는 읽을거리.

기망(期望): 어떠한 일이 이루어지기를 바람. 기대(期待). 기앙(期仰).

기인편재(欺人騙財): 사람을 속이고 재물을 빼앗음. 기인취물(欺人取物). 기편(欺騙). 편기(騙欺).

ㄴ

낱 사람: 개인(個人).
냉락(冷落): 정답지 않고 쌀쌀함. 외롭고 쓸쓸함.
누에머리: 산봉우리의 한쪽이 누에의 머리 모양으로 쑥 솟은 산꼭대기. 잠두(蠶頭).
눈트다: 나무나 풀의 싹이 새로 나오다. 발아(發芽)하다.
느루: 한꺼번에 몰아치지 아니하고 오래도록. 늘.

ㄷ

담바귀: '담배'의 사투리.
도국(島國): 섬나라.
도틀어: 이러니저러니 여러 말 할 것 없이 죄다 몰아서. 도파니.
도형(徒刑): 죄인을 중노동에 종사시키는 형벌. 도(徒). 도죄(徒罪).
동이 닿다: 차례가 끊이지 않고 이어지다. 조리(條理)가 맞다. '동'이란 사물과 사물을 잇는 마디, 사물의 조리(條理)를 뜻한다.
동침(鍼): 병을 치료하는 데 쓰는 가늘고 긴 침.
두주(頭註): 본문 위쪽에 적는 주석.
득의연(得意然): 몹시 우쭐해 있음.

ㅁ

막긴막요(莫緊莫要): 꼭 필요하고 매우 중요함.
매균(梅菌): 나선균(螺旋菌)에 의하여 감염되는 성병인 매독(梅毒)의 병균.

명자(名字): 사람의 이름 글자. 널리 알려진 이름. 세상에서 소문난 평판.
목쟁이: 목덜미를 이루고 있는 뼈. 목정강이.
무접: 먼지.
무궁화동산: 우리나라를 나라꽃인 무궁화에 비유하여 아름답게 일컫는 말.
무론(毋論): 물론(勿論).
문당호대(門當戶對): 대대로 내려오는 집안의 사회적 신분이나 지위가 서로 상대가 될 만큼 비슷함.
미의(微意): 변변치 못한 뜻이나 성의.
민틋하다: 울퉁불퉁한 곳이 없이 평평하고 비스듬하다.

ㅂ

바이: 아주 전혀.
박달: 우리나라를 일컫는 말. 단국(檀國). 배달. 배달나라.
반편(半偏): 지능이 보통 사람보다 모자라는 사람. 반병신(半病身). 반실(半失)이. 반편이. 여덟달반.
발뵈다: 무슨 일을 극히 적은 부분만 잠깐 드러내 보이다. '발보이다'의 준말.
배소(配所): 귀양지.
백(伯): 백작(伯爵).
별호(別號): 별명(別名). 필명(筆名). 호(號).
보감(寶鑑): 다른 사람이나 후세에 본보기가 될 만한 귀중한 일이나 사물. 또는 그런 것을 적은 책.
복선(覆船): 배가 뒤집힘.
부허(浮虛): 마음이 들떠 있어 미덥지 못함.
북데기: 짚이나 풀 따위가 함부로 뒤섞여서 엉클어진 뭉텅이. 벼나 밀 따위의 낟알을 털 때 나오는 짚 부스러기나 깍지, 이삭 부스러기 같은 찌꺼기.

ㅅ

사부(四部): 중국 서적의 네 갈래인 경부(經部), 사부(史部), 자부(子部), 집부(集部)를 통틀어 이르는 말. 사부서(四部書).

사사물물(事事物物): 모든 일과 모든 물건. 모든 현상.

사수(師授): 스승에게서 학문이나 기술의 가르침을 받음.

사적(事績): 일의 실적이나 공적.

상략(商略): 장사를 하는 수단이나 방책. 상계(商計).

선의(船醫): 배 안에서 승무원과 선객의 건강을 보살피는 일을 하는 의사.

소삽(蕭颯): 바람이 차고 쓸쓸함.

소이(所以): 까닭.

쇠북: '종(鐘)'의 옛말.

수도(囚徒): 감옥에 갇힌 죄수.

술작(述作): 글의 재료를 모아 저술함. 작술(作述). 찬술(纂述).

승천제일(昇天祭日): 부활절 뒤 40일이 되는 날에 예수의 승천을 기념하는 행사. 승천제(昇天祭). 승천절(昇天節).

시문(時文): 그 시대의 글이나 당대의 문장.

시석(矢石): 전쟁에서 쓰는 화살과 돌.

신날: 네 가닥이나 여섯 가닥으로 삼아서 짚신이나 미투리 등의 바닥에 세로로 놓은 날.

써: 그것을 가지고. 그것으로 인하여. 한문의 '이(以)'에 해당하는 글말체 말이다.

ㅇ

오간수(五間水): 서울 동대문과 수구문 사이의 성벽에 뚫린, 쇠창살을 박은 다섯 개의 구멍으로 흘러 내려가는 매우 더러운 물.

온정(溫井): 땅속에서 따뜻한 물이 솟는 우물이나 샘. 온천(溫泉).

와륵(瓦礫): 깨진 기와 조각. 기와와 자갈, 즉 하찮은 물건이나 사람.
완정(完定): 완전히 결정함.
왕청뜨다: 차이가 매우 엄청나게 나다.
요개(搖改, 撓改): 흔들어서 고침. 휘어서 고침.
요탕(搖蕩): 마음이 들뜨고 흔들리어 차분하거나 착실하지 못함.
요해처(要害處): 전쟁에서 자기편에는 꼭 필요하면서도 적에게는 해로운 지점. 긴한목. 요긴(要緊)목. 요긴통. 요해(要害).
용동(聳動): 두렵거나 놀라서 몸을 솟구쳐 뛰듯 움직임.
움직거리다: 몸이나 몸의 일부를 자꾸 움직움직하다.
원법(原法): 고치기 이전의 본디의 법.
유조(有助): 도움이 있음.
유죄(流罪): 죄인을 귀양 보내는 형벌. 유형(流刑).
육주비전(六注比廛): 전매 특권과 국역(國役) 부담의 의무를 진 조선 시대 서울의 여섯 시전(市廛).
의방(依倣): 남의 것을 모방하여 본받음.
이숙(姨叔): 이모의 남편. 이모부(姨母夫).
이식(移植): 옮겨 심음.
일호 일사(一毫一絲): 한 가닥의 털과 한 오리의 실. 지극히 작은 정도.
입문(入聞): 어떤 사실이나 소문 따위가 귀에 들어감을 높여 이르는 말.

| ㅈ |

자(藉): 빌리거나 꿈. 빙자(憑藉).
자례(字例): 글자를 사용(使用)하는 보기. 용자례(用字例).
장적(戕賊): 잔인하게 해치거나 무자비하게 쳐 죽임. 잔적(殘賊).
적역(摘譯): 요점만 가려서 딴 번역이나 통역.
정정(訂正): 글자나 글 따위의 잘못을 고쳐서 바로잡음. 수정(修訂).
제자(諸子): 여러 명의 아랫사람을 문어적으로 조금 높여 이르는 이인칭 대명사. 제군(諸君).
주달(奏達): 임금에게 아룀.
주사(誅死): 죄를 물어 죽임. 주륙(誅戮). 주살(誅殺).
지약: 만약(萬若).
지저거리다: 자꾸 너불너불 같잖은 말이나 조리 없는 이야기를 마구 지껄이다.
지질리다: 기운이나 의견 따위를 꺾여 눌림을 당하다.

ㅊ

채방(採訪): 모르는 곳을 물어서 찾아감. 채탐(採探).
철쇄(鐵鎖): 쇠사슬. 쇠로 만든 자물쇠.
첨군자(僉君子): 여러 점잖은 사람.
첨배(瞻拜): 선조나 선현의 묘소 또는 사당에 우러러 절함.
초멸(勦滅): 외적이나 도적의 무리를 무찔러 없앰. 초제(剿除).
초역(抄譯): 원문에서 필요한 부분만을 뽑아서 번역하는 일이나 그런 번역.
치부(置簿): 금전이나 물건 따위가 들어오고 나감을 기록하는 일이나 그런 장부.

ㅌ

통호(通好): 서로 통하여 우정을 맺음. 통교(通交).
특지(特旨): 임금의 특별한 명령. 특교(特敎). 특명(特命).

ㅍ

편수인(編修): 책을 편집하고 수정하는 사람. 편찬자(編纂者).
편차(編次): 순서에 따라 편집하는 일이나 그런 순서.

표령(飄零): 나뭇잎 따위가 바람에 나부끼어 흩날림. 신세가 딱하게 되어 안착하지 못하고 이리저리 떠돌아다님. 표락(飄落).

표착(漂着): 물결에 떠돌아다니다가 어떤 뭍에 닿음. 정처 없이 떠돌아다니다가 일정한 곳에 정착함.

표풍기(漂風記): 바람결에 떠 흘러간 경험이나 감상 따위를 적은 기록.

ㅎ

한사(恨事): 한스럽고 원통한 일.

해관(海關): 항구에 설치한 관문. 개항장에 설치한 세관(稅關).

해광(海狂): 바다나 바다에 관한 일에 열광적으로 정신을 쏟는 사람.

혐(嫌): 만족스럽지 아니함. 마음에 들지 않거나 못마땅함. 염려스러움.

형적(形跡, 形迹): 사물의 형상과 자취. 남은 흔적. 영적(影迹).

확수(確守): 굳게 지킴.

훤자(喧藉): 여러 사람의 입으로 퍼져서 왁자하게 됨. 훤전(喧傳).

훤전(喧傳): 여러 사람의 입으로 퍼져서 왁자하게 됨. 훤자(喧藉).

희문자(戲文字): 장난삼아 쓴 글.

해설

신문관 십 년, 번역 문학 백 년의 대장정

박진영

1908년 4월 14일 화요일 저녁의 부산역. 시커메진 경부선 객차에서 부대한 몸집을 빼낸다. 바짝 깎아 올린 머리에 어울림 직하지 않은 낡은 두루마기 자락이 비로소 묵직하게 펄럭인다. 중키의 서울내기답잖게 약간 건 낯빛에다 오른쪽 눈썹 위에 점까지 하나 얹은 소년. 갓 열아홉 살 생일상을 물리자마자 서둘러 떠난 길이니 애송이 티가 없을 리 없다.

열한 시간 만에 땅을 내디뎠건만 숨 돌릴 새도 없이 항구 쪽으로 발걸음을 옮기기 시작한다. 저편에 닻을 내린 1,680톤 급 관부 연락선(關釜連絡船)이 한눈에 들어온다. 여기저기서 어수선하게 공사가 벌어지고 있는 부둣가가 도리어 초라해 보일 정도다. 앞으로 열한 시간 반 동안은 저 웅장한 쇳덩어리에 몸을 맡길 참이다. 검고 거친 밤바다를 또 한 번 건너지를 것이다. 남대문 정거장에서 도쿄(東京) 역까지 장장 예순 시간. 이제야 비로소 첫걸음을 내딛는구나 싶게 설렌다.

품속에 바른손을 밀어 넣어 본다. 손끝이 찌릿하다. 삼십만 환. 소년 혼자 현해탄 너머로 그러안고 가기에는 버거운 큰돈이다. 부친은 한평생 관상소(觀象所)의 상지 기사(相地技師)로, 서울의 상권을 쥐락펴락할 만한 약

재상이자 책력 장수로 모은 돈을 두말없이 내주었다. 필시 둘째아들이 품은 경륜의 깊이와 대대로 물려받은 손재주를 믿었을 터.

그래도 이 돈이면 넉넉할지 장담할 수 없다. 우선 활자부터 몇 벌 사들일 터다. 인쇄기와 활판은 물론이고 인각(印刻) 기계와 주조기(鑄造機)에다 웬만한 부속품까지 미리 갖추어 두어야 한다. 종이와 잉크는 늘 최고급으로만 쓸 작정이다. 대체 얼마나 들지 도무지 가늠이 잡히지 않는다. 기술공도 두엇 구해야 한다. 지난번에 눈여겨보아 둔 이들이 막상 쉽게 따라나설지 알 수 없다. 기차 삯, 배 삯도 만만치 않을 듯싶다. 몇 달이나 걸릴지도 종잡을 수 없는 노릇이다.

방금 걸어 나온 잔교 쪽을 돌아보며 크게 한번 숨을 들이마신다. 슬쩍 눈을 감는다. 이 돈으로 활자의 나라를 세울 것이다. 스러져 가는 나라를 종이로 일으킬 것이다. 십 년이 걸릴지 이십 년, 삼십 년이 걸릴지 모르는 일. 그래도 흔들려서는 안 된다. 망설이지 않을 것이다. 결코 멈추지 말아야 한다. 유난히 두툼한 입매가 꽉 다물린다.

출판문화의 전당 신문관

눈코 뜰 새 없는 나날이다. 엔간히 갖추었나 싶으면 여전히 빈 데가 있었다. 배워야 할 일이 넘쳤고 둘러볼 곳도 많이 남았다. 내친김에 책과 잡지도 더 사들여야 했다. 얼추 되었다 싶어 귀국 길에 올랐다가 되돌아가기도 여러 차례. 어느새 유월도 하짓날 어름이니 잰걸음을 더 빨리해야 할 터였다.

대한 제국 말기인 1908년. 열아홉 살 소년의 여름은 그렇게 시작되었다. 중인의 둘째아들로 태어난 육당(六堂) 최남선(崔南善)의 일이다. 서울로 돌아온 최남선은 지금의 을지로 2가 어름에 자리를 잡고 큼지막한 간판을 내걸었다. 신문관(新文館). 새로운 글의 터전. 새글집. 진작부터 정해 둔 가슴 벅찬 이름이었다.

신문관은 근대적인 인쇄소이자 출판사인 동시에 문예와 학술의 아카데미를 꿈꾸었던 최초의 종합 문화 기관으로 대장정의 돛을 올렸다. 당대 최고의 편집 역량과 인쇄 기술력을 갖춘 신문관에서 종합 교양 월간지 『소년』과 『청춘』을 비롯하여 어린이 잡지 『붉은 저고리』, 『아이들 보이』, 『새별』이 쉼 없이 발행되었다. 그 밖에도 여러 기획 총서와 문고본, 고전 소설, 한국학 명저와 학술 · 종교 도서 및 교양서, 독본과 학습서, 어학 총서, 한국어 사전, 한국과 중국의 고전 소설, 그리고 서양 번역 소설이 신문관에서 편찬되었으니 명실상부한 근대 한국학의 아카이브이자 1910년대 최대의 민간 문화 계몽 기구다.

신문관은 한일 병합 이후에도 순 한글로 된 '신문관'과 '새글집'의 이름을 이어 갔다. 그러나 최남선이 삼일 운동으로 옥고를 치르면서 경영난을 겪다가 동명사(東明社)로 이름을 고친 뒤에 시사 주간지 『동명』과 일간지 『시대일보』를 발행했다. 신문관은 그 뒤로도 한동안 인쇄소로서 명맥을 유지했으며, 동명사는 오늘날까지 한국에서 가장 오랜 역사를 지닌 출판사로 남아 있다.

활자와 종이의 꿈

최남선이 일본에 도착하자마자 작정하고 달려간 곳은 도쿄에서 제일 크다는 슈에이샤(秀英舍). 대영 제국을 넘어서겠다는 야심만만한 꿈으로 일어선 인쇄소다. 최남선이 공들여 사들인 것은 그 꿈이었다.

긴자(銀座)의 스키야바시(數寄屋橋)에 우뚝 선 슈에이샤는 겉보기부터 압도적이었다. 1894년에 준공된 슈에이샤의 인쇄 공장은 지상 삼 층과 지하 일 층의 철골 구조 건축물이었다. 일 층에는 여덟 대의 인쇄 기계가 돌아가고 있었고 이 층과 삼 층은 각각 식자장(植字場)과 문선장(文選場)으로 쓰였다. 이 인쇄 공장은 프랑스에서 자재를 수입해 지은 최초의 철골 구조 건축물로도 이름이 높았다. 1910년 봄에 일어난 화재로 이듬해에 최신식 공장을 지어 이전하게 될 운명이었으나 당대 최고로 손꼽기에는 조금도 부족하지 않았다.

평판기(平版機) 품질은 말할 나위도 없으려니와 깔끔하고 정교한 사진 인쇄까지 구현해 보인 슈에이샤는 매혹적이었다. 최남선이 신문관에 거는 기대 역시 다르지 않았다. 최남선은 다양한 크기와 서체의 활자는 물론 선명한 사진과 컬러 삽화, 세련된 표지 디자인과 장정, 그 밖에도 화려한 문양과 갖가지 장식 효과까지 충분히 소화할 수 있는 최고의 출판사를 원했다.

메이지 시대(明治時代) 초기인 1876년에 창립된 슈에이샤는 나카무라 마사나오(中村正直)의 『서국 입지 편(西國立志編)』 개정판을 내면서 유명해진 곳이다. 훗날 최남선은 이 책을 직접 번역하여 신문관 도서 목록에서도 늘 표 나게 내세웠으니, 바로 새뮤얼 스마일스(Samuel Smiles)의 『자조론(自助論)』이다. 게다가 슈에이샤는 한국에도 전혀 낯설지는 않았다. 일찍이 망명 정객 구당(矩堂) 유길준(兪吉濬)의 『서유견문(西遊見聞)』과 일본 유학생 단체의 기관지 『친목회 회보』가 이곳에서 인쇄된 바 있기 때문이다. 바로 전해인 1907년부터는 한국의 학부(學部)에서 편찬한 초급 교과서인 『보통학교 학도용 국어 독본』 인쇄를 맡기도 했다. 최남선이 슈에이샤에 매료된 것도 그럼직한 일이다.

돌아오는 길

그뿐이 아니다. 최남선은 인쇄 설비 말고도 틈나는 대로 사 모은 갖가지 책과 잡지 역시 여러 보따리로 꾸려야 했다. 마음먹은 대로 잡지를 펴내고 아무도 만들어 본 일이 없는 책을 내자면 이만한 보물 창고로도 넉넉지 않을 터다.

하지만 무엇보다 든든한 일은 앞으로 큰 버팀목이 되어 줄 스승이자 선배가 함께 길을 나섰다는 점이다. 일본 유학생 사회에서 꽤 이름이 알려진 우정(偶丁) 임규(林圭)다. 연배로는 아버지나 삼촌뻘인 임규는 전북 익산의 중인 출신이다. 진작부터 일본에 건너가 눌러앉다시피 한 임규는 그 무렵 유학생 감독부(留學生監督部) 안에 있는 대한 기독교 청년 학원(大韓基督教青年學院)의 교사였다. 일본의 유학생 단체가 설립한 광무 학교(光武學校), 동인 학교(同寅 學校), 태극 학교(太極學校)가 연합하여 세운 기초 교육 과정인 이곳에서 임규는 갓 일본으로 건너온 유학생들에게 일본어를 비롯한 몇몇 과목을 가르치고 있었다. 십여 년 동안이나 일본에 머물렀던 터이니 일본어에 능통한 것이야 말할 나위도 없었다.

최남선은 임규가 머잖아 큰 몫을 맡아 줄 그릇임을 한눈에 알아보았다. 게이오기주쿠(慶應義塾) 경제과를 졸업한 늦깎이 엘리트인 데에다가 한학은 물론이려니와 일본어 문법 연구에도 정통했기 때문이다. 장차 한국학,

그중에서도 가장 핵심 과제로 떠오를 한국어학을 위해서 가장 절실한 일이 무엇인지 최남선은 꿰뚫어보고 있었다. 사실 임규만큼 일본어 문법을 체계적으로 이해하고 있는 한국인도 달리 찾기 어려울 터다. 함께 길을 떠난 임규의 짐 꾸러미 속에는 벌써 묵직한 원고 뭉치가 들어 있었으니 돌아오자마자 일본어 학습서와 어학 총서를 펴내기 시작했다. 또 주시경(周時經), 김두봉(金枓奉), 권덕규(權悳奎)와 함께 한국어 연구와 사전 편찬 계획에도 정열적으로 참여했다.

그런가 하면 조금 훗날의 일이지만 임규는 삼일 운동에서도 한몫을 단단히 해냈다. 민족 대표 사십팔 인의 한 사람으로서 독립 선언서와 통고문을 일본 수상과 의회, 그리고 외국 공관에 전한 이가 임규다. 사실 최남선이 독립 선언서를 집필한 곳도 임규의 자택이었다.

대장정의 발상지

1908년 여름 신문관이 처음 문을 연 곳은 한성 남부(南部) 사정동(絲井洞) 59통 5호. 이곳이 신문관의 발행소 겸 판매소다. 집필과 편집, 그리고 경영과 판매가 여기에서 이루어졌다. 바로 그 곁에 있는 59통 8호는 일본에서 들여온 최신의 인쇄 설비를 갖추어 둔 인쇄소로 차렸다. 실우물골이라 불린 사정동은 저동(苧洞) 1가에서 을지로(乙支路) 2가 부근이니 당시 동양척식 주식회사(東洋拓植株式會社), 지금의 한국 외환 은행 본점 동 편짝 어름에 해당한다. 하지만 신문관은 불과 이태 만에 자리를 옮겨 가야 했다. 순식간에 늘어난 일감을 감당하기 어려워서다.

1910년 7월 신문관이 새로 둥지를 튼 곳은 지금의 을지로 입구 지하철

역과 을지로 2가 사이 중간에 있는 SK 텔레콤의 본사 자리다. 옮아앉은 주소는 한성 남서(南署) 대평방(大坪坊) 동현계(銅峴契) 상려동(上犁洞) 32통 4호. 상려동은 쟁기에 끼우는 보습을 닮았다 하여 웃보습고지로 불린 곳이다. 부친 최헌규(崔獻圭)의 자택 사랑채를 개수(改修)하여 꾸민 새 사옥의 주소는 나중에 경성부(京城府) 황금정(黃金町) 2정목(丁目) 21번지로 바뀌었다. 황금정은 구리개 즉 동현(銅峴)을 일본식으로 부른 이름이다. 해방 후 을지로라는 새 이름을 얻은 이곳은 서울 상권의 중심가이기도 했다.

신문관 건물은 조선 광문회(朝鮮光文會)의 사무소를 겸하여 쓰기로 하고, 굽은다리 또는 곱은다리라 불린 곡교(曲橋) 13통 7호에는 따로 신문관 편집실 겸 조선 광문회 편수소(編修所)를 마련해 두었다. 청계천의 대광통교(大廣通橋)에서 장통교(長通橋) 쪽으로 뻗은 도로와 소광통교(小廣通橋)에서 장통교 쪽으로 이어지는 청계천 남쪽 지류, 그러니까 지금은 복개된 삼각동길과 만나는 꼭짓점에서 조금 못미처 골목 안쪽으로 들어간 곳에 자리를 잡았다. 신문관이나 조선 광문회 사무소에서 그리 멀지 않거니와 최남선이 집필과 편집에 몰두한 곳도 실제로는 여기가 된다. 이곳은 아쉽게도 1969년 4월 서울시 도시 계획에 따라 도로로 편입되는 바람에 말끔히 헐리고 말았다. 지금은 그 터 가까운 곳에 작은 푯돌 하나만 남아 있을 뿐이다.

청년 학우회와 조선 광문회

최남선이 꿈꾼 신문관은 비단 출판문화의 아성으로 그치지 않았다. 신문관은 문예와 학술을 비롯한 문화의 전 방위에서 시대정신의 심지가 되어 타오르고자 했다. 서둘러 새 사옥으로 이전한 것도 그래서다.

창립 이듬해인 1909년 2월 도산(島山) 안창호(安昌浩)가 조직한 비밀 결사 신민회(新民會)의 외곽 단체 가운데 하나로 청년 학우회(靑年學友會)가 결성되었다. 이로써 신민회는 교육 기관으로 대성 학교(大成學校)와 서점으로 태극 서관(太極書館), 실업체로 평양 자기 제조 회사(平壤瓷器製造會社), 협성동사(協成同事), 상무동사(商務同事), 그리고 합법적인 청년 대중 운동 단체로 청년 학우회를 거느리게 되었다. 청년 학우회는 훗날 홍사단(興士團)의 모태가 되었다. 최남선은 청년 학우회의 중앙 총무 역할을 맡았을 뿐 아니라 갓 창간한 월간지 『소년』의 부록으로 「청년 학우회보」를 편성하여 기관지 역할까지 매겼다.

한일 병합 직후인 1910년 10월에는 방대한 고전 문헌의 수집과 번역, 간행을 내세운 조선 광문회가 창설되었다. 역시 최남선의 손으로 빚어낸 원대한 문화 기획 가운데 하나다. 이미 1908년부터 일본인들이 조선 고서 간행회(朝鮮古書刊行會)와 조선 연구회(朝鮮硏究會)를 조직해서 활동하고 있었으니 이에 맞선다는 의의도 적지 않았다. 조선 광문회는 한국의 역사와 지리, 풍속, 언어, 문학, 종교, 예술, 제도의 광범위한 분야를 아울렀고 간행 규모 또한 녹록지 않았다. 특히 한국어 사전 편찬 사업을 기획하고 실질적인 시동을 걸기 시작한 것도 조선 광문회다. 엄격한 회원제로 운영된 학술 연구 기관의 성격이 짙었지만 당대의 내로라하는 인사와 지식인들이 순식간에 몰려든 것도 그래서다. 명실 공히 근대 한국학의 원류가 물꼬를 트는 순간이다.

그러고 보면 신문관은 곧 청년 학우회의 운동 본부이기도 했고 조선 광문회의 총 지휘소이기도 했다. 최남선과 신문관을 구심점으로 광범위한 네트워크가 구축되고 전국의 문화 역량이 한데 모아졌다. 신문관이라는 이름은 그것을 모두 포괄하는 대명사였던 셈이다.

신문관의 운영

신문관은 처음부터 편집과 기획, 인쇄, 유통의 조직망을 갖춘 근대적인 출판 미디어 복합체로 첫발을 내디뎠다. 사정동 시절부터 줄곧 편집국과 인출소(印出所), 그리고 판매부가 독립적으로 움직였다. 또 발행과 경영 역시 분리하여 운영했다. 잡지 편집과 단행본의 발행은 사실상 최남선이 홀로 끌어가다시피 했다. 얼마 후에 춘원(春園) 이광수(李光洙)와 유암(流暗) 김여제(金輿濟)가, 삼일 운동 전후에는 하몽(何夢) 이상협(李相協)이 잠깐씩 돕기도 했지만 총 지휘자는 늘 최남선이었다.

반면에 신문관의 실질적인 관리와 경영은 두 살 위의 형 최창선(崔昌善)이 내내 도맡았다. 신문관의 명의 역시 최창선의 이름으로 해 두었다. 그 탓에 최창선은 신문관이 문을 열자마자 경찰에 불려가 조사를 받고 나오기도 했다. 부친 최헌규에게서 물려받은 중인 정신과 재력이 신문관 창립의 밑거름이었다면 형 최창선은 신문관과 조선 광문회 운영의 숨은 주역이었다. 두 사람의 힘이 아니었다면 당대의 명사이자 소문난 천재 최남선으로서도 손쓸 도리가 없었을 터다.

그 덕분에 신문관은 온갖 어려움 속에서도 굽히지 않고 투자를 계속하며 사업 영역을 공격적으로 확장해 갔다. 신문관은 삼일 운동 직후 최남선이 투옥된 뒤에도 오만 원의 거금을 더 출자하여 재도약의 기회를 노렸다. 이때에는 이미 직원과 직공만도 칠십여 명에 달할 정도로 성장해 있었다. 총 발행처이자 출판사로서 신문관은 1922년 7월 공식적으로 해체되고 9월에 동명사로 간판을 바꿔 달았다. 하지만 인쇄소로서는 1928년까지 존속했으니 꼭 스무 해에 걸친 역정이었다.

문화 기획의 선봉

신문관의 사자후(獅子吼)는 단연 최초의 종합 교양 월간지 『소년』이다. 한국의 잡지 문화가 비로소 본궤도에 올랐음을 선포한 『소년』이야말로 신문관의 재량과 지향을 고스란히 보여 준 기념비다. 논단을 비롯하여 한국의 역사와 지리, 세계 풍물, 위인전기, 우화가 고루 배치되고 곳곳에 격언이라든가 여러 장의 사진과 삽화가 자리를 잡았으니 종합 잡지로서 조금도 손색이 없다. 특히 창간호는 근대 시가의 길을 연 「해(海)에게서 소년에게」가 첫머리를 장식한 것으로도 값진 공을 세웠다.

1908년 11월 처음 세상에 나온 『소년』은 여러 차례 원고 검열과 압수, 발매 금지를 겪다가 1911년 5월 호를 마지막으로 폐간되었다. 최남선과 신문관이 주력을 기울인 본령이 『소년』이었다는 점에서 치명타를 맞았지만 결코 끝은 아니었다. 곧이어 어린이 잡지 『붉은 저고리』와 『아이들보이』, 그리고 『새별』이 꼬리에 꼬리를 물듯이 등장했고 『소년』의 직계 후예라 할 『청춘』의 탄생으로 이어졌기 때문이다. 이들의 통권만 해도 연 78호에 이른다. 그중에서도 『소년』이 한일 병합 전야의 시대정신이 쌓아 올린 금자탑이라면 1914년 10월에 창간된 『청춘』은 삼일 운동을 잉태한 열정과 혈기를 대변하는 1910년대의 상징이었다.

신문관 창립 육 년, 『청춘』의 성장과 함께 신문관은 화려한 전성기를 맞이했다. 단행본 출판 분야의 성과 역시 눈부셨다. 이해 5월에 간행된 신문관의 도서 목록만 일별하더라도 타의 추종을 불허하는 콘텐츠와 규모를 자랑했다. 심지어 유력한 경쟁 출판사나 서점의 팸플릿에서도 신문관의 책은 늘 앞자리에 놓일 정도였다. 이를테면 번역 소설도 그 가운데 하나다. 최남선과 신문관은 당대를 풍미한 신소설은 물론이려니와 일본을 통해 들어온 번안 소설에도 전혀 주의를 기울이지 않았다. 눈길이 가닿은 곳은 한결같이 서양의 문예, 세계 문학의 신천지였다.

창립 이듬해인 1909년부터 1918년까지 꼭 십 년 동안 신문관에서 출판된 번역 소설은 모두 일곱 권. 조너선 스위프트(Jonathan Swift)의 『걸리버 여행기』부터 톨스토이(Lev Nikolaevich Tolstoi)의 『부활』까지 시대와 장소를 넘어선 대표 명작으로 꼽을 만한 작품을 추려 냈다. 그중 다섯 권은 1912~1913년에 집중적으로 출판되었다. 특히 최남선이 손수 옮긴 『플랜더스의 개』와 이광수의 빼어난 글 솜씨가 세상에 드러난 『톰 아저씨의 오두막』은 독자들의 기억과 가슴에 오래도록 남았다. 게다가 장정을 비롯한 외형 면에서도 신문관의 책이라는 사실을 단박에 알아볼 만큼 진면목을 드러낸 책들이기도 하다.

책이라는 것, 번역 소설이라는 것

신문관의 책이 범상치 않으리라는 것은 이미 첫 출판물 『경부 철도 노래』(1908)와 『한양 노래』(1908)에서부터 눈치 챌 만했다. 신문관의 출범을 선포한 두 창가집은 판형을 과감하게 변형하고 최상급 종이를 사용하여 책의 고급화를 추구했다. 산뜻한 디자인과 색채를 활용한 표지도 눈길을 끌거니와 본문 역시 화려한 문양의 장식과 사진, 또는 악보라든가 지도를 적절히 배치하여 다채로운 편집 기술을 선보였다. 여러 호수의 활자를 고루 쓴 것이야 말할 나위도 없다.

두 창가집은 얼마 뒤 발매가 금지되는 비운을 겪기도 했다. 하지만 가장 값진 책을 지향하면서도 싼값으로 출판문화를 혁신하고 새 장을 열겠다는 의지를 만천하에 천명하는 데에는 부족함이 없었다. 신문관의 분투는 번역 소설 출판에서 가장 혁혁한 공로를 세웠다.

이를테면 일곱 권의 번역 소설 모두 고급 표지를 사용했을 뿐만 아니라 세련된 색감과 디자인, 그리고 독특한 서체를 선보였다는 점부터 눈에 띈다. 특히 표제와 출판사 이름에 사용된 다양한 서체는 당시로서는 찾아볼 수 없는 스타일이며 지금 보더라도 눈길을 잡아끌 만큼 맵시가 있다. 짐작건대 이 무렵에 각각 『소년』과 『청춘』의 표지나 삽화를 도맡아 그린 근대 서양화의 개척자 심전(心田) 안중식(安中植)과 춘곡(春谷) 고희동(高羲東)의 붓끝에서 나왔을 것이다. 또 소설에 사진이나 삽화를 적극적으로 활용한 것도 처음 있는 일이다.

이번에 처음 소개되는 『자랑의 단추』(1912)야말로 가장 눈에 띄는 표지 가운데 하나다. 강렬한 원색을 사용하면서도 단정한 표지 그림을 넣는 일은 신문관이 아니고서는 쉽사리 흉내 내지 못하는 일이다. 그런가 하면 『만인계』(1912)에는 저자와 어린 주인공의 사진이 함께 실려 있다. 원저자와 원작에 대한 경의, 그리고 성실한 번역에 대한 자신감이 없었더라면 괜한 일로 그쳤을 터다. 그 밖에도 속표지를 따로 만들거나 본문 중간에 화보를 넣기도 했다. 『자랑의 단추』와 『불쌍한 동무』(1912), 『검둥의 설움』(1913)에는 원작의 정조를 물씬 풍기는 진귀한 사진과 동판화가 삽입

되었고, 『허풍선이 모험 기담』(1913)은 웃음을 자아내는 여러 장의 재미있는 그림을 곳곳에 배치하여 소설 읽는 맛을 북돋았다. 서양의 경광이나 원작의 배경을 고스란히 전해 주는 서양풍이라는 점은 공통적이다. 대부분은 일본어 번역본에 실린 그림을 쓴 것이지만 막상 본래의 질감 그대로 인쇄하기란 만만한 일이 아니었을 터다.

그뿐이 아니다. 신문관의 번역 소설은 비단 고급스럽거나 화려한 외관을 꾸미는 데에 그치지 않고 한 권의 책으로서, 또한 한국 소설로서 갖추어야 할 품격을 유감없이 구현해 보였다. 서양의 문학을 본격적으로 소개하기로는 사실상 처음이나 다름없는 일이니만큼 여러모로 공을 들이겠다는 생각이 뚜렷했다.

한결같이 머리말이나 꼬리말을 둔다든지 원작과 원저자에 대한 간단한 해설을 잊지 않은 것도 그래서다. 당대의 관행에 비추어 보자면 이러한 일은 대단한 파격이 아닐 수 없다. 원제나 저자 이름을 밝혀 두는 일조차 드문 시대에 신문관의 번역 소설에서 위다(Ouida: Marie Louis de la Ramée)와 스토(Harriet Elizabeth Beecher Stowe)의 생애와 함께 사진까지 볼 수 있다는 사실은 분명 놀랄 만한 일이다. 게다가 '순 한글의 한국어 문장'을 고집하면서 문장 규범의 통일과 표기법의 일관성을 지키고자 애쓴 흔적이 역력하다는 점도 기억해 둘 가치가 있다. 또렷하고 깔끔한 활자와 잉크, 그리고 정확한 식자 역시 여느 출판사로서는 도저히 따라잡기 어려운 수준에 도달했다. 신문관의 번역 소설은 번역으로 그치지 않고 소설로 머물지도 않았으니, 말하자면 당대 최고의 교양과 학예를 상징하는 총아였던 셈이다.

문고본의 탄생

신문관의 번역 소설로 첫선을 보인 것은 『걸리버 유람기』(1909)다. 아일랜드 출신의 작가 조너선 스위프트가 남긴 걸작 풍자 소설의 제일 부와 제이 부를 각각 「알사람 나라 구경」 편과 「왕사람 나라 구경」 편으로 번역한 것이다. 오늘날에도 세계 문학이나 고전 명작의 대열에서 빠지지 않거니와 환상 문학 가운데에서도 첫손으로 꼽을 만한 명편을 골랐으니 신문관의 안목이야말로 남달랐다.

『걸리버 유람기』는 서양의 문예를 직접 소개한 것으로는 사실상 처음이나 다름없다. 원작에 비하자면 고도로 축약된 데에다가 어린이들에게 구연하여 들려주는 듯한 입말체를 구사하고 있다는 점도 독특한 면모다. 서양에서도 사정은 별다르지 않거니와 원작을 압축하여 번역한다든가 아동 문학으로 취급하곤 하는 오랜 풍토의 원조이기도 한 셈이다. 실은 신예 월간지 『소년』의 독자들이자 한국의 소년들에게 진취적인 해상 정신을 고취하려는 필요와 흥미로운 모험담의 성격이 절묘하게 맞아떨어진 덕분일 터다.

그런데 『걸리버 유람기』의 진가는 신문관의 첫 번째 기획 총서이자 한국 문고본 출판의 효시라는 데에 놓여 있다. 신문관이 야심차게 마련한 '십전 총서(十錢叢書)'의 하나로 출판되었기 때문이다. 말뜻 그대로 엔간한 소설의 반값에 불과한 10전의 정가가 매겨진 '십전 총서'는 일반 단행본보다 작은 판형에다 50쪽 안팎의 분량으로 제작되었다. 저렴한 문고본의 형태로 대중적인 교양서 시리즈를 펴내어 널리 보급시키겠다는 뜻이다. 소설 부문의 『걸리버 유람기』 외에도 교훈서와 격언집, 우화, 재담, 수학

교재와 지리서의 일곱 개 부문에서 총 여덟 종의 도서가 줄지어 출간을 기다리고 있었다. 말하자면 인문학부터 자연 과학에 이르기까지 광범위한 영역에 걸친 종합 교양 출판이자 문예 및 학술 대중화 운동의 신호탄을 쏘아 올린 셈이다.

아쉽게도 '십전 총서' 기획은 한두 종을 더 펴낸 뒤에 막을 내렸지만 그 취지와 요체는 오히려 더 확장되어 이어졌다. 문예 부문에서 잇달아 출간된 번역 소설과 한글 고소설을 복간한 '육전 소설(六錢小說)' 시리즈가 본뜻을 충실히 이어받았고, 학술 부문에서는 조선 광문회의 한국학 고전 복원과 발간 사업으로 계승되었기 때문이다. '십전 총서'의 정신은 신문관의 출판 사업을 도틀어 방향타 구실을 맡은 셈이다.

번역의 시대, 신문관의 색깔

신문관이 새삼스레 번역 소설에 눈을 돌린 1912~1913년은 한국 문학뿐만 아니라 그 원동력이자 기반이 된 언론과 출판계로서도 뜻 깊은 해다. 당대 유일의 한국어 중앙 일간지에서도, 단행본 시장에서도 동시에 번역 소설이 새 화두로 떠올랐기 때문이다. 이렇게 된 데에는 여러 가지 복잡한 사정이 숨어 있다. 그러나 독자들의 치솟는 요구를 감당하기에는 작가층이 엷은 데에다가 시장이 지나치게 좁았던 탓이 결정적이었다. 문학 쪽에서는 대안이 필요했고 언론과 출판 쪽에서도 새로운 활로를 뚫지 않으면 안 될 절박한 상황에 처한 셈이다. 양쪽이 행복하게 만난 자리가 바로 번역 소설이었다.

변화의 조짐에 가장 민감하게 반응하고 나선 것은 『매일신보』다. 순

한글로 된 장편 소설을 연재할 수 있는 단 하나의 대중 매체인 『매일신보』는 1912년 대대적인 지면 개편과 혁신을 단행하여 체제를 가다듬었다. 신소설이라는 새로운 시대의 문학 양식이 창안된 뒤 신문 연재를 독점하다시피 한 인기 작가 이해조(李海朝)가 물러난 것도 이때다. 최초의 전문 번안 작가로 등장한 일재(一齋) 조중환(趙重桓)이 일간지 첫 면에 번안 소설을 연재하기 시작하면서다. 일본의 인기 소설을 한국식으로 바꾸어 독창적인 상상력으로 재무장한 번안 소설은 이내 1910년대를 대표하는 문학 양식으로 급부상했다. 대표작 『장한몽(長恨夢)』(1913)에서 보다시피 색다른 플롯과 세련된 감각으로 독자들의 심금을 파고들었기 때문이다.

신소설은 단행본 시장에서 여전히 영향력이 남아 있었지만 점차 대중적 취향에 영합하면서 역사의 뒤안길로 밀려났다. 순식간에 고리타분해진 이야기 방식도 문제였거니와 출판 관행까지 획일화되면서 태어나자마자 낡고 오래된 소설이 되었기 때문이다. 이에 비해 고소설의 주가는 오히려 올라갔다. 다만 무분별한 번각(飜刻)과 출혈 경쟁이 걸림돌이었다. 과포화 상태까지 차오른 고소설이 때 이른 신소설의 좌초와 맞물려 동반 추락하는 것은 시간 문제였다. 신문관이 '육전 소설' 시리즈를 내세워 고소설 시장에 뛰어든 데에는 이러한 현상에 제동을 걸고 나선다는 뜻도 있었지만 아무래도 역부족이어서 뾰족한 수를 내지는 못했다.

사정이 이렇다 보니 단행본 출판 시장 역시 서양 소설에 입맛을 다시지 않을 수 없었다. 역시 1912년의 일이다. 독자들은 새로운 것에 목말라 있었고, 출판계는 시장의 기대와 수요를 뒤좇기에 바빴다. 번역 출판이 활성화되면서 한국 문학의 시야가 전반적으로 넓어진 것만은 틀림없다. 그러나 막상 신소설과 분명한 차별성을 내세우지 못하는 바람에 파급 효과는 미미했다. 추리 소설이나 과학 소설처럼 이색적인 영역이 개척되기 시작했지만 끝내 읽을거리 수준에서 벗어나지 못한 탓이다. 서양의 작품을 선별하는 감식력이 떨어진 데에다가 번역의 미숙함도 한몫했다. 결과적으로 독자들의 일시적인 호기심을 끌 수는 있었으나 더 이상의 성장 동력을 찾아내지는 못하고 말았다.

이런 참에 등장한 신문관의 번역 소설은 단연 이채로웠다. 일간지 연재소설이나 여타의 단행본 번역 소설과는 달리 내로라하는 작가와 작품을 골랐고, 신소설 투에서 벗어난 근대적인 문장과 번역 솜씨 역시 원작의 이름값에 뒤처지지 않았다. 이로써 최남선과 신문관이 어디를 겨냥하고 있는지도 자명해졌다. 그것은 여태까지와는 다른 문예 관념의 탄생을 예고하는 것이자 새로운 질서의 구축을 향한 움직임을 뜻했다. 신문관은 그 중심에 서 있었으며, 늘 시대를 앞질러 내다보았다. 당대 유수의 출판사들조차 막상 생명력 있는 컬렉션에 쉬 손대지 못한 것은 신문관이 지닌 물리적 인프라 때문만은 아니었던 셈이다.

번역과 시대정신

신문관의 번역 소설 중에서도 수작을 꼽으라면 으레 최남선의 『불쌍한 동무』와 이광수의 『검둥의 설움』을 들어야 한다. 당대 최고의 두 청년 문사가 실명을 내걸고 번역에 나섰다는 점도 눈에 띄거니와 무엇보다 매끄러운 한국어 문장 솜씨가 돋보이는 명역이기 때문이다. 두 소설은 지금까지도 대부분의 한국인이 어린 시절의 추억 속에서 떠올림 직한 애독서이며, 세계인과 공유할 수 있는 문화적 유전자 가운데 속하는 것이기도 하다.

최남선의 『불쌍한 동무』는 프랑스계 영국 여성 작가 위다의 대표작 『플랜더스의 개』를 우리말로 옮긴 것이다. 가난과 멸시에도 굴하지 않고 마지막 순간까지 따뜻한 우정을 나눈 소년 넬로와 개 파트라셰의 이야기이니 우리말 제목이 훨씬 그럴듯하다. 최남선은 두 외톨이에게 호월이와 바둑이라는 이름을 붙여 주었다.

『불쌍한 동무』는 벨기에의 플랑드르 지방을 배경으로 삼아 소년의 때 묻지 않은 심성을 그려 낸 아름다운 동화다. 그러면서도 어른들의 편견과 욕심 때문에 빚어진 삶의 고통과 비애를 숨김없이 드러냈다. 굳게 걸어 잠근 성모 마리아 대성당의 문이 열리기를, 휘장 뒤에 꼭꼭 숨겨진 바로크 미술의 거장 루벤스(Peter Paul Rubens)의 성화(聖畵)가 빛 속에 드러나기를 간절히 바란 소년. 하지만 소년의 영혼은 끝내 지상에서 의지할 거처를 찾지 못했다. 결국 새하얀 눈밭 속에서 무참하게 짓밟힌 것은 세상에 대한 희망이기도 하고 예술에 대한 열정과 상상력이기도 하다. 식민지 한국의 소년이라면 『불쌍한 동무』를 통해 자신의 청춘을 옥죄고 있는 사슬을 떠올리며 눈물을 흘렸음 직하다.

신생 민주 공화국의 위선과 그늘진 구석을 고스란히 발가벗긴 스토의 『톰 아저씨의 오두막』은 이광수에 의해 『검둥의 설움』으로 옮겨졌다. 십구 세기의 가장 참혹한 멜로드라마 가운데 하나인 원작은 남북 전쟁과 노예 제도 철폐의 도화선이 된 것으로도 유명하다. 어디 미국뿐이랴? 세계 곳곳에서, 아시아에서, 그리고 한국에서 인간으로서 존엄성과 가치를 빼앗긴 짐승의 역사는 끊임없이 되풀이되고 있었다.

『검둥의 설움』은 자유와 해방을 위해서, 평등하고 행복한 삶을 위해서 무엇이 필요한지, 어떻게 해야 하는지 웅변해 주었다. 노예 제도란 그저 잔혹하고 악랄한 사회 제도 가운데 하나가 아니었고 분노하거나 눈물 흘리는 것으로 그칠 일도 아니었다. 늘 민주주의나 하나님의 이름으로 자행되어 왔기 때문이다. 따라서 목숨을 건 투쟁이 아니고서는 헌법이든 성경이든 거저 얻을 수 없다는 역사적 진실이 폭로된 셈이다. 하물며 식민 통치 초창기의 한국에서야 어떤 울림을 던지는지 상상하기 어렵지 않다.

짐작건대 『불쌍한 동무』와 『검둥의 설움』은 한국의 소년들이 자라 청년이 되고 어른이 된 뒤에도 눈물짓기 십상이었을 터다. 그것은 원작이 지닌 보편성의 힘이기도 하겠으나 자신이 서 있는 자리를 세계 속에서 가늠하기 위한 고투 덕분이기도 하다. 한국인이라면 호월이가 바라는 세상, 톰이 꿈꾸는 천국을 역사와 현실 속에서 묻지 않고서는 한마디도 답할 것이 없다는 사실을 뼈저리게 새겨야 했으니 말이다. 한국인이야말로 자유니 해방이니 예술이니 하는 추상적인 관념을 위해 무엇이 희생되어야 하는지 저절로 깨닫고 있었으니 말이다. 그러고 보자면 한국의 근대 문학이 막 움트는 순간에 최남선과 이광수의 번역이 등장했다는 사실은 한편으로는 가슴 아프지만 또 다른 한편으로는 자랑스러운 일이라는 점에 별다른 이의가 없을 것이다.

어린이라는 거울, 어린이의 자아, 어린이를 위한 입담

최남선과 이광수의 번역은 신문관의 출판 활동이 시대정신의 한복판에서 분출되었다는 사실을 뚜렷이 보여 준다. 그런가 하면 조금 다르다면 다른 빛깔도 섞이기 시작했다. 원작도 낯선 편이지만 경향이나 성격 면에서 적잖은 편차를 보인 소설 세 권이 번역된 것 역시 이 무렵의 일이다.

1912년에는 『만인계』와 『자랑의 단추』가, 1913년에는 『허풍선이 모험기담』이 나왔다.

이 가운데 『만인계』와 『자랑의 단추』는 초창기의 아동 문학이자 기독교 동화라는 점에서 대단히 귀중한 가치를 지녔다. 특히 『자랑의 단추』는 머리말에서 '어린이'라는 말을, 본문에서는 '자아'라는 말을 본격적으로 사용한 것만으로도 눈길을 끌지 않을 수 없다. 또 원작의 구성과 리얼리티에 충실한 번역 태도를 보인 데에다가 현재형 시제를 과감하게 도입하여 안정감 있게 구사한 점에서 상당히 앞선 문체 의식을 드러냈다. 『만인계』와 『자랑의 단추』는 이 무렵 신문관에서 『붉은 저고리』의 편집 책임을 맡아본 김여제가 번역했을 가능성이 대단히 높다. 아직 십대 소년이었던 김여제는 정주(定州) 오산 학교(五山學校) 시절 이광수가 손꼽았던 제자 가운데 하나이기도 했던 터다.

『만인계』는 아일랜드의 여성 작가 마리아 에지워스(Maria Edgeworth)의 『제비뽑기(The Lottery)』(1799)를 번역한 소설이다. 에지워스는 지금 우리 시대에는 익숙지 않지만 월터 스콧(Sir Walter Scott)의 역사 소설에 큰 영향을 끼친 것으로도 유명한 인기 작가다. 복권을 가리키는 제목의 말뜻 그대로 『만인계』는 교훈적인 성격을 띠고 있다. 만인계(萬人契)란 계를 조직하여 돈을 모은 뒤 추첨으로 거액을 태우는 사행성 복권 제도다. 본래는 상부상조의 전통 풍속을 뜻하는 계가 미명을 빙자하여 노름으로 변질된 것이다. 한국에서도 이미 삼십육계니 천인계니 만인계니 하는 갖가지 노름판에 휩쓸려 패가망신하는 이들이 속출하는 바람에 사회 문제가 된 터였다. 그러니 번역의 속뜻이야 명확하다. 『만인계』는 음주와 노름, 허욕과 방탕에 기대는 풍조를 경계하고 성실과 근면의 덕목, 그리고 공부와 실업 정신을 앞세웠다. 헛된 바람에 물들지 않고 건강하며 진취적인 정신을 지닌 새 세대에 대한 믿음도 분명히 드러난다. 정작 아버지인 로빈슨의 반성과 깨달음에 초점을 두면서도 착실한 소년 길동이의 사진을 표지에 내세운 것도 그래서다. 유독 조지만 한국 이름으로 바꾸어 부르면서도 사진 속 얼굴이 영락없는 서양 소년이라는 점 또한 흥미롭다.

어린이 독자를 또렷하게 의식한 『자랑의 단추』는 신문관의 번역 소설 가운데 가장 이례적이다. 처음부터 주일 학교의 교재로 쓸 작정으로 번역되고 홍보되었기 때문이다. 예컨대 신문관에서 낸 여러 광고에서 주인공 테디는 자아와 맞서 사랑의 깃발을 쟁취하는 건아이자 용사라거나 또는 테디가 신비로운 단추를 얻어 천국과 지상을 오가며 환상적인 무용담을 펼친다는 식으로 그려졌다. 그러나 실제로는 보통의 어린이가 겪을 법한 일상의 모습을 대단히 현실성 있게 묘사하면서 종교적인 깨우침과 올바른 마음가짐, 그리고 진실한 실천의 미덕을 전하고 있는 교훈적인 아동 문학 가운데 하나다.

『자랑의 단추』는 십구 세기 말에 활약한 에이미 르 페브르(Amy Le feuvre)의 『테디의 단추(Teddy's Button)』(1890)를 번역한 것이다. 십구 세기 말 영국의 여성 작가들은 기독교적인 아동 문학, 특히 주일 학교 운동과 어린이를 위한 동화에 힘을 기울이기 시작했는데, 그 가운데 하나가 신문관을 통해 한국어로 번역된 셈이다. 자아와의 끊임없는 싸움이라는 종교적인 관념을 소설의 형식을 빌려 형상화한 것이 한국의 근대 소설이나 아동 문학의 전통에서 그리 익숙한 것이 아니라는 점을 기억해 둘 가치가 있겠다.

한편 『허풍선이 모험 기담』은 보기 드물게 독일 출신 작가의 손에서 나왔으나 실제로는 영국에서 영어로 처음 출판되었다. 세계에서 가장 허무맹랑하고 황당무계한 거짓말쟁이를 들라치면 주저 없이 꼽게 될 뮌히하우젠 남작의 모험담이다. 유쾌하고 발랄한 허장성세에다 푸진 입담까지 잘 뒤섞인 『허풍선이 모험 기담』은 환상 문학의 고전 가운데 하나다. 그러나 『걸리버 유람기』와는 달리 실존 인물의 이름과 역사적 사실을 적당히 버무려 둔 여행기 형식에다 끊임없이 이어질 것만 같은 삽화들이 하나씩 튀어나온다는 점, 오로지 수다와 해학으로 일관하고 있는 점도 매우 독특하다. 바로 전해에 한국의 재담(才談)이나 소화(笑話)를 모아 두 권의 단행본으로 펴낸 신문관으로서는 동서양을 대표하는 색다른 상상력의 짝을 잘 맞춰 둔 셈이기도 하다.

한일 병합 직후 『소년』이 폐간되면서 신문관은 정치적으로 한발 물러날 수밖에 없었다. 그 빈자리를 메우면서 차분하게 미래의 새 역량을 축적하기 위한 채비에 나선 것이 바로 어린이 잡지와 단행본 번역 소설이었다. 『붉은 저고리』의 뒤를 달아 『아이들 보이』와 『새별』이 동시에 창간된 일은 한 축이 되었다. 곧이어 『청춘』이 창간되고 1910년대의 사상적 구심점을 정초할 수 있었던 것도 그 덕분이다. 또 다른 편짝으로는 최남선과 이광수가 각각 『불쌍한 동무』와 『검둥의 설움』을, 그리고 김여제로 추정되는 숨은 번역자가 『만인계』와 『자랑의 단추』, 『허풍선이 모험 기담』을 잇달아 내놓았다. 이로써 어린이 독자의 발견과 근대 아동 문학의 태동을 향한 착실한 지반이 마련된 셈이다.

창립 십 주년의 신문관

신문관의 탁월한 역량과 잠재력이 최고조에 달한 것은 창립 십 년 만인 1918년이다. 내내 역점을 두고 있던 월간지 발행 사업은 시대를 이끌어 가는 젊은 목소리를 대변했고, 학술과 교양, 문예와 실용의 모든 방면에서 가장 우수한 문화 콘텐츠를 보유한 종합 출판사로서 입지를 굳혔다.

굳이 면면을 들춰 보자면 요리법이나 가축 사육법에서 사전에 이르기까지, 편지 쓰는 요령에서 세계 문학까지, 체조 규칙에서 정신 수양까지, 육법전서에서 경전까지 손길이 닿지 않은 곳이 없었고 숱한 책들이 판을 거듭했다. 『연려실기술(練藜室記述)』부터 『일문 역법(日文譯法)』까지, 『수호지』부터 『무정』까지 두루 걸쳐 있는 신문관의 출판물은 도서 목록만으로도 일대 장관을 이루었다.

이해에만도 신문관은 굵직한 저술을 잇달아 상재했다. 최남선이 공들여 번역한 『자조론』은 출판되자마자 대대적으로 광고되었고, 동서고금의 명문장을 시의에 따라 골라 엮은 『시문 독본(時文讀本)』은 곧 학생과 지식인들의 필독서로 자리 잡았다. 한국 최초의 근대 소설이 된 이광수의 『무정』을 격조 높은 단행본으로 단장하여 출판한 것도 바로 이해의 일이다. 그리고 톨스토이의 대표작, 세계 문학의 대명사 『부활』이 비로소 처음 한국어로 번역되었다. 그러고 보면 톨스토이와 톨스토이주의자임을 자처한 한국 문호의 소설이 나란히 세상에 나온 모양새다. 애화(哀話)의 제명은 『해당화』(1918), 프리마 돈나의 이름은 갓쥬사(賈珠謝)였다.

아닌 게 아니라 신문관 십 년의 도정에서 마침표가 되다시피 한 『해당화』는 창립 이래 이어 온 번역 사업의 결정체라 할 만하다. 최남선과 신문관이 톨스토이에 대해 기울인 관심이라면 진작부터 알아줄 만하기 때문이다. 이를테면 1910년 톨스토이가 서거하자마자 『소년』은 한 호를 통째로 특집호로 꾸며 거장의 영전에 바친 바 있다. 또한 얼마 뒤 『청춘』에서도 「갱생(更生)」이라는 제목으로 『부활』의 줄거리를 간단하게나마 소개한 바 있다. 그러니 번역 소설 『해당화』야말로 회심의 노작인 셈이다.

세계 문학의 시대와 카추샤

톨스토이 만년의 대작을 번역하는 일에 팔을 걷어붙이고 나선 것은 나정(蘿井) 박현환(朴賢煥)이다. 현환(玄寰)이라는 호를 쓰기도 한 박현환은 평안북도 철산(鐵山) 출신으로 실은 정주 오산 학교에서 이광수와 처음 만났다. 김여제와 마찬가지로 스승과 제자 사이였다. 게다가 세이소쿠 영어 학교(正則英語學校)에서 유학을 마치고 돌아온 뒤에는 이광수의 뒤를 이어 오산 학교의 교사로 몸담았으니 이 또한 예삿일은 아니다. 박현환이 『부활』을 번역한 것도 이때의 일이다. 필경 최남선과 이광수의 힘이 미쳤을 터다.

박현환은 삼일 운동 직후 상하이(上海)로 망명하여 대한민국 임시 정부에 투신한 핵심 인사 가운데 한 사람이기도 하다. 이광수, 김여제, 주요한(朱耀翰)과 함께 망명 정부의 기관지 『신한 청년(新韓靑年)』과 『독립신문』을 이끈 주역인 동시에 흥사단 원동 위원부(遠東委員部)의 초창기 단우(團友)다. 또 귀국 후 수양 동맹회(修養同盟會)를 조직하고 동우 구락부(同友俱樂部)와 합쳐 동우회(同友會)를 조직한 것도, 해방 직후에 흥사단 국내 위원부의 재건에 앞장선 것도 박현환이다. 이래저래 박현환에게서, 또한 『해당화』에서 최남선과 이광수의 그림자를 지우기 어렵다.

세기의 경계가 된 『부활』은 한국의 지성계에도 큰 영향을 끼쳤으니 비단 최남선과 이광수뿐만이 아니었다. 삼일 운동 전야의 한국인들은 톨스토이 사상의 원천을 인도주의 정신과 사랑에서 찾았고, 이념이나 종교의 차이까지 넘어선 구원의 길을 기대했다. 두옹(杜翁)이라는 고유 명사가 광범위하고도 지속적인 호소력을 발휘할 수 있었던 것도 그래서다. 최남선 역시 『해당화』에 머리말을 붙이면서 양심과 수양을 거듭 강조했다. 내면의 완성을 위해 바쳐진 자기희생과 헌신, 애욕을 초월한 사랑의 승리, 그리고 숭고함에 대한 찬미를 통해 네플류도프와 카추샤의 사랑은 불멸의 것으로 숭배되기 시작했다.

그런가 하면 박현환의 『해당화』는 곧 다가올 낭만적 사랑과 열애의 시대를 예고했다. 애끓는 그리움의 연가이자 실연과 이별의 노래이기도 했기 때문이다. 카추샤의 이름은 이국적인 로맨스와 열정의 표상으로 떠올랐고, 1920~1930년대까지 독자들의 꾸준한 사랑을 받았다. 정작 『부활』이 한국어로 완역되기까지는 사오 년을 더 기다려야 했지만 『해당화』는 그 뒤로도 판을 거듭하며 한국 문학과 대중 예술에 큰 발자취를 남겼다.

사실 카추샤의 이름은 진작부터 낯설지 않았다. 일찍이 일본 근대극 운동의 선구자 시마무라 호게쓰(島村抱月)가 내한 공연을 가진 바 있고, 곧이어 한국 극단이 무대에 올리기 시작했다. 삼일 운동 직후에만도 두 차례나 공연이 성사되었다. 한편 바이올린과 퉁소의 합주로 된 주제가 역시 널리 퍼졌다. 연극이든 노래든 모두 「카추샤」라는 제목을 달 정도였다. 그 뒤로도 여러 차례 무대에 올랐고 유행가의 인기도 여전했으니, 말하자면『해당화』는 삼일 운동 전후의 한국 대중문화를 잇는 가교 몫을 톡톡히 한 셈이다. 한국인들이 신문관을 통해 세계 문학과 사상에 눈뜨기 시작한 동시에 대중문화 현상과도 적극적으로 접속했다는 사실은 분명 필연적이면서도 놀랄 만한 일 가운데 하나다.

르네상스의 상속을 위하여

아쉽게도 신문관의 대장정은 여기에서 일단락을 지을밖에 없었다. 삼일 운동이 임박해 오면서 신문관의 출판물에 대한 탄압도 점점 거세졌기 때문이다. 신문관의 연륜 그대로인 잡지 발행은『청춘』에서 꺾였으며, 번역 소설 역시『해당화』를 대단원으로 한 시대를 마감했다. 신문관이 자임한 소명은 거기까지였고 이제 다른 시대를 준비해야 했다. 새 세기의 출판문화를 일구기 시작한 지 꼭 십 년 만의 일이다.

삼일 운동이 지나간 자리에서는 여러 민간 매체와 출판사가 솟아나 1910년대와는 다른 시대를 열었다. 다른 시대정신을 목표로 삼아 다른 방법으로 번역한 다른 문학 양식이 등장했기 때문이다. 신문관이 꿈꾸었던 이상과 전망을 발판으로 삼아서다. 지금 우리 시대의 세계 문학이라는 것은 그렇게 백 년의 첫 연대를 통과했다.

그래서 신문관의 번역 소설은 번역이 역사를 갖고 있다는 사실을, 소설의 번역이란 시대정신이자 상상력의 역사를 뜻한다는 사실을 묵묵히 보여준다. 활자와 종이로 르네상스를 꿈꾸었던 최남선과 신문관의 고투가 한국의 번역 출판이 걸어온 도정에서 반드시 기억되고 복원되어야 할 이유도 여기에 있다.

신문관의 번역 소설이 여전히 다시 읽을 만한 가치가 있다는 것은 지금 우리 시대 한국인들의 행복이기도 하고 불행이기도 하다. 낯선 세계상과 문화를 '순 한글의 한국어 문장'으로, 미래의 한국어로 재창조해 낸 공적이야말로 우리가 물려받은 가장 값진 유산이다. 그런가 하면 시골 어린아이가 바란 예술과 삶의 아름다운 만남이, 검둥이 노예가 꿈꾼 평등한 세상이, 그리고 타락한 여성이 내민 평화와 구원의 손길이 생명력을 다하지 않았으니 아직 현재 진행형의 과제로 남아 있다 하겠다. 둘 다 우리 시대가 신문관에 지고 있는 빚 가운데 일부다. 어쩌면 그것이 바로 한 세기 후의 지금, 여기에서 한국인이 꿈꾸어야 할 새로운 길을 가리키고 있는지도 모를 일이다. 최남선과 신문관이 내다본 번역의 유효 기간이 언제까지일지 되새겨 볼 일이다.

仝	京釜鐵道歌	全一		
李光洙	無情	壹	一圓二十錢	無 十二錢
仝	開拓者			
崔南善	불상한동무	壹	二十錢	參 二錢
李光洙	검둥의셜음	壹	三十錢	仝 四錢
新文館	자랑의단추	壹	二十五錢	仝 四錢
仝	만인계	壹	二十錢	仝 二錢
仝	허풍션이긔담	壹	二十錢	仝 二錢
李何夢	無窮花	第壹	五十錢	仝 四錢
仝	샤시남졍긔	貳	十三錢	無 二錢
仝	삼셜긔	貳	十二錢	仝 二錢
仝	홍길동젼	壹	(絶種)	
仝	심청젼	壹	(絶種)	
仝	흥부젼	壹	六錢	無 二錢
仝	뎐우치젼	壹	六錢	仝 二錢
仝	져마무젼	壹	六錢	仝 二錢
仝	남훈태평가	壹	六錢	仝 二錢
仝	셸늬버유람긔	壹	十錢	參 二錢

◉雜種書類

南岳主人	洪景來實記	壹	四十五錢	參 四錢
崔瑗植	朝鮮俚諺	壹	三十錢	參 四錢
方信榮	朝鮮料理製法	壹	四十錢	參 四錢
張道斌	袖珍自習尺牘	壹	二十五錢	貳 二錢
命撰	陞卿圖	壹	二十錢	參 二錢
長春道人	笑天笑地	壹	三十錢	參 四錢
圓石老人	絶倒百話	壹	十錢	參 二錢
偶丁居士	開卷嬉嬉	壹	十錢	參 二錢
崔南善	其人備官	壹	十五錢	無 二錢
秘本	棋譜	壹	四十五錢	貳 四錢

■ 新文館은가장善良·正確한圖書를發刊하야文運을助長함으로目的함

■ 新文館은時宜를察하고民度에應하야가장責任잇는書籍雜誌를編纂刊行함

■ 新文館은私利를爲하야世道를敗傷하고人心을戕賊하는書類를發刊치아니함

■ 新文館은販賣部를置하야內外古今一切書籍을가장信用잇게需應함

■ 新文館은印刷部를置하야巨大한設備와優秀한技術로써一切印刷業을營함

■ 新文館은信義·勤實로써商略을作하야何時何物로든지信用을確守함

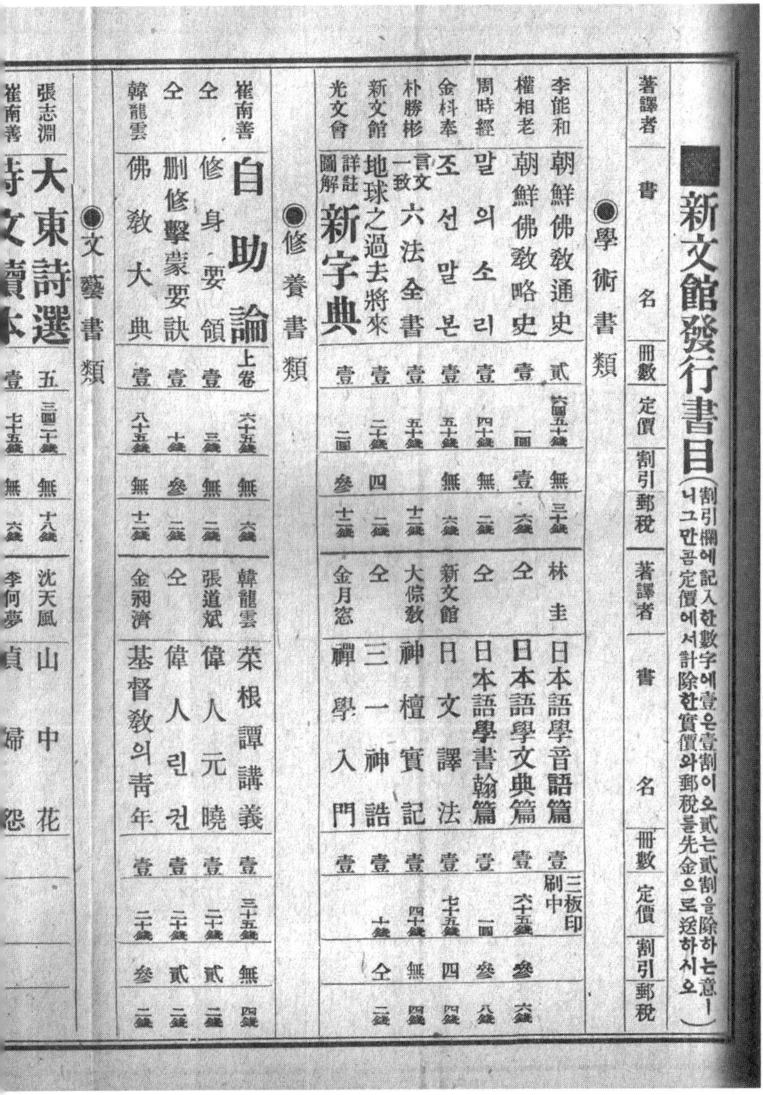

新文館發行書目

(割引欄에記入한數字에壹은壹割이오貳는貳割을除하는意ㅣ니그만콤定價에서計除한實價와郵稅를先金으로送하시오)

著譯者	書名	冊數	定價	割引	郵稅
◉學術書類					
李能和	朝鮮佛教通史	貳	六圓五十錢	無	三十錢
權相老	朝鮮佛教略史	壹	一圓	壹	六錢
周時經	말의소리	壹	四十錢	無	二錢
金枓奉	조선말본	壹	五十錢	無	六錢
朴勝彬	言文一致 六法全書	壹	五十錢	無	十二錢
新文館	地球之過去將來	壹	二十錢	四	二錢
光文會	詳註圖解 新字典	壹	二圓	參	十二錢
林圭	日本語學音語篇	壹	三板印刷中		
仝	日本語學文典篇	壹	六十五錢	參	六錢
仝	日本語學書翰篇	壹	一圓	參	八錢
新文館	日文譯法	壹	七十五錢	四	四錢
大倧教	神檀實記	壹	四十錢	無	四錢
仝	三一神誥	壹	十錢	仝	二錢
金月窓	禪學入門	壹			
◉修養書類					
崔南善	自助論 上卷	壹	六十五錢	無	六錢
仝	修身要領	壹	三錢	無	二錢
仝	删修擊蒙要訣	壹	十錢	參	二錢
韓龍雲	佛教大典	壹	八十五錢	無	十二錢
韓龍雲	菜根譚講義	壹	三十五錢	無	四錢
張道斌	偉人元曉	壹	二十錢	貳	二錢
仝	偉人린컨	壹	二十錢	貳	二錢
金昶濟	基督教의青年	壹	二十錢	參	二錢
◉文藝書類					
張志淵	大東詩選	五	三圓二十錢	無	十八錢
崔南善	時文讀本	壹	七十五錢	無	六錢
沈天風	山中花				
李何夢	貞婦怨				

—『청춘』 14호, 신문관, 1918.6